# 콩가루 수사단

주영하 장편소설

# 콩가루 수사단

스윙테일

# 차례

# 사라진
# 작은 콩

시작은 큰누나였다.

"나 고시원에서 쫓겨났어. 엄마가 더 이상 돈 못 대주겠대. 근데 사실 글쟁이 생활이 어디 그렇게 규칙적이냐? 밤새 작업하다 보면 다음날 늦게 일어날 수도 있는 거지. 게을러터진 백수 주제에 잠만 퍼잔다고 등짝을 후려갈기는데…… 서러워서 눈물이 다 나더라. 너한테는 미안한데 신세 좀 질게."

떡 진 머리에 커다란 뿔테 안경을 쓴 큰누나는 궤짝 같은 캐리어를 들고 현관문 앞에 서 있었다. 일평생 남에게 기생하며 살아온 그녀는 새로운 숙주를 찾아내는 기똥찬 안테나를 가지고 있었다. 들러붙을 타이밍과 부탁의 수위 조절에도 탁월했다.

그녀는 주춤대며 발을 들여놓은 뒤 미안한 낯짝을 하고선 안방에 짐을 풀었다. 그날부터 그녀는 안방의 주인이 되었다. 바통을 이어받은 건 작은누나였다.

"넌 애가 왜 그렇게 정이 없어? 그러면 갓 돌 지난 네 조카를 밖에서 얼려 죽이겠다는 거야, 뭐야?"

나는 한마디도 하지 않았다. 그저 곤란한 표정을 지었을 뿐.

"네 매형이라는 인간하고는 이제 하루도 같이 못 살아. 이번에는 진짜 이혼할 거야. 그런데 이 집은 왜 이렇게 건조하니? 우리 지우 감기 걸리겠다. 가습기 없어? 이참에 하나 사."

늦은 밤, 문을 두드린 작은누나는 현관을 막아선 나를 막무가내로 밀치고 들어왔다. 돌쟁이 둘째 조카도 함께였다. 일평생 거침없이 살아온 그녀는 부탁의 말도, 사정의 말도 하지 않았다. 그날부터 안방의 주인은 바뀌었다. 큰누나가 찍 소리도 못 하고 쫓겨난 건 물론이었다.

화룡점정을 찍은 건 엄마였다.

"그게 전세 사기였을 줄 누가 알았겠냐. 그 집 월세로 살던 놈이 감쪽같이 주인 행세를 하는데…… 아이고, 이 박복한 팔자야! 여보, 여보! 왜 먼저 가셨어. 나 좀 데리고 가…… 여보!"

엄마는 거실에 궁둥짝을 붙이자마자 대성통곡했다. 한번 눌어붙은 궁둥짝은 떨어질 줄 몰랐다. 엄마의 궁둥짝은 작은누나와 조카가 차지하던 안방으로 거처를 옮겼다. 큰누나도 그 틈을 타 방구석에 한 자리를 차지했다.

"궁둥이 좀 치워봐."

"여기가 닭장이야? 이 좁아터진 방에서 넷이 어떻게 살아? 백진주, 너 저리 안 꺼져?"

"시끄러워 죽겠네. 주둥이들 안 다물어?"

안방에서 새어 나오는 소리를 들으며 나는 창고로 사용하던 작은

방에 둥지를 틀었다. 덤덤하게 얘기한다고 해서 내가 이 모든 상황을 쉽게 수용한 건 아니다. 처음엔 노골적으로 불편한 기색을 드러냈다. 하지만 그들은 내 기분 따위를 섬세하게 캐치할 이들이 아니었다. 설사 알아챘다 하더라도 신경 쓰지 않았다는 말이 맞을 것이다.

다음으로는 다른 안을 제시했다. 그들은 까다롭고 예민한 심사자들이었다. 내가 가져온 안들을 까탈스럽게 따져본 후 번번이 퇴짜를 놓았다.

한 달 만에 내 인내심은 바닥을 드러냈다. 나는 무단 가택 침입에 불법 점거까지 일삼은 이들에게 퇴거를 명령했다. 가족 간의 정을 감안해 일주일이란 말미도 주었다. 예정된 시간이 임박했건만 그들은 요지부동이었다. 내가 경찰서 숙직실에 머물며 집에 들어가지 않는 방식으로 항의해도 소용없었다. 오히려 그들은 그 틈을 타 완전한 가택 점거에 돌입했다. 살림은 몇 배로 증식했고 기존의 내 물건들은 허락도 없이 재배치되었다.

협상과 분노, 우울을 거쳐 수용의 단계에 접어든 나는 모든 걸 포기하고 집에 들어갔다. 그들은 천연덕스럽게 나를 반겼다.

"왜 이제 왔어? 화장실 변기 막혔는데……."

"가습기는 언제 살 거야?"

"얘, 저녁은 먹었니?"

나는 엄마가 차려준 김치찌개를 먹으며 지난 생을 반추했다. 평생 가족이란 굴레에서 벗어나기 위해 발버둥 쳤건만 핏줄은 탯줄처럼 쉽게 자를 수가 없었다. 외면하고 도망칠수록 칡 줄기처럼 다리를 억세게 옭아맸다.

엄마는 식탁 맞은편에 앉아 흐뭇해했다.

"그래도 이렇게 가족이 다 모이니 좋지 않니? 단칸방에서 아웅다웅 살던 시절 생각도 나고."

잠든 우리를 두고 엄마가 몰래 떠나버린 시절을 말하는 건지, 누나들의 난투를 지켜봐야 했던 시절을 말하는 건지.

인간의 가장 불공평한 태생적 조건 중 하나는 가족이다. 나는 어깨에 무거운 돌덩이 몇 개를 이고 태어났다. 억세고 괄괄한 성미의 동네 오지라퍼, 아니 세 아이를 버렸던 비정한 엄마, 오희례. 미스터리 소설가 지망생, 아니 10년 묵은 은둔형 백수, 백진주. 일대를 평정했던 동네 여신, 아니 성질 더러운 프로 이혼녀, 백현주.

이것이 18평 남짓한 공간에 다섯 식구가 개털에 벼룩 끼듯 오순도순…… 아니, 이제 와 포장할 것도 없다. 징글징글하게 모여 살게 된 경위다.

그리하여 이렇게 말할 수 있겠다.

서촌동 솔마루 언덕길에는 콩가루 가족이 산다고.

\* \* \*

"야, 백진주! 안 나와? 지금 10분째라고! 무슨 똥을 하루 종일 싸?"

아침을 깨우는 고상한 소리였다. 현주는 몸을 배배 꼬며 화장실 문을 두드렸다. 급해 죽겠다는 진주에게 화장실을 양보했건만, 그녀는 문을 걸어 잠근 채 나올 생각을 하지 않았다.

"너 배에 똥만 찼냐? 빨리 안 나와? 진짜 문 부숴버린다! 또 구렁이 같은 똥 싸놓고 변기 막아봐. 내가 아주 머리털을 다 쥐어뜯어 놓을 테니까!"

현주는 문손잡이를 뽑을 기세로 잡아 돌렸다.

"나간다니까. 좀만 기다려. 나오던 똥도 들어가겠다. 너 때문에 집중이 안 되잖아."

진주가 조그만 소리로 대꾸했다. 오늘의 쾌변은 물 건너간 셈이었다. 그녀는 찜찜한 기분으로 변기 물을 내리고 화장실을 나왔다.

"아우, 지독해. 냄새 봐라. 장이 썩었구먼, 썩었어. 대체 뭘 먹은 거야? 다 같이 밥 먹었는데 왜 네 똥 냄새만 이래?"

현주는 코를 쥐고 화장실로 들어가면서 투덜댔다. 곧이어 쫄쫄거리는 소리가 들려왔다. 사생활이라고는 눈뜨고 찾아볼 수 없는 아침 풍경이었다.

오희례 여사는 손녀 지우를 안아 들고 있었다. 그녀는 지우를 둥개둥개 어르며 거실 한복판에 누운 현호의 머리통을 발뒤꿈치로 쳐댔다. 일부러인지 실수인지. 현호는 잠기운의 끝자락을 붙든 채 눈을 뜨지 않았다.

머쓱하게 화장실을 빠져나온 진주는 현호의 발목을 꽉 밟고 안방으로 향했다. 일부러인지 실수인지. 악 소리가 나왔지만 현호는 눈을 뜨지 않았다. 자야 한다, 자야 했다. 이 시간에 눈을 뜨면 억울해서 피눈물을 쏟을지도 몰랐다.

"밥 안 먹고 어딜 들어가?"

희례가 안방으로 들어가려던 진주에게 소리쳤다.

"꼭두새벽부터 무슨 밥이야? 나 똥 누고 싶어서 잠깐 깬 거야. 우리 각자의 생활 방식 정도는 존중해주자고."

"생활 방식 같은 소리 하고 자빠졌네. 해가 낮짝을 쳐든 지가 언젠데. 와서 밥이나 처먹어, 이년아."

"아, 엄마 쫌! 난 밥보다 잠이 더 중요해. 어제 새벽 3시에 잤단 말이야!"

"국 식었을 테니까 냄비째 한번 더 끓여."

"나중에 먹겠다니까?"

"김치도 좀 더 꺼내놔. 숟가락이랑 젓가락 현호 것도 갖다 놓고."

"엄마!"

"근데 김치가 너무 익었더라."

진주는 한숨을 길게 쉬곤 부엌으로 발걸음을 옮겼다. 대거리를 해봐야 제 손해. 오희례 여사와 제대로 된 대화가 불가능하다는 사실은 입을 열기 전 깨달아야 했다. 상대 말을 전혀 듣지 않는 마이웨이 화법, 생각나는 대로 주절거리는 무개연 화법, 화제가 이리 튀고 저리 튀는 안드로메다 화법에 당해낼 재간이 없었다.

현호는 눈을 감고 고문에 가까운 소음을 들으며 콩가루 가족이라는 말이 어디에서부터 유래되었는지를 생각했다. 콩가루처럼 뭉치지 않고 흩어지기 때문이기도 할 것이고, 형체를 알아볼 수 없을 만큼 빻아졌기 때문이기도 할 것이다. 누가 처음 사용한 말인지는 모르지만 비유 한번 기똥찼다.

현주가 화장실에서 나왔다.

"뭐가 이렇게 걸리적거려?"

현주는 현호의 허리를 퍽, 소리 나게 차더니 안방으로 들어갔다. 현호는 치미는 살심을 잠재우며 이번에는 명백히 고의라고 생각했다. 그러지 않고서야 허리가 빠질 정도로 발길질을 해멜 리 없었다.

"우리 지우, 어린이집에서 잘 지낼 수 있겠어? 아이고, 불쌍한 것. 누가 콱 쥐어박아도 말 한마디 못 할 어린것을……."

희례가 못마땅해하며 혼잣말을 했다. 현주가 들고 나온 어린이집 원복 때문이었다.

"그만해. 이미 결정된 일이야."

현주는 지우에게 원복을 갈아입히며 날카롭게 쏘아붙였다.

"자고로 애들은 엄마가 품에 끼고 어화둥둥하며 집 안에서 쭉 키워야……."

"그만하랬지?"

현주가 신경질적으로 원복을 패대기쳤다.

"네가 뭔 죄냐. 네 엄마한테 어미 노릇 못 가르친 이 할미 탓이지."

희례는 그런 현주를 무시하며 지우의 뺨에 얼굴을 문댔다.

"알긴 아네. 하긴 어디서 뭐, 엄마 노릇이라는 걸 봤어야 배우든가 하지. 애새끼들은 벌레 알 까듯이 셋이나 싸질러놓고, 한겨울 냉골 방에 팽개치고 도망간 사람한테 배우긴 뭘 배웠겠어?"

정적이 흘렀다. 현주와 희례가 마주 보는 시선에서 불꽃이 튀었다. 진주는 밥을 먹다 말고 슬그머니 안방으로 들어갔고 지우는 자지러지게 울어댔다.

현주는 20여 년 전, 아버지 승광의 갑작스러운 죽음으로 인한 생활고 때문에 희례가 커피숍 사장과 야반도주하려 했던 일을 말하는 것이었다. 단 하루의 무모한 가출이었지만 현주는 그날 일을 잊어본 적 없었다.

"너 지금 그 말, 내가 엄마 노릇 제대로 못 했다는 뜻이니?"

희례의 눈꺼풀이 파르르 떨렸다. 비단 과거 일 때문만이 아니라, 희례와 현주는 가족 구성원 중에서도 유독 궁합이 맞지 않았다. 거침 없고 직설적인 성격이 거푸집으로 찍어낸 듯 똑같았다.

현주가 결혼하기 전까지 둘은 매일 전쟁 같은 싸움을 치렀다. 현주가 스물세 살, 어린 나이에 결혼을 결심한 이유도 이 지긋지긋한 싸움에서 벗어나고 싶은 마음 때문이었다. 현호는 현주가 가족에게 끔찍한 환멸을 느끼면서도 세 번이나 결혼한 것이 의아했다.

어쨌건 현주는 첫 번째 결혼을 6개월 만에 쫑 내고 두 번째 결혼에서 아들 은우를, 세 번째 결혼에서 딸 지우를 얻었다. 현재 그녀는 은우를 세 번째 남편에게 맡긴 채 지우만 데리고 나온 상황이었다.

"알면서 왜 그래? 내 입으로 확인 사살을 받고 싶어?"

현주는 아차 싶으면서도 지지 않으려는 마음으로 대거리했다.

"넌 어미 노릇 얼마나 잘하고 있는데? 어미 노릇 한다는 애가 일곱 살배기 아들을 핏줄도 아닌 아빠한테 맡기고 나왔니? 돌쟁이 애를 어린이집에 보낸다고 아침부터 이 야단법석이고?"

희례의 공격에 현주는 입술을 깨물었다.

"은우는 곧 데려올 거야. 그리고 지우 데리고 어떻게 일을 해? 애를 맡겨야 나도 일자리를 알아보지."

"일은 뭔 놈의 일! 벌써 한 달이야. 네가 오죽 지랄을 했으면 송 서방이 여태껏 찾아오질 않아? 싹싹 빌면서 집에 들어가라니까!"

"내가 왜 빌어? 나 이혼할 거라니까? 장난 같아 보여?"

"장난 같지가 않아서 하는 말이다, 이년아! 이번엔 왜 이혼하겠다는 건데? 말 나온 김에 이유나 좀 들어보자. 대체 지우만 덜렁 데리고 집을 나온 이유가 뭐냐고!"

희례의 고성에도 현주는 조개처럼 입을 닫았다. 가출한 이유에 대해 캐묻기만 하면 현주는 지금과 같은 반응이었다.

현호는 이쯤이면 자신이 일어나야 할 타이밍이라고 생각했다. 집

주인이 누군지, 이 집의 룰이 무엇인지 얹혀사는 그들에게 일깨워줄 필요성이 있었다. 시계를 보고 피눈물을 쏟을지언정 이들의 싸움을 더 참아낼 자신이 없었다.

"아침부터 싸울 거면 내 집에서 다 나가요."

현호는 이부자리를 걷으며 차갑게 일갈했다.

"너 지금 집주인이라고 유세 떠는 거니?"

이때다 싶어 현주는 애꿎은 화살을 현호에게 날렸지만, 그는 상대도 않고 화장실로 들어갔다. 화장실 안에서는 똥 냄새가 은은하게 진동했다. 며칠 전 뚫어놨던 변기에 다시 물이 차오르고 있었다.

미쳐 버리겠네.

아침부터 속 뒤집는 일이 한두 가지가 아니다. 현호는 속으로 참을 인을 새기며 뚫어뻥으로 변기에 펌프질을 했다. 사방팔방 물을 튀기던 변기는 콰르르, 격렬한 소리를 내더니 시원하게 내려갔다.

현호는 뚫어뻥을 내려놓으려다 문득 거울 속 허옇게 질린 얼굴과 눈이 마주쳤다. 한 달 남짓한 사이에 곱절은 늙어버린 것 같았다.

큰일이다. 쪼르르 시원찮은 오줌발을 보며 현호는 생각했다. 가족이 더 싫어진다고.


현호는 집을 나와 10분 남짓한 거리에 있는 서촌 경찰서로 향했다. 서촌 경찰서 강력1팀이 그의 직장이었다.

그는 경찰대를 졸업하고 기동대 2년을 거쳐 지구대 순찰팀장으로 근무하다 강력팀에 지원했다. 편한 길이 있었지만 경찰관으로서 사건 현장을 모르면 안 된다고 생각했기 때문이었다. 서촌 경찰서 강력1팀에 발령받은 이후 노련한 선배들과 함께 많은 사건 현장을 누볐다. 수사를 하고 범죄자를 검거하는 일련의 과정을 경험하며 현호는 보람을 느꼈다. 이제 제법 경험치가 쌓이고 관록도 붙어가고 있었다.

조회가 끝나자 선배인 하종철이 주린 배를 움켜쥐며 다가왔다.

"배고파 뒈지겠다. 어이, 백 형사. 아침이나 먹으러 가자고. 아니, 육 팀장 저건 아침부터 왜 저렇게 말이 많아?"

"나이 앞자리가 바뀌면서 잔소리도 느셨죠."

"가슴에 털도 많은 양반이 너무 좀스러워. 우리 마누라보다 잔소리가 더 심하다니까."

어젯밤 거하게 한잔한 종철에게서 지독한 술 냄새가 풍겼다. 종철은 현호와 같은 조로 강력계 짬밥만 15년이 넘는 베테랑 형사였다. 처음 같은 조가 되었을 때 그는 경찰대 출신인 현호를 고깝게 보았지만, 지금은 그 누구보다 믿고 의지하는 사이였다.

"저기 길 건너편에 콩비지 집 하나 생겼는데 맛이 아주 기가 막히
……."

"콩, 콩만 빼고요."

현호는 콩이라면 지긋지긋했다. 게다가 형체를 알아볼 수 없게 갈린 콩이라면 더더욱.

"어이구, 뭘 그렇게 학을 떼나. 콩이 뭔 죄라고."

"그래도 콩은 싫습니다."

종철은 며칠 전 술자리에서 있었던 일을 떠올렸다. 당시 현호는 완두콩을 손가락으로 짓이기며 콩이 있어서 콩가루가 존재한다고, 세상의 모든 콩은 사라져야 한다고 중얼거렸다. 사정을 몽땅 알고 있는 종철이 다독여봐도 콩에 대한 현호의 애꿎은 분노는 사그라지지 않았다.

"왜 이래. 막말로 콩가루 아닌 집이 어딨나? 알고 보면 콩가루 아닌 집이 없다고. 집마다 다 제 나름대로 사정이라는 게 있는 거거든. 우리 집만 해도……."

종철은 현호를 위로하기 위한 레퍼토리를 시작하려 했다. 할머니가 셋째 부인이었다는 걸 시작으로 아버지가 주식으로 전 재산을 날려 먹은 얘기까지. 현호는 귀에 딱지가 앉으려던 참이었다.

"그 얘기는 이미 충분히 들었습니다만."

"그랬나? 하여간 그 뭐냐. 어떤 작가가 애국에 대해 한 말이 있거든. 이 못난 나라에서 태어나서 살아갈 수밖에 없음을 긍정하는 게 애국이라고. 가족도 마찬가지야. 가족이 좋아서 죽고 못 사는 사람은 없다고. 아무리 개판이라도 내가 안고 살아갈 수밖에 없음을 인정하는 게 가족이야."

묘하게 설득력이 있었지만 현호에게는 그 말을 받아들일 마음의 여유가 없었다. 그는 종철의 말을 긍정하는 대신 화제를 마무리 짓기로 했다.

"네, 좋은 말씀 아주 감사합니다."

"귀 닫고 들어놓고선, 뭘. 그런 의미에서 콩비지 어때?"

"싫다고 말씀드렸는데요. 우리 우거지나 먹으러 가죠."

현호는 종철과 함께 아침 식사로 우거짓국을 먹은 뒤 사무실로 돌아왔다.

얼마 전 분실 휴대전화를 판매한 피의자를 검찰로 송치하고 몇 가지 보고서를 작성하고 나니 하루가 쏜살같이 지나갔다.

오후 6시. 현호가 뻐근한 어깨를 주무르며 한숨 돌리려는데 휴대전화가 울렸다. 현주였다.

둘은 평소 휴대전화로 연락하는 살가운 사이가 아니었다. 백 프로의 확률로 귀찮은 심부름 전화일 게 빤했기에 현호는 전화를 무시했다. 하지만 벨은 몇 번이나 끈질기게 울렸고 현호는 결국 못마땅한 마음으로 전화를 받았다.

"왜."

[……]

휴대전화 너머에서는 대답이 없었다.

"뭔 일인데? 전화 걸었으면 말을 하라고."

[혀……현호야.]

현주의 목소리에 울음기가 배어 나왔다. 충격과 혼란의 기색도 역력했다. 현호는 그제야 심상치 않은 일이 발생했음을 짐작했다.

"뭐야? 무슨 일이야?"

[현호야. 흑……. 지우가, 지우가…….]

심장이 덜컥 내려앉았다.

"지우가 왜?"

[지, 지우가 유괴됐어.]


\* \* \*


아홉 시간 전.

현주는 기분이 나빴다. 희례는 아침부터 제 속을 살살 긁으려고 작정한 게 분명했다. 그렇지 않고서야 감히 뻔뻔한 낯짝으로 엄마 노릇이라는 말을 꺼낼 리 없었다. 대체 누가 누구에게 엄마 노릇을 논한단 말인가. 현주는 엉망이 된 기분으로 지우의 어린이집 등원을 준비했다.

오늘은 지우의 어린이집 개원 날이었다. 갓 14개월 된 아이를 어린이집에 맡기기로 한 건 쉬운 결정이 아니었다. 하지만 일을 구하려면 아이를 맡아줄 곳이 필요했고 희례에게 맡기기는 똥통에 머리 박기보다도 싫었다.

희례에게 맡기면 보나 마나 지우를 봐준다는 핑계로 육아에 사사건건 간섭하려 들거나 생트집을 잡을 게 뻔했다. 그녀와 다시 한집에 살게 된 것도 못마땅한데 지옥 굴에 제 발로 들어갈 순 없었다.

현주는 지우에게 원복을 입힌 뒤 파란 어린이집으로 향했다. 한일 아파트 사거리를 건너 바로 다음 골목에 위치해 있는 어린이집으로 서촌동에서는 규모가 크기로 손꼽히는 곳이었다. 개원 날을 맞이하여 어린이집 앞은 북새통이었다. 바로 옆 유치원과 담장을 마주하고 있기에 이면도로에는 어린이집과 유치원 차량, 부모들의 개인 차량 행렬이 길게 줄지어 있었다. 현주는 아이를 품에 안고 어린이집과 유치원 안으로 들어가는 부모들의 대열에 자연스레 합류했다.

어린이집 입구에서 박성희 원장 선생이 환한 미소로 현주와 지우를 맞이했다. 40대 중반인 그녀는 단발머리에 은테 안경을 쓴 차분한 인상이었다.

"어서 오세요. 안녕? 어머니, 아이 명찰 달아주시고요. 작성하신 원아 카드와 부속서류는 사무실에 있는 강나래 선생에게 제출해주세요. 원아 카드에 아이하고 어머니 사진 둘 다 붙여주셨죠?"

"그럼요. 앞으로 우리 지우 잘 부탁드려요."

현주는 탁자에 마련된 명찰 중 지우의 이름을 찾아 아이의 가슴에 달았다. 좁은 출입구를 통과하자 넓은 거실을 중심으로 양옆에 길게 복도가 뻗어 있었다. 오른쪽 복도에는 사무실, 주방, 화장실, 비품실 등이 있었고 왼쪽 복도에는 무지개 반, 구름 반, 하늘 반, 햇살 반이 가까운 순서대로 위치해 있었다. 일주일 전, 입소 허가를 받고 사전 방문한 터라 다시 둘러볼 것도 없었다.

"지우는 만 한 살이니까 하늘 반이네요. 복도 제일 끝에서 두 번째 방이에요. 저를 포함해 노윤정 선생님과 최수정 선생님이 담임이고요. 아, 나래 씨. 편의점에서 사인펜 좀 사 올래요?"

현주는 박성희 원장의 지시대로 곧장 하늘 반으로 향했다.

교실 문 앞에서 노윤정 선생이 부모와 아이들을 맞이하고 있었다. 그녀는 선해 보이는 인상의 30대 여성이었으나 개원 준비로 고된 모양인지 눈 밑이 거무죽죽했다.

"안녕하세요."

현주는 노윤정 선생에게 지우를 인계하며 지우의 가방을 건넸다. 지우는 찡얼대는 기색 하나 없이 선생의 품에 안겼다. 낯가림이 없는 아이라 다행이었다. 다소 이르다 싶은 어린이집 입소도 지우의 순한 성격을 믿고 한 결정이었다.

"어머니, 오늘은 어떻게, 여기 계실 거예요?"

노윤정은 정신이 하나도 없는지 지우의 얼굴을 제대로 보지도 않은 채 현주에게 물었다. 등원 첫날이니 참관하겠느냐는 질문이었다. 현주는 슬쩍 교실 내부를 살폈다. 아이와 함께 있는 엄마가 두 명 있었고, 일고여덟 명의 아이들이 매트 위를 빨빨거리며 기어 다녔다. 발랄해 보이는 인상의 최수정 선생이 엄마들에게 무언가를 열성적으로 설명하고 있었다.

"아뇨, 전 바로 가보려고요. 지우야, 안녕. 이따 봐."

현주는 지우에게 손을 흔든 뒤 인파로 북적이는 복도를 따라 걸었다. 거실을 가로질러 오른쪽 복도에 접어든 후 사무실 문을 열었다. 사무원인 강나래 선생에게 서류를 제출하라 했건만 그녀는 자리에 없었다. 현주는 원장 선생의 책상에 수북하게 쌓인 봉투를 보고 그 위에 자신의 것을 올려놓았다.

집으로 돌아가는 발걸음은 홀가분했다. 지우를 떼어놓았다는 찜찜한 마음은 잠시뿐이었다. 현주는 모처럼 해방감을 만끽하며 거리를 걸었다. 모든 과정이 순조롭고 평범했다. 조금이라도 이상한 낌새가 있었다면 알아차리지 못할 이유가 없었다.


그 시각, 진주는 식탁에 앉아 노트북으로 열심히 작업에 매진……하는 게 아니라 메신저를 하고 있었다.

단체 채팅방의 이름은 '미스터리夜!'. 자정에 모여 하루 동안의 작업량을 인증하는 미스터리 소설 작가 지망생들의 모임이었다. 어느 순간 모임의 목적은 작업량 인증보다 수다와 넋두리로 변질되긴 했지만. 회원은 진주를 포함해 단 세 명뿐이었지만, 은둔형 외톨이에 근접한 진주에게는 유일무이한 사회생활이었다.

[진주 : 그래서? 클라이맥스를 어떻게 극적으로 연출하라고?]

진주가 자정도 아닌 시각에 회원들을 호출한 이유는 따로 있었다. 한울 출판사 추미스 공모전에 제출할 소설 마감을 위해 회원들의 아이디어를 국수 면발 뽑듯 뽑아내야 했다.

[미라 : 범인을 따라 옥상으로 간 한새로미가 문을 딱 열면!]

[진주 : 열면?]

[미라 : 토막 시체가 막! 피가 막! 전기톱이 막!]

진주는 미간을 구기며 채팅방에 올라온 글을 쳐다봤다.

올해 마흔세 살의 미라는 부유한 집안 덕분에 생계 걱정이 없는 소설가 지망생이었다. 20년째 소설가 지망생을 자처하는 그녀는 '이만하면 공항 출입국 카드 직업란에 망생이라 적어도 되지 않겠느냐'며 우스갯소리를 할 만큼 느긋하고 여유로운 성격이었다. 다만 하드코어 스릴러를 지독히도 좋아하는 기호 때문에 그녀의 소설에는 언제나 피칠갑이 난무했다.

[미라 : 어때? 죽이지? 먹힐 것 같지 않냐?]

[장호 : …….]

[진주 : 언니의 하드코어적인 19금 취향은 인정하지만, 내 건 코지 미스터리잖아. 갑자기 결말에서 전기톱이 왜 나와? 개연성 밥 말아먹을 일 있어?]

진주가 쓰고 있는 소설은 고등학생 탐정 한새로미가 학교를 배경으로 활약하는 소프트 미스터리였다. 스토커와 학교 옥상에서 대치하는 클라이맥스 부분에서 토막 시체, 피, 전기톱이라니. 개연성을 한방에 안드로메다로 날려 보낼 일이었다.

[미라 : 일종의 반전이지. 장르에 대한 반전. 마지막에 이야기 장르를 아주 비틀어버리는 거야. 코믹 수사극을 하드코어 19금 잔혹 스릴러로. 신선하지 않아?]

[진주 : 그건 반전이 아니라, 결말을 그냥 산으로 보내는 거 같은데. 됐고, 내가 알아서 마무리할게.]

[미라 : 이건 아이디어를 줘도 지랄이야?]

[장호 : 근데 진주 누나 집 옮겼다면서? 공모전 앞두고 작업 환경 바뀌면 좀 그렇지 않나?]

진주와 미라가 아웅다웅하는 소리가 그치질 않자 장호가 화제를 전환했다. 장호는 스물여섯 살 대학생으로 곰 같은 덩치에 다소 둔하지만 엉덩이도 무겁고 근면 성실한 청년이었다.

　[진주 : 몰라. 가족이 아니라 원수야, 원수. 내가 올빼미형 인간인 거 알지? 근데 우리 엄마는 내가 늦잠 좀 자면 게으르다고, 일어나라고, 아침 먹으라고 야단법석이야. 아주 세상에서 밥 먹는 게 제일 중한 양반이라니까. 그리고 애는 하루 종일 울어대지. 시끄러워서 도무지 작업을 못하겠어. 공모전 기한이나 제대로 맞출 수 있으려나 모르겠다.]

　[장호 : 애라니? ……아아, 진주 누나 동생인 그, 그 미친 미모.]

　[미라 : 장호 너도 알고 있지? 진주 동생.]

　화제가 현주에게로 향하자 진주는 인상을 찌푸렸다. 그다음에 나올 이야기는 안 들어도 뻔했다. '어쩜 자매가 이렇게 안 닮았어?', '진주 너 학교 다닐 때 좀 힘들었겠다.' 다른 말로 표현하자면 동생은 예쁜데 넌 왜 못생겼냐는 질문이었다.

　[미라 : 아, 맞다. 너희 그 얘기 들었어? 남광회 작가 있잖아. 진주의 워너비.]

　진주가 화제를 돌리려는 찰나 미라가 먼저 다른 흥밋거리를 꺼냈다.

　[진주 : 남광회 작가가 왜?]

　진주가 이야기에 집중하려는데, 일순 도어록이 해제되는 소리가 들렸다. 곧이어 전혀 달갑지 않은 인물, 현주가 신발을 획획 집어던지고 부엌으로 들어왔다.

　진주는 얼른 메신저 창을 숨기고 원고 파일을 띄운 후 작업에 몰두하는 척했다. 건드리지 말라는 아우라를 뿜어냈으나 현주가 이를 신경 쓸 턱이 없었다.

"잠깐만 노트북 좀 쓸게. 뭐 하나만 하자."

현주가 진주의 어깨를 밀어내며 말했다.

"안 돼. 나 지금 그분이 오셨단 말이야."

진주는 현주에게 밀려나지 않으려 안간힘을 쓰며 집중하는 척 키보드를 두드렸다.

"그분은 이따 다시 불러. 웬만하면 두 시간 뒤에나."

"야, 이게 무슨 사전 예약제냐? 이런 날이 흔한 줄 알아?"

진주가 엉덩이에 바짝 힘을 주며 카랑카랑하게 외쳐봐야 소용없었다. 153과 173의 차이 때문일까. 진주는 끝내 허무하게 바닥에 나동그라졌다.

"아, 진짜!"

현주는 그런 진주를 본체만체하며 구직 사이트에 접속했다. 화가 난 진주는 안방으로 들어가며 문을 쾅 소리 나게 닫아버렸고, 둘의 싸움에 익숙한 희례는 깔깔거리며 아침 드라마를 시청하는 데 여념이 없었다.

그렇게 승리를 거머쥔 현주가 인터넷 서칭에 몰두하려는데, 휴대전화가 울렸다. 내버려두면 곧 끊기려니 생각했건만 벨 소리는 지치지도 않고 울어댔다.

현주는 짜증을 내며 거친 손놀림으로 전화를 받았다.

[지우 어머니시죠? 지우, 혹시 다른 어린이집에 보내셨나요?]

발신자는 파란 어린이집 원장 선생인 박성희였다.

보통 엄마들은 인터넷 보육 시스템을 통해 여러 어린이집에 입소 대기를 걸어놓는다. 원하는 어린이집에 배정되기가 하늘의 별 따기보다 어렵기 때문이었다. 물론 두 군데 이상 입소가 확정되는 경우도 더러 있었다. 이 경우, 엄마들은 한 곳에 아이를 보내면서 다른 곳에 입소하지 않겠다는 사전 고지를 하지 않을 때가 많았다. 박성희는 지우 역시 그런 경우인지를 묻고 있었다.

"무슨 소리세요? 지우 파란 어린이집에 데려다줬는데요?"

[지우를 저희 어린이집에 데려다주셨다고요?]

"왜요? 지우가 없어요?"

현주의 심장이 덜컥 내려앉았다.

[아, 아니 그게 아니라…… 어머니, 제가 다시 전화드릴게요.]

당황한 박성희가 서둘러 전화를 끊었다. 현주는 휴대전화를 쥔 채 거실을 맴돌았다. 박성희의 말이 도무지 이해되지 않았다. 한기가 들며 목덜미에 오스스 소름이 돋았다. 점액질같이 끈적끈적한 불길함이 등 뒤에 달라붙는 느낌이었다. 통화를 훔쳐 듣던 희례가 눈치 없이 물었다.

"왜 그렇게 안절부절못해? 지우한테 무슨 일 있는 거야? 지우가 없다는 게 무슨 말이야?"

"아냐, 재수 없는 소리 좀 하지 마."

아무 일도 없을 거다. 괜찮을 거다. 없어진 줄 착각했다고, 놀라게 해드려서 죄송하다고 박성희가 다시 전화할 거다. 속으로 되뇌었지만 불길한 예감은 점점 부피를 키워갔다. 심장이 벌렁거리고 침이 바짝 말랐다. 엄마로서의 본능이 자꾸만 경보음을 울려댔다.

"잠깐 어린이집에 다녀올게."

현주는 결국 현관으로 가 신발에 발을 꿰었다.

그때였다. 찢어질 듯한 굉음을 내며 집 전화가 울렸다. 희례가 손을 뻗었지만, 쏜살같이 달려온 현주가 한 발 앞서 수화기를 낚아챘다.

"여, 여보세요."

[으앙. 으앙.]

대뜸 아이의 울음소리가 들려왔다.

"지, 지우야!"

현주가 비명을 지르듯 소리쳤다. 지우의 목소리였다. 일순 온몸의 피가 차갑게 식는 기분이었다. 눈앞이 새까매지며 아득한 공포가 몰려왔다. 생전 처음 느껴보는 끔찍한 두려움에 전신이 사시나무 떨듯 떨렸다. 수화기 너머로 변조된 목소리가 흘러나왔다.

[목소리 들으셨죠? 지금부터 제가 하는 말 잘 들으세요. 제 말대로 하시면 지우는 안전하게 돌려보내 드립니다.]

"누, 누구세요? 우리 지우는, 우리 지우는 어디에 있어요?"

[어머니, 이러지 마세요. 어머니가 이럴수록 일만 어려워집니다.]

"우리 지우, 우리 지우…… 흑. 지우야……. 지우야……."

눈물이 끊임없이 흘러나왔다. 미칠 것 같았다. 정신을 차릴 수가 없었다.

[전화 끊습니다.]

"아, 아니에요! 제발 전화 끊지 말아요. 하라는 대로 할게요! 제발, 제발 우리 지우만 돌려보내 주세요."

현주는 수화기를 쥔 채 경기를 일으키듯 소리쳤다. 희례 역시 상황을 짐작하고 희게 질린 얼굴로 숨을 쎅쎅거렸다. 어느새 진주도 거실로 나와 전화 내용에 귀를 기울이고 있었다.

[첫 번째, 경찰에 연락하지 마세요. 다 지켜보고 듣고 있습니다. 경찰에 연락하는 순간 지우의 목숨은 없습니다. 두 번째, 현금으로 5천

만 원을 준비하세요. 남편한테 그 정도 돈은 있죠? 이 돈을 어린이집 박성희 원장, 하늘 반 노윤정 선생, 최수정 선생이 각각 나눠 들고 세 군데 장소에 오전 11시까지 가져오도록 하세요. 이후 다음 지시를 내리겠습니다.]

유괴범은 몸값 전달 장소 세 군데와 세 명의 선생님이 어디로 향해야 할지를 상세하게 지시한 후 전화를 끊었다. 현주가 무너지듯 주저앉자 희례와 진주가 달려와 그녀를 부축했다.

"우, 우리 지우가. 엄마, 우리 지우…… 나 어떡해."

"이, 일단 경찰에 먼저 신고를……."

희례가 덜덜 떨리는 손으로 신고하려 하자 현주가 휴대전화를 낚아챘다.

"절대 안 돼!"

"그럼 어떻게 하려고!"

현주는 즉시 남편 송지석에게 전화를 걸어 상황을 설명했다. 박성희에게도 지우의 유괴 사실을 알리고 협조를 요청했다.

"유괴범이 몸값 전달자로 선생님들을 지목했어요. 당장 저희 집으로 와주세요. 부탁입니다……."

지금 시각은 오전 9시 반. 유괴범이 통보한 시간까지 고작 한 시간 반밖에 남지 않았다.

송지석과 선생들은 곧장 집으로 달려왔다. 현주와 희례, 진주는 집에 남아 유괴범의 다음 전화를 기다리기로 하고, 송지석과 선생들은 가방을 샀다. 송지석은 은행을 돌아다니며 정기예금을 몽땅 해지하고 현금으로 찾아 가방 세 군데에 나눠 담았다.

박성희, 노윤정, 최수정은 각각 가방을 들고 약속 장소로 향했다.

고애동 성남 아파트 101동과 102동 사이 놀이터, 만리 시장 우리네 닭강정, 롯데월드 후룸라이드 탑승 표지판이 유괴범이 지시한 몸값 전달 장소였다.

세 선생은 가방을 안은 채 택시를 타고 장소로 이동했다. 그리고 찬 바람을 맞으며 초조하게 접선을 기다렸다.

그 시각 현주, 진주, 희례는 유괴범의 다음 전화를 기다리고 있었다. 선생들에게 돈 가방을 쥐여주고 돌아온 송지석을 보고 현주와 희례는 오열했다.

"현주야, 우리 경찰에 신고하자."

두 사람을 진정시키며 송지석이 말했다.

"안 돼! 경찰에 신고하면 우리 지우를 죽인다잖아."

"아니면 적어도 처남한테라도……."

"걔는 뭐 경찰 아니야? 유괴범이 그랬어. 다 보고 듣고 있다고."

"경찰에 신고하지 못하도록 거짓말하는 걸 수도 있어."

"거짓말인지 아닌지 어떻게 알아? 진짜 보고 듣고 있는지도 모르잖아. 도청하고 있을 수도 있고. 단 1프로라도 유괴범 말이 사실일 가능성이 있다면, 난 신고 못 해. 절대 안 된다고."

송지석은 입을 다물었다. 사실 그 역시 현주와 같은 마음이었다. 혹시나 하는 반 토막짜리 가능성에 지우의 목숨을 걸 수 없었다. 그저 유괴범이 약속대로 돈을 받고 지우를 돌려보내주길 바랄 뿐이었다.

1분이 하루 같은 끔찍이도 긴 시간이 흘렀다. 오후 1시가 되자 전화가 울렸다. 현주는 바들바들 떨리는 손으로 수화기를 들었다. 변조된 목소리가 귓가에 들려왔다.

[자, 다음 지시를 내립니다. 청량리역에 세 선생을 집결시켜주세

요. 이제 박성희 선생이 최수정 선생의 가방을, 노윤정 선생이 박성희 선생의 가방을, 최수정 선생이 노윤정 선생의 가방을 듭니다. 그리고 바뀐 가방을 따라 바뀐 장소로 오후 2시 반까지 가는 겁니다. 이후 다음 지시를 내리겠습니다.]

전화가 끊겼다.

송지석은 세 선생에게 유괴범의 지시를 알렸다. 세 사람은 칼바람에 부르튼 얼굴로 청량리역에서 만나 가방을 교환했다. 박성희는 롯데월드 후룸라이드 탑승 표지판으로, 노윤정은 고애동 성남 아파트 101동과 102동 사이 놀이터로, 최수정은 만리 시장 우리네 닭강정으로 향했다.

오후 4시가 되자 유괴범으로부터 다시 전화가 걸려왔다. 앞선 두 통의 전화와 마찬가지로 선생들이 또 바뀐 가방을 들고 바뀐 장소로 5시 반까지 가게 하라는 전화였다. 이번에도 송지석은 선생들에게 지시 사항을 전달했다. 선생들은 서울 시내를 바쁘게 가로질렀다.

날은 어둑해지고 바람은 더욱 차가워졌다. 현주는 기다리는 내내 피가 마르는 기분이었다. 유괴범에게 빨리 돈을 주고 싶었지만 그는 세 선생을 서울 시내 곳곳으로 뱅뱅 돌리기만 할 뿐이었다.

"돈 준다니까, 준다는 돈은 안 받고 도대체 왜 이러는 거지?"

현주가 히스테릭하게 말했다.

"경찰이 따라붙었다고 생각해서 이러는 게 아닐까? 아무래도 저놈은 우리가 경찰에 신고했는지, 안 했는지 모르는 것 같아. 그러니까 이제라도……."

그 순간 전화가 울렸다. 현주는 재빨리 수화기를 들고 외쳤다.

"이봐요! 대체 왜 이러는 거예요? 시키는 대로 다 했잖아요. 얼른 돈 가져가세요! 그리고 우리 지우 돌려달라고요!"

그는 말이 없었다. 현주는 가쁜 숨만 몰아쉬었다. 숨 막히는 정적이 흘렀다. 수화기에서 킥킥대는 웃음소리가 흘러나왔다.

[……수고했어요. 그리고 협상은 결렬입니다.]

유괴범이 전화를 끊었다. 뚜뚜 소리를 내는 통화 종료음을 들으며 현주는 부르르 몸을 떨었다. 전신이 불길에 휩싸이는 것 같은 고통을 느끼며 정신을 잃었다. 그리고 의식을 차린 뒤 현호에게 전화를 한 것이었다.


서촌 경찰서는 비상이 걸렸다.

현호가 종철과 함께 집으로 향하는 동안, 강력1팀 육시열 팀장은 형사과장 김용태 경정에게 상황을 보고했다.

"사건 발생 시각은 08시 50분에서 09시 10분 사이로 추정됩니다. 유괴 장소는 어린이집이고요. 아이 엄마가 08시 50분경에 아이를 어린이집에 데려다주고 담임선생에게 인계했다고 하는데, 09시 10분, 담임선생이 최종 인원 점검을 할 때 아이가 없었답니다."

"지금 몇 시야?"

"18시 17분이요."

육시열이 손목시계를 확인하고 대답했다.

"나 참, 요즘 세상에 몸값 요구하는 유괴라니. 말이 돼? 우리 접촉 시점 다 놓쳤어. 정신 바짝 차려. 아, 그리고 백 형사는…… 알지? 수사에 참여하는 거 여러모로 보기 안 좋아."

"그렇긴 한데……."

"잘 타일러."

김용태가 골치 아프다는 듯 육시열의 어깨를 툭툭 쳤다.

서장의 명으로 즉시 수사본부가 설치됐다. 김용태는 형사과 전원과 지역 경찰관을 비상 소집했다. 골든타임을 놓치면 생존 확률이 현저하게 낮아진다. 사건 발생 후 열두 시간이 가장 중요했다. 지우의 경우 이미 아홉 시간이 지났기에 신속한 수사가 더욱 절실했다.

또한 유괴범 검거는 대부분 통화나 몸값 전달과 같이 범인과 접촉하는 시점에 이루어진다. 형사들은 통신 조사를 통해 발신자의 위치를 추적하거나 몸값 전달 장소에 잠복하여 유괴범을 체포한다. 범인이 피해 아동의 부모와 접촉하는 과정에서 자신의 정보를 많이 노출하기 때문에 유괴의 여러 유형 중 몸값 요구형은 범인 검거율이 높은 편이다. 하지만 지우의 경우 이 모든 접촉 과정이 형사들의 참여 없이 끝나고 말았다. 형사들은 흔적 없는 범인의 뒤꽁무니를 쫓아야 하는 판국이었다.

"이미 아홉 시간 지났어. 1분이라도 지체할 시간 없다. 잘 들어. 정식이하고 선우는 통신사에 통신 기록 조회 의뢰하고 발신자 명의부터 확인해. 너희 둘은 어린이집 근처 CCTV 몽땅 회수하고. 유괴 시간, 장소. 시뻘건 대낮에 어린이집이야. 본 사람 없다는 건 말이 안 돼. 종철이하고 우영이는 선생, 부모 명단 깡그리 받아서 신원 조회하고 진술 받고 알리바이 확인해. 유괴 아동 부모 금전 관계도 알아보고. 이상."

형사들은 일사불란하게 흩어졌다. 종철 역시 우영과 함께 회의실을 나가려는데 김용태가 그를 불렀다.

"하 형사, 이리 와봐."

종철이 김용태에게 다가갔다.

"그 아빠 쪽. 송지석 알리바이 확인해봐."

"네?"

"아이를 해칠 만한 동기가 있는지도."

"……알겠습니다."

종철은 김용태의 지시를 받고 회의실을 나섰다.


밤새도록 수사본부는 정신없이 돌아갔다. 통신사로 통신 기록 조회를 의뢰하고 어린이집과 근방의 CCTV 영상, 주정차 차량 블랙박스를 몽땅 회수했다. 날이 밝자 경찰은 인근 지역을 돌며 목격자를 찾기 위한 탐문 수사를 벌였다. 하지만 사흘이 되도록 유의미한 단서는 발견되지 않았다.

"어째 봤다는 사람이 없네요."

한일 아파트 단지로 들어가며 우영이 말했다. 종철과 우영은 어린이집 선생들과 부모들을 찾아다니며 진술을 받는 중이었다. 우영의 손에는 파란 어린이집의 부모-원아 명단이 들려 있었다. 진술이 끝난 명단에는 체크 표시를 해두었는데, 표시가 날로 늘어감에도 목격자는 나타나지 않았다.

"그러게 말이다."

종철도 힘 빠진 목소리로 맞장구를 쳤다.

"똑같은 원복을 입었으니 얼굴을 기억 못 하는 건 그렇다 쳐요. 그런데 어떻게 애 데리고 가는 걸 목격한 사람이 하나도 없는 거죠?"

목격자뿐만이 아니었다. 어린이집, 주변 도로의 CCTV를 샅샅이 확인했지만 아이를 데리고 가는 사람이 찍힌 장면은 없었다. 인근 주민들도 그런 사람은 본 적 없다며 고개를 흔들었다. 수사의 실마리가 발견되지 않자 수사본부에 속한 형사들은 초조해 속이 타들어갈 지경이었다.

종철과 우영은 발걸음을 멈추고 101동을 올려다봤다.

"다음은 여긴가? 전예림 아동 집."

종철이 우영에게 물었다.

"네, 아까 만난 윤수영 아동 보호자가 말했던 그 집이요."

이곳에 오기 전, 종철과 우영은 하늘 반 윤수영의 집을 먼저 방문했다.

"혹시 누군가 아이를 데리고 가는 걸 보신 적 있습니까? 설사 진짜 부모였다 해도 상관없습니다."

우영의 질문에 윤수영의 어머니, 성윤아는 고개를 흔들었다.

"아뇨, 그런 사람 없었어요. 다 애들을 데려다놓는 상황이었는데, 반대로 데리고 가는 사람이 있었다면 눈에 띄었을 거예요."

"이상한 점은 없었습니까? 아주 사소한 거라도, 별거 아니라고 생각되는 거라도 좋습니다."

종철이 지푸라기라도 잡는 심정으로 물었다.

"별건 아닌데……. 수영이 데려다줄 때, 어떤 엄마가 예림이 서류 다시 가져왔다고 말하는 건 얼핏 들었어요. 서류를 깜빡했던 거 같더라고요."

종철과 우영은 성윤아의 말을 상기하며 한일 아파트 101동 1402호의 초인종을 눌렀다.

"누구세요?"

"안녕하세요. 서촌 경찰서 강력1팀 하종철 형사입니다. 파란 어린이집 하늘 반 전예림 어머니, 양정미 씨 맞으시죠?"

현관문 사이로 까칠하고 예민해 보이는 30대 초반 여성이 고개를 내밀었다. 종철과 우영이 방문 목적을 말하자 양정미는 대번에 인상부터 찌푸렸다.

"그게 그렇게까지 의심받을 만한 행동이에요? 어린이집 제출 서류를 깜빡해서 집에 갔다 다시 온 건데."

"그게 아니라…… 두 번이나 어린이집을 왔다 갔다 하셨으니, 그만큼 뭔가를 목격했을 가능성이 커서 여쭤본 겁니다."

곰곰이 생각하던 양정미는 이내 머리를 흔들었다.

"아이를 데려가는 사람도 본 적 없고, 특별히 기억에 남을 만큼 이상한 점도 없었어요. 사실 개원 날이라 정신이 하나도 없었거든요. 또 거기가 유치원하고 바로 붙어 있어서 워낙에 사람도 많고 복잡했고요."

"그러면 그날 아침 9시에서 10시 사이, 어디에서 뭘 하셨는지 말씀해주실 수 있습니까?"

양정미는 불쾌해하며 집으로 들어갔다. 잠시 후 그녀는 종철의 코앞에 영수증 하나를 들이밀었다.

"이거 없었으면 큰일 날 뻔했네. 마트에 있었어요."

마트 영수증에 찍힌 시간은 9시 33분이었다.

"네, 알겠습니다. 협조 감사드립……."

종철의 인사가 끝나기도 전, 문이 부서질 듯 닫혔다. 양정미는 용의자 취급에 기분이 상한 모양이었다. 종철과 우영은 소득 없이 아파트를 빠져나올 수밖에 없었다.

"어린이집에 아이를 데려다주고 난 바로 다음이라 그런가. 부모들은 죄다 알리바이가 확실하네요."

우영은 허탈해하며 부모-원아 명단에 새롭게 체크를 했다. 둘은 부모들로부터 진술을 확보하며 그들의 알리바이 또한 확인하는 중이었다.

"그러게 말이다. 마트 영수증, 카페 영수증, 영화표, 아파트 출입구 CCTV 영상. 뭐 하나 빠져나갈 구멍이 없네. 다들 신원도 확실하고 말이야. 다음은 누구 집이야?"

우영이 막 명단을 살피려는데, 종철의 휴대전화가 울렸다. 육시열로부터 걸려온 전화였다.

"네, 팀장님."

[하 형사. 지금 바로 서로 들어와.]

"지금요?"

[그래, 빨리!]

재차 물어볼 새도 없이 육시열이 신경질적으로 전화를 끊었다.

"왜요? 무슨 일이래요?"

통화를 엿듣던 우영이 물었다.

"몰라. 대뜸 서로 들어오라는데?"

"선배만요? 왜요? 무슨 일이래요?"

"나도 모르지. 하여간 가봐야겠다. 우영아, 나머지는 네가 알아서, 응? 부탁한다."

울상인 우영을 뒤로하고 종철은 서촌 경찰서로 발걸음을 옮겼다.

* * *

서촌 경찰서에는 한바탕 폭풍우가 몰아쳤다.

"그게 무슨 말씀이세요? 빠지라니요!"

얼굴이 새빨개진 현호가 육시열에게 고함을 치고 있었다.

"백 경위님, 보는 눈 많습니다. 그만하세요."

곁에 선 종철이 흥분해 날뛰는 현호를 말렸다.

"선배는 지금 팀장님이 한 얘기 못 들었어요? 저한테 이번 사건에서 빠지라고 하시잖아요! 탐문에서 뺀 건 이해한다 쳐요. 그런데 수사본부에서 아예 빠지라니요?"

"야, 이 새끼야. 네가 이러니까 하는 말이다. 이 새끼야."

육시열은 혀를 차며 서류철을 들고 사무실을 빠져나갔다. 늘 그렇듯 나머지는 종철의 몫이었다. 현호가 육시열을 쫓아가려 하자 종철은 한숨을 쉬며 그의 팔을 잡아챘다.

"갑시다."

"아, 선배!"

"이리 안 와?"

화를 주체하지 못한 현호는 성큼성큼 성난 황소처럼 종철의 뒤를 따랐다. 경찰서 뒤뜰에서 종철은 믹스 커피를 뽑아 현호에게 쥐여 줬다.

"하 선배, 저 못 빠집니다. 여기서 저만큼 간절한 사람이 어딨습니까? 저만큼 목숨 걸고 이 사건 수사할 사람이 어딨냐고요! 이 수사에서 못 빠져요. 아니, 절대 안 빠져요."

종철은 여전히 콧김을 뿜어대는 현호를 보며 아직 멀었다는 생각이 들었다. 돌덩이를 차면 제 발부리만 아플 뿐이고, 가만히 입 다물고 있어도 진행 상황을 알려줄까 말까 하는 판국인데 이리도 존재감을 어필하신다. 똑똑한 줄 알았는데 빙충이가 따로 없었다.

"얀마, 네가 이렇게 지랄 발광한다고 될 일이냐? 물때썰때를 알아야지. 그리고 뭐, 다른 형사들은 수사 안 하고 놀아? 네가 이러는 거 육 팀장이고, 나고, 우영이고 다 개무시하는 거야, 인마."

종철에게 대거리를 하려던 현호는 입을 다물었다. 틀린 말은 아니었지만 속이 답답해 미칠 것 같았다. 수사는 사흘째 답보 상태. 식구들은 영혼이 빠져나간 해골처럼 비쩍 말라갔다. 현호를 통해 수사 진행 상황을 공유하는 게 유일한 위안이었는데, 이제는 그마저도 어렵게 되었다.

종철은 여전히 현호를 설득하는 데 여념이 없었지만 현호는 잔소리를 귓바퀴로 흘려보냈다. 그저 하염없는 절망 속에서 지우의 웃는 얼굴만이 부표처럼 나타났다 사라지기를 반복했다. 이제 고작 돌 지난 아이다. 그 작은 아이가 어떤 상황에 처해 있을지 상상하는 것만으로도 배 속 장기들이 뒤틀렸다. 한 번이라도 제대로 안아줬던 적이 있었나. 현주와 싸잡아서 짐짝 취급했던 자신이었다. 이제야 비로소 삼촌 노릇 한번 못 했던 과거가 후회로 얼룩져 가슴을 할퀴었다.

"그러니까 집에 가 있어. 가서 누나하고 어머님 보듬어드리고 가족들 좀 챙겨. 그게 지금 네가 할 일이야."

현호는 머리를 쥐어뜯었다. 평소 자신이 피해자 가족에게 했던 속 알맹이 없는 말들이 부메랑처럼 되돌아왔다.

"전경 1중대 추가 지원받기로 했어. 택시 회사, 역, 터미널 중심으로 수배 전단도 수만 장 뿌린다고 하고. 곧 단서 잡을 수 있을 거야."

종철의 말도 그다지 희망차게 들리지 않았다.

경찰은 다양한 가능성을 열어두고 수사에 임했다. 특히 유괴범이 송지석의 재무 상태를 알고 있었던 것으로 보아 가까운 인물일 것이라 추정하고 주변인들의 알리바이, 원한 관계, 금전 관계 등을 빠짐없이 조사했다. 하지만 아무리 광산에서 곡괭이질하듯 캐고 또 캐도 의심스러운 인물은 나오지 않았다.

어린이집 부모와 선생들에 관한 조사도 마찬가지였다. 전과나 금전 문제가 있는 사람은 없었다. 사건 발생 전후로 알리바이도 확실했다. 모두 아이를 어린이집에 데려다 놓던 시각, 반대로 데려가는 이가 있었다면 눈에 띄지 않을 리 없었다며 입을 모아 얘기했다.

경찰은 통신 수사도 게을리하지 않았다. 하지만 발신 휴대전화는 대포폰이었다. 명의자는 중국인으로 출국한 지 오래였다. 어린이집 CCTV도 무용지물이었다. 누군가가 선을 끊어놓았지만 선생들은 그 사실을 전혀 알지 못했다. 인근 도로의 CCTV와 주정차 차량의 블랙박스도 마찬가지였다. 아침 8시에서 10시 사이 원복 입은 아이를 데려가는 사람이 찍힌 장면은 없었다.

유일하게 기대해볼 수 있었던 건 200명의 인원을 투입한 탐문 수사였다. 그러나 아직 지우를 목격한 사람은 나타나지 않았다. 완벽한 사면초가였다. 지우는 말 그대로 하늘로 솟거나 땅으로 꺼진 듯했다.

현호는 종이컵을 우그러뜨렸다.

"지금쯤 지우를 납치한 범인은 웃고 있겠네요. 감쪽같이 지우를 데려가는 데 성공했으니."

"그런가? 아니지. 돈을 받지 못했잖아."

유괴의 성공 여부를 친히 따져주는 것도 웃긴다는 생각에 현호는 피식 웃고 말았다. 우그러진 종이컵을 쓰레기통에 던져 넣는데, 문득 종철의 말이 목구멍의 가시처럼 마음에 걸렸다. 유괴범은 왜 지우를 데려갔을까. 정말 돈 때문일까?

"선배, 이 유괴는 성공일까요? 실패일까요?"

"결과만 놓고 봤을 때, 돈이 목적이었으면 실패한 거고 아이가 목적이었으면 성공한 거지."

현호는 그제야 불편하고 찜찜했던 마음의 정체를 알아차렸다. 목적을 위한 범인의 행동에 이상한 괴리감이 존재했던 것이다.

"그럼 애초에 유괴범의 목적은 뭐였을까요?"

"당연한 걸 뭘 물어. 몸값 받으려고 유괴한 거잖아."

"갑자기 든 생각인데…… 몸값이 목적이 아닌 것 같아요."

"왜 그런 생각이 든 건데?"

"몸값 요구 전화가 왔으니 당연히 돈이 목적이라 생각했죠. 하지만 범인의 행동들을 보세요. 돈을 받으려는 의지가 전혀 안 보여요."

종철도 비로소 커피를 홀짝이며 고개를 끄덕였다.

"하긴 5천만 원이라는 돈도 위험 부담에 대한 대가라기엔 너무 적은 돈이고, 현금으로 급하게 만들 수 있는 금액을 대충 부른 것 같은 느낌이기는 해. 선생들을 서울 시내에서 뱅뱅 돌리면서 단 한 번의 접촉 시도도 없었던 것도 이상하고."

"지우를 타깃으로 고른 것도 이상해요. 돈이 목적이었다면 다른 부잣집 아이를 노렸어야죠. 지우의 어린이집 담당 선생님 이름도 알고 있을 만큼 사전 준비를 한 범인이라면, 작은누나와 매형이 그저 그런 서민층이라는 걸 알았을 텐데요."

"그것도 그러네."

물잔에 떨어진 한 방울의 잉크처럼 의구심이 점차 퍼져갔다. 생각할수록 괴이한 점투성이였다.

"보통 유괴의 목적은 돈 아니면 아이 자체예요. 아이가 목적인 경우는 성적 욕구 충족, 양육, 매매나 절도 등에 이용하기 위한 영리 목적 등이 있죠. 정신이상이 아닌 한에서요. 지우의 경우에는 실제로 지우 자체가 목적인데 범인이 일부러 몸값이 목적인 것처럼 교묘하게 위장한 것 같아요."

"왜? 범인이 왜 그렇게 번거롭고 수고스러운 짓을 했겠어? 지우가 목적이었으면 그냥 데려가면 그만인 것을."

현호는 괴롭게 고개를 가로저었다. 그 역시도 종철의 질문에 대답할 수가 없었다.

"모르겠어요. 분명한 건 성적 욕구 충족이나 영리 목적, 양육 목적, 정신이상이라면 돈이 목적인 것처럼 꾸밀 이유가 없다는 거예요. 결국 원한 같은, 누나와 매형에 대한 개인적 이유 때문이 아닌가 싶어요. 그런 이유 때문이라면 면식범일 확률이 절대적으로 높고요."

"그래서 지금 이렇게 대대적인 탐문 수사를 하는 것보다는 주변인 조사에 초점을 맞춰야 한다고 생각하는 거야?"

"네."

종철은 미간을 찌푸리며 담배를 뻑뻑 피워댔다. 믹스 커피를 마시고 곧장 담배를 피우다니 지독한 입 냄새는 생각지 않는 모양이었다. 그는 담뱃불을 끈 다음 고약한 입 냄새를 풍기며 말했다.

"그쪽도 당연히 계속 수사하고 있어. 그런데 누나분이 도통 입을 안 여는데 어쩌나. 지우만 데리고 집 나온 걸 보면 부부 사이에 문제가 있었던 것 같은데 말이지."

종철의 말대로였다. 지우가 사라진 와중에도 현주는 부부 관계에 대해 한사코 입을 열지 않았다. 그녀는 자신들 일은 아무 관련 없다며 탐문 수사 인력을 더 늘려서 지우를 찾아내라고 소란을 떨 뿐이었다.

"제가 누나를 설득해볼게요."

머릿속 희뿌연 연기가 사라지는 느낌이었다. 현주와 송지석에게 개인적인 원한을 품은 사람이 지우를 유괴했을 거라는 확신이 점점 강하게 들었다.

이쪽을 캐보자. 수사에서 제외된 분풀이로 망아지처럼 날뛰는 것보다 훨씬 현명한 처사였다. 현호가 자리를 뜨려는데 종철이 그를 붙들었다.

"그리고 말이야, 지우 아빠 있잖아. 송지석 씨."

종철은 송지석이 근무하는 새희망 산부인과에서 들었던 이야기를 떠올렸다. "그날 그러고 보니…… 조금 늦긴 하셨어요. 평소에는 8시 반이면 오시는데 몇 시쯤 왔더라? 아, 맞다. 문 원장님 오시기 바로 전이었으니까 10시 10분쯤 출근하셨네요."

접수대 직원은 송지석의 출근 시간이 평소와 달랐다고 진술했다.

"평소 지우를 대하는 태도가 어땠어?"

종철은 속내를 감추며 현호에게 물었다.

"딸이니 예뻐했죠. 다른 아빠들처럼요. 매형 그럴 만한 사람 아니에요. 선배가 잘못 짚으신 거예요."

현호는 종철의 의심을 일축했다.

"저, 진짜 가요."

손을 흔들고 돌아서는 현호의 뒷모습을 보며 종철은 다시 담배를 물었다. 진짜 그럴 사람이 아니라면 좋겠는데. 콩가루 가족 운운하던 현호의 레퍼토리가 하나 더 생기지 않기만을 바랄 뿐이었다.

"흑. 우리 지우 어떡해…… 우리 지우 데려와. 지우 보고 싶어 죽겠어! 으어어엉."

현호는 현관문 앞에서 발을 멈췄다. 문을 열기도 전, 익숙한 통곡 소리가 귓가를 때렸다. 집이 떠나가라 울부짖는 이는 현주가 아닌 희례였다.

현주는 사흘 동안 세 번이나 졸도한 후 전화기만 바라봤다. 그녀는 먹지도 자지도 않고 유괴범으로부터 전화가 걸려오기만을 기다렸다. 그러다 한 번씩 발작을 했다.

"그만해."

현주의 서늘한 일갈에도 희례는 곡소리를 멈추지 않았다.

"그 어린것이 불쌍해서, 불쌍해서 어떻게 해……."

"지우가 죽었어? 왜 죽은 애 취급이야?"

화살이 향할 곳이 필요했던 현주는 희례에게 무지막지한 분노를 터뜨렸다. 미친 듯이 소리를 지르고 물건을 집어던졌다. 손톱으로 벽을 긁고 바닥을 데굴데굴 굴렀다. 또 한바탕 발작이 이어졌다. 그럴 때면 희례는 더 큰 소리로 오열했고 진주는 발만 동동거렸다.

"현주야, 진정해. 엄마도 그만 울어요. 제발…… 이러지들 말자고요."

진주는 눈물 콧물이 범벅이 된 얼굴로 둘에게 사정했다. 딴에는 중재해보려는 노력이었지만, 그녀의 말과 행동에는 설득력이 눈곱만치도 없었다.

현호는 현관문 손잡이를 잡고 발 들여놓기를 망설였다. 수사본부에서 숙식을 하며 버틴 이유는 지우를 찾고자 하는 절박함 때문만이 아니었다. 그 이면에는 고성과 욕설이 난무하는 이곳을 외면하고 싶은 마음도 도사리고 있었다. 가장 힘든 순간 가족은 힘이 되지 못했다. 서로를 향해 발톱을 세우고 상처 주는 데 익숙한 관계일 뿐이었다.

'쿵' 소리가 들렸다. 뒤이어 진주의 새된 비명소리가 울려 퍼졌다. 현주를 말리려다 되레 떠밀린 모양이었다.

"알짱대지 말고 저리 안 꺼져? 어디서 착한 척이야? 왜 이제 와서 언니 노릇이고 이모 노릇인데? 집에만 틀어박혀 있는 정신병자 주제에!"

"뭐? 너 말 다 했어?"

"사실이잖아! 언제 한번 지우 안아준 적이나 있어? 일하는 데 방해된다고 지우 거슬려 한 거, 내가 모를 줄 알아?"

"지금 이 상황에서 그런 말이 왜 나와?"

더 이상 듣고 있기 힘들었다. 위기 때마다 반복되는 싸움, 서로를 향한 힐난과 책임 전가. 진저리가 났다. 소름 끼치도록 끔찍했다. 현호는 문을 힘껏 열어젖혔다.

"지긋지긋해! 다들 그만 좀 해!"

천둥 같은 고함소리가 쩌렁쩌렁하게 메아리쳤다. 세 사람은 얼음처럼 굳어 동시에 현호를 돌아봤다. 현호가 저토록 험악한 얼굴로 소리 지른 적은 처음이었다. 현호는 성큼성큼 다가와 진주와 현주를 갈라놓았다.

"제발 싸움은 나중에 해! 지우 찾고 난 다음에 머리 쥐어뜯으며 싸우든, 가족의 연을 끊든 하라고! 아니, 지우 찾은 다음에는 우리 서로 다 인연 끊어버리자. 이렇게 얼굴 보는 것만으로도 끔찍해 죽겠는데 어떻게 같이 살아? 이 집 전세금 빼서 나눠줄 테니 여기서 다 나가라고!"

현호의 호통이 끝나자 집 안에는 괴괴한 정적만이 흘렀다. 세 사람은 여전히 돌처럼 굳어 있었다. 희례는 어느새 오열을 멈춘 채 현호의 눈치를 살폈고, 현주와 진주도 숨소리를 죽였다.

현호는 지끈거리는 머리를 감싸고 화를 삭이며 거실을 서성거렸다. 그래, 이참에 끝장을 보자. 지우만 돌아오면 영영 모르는 사람처럼 갈라서는 거다. 남보다 못한 관계, 태생부터 발목을 붙든 지긋지긋한 굴레. 전부 끊어내는 거다. 지우를 찾기만 한다면.

"빈말 아니에요. 이대로는 못 살겠으니 전세금 나눠 갖고 뿔뿔이 흩어지자고요. 대신 그전에 지우를 찾아야죠. 우리가 이러고 있을 때예요? 합심해도 모자랄 판에."

"현호야……."

"지우가 참도 좋아하겠네요. 지금 어디에서 어쩌고 있을지 모를 애를 두고, 우리가 꼭 싸우는 데 시간을 허비해야 해요? 울면서 가족 찾고 있을 애를 두고요. 지우가, 지우가 얼마나……."

희례가 울음을 터뜨리며 주저앉았다. 신호탄이 된 듯 현주와 진주도 눈물을 쏟아냈다. 더 이상 악에 받친 눈물이 아니었다. 한동안 집 안에는 제각기 다른 울음소리만 가득했다. 현호는 목구멍까지 차오르는 울음을 삼키며 종철과 나누었던 대화를 전달했다. 지우를 유괴한 이유가 현주와 송지석에 대한 개인적 감정 때문일 거라며, 둘에게 원한을 품을 만한 사람을 찾는 게 중요하다고 강조했다.

"그러니까 작은누나도 매형하고 무슨 일 있었는지 얼른 털어놔."

현호의 설득에 현주는 갈라지고 터진 입술을 열었다.

"정말 지우가 유괴된 일하고 관계있는 거야?"

"그렇다니까. 몇 번을 말해."

현주는 눈을 한번 꾹 감고는 바르르 입술을 떨었다.

"애 아빠가…… 다른 여자랑 살고 싶대."

그녀의 입에서 청천벽력 같은 소리가 흘러나왔다.

"뭐?"

식구들이 입을 모아 소리쳤다.

"그 인간이 일하는 병원 의사야. 근데 난 이혼해줄 생각 절대 없어."


현주의 남편 송지석은 유명 산부인과의 행정실장이었다. 6개월 전, 그는 같은 병원의 의사 문채영이 신림동에 개인 병원을 개업하자 그녀를 따라 직장을 옮겼다. 그때까지만 하더라도 현주는 높아진 연봉과 인센티브에 한껏 들떠 있었다.

일이 고된지 송지석의 귀가가 점점 늦어졌다. 급기야 외박하는 날들도 이어졌다. 현주가 닦달할 때마다 그는 자리 잡기가 어디 그리 쉬운 일이냐며 짜증만 낼 뿐이었다. 현주의 가슴속에 의심의 씨앗이 움틀 때쯤 송지석이 이혼을 요구해왔다. 그가 문채영과의 관계를 실토하자, 현주는 그 자리에서 송지석의 뺨을 갈겼다. 주먹을 휘두르고 발길질을 하는 동안 눈이 멀 것 같은 아득한 분노가 활활 타올랐다.

"미안해. 나, 채영이 정말 사랑한다. 돈은 네가 원하는 것만큼 다 줄게. 이혼만 해줘."

네가 싫다, 너랑 못 살겠다는 말보다도 백배는 더 충격적이었다. 현주는 치켜든 팔을 부들부들 떨었다. 투실투실한 남편의 얼굴은 사랑의 열병에 들뜬 사춘기 소년 같았다. 현주는 그 얼굴에서 3년 전 첫 만남 때 보았던 남편의 얼굴이 겹쳐 보였다. 분노와 슬픔, 배신감과 치욕에 몸을 떨면서도 끝없는 자괴감이 몰려왔다.

현주는 그 즉시 짐을 챙겨 집을 나왔다. 아들 은우까지 데려갈 형편이 아니었기에 지우만을 데리고 현호의 집에 들어앉았다.

현주가 말을 마치자 식구들은 하나같이 경악에 찬 얼굴이었다. 특히 희례는 콧김을 내뿜으며 화를 참지 못했다.

"그걸 왜 지금 얘기해!"

"그 쪽팔린 걸 어떻게 얘기해! 그 인간 나 처음 만났을 때 애 딸린 이혼녀라도 좋다고, 결혼만 해달라고 1년을 쫓아다녔어. 간이고 쓸개고 다 빼줄 듯이 굴어놓고 바람이라니. 쪽팔려서 어떻게 말을 해!"

붉게 달아오른 현주의 눈가에 눈물이 맺혔다.

"지우가 유괴당한 일하고는 상관없을 줄 알았단 말이야!"

현호는 그녀가 안쓰럽기도, 답답하기도 했다.

"그런 일들 하나하나가 지우 유괴랑 어떤 관련이 있을지 모르는 거잖아? 막말로 그 여자가 매형이 애 때문에 이혼을 망설이는 줄 알고 지우를 유괴했을지 누가 알아?"

"설마, 산부인과 원장이나 되는 사람인데."

"사랑에 미친 사람들이 얼마나 말도 안 되는 짓을 저지르는데. 기사도 못 봤어? 사랑 때문에 자식을 죽이는 사람도 있고, 부모를 청부살해하는 사람도 있어. 누나도 경험해봐서 알잖아. 콩깍지가 씌면 사람이 어떻게 돌변하는지."

현주의 얼굴에서 핏기가 사라졌다. 비로소 제가 감추던 일이 얼마나 심각한 사안인지 느껴지는 모양이었다. 현주를 설득하려고 아무말이나 내뱉던 현호도 찜찜한 기분이 들었다. '자식을 죽이는 사람'이라는 부분에서는 종철이 했던 말도 떠올랐다. "*지우 아빠 있잖아. 송*

지석 씨. 평소 지우를 대하는 태도가 어땠어?"

종철은 왜 그런 질문을 했을까. 불길한 예감이 휘몰아쳤다. 현호는 좁은 집 안을 빠르게 훑었다.

"누나, 매형은 어딨어?"

"은우, 친할아버지 댁에 데려다주러 갔어."

"지우가 유괴된 시간에 매형은 어디 있었어?"

"어디에 있긴…… 병원에 있었지."

"평소랑 같은 시간에?"

"어. 왜 그런 걸 물어? 설마 지석 씨가 문채영하고 같이 이 일을 벌였다고 생각하는 거야? 아니야! 그럴 리 없어!"

현주가 창백하게 질린 얼굴로 언성을 높였다.

"그럴 리가 있는지, 없는지는 알아보면 될 일이고. 일단 문채영부터 만나봐야겠어. 그 여자 병원이 어디라고 했지?"

"신림역 3번 출구 쪽에 있는 새희망 산부인과."

현호는 병원 이름을 알아내자마자 자리에서 일어났다. 현주도 따라가겠다고 나섰지만 이번만큼은 모두가 한마음이 되어 말렸다. 희례가 현주의 허리를 단단히 붙잡은 사이, 현호와 진주는 도망치듯 집을 빠져나왔다.


신림역 3번 출구.

현호와 진주는 턱이 빠져라 입을 벌리곤 우뚝 선 건물을 올려다봤다. 리모델링한 휘황찬란한 건물에 새희망 산부인과 간판이 찬란하게 빛을 발했다. 새희망 산부인과는 거대 빌딩의 6층부터 10층까지를 몽땅 병원으로 쓰면서 산후조리원도 겸하고 있었다.

"이런 병원의 원장이랑 제부가? 뭔가 안 믿기는데."

진주가 얼떨떨해했다.

"원래 남녀 사이가 다 그런 거잖아. 붙어 있다 보면 정분이 나는 법이지."

"서른 될 때까지 연애 한 번 못 해본 게 무슨. 여자 손이나 한번 잡아보고 말하시지."

"지금 그 얘기가 왜 나와? 들어가기나 해."

현호와 진주는 엘리베이터를 타고 6층에서 내렸다. 보안 문을 통과해 병원으로 들어가려는데, 고함소리와 함께 남자 하나가 질질 끌려 나오고 있었다.

"내가 언젠간 여기 불 질러버릴 거야! 못 할 거 같아? 못 할 거 같냐고!"

남자는 경찰관 두 명에게 붙들려 나오면서도 악다구니를 썼다.

"자꾸 왜 이러십니까? 이러다가 명예훼손, 업무방해에 협박죄까지 얻어맞는다니까요."

"내가 뭘! 저년은 죄짓고도 멀쩡하게 잘 사는데, 내가 왜!"

이내 남자는 경찰들과 함께 엘리베이터 속으로 사라졌다. 현호는 닫힌 엘리베이터 문을 힐끔 쳐다봤다가 고개를 바로 했다. 남자의 사연이 궁금하긴 했지만 더 중요하고 급한 볼일이 있었다.

병원 내부에는 많은 환자들이 차례를 기다리고 있었다. 현호는 접수대에서 방문의 목적을 알렸다.

"문채영 원장님을 뵈러 왔습니다. 개인적인 일인데요. 백현주라는 사람 때문에 찾아왔다고 하면 아실 겁니다."

간호사는 개인적인 일이라는 말에 머리를 갸웃거렸다. 그녀는 진료실 복도로 들어갔다가 잠시 후 나타났다. 현호와 진주를 대기 장소로 안내하며 진료 중이니 기다려달라는 말을 전했다.

대체 어떻게 생긴 여자일까. 어떤 여자기에 송지석을 홀린 걸까. 현호는 병원을 빙 둘러보았다. 어디에도 문채영의 사진은 보이지 않았다.

시간은 더디게 흘렀다. 병원 소개 자료라도 들춰볼까 싶어 현호가 소개지로 손을 뻗는데, 두 명의 여자가 진료실 복도에서 나왔다. 현호는 로비를 가로지르는 여자들을 시선으로 좇았다. 한 명은 긴 생머리에 키가 큰 여자였고, 다른 한 명은 단발머리에 키가 작은 여자였다.

"우리 다음 차례 아니야?"

진주의 말에 현호가 엉거주춤 일어났다. 하지만 여자들이 보안 문을 통과해 엘리베이터 앞에 설 때까지도 둘은 호명되지 않았다. 현호는 접수대로 다가가 간호사를 재촉했다.

"얼마나 기다려야 하는 거죠?"

"그, 그게."

당황한 간호사가 얼버무렸다. 순간 그녀의 눈동자가 흘낏 바깥을 향했다. 불길한 예감에 현호는 진료실 복도 쪽으로 성큼 걸어갔다.

"그렇게 마음대로 들어가시면 안 돼요!"

간호사가 쫓아왔다. 현호는 문채영이라는 이름표가 붙은 진료실의 문을 활짝 열었다. 안에는 아무도 없었다. 여전히 켜져 있는 모니터와 다소 어수선한 책상, 텅 빈 의자만이 보였다. 기가 막혀 말이 나오지 않았다. 조금 전 나간 둘 중 한 명이 문채영이었다. 환자로 위장해 몰래 빠져나간 것이었다.

"누나! 엘리베이터 잡아!"

진료실을 빠져나온 현호가 로비를 가로지르며 소리쳤다. 어정쩡하게 서 있던 진주가 용수철처럼 튀어 나가 엘리베이터 버튼을 눌렀다. 하지만 엘리베이터는 이미 하강 중이었기에 현호는 비상계단으로 뛰어갔다.

이런 식으로 눈앞에서 놓칠 줄이야. 현호는 방심했던 스스로를 책망하며 한 번에 계단을 두세 개씩 점프했다. 1층에 도착하자마자 엘리베이터로 달려갔다. 엘리베이터는 1층을 지나쳐 지하 1층으로 내려가고 있었다. 현호는 턱 끝까지 차오르는 숨을 몰아쉬며 다시 계단을 내려갔다.

지하 주차장에 도착한 현호는 좌우로 시선을 돌려 여자들을 찾았다. 주차장 왼쪽 끝에서 검정 SUV에 올라타는 단발머리 여자가, 오른쪽 끝에서 빨간 BMW에 올라타는 긴 머리 여자가 동시에 보였다.

둘 중 어느 쪽이 문채영이냐. 한쪽을 확인하고 다른 한쪽을 쫓아갈 시간적 여유가 없었다. 여자들은 이미 시동을 걸고 있었다. 빨리, 어느 쪽!

창문이 짙게 선팅된 검정 SUV가 출발했다. 현호는 재빨리 빨간 BMW를 쳐다봤다. 운전석 차창으로 긴 머리 여자의 옆모습이 고스란히 비쳤다. 여자는 선바이저 거울을 보며 립스틱을 바르고 있었다.

현호는 망설임 없이 검정 SUV를 향해 달렸다. 문채영이라면 지금 상황에서 저렇게 느긋하게 행동하지 않을 터. 게다가 떳떳하지 않은 연애를 하는 사람이라면 차창에 진한 선팅을 할 게 분명했다.

그새 검정 SUV는 모퉁이를 돌아 지하 주차장 출구로 오르고 있었다. 주차된 차량 사이를 비집고 현호가 슬라이딩하듯 그 앞을 막아섰다. 끼익 급정거하는 소리가 울려 퍼졌다.

"나오시죠. 문채영 씨."

문채영은 꼼짝도 하지 않았다.

"나오라고요!"

쾅! 현호가 보닛을 내리쳤다. 문채영은 황급하게 차에서 내렸다. 눈알을 또르르 굴려 가며 방도를 고민하더니 주차장 출입구로 도망치기 시작했다. 높은 힐 때문에 뒤뚱뒤뚱 뛰는 모양새가 불안정하고 시원찮았다. 그 보잘것없는 시도에 현호는 비웃음이 절로 흘러나왔다.

"으악!"

도망가던 문채영은 결국 발목이 꺾여 트위스트를 추며 바람 인형처럼 허우적댔다. 그녀는 가까스로 균형을 잡은 뒤 힐을 벗어 던지고 달아나기 시작했다. 현호는 빠른 걸음으로 걸어가 자그마한 힐을 주워 들었다. 그러고는 허겁지겁 도망치는 문채영의 뒤통수를 향해 집어던졌다. 힐이 긴 포물선을 그렸다. 뒤이어 딱, 정통으로 맞는 소리와 악, 하는 비명소리가 연이어 메아리쳤다.

"어딜 그렇게 급하게 가세요? 혹시 도망?"

현호는 철퍼덕 엎어진 문채영에게 건들거리며 걸어갔다. 몸을 일으킨 문채영은 주춤주춤 물러섰다. 그녀는 입술을 씹으며 불안하게 눈동자를 굴려댔다.

"이렇게 허겁지겁 도망가는 걸 보니 찔리는 게 있으셨나 봅니다."

"그, 그런 거 아니에요. 급한 일이 생겨서……."

"뭐가 그렇게 급하셔서 구두까지 벗어 던지고 가셨을까."

현호는 콧방귀를 뀌었다. 그러고는 찌를 듯한 시선으로 그녀를 머리부터 발끝까지 훑어봤다. 이 여자가 범인일까? 어쨌든 켕기는 게 있으니 도망간 거다. 어쩌면 지우를 다른 장소로 옮기기 위해 서둘러 빠져나온 걸지도 몰랐다. 문채영은 극도로 초조하고 불안한 낯빛이었다. 이런 경우, 조금만 강하게 압박하면 진실을 실토할 가능성이 높았다.

"왜 그런 겁니까?"

"네?"

"왜 그런 거냐고요!"

현호의 호통에 문채영이 움찔했다. 그사이 진주가 가쁜 숨을 몰아쉬며 이쪽으로 다가왔다.

"그 남자한테서, 백현주 씨한테서 무슨 얘기를 들었든 간에 우린 진짜 아무 사이도 아니에요. 전에 있던 병원 행정실장이었는데 일 잘해서 스카우트한 것뿐이라고요. 자리 잡느라 한창 바쁠 때 우리 집에서 몇 번 재워준 게 다고요."

문채영은 하얗게 질린 얼굴로 몸을 떨면서도 제 할 말을 쏟아냈다. 가당찮은 변명에 진주는 코웃음을 쳤다.

"뭐? 몇 번 재워준 게 다라고? 이봐요. 어디서 거짓말을 해요? 제부가 동생한테 당신 사랑하니까 이혼해달라고 했단 말이야!"

"그건 그 사람 마음인 거죠! 전 정말 아무 감정도 없었고요! 그 사람이 제게 그런 마음을 품고 그런 상상을 하는 줄은 생각도 못 했어요. 동생분께 무슨 말을 어떻게 들으셨는지 모르겠지만, 동생분이 착각하거나 거짓말한 거예요."

순식간에 진주의 얼굴이 구겨졌다. 진주는 문채영의 머리채를 냉큼 휘어잡고 사정없이 흔들었다.

"이년이 어디서 거짓말을 해! 너 지금 내 동생이 거짓말했다는 거야? 남편 뺏은 걸로 모자라 이제는 내 동생을 허언증 환자로 만들어?

내가 오늘 여기서 제대로 깽판 쳐야 정신을 차리지? 이 동네에서 다신 영업 못 하도록 만들어줘?"

"악! 이거 좀, 이거 좀 놓고 얘기해요!"

문채영이 새빨개진 얼굴로 비명을 지르자 현호가 진주의 손목을 붙잡았다.

"누나, 그만해. 문채영 씨, 처음부터 끝까지 하나도 빠짐없이 얘기하세요. 대체 왜 그랬는지, 우리 지우가 어디에 있는지!"

진주가 머리채를 놓아주자 문채영은 머리를 정돈하며 울먹였다.

"그, 그러니까 처음엔 아무 감정 없었는데, 같이 있다 보니……."

현호가 짜증스럽게 문채영의 말을 잘랐다.

"자꾸 딴소리할래요? 왜 우리 지우를 유괴했냐고요! 지우 지금 어디에 있어요?"

문채영의 눈이 휘둥그레졌다.

"네?"

"당신이 지우를 유괴했잖아요."

"그게 무슨 소리예요? 유괴라니요!"

"그럼 왜 도망친 거예요? 죄가 있으니까 도망간 거 아녜요?"

"송지석 때문에 쫓아오는 줄 알았죠! 병원에서 머리채 잡고 소란 피울까 봐요. 그런데 갑자기 유괴라니요. 마, 말도 안 돼요! 제가 왜 유괴를 해요?"

비틀린 웃음만 짓고 있던 진주가 질문에 대해 대신 답을 해줬다.

"사람이 사랑에 미치면 별짓을 다 하잖아. 유부남과 불륜 관계였으니 지우만 없으면 제부가 온전히 당신 차지라 생각했겠지."

그제야 돌아가는 상황을 깨달은 모양인지 문채영이 기겁했다.

"절대 아니에요! 그런 생각 단 한 번도 한 적 없어요. 다 얘기할게요. 사실 그 사람이랑 만난 건 6개월 전부터였어요. 하루 종일 붙어 있다 보니 자연스럽게 감정이 생기더라고요. 한때 그 사람이 제 집에 들어올 정도로 불이 붙긴 했었죠. 하지만 제 감정은 딱 거기까지였어요. 저도 적지 않은 나이라 결혼도 해야 하고, 그 사람의 가정을 깨면서까지 함께하고 싶진 않았거든요. 그만큼 사랑하진 않았단 말이에요."

"진짜야?"

진주가 물었다.

"상식적으로 생각해보세요. 이 병원 저희 아빠가 투자하신 거고 저는 병원 원장이에요. 뭐가 모자라서 제가 그런 유부남한테 목을 매겠느냐 이거예요. 게다가 최근에 아빠 소개로 만나기 시작한 남자도 있어요. 못 믿겠으면 그 남자한테 연락해보셔도 좋아요."

문채영은 지갑에서 명함을 꺼내 현호에게 내밀었다. 명함에는 '세현 병원 안과 전문의 최창훈'이라는 글자가 박혀 있었다. 잠시간 침묵이 흐르자 문채영은 여전히 의심스러운 눈초리를 한 현호와 진주를 향해 재차 입을 열었다.

"저도 제 자신이 원망스러워요. 정신을 차려보니 제가 무슨 짓을 한 건지 알겠더군요. 순간적인 감정 때문에 이제껏 제가 이룬 모든 것들을 잃을 뻔했어요. 안 그래도 깨끗하게 정리하려던 참이에요."

똑바로 바라보는 그녀의 눈빛에는 흔들림이 없었다. 진실을 말한다고 생각할 수밖에 없었다.

"일단은 알겠습니다, 일단은요."

현호는 내키지 않는 발걸음을 돌렸다.

"오늘은 그냥 가는데, 다음번에는 각오하는 게 좋을 거야. 한 번만 더 송지석 만났다가는 이 병원 원장이 유괴범인 것 같다고 경찰에 찔러버릴 거니까. 경찰 조사 들어가면 내가 드러눕지 않아도 알아서 소문이 퍼지지 않겠어? 엄마들이 불륜녀가 하는 병원에서 참도 애 낳고 싶어 하겠다."

진주는 현호를 따라 걸으며 서늘한 경고를 날렸다. 현주의 분풀이를 대신 실컷 못 해준 게 마음에 걸렸지만 지금은 지우의 행방을 쫓는 게 시급했다. 두 사람은 창백한 낯빛을 한 문채영을 내버려둔 채 지하 주차장을 빠져나왔다.

터벅터벅 처량한 발걸음으로 집에 돌아가는 길. 두 사람 다 입을 열지 않았다. 현호는 문채영과의 만남을 복기하며 생각을 정리했다.

가진 것도, 잃을 것도 많은 문채영이란 여자. 그녀가 원한이나 사랑 때문에 아이를 덥석 유괴할 것 같진 않았다. 아직 사랑에 눈이 멀어 있다면 일말의 의심은 남을지도 모른다. 그러나 그녀는 이미 송지석에게 질린 눈치였다. 유일한 용의자였던 문채영의 혐의가 사라지자 진주도 가슴이 답답했다.

"원한 있는 사람을 더 조사해봐야 할까?"

"아냐, 경찰도 그 부분은 조사할 만큼 했어. 매형이나 누나 모두 금전 관계는 깨끗했어. 돈을 빌려준 사람도, 빌린 사람도 없었거든. 크게 싸우거나 트러블이 있었던 이웃도 없었어."

"그래? 정말 답답하다. 어떻게 이렇게 아무 단서도 나오질 않지?"

무거운 공기가 두 사람을 짓눌렀다. 한참을 걷던 두 사람은 버스 정류장 의자에 걸터앉았다. 문득 아무렇게나 던진 현호의 시선 끝이

길 건너 마트에 닿았다. 한 엄마가 아이의 손을 다정하게 잡은 채 마트로 들어서고 있었다. 현주와 지우의 모습이 떠올라 현호는 목이 멨다. 하필 골라도 왜 이런 벤치냐 싶은 생각을 하는데, 진주가 입을 열었다.

"너도 알겠지만 나 어릴 때부터 현주랑 사이 안 좋았잖아. 현주 그게, 맨날 잘난 척만 하고 나 무시하고."

그녀의 말대로 진주와 현주는 한 번도 사이좋은 적이 없는 자매였다. 둘은 외형부터가 정반대였다. 진주는 작고 왜소한 체격에 아빠의 각진 턱과 매부리코, 엄마의 작은 눈을 고스란히 빼닮았다. 좋은 말로도 예쁘다고 할 수 없는 얼굴이었다. 반면 현주는 큰 키에 늘씬한 몸매, 작은 얼굴에 시원시원한 이목구비가 돋보이는 화려한 미인이었다.

공부는 진주가 훨씬 잘했으나 그뿐이었다. 사람들은 음침하고 우울한 성격의 진주보다 당당하고 활기찬 성격의 현주를 더 좋아했다. 진주는 현주의 자신감 넘치는 태도가 외모로부터 나온다 생각했다. 그랬기에 자신에게만 열등한 유전자를 물려준 부모를 원망하곤 했다.

"그렇지. 누나 둘은 워낙 반대였으니까."

외모도, 성격도, 취향도, 취미도 모든 게 달랐으니 둘 사이에는 공유하는 것이 없었다. 한창 예민하던 시절에는 길에서 마주쳐도 알은척도 하지 않을 만큼 자매 사이가 극악을 달렸다. 그런 와중에 현주가 스물셋이라는 이른 나이에 결혼을 했으니, 둘은 자매임에도 친할 새가 없었다.

"그런데 이런 일이 딱 눈앞에 닥치니 우리가 자매는 자매구나 싶더라. 누가 칼로 심장을 후벼파는 것처럼 가슴이 아프더라고. 지우 일이든, 문채영 일이든."

속절없이 무너지는 동생을 보며 진주는 처음으로 제 마음속의 우상이 동생이었다는 걸 깨달았다. 화려하게 빛나는 동생. 자신감 넘치고 당당하던 동생. 가슴 한구석에는 그런 동생을 자랑스러워하고 동경했던 자신이 있었다.

"우리 지우 꼭 찾고 유괴범도 잡자. 경찰이 못 하면 우리라도 하자고."

진주는 묵묵히 듣고만 있던 현호에게 힘주어 말했다.

"그래."

현호는 흐릿하게 웃으며 고개를 끄덕였다. 옆에서 기운을 북돋우니 문채영을 만나고 난 뒤 소득 없이 가라앉았던 마음이 힘을 얻는 듯했다.

"현호야, 그런데 말이지. 유괴범들이 돈 전달받을 때 원래 이렇게 복잡하게 굴어?"

"그런 편이지. 유괴범도 알고 있거든. 형사들이 돈 받을 장소에 미리 잠복하고 있거나 몸값 전달자를 미행하고 있다는 걸. 그러니 형사들을 따돌리기 위해 계속 장소를 바꾸는 거지."

"하지만 지우의 경우에는 세 장소가 번갈아 바뀌기만 했잖아. 도중에 접촉하려는 시도도 전혀 없었고. 난 말이야, 계속 이런 생각이 들더라고. 이 유괴에는 이상하게 화려하고 쓸데없는 행동이 많다고."

"그건 아까 내가 말했듯이 형사들의 미행을 따돌리기 위해……."

"이상한 건 그뿐만이 아니야. 왜 몸값 전달자로 선생님들을 지목한 걸까? 경찰에 연락하지 말라면서 왜 관련자들을 늘린 거냐고. 이야기가 새어나가거나 누구 하나가 돌발적인 행동을 해서 통제하기 힘든 상황이 벌어질지도 모르잖아."

현호는 턱을 매만지며 생각에 빠져들었다. 진주의 말대로였다. 유괴범은 경찰에 알려지지 않길 원하면서도 몸값 전달자로 선생들을 지목하는, 상반된 행위를 동시에 했다. 왜 그렇게 한 걸까. 그렇게 할 수밖에 없는 이유가 있는 걸까.

"설마 누나는 선생님들 중 하나가 공범이라고 생각하는 거야?"

"어쩌면 그럴지도. 아니, 솔직히 말하면 모르겠어. 경찰이 어린이집 선생님들에 대해 이 잡듯이 수사했는데도 아무것도 안 나온 걸 보면. 그보다는 선생님들을 몸값 전달자로 지정해야만 하는 이유에 뭔가 중요한 단서가 있을 거 같다는 생각이 들어."

"선생님들을 몸값 전달자로 지정해야만 하는 이유라……."

"그래서 말인데. 현호야, 어린이집에 가보자. 유괴는 어린이집에서 발생했잖아. 가서 어린이집 구조도 살펴보고, 그날 일에 대해 진술을 듣다 보면 뭐 하나라도 짚이는 게 있지 않을까? 왜 선생님들을 몸값 전달자로 지정했는지 알게 될 수도 있고."

진주는 말을 끝마치고 자리에서 일어났다. 현호도 진주를 따라 엉거주춤 의자에서 엉덩이를 뗐다. 진주의 말이 옳았다. 한시가 급한 상황이다. 이렇게 넋 놓고 있을 바에야 다시 맨 처음으로 돌아가 수사를 시작하는 게 나았다.

모든 것이 시작된 그곳. 어린이집에서.


어린이집으로 가기 전, 현호와 진주는 박성희, 노윤정, 최수정을 차례대로 만났다.

"아뇨. 없어요. 절대요! 어린이집에서 애초에 이런 상황을 대비해서 선생님들 신원 확인을 얼마나 철저히 하는데요."

"여기 선생님들은 죄다 경력 10년 이상이고 소개받아 오시거나 원장 선생님 지인분이세요. 하늘에 대고 맹세컨대 이상한 행동을 하신 분은 없어요."

"돈 가방 옮길 때요? 그때 저흰 지시대로 움직이느라 정신없었어요. 돈도 멀쩡하게 다시 다 가져왔잖아요."

박성희, 노윤정, 최수정은 입을 한데 모아 서로를 두둔하기에 바빴다. 유괴가 발생하고 난 후 어린이집은 경찰 수사에 적극 협조했다. 하지만 그들은 '유괴가 일어난 어린이집'이라는 인식이 퍼져나갈까봐 더욱 전전긍긍했다. 유괴의 책임이 자신들의 아동 관리 및 감독 소홀에서 온 것이 아니라는 걸 어필하기 위해 애썼다. 그리하여 적극적이라는 말이 무색할 만큼 자신들에게 해가 돌아오지 않는 선을 재고 따지기에 급급했다.

현호와 진주는 타임라인을 만들어 그들의 알리바이에서 빈 곳을 찾아보려 했지만 허사였다. 이른 아침부터 몸값을 들고 서울 시내를 빙빙 돌던 그 순간까지, 그들은 누군가에게 목격되거나 알리바이를 입증할 만한 뚜렷한 증거를 가지고 있었다.

어느덧 날이 어둑어둑해졌다. 현호와 진주는 별다른 소득 없이 파란 어린이집으로 향했다. 두 사람이 어린이집으로 들어가자 사무원인 강나래가 거실을 쓸고 있었다.

"강 선생님, 잘 지내셨죠? 잠시만 시간 내주시죠. 여쭤볼 게 있어서요."

강나래는 주눅 든 표정으로 고개를 끄덕였다. 행여나 말실수를 할까 두려워하는 모습이었다. 현호는 때마침 어린이집에 강나래 혼자

뿐임을 다행스럽게 생각했다. 20대 초반의 앳된 얼굴, 선량한 눈빛을 한 그녀에게 인정으로 호소하여 새로운 사실을 끌어낼 수 있을지도 몰랐다. 현호는 부드러운 말투로 포문을 열었다.

"이미 다른 형사님들께 여러 번 말씀하셨을 텐데, 죄송하게 됐습니다. 그래도 한 번만 더 말씀해주시죠. 그날 어디에서 무얼 하셨는지 시간 순서대로 자세히요. 쓸데없다고 판단해서 마음대로 생략하지 마시고 아주 세세하게 하고, 보고, 들은 걸 다 말씀해주세요."

강나래는 뜸을 들이다 마른침을 삼킨 후 입을 열었다.

"그날은 개원 날이라 정말 바빴어요."

강나래의 이야기는 개원 전날로 거슬러 올라갔다. 어린이집은 새로운 아이들을 맞이하기 위한 준비로 눈코 뜰 새 없이 바빴다. 강나래도 예외는 아니었다. 그녀는 문구점에서 준비물을 사고 최종 입소 명단을 준비했다. 아이용 명찰도 만들어야 했다.

파란 어린이집에는 연령별로 하늘 반, 구름 반, 무지개 반, 햇살 반 네 개의 반이 있었다. 한 반의 정원은 9~20명이었으며, 두세 명의 선생님이 한 반을 담당했다. 그녀는 하늘, 구름, 무지개, 해 그림을 찾아 프린트하고 아크릴 명찰에 아이들의 이름을 끼워 넣었다. 퇴근 전 어린이집 출입구에 탁자를 옮겨다 놓고 명찰을 세팅하는 것으로 준비를 마무리했다.

다음날 그녀는 이른 시간에 출근하여 준비가 완료되었는지 점검했다. 8시 30분부터 아이들이 속속 도착했다. 강나래는 부모들로부터 원아 카드, 가족관계증명서와 등본 등의 서류를 받는 일을 담당했다. 현호는 이 부분에서 강나래의 말을 멈추고 질문을 던졌다.

"원아 카드라고요?"

"원아의 신상 정보를 쓰도록 한 카드예요. 아이 사진과 부모 사진을 붙이고, 집 주소와 휴대전화 번호 등을 적게 되어 있죠. 다른 어린이집에서도 다 하는 거예요. 아이들 관리에 필수적이니까요."

강나래는 자세한 설명을 덧붙였다. 그러다 갑자기 무언가 떠오른 듯 '아' 하는 소리를 냈다.

"맞다, 형사님. 관계가 있을지 없을지 모르겠지만 원아 카드가 몽땅 사라진 일이 있었어요."

"네? 언제 없어졌는데요?"

"모르겠어요. 어제 원장 선생님이 갖고 오라고 하셨는데 없더라고요. 분명 원장 선생님 책상에 서류철로 만들어 보관했는데."

"왜 그런 얘길 지금 하시는 겁니까?"

탓하는 말에 강나래가 울상을 지으며 대답했다.

"없어진 걸 어제 알았으니까요. 이제는 원아들에 대한 걸 거의 꿰뚫고 있으니 원아 카드 펴볼 일이 없거든요."

"일단은 알겠습니다. 그날 일에 대해 마저 얘기해주시죠."

강나래는 부모들의 서류를 챙기기로 했지만 다른 잔심부름 때문에 몸이 열 개라도 모자랄 지경이었다. 결국 나중에는 서류를 직접 받지 못하고 원장 선생의 자리에 두도록 했다. 모든 아이들이 각자의 반에 착석하고 난 9시 10분 언저리가 되어서야 겨우 한숨을 돌릴 수 있었다.

강나래의 이야기를 듣는 내내 현호의 머릿속에 그날 아침 풍경이 그림처럼 그려졌다.

"정신이 하나도 없었겠군요. 아이들에, 선생들에, 부모들에, 줄지은 차량 행렬에."

"맞아요. 아직도 그날 하루를 어떻게 보냈는지 모르겠어요. 게다가 하늘 반 노윤정 선생님과 최수정 선생님, 박성희 원장 선생님이 몸값 때문에 차출된 이후로는 끔찍할 만큼 혼돈 그 자체였죠."

현주로부터 전화를 받고 박성희는 노윤정과 최수정을 긴급 호출했다. 두 선생은 하늘 반 아이들과 제대로 된 첫인사도 하지 못한 채였다. 대신 무지개 반 차명진 선생과 사무원 강나래를 하늘 반으로 보냈다.

박성희는 나머지 선생들에게 오늘 어린이집 난방 시스템이 고장 났으니, 부모들에게 전화를 걸어 아이들을 모두 데려가도록 하라고 지시했다. 박성희가 완전히 파랗게 질려 있다는 것도 이상했고, 왜 노윤정과 최수정을 데리고 갔는지도 의문이었다. 하지만 강나래는 하늘 반을 담당해야 한다는 사실에 더욱 신경이 쏠려 있었다.

다행히 하늘 반 아이들 열다섯 명 중 네 명은 부모와 함께 있었다. 강나래는 부모들에게 아이를 데리고 하원해줄 것을 부탁했다. 그리고 아이들을 보살피는 동시에 나머지 열한 명의 부모들에게 전화를 돌려야 했다.

같이 하늘 반을 맡기로 했던 차명진은 무지개 반 아이들도 돌봐야 했기에 강나래는 실질적으로 혼자 하늘 반을 담당해야 했다. 부모들과 연락이 닿는 일조차 수월하지 않았다. 강나래는 부모들에게 두세 번씩 전화를 걸었으며, 전화를 받지 않는 이들에게는 문자를 남겼다. 가까스로 통화 연결이 된 부모들은 강나래에게 해명을 요구하거나 불만을 표시했다. 아이들을 돌보는 동시에 그들을 일일이 응대하는 것도 고역이었다.

오전 10시 반 무렵이 되자 부모들이 하나둘씩 도착했다. 강나래는

아이들의 명찰과 원아 카드의 부모, 아이 사진을 대조하며 아이들을
한 명씩 인계했다. 최종적으로 모든 아이들이 돌아간 것은 오후 1시
에 가까워서였다.

"수상해 보이는 사람은 없었나요?"

현호의 질문에 강나래는 작게 한숨을 내쉬었다. 질린다는 표정이
었다. 현호도 같은 질문을 이미 수차례나 한 터였다.

"아뇨, 없었어요."

"혹시 선생님들 중에는요? 강나래 씨, 숨기지 마시고 솔직히 얘기
해주세요. 같은 선생님이라고 감싼 게 나중에 밝혀지면 강나래 씨 입
장도 곤란해질 수 있어요."

현호는 강나래를 '선생'이라 칭하지 않고 '씨'라고 불렀다. 그녀를
압박하기 위해 일부러 다소 강한 말투도 사용했다. 강나래는 퍼렇게
질린 얼굴로 고개를 세차게 저었다.

"아뇨, 없어요. 절대요! 어린이집에서 애초에 그런 상황을 대비해
서 신원 확인을 얼마나 철저히 하는데요. 여기 선생님들, 전부 경력도
오래됐고 소개받아 오신 분들이에요. 하늘에 걸고 맹세컨대 이상한
행동을 하신 분은 없어요. 절대, 절대로요."

강나래는 박성희와 노윤정의 말을 토씨 하나 빠뜨리지 않고 똑같
이 반복했다. 정말 그렇게 믿고 있거나 철저하게 숨기기로 작정한 듯
보였다. 현호는 선생들의 이전 진술을 떠올렸다. 당일 전화 통화를 길
게 하거나 오래 자리를 비운 선생은 없었다. 어린이집이라는 한정된
공간 안이라 서로가 서로의 결백을 증명할 수 있었다.

"네, 알겠습니다. 협조 감사했습니다."

캐봐야 더 나올 것이 없었다. 현호는 자리에서 일어나려 했다. 그때 강나래가 할 말이 더 있다는 듯 입술을 달싹였다.

"할 말 있으신가요?"

"저기, 형사님. 이런 얘기를 해도 될지 모르겠는데요. 다른 선생님들께도 말씀드렸지만 아무도 심각하게 듣지 않으셔서…… 사실 제 착각일 수도 있고, 기억의 오류 같은 걸 수도 있고요."

무슨 이상한 말을 하려는지 강나래는 한참이나 밑밥을 깔았다.

"괜찮습니다. 무슨 얘기든 하셔도 상관없어요."

강나래는 그러고도 잠시 뜸 들이다 겨우 입을 열었다.

"그게 말이죠. 제가 어디선가 지우를 본 것 같아요."

"네?"

"그럴 리 없잖아요. 전 지우가 사라지고 난 뒤 하늘 반을 맡았으니까요. 그런데 자꾸 어디선가 본 것 같은 기분이 들었어요. 형사님이 지우 사진을 보여주셨을 때 얼굴이 너무 익숙했거든요."

"자, 자세히 말씀해주세요!"

옆에서 잠자코 둘의 대화를 듣고만 있던 진주가 끼어들었다.

"제가 이런 얘기를 하자 다른 선생님들은 스트레스 때문에 착각한 거 같다고 말씀들 하셨어요."

형사들은 어린이집 선생들에게 지우의 사진을 보여주며 이 아이를 본 적이 있는지 묻고 또 물었다. 그랬기 때문에 다른 선생들은 형사들에게 무언가를 얘기해야 한다는 강박이나, 지우를 봤으면 하는 바람이 만들어낸 착각 같은 거라고들 말했다. 그러나 강나래가 기억하는 건 지우의 동적인 모습이었다. 그 아이가 방긋방긋 웃으며 다가오던 모습이 머릿속에 똑똑히 그려졌다.

"전에 지우를 봤던 건 아닙니까?"

"그럴지도 몰라요. 형사님들이 지우 사진을 보여줬을 때 넘어져도 울지 않을 만큼 순한 아이라는 생각이 떠올랐거든요."

정말 이상했다. 강나래는 어디에서 지우를 본 걸까?

"선생님 댁이 이 근처입니까? 지우가 이 동네에 사니 오다 가다 봤을 수도 있죠."

"아니요. 전 천호동에 살아요."

현호는 다급해졌다. 그녀가 이렇게 인상 깊게 기억할 정도면 분명 이유가 있을 것이다.

"심부름을 갔다 오다 길거리에서 마주친 걸 수도 있잖습니까. 선생님, 언제 지우를 봤는지 도저히 기억 안 나십니까? 생각 좀 해보세요."

강나래는 미간을 찌푸리며 기억을 떠올리려 애썼지만 끝내 고개를 가로저었다. 길거리였는지, 문구점이었는지, 놀이터였는지, 차 안이었는지. 현호가 다양한 가능성을 읊었지만 강나래는 점점 창백해지는 낯빛으로 움츠러들 뿐이었다.

"네, 알겠습니다. 확인 감사드립니다."

현호는 기억이 떠오르면 연락해달라는 당부의 말을 남긴 채 어린이집을 나설 수밖에 없었다.


현호와 진주는 집으로 돌아와 문채영을 만난 일과 강나래에게 들은 이야기를 차례대로 털어놓았다. 이야기가 끝나자 현주가 먼저 격하게 반응했다.

"문채영, 그년이 거짓말하는 거야! 그년이 우리 지우를 데려간 게 분명하다고! 나한테 원한 있을 사람은 그년밖에…… 그년밖에……
흑.”

현주가 또 한바탕 눈물을 쏟아내자 진주가 그녀를 다독였다.

“문채영은 아닌 것 같아. 정말로 제부한테 오만 정 다 떨어진 것 같
았거든. 문채영이 최근에 만난다는 남자한테도 연락해봤는데, 사실
이었어. 다른 남자를 만나고 있더라고.”

현주는 믿을 수 없다는 듯 앙다문 입술을 바르르 떨었다.

“아니면 내가 생각을 못 하는 걸까? 분명 있을 텐데……. 아무도
생각이 안 나. 언니, 왜 생각이 안 날까? 난 왜 이렇게 멍청한 거지?
내가 멍청해서, 내가 기억을 못 해서 우리 지우 못 찾으면 어떻게 해
…….”

현주는 제 머리를 주먹으로 치며 흐느끼기 시작했다. 누군가를 향
해 날 서 있던 분노는 점차 자신을 향하기 시작했다. 이 모든 게 자신
의 탓 같았다. 그 어린것을 어린이집에 보내지 말걸, 첫날인데 그날만
큼은 끝까지 같이 있을걸, 순한 아이라고 방치하지 말걸, 더 많이 안
아줄걸, 더 많이 사랑해줄걸.

누군가 심장을 잘게 빻는 것 같은 느낌이었다. 뼈가 으스러지고 핏
줄이 화염에 휩싸이는 것 같은 고통이었다. 자신의 고통보다도 지우
가 얼마나 무서워하고 있을까, 얼마나 엄마를 찾고 있을까 생각하니
더 미칠 것 같았다. 세상에 그 아이보다 소중한 건 없었다.

“제발 우리 지우 좀 찾아줘. 지금까지 못되게 살아온 벌을 받는 건
가 봐. 그런데 그 벌을 내가 아닌 우리 지우가 받으면 안 되는 거잖아.
엄마, 나 좀 살려줘요. 언니, 제발 도와줘. 현호야, 현호야……. 앞으로
착하게 살게요. 그러니 제발 우리 지우만 돌려주세요. 제발요.”

엎드려 엉엉 울면서 현주는 끊임없이 빌고 또 빌었다. 무너지는 현주를 보며 희례도 목 놓아 울기 시작했다.

"내 새끼! 내 새끼 불쌍해서 어떻게 해……."

진주도 희례, 현주와 부둥켜안고 눈물을 흘렸다.

"현주야, 울지 마. 찾을 수 있어! 범인도 잡을 거야. 범인 찾아서 똑같이 우리처럼 피눈물 흘리게 만들어줄 거야……. 우리 할 수 있어. 가족이 뭉치면 못 할 일은 없어!"

바라보던 현호의 눈가에도 슬쩍 눈물이 맺혔다. 그러다 진주의 마지막 말에 까맣게 잊고 있던 오래전 기억이 떠올랐다. 실제로 존재했나 싶을 만큼 아득하고 오래된 기억. 하지만 그때의 설레고 두근대는 감정만은 또렷했다.

"아빠, 진짜 우리가 할 수 있을까요?"

"당연하지! 가족이 뭉치면 못 할 일이 뭐 있어?"

"아빠는 비슷한 절도 사건이 있었는지 사례를 찾아볼게. 당신은 친화력만큼은 끝내주니까 교회 사람들한테도 쉽게 접근할 수 있을 거야."

"아빠, 그럼 우린 뭐 해요?"

"진주는 컴퓨터를 잘하니까 목격자를 찾는다는 전단지를 만들어. 현주, 현호하고 같이 붙이러 다니고."

현호는 그 시절의 설렘과 벅찬 감동을 잊을 수 없었다. 가족 수사단이 해결한 첫 번째 사건이었다. 그때만큼은 콩가루 가족도 한마음이었다. 힘을 합치고 서로를 격려하고 함께 기뻐했다. 아버지 승광이 사고로 목숨을 잃기 전까지 가족 수사단은 2년 동안 총 다섯 건의 사건을 해결했다. 가족이 함께라면 아무것도 두렵지 않았고, 못 할 일이 없었다.

자신도 모르게 현호는 오래도록 잊고 있었던 이름을 입에 올렸다.

"다시 결성할까? 가족 수사단."

모두가 흐느낌을 멈추고 현호를 바라봤다.

"우리가 각자 맡은 역할만 제대로 해내면, 해결 못 할 사건이 없었잖아."

"이게 장난이야? 지우 목숨이 걸린 일이야."

진주가 즉시 반박했다.

"큰누나는 장난이었어? 난 한 번도 장난으로 그 일 대한 적 없었어. 정말 진지했다고."

모두 아무 말 하지 못했다. 그 일에 얼마나 열과 성을 다했는지 스스로가 제일 잘 알고 있었다. 공기의 흐름이 바뀐 걸 알아챈 현호는 좌중을 살피며 말을 이었다.

"경찰은 지금 탐문 수사에 집중하고 있어. 주변인 조사에도 힘쓰고 있지만 최소한의 인력일 뿐이라고. 난 지우가 원한 때문에 유괴됐다고 생각하지만 아무리 뒤져봐도 혐의가 있는 사람은 보이지가 않아. 그래서 말인데, 관점을 좀 달리해서 사건에 접근해보는 건 어떨까 싶어."

"어떻게?"

"동기가 아니라 범행 수법을 따라가 보자는 거지. 범행 수법을 밝혀내면 자연스럽게 범인의 윤곽도 드러날 거라고 생각해. 그러니까 범인이 어린이집에서 어떻게 지우를 유괴했는지, 방법을 고민해보자는 거야."

모두의 눈빛이 달라졌다. 서로를 바라보는 눈길에서 단단한 결의가 엿보였다.

현호는 커다란 종이를 꺼냈다. 이제까지의 경찰 조사 내용과 함께 자신과 진주가 따로 알아낸 사실을 적기 시작했다. 한동안 여러 가설들이 화두에 올랐다.

"어린이집에 비밀의 문이 있었던 건 아닐까? 지하로 통하는 문 같은 거."

"지우에게 수면제를 먹여 캐리어에 넣고 데려간 걸지도 몰라."

"사실 어린이집 선생님들이 죄다 공범이었던 거야. 그래서 유괴범이 우리 지우를 데리고 가는데도 못 본 척한 거지."

말도 안 되는 주장도 많았지만 누구 하나 타박하지 않았다. 가족 수사단의 단원이 되었을 때만큼은 모두 이 일에 진중했다. 자정이 넘자 희례는 묵은지를 꺼내 김치찌개를 끓이고 스팸을 구웠다.

"싹 다 먹어. 배를 든든하게 채워야 지우도 찾을 수 있어."

식구들은 멈칫거리다가 이내 하나둘 수저를 들었다. 눈물이 주르르 흐르는데도 꾸역꾸역 입안으로 밥을 밀어 넣었다. 지우가 사라졌지만 남은 이들은 먹고 살아야 했다. 지우를 구하기 위해서라도 힘을 내야 했다.

"울지 마, 이것들아."

희례는 눈물을 훔치며 일부러 명랑한 목소리를 냈다. 반찬을 밥그릇에 올려주기도 하고, 접시를 밀어주기도 했다. 차츰 식사는 활기를 띠어갔다. 모처럼 네 식구가 식탁에 둘러앉으니 시장통이 따로 없었다. 누군가는 찌개 국물을 흘리기도 하고, 누군가는 젓가락을 떨어뜨리기도 했다. 누군가가 따라놓은 물잔을 다른 누군가가 채가기도 했다.

"그거 내 수저 아니야?"

"아니? 내 건데?"

"네 건 이거잖아."

수저를 두고 현주와 현호가 내 것이니, 네 것이니 하며 아웅다웅했다.

"아휴, 정신없어 죽겠네. 겨우 넷인데도 이렇게나 정신이 없어."

희례가 새 수저를 건네자 이번에는 제가 갖겠다며 으르렁거렸다. 그때 이를 지켜보던 진주가 입을 열었다.

"나 지금 막 떠오른 건데. 처음에는 선생님들을 몸값 전달자로 지정한 이유를 이렇게 생각했거든. 선생님들 중 공범이 있을지도 모른다고. 경찰에 알리지 말라고 해놓고서 생판 남을 끌어들인 게 이상하잖아. 이야기가 새어나가거나 일이 틀어질 확률이 높아질 텐데 말이지."

모두 고개를 끄덕였다.

"그런데 말이야. 아까 강나래 선생을 만나고 난 이후부터는 이런 생각이 들더라. 그렇게 할 수밖에 없는 진짜 이유가 있지 않을까."

진주의 흥미로운 가설에 모두 젓가락질을 멈추고 그녀를 쳐다봤다. 현주도 솔깃한지 입안에 든 밥을 우물거리며 물었다.

"어떤 이유?"

"강나래 선생이 그랬잖아. 박성희 원장 선생뿐 아니라 하늘 반 노윤정 선생과 최수정 선생까지 차출돼서 어린이집이 완벽한 혼돈 상태였다고. 애들 돌보랴, 부모들한테 전화 돌리랴, 정신이 하나도 없어서 아무것도 기억나지 않는다고."

어느새 식구들은 젓가락을 내려놓고 진주의 말에 주목하고 있었다. 지금은 비록 10년째 작가 지망생으로 방구석과 한 몸이 된 '쩌리' 신세지만 한때 진주는 논술계의 떠오르는 샛별이었다. 고등학교 시절 내신과 모의고사 성적은 전교 30등 언저리에서 맴돌았지만 논술만큼은 빼먹지 않고 1등을 고수했다.

인근 학교 논술 수재들을 모아놓고 치른 '시험지를 선풍기에 날려 가까이 떨어진 순서대로 높은 성적을 주는 것이 왜 합당한지 이유를 설명하시오'라는 논술 경진 대회에서 '시험지 장수의 무게와 절대 공부량의 상관관계'에 대해 조목조목 설명해 당당히 1등을 차지한 건 유명한 일화였다. 그리하여 가족 구성원들도 논리적인 사고와 추론에 있어서는 그녀의 말을 귀담아듣곤 했다.

"어쩌면 범인한테는 어린이집을 카오스 상태로 만들어야 할 이유가 있었던 게 아닌가 싶어."

진주의 말에 모두 솔깃한 표정을 지었다. 이야기가 점점 그럴듯해지고 있었다.

"현호가 그랬잖아. 지우가 유괴당한 곳이 어린이집이니 거기서 어떻게 범행이 일어났는지, 그 수법에 대해 먼저 생각해보자고. 그래서 생각해봤지. 그날 어린이집이 어땠더라? 강나래 선생 표현대로 완벽한 혼돈 그 자체였어. 어쩌면 그게 범행을 위한 필요조건인지도 몰라."

"그러면 언니는 그 혼란을 틈타 범인이 지우를 데려갔다고 생각하는 거야?"

현주가 물었다.

"큰누나가 얘기하는 건 그 이후를 말하는 거야. 지우가 유괴되고 선생님들이 몸값 전달자로 차출된 이후."

진주가 입을 열기 전 현호가 나서서 대답했다. 대체 왜? 각자의 머릿속에 같은 물음표가 떠올랐다.

"그리고 우리가 주목해야 할 점이 하나 더 있어."

현호는 기세를 몰아 또 한 가지 비슷한 의문점을 제기했다.

"뭔데?"

희례가 물었다.

"원아 카드가 없어졌다는 사실이요. 강나래 선생은 단순히 잃어버렸다 생각하는 모양이지만 전 그렇게 생각하지 않아요."

"그렇지. 어린이집에서 유괴가 일어났으니 그 전과 후에 있었던 모든 일들은 다 관련이 있다고 봐야 해."

진주의 말에 현호는 고개를 끄덕여 동의하곤 마저 말을 이었다.

"큰누나 말이 맞아요. 분명 범인이 그 카드를 훔쳐 갔을 거예요. 이 역시 그럴 만한 이유가 있을 거고요."

"도대체 원아 카드를 왜 훔쳐 갔지? 현주야, 너 원아 카드 있니?"

"이미 어린이집에 제출했…… 아, 맞다!"

희례의 말에 현주는 안방으로 달려가 원아 카드를 가지고 왔다.

"혹시 몰라서 두 장 프린트했는데, 다행이네. 한 장은 제출하고 한 장이 남아 있었어."

식구들은 둥그렇게 머리를 맞대고 식탁 가운데 놓인 원아 카드를 노려봤다. 아이와 엄마 사진을 붙이는 난이 있었고, 아이의 이름, 연령, 키, 몸무게 등의 신상 정보를 적는 난도 있었다. 부모의 이름, 연락처, 집 주소, 직장 주소 등도 기입해야 했다. 현주가 알쏭달쏭한 얼굴로 혼잣말을 했다.

"적을 땐 몰랐는데 개인 정보를 꽤 많이 적게 되어 있네. 혹시 이런 정보들이 필요해서 가져간 걸까?"

진주는 잠시 생각하다 도리질을 쳤다.

"그건 아닌 것 같아. 지우 정보가 필요했다면 적어 가거나 사진 찍어 가는 걸로 충분했어. 왜 원아 카드를 통째로 가져가는 불필요한 일을 벌였겠어?"

현호 역시 진주의 말에 동의하는 의견을 보탰다.

"나도 큰누나 말에 동감. 그리고 지우의 정보가 필요했다면 유괴하기 전에 원아 카드를 가져갔겠지. 왜 유괴하고 난 후에 가져갔겠어? 뭐가 안 맞는 느낌이야."

현호는 점점 더 강한 확신이 들었다. 이 유괴에는 지나치게 불필요한 행동이 많았다. 선생들을 몸값 전달자로 투입시킨 것부터 원아 카드를 훔친 것까지. 쓸데없어 보이는 일련의 행동들이 범행 수법과 관련 있을 거란 확신이 들었다. 그러다 설핏 어떤 생각이 머리를 치고 지나갔다.

"잠깐만. 우리 역으로 생각해보는 건 어떨까? 만약 원아 카드를 가져간 인물과 유괴범이 동일 인물이라면, 누가 원아 카드를 가져갈 수 있었을까? 어린이집 사무실, 원장 선생님의 책상에 쉽게 접근할 수 있는 사람 말이야."

현호의 질문에 현주가 대답했다.

"외부 사람은 아니야. 지우 유괴 이후로 경비가 강화돼서 아무나 어린이집 안으로 들이진 않는다고 했으니까. 결국 내부인 소행이 아닐까? 선생님 아니면 아이 부모들 정도겠지."

선생들에 대한 수사는 경찰에서 차고 넘칠 만큼 했다. 다시 살펴본다면 부모들 쪽이 될 것이다. 현호는 부모-원아 명단을 떠올렸다. 어쩌면 그들 중 하나가…… 라는 생각이 떠올랐음은 물론이었다.

"아이고, 춥다 추워."

희례는 시린 칼바람에 옷깃을 여미며 신일 은행 서촌동 지점 안으로 들어갔다. 봄추위에 장독대 깨진다더니. 3월이 되었건만 아직도 귀가 떨어져 나갈 정도로 찬 바람이 불었다. 희례가 스며드는 따뜻한 기운에 몸을 떨며 VIP실로 들어가자 고경숙 차장 자리에 앉아 있던 한장미가 손을 번쩍 들었다.

"희례 씨, 여기!"

희례는 종종걸음으로 다가가 한장미의 옆자리에 엉덩이를 붙였다. 귀염성 있는 토실한 얼굴에 작은 키와 통통한 몸매. 포니테일 금발 머리에 핑크 코트와 핑크 구두. 이 심상치 않은 옷차림의 주인공은 한일 아파트 부녀회 회장인 한장미였다. 그녀는 서촌동 토박이로 동네의 변천사를 지켜본 산증인이었다. 일대에 파다한 소문이라면 그녀의 귀를 스치지 않는 것이 없었다.

처음 희례와 한장미는 같은 성향, 즉 드넓은 오지랖을 과감히 발휘한다는 점에서 서로를 경계했다. 마트에서나 교회에서나 동네 요지 곳곳에 가을 중 싸다니듯 출몰하는 서로를 보며 누구이기에 이리 설치고 다니는 것일까 하는 고까운 마음을 품기도 했다. 하지만 몇 번 말을 섞고 보니 이리도 찰떡같이 마음이 맞는 이가 없었다.

말솜씨가 어쩌나 좋은지 같은 이야기를 해도 서로가 하면 그리 재미있을 수가 없었다. 함께 수다를 떨고 있자면 한나절이 뚝딱이었다.

고민거리도 어찌나 귀 기울여 들어주는지 서로에게 털어놓으면 앓던 이가 빠진 듯, 사흘 묵힌 똥을 싼 듯 속이 후련해졌다. 그리하여 두 사람은 단 몇 주 사이에 절친한 사이가 된 것이다.

"그대, 얼마나 맘고생을 했으면 그새 얼굴이 요렇게 반쪽이 됐어?"

한장미가 걱정스럽게 희례의 손을 잡았다. '그대'라고 상대를 지칭하는 건 한장미만의 독특한 말버릇이었다.

"얼마나 심려가 크세요. 지우, 꼭 찾을 수 있을 거예요."

고경숙도 위로의 말을 전했다.

"힘내세요, 여사님."

VIP실의 또 다른 직원인 주하나 대리는 희례에게 따뜻한 차를 건넸다.

"고마워, 고 차장. 하나 씨 결혼식이 언제랬지? 다음 달인가? 청첩장 예쁘더라. 준비는 잘하고 있지?"

"참, 여사님도. 이 와중에 무슨 말씀이세요. 제 걱정은 마세요."

주하나는 어찌할 바를 몰라 하며 눈시울을 붉혔다. 희례는 자신을 반기는 무리와 위로와 감사의 말을 주고받으며 오늘 그들에게 물어야 할 질문들을 떠올렸다.

진주와 현주, 현호가 유괴범을 찾기 위해 골몰하는 동안 희례는 단한마디도 할 수 없었다. 같은 이야기를 듣고 같은 걸 보았지만 자신은 그저 '아, 그렇구나' 하며 감탄사를 내뱉을 뿐이었다. 이대로 뒷방 늙은이 신세로 전락할 순 없었다. 개미 발톱의 때만큼이라도 도움이 되고 싶었다. 그리하여 어떻게 도움이 될 수 있을까 고민하다 이 여인들을 만나기로 한 것이었다.

"세상에 어찌 그리 나쁜 놈이 다 있을까. 맷돌에 갈아 죽이고 똥물에 튀겨 죽여도 시원찮을 놈! 어쩌자고 그 어린것을……."

한장미가 분통을 터뜨리자 고경숙과 주하나가 맞장구를 쳤다. 진심 어린 위로에 울컥 눈물이 차올랐으나 눈물 바람이나 하려고 이 자리에 온 것이 아니었다. 희례는 애써 마음을 다잡았다.

"괜찮아요. 전 엄마잖아요. 제가 정신을 바짝 차려야죠."

"우리 도움이 필요하면 언제든지 말해. 큰 도움은 못 줘도 이 동네 정보만큼은 꽉 틀어쥐고 있으니까."

고맙게도 한장미가 먼저 도움의 손길을 뻗었다. 그녀는 방 하나를 미스터리 소설 전용 서재로 꾸밀 만큼 열렬한 미스터리 애호가였다. 희례는 지푸라기라도 잡는 심정으로 떠도는 소문들에서 단서가 될 만한 것을 찾기로 했다.

"장미 씨, 그래서 말인데요. 동네에서는 우리 지우 유괴를 두고 어떤 말들이 오가나요?"

고경숙과 주하나가 일시에 곤란한 표정을 지었다. 서로에게 눈짓으로 할 말을 떠넘기기도 했다.

"절대 아니라니까. 이 사람들이!"

한장미는 고경숙과 주하나의 태도에 벌컥 성을 냈다.

"왜요? 무슨 얘기들이 돌기에 그래요?"

"신경 쓸 거 없어. 남의 얘기라고 함부로 막말을 지껄이면 안 되지. 내가 보기엔 하등 근거 없이 떠들어대는 얘기니까 그대는 전혀 신경쓸 필요 없다고."

한장미가 선을 그었지만 희례의 불안감은 커졌다. 결국 희례가 한장미의 입을 틀어막는 동안 고경숙이 이야기를 꺼냈다.

"그게 말이죠. 암암리에 소문이 퍼지고 나서 엄마들 인터넷 커뮤니티에서 한바탕 난리가 났나 봐요. 왜 애를 데리고 갔을까, 여러 의견이 분분했는데 누군가 아동 성범죄자가 그랬을지도 모른다는 주장을 한 거예요."

차마 상상할 수도 없는 끔찍한 가정에 속에서 비명이 절로 나왔다. 희게 질린 희례의 얼굴을 보고 고경숙이 입을 다물자 주하나가 대신 뒷말을 이었다.

"끔찍한 얘기지만 지우를 찾는 데 도움이 될지도 모르니까 말씀드리는 거예요. 그리고 곧 우리 동네 성범죄자를 조회한 내용이 엄마들 사이에서 카톡으로 파다하게 퍼졌대요. 그래서 말인데, 이 사람들을 집중적으로 수사해봐야 하지 않을까요?"

"마, 말도 안 돼. 우리 지우는 겨우 두 살인데. 당연히 경찰에서 아동 성범죄자들을 1순위에 두고 조사했을 거야. 의심스러운 사람이 있었다면 집중적으로 수사했겠지. 성범죄자는 아닐 거야."

그랬을 것이다. 그래야 한다. 게다가 현호는 원한에 의한 유괴일 것이라고 했다. 성범죄자의 짓이라면 몸값을 요구하는 유괴처럼 보이도록 복잡하게 일을 꾸밀 필요가 없었다. 몸값 전달자를 선생들로 지정할 이유도. 떠도는 말들에 마음이 무너지려 했지만 냉정해야 했다. 희례의 단호한 대답에 고경숙과 주하나의 얼굴에 다행이라는 낯빛이 돌았다.

"역시 희례 씨야. 저런 말들에 휘둘릴 필요 하나도 없어. 그것보다 내가 곰곰이 생각을 해봤는데 말이지."

한장미가 입을 열었다.

"뭔데요?"

"사실 예전에도 이 동네에 비슷한 일이 한번 있었어."

한장미는 10년 전 유괴 사건에 대해 이야기를 시작했다.

어느 날, 인근 고등학교 교복 차림의 여학생이 어린이집에 찾아왔다. 아이 할머니의 부탁을 받고 아이를 데려가기 위해서였다. 어린이집 선생은 아이 할머니에게 이 사실을 확인하기 위해 전화를 걸었다. 그러나 도통 통화가 연결되지 않았다. 여러 번 전화를 걸었지만, 할머니의 휴대전화는 계속 통화 중 상태였다. 시간이 지체되자 여학생은 짜증을 내며 돌아가려 했다. 선생은 인근 고등학교 학생이니 옆집 누나라도 되는가 싶어 아이를 내주었다. 그 길로 여학생과 아이는 사라지고 말았다. 그때는 지금처럼 CCTV가 많지 않던 시절이었다. 경찰은 사방팔방으로 여학생을 찾았지만 오래도록 신원과 행적을 알아낼 수 없었다.

"결국 범인을 못 찾은 거예요?"

희례가 다급하게 물었다. 비록 이야기 속 남의 일이지만, 같은 처지가 되자 아이의 생사와 범인 체포 여부가 절실하게 느껴졌다.

"다행히도 나중에 경찰이 범인들을 잡았어. 두 명이 같이 꾸민 짓이었대. 그런데 범인들의 수법이 얼마나 신통방통했냐면……."

범인들은 마트 추첨권 행사를 가장해 아이 할머니에게 접근했다. 아이 할머니에게 경품 행사를 한다며 추첨권에 개인 정보를 기입하도록 하여 휴대전화 번호를 알아낸 것이다. 이후 여학생으로 변장한 범인 1이 어린이집을 찾아가 아이 할머니에게 부탁받았다는 거짓말을 했다. 그리고 범인 2는 아이 할머니에게 계속 전화를 걸었다. 그렇게 할머니의 휴대전화를 통화 중 상태로 만들어 어린이집 선생과 연락이 닿지 못하게 한 것이다.

한장미는 이야기를 다 풀어낸 후 말미에 자신의 의견을 보탰다.

"어쩌면 그때 그 수법과 비슷하지 않을까 하는 생각이 들더라고."

"하지만 그건 하원 시간을 노린 범행이잖아요?"

"개원 날 아침 정신없는 와중에 선생님들 중 하나가 아이 엄마라는 거짓말에 속아 지우를 유괴범에게 넘겨줬을 수도 있잖아."

"그런 일은 없었어요. 있었다면 분명히 선생님들이 경찰한테 얘기했을 거예요."

희례는 단호하게 잘라 얘기했지만 한편으론 찜찜한 마음이 들었다. 지우를 데려간 유괴범이 만약 10년 전 유괴 사건을 알고 있다면 그 이야기에서 어떤 힌트를 얻지 않았을까.

이후에는 '찾을 수 있을 거야', '희망을 포기하지 마', '힘을 내' 등 추상적인 위로의 말만 오갔다. 세 사람은 잡다한 동네 소식을 늘어놓았지만 지우의 유괴와 관련 있어 보이는 건 없었다.

소득 없는 시간이 흐르고 희례가 이만 일어나야겠다고 생각할 무렵이었다. 방문객을 알리는 경쾌한 벨 소리가 울렸다. 우체부가 VIP실로 들어왔다. 그는 두리번대더니 고경숙의 명찰을 보곤 우편 봉투를 내밀었다.

"사인해주세요."

등기우편이었다. 고경숙은 우편 봉투의 겉면을 쳐다봤다. 수신인에 주하나의 이름이 적혀 있었다.

"제 거 아닌데요?"

고경숙이 우체부에게 봉투를 돌려줬다.

"주하나 씨, 맞잖아요."

우체부가 고경숙의 명찰을 가리켰다.

"어머머, 내 정신 좀 봐. 내가 이래. 아니에요. 주하나 씨는 저쪽이에요."

고경숙은 제 가슴팍에 달린 명찰을 떼며 말했다.

"그대가 왜 하나 씨 명찰을 달고 있어?"

한장미가 물었다.

"아침에 갑자기 본부장님이 지점에 오셨는데 명찰이 없더라고요. 복장 규율에 민감한 양반이라 명찰 안 달면 한 소리 듣거든요. 눈이 나빠서 이름은 못 볼 거라 생각하고 하나한테 여분의 걸 빌렸는데, 여태 달고 있었네."

고경숙이 피식 웃으며 대답했다.

"그러니 우체부가 헷갈렸지. 엉뚱한 이름이 붙어 있으……."

그때였다. 희례의 머릿속에 번개가 내리쳤다. 방금 자신이 한 말과 10년 전 유괴 사건이 퍼즐 조각처럼 맞아떨어졌다. 눈앞이 하얘지고 숨이 목구멍에 걸렸다. 희례는 일어선 채 사지를 부들부들 떨었다. 한장미가 따라 일어서며 희례의 팔을 붙들었다.

"그대, 왜 그래? 무슨 일이야?"

"장미 씨, 나 어째요?"

"왜?"

나머지 여인들이 걱정하며 희례를 향해 시선을 모았다.

"범인이 어떻게 우리 지우를 유괴했는지 알 것 같아요."

\* \* \*

"여긴가 보다. 한일 아파트 101동 1402호, 하늘 반 전예림네 집."

진주가 부모-원아 명단과 호수를 번갈아 확인하자 현주가 초인종을 눌렀다. "누구세요?" 묻는 말과 함께 30대 초반 여성이 문을 열었다.

"안녕하세요. 전예림 어머니, 양정미 씨 맞으시죠? 전 파란 어린이집 같은 반 송지우 엄마예요. 여쭤볼 게 있어서요."

현주가 자기소개를 하자 양정미의 표정이 싸늘해졌다.

"도대체 했던 말을 몇 번이나 해야 해요? 같은 어린이집을 다녔다는 이유만으로 이렇게 괴롭혀도 되는 거예요? 그쪽 심정 이해 못 하는 건 아니지만, 이건 정말 해도 해도 너무하잖아요. 더 할 얘기 없으니 돌아가 주세요."

양정미는 진주와 현주의 눈앞에서 문을 쾅 소리 나게 닫았다. 이런 푸대접은 처음인지라 둘 다 어안이 벙벙했다. 둘은 하루 동안 일곱 원아의 집을 방문했다. 비슷한 또래 아이를 둔 엄마들은 지푸라기라도 잡는 심정으로 찾아온 현주의 마음을 이해하며 위로의 말을 건넸다.

"세상 각박해졌다. 해도 해도 너무한 게 누군데."

"됐어. 가자."

화가 난 현주가 다시 초인종을 누르려 했지만 진주가 말렸다. 앞으로 몇 군데를 더 돌아야 하는데 쓸데없는 싸움으로 감정을 소모하고 싶지 않았다. 허망하게 발걸음을 되돌리려는데 때마침 옆집에서 쓰레기봉투를 쥔 여자가 나왔다. 둘은 옆집 여자와 함께 엘리베이터에 올라탔다.

"같은 엄마로서 아이 잃은 심정도 이해 못 해주나? 어떻게 저럴 수가 있어."

현주는 여전히 화를 누르지 못했다. 기계음만 불편한 침묵을 가르는데, 우물쭈물하던 옆집 여자가 말을 걸어왔다.

"저기, 혹시 송지우…… 엄마 되시나요?"

또 감상에 젖은 위로를 들어줘야 하나. 급격히 피곤해지는 바람에 현주는 웃지도 울지도 않는 이상한 표정을 지었다. 옆집 여자는 말을 망설이는 기색이었다. 한참 머뭇대던 옆집 여자는 엘리베이터가 1층에 도착했을 때야 입을 열었다.

"제가 한 가지 이상한 걸 들어서 그러는데요."

옆집 여자의 말에 현주는 발걸음을 멈췄다.

"네?"

"여긴 오래된 아파트라 방음이 잘 안 돼요. 옆집에서 소변 보는 소리도 또렷하게 들릴 정도거든요. 옆집 아이는 좀 예민한지 밤낮으로 노상 울어요. 그래서 아이 울음소리로 애가 집에 있구나, 아니면 어디 갔나 보다 짐작하기도 해요. 사실 저도 애 키우는 입장이지만 아이 울음소리, 그거 꽤 괴롭잖아요."

"그렇죠."

현주는 무슨 말을 하려기에 옆집 여자가 이토록 장황한 배경 설명을 하는가 싶었다.

"그러니까, 그쪽 아이가 유괴된 날이요. 그날도 전 옆집 아이 울음소리를 들었어요. 애들 학교 보내고 눈 좀 붙이려고 누웠는데 옆집에서 아이 우는 소리가 또 들리더라고요. 짜증이 나서 시계를 확인했더니 9시였어요. 10분밖에 못 잤다는 생각에 한숨이 나더라고요. 그러고도 컨디션이 안 좋은지 옆집 아이는 그날 종일 칭얼거렸어요."

"그런데요?"

현주는 조급한 말투로 다음 말을 재촉했다. 방문해야 할 집이 한참이나 남아 있었다. 쓸데없는 얘기라면 시간을 지체할 이유가 없었다.

"그런데 형사님이 찾아온 날, 옆집 여자가 그러더라고요. 아이를 어린이집에 보냈다고요."

옆집 여자는 양정미와 형사의 대화를 비교적 세세하게 기억하고 있었다. 동네 인터넷 커뮤니티에 소문이 파다하게 퍼진 데다가, 옆집에 형사가 찾아왔으니 흥미가 일었던 것이다. 옆집 여자는 '서촌 경찰서 강력1팀 하종철 형사입니다'라는 말을 듣자마자 현관문에 귀를 바짝 갖다 댔다.

"의아했어요. 아이는 분명 종일 집에 있었어요. 그날 온종일 울음소리를 들었거든요. 그런데 그 여자가 형사님 앞에서 거짓말을 하더라고요. 뭐, 아이를 어린이집에 데려다 놓고 서류를 깜빡해서 다시 갔다느니 하면서요."

양정미는 전예림을 어린이집에 데려다주었다고 주장했다. 하지만 사실 전예림은 그날 하루 종일 집에 있었던 셈이었다.

"확실해요?"

진주가 떨리는 목소리로 물었다. 예상치 못한 소득이었다.

"네, 확실해요. 형사님한테 얘기할까 말까 고민했는데 그 정도 거짓말이야 별거 아닌 것 같아서 말았죠. 괜히 이웃 간에 험담하는 것 같기도 하고."

옆집 여자의 이야기를 듣는 내내 현주의 심장이 불안하게 뛰었다. 사소한 거짓말이다. 형사의 집요한 추궁이 부담스러워서, 아동 학대를 들킬까 봐. 여러 가지 이유가 있을 테지만 현주는 양정미의 거짓말이 지우의 유괴와 관련 있을 거라는 생각이 들었다. 옆집 여자는 이야기를 마친 후 힘내라는 말을 남긴 채 출입구를 빠져나갔다.

"우리도 가자."

진주가 멍하니 선 현주를 재촉할 때였다. 진주와 현주의 휴대전화가 동시에 울렸다. 메신저 단체 채팅 창에 희례의 글이 올라와 있었다. 두 눈을 부릅뜰 만큼 충격적인 내용이었다.

「지우르 어뜨ㄴ게 유괴해느지 알게써어.」

"뭐? 뭐, 뭐야? 어떻게?"

기절초풍할 만한 소리였다. 진주와 현주는 동시에 비명을 지르며 휴대전화를 뚫어지게 쳐다봤다. 10여 초가 지나도록 그 이상의 글은 좀처럼 올라오지 않았다. 희례가 휴대전화를 쥐고 끙끙대며 문자판을 눌렀다 지웠다 하고 있는 게 분명했다. 차라리 전화를 하자 싶을 무렵 다음 한 줄이 채팅 창에 올라왔다.

그다음 한 줄의 문장은 모든 것을 설명하고 있었다. 범인과 범행 방법은 물론 범행 시간까지. 더욱이 희례의 글을 보자 옆집 여자가 한 말이 얼마나 중요한 의미를 가지는지 깨달을 수 있었다. 어린이집 선생들이 몸값 전달자로 차출된 이유, 원아 카드가 몽땅 사라진 이유, 강나래가 지우를 본 적 있는 것 같다는 말을 한 이유, 양정미가 거짓말을 한 이유. 각각의 조각이 하나의 퍼즐로 맞아떨어지자 비로소 범인이 그린 그림이 보였다. 휴대전화를 쥔 손을 바르르 떨며 현주가 중얼거렸다.

"확실히 알겠어. 누가, 어떻게는."

이제 알아야 할 것은 왜 그랬는가 하는 것뿐이었다.

딩동, 딩동, 딩동딩동.

계속해서 올라오는 단체 채팅 창의 글을 보며 현호는 입을 다물지 못했다. 그는 홀로 구름 반 원아들의 집을 순회하던 중이었다.

"와…… 진짜, 우리 엄마……."

현호는 곧장 택시를 잡아탔다. 집에 도착하자 희례와 진주, 현주는 이미 얼싸안고 눈물 바람이었다. 현호는 흥분이 가시지 않은 얼굴로 휴대전화를 꺼내 전화를 걸었다.

"빨리 하 선배한테……."

"미쳤어? 어디에다가 전화하는 거야?"

현주가 재빨리 현호의 휴대전화를 낚아채 종료 버튼을 눌렀다.

"경찰이지. 어디긴 어디야?"

현호는 황망하게 끊긴 휴대전화와 현주를 차례대로 쳐다봤다.

"연락하지 마. 우리가 끝까지 할 거니까."

"무슨 소리야? 이만큼이나 알아냈으면 됐잖아. 범인 잡는 건 경찰한테 맡겨야지."

"잊었어? 우리한테 중요한 건 범인을 잡는 게 아니야. 지우를 찾는 거지. 경찰이 움직이기 시작하면 범인이 위기감을 느끼고 우리 지우를 어떻게 할지도 모르잖아. 최대한 은밀하게 미행해서 지우부터 찾는 게 먼저야."

말도 안 되는 소리라고 화내봐야 소용없었다. 현주는 완강했다.

"누나!"

"난 그 사람이 아직까진 우리 지우를 해치지 않았을 거라고 생각해. 하지만 우리를 만난 뒤 분명 심리적인 압박을 느꼈을 거야. 어떻게든 빠른 시일 내에 지우를 다른 곳으로 옮기려고 하겠지. 지우 자체가 유괴의 증거니까. 어쩌면 지우를……. 어떻게 하려는 극단적인 생각을 할지도 모른다고."

"그러면 어쩌자고? 미행이라도 하자는 거야?"

울컥해서 던진 현호의 말에 현주는 진지하게 고개를 끄덕였다.

"너 미행 많이 해봤을 거 아니야? 제발 우리가 지우 찾자. 응?"

최우선은 잴 것도 없이 지우의 무사 귀환이었다. 또한 이를 위해 우선적으로 고려되어야 할 것은 지우 엄마인 현주의 의사였다. 현호와 현주의 팽팽한 대립 속에서 식구들은 은근히 현주 쪽에 손을 들어줬다.

"아무렴, 엄마 의견이 제일 중요하지."

"너 때문에 지우가 잘못되면 책임질 거야?"

이런 말들이 계속 오가자 현호는 두 손 들고 물러설 수밖에 없었다. 결국 네 명은 두 팀으로 나뉘어 한일 아파트로 이동했다. 현호와 현주는 아파트 출입구가 보이는 곳에 주차를 하고, 진주와 희례는 주차장에 몸을 숨겼다.

어느덧 해가 저물고 밤이 되었다. 현주는 하나둘씩 켜지는 아파트 불빛들을 보며 초조하게 손톱을 물어뜯었다.

"나와라, 나와라, 나와라. 제발!"

"주문이야? 염불이야? 정신 사나우니까 가만히 좀 있어."

"나올 거야, 분명히. 나오겠지? 오늘 내가 찾아갔으니 분명히 심리적으로 쪼들리는 상태일 거야."

현호와 현주는 아파트 출입구에서 한시도 눈을 떼지 않고 드나드는 사람들을 지켜봤다. 시간은 더디게만 흘렀다. 현주는 초조해 피가 마를 지경이었다.

두 시간가량 흘렀을까. 검은 패딩 차림의 여자가 후다닥 출입구를 빠져나왔다. 현주는 화들짝 조수석에서 등을 뗐다. 양정미였다. 그녀는 길가로 나와 택시를 잡았다.

"현호야! 빨리, 빨리!"

현주가 다급하게 등짝을 두들기자 현호는 운전대를 잡고 택시를 쫓기 시작했다. 한동안 시내를 가로지르던 택시는 반포대교를 건너 고가 아래로 진입했다. 택시가 속도를 줄이다 멈춰 선 곳은 서울고속버스터미널이었다.

"내가 먼저 쫓아갈 테니, 넌 차 세우고 와."

현주는 택시에서 내린 양정미를 따라갔다. 행여나 뒤돌아볼까 불안했지만 그녀는 조급한 걸음으로 목적지를 향해 걸어갈 뿐이었다.

매표소에 도착한 양정미는 표를 끊었다. 멀찍이 떨어져 기둥에 몸을 숨긴 현주는 그녀가 어떤 표를 산 건지 알 수가 없어 발만 동동거렸다. 뒤늦게 쫓아온 현호가 다가오며 물었다.

"양정미는?" "표 사고 있어."

"어디로 가는 표 샀는지 알아?"

양정미는 이미 승차 홈으로 향하며 시야에서 멀어졌다. 그녀는 9번과 10번 홈 사이에 멈춰 섰다. 승차 홈만으로는 정확한 행선지를 짐작하기 어려웠다. 현호는 건들거리며 매표소 직원에게 다가갔다.

"같은 표 두 장이요."

매표소 직원은 고개를 갸웃했으나, 방금 표를 산 양정미를 떠올리는 듯했다.

"김천으로 가는 거요?"

"네."

다행히 그는 별다른 의심 없이 표를 건네줬다. 경찰 신분을 들먹일 필요도 없었다.

잠시 후 10번 승차 홈으로 버스가 들어왔다. 양정미가 먼저 버스에 올라타고, 현호와 현주도 뒤따랐다. 어둠이 스민 막차 안에는 몇 사람만이 드문드문 자리를 차지하고 있었다. 뒤에 앉은 양정미를 확인하곤 현호와 현주는 앞자리에 앉았다.

버스는 두 시간 반가량을 달려 김천시외버스터미널에 도착했다. 이미 한참이나 늦은 밤이었다. 양정미는 터미널 앞에서 택시를 잡아타고 어디론가 향하기 시작했다. 현주와 현호 역시 택시를 타고 뒤쫓았다. 양정미를 뒤따라가는 내내 현주는 긴장감 때문에 심장이 입 밖으로 튀어나올 것 같았다. 머리끝이 뻣뻣해질 정도로 신경 줄이 말랐다.

택시는 시내 도로를 달리다 양옆으로 논밭이 펼쳐진 한적한 길로 접어들었다. 길 위의 차는 단 두 대뿐이었다. 의심을 살까 두려웠지만 양정미를 태운 택시는 목적지를 향해 달리기 급급했다. 가로등도 없는 비포장도로를, 거리를 한참이나 벌려 쫓아갔다. 그 바람에 몇 번이나 놓칠 뻔했지만 간신히 앞선 택시의 불빛에 의지해 뒤쫓을 수 있었다.

산길에 접어들 무렵에야 양정미의 택시가 멈춰 섰다. 택시에서 내린 양정미는 두리번거리며 어디론가 걸어가기 시작했다. 현호와 현주도 얼른 택시에서 내려 뒤를 따랐다.

잠시 후 무성한 밭과 잡목들이 우거진 지대가 나타났다. 산등성이 입구에는 양옥 주택이 한 채 있었다. 집 안에서는 희미한 불빛조차 새어 나오지 않았다. 현관 앞에 도착한 양정미가 문을 두드렸다. 그사이 현호는 자세를 낮추고 양옥 주택으로 다가갔다. 현호의 발걸음 소리는 몰아치는 바람과 흔들리는 나뭇가지 소리에 파묻혔다.

곧 젊은 남자가 문을 열었다. 양정미가 현관 안으로 들어서고 문이 닫히려는 순간, 현호는 잽싸게 달려가 현관문을 잡아당겼다.

"뭐, 뭐야!"

양정미가 소리를 지르며 현호를 밀쳐내려 했다. 현호는 문을 활짝 열고 집 안으로 들어갔다. 양정미는 난데없는 침입자의 등장에 벌러덩 엉덩방아를 찧었다. 당황한 젊은 남자는 주먹을 휘둘렀다. 현호는 주먹을 피하며 남자의 배를 가격한 후 바닥에 주저앉혔다.

그사이 현주는 정신없이 방문을 열어젖혔다. 문손잡이를 잡을 때마다 숨이 콱 막혔다. 행여나 꿈에라도 보기 두려운 끔찍한 장면이 나타날까 봐 망설여지기도 했다. 두 번째, 세 번째, 그리고 네 번째 문을 열었을 때였다.

아이가 얇은 요 위에 누워 있었다. 눈을 감은 아이는 미동이 없었다. 정돈되지 않은 머리에 눈물과 침 범벅이 된 꼬질꼬질한 얼굴이었다. 현주는 터질 것 같은 심장을 부여잡고 아이에게 달려갔다.

"지우야!"

현주는 지우의 작은 몸을 끌어안았다. 그렇게 보고 싶던, 그렇게 찾아 헤매던 아이였다.

"지우야…… 흑. 지우야……."

만지면 부서질까, 세게 쥐면 바스러질까. 현주는 조심스러운 손길로 지우의 몸 곳곳을 더듬었다. 꿈이 아니라는 증거가 필요하다는 듯 지우의 얼굴을 확인하고, 뺨을 비비고, 사무치게 끌어안았다.

지우가 한바탕 소란에 눈꺼풀을 들어 올렸다. 몽롱한 눈동자로 현주를 바라보더니 '으앙' 울음을 터뜨렸다. 자신에게 무슨 일이 닥쳤는지 인지조차 불가능한 14개월 아이였다. 하지만 엄마와 떨어져 있던 시간이 지우에게는 공포 그 자체였을 것이다. 그간의 두려움을 증명하듯 지우는 발작하며 울어댔다.

모녀의 재회를 지켜보던 현호도 콧잔등이 시큰했다. 그리고 한 걸음 지우에게로 다가갔다. 그 순간 목덜미를 스치는 공기가 흔들렸다. 서늘한 느낌에 현호가 뒤돌자 야구 배트가 어깨를 스치듯 날아왔다. 현호는 아슬아슬하게 공격을 피하며 현주와 지우 앞을 막아섰다.

"정수야! 그만해!"

양정미가 양정수의 다리를 붙들었다. 현호는 그 틈을 타 양정수의 안면을 가격하고 야구 배트를 붙든 손목을 내리쳤다. 양정수가 비명을 지르며 주저앉자 현호는 그의 멱살을 붙들었다.

"쓰레기 같은 새끼. 네가 뭔 짓을 했는지 알아?"

현호는 온 힘을 다해 주먹으로 양정수의 얼굴을 때렸다. '퍽', 주먹이 얼굴뼈를 강타하는 소리가 울려 퍼졌다. 현주는 지우의 귀를 틀어막은 채 시선을 피했고 양정미는 숨이 넘어갈 듯 비명을 질렀다.

"세상에서 제일 나쁜 새끼가 어떤 새낀지 알아? 애들 건드리는 새끼다. 아무것도 모르는 애들한테 나쁜 짓 하는 놈들이라고!"

타격 소리가 연이어 울렸다. 현호는 뱃속에서 끓어오르는 분노를 참을 수가 없었다. 양정수는 피투성이가 되어 정신을 잃었으나 현호는 주먹질을 멈추지 않았다.

"그만, 제발 그만! 그만해요!"

양정미가 엉금엉금 기어와 현호의 다리를 붙들었다. 현호는 그제야 들어 올렸던 주먹을 공중에서 멈췄다. 참아야 했다.

"으악!"

현호는 짐승같이 포효하며 바닥을 내리쳤다.

"현호야, 그만해!"

현주가 비명을 지르듯 소리쳤으나 뼈가 으스러질 정도로 내리치는 주먹질은 멈춰지지 않았다.


낡은 양옥 주택 마당에 선득한 바람이 불었다. 푸르스름한 달빛 아래 메마른 나뭇가지를 스치는 바람 소리만이 가득했다. 얼음장같이 시린 바람이 뺨을 할퀴었지만 현주는 추운 줄을 몰랐다. 경찰이 도착하길 기다리는 동안 현주는 넋 놓고 앉은 양정미에게 다가갔다.

"왜 그랬어요?"

경찰 조사에서 모든 게 밝혀지겠지만 그 이유를 직접 듣고 싶었다. 안도와 분노가 화염처럼 치솟고 사라지자 남은 것은 커다란 의문이었다. 왜 지우가 이런 일을 당해야 했는지, 왜 하필 자신이었는지. 이유를 알고 싶었다. 현주의 질문에 양정미는 고개를 돌려 흐릿한 눈길을 보냈다.

"죽일 생각은…… 없었어요. 어떻게 내가…… 애를……."

갈라 터진 입술에서 건조한 음성이 흘러나왔다.

"그거 말고 이유요. 직접 듣고 싶어서 그래요. 그 정도 자격은 되잖아요."

일순 양정미의 눈빛에 희미한 생기가 돌았다. 본래의 목적과 의지를 기억해내려는 듯한 눈동자였다.

"송지석, 그 사람 얼마나 고통스러워했나요?"

"이봐요. 그게 무슨 말이에요?"

"딸이 없어져서 괴로워했냐고요. 밤잠 못 이루고, 아무것도 먹지 못하고, 영혼이 바삭바삭 말라가는 기분으로 그렇게 살았냐고요."

"지금 누구 놀려요? 장난해요? 당연하죠!"

"우리처럼요."

양정미는 단단한 눈빛으로 현주를 쏘아보았다.

"무슨 말이에요? 제대로 얘기해요!"

"송지석 그 사람에게 똑같은 고통을 느끼게 해주고 싶었어요. 우리처럼 똑같이 사랑하는 아이를 잃고 고통받길 바랐어요."

"……"

"그 사람, 어떤 남편이었죠? 아내에게 충실한 남편, 다정한 아빠였나요? 지금 말해줄게요. 그건 당신의 완전한 착각이라고요. 그 사람에게는 불운일 뿐이었겠죠. 아이는 태어날 때부터 호흡곤란 상태였으니까요."

현주는 양정미가 무슨 이야기를 하는지 전혀 이해되지 않았다. 양정미의 말을 자르려 했지만 마주한 그녀의 눈에서 피눈물이 흐르는 듯했다.

"아이는 태어났는데 한 번도 울지 않았대요. 언니와 형부가 괜찮은 거냐고 몇 번이나 물었지만 병원에서는 괜찮다는 대답뿐이었어요. 그리고 몇 시간 후 응급차 사이렌 소리가 들렸죠. 아니나 다를까, 우리 조카 때문이었어요. 그 아이는 종합병원 신생아 중환자실로 옮기고 얼마 안 있어…… 그 지독히도 짧은 생을 마감했어요."

"……"

"한서진. 고작 열두 시간 동안 이 세상에 머물다 간 제 조카 이름이에요."

현주는 작게 소리 내어 그 이름을 혀로 굴려보았다. 이름을 불러보니 양정미의 이야기 속 아이라 지칭되던 한 생명이 뚜렷한 존재감을 가지고 다가왔다.

"언니와 형부 그리고 우리 가족을 더욱 절망에 빠뜨렸던 건 이후 병원의 대응 방식이었어요. 의사와 행정실장이라는 사람은 사과 한마디 없이 변명만 늘어놨어요. 자신들의 잘못이 아니라는 걸 입증하는 데만 급급했어요. 우리가 화를 내며 제대로 된 설명을 요구하자 진료 방해라며 경찰을 불러 쫓아내기까지 했죠. 자신들은 잘못 없다며 억울하면 소송하라고 되레 소리 지르더군요."

"……."

"그 사람이 뭐라고 했는지 아세요? 여기서 이러지 말고 그냥 잊으래요. 그게 속 편한 길이라고요. 고작 열두 시간 살아 있던 애가 뭐 그렇게 애틋해서 이 난리를 치는 거냐고 쉽게 가자더군요."

"하……."

"그런데 그 병원에 제대로 된 응급 시스템이 있었다면요? 바로 종합병원으로 옮겨서 조치를 취했다면요? 그 모든 과정에서 단 하나의 잘못도 없었을까요? 왜, 왜 사과하지 않는 거예요? 사과하면 자신의 죄를 인정하게 되는 거니까요? 그러면 소송에서 불리하니까요? 잘못했잖아요. 그러면 사과하고 죗값 받아야 하잖아요."

양정미의 두 눈에 눈물이 맺혔다. 현주는 생각했다. 만약 내 아이였다면, 그 아이가 은우나 지우였다면 난 어땠을까.

"당신과 아이한테는 미안하게 생각해요. 하지만 송지석이라는 인간을 벌주기 위해서는 어쩔 수 없는 선택이었어요. 내가 한 짓을 후회하지 않아요. 이게 암으로 세상을 뜬 언니와 우리 조카를 위해 할 수 있는 유일한 일이었으니까요."

현주는 같은 엄마로서 양정미의 분노와 고통을 십분 이해할 수 있었다. 하지만 그렇다고 해서 이런 방식을 택했다는 건 납득하기 어려웠다.

"얼마나 괴롭고 고통스러웠을지 이해해요. 송지석이라는 인간을 얼마나 찢어 죽이고 싶었을지도요. 나라도 복수하고 싶었을 거예요. 그런데 양정미 씨. 당신…… 그 복수의 대상을 잘못 고르진 않았나요?"

현주의 말에 양정미가 눈을 치켜떴다.

"당신이 진짜 복수해야 할 대상은 따로 있잖아요. 당신 말대로 의료사고를 일으키고 사과하지 않은 의사, 응급 상황에 적절하게 대응하지 못한 병원. 그런데 왜 그들은 두고 죄 없는 아이를 복수의 대상으로 삼은 거죠?"

"……"

"우리 지우가 작고 연약해서 쉬워 보였으니까. 당장의 분노를 쏟아내기에 적절한 대상이고, 빨리 복수에 성공해서 만족감을 얻을 수 있는 대상이었으니까."

현주의 말에 양정미는 대답이 없었다.

"진짜 복수해야 할 대상은 따로 있잖아요. 진짜 잘못한 사람, 진짜 원인은 따로 있잖아요! 그런데 왜! 죄 없는 우리끼리…… 왜 이래야 하는 거냐고요! 지우를 찾고 있을 때 우리 언니가 저한테 뭐라고 한 줄 아세요? 범인 잡자고, 찾아내서 똑같이 우리처럼 피눈물 흘리게 해주자고 얘기했어요. 그럼 이제…… 제가 당신 딸을 납치해서 복수하면 되는 건가요?"

"……."

"도대체 이렇게 해서 남은 게 뭐냐고요. 복수를 해서 정의가 실현 됐어요? 죄지은 사람이 정당한 대가를 받았나요? 봐요, 잘못된 복수 가 남긴 건 폭력과 상처받은 사람들뿐이라고요. 다른 추악한 범죄들 처럼요. 그러니까, 제대로 벌 받길 바라요."

고요한 시골 밤, 풀벌레 소리만 가득한 가운데 멀리서 사이렌이 울 렸다. 웅송그린 양정미의 어깨가 애처로워 보였다. 왜 그런 선택을 했 을까. 그녀가 원망스러우면서도 안타까웠다.

현주는 떨고만 있는 양정미를 내버려둔 채 뒤돌아섰다. 하지만 몇 발자국 채 걷지도 못하고 발걸음을 멈췄다. 아직 모든 게 해결된 건 아니었다. 그녀도 자신과 같은 피해자였다.

"그래도…… 한 가지 약속은 해줄게요. 문채영과 송지석, 절대 행 복해질 수 없을 거예요. 내가 그렇게 놔두지 않아요. 문채영의 병원은 의료 과실과 불륜 소문으로 쑥대밭이 될 거고, 송지석은 위자료로 재 산을 뺏기고 직장에서도 쫓겨날 거예요. 꼭 그렇게 될 거예요."

"……."

"그러니까, 제대로 벌 받아요. 매일매일 잘못했다고 지우한테 용서 빌고 참회하면서…… 내 약속을 위안 삼으면서…… 딱 죗값만큼만, 제대로 벌 받고 나와요."

양정미는 머리를 숙이고 눈물을 떨궜다. 현주는 천천히 다가가 그 녀의 어깨에 손을 얹었다. 태풍이 휩쓸고 지나간 자리에 남은 건 너 덜너덜해진 두 개의 심장뿐이었다.

김천 서교리 지구대에서 대기하던 양정미와 양정수는 김천 경찰서로 이송됐다. 현호는 피투성이가 된 주먹도 치료받지 않은 채 경찰서 사무실에 앉아 있었다.

새벽 1시가 되자 육시열과 종철 그리고 팀원들이 도착했다. 육시열은 현호를 보고 끓어오르는 화를 참지 못했다. 야간 당직 형사의 보고가 끝나자 종철은 현호를 데리고 경찰서를 빠져나왔다. 그는 본관과 별관 길목 사이 자판기를 발견하고 믹스 커피를 뽑아 현호에게 건넸다.

"당 땡기지? 마시면서 머리 좀 식혀."

현호는 믹스 커피를 홀짝였다. 달짝지근한 향과 당분이 스며들자 정신이 드는 듯했다.

"누님이랑 지우는?"

"엄마랑 큰누나가 와서 김천 의료원 응급실로 데리고 갔어요."

"지우는 괜찮고?"

"네, 많이 울어서 지친 것 빼고는. 다친 데는 없는 것 같아요."

종철은 믹스 커피를 비운 후 종이컵을 구기며 말했다.

"다행이다. 그런데 인마, 어쩌자고 사람을 그렇게 쥐어팼냐?"

"……."

"발칵 뒤집어졌어. 백 형사 너 징계 먹을지도 모른다고. 양정미인 줄 알았을 때 나한테라도 연락하지 그랬냐."

"……죄송합니다."

"됐다. 안 미안한 거 아니까."

종철은 이번에는 담배를 꺼내 물고 뻑뻑 피워댔다. 지시도 받지 않고 단독으로 움직인 데다가, 수사에 참여하지 말라는 상관의 명령 또

한 어졌다. 피의자를 떡이 되도록 패놨으니 위쪽에서 그냥 넘어갈 리 없었다. 육시열과 종철이 변명해주어도 징계를 피하긴 힘들 것이다.

현호는 지우를 구했다는 안도감과 자신에게 내려질 향후 처분에 대한 생각으로 심경이 복잡했다. 종철이 다 피운 담배를 끄며 물었다.

"그런데 어떻게 안 거냐? 양정미."

현호는 메신저 단체 채팅 창에 희례가 올린 글을 떠올렸다.

「지우르 어뜨ㅓ게 유괴해느지 알게쓰어.」

이후 한 문장이 더 추가되었다.

「지우에게 다르ㄴ 아이 명차르으 단 거야.」

담배 하나를 더 꺼내 물던 종철이 의아해하며 물었다.

"그게 무슨 말이야?"

"말 그대로예요. 양정미는 지우에게 다른 아이의 명찰을 달아서 지우를 유괴한 거예요."

"야, 그렇게 대강 얘기하지 말고 자세히 좀 얘기해봐! 우리가 허공에다 뺑이 치는 동안 네가 뭔 일을 했는지 알아야 할 거 아니야?"

현호도 처음에는 그 말이 무엇을 의미하는지 몰랐다. 하지만 명찰을 바꿔 달 경우 어떤 일이 파생될지를 생각하자 줄줄이 사탕처럼 범인의 의도와 범행 수법이 엮여 나왔다.

"우리가 돈 가방을 들고 이리저리 옮겨 다닐 때 지우는 어린이집에 있었어요, 멀쩡하게."

"뭐?"

"지우는 아침에 유괴된 게 아니에요. 실제 유괴를 당한 건 오후였어요. 양정미가 어린이집으로 와서 전예림의 명찰을 단 지우를 데려간 바로 그때요. 그전까지 지우는 전예림의 명찰을 달고 내내 어린이집에 있었던 거예요."

양정미에게는 13개월 된 딸, 전예림이 있었다. 그녀는 예림을 어린이집에 맡기기로 결정하고 파란 어린이집과 우주별 국공립 어린이집에 입소 대기를 신청했다.

입소 허락을 받고 견학 차 파란 어린이집에 방문한 날, 양정미는 현주를 보게 됐다. 산부인과 행정실장인 송지석의 집에 찾아갔을 때 마주쳤던 여자. 양정미는 현주의 얼굴을 기억했다. 조카를 죽인 원흉의 자식과 같은 어린이집에 다닐 순 없었다. 어린이집을 옮겨보려고 했지만 한번 치솟은 분노는 잠재울 수 없었다. 우리 언니는 그 충격으로 병을 얻어 세상을 떠났는데, 우리 부모님은 아직도 가슴을 치며 죽지 못해 사는데 그 여자의 얼굴은 그늘 한 점 없이 해맑기만 했다.

그러던 어느 날, 양정미는 10년 전 동네에서 발생한 유괴 사건을 듣고 무서운 계획을 떠올리게 되었다. 만약 감쪽같이 아이를 데려갈 방법이 있다면? 점점 방법이 구체화되기 시작했다. 오직 같은 어린이집에 입소 허락을 받은 사람만이 가능한 유괴 방법이었다. 그녀는 이 계획을 실현하기 위해 철두철미하게 사전 공작을 하기 시작했다. 가장 번거로운 것은 도처에 널린 CCTV였다. 양정미는 동생 양정수의 도움을 받아 어린이집을 견학하는 척하며 CCTV의 회선을 모두 끊어놓았다.

드디어 어린이집 개원 날, 양정미는 양정수에게 예림을 부탁하고 홀로 집을 나섰다. 근처 골목에 숨어 현주가 지우를 어린이집에 데려다주고 나오는 걸 확인했다. 이후 양정미도 어린이집으로 들어갔다. 한마디면 충분했다. "*어머, 제가 서류를 안 갖고 오는 바람에 집에 가서 다시 갖고 왔지 뭐예요?*"

선생들은 양정미가 이전에 왔었는지, 예림을 데려다 놨었는지 전혀 기억하지 못했다. 양정미는 탁자에서 예림의 명찰을 찾아 손에 쥐었다. 그리고 하늘 반으로 향한 다음, 엄마인 척하며 지우의 가슴팍에 달린 명찰을 떼버리고 예림의 명찰을 대신 달았다.

이후 양정미는 조작한 서류를 제출하기 위해 사무실로 향했다. 원장 선생의 책상에는 부모들이 제출한 서류 봉투가 한가득이었다. 양정미는 자신의 봉투에서 예림의 원아 카드를 꺼냈다. 부모 사진란에는 양정미의 사진이 붙어 있지만 아이 사진란은 비어 있었다. 양정미는 재빨리 현주의 봉투를 찾아 원아 카드를 꺼내고 거기에서 지우의 사진을 잘라 예림의 원아 카드에 붙였다. 그리고 현주의 봉투를 몰래 숨겨 어린이집을 나온 것이다.

"근처에 숨어서 몰래 지켜보다 선생님들이 허둥지둥하는 걸 보고 대포 폰으로 누나에게 전화를 걸었어요. 아이 울음소리는 녹음한 걸 틀었고요. 어린이집 교실에는 큰 창이 나 있으니 내부 상황을 지켜보는 건 어려운 일이 아니었죠. 어린이집 뒤쪽으로는 CCTV가 없으니 들킬 염려도 없었고요. 그리고 전화로 몸값에 대해 쓸데없는 지시를 계속 내렸어요."

이야기를 듣고만 있던 종철이 물었다.

"그건 사람들을 정신없는 상황에 몰아넣으려고 그런 건가?"

"네, 어린이집 선생님들이 지우의 얼굴을 기억하지 못하도록 하기 위해서였죠. 더 정확하게 말하자면, 책임감을 가지고 아이를 돌볼 선생님들을 빼돌린 거고요. 만약 원장 박성희와 하늘 반 담당인 노윤정, 최수정 선생이 어린이집에 남아 있었다면 아무리 짧은 시간이라도 지우의 얼굴을 기억했을 거예요. 그러면 나중에 경찰들이 지우의 사진을 보여줄 때 이 아이는 지우가 아니라 예림이라고 진술했겠죠."

"그래서 세 선생을 몸값 전달자로 지목한 거구먼."

"그렇죠. 선생님들이 셋이나 빠져버리면 어린이집은 완전히 패닉 상태로 치달을 테니까요. 양정미의 예상대로 강나래 선생 혼자 하늘 반을 담당하게 되었어요. 경험이 부족했던 그녀는 아이를 돌보랴, 부모들에게 전화를 하랴 정신이 없었어요. 그때 강나래는 원아 카드와 부모-원아 명단을 보며 예림의 엄마에게도 전화를 건 거예요."

"양정미가 받았겠군."

"맞아요. 다음 일이야 누워서 떡 먹기였죠. 양정미는 어린이집으로 가서 예림이의 명찰을 달고 있는 지우를 데려오기만 하면 됐으니까요. 강나래 선생은 원아 카드를 보며 부모가 맞는지 확인했지만, 예림이의 카드에 양정미 사진과 지우 사진이 나란히 붙어 있으니 의심할 여지가 없었던 거예요."

나중에 원아 카드가 몽땅 사라진 것도 이 때문이었다. 지우 사진이 붙은 예림의 원아 카드는 결정적인 증거였다. 예림과 지우의 카드만 없으면 의심을 살 수 있기에 원아 카드를 몽땅 훔친 것이다.

"그러니까 실제 유괴는 오전 8시 반에서 9시 반 사이가 아니라 그 이후에 발생한 거로군."

"맞아요. 알리바이를 확보하기 위해서였죠. 그 시각 마트에 들러 물건을 산 영수증이 있으니 양정미는 쉽게 용의 선상에서 벗어날 수 있었던 거고요."

"오전 8시와 10시 사이 주변 도로 CCTV와 차량 블랙박스를 뒤져 봐도 지우를 찾을 수 없었던 게 이제야 이해가 가네."

"그렇죠. 실제 유괴는 그로부터 한참이나 지난 후에 발생했으니까요. 강나래 선생이 지우를 어디선가 본 거 같다고 진술한 이유도 이것 때문이에요. 지우의 모습이 무의식에 남아 있었던 거죠. 하지만 강나래 선생은 지우가 어린이집에 도착하자마자 유괴되었다는 고정관념 때문에 자신이 잠깐 지우를 돌봤을 줄은 상상도 못 했던 거고요."

종철은 담배를 뻑뻑 피우며 생각에 잠겨 들었다. 현호의 설명에도 여전히 이해되지 않는 부분이 있었다.

"백 형사, 그런데 말이지. 너무 위험한 계획인 거 아니야? 이 모든 게 가능하려면 자네 누님이 경찰에 신고하지 않는다는 대전제가 필요하잖아. 만약 신고했다면 경찰이 어린이집에서 바로 지우를 발견했을 텐데?"

종철이 제대로 된 지적을 했다.

"지금부터는 제 짐작일 뿐인데요. 어쩌면 그 부분만큼은 양정미의 도박이 아니었을까 생각해요. 즉 작은누나가 경찰에 신고를 하면 이 모든 계획을 포기할 작정이었던 거죠."

종철은 고개를 갸웃하다 아아, 하는 탄성을 냈다.

"하긴 경찰이 출동한다 할지라도 실제 유괴가 일어나지 않았으니 장난이나 해프닝으로 넘길 수 있었겠군."

"맞아요. 하지만 양정미의 기대대로 누나는 경찰에 신고를 하지 않았죠."

양정미의 자백으로 수사는 급물살을 탈 것이다. 행여나 그녀가 진술을 바꾸고 범행을 부인한다고 해도 법정에서 이 모든 증거들을 뒤집긴 힘들 터였다.

"혼자 멋대로 날뛴 건 아직도 열 받지만, 수고했다."

"제가 뭘요."

종철은 어색하게 현호의 어깨에 손을 얹었다. 그러고는 가볍게 두드렸다.

"인마, 고생 많았다고."

전부 끝났구나. 그 한마디가 진정한 끝을 알리는 것 같았다. 안도감이 들며 일시에 긴장이 풀렸다. 내내 돌덩이처럼 굳어 있던 어깨가 내려앉았다. 현호는 울컥 감정이 치밀어 올랐다.

봇물이 터진 듯 눈물이 흘러나왔다. 현호가 끅, 소리를 내며 우는 동안 종철은 가만히 어깨를 다독였다. 참아보려 했지만 한번 터진 눈물은 멈추질 않았다.

\* \* \*

한바탕 쏟아붓던 비가 그치자 상쾌해진 공기가 대기에 감돌았다.

현호는 조심스럽게 현관문 손잡이를 잡아당겼다. 여느 때와 달리 집 안에서는 숨 쉬는 소리조차 들려오지 않았다. 현호는 공기의 흐름을 깨지 않기 위해 거실 바닥에 사뿐히 발을 올려놓았다. 거실에 아무도 없는 걸 보니 모두 안방에 있는 듯했다.

현호는 안방 문손잡이를 잡고 슬며시 돌렸다. 노력이 무색하게도 끼익, 쇳소리가 났다. 둥그렇게 앉아 있던 희례, 진주, 현주가 찌를 듯한 눈빛으로 돌아봤다. 그들은 안방 한가운데 지우를 눕혀놓고 빙 둘러앉아 자는 모습을 지켜보고 있었다. 색색 곤한 숨을 몰아쉬며 깊은 잠에 빠진 지우는 천사 같았다.

현호는 진주와 현주 사이에 엉덩이를 비집고 앉았다. 지우의 작은 손을 만져보았다. 꼬물꼬물하던 작은 손이 현호의 손가락을 움켜쥐자 울컥 감정이 치솟았다. 오로지 이 아이를 지킬 수 있어서 다행이라는 생각뿐이었다.

식구들은 말없이 잠든 아이를 지켜보기만 했다. 같은 대상에게 같은 애정을 품고 있다는 것은 엄청난 동질감이었다. 같은 대상을 향한 무한한 애정이 묻어나는 공기만으로 한층 서로에게 가까워진 느낌이었다. 말 한마디 오가지 않았는데도 많은 말이 오간 것 같았다. 수고했어. 너야말로 고생 많았어. 지우를 지켜낼 수 있어서 다행이야.

누군가가 이런 말을 했다. 피는 물보다 진해서 남에게 쏟는 것보다 더 많은 에너지와 열정으로 가족과 싸우는 거라고. 그래서 외부의 누군가가 가족을 해하려 할 때, 우리는 그 많은 에너지와 열정으로 맞서 싸운다.

불현듯 오래전 기억이 떠올랐다. 가족 수사단이 첫 번째 사건을 해결한 날이었다. 누군가가 의뢰한 일도 아니었고, 사건 관련인과 개인적인 친분이 있는 것도 아니었다. 포상이나 대가가 있는 것도 아니었다. 군이 따지자면 호기심을 충족하고자 하는 인간 본성의 발로, 약간의 의협심, 정의감으로 포장된 자기만족 정도 때문이었을 것이다.

사건을 해결하고 식구들은 신이 나서 방방 뛰었다. 그 짜릿한 쾌감에, 더할 나위 없는 만족감에 모두 극도로 흥분한 상태였다. "아빠가 쏜다! 오늘은 고기 먹으러 가자!"

부모님이 한없이 커 보이던 시절, 서로에게 날 선 칼을 세우지 않왔던 시절. 그들은 사건 해결 기념으로 삼겹살집에서 배가 터지도록 고기를 먹었다. 시종일관 웃음소리가 끊이지 않았고, 서로의 활약상에 대한 칭찬이 이어졌다.

나름…… 행복하다 할 수 있던 유일한 시절. 다시는 오지 않을 시절. 현호는 머리를 흔들어 그 시절에 대한 단상을 떨쳐냈다. 머쓱한 기분으로 안방을 나오며 생각했다.

가족이 조금 덜 싫어진다고.

# 베란다와
# 빨간 구두

겨울의 끝자락을 붙든 계절. 청명한 하늘과 맑은 공기, 유난히도 날씨가 좋던 날이었다. 미영 씨는 빨래를 널다 창밖을 바라봤다.

"날씨가 너무 좋았단 말이죠. 미영 씨는 베란다 창밖 하늘을 보고 있었대요."

문득 그녀의 시선이 건너편 아파트 베란다에 머물렀다. 베란다로 엉금엉금 기어온 아이가 박스를 딛고 난간에 올라서고 있었다. 맞은 편에서 이 상황을 지켜보던 미영 씨는 다급하게 아이를 외쳐 불렀다. 하지만 노력이 무색하게도 위태롭게 난간에 걸쳐 있던 아이는 중심을 잃고 추락하고 말았다.

"꺄악!"

미영 씨는 소리를 지르며 주저앉았다. 곧이어 아이 엄마가 허둥지둥 베란다로 달려 나왔다. 아이 엄마 역시 베란다 아래를 내려다보며 같은 비명을 질렀다. 아파트 건물 사이에 두 여자의 비명소리가 길게 메아리쳤다.

"다행히 추락한 아이는 나뭇가지에 한번 걸리는 바람에 목숨을 구했어요. 경찰은 수사를 시작했고 사고를 목격한 미영 씨는 본 대로 진술했어요."

"그런데?"

"목격자도 있으니 경찰은 단순 사고로 마무리 지으려 했죠. 그런데 그쯤 아파트에 이상한 소문이 돌았대요."

"무슨 소문?"

"아이 엄마가 극심한 육아 우울증과 망상 장애를 앓고 있다는 소문이요. 자기 배로 낳은 자식인데 종종 남편이 밖에서 낳아 온 자식이라 말하고 다녔대요. 그 집 아이가 유독 자주 다치기도 했고요."

경찰은 사건을 면밀히 살피기로 했다. 그러다 맞은편 아파트에서 생일 축하 동영상을 촬영하던 중 아이의 추락 장면을 포착한 사실을 확인할 수 있었다.

"동영상 속에는 미영 씨의 말대로 아이 혼자 난간에 올라서고 뒤이어 아이 엄마가 쫓아 나오는 모습이 고스란히 담겨 있었어요. 그런데 그게 좀 오묘했다고 해요."

경찰은 영상의 화질을 높였다. 그러자 난간에 올라서는 아이 뒤로 흐릿한 사람의 형체가 비쳤다. 아이 엄마였다.

"아이가 난간에 오르는 모습을 그냥 보고만 있었던 거죠. 미영 씨는 상상도 하지 못한 거예요. 엄마가 자식에게 가지는 살의를."

"엄마가…… 자식에게 가지는 살의."

"그제야 미영 씨는 생각이 떠올랐어요."

"뭘?"

"겨울 내내 그 집 베란다 문이 열려 있었다는 걸요."

* * *

기나긴 겨울도 물러나고 봄이 오려는지 뺨을 스치는 바람에 온기가 묻어났다.

"감사합니다, 수고하세요!"

진주는 맥주를 냉큼 받아 들고 마트를 빠져나왔다. 캔 맥주 표면에는 살얼음이 사르르 끼어 있었다. 뚜껑을 따고 빨대를 꽂아 쭉 빨아들였다. 알싸한 알코올이 목구멍으로 넘어가자 속이 뻥 뚫리는 기분이었다.

"캬, 좋다!"

진주는 한울 출판사 추미스 공모전에 완성한 원고를 막 제출한 참이었다. 고등학생 탐정 한새로미가 학교를 배경으로 활약하는 코지 미스터리로 제목은 《컬러풀 미스터리》. 하얀 토끼 인형 실종 사건, 핑크 구두의 함정, 보라색 지갑과 노란 유채꽃의 상관관계 등 에피소드 제목마다 상징적인 색깔이 들어갔다. 미라는 어떻게든 튀어보려고 제목에 컬러를 욱여넣었다고 평했지만 진주는 만족스럽기만 했다.

이러다 막 대상 받고, 각종 서점 1위 하고, 일주일 만에 재쇄, 3쇄, 4쇄…… 제작사에서 영화화하겠다고 우르르 달려들고. 이러는 거 아니야? 진주의 머릿속에 찬란한 핑크빛 미래가 몽실몽실 피어올랐다. 이번에는 이상하게 감이 좋았다. 물론 이 감은 여러 번 진주의 뒤통수를 후려갈기기는 했다만.

그렇게 헤벌쭉한 얼굴로 횡단보도에 서 있는데, 누군가 진주의 어깨를 두드렸다.

"혹시 진주 언니 아녜요?"

진주는 빨대를 문 채 뒤돌았다. 밝은 톤의 트렌치코트를 입은 늘씬한 여자가 반가운 얼굴로 서 있었다. 누구지…… 하는 순간 번뜩 이름이 떠올랐다.

"어, 어, 야, 김쌍년! 너 진짜 오랜만이다."

김상연. 그녀는 예전 같은 동네에 살던 두 살 아래 동생으로, 현주의 절친한 친구이기도 했다. 진주가 쌍년이라는 별명을 꺼내자 상연은 인상을 찌푸렸다.

"언니도 참. 교양머리 없게 언제 적 별명을. 저 김서연으로 개명한 지가 언젠데요. 앞으로는 서연이라고 불러요. 그런데 언니도 이 동네 살았어요?"

"그런 건 아닌데 사정이 좀 있어서. 지금 현호 집에 얹혀, 아니 같이 살고 있거든."

"한일 아파트?"

"아니, 저기 솔마루 언덕 쪽."

상연의 눈이 가늘어졌다.

"난 요기 한일 아파트에 살아요. 자가로요. 이사 시기가 안 맞아서 강남에 있는 아파트 전세 주고 얼결에 여기 와서 살고 있다니까요. 애들 좀 크면 어차피 강남 가야 하는데. 번거롭게 이사만 여러 번 하게 됐죠."

한일 아파트는 오래되긴 했지만 서촌동 목 좋은 중심지에 위치해 있었다. 재개발도 앞둔 터라 이 동네에서는 비싸기로 유명한 곳이기도 했다. 그런데도 상연의 말투에서 불만이 느껴지자 진주는 어떻게 반응해야 할지를 몰랐다.

"그랬구나. 너 결혼했구나. 몰랐다, 애."

"현주한테서 제 소식 못 들으셨구나. 전 결혼한 지 꽤 됐죠. 신랑은 사업체 몇 개 가지고 있고 애들은 둘이에요. 딸 하나, 아들 하나."

"그랬구나."

진주는 위축되는 마음에 '그랬구나'를 연발했다. 상연은 현주의 친구이기 이전, 어린 시절 진주와 함께 동네에서 뛰놀던 사이였다. 외동인 상연은 언니를 둔 현주를 항상 부러워했다. 집에 놀러 올 때면 진주에게 엉겨 붙어 우리 언니 하라며 조르기도 했다. 고등학교에 진학하면서 멀어지긴 했지만 둘 사이에는 순수했던 시절의 추억이 남아 있었다.

진주는 슬쩍 상연의 얼굴을 뜯어봤다. 어릴 적 풋풋하고 싱그러운 느낌은 사라졌지만 대신 고혹미와 성숙미가 물씬 풍겨났다. 여전히 예쁘구나. 어린 시절 친자매 같던 진주와 상연은 고등학교에 진학하면서부터 사이가 멀어졌다. 정확히 말하자면, 상연이 자신의 외모에 눈을 뜨면서부터였다. 날이 갈수록 상연의 외모에 대한 관심과 외모에 투자하는 시간은 점점 늘어났다. 아침마다 삐뚤빼뚤한 아이라인을 빼먹지 않았으며, 한겨울에도 맨다리에 부츠를 고수했다. 인터넷 채팅 부흥기에는 피시방에서 살다시피 했기에 성적은 현주와 주거니 받거니 하며 밑바닥을 헤맸다.

진주는 노상 상연에게 공부하라 잔소리했지만, 상연은 언니야말로 안경 벗고 화장 좀 하라며 대거리를 할 뿐이었다. 결국 상연이 지방대학에 진학하며 둘은 완전히 멀어졌다. 현주와는 아직 친하게 지내는 모양이지만, 진주와는 이제 연락조차 하지 않는 사이가 되었다.

처음 상연을 보았을 때는 반가움이 앞섰지만 점차 느껴지는 격차에 진주는 몸이 움츠러들었다. 문득 상연이 자신을 머리부터 발끝까지 훑어보는 시선이 느껴졌다. 빛바랜 패딩 점퍼, 무릎 나온 트레이닝 바지, 발가락이 훤히 보이는 슬리퍼, 빨대 꽂은 맥주. 꼴이 급작스레 부끄러워졌다.

"언니 만나는 사람은 있어요?"

"……없어."

"그럼 하는 일은요? 설마 아직도 글 쓴다 어쩐다 하고 있는 거예요?"

"그게, 그러니까……."

"현주는 언니 걱정이 많은가 보던데."

취기가 오른 것도 아닌데 뺨이 붉어졌다.

"꿈을 포기하지 않는 모습 보기 좋아요. 근데 말이죠. 참 살다 보니까 공부 잘하고 그런 거 다 소용없더라고요. 학교 다닐 때 열심히 공부해서 좋은 대학 가봐야 무슨 소용이에요? 그게 좋은 삶을 보장해 주는 것도 아닌데."

어느덧 가늘게 뜬 상연의 눈가에 비웃음이 비쳤다. 꼬리가 비죽 올라간 입가는 하고 싶은 말을 하지 못해 근질거리는 듯했다.

"어머, 오해하지 마세요. 언니 얘기 아니에요. 세상 살다 보니까 그렇더라, 하는 얘기죠. 이런 말이 있더라고요. 공부 잘하는 년이 예쁜 년 못 이기고, 예쁜 년이 팔자 좋은 년 못 이긴다고요. 어머, 나 지금 내가 예쁜 년, 팔자 좋은 년이라고 자랑하는 건가? 그건 아닌데, 호호."

대놓고 비꼬는 소리를 들으면서도 진주는 입도 뻥긋하지 못했다. 서른여섯 살, 미혼, 모태 솔로, 못난 얼굴에 동생 집에 얹혀살며 이제 껏 돈 한번 벌어본 적 없는 백수. 그게 자신의 모습이었다.

그때 상연의 휴대전화가 울렸다. 상연은 간드러진 목소리로 전화를 받았다.

"여보세요? 응, 자기야. 나 잠깐 마트 들렀어. 데리러 온다고? 아냐, 자기 피곤한데 뭘. 아휴, 데이트는 무슨. 알았어, 그럼 신일 은행 앞에서 기다릴게. 언니, 나 신랑이랑 데이트가 있어서 가봐야겠다. 우리 나중에 현주랑 셋이서 밥 한번 먹어요!"

상연은 발랄하게 인사하곤 쌩 뒤돌아섰다. 진주는 멀어지는 상연의 뒷모습을 우두커니 바라봤다. 열심히 관리하는 모양인지 상연의 뒤태는 전과 조금도 다를 바가 없었다. 주눅 든 마음에 고개가 자꾸만 움츠러드는데, 어디선가 부르는 소리가 들렸다.

"야, 백진주!"

돌아보니 현주가 이쪽을 향해 걸어오고 있었다. 생머리를 휘날리며 긴 다리로 성큼성큼 다가오는 모습이 흡사 런웨이에서 워킹하는 모델 같았다. 현주는 찌푸린 낯으로 다가와 진주 앞에 섰다.

"불러도 왜 대답이 없어?"

"얘기 중이었어."

"누구랑?"

"너 상연이 이 동네 사는 거 알았어?"

"아아."

현주의 표정을 보니 이미 만나기도 한 모양이었다. 진주는 문득 현주의 얼굴에 상연의 얼굴이 겹쳐 보였다. 늘 예쁘다는 칭송을 받으며 살아온 그녀들. 누군가에게는 피나는 노력이 필요한 일을 손가락 하나로 해결하는 그녀들.

그녀들은 항상 당당했다. 공부를 못해도 당당했고, 이혼을 세 번 해도 당당했다. 현주라면 네 번째, 다섯 번째 결혼도 가능하겠지. 일순 이상한 화가 속에서 들끓었다.

"백현주, 혹시 네가 얘기한 거냐?"

"뭘?"

"나 만나는 사람도 없고 직장도 없고 글 쓴다고 방구석에만 처박혀 있다고."

한껏 뒤틀린 자기 비하적 발언에 현주는 얼굴을 구겼다.

"뭔 소리야?"

"너 그렇게 아무한테나 내 얘기 함부로 하고 다녀?"

"걱정 몇 마디 한 걸 가지고 왜 그래?"

"내가 우습지?"

"누가 우습대? 왜 개한테 뺨 맞고 나한테 지랄이야?"

현주의 목소리가 날카롭게 울려 퍼졌다. 지나가는 사람들이 쳐다보자 진주는 화를 눌렀다. 이런 때조차 남들 눈을 의식하는 건 현주가 아니라 자신이라는 생각에 비참함은 곱절이 됐다.

"그래, 다 내 죄다. 서른여섯 모솔에 결혼도 못 하고 직업도 없고 얼굴도 못났고. 그게 내 처지인데 뭘."

진주는 이런 식으로 자학하다 자기혐오의 굴 안으로 숨어버리곤 했다. 현주는 진주의 그런 면이 진저리 나도록 싫었다.

"주제 파악은 잘하고 있네. 그러면 발전이 있어야 할 거 아니야, 발전이. 너 대학 졸업하고 지금까지 한 게 뭐가 있니? 글 쓴다고 주접떤

거 빼고는. 맨날 그러고 있으니까 그딴 년한테 그딴 소리나 듣지."

"야, 무슨 말을 그렇게 하냐? 그리고 네가 지금 나한테 충고할 군 번이야? 너나 잘 살아, 너나. 한두 번도 아니고 이혼 세 번이면, 그거 너한테 하자 있다는 뜻이거든?"

"백진주, 너 미쳤어?"

늦은 오후, 사납게 내지르는 소리가 메아리쳤다. 사람들은 세상 제일 재밌는 싸움 구경을 그냥 지나치지 않았다. 두 사람은 서로를 노려보다 동시에 홱 돌아섰다. 둘 다 먼저 사과할 마음 따위 없었다.


밤 10시 반.

희례와 현주는 다음날 출근 준비로 부산했다. 현주는 신일 은행 서촌동 지점에 파트타이머로 채용되어 국민주택채권 업무를 담당하게 되었다. 송지석과 이혼에 합의한 뒤 재산 분할금과 양육비를 받기로 했지만 혼자서 은우와 지우를 키우려면 경제력이 절실했다.

현주는 희례와 잠정적인 화해를 하고 그녀에게 도움을 요청할 수밖에 없었다. 희례는 기다렸다는 듯 제안을 넙죽 받아들였다. 그리하여 둘은 저녁부터 지우를 씻기고, 재우고, 다음날 아침 준비를 하고, 어린이집 준비물을 챙기느라 여념이 없었다.

현주와 한바탕 말싸움을 하고 저녁잠을 잔 진주가 길게 하품을 하며 안방에서 나왔다. 희례는 진주를 보곤 대번에 인상을 찌푸렸다.

"하여간 저 화상. 저녁 내내 내처 자고 이제 일어난 거야?"

"작업은 밤이랑 새벽에 잘된다니까. 난 올빼미형 인간이라고 몇 번을 말해야 해?"

진주가 퉁명스럽게 대답했다. 현주와 말다툼을 하고 그 여파로 희레에게조차 말이 곱게 나가지 않았다.

"올빼미든 부엉이든 넌 사람 새끼 아니야? 사람 새끼면 해가 상판대기를 쳐들 때 일어나야 하는 거야. 그리고 이년이 어디서 바락바락 소리를 질러? 아휴, 내 팔자야. 나이 육십 넘어서 말만 한 딸년 봉양하게 될 줄 누가 알았을까."

희례는 한숨을 푹푹 쉬며 주먹으로 가슴을 쳤다. 그때 시계를 보던 현주가 희례를 재촉했다.

"엄마, 벌써 10시 반이야. 나 내일 출근하고, 엄마 지우 어린이집 데려다주려면 우리 일찍 자야 해."

"그래? 벌써? 얼른 자러 들어가자. 현주 네가 맘만 먹으면 턱턱 구하는 직장을 쟤는 10년이 지나도록 왜 못 구하는지 모르겠다."

희례는 고개를 절레절레 흔들며 현주와 함께 안방으로 들어갔다. 곧이어 안방 불이 꺼지자 집 안은 한순간 정적에 휩싸였다. 거실 소파에 앉아 있던 현호는 텔레비전 볼륨을 낮췄다. 진주는 부엌 식탁에서 노트북을 펼쳤지만 집중이 되지 않았다.

"넌 안 자? 내일 출근해야 하잖아."

노트북을 덮고 현호에게 다가가며 진주가 물었다.

"나 정직 먹었잖아. 관심 좀 가져."

육시열과 종철의 항변에도 불구하고 폭행과 복종의무 위반으로 중징계가 떨어졌다. 그만한 각오를 하고 저지른 일이기에 현호는 처분을 그대로 수용했다. 종철은 '웰컴 투 변두리 월드'라며 위로의 말을 대신했다. 그의 말대로 경찰 간부를 향한 길은 요원한 것이 되었으나 현호는 무사히 지우를 구해낸 것으로 만족했다.

진주는 머쓱해하며 현호의 옆자리에 앉았다. 텔레비전에서는 드라마 〈꽃 같은 여자〉가 한창이었다. 드라마 속 여자 주인공은 '어린 시절 날 버려놓고 회장 아들과 결혼한다고 하니 왜 이제 와 친엄마라고 얘기하는 거야!'라는 대사 한마디로 그간의 내용을 친절히 설명해주었다. 그 대사는 현호와 진주 모두의 마음을 불편하게 만들기에 충분했다. 둘은 누가 먼저라고도 할 것 없이 채널을 돌렸다.

"작은누나랑 싸웠어?"

채널을 이리저리 바꾸며 현호가 물었다. 외출했던 진주와 현주가 엇비슷하게 집에 돌아왔지만 둘 사이에는 냉랭한 기운이 돌았다.

"싸울 게 뭐가 있어. 내가 걔랑 싸움이나 되냐?"

어린 시절부터 진주는 현주의 싸움 상대가 되지 못했다. 일방적으로 얻어터지거나 밀리기 일쑤였다. 덩치 차이부터 확연한 데다 말싸움은 목소리 크기부터 지고 들어갔다.

"뭐 때문에 싸웠는데?"

현호는 기실 하나도 궁금하지 않았지만 진주의 한 섞인 투정을 누가 들어주랴 싶었다. 진주는 내키지 않는지 침묵하다 엉뚱한 소리를 했다.

"억울해. 공평하게 물려받지 못한 거 같아서. 우월한 유전자는 죄다 현주한테 갔잖아."

"왜 또 그래?"

"그렇잖아. 현주는…… 이런 말 진짜 하기 싫은데 예, 예쁘잖아."

"우월한 유전자가 외모만을 의미하는 건 아니지. 공부는 큰누나가 더 잘했잖아. 작은누나 성적은 뒤에서 세는 게 빨랐는데, 뭘."

"그거 외엔?"

현호는 생각에 잠겼다. 아무리 포장하려 해도 진주는 호감 가는 외모가 아니었다. 공부도 현주보다야 잘했지만 뛰어난 건 아니었다. 성격도 어둡고 음침한 편이었다. 운동신경도 떨어지고 손재주도 없었다. 현호는 진주가 현주에게 가진 콤플렉스를 알고 있었기에 선뜻 대답할 수가 없었다.

"누난 글을 잘 쓰잖아."

"……."

"가만 보면 이목구비도 자기주장이 아주 확실하고. 자유분방하고 개성 있게 생긴 얼굴이랄까."

진주의 표정이 처참하게 일그러지려는 찰나 현호의 전화가 울렸다. 뒷자리가 8695로 끝나는 번호였다. 현호는 망설임 없이 종료 버튼을 눌렀다.

"무슨 전화기에 그냥 끊어?"

진주가 물었다.

"몰라. 요즘 자꾸 이 번호로 전화가 와. 스팸 전화겠지."

"스팸 등록 기능은 뒀다 뭐 하냐? 근데 현호야, 오늘 기분도 그런데 맥주나 마실래? 나가서 사 오자."

현호는 그저 텔레비전이나 보고 싶은 마음이 굴뚝같았다. 그러나 진주가 유달리 우울해하는 것 같아 억지로 소파에서 엉덩이를 뗐다.

둘 다 꾀죄죄한 몰골에 트레이닝복과 패딩 차림으로 집을 나섰다. 저녁나절부터 하나둘 떨어지던 빗방울이 거센 빗줄기가 되어 쏟아져 내리고 있었다. 둘은 우산을 챙겨 들고 다시 나왔다.

"누나, 어디 가는 거야?"

진주는 불 밝힌 골목 어귀의 편의점을 그냥 지나쳤다. 그러고는 모닝 마트에서 원 플러스 원 행사를 한다며 한일 아파트 사거리까지 내려갔다. 둘은 마트에서 한 아름 맥주를 산 뒤 집으로 발걸음을 옮겼다.

원샷으로 한 캔을 비운 현호가 다음 캔을 따려는데, 사이렌 소리가 들렸다. 응급차가 한일 아파트 단지로 들어가고 있었다. 현호는 목을 빼고 단지 안을 들여다보았다. 각양각색의 우산들이 우르르 104동으로 향하고 있었다. 시간이 많으니 참견거리는 더 많았다. 괜한 호기심이 발동한 현호는 사람들의 행렬에 합류했다.

"어디 가?"

진주는 대답 없는 현호의 뒤를 쫓았다.

104동 뒤편 화단으로 동네 사람들이 몰려들었다. 제복 경찰들이 몰려든 사람들을 저지했다. 응급차와 경찰차도 도착해 있었다. 현호는 사람들을 제치고 앞줄로 나갔다. 현호의 눈에 가장 먼저 띈 것은 시신을 덮은 방수 천이었다. 방수 천 언저리에서 아파트를 올려다보는 종철의 모습이 보였다.

"추락사?"

종철이 우영에게 물었다.

"네. 유지아, 32세. 1204호에 살았답니다."

종철은 화단에 쪼그려 앉아 방수 천을 열어젖혔다.

"심하네."

"얼굴 쪽이 바닥으로 향하는 바람에요."

우영은 올해 강력1팀에 배속된 막내였다. 시신을 보는 데 익숙하지 않은 그는 누렇게 뜬 얼굴로 헛구역질을 했다.

"어떻게 된 거야?"

"사망 시각이랄 것도 없어요. 23시 13분. 추락 장면을 목격한 사람이 있거든요. 아파트 주민인데 충격 때문에 병원에 실려 갔답니다."

"진술 확보해."

"그런데 선배님, 이거 좀 시끄러워질 것 같은데요?"

때마침 급정거한 차량 여러 대에서 카메라와 마이크를 든 기자들이 쏟아져 나왔다. 그들은 마구잡이로 사건 현장을 비추는가 하면 주민들에게 마이크를 들이대기도 했다. 경찰들이 기자들을 막아서며 실랑이를 벌이자 종철이 인상을 구겼다.

"저건 또 뭐야?"

"유지아가 꽤 유명한 단색화 화가였더라고요. 텔레비전에도 나오고, 하여간 요즘 최고로 잘나가는 화가래요."

문득 종철의 눈길이 시신의 한쪽 발에 신겨 있는 빨간 구두에 머물렀다. 3센티미터가량 되는 굽에 앞코가 뾰족한 구두였다. 현호에게도 방수 천 아래로 삐죽이 튀어나온 빨간 구두가 보였다. 종철이 고개를 삐딱하게 기울이자 우영이 먼저 말을 꺼냈다.

"차림새가 좀 그렇죠? 실내복 차림에다가 빨간 구두라."

"나머지 한쪽은?"

우영이 화단 저편을 가리켰다. 현호의 시선도 손가락 끝을 따라갔다. 그곳에는 나머지 빨간 구두 한 짝이 나뒹굴고 있었다.

빨간 구두를 신고 추락 사망한 여자라. 현장 상황이 기묘했다. 현호는 기분이 오싹해졌다. 유지아는 아파트 베란다에서 추락한 게 분명했다. 빨간 구두를 신은 시신이라니. 사고라고 하기에도 이상하고, 자살이라고 하기에도 이상했다.

무엇보다 유지아라는 이름이 낯설지 않았다. 자신은 미술에 관심 없으니 화가로 아는 게 아니었다. 어디선가 들어본 적 있는 이름이었다. 현호는 유지아의 이름을 휴대전화로 검색했다. 프로필 사진이 뜬 순간 현호는 어, 하는 소리를 내며 눈을 크게 떴다. 한 달 전 야간 당직 날, 경찰서로 찾아온 여자였다.

투명하리만큼 하얀 피부, 가슴께에서 찰랑이는 생머리, 화사한 이목구비와 부드러운 얼굴선. 눈에 띄는 미인이었다. 하지만 현호가 기억하는 유지아는 불안감이 가득한 큰 눈을 끔벅이며 연신 입술을 물어뜯던 모습이었다.


"무슨 일이시죠?"

보다 못한 현호가 먼저 물었다.

"저기, 저기요……."

"앉으셔서 편하게 말씀하세요."

유지아는 자리에 앉고서도 좀처럼 입을 열지 못했다. 무언가를 얘기할 듯 말 듯하더니 죄송하다며 자리에서 일어났다. 현호도 엉거주춤 유지아를 따라 엉덩이를 뗐다.

"그냥 가시게요?"

유지아는 또 잠시간 망설이더니 힘겹게 입을 열었다.

"절 죽이려고 하는 것 같아요."

"네?"

"무서워요."

"위협을 받고 있나요?"

"아뇨."

"그런데 왜 그렇게 생각하시죠?"

"느낌이 그래요."

현호는 정신이 살짝 이상한 모양이라고 생각했다. 하지만 무턱대고 그런 티를 낼 수 없었기에 친절하게 유지아를 달랬다.

"괜찮습니다. 자세히 말씀해보세요."

"아, 아니에요. 귀찮게 해드려 죄송해요. 가볼게요."

"저기요."

현호는 유지아를 불러 세우고 명함을 건넸다.

"112로 신고하셔도 되지만, 무슨 일 있으면 이쪽으로 연락 주세요."

유지아는 빨개진 눈가를 문지르다 명함을 받아 들고 사무실을 빠져나갔다.

"아……."

안타까운 탄식이 현호의 잇새로 흘러나왔다. 이후 현호는 유지아를 완전히 잊고 지냈다. 그런데 누군가가 자기를 죽이려는 것 같다고 두려움에 떨던 여자가 정말 시체가 되어 나타난 것이다. 후회가 몰려왔다. 화단에 누워 방수 천을 덮고 있는 모습이 꼭 자신 때문인 것 같았다. 지난 한 달 사이 그녀에게 무슨 일이 있었던 걸까.

종철과 우영은 사망자의 집에 가보자며 자리를 떴다. 당당하게 뒤따라갈 수는 없고. 현호는 아파트 주민에게 물어보려 옆으로 시선을 돌렸다가 질겁했다. 찰랑이는 금발 머리에 분홍색 머리띠. 도톰한 분홍 아우터를 입은 아주머니가 빤히 자신을 쳐다보고 있었다.

"호, 혹시 이 아파트 후문도 있어요?"

현호는 왠지 모르게 기가 눌린다는 느낌을 받으며 아주머니에게 질문을 했다.

"저쪽이요."

아주머니는 후문을 가리키며 생긋 웃었다. 현호는 우산을 부대끼며 몰려든 사람들 사이를 헤쳐 나갔다.

"잠시만요."

인파를 빠져나오려는데 이번에는 검은 옷차림을 한 남자가 앞을 가로막고 있었다.

"좀 지나갈게요."

재차 부탁하는 말에도 남자는 요지부동이었다. 두 다리가 못 박힌 듯 그 자리에서 꼼짝도 하지 않았다. 현호가 고개를 들며 한번 더 비키라는 말을 하려는 찰나, 남자가 돌아섰다. 미처 그의 얼굴을 확인하기도 전이었다. 현호는 우산도 쓰지 않은 채 빠르게 멀어지는 남자의 뒷모습을 주시했다. 그때 멀찍이 서 있던 진주가 현호에게 다가왔다.

"뭘 보고 있어?"

"아냐, 아무것도."

현호는 남자에게서 시선을 끊어내곤 후문 쪽으로 걸음을 옮겼다.

"야, 나 무서워 죽겠어. 얼른 집에 가자. 근데 너 어디 가?"

"잠깐 확인해볼 게 있어서."

"집에 가자니까. 너무 늦었다고."

현호는 진주의 말에도 아랑곳하지 않고 걷기만 했다. 진주는 계속해서 몰려드는 사람들 사이를 비집고 현호의 뒤를 쫓았다. 그 순간 우산끼리 얽히는 바람에 진주는 휴대전화를 놓쳤다.

"으아, 내 휴대전화."

2G 폴더 폰이 두 동강 났다. 진주는 울상을 지으며 휴대전화 잔해를 주워 들었지만, 현호는 이미 104동 후문으로 들어간 후였다. 진주

는 발을 동동거리다 허둥지둥 현호를 쫓아갔다.

한일 아파트는 복도식으로 엘리베이터를 가운데 두고 왼쪽에 1, 2, 3, 4호가, 오른쪽에 5, 6, 7, 8호가 위치해 있었다. 현호와 진주는 엘리베이터를 타고 13층에서 내렸다. 살금살금 계단을 내려와 몸을 숨긴 채 12층 복도를 향해 귀를 세웠다. 종철과 우영의 목소리가 들렸다.

"문은? 잠겨 있었어?"

"네, 번호 잠금 키인데. 119 구급대원하고 감식반하고 같이 도착했을 때는 잠겨 있었어요."

덜컹 문 여는 소리가 들렸다.

"아따, 신발장 하나 진짜 크다. 근데 와…… 이게 다 뭐야? 무슨 신발이 이렇게 많아?"

"유지아 취미가 구두 수집이었나 본데요? 여기만 비어 있는 걸 보니 그 빨간 구두가 여기 있었던 건가 봅니다. 아끼던 신발을 신고 뛰어내린 걸까요?"

종철과 우영이 집 안으로 들어갔다. 현호는 사건 현장에 뛰어들고 싶어 몸이 근질거렸다. 그 마음을 눈치챈 진주가 현호의 옷깃을 잡아당겼다.

"그만 가자니까."

"1204호에 들어가 봐야겠어."

"네가 왜? 너 지금 정직 중이세요."

"누난 안 이상해? 하 선배랑 우영이는 자살이라고 생각하는 것 같은데. 내가 구두 벗어놓고 자살한 사람은 숱하게 봤어도, 자기 집에서 구두 신고 뛰어내린 사람은 본 적 없거든. 그리고 나 저 여자한테 빚진 게 있단 말이야."

"그래서 네가 뭐? 수사라도 하겠다는 거야?"

"여기서 잠깐 기다려봐. 하 선배랑 얘기 좀 하고 올게."

현호는 쪼그리고 있던 무릎을 펴고 복도로 발을 내디뎠다. 진주가 소리 없이 외치며 팔을 잡아챘지만 가뿐하게 떨쳐냈다.

"수고들 하십니다."

현호는 순경들에게 태연히 인사하고 1204호로 들어갔다.

실내는 넓고 깨끗했다. 모노톤의 인테리어는 모던한 분위기를 자아냈으나 묘하게 살풍경한 느낌이 들었다. 집 안을 둘러보던 현호는 이상한 위화감에 사로잡혔다.

뭐가 이렇게 이상한 거지? 내부를 훑던 현호의 눈길이 거실 중앙에 삐뚤게 놓여 있는 유리 테이블에 닿았다. 아래에 깔린 러그도 살짝 밀려나 있었다. 모든 것이 반듯하고 정갈한 현장. 미세하게 삐뚤어진 유리 테이블은 묘한 이질감을 주었다. 몸싸움을 한 흔적이라고 하기엔 너무 얌전했다. 베란다에 있던 종철이 현호를 알아봤다.

"야, 너. 너!"

그는 시뻘건 얼굴로 현호에게 손가락질을 하며 다가왔다.

"너무 반가워하시네."

현호가 능청스럽게 인사하자 종철은 그를 구석진 곳으로 데려갔다.

"백 형사, 너 여기서 뭐 해?"

"저 이 아파트에 살잖아요. 무슨 일인가 싶어서."

"이게 어디서 약을 팔아? 너 솔마루 언덕길 쪽에 살잖아. 빨리 나가. 여기 사건 현장이야!"

화를 내도 현호는 실실대기만 했다. 종철의 말은 그다지 위협적이지 않았다. 현호가 못 들은 척 베란다로 향하자 종철이 잽싸게 팔을 잡아챘다.

"못 들었어? 나가라니까."

"잠깐만 둘러볼게요. 형님, 1분만요. 진짜 딱 1분."

종철이 현호를 밀어내려 했지만 소용없었다. 현호의 발걸음은 이미 베란다로 향하고 있었다.

"얼굴 좋아지셨습니다."

우영이 빙그레 웃으며 인사를 건넸다.

"너도 팽팽 놀면서 늘어지게 자봐. 얼굴에 새살이 돋을 테니. 근데 유지아가 여기서 떨어진 건가?"

"정황상 그렇다고 봐야죠. 베란다 문도 열려 있었고요."

베란다는 잡동사니 하나 없이 깨끗했다. 상자 하나만이 발판처럼 난간 아래 놓여 있었다. 베란다에 서자 탁 트인 시야 너머로 야트막한 뒷산 정경이 보였다.

"문도 잠겨 있고 침입한 흔적도, 몸싸움한 흔적도 없고. 자살이거나⋯⋯ 타살이라면 사망자가 불가항력적인 상황이었다는 뜻인데."

현호의 말이 끝나기도 전 종철이 그의 팔을 잡아끌었다. 1분이 지났다며 나가라고 성화였다. 완력에 밀린 현호는 1204호에서 쫓겨나며 아쉬운 발걸음을 돌렸다.


다음날, 현호는 소파에서 뒹굴며 휴대전화로 유지아에 대해 조사했다. 연예인 못지않은 화려한 외모에 해외 저명 대회 수상 경력, 빈번한 매스컴 노출까지. 유지아는 몇 년 전부터 떠오르는 신예 작가군 대열에 합류한 미술계의 슈퍼스타였다. 처음 현호는 그녀를 매스컴이 만들어낸 스타로 생각했지만 그녀는 국내외 아트 페어에 성실하게 출품하고 꾸준히 개인전을 개최하는 등 활발하게 작품 활동을 이어가는 작가였다.

저녁 시간이 되자 온 가족이 식탁에 둘러앉았다. 희례와 현주가 번갈아 지우에게 밥을 먹이는 소란스러운 와중에도 현호의 시선은 거실 텔레비전에 고정되어 있었다. 텔레비전에서는 유지아의 투신 소식을 알리는 뉴스가 흘러나왔다.

"저기가 요 사거리에 있는 한일 아파트란 거지?"

희례가 물었다.

"응, 어제 현호랑 맥주 사러 갔다가 현장 목격했다고 했잖아."

진주가 대답했다. 진주는 일어나자마자 식구들에게 어제 목격한 안타까운 사건에 대해 한 차례 떠들었다.

"오늘 은행에서 한일 아파트 부녀회장님 만났는데 회장님이 죽은 화가 선생을 아주 잘 알더라고. 친절하고 상냥한 사람이었는데 이런 일이 생겼다며 어찌나 안타까워하던지."

현호는 귀가 번쩍 뜨였다. 안 그래도 정보가 없어 답답하던 찰나였다. 생각해보니 오희례 여사가 누구인가. 발 넓기와 오지랖 부리기로는 태평양급이 아니던가. 예전 동네에서는 모든 소문은 오희례 여사의 입과 귀를 통한다는 말이 있을 정도로 정보통이었다.

"엄마, 나 그 부녀회장님 만나 뵐 수 있어?"

현호가 물었다.

"네가 왜?"

"여쭤볼 게 좀 있어서."

희례는 군소리 없이 한장미에게 전화를 걸었다. 수다 상대가 필요했던 한장미는 반색하며 건너오라 얘기했고 현호와 희례는 집을 나섰다.

한장미는 한일 아파트 105동에 살고 있었다. 현호는 한장미를 보고 눈이 휘둥그레졌다. 어젯밤 사건 현장에서 마주쳤던 예사롭지 않은 차림의 핑크 아주머니였다. 오늘도 그녀는 분홍색 리본으로 반 묶음 머리를 하고 있었다. 곱슬곱슬한 금발 머리도, 분홍색 카디건 차림도, 분홍색 슬리퍼도 여간 심상치가 않았다.

"안녕하세요. 어제 뵀죠?"

현호가 먼저 인사를 했다.

"어머, 화단에서 봤던 청년이네. 잘생기고 훤칠해서 기억하고 있었는데. 희례 씨 아들인 줄 몰랐네. 호호."

"그러게 말입니다."

"통성명이나 하지. 안녕, 난 한 떨기 장미. 그대는?"

잘못 들은 걸까. 현호는 고개를 갸웃거렸다.

"난 한 떨기 장미라고요. 그대는요?"

다시 들어도 독특한 소개 방식이었다.

뭐라고 대답을 해야 할까. 자신을 시적으로 표현하는 게 그녀의 소개 방식인 듯했다. 현호는 초등학교 시절 '자신을 사물에 비교해보아요'와 같은 질문에 뭐라고 답변했는지 기억을 떠올리기 위해 애썼다. 어쨌건 지금으로서는 아주머니가 무안하지 않도록 맞장구를 쳐주는 수밖에 없었다.

"전…… 한 그루 나무?"

순간 정적이 흘렀다. 희례와 아주머니의 얼굴이 새빨간 풍선처럼 부풀어 올랐다. 웃음을 참던 둘은 기어코 크게 소리 내어 웃기 시작했다. 현호는 영문을 모른 채 두 사람을 번갈아 쳐다봤다. 같은 방식으로 소개한 것뿐인데 반응들이 이상했다. 눈물까지 훔치며 배 잡고 웃던 아주머니는 웃음을 멈춘 뒤 현호에게 말했다.

"이건 내 탓이네. 내가 잘못했네. 다시 소개할게요. 내 이름은 한떨기장미예요. 그대 이름은 뭐예요?"

현호의 얼굴이 삽시간에 불타올랐다.

"죄, 죄송합니다. 이름인 줄 모르고. 지, 진짜 이름인 줄 몰랐어요."

"아니에요. 아주 마음에 들었어요. 그대, 센스가 좋은데? 이제껏 들었던 자기소개 중 가장 인상 깊었어요. 그럼 인사 마저 할까?"

"백현호입니다."

현호는 가까스로 당황스러운 마음을 다잡고 인사를 했다.

"오, 왠지 얼굴이랑 잘 어울리는 이름이네. 제 이름이 좀 길죠? 알아서 줄여 불러줘요. 대신 부녀회장님, 아줌마, 이모, 누나, 여사님이라는 호칭은 빼고."

식은땀이 흘렀다. 단 몇 분을 같이 있었건만 정신없이 휘둘리는 느낌이었다. 게다가 부녀회장님, 아줌마, 이모, 누나, 여사님을 빼면 대체 뭐라 불러야 한단 말인가.

"언어가 사고를 제한하고 호칭이 관계를 규정하지. 부녀회장님, 아줌마, 이모, 누나, 여사님 혹은 저기요…… 그런 호칭들이 무한하게 발전하고 변화할 수 있는 관계를 하나의 정형화된 관계로 변질시켜버리거든. 그대랑 나, 아직 어떤 관계가 될지 모르잖아? 그러니까 벌써 흔해빠진 엄마 친구, 엄마 친구의 아들, 어떤 아줌마와 지나가던 청년 1의 관계로 규정하진 말자고요. 언더스탠드?"

"아, 네."

"여전히 모르겠다는 얼굴이네. 그냥 이름에다가 씨 자를 붙여서 부르면 돼요. 간단하죠?"

어서 불러보라는 듯 한떨기장미가 활짝 웃었다. 복숭앗빛 얼굴이 더욱 통실해졌다. 현호는 '내가 왜 꼭 이 상황에서 이 아줌마의 이름을 불러야 하는가'에 대한 의문을 속으로 삼키며 대답했다.

"알겠습니다. 한떨기 씨."

또다시 정적이 흘렀다. 이번에는 희례만이 웃음을 참았다. 한떨기장미는 당황과 노여움이 뒤섞인 얼굴로 입술을 떨었다.

"보통은 한장미 씨라고들 하거든? 보통 끝 단어를 중요 명사라 생각하지 않나?"

반쯤 섞어 쓰던 존댓말도 그새 사라져 있었다.

"떨기도 명사인데요, 세는 단위."

한떨기장미가 눈을 부라렸지만 현호는 고집스럽게 대답했다.

인사는 이쯤에서 마무리가 됐다. 떨기, 아니 장미는 현호와 희례를 거실로 안내했다. 다과와 커피가 차려졌다. 희례와 장미 사이에 근황 이야기가 오간 뒤 현호에게 질문할 기회가 주어졌다.

"죽은 유지아 씨에 대해 잘 아신다고요?"

"잘 안다기보다는 내가 부녀회장이고, 우리 아파트에 유명인이 이사 왔다고 하니 나 혼자 그쪽에 관심이 좀 많았지."

"언제쯤 이사 왔는데요?"

"일주일 전쯤?"

"유지아 씨는 혼자 살았나요? 방송에서는 천애고아이고, 미혼이라고 하던데."

"아니, 친구랑 같이 살았어. 친구 이름은 김예경. 유지아랑은 달리 평범하고 조용한 여자였지. 동신 중학교 미술 선생님이라고 했어. 그리고…… 저번에 분리수거장에서 만났는데, 유지아하고는 대학 때부터 제일 친한 친구이고 5년째 같이 살고 있다고 했지, 아마?"

유지아의 동거인 김예경이라. 현호는 그녀의 모습을 그려봤다.

"친구 사이에 5년이나 같이 살았다니, 누구 하나 인내심이 부처님하고 동급이었나 보네."

희례는 무언가를 생각하는 듯 혼잣말을 중얼거렸다.

그 순간 현호의 머릿속에 유지아가 했던 말이 떠올랐다. 누군가가 자신을 죽이려는 것 같다는 말. 설마 김예경을 두고 한 말이었을까? 가장 친한 친구에 대해 싹트는 의심과 여전한 신뢰 사이에서 갈등하는 마음이 그런 식으로 표출된 걸까?

"글쎄, 그건 우리가 알 수 없는 문제지. 하지만 겉보기에는 정말 친한 친구 사이 같았어. 응급차가 시신을 싣고 갈 때 김예경이 얼마나 오열을 하던지."

장미는 그날 목격한 일에 대해 이야기를 시작했다.


현장 검안이 끝나고 유지아의 시신이 응급차에 실려 갈 무렵, 김예경이 화단으로 달려왔다. 그녀는 경찰을 붙들고 시신의 신원을 확인하더니 통곡했다. 비를 흠뻑 맞으며 울부짖는 김예경이 안쓰러웠던 장미는 그녀의 어깨를 다독여주었다. 김예경은 슬픔과 충격으로 몸을 제대로 가누지 못했다.

"가지 말걸……. 같이 있을걸……. 하필 내가 집을 비운 날에……."

"얼마나 상심이 크십니까. 서촌 경찰서 강력1팀 하종철 형사입니다. 유지아 씨의 동거인 김예경 씨 되시죠?"

종철이 김예경에게 다가왔다.

"믿을 수 없어요. 어떻게 이런 일이⋯⋯. 도, 도대체 무슨 일이 벌어진 건가요?"

"그걸 밝혀내기 위해 지금 수사 중입니다. 그래서 말인데, 혹시 오늘 하루 유지아 씨의 행적에 대해 알 수 있을까요? 같이 사는 김예경 씨가 제일 잘 아실 텐데."

"평소와 다름없었어요. 작업실로 출근해서 종일 작업하다 오후 8시 반쯤 집에 간다고 전화가 왔었어요."

"김예경 씨는 어디에서 전화를 받으셨나요?"

종철은 유지아의 행적을 더듬으며 자연스레 김예경의 알리바이를 확인했다.

"저는 퇴근하고 오후 5시 반쯤 집에 왔다가 곧바로 용인으로 갔어요. 엄마 요양 병원이 용인에 있거든요. 거기 도착했을 때가 저녁 7시였고요. 엄마 상태가 안 좋아지셔서 병원에서 자고 올 생각이었어요. 그런데 제가 집을 비운 사이 이런 일이 일어날 줄은⋯⋯."

"혹시 유지아 씨와 통화하면서 이상한 점은 없었나요?"

"목소리가 안 좋았어요. 그 외에 평소와 다른 점은 전혀 없었고요."

"그럼 최근에는요. 유지아 씨가 특별히 힘들어하거나 고민하는 문제는 없었나요?"

입술을 깨물고 곰곰이 생각하던 김예경은 끝내 고개를 가로저었다.

"네, 감사합니다. 생각나는 점 있으시면 이리로 전화를⋯⋯."

"예경 씨!"

대화를 마무리한 종철이 명함을 건네려는 찰나, 여자 한 명과 남자 한 명이 다급하게 뛰어왔다.

현호는 장미의 말을 끊고 질문을 던졌다.

"누구였어요? 그 여자와 남자는."

"강경란하고 이강혁."

장미는 그것도 모르느냐는 듯한 얼굴을 했다.

"그러니까 그분들이 누군데요?"

"강경란은 유지아의 그림을 팔아주는 아트 딜러. '갤러리 초대'의 큐레이터로 근무할 때 유지아를 발굴했대. 이강혁은 유지아의 남자 친구. 성형외과 의사고."

장미는 새롭게 사건 현장에 나타난 두 인물에 대해 설명한 뒤 이야기를 계속했다.


"어떻게 이런 일이……."

강경란과 김예경은 부둥켜안고 오열했다. 40대 초반의 강경란은 단발머리에 인상이 날카로웠다. 연락을 받고 급히 달려온 모양인지 후줄근한 실내복 차림이었다.

"경란 언니, 어떻게 해요. 우리 지아……."

"예경 씨, 이게 어떻게 된 거야? 응? 지아가 왜, 지아가 왜……."

두 사람은 유지아를 매개로 하여 꽤 가깝게 지내온 사이 같았다. 김예경을 달래던 장미는 강경란의 등장으로 한 걸음 물러설 수밖에 없었다.

"어떻게 된 겁니까? 사고예요?"

이강혁이 종철에게 위협적으로 다가섰다. 그는 30대 중반으로 큰 키에 훤칠한 생김새를 자랑했다.

"현재로서는 단정 짓기 어렵네요. 수사를 해봐야 알 것 같습니다."

종철이 차분한 말투로 이강혁을 다독였다. 충격과 분노, 슬픔으로 얼굴이 일그러진 이강혁은 화단에 애꿎은 발길질을 했다.

"그래서 말인데요, 수사에 꼭 필요한 부분이니 답해주셨으면 합니다. 강경란 씨는 유지아 씨를 마지막으로 본 게 언젭니까?"

종철의 질문에 다소 마음을 진정시킨 강경란이 기억을 떠올렸다.

"저녁 8시쯤 지아 작업실로 찾아갔어요. 무슨 일 때문인지 요즘 통 집중을 못 하더라고요. 그냥 일상적인 대화만 하다 일어섰죠. 저 혼자 애를 키우는 터라. 아, 저 싱글 맘이에요. 밤 9시 전까지는 집에 들어가야 하거든요. 아들하고 약속한 게 있어서. 지아도 같이 나가자고 하더라고요. 뒷정리를 한 다음 8시 반쯤 같이 나왔죠. 주차장으로 가면서 지아가 예경 씨한테 집에 간다고 전화하는 걸 들었고요. 그러곤 헤어졌죠."

"이후에는 바로 집에 가셨습니까?"

종철은 김예경에게 물었을 때처럼 강경란의 알리바이를 확인했다.

"당연하죠, 애가 초등학교 3학년인데 늦은 시간까지 집에 혼자 둘 순 없잖아요. 집에 가서 숙제 검사하고, 밀린 집안일 해치우고, 다음 날 아침 만드느라 정신없었어요."

"그러고는 잠자리에 드셨고요. 몇 시쯤이었나요?"

"밤 11시쯤? 피곤해서 바로 곯아떨어졌는데, 도중에 예경 씨한테 전화가 오기에 받았더니…… 지아가……."

강경란은 울먹이며 뒷말을 잇지 못했다.

강경란과의 대화를 마친 종철은 이강혁에게로 주의를 돌렸다. 그는 화단에 앉아 분노와 슬픔을 삭이고 있었다.

"이강혁 씨, 많이 힘드시겠지만 부탁드립니다."

"요즘 통 지아를 만나질 못했어요. 수술 일정이 몰리는 바람에 눈코 뜰 새 없이 바빴거든요. 마지막으로 만난 게 2주 전이었어요. 바쁘다는 이유로 전화나 문자도 통 못했는데, 이런 일이 생길 줄은……."

"이강혁 씨도 김예경 씨 연락을 받고 온 겁니까?"

"네, 병원 식구들하고 회식 중이었어요. 예경 씨한테 전화가 와서 무슨 일인가 싶었는데……."

마냥 강인해 보이던 이강혁이 눈물을 흘렸다. 그는 목구멍으로 끅, 소리를 내며 울음을 삼켰다.

장미의 이야기를 들으며 현호는 생각을 정리했다.

천애고아이며 미혼인 유지아의 최측근 세 사람. 동거인이며 대학 시절부터 절친한 친구인 김예경, 아트 딜러이자 신인이었던 유지아를 발굴한 강경란, 남자친구이며 성형외과 의사인 이강혁.

"절 죽이려고 하는 것 같아요." 만약 유지아의 죽음이 타살이라면, 이 세 사람 중 하나가 범인이 아닐까. 아니면 셋 모두일까. 세 사람 다 유지아가 추락 사망한 시점에 알리바이가 있었다. 지금까지의 정보만으로는 누가 범인인지, 심지어 유지아의 죽음이 타살인지조차 확신할 수 없었다.

"그대, 또 궁금한 건?"

"없습니다. 오늘 시간 내주셔서 정말 감사합니다."

"당연하지. 현호 씨라면 언제든지 웰컴."

현호는 감사 인사를 한 뒤 장미의 집을 빠져나왔다. 장미는 "우리 다음에 또 봐" 하고 외쳤지만, 현호는 그녀를 왜 또 봐야 하는지 이유를 알 수가 없었다.

평일 점심시간. 서촌 경찰서 앞은 길거리로 쏟아져 나온 직장인들
로 번잡했다. 현호는 경찰서 맞은편 카페에 앉아 유리창 너머로 횡단
보도를 건너는 이를 바라봤다. 재킷으로 입가를 가리고 주위를 두리
번거리는 모습이 흡사 지령을 받고 접선을 시도하는 초짜 스파이 같
았다.

"요즘 왜 자꾸 면상을 들이밀어?"

종철은 카페 안으로 들어서며 타박하는 말부터 던졌다.

"식사하셨어요?"

현호의 능청스러운 인사에 종철은 못마땅한 표정을 지었다.

"됐고, 뭐 때문에 보자고 한 건데?"

"아시면서요."

"도대체 유지아한테 왜 그렇게 관심이 많은데? 백 형사 너 이러는
거 위에서 알면 어쩌려고 그래? 말년 병장 제대 전날처럼, 어? 떨어
지는 가랑잎에도 몸 사리고 또 사려야 할 거 아니야."

종철의 말은 백번 옳았다. 그럼에도 현호는 유지아의 죽음에서 풍
기는 썩은 내를 모른 척할 수가 없었다. 누군가 자신을 죽이려고 한
다는 말 그리고 빨간 구두. 아무리 생각해도 이해가 가지 않았다. 지
금까지의 수사대로라면 경찰은 자살로 결론지을 가능성이 높았다.
현호는 종철에게만큼은 솔직해지기로 하고 유지아가 경찰서로 찾아
온 일을 털어놓았다.

"진짜야? 유지아가 그런 말을 했어?"

"네, 그렇다니까요."

"그것참."

종철은 곤란해했다. 내부에서는 자살 쪽으로 가닥을 잡은 듯했다.

"왜요? 이미 자살이라고 결론지은 거예요?"

"자살로밖에 생각할 수가 없어. 유지아가 추락하는 걸 본 목격자가 있는데, 그 시각이 정확히 23시 13분이었거든. 그때 집에 있던 사람은 유지아뿐이었어. 동거인은 집에 없었으니까. 게다가 사인도 추락으로 인한 다발성 장기 손상이야. 추락 직전까지 살아 있었다는 걸 증명하는 생활 반응도 있으니 사후 추락으로 의심할 여지도 없고."

"누군가와 몸싸움을 하다 떠밀렸을 수도 있잖아요."

"그러기엔 현장이나 시신이 너무 깨끗해. 몸에 다른 상처가 전혀 없다고. 정강이 부근에 찢긴 흔적은 있지만 유리 테이블에 부딪힌 거 같고. 그 외의 상처들은 모두 추락으로 인한 거야."

"그래서 선배는 유지아가 아파트 베란다에서 뛰어내려 자살했다고 생각하시는 거예요?"

"그거 외에는 달리 설명할 방법이 없잖아."

"그때 집에 있던 사람이 유지아뿐이라고 어떻게 장담해요? 누군가 유지아를 밀어버리고 도망쳐 나왔을 수도 있잖아요."

"아까 말했잖아. 그러면 저항했던 흔적이 베란다나 시신에서 나와야 하는데, 그런 흔적이 전혀 없다니까. 손톱 밑도 너무 깨끗해. 베란다에도 뛰어내릴 때 발판으로 쓴 거 같은 상자가 놓여 있었고. 그리고 CCTV도 다 확인해봤지. 그 아파트는 사생활 보호 때문에 복도에는 CCTV가 없어도 정문, 후문, 엘리베이터, 중앙 계단, 비상계단에 꼼꼼하게 CCTV가 설치되어 있어. 그런데 그 시각 아파트 주민 외에 신원이 불분명한 사람이 들어오거나 나간 적은 없다고."

"그럼 자살 동기는요?"

"최측근 말에 의하면 유지아가 전시회 때문에 스트레스가 아주 심했대. 원래 예술가라는 사람들이 예민하고 감성도 풍부하잖아. 스트레스를 극복 못 하고 뛰어내린 게 아닐까 싶은 거지."

"유지아 주변에 의심할 만한 사람은 없나요? 유지아가 분명히 그랬다니까요. 자길 죽이려고 하는 것 같다고요. 주어가 빠져 있긴 했지만 제게 말하길 망설일 정도로 가까운 사람이 틀림없어요."

현호는 김예경, 강경란, 이강혁을 떠올렸다. 종철은 여전히 현호의 말에 동의하지 않는지 마땅찮아하며 입을 열었다.

"유지아의 대인 관계는 결벽에 가까울 정도로 전무한 편이야. 부모님은 10년 전 사고로 돌아가셨고 무남독녀라 형제자매도 없어. 연락하는 사람들이라고 해봐야 남자친구 이강혁, 아트 딜러 강경란, 친구인 김예경이 전부야. 이 세 사람 모두 그 시각 아파트에 없었던 건 확인됐고. 이러니 유지아가 자살했다고 볼 수밖에 없는 상황이야."

현호는 막다른 골목에 도달한 기분이었다. 사방이 높은 벽으로 둘러싸여 되돌아갈 수밖에 없는 상황. 막막한 심정으로 한숨을 쉬는데 휴대전화 소리가 울렸다. 두 사람이 동시에 휴대전화를 꺼내 들었지만 울린 쪽은 종철이었다.

현호는 씁쓸하게 제 손안의 휴대전화를 쳐다봤다. 휴대전화가 며칠 동안 울리지 않은 건지 기억이 가물가물했다. 한동안 울리던 스팸 전화조차 잠잠했다. 현호는 결벽에 가까울 만큼 대인 관계가 전무한 건 유지아가 아닌 자신인가 싶어 우울해졌다.

"어, 어? 김지연이 누구야? 목격자?"

종철의 전화는 우영으로부터 걸려온 것이었다.

"알았어. 그쪽에서 보자고."

종철이 전화를 끊고 현호를 쳐다봤다.

"난 가봐야 할 거 같은데. 유지아 건은 우리한테 맡겨두고 넌 좀 쉬어. 다음번에 바둑이네서 우영이랑 한잔하자. 그럼 간다."

종철이 일어나며 어깨를 두드리자 현호가 그의 팔을 잡아챘다.

"왜요? 무슨 전화인데요?"

"추락 목격자가 좀 보자고……. 야, 신경 끄라고 했지?"

"저도 가면 안 돼요?"

"미친 거냐? 너 왜 그래?"

"이번 한 번만요. 제발."

눈뜨고 볼 수 없는 흉측한 애교에 종철의 얼굴이 일그러졌다. 한동안 실랑이가 이어졌다. 결국 종철은 네 맘대로 하라며 못마땅한 듯 카페를 빠져나갔다.

거리를 벌려 쫓아간 끝에 현호는 병원에 도착했다. 엘리베이터를 타고 4층에 내리자 우영이 기다리고 있었다.

"백 형사님, 또 뵙습니다. 얼굴이 어째 더 좋아지셨습니다."

"야, 레퍼토리 좀 바꿔라. 별일 없지?"

"그럼요."

우영은 싱글벙글 웃으며 현호와 종철을 병실로 안내했다. 병실에는 20대 초반의 여자가 수액을 맞고 있었다. 충격 때문인지 핏기가 가신 얼굴에는 두려움이 어른거렸다.

"김지연 씨, 몸은 괜찮으세요?"

종철은 여자에게 다가가 안부를 물었다. 김지연은 상체를 일으키며 앓는 소리를 냈다.

"아뇨. 아직도 악몽을 꿔요. 눈만 감으면 그 여자가 추락하는 모습이 계속 떠올라서 미칠 것 같아요."

"힘드시죠. 충격이 크시겠습니다."

"여기까지 오시라고 해서 죄송해요."

"괜찮습니다. 하고 싶은 얘기가 있다고요?"

"그때는 너무 놀라서 아무것도 생각이 나지 않았어요. 무섭고 소름 끼치고."

"당연합니다. 얼마나 놀라셨겠어요."

"그런데 시간이 지나니 문득 생각나는 장면이 있더라고요."

김지연은 그날 목격한 상황에 대해 진술을 시작했다.

"104동 뒤에 샛길이 있어요. 학원 수업을 마치고 집으로 가던 중이 었죠. 눈앞으로 뭔가 휙 떨어지더니 픽 소리가 났어요. 화단에 거무스름한 게 떨어져 있더라고요. 비가 내리고 이상하리만큼 시야가 안 좋은 날이었지만 사, 사람인 걸 알았어요. 놀라서 우산도 떨어뜨리고 주저앉았다가…… 겨우 일어나서 104동 후문으로 뛰어갔어요."

김지연은 환자복 앞섶을 쥐곤 몸서리쳤다. 그때 기억이 떠올랐는지 가쁜 숨을 내쉬더니 말을 이었다.

"경비 데스크에 사람이 떨어졌으니 구급차를 불러달라고 했어요. 아저씨는 비에 흠뻑 젖고 흙투성이가 된 제 몰골을 보고 제가 무슨 일을 당한 줄로 여기다가 허겁지겁 신고 전화를 하셨죠. 그때였어요."

김지연은 말을 멈추곤 종철을 쳐다봤다.

"뭘 보기라도 했나요?"

"경비 아저씨가 119에 신고를 하는 동안 엘리베이터에서 내린 누군가가 제 뒤를 스쳐 지나갔어요. 검은 우비를 입은 남자였어요."

"검은 우비를 입은 남자요?"

종철이 목소리를 높였다.

"네, 분명해요."

"유지아 씨 추락 직후였나요?"

"30초나 1분? 길어야 2분 후요."

"얼굴은 보셨고요?"

김지연은 미안해하며 고개를 가로저었다.

"아뇨. 너무 순식간이라. 헬멧도 쓰고 있었고요."

종철은 괜찮다며 김지연에게 고맙다는 인사를 했고 세 사람은 병실을 나왔다.

병원 주차장으로 향하는 길, 우영이 조심스럽게 말을 꺼냈다.

"CCTV 다시 확인해야 할 것 같은데요?"

검은 우비를 놓쳤다는 생각에 종철은 찌푸린 미간을 펴지 못했다.

"왜 놓친 거지?"

"신원이 확인됐기 때문인 것 같은데, 그래도 한번 더 확인해보시죠."

종철과 우영이 차에 올라타자 현호도 뒷좌석에 냉큼 자리를 잡았다.

"야, 너 당장 안 내려?"

종철이 기어코 성질을 냈다.

"한일 아파트 가실 거잖아요. 우리 집이랑 가까우니까 거기까지 좀 태워줍시다. 야박하게 굴지 마시고."

"아오, 저거 왜 저렇게 뻔뻔스러워졌어? 징계받으면 막 캐릭터도 변하는 거냐?"

"뭐라고요? 멀어서 안 들리네. 도착하면 알려주세요."

현호는 팔짱까지 끼곤 등받이에 머리를 기댔다.

"이놈 새끼야, 넌 뭐가 좋다고 웃냐?"

우영이 키득대자 종철이 타박했다.

"우리 서에서 제일 뛰어난 형사님 두 분한테 배울 기회가 생겼으니 좋아서 그러지 말입니다."

"아오, 내가 싫으니 죽지."

종철마저 등받이에 머리를 기대버리자 우영은 허락의 뜻으로 알고 유유히 차를 몰았다.


한일 아파트에는 단지 중앙에 관리 사무소가, 각 동마다 경비 데스크가 있었다. 일행은 차를 세우고 곧장 관리 사무소로 향했다. 사건 당일, 104동 경비 데스크를 지키던 경비원이 먼저 알은척을 해왔다.

"그 퀵 배달원?"

종철이 김지연이 목격한 검은 우비에 대해 언급하자 경비원은 단번에 그의 정체를 기억해냈다.

"1204호에 퀵 배달 왔다기에 제가 들여보내줬죠. 저번에 CCTV 조사하실 때 말씀드렸잖아요."

그때는 왜 놓쳤을까. 종철은 경비원에게 CCTV를 다시 확인해보자고 했다. 경비원은 모니터에 아파트 정문, 후문, 엘리베이터 영상을 띄웠다. 세 사람은 CCTV 화면을 쏘아봤다.

23:11:30, 정문으로 검은 우비가 들어섰다. 작은 상자를 들고 있었다. 그는 곧장 엘리베이터를 탔다.

23:12:09, 검은 우비가 엘리베이터에서 내렸다.

23:13:31, 검은 우비가 상자를 가지고 엘리베이터에 다시 올라탔다.

23:14:14, 1층에 도착한 검은 우비는 잠시 멈칫하더니 아파트 정문을 빠져나갔다.

이윽고 검은 우비는 오토바이를 타고 횡하니 사라졌다. 이 세 화면만으로는 검은 우비가 몇 층에서 내렸는지 확인하기 어려웠다.

"이 사람이 12층에 내렸는지는, 이따 엘리베이터로 12층까지 가는 데 몇 초나 걸리는지 확인하면 알 수 있을 거고. 수상하긴 한데요. 하필 23시 13분, 유지아가 추락한 시간에 어딘가에서 내렸다는 게. 이 사람이 12층에서 내려 유지아의 집에 들어갔던 게 아닐까요?"

우영이 추측한 바를 말했지만 현호의 생각은 달랐다.

"야, 정신 똑바로 차리고 CCTV 시간을 잘 봐봐. 이 남자가 12층에 내렸다고 해도 거기에 머문 건 1분 20초야. 2분도 안 돼서 다시 내려가는 엘리베이터를 탔다고. 그 짧은 시간 동안 집에 침입해서 유지아를 밀어 떨어뜨렸다고?"

복도에 CCTV가 있다면 검은 우비가 12층에서 무얼 했는지 알 수 있으련만. 사생활 보호 차원에서 복도에는 CCTV가 설치되어 있지 않았다. 종철은 우영과 현호의 의견이 모두 일리 있다고 생각하는지 쉽게 결론짓는 말을 내뱉지 않았다.

"시뮬레이션을 해보자고. 검은 우비가 진짜 12층에 내렸는지, 그리고 1분 20초 동안 범행이 가능한지."

종철의 말에 세 사람은 104동으로 향했다. 우영은 휴대전화 타이머로 검은 우비의 동선을 따라가며 시간을 쟀다. 정문에서 엘리베이터로 향하는 시간, 엘리베이터를 타고 12층에서 내리는 시간. 모두 CCTV에 나타난 그대로였다.

세 사람은 폴리스 라인이 쳐진 1204호 앞에서 발걸음을 멈췄다.

"아는 사람이라면 유지아가 바로 문을 열어줬겠지만, 낯선 사람이 유지아를 설득하거나 속여서 문을 열게 하는 데는 얼마나 걸릴까?

그것도 검은 우비를 입고 검은 헬멧을 쓴 상태로."

"일단 누구냐고 묻고 대답을 듣고 문을 열어주는 데만 10초 정도 걸리겠죠."

현호의 말에 우영이 대답했다.

"그런데 그렇게 늦은 시간에 유지아가 문을 열어줬을까? 난 안 열어줬을 것 같은데."

1204호 문이 열렸다. 종철은 말없이 생각에 잠겨 있었고, 현호는 그때의 상황을 상상했다.

"안으로 들어가 유지아를 제압하는 데는 얼마나 걸렸을까? CCTV 대로라면 30초 이내여야 해. 다시 나와서 엘리베이터로 가는 시간까지 계산한다면."

현호는 거실을 지나 곧장 베란다로 걸어가며 혼잣말을 했다.

"유지아의 정강이에 찢긴 상처가 있으니, 약간의 몸싸움이나 저항하는 시간은 있었을 거야."

현호의 머릿속에 그날의 장면이 생생하게 그려졌다.

유지아는 별안간 돌변해 달려드는 퀵 배달원을 피해 거실로 도망친다. 그 와중에 정강이를 유리 테이블에 부딪히고 휘청거린다. 그런 유지아를 단숨에 제압하는 퀵 배달원. 유지아의 입을 틀어막고 베란다로 끌고 가서 문을 열고……

현호는 머리를 흔들었다.

"아무리 건강한 남성이라도 성인 여성을 단숨에 제압해서 베란다로 끌고 가는 건 쉽지 않지. 1~2분으로는 부족한 시간이야. 베란다 문까지 한 손으로 열어야 하잖아."

"베란다 문이 열려 있었을 수도 있죠. 그리고 유지아가 검은 우비를 피해 베란다로 도망갔을 수도 있고요."

우영이 반론을 제기했다.

"이 날씨에? 그리고 잊었어? 그날 비가 내렸어. 베란다 문을 열어
뒀을 리 없지. 베란다에는 저항의 흔적도 없잖아. 유지아의 시신에도
그렇고. 옷이 찢겼다든가, 난간에 쓸렸다든가, 손톱으로 할퀴었다든
가 하는 흔적이 전혀 없다며."

"검은 우비한테 험하게 죽는 것보다 차라리 자기 의지로 뛰어내리
길 선택했을 수도 있고요."

일리 있는 말이었으나 우영은 가장 중요한 것을 잊고 있었다.

"난 아닌 것 같은데. 그랬다면 구두를 신을 여유가 있었겠어? 잊었
어? 유지아는 구두를 신고 뛰어내렸다고. 빨간 구두."

"백 형사 말이 맞아. 게다가 난 그 검은 우비가 유지아를 아예 만나
지도 못했던 것 같아."

종철도 그제야 입을 열어 현호의 말에 동의했다.

"왜 그렇게 생각하는 건데요?"

"검은 우비가 다시 엘리베이터에 탄 CCTV 영상을 보면 알 수 있
잖아. 상자를 들고 있었으니 유지아에게 택배를 전달하지 못한 거지."

"아, 뭐예요? 우린 여기 왜 올라온 거예요?"

현호가 툴툴거렸다. 그러나 택배 상자를 전달하지 못했을지라도
여전히 그가 유지아의 집에 침입했을 가능성을 배제할 순 없었다.

"어쨌건 이 검은 우비가 유지아의 사망 시각 현장에 있었던 건 맞
으니 이 남자를 만나보자고."


검은 우비의 신원은 어렵지 않게 밝혀졌다. 세 사람은 곧 '바로 드

림' 퀵 배달 업체에서 근무하는 장성태를 찾을 수 있었다. 그는 오토바이 적재함에 물건을 싣고 있었다.

유지아에 대한 이야기를 꺼내자 그는 놀란 얼굴이었다.

"정말 거기서 사람이 죽었어요? 무섭네……. 어쩐지 1층에서 어떤 여자가 경비 아저씨한테 뭐라 뭐라 소리를 지르던데, 전 제대로 못 들었거든요."

장성태의 신원은 확실했다. 그의 진술에는 일관성이 있었고 CCTV와 다른 점도 없었다. 무엇보다 그에게는 유지아를 죽일 만한 동기가 없었다. 1204호에 젊은 여자가 살고 있다는 사실도 알지 못했다.

"누구한테 주문받은 물건이었나요? 그날 상황 좀 자세히 얘기해 주시죠."

종철이 물었다.

"급하게 물건을 배달해달라던 주문이었어요. 용인에서 여자분, 보자…… 성함이 김예경이네요. 그분한테서 물건을 받아 한일 아파트 104동 1204호로 갔죠. 그런데 벨을 눌러도 반응이 없더라고요."

"그래서요?"

"두어 번 더 눌렀는데도 대답이 없어서 김예경 씨에게 전화를 했죠. 수령인 전화번호가 없었거든요. 그랬더니 그날 꼭 전해줘야 한다면서 현관문이라도 두드리라고 하더라고요. 아…… 그러고 보니 안에서 이상한 소리가 났어요."

"무슨 소리였는지 기억하십니까?"

장성태는 그날 일을 떠올리려는 건지 미간을 찌푸리며 생각에 잠겨 들었다. 그가 입술을 뗄 때까지 현호는 입안의 침이 마르는 기분이었다.

"그러니까…… 우당탕 하는 소리가 들리기도 했는데, 확실치는 않아요."

그 외에 몇 가지 질문을 더 던졌지만 모른다는 답변만이 들려왔다. 세 사람은 협조 감사하다는 말을 남기고 돌아섰다. 장성태가 오토바이 시동을 걸 때쯤 현호는 문득 한 가지가 궁금해졌다.

"장성태 씨, 잠시만요."

"네."

"무슨 물건이기에 그 늦은 밤에 배달한 겁니까?"

"저야 모르죠. 전 물건만 가지고 간 거라. 전달은 못 했지만요."

장성태는 이 말을 끝으로 오토바이를 몰아 혼잡한 도로 속으로 사라졌다.


이후 종철에게서는 연락이 없었다. 아니, 종철이 현호의 전화를 피했다는 게 맞는 말일 것이다. 현호는 홀로 유지아의 추락과 빨간 구두, 검은 우비의 상관관계를 알아보려 했으나 소득 없이 허송세월만 보내고 말았다.

"밥 먹자."

희례의 말에 진주와 현호는 국그릇을 나르고 수저를 놓았다. 사흘째 곰국이라 슬그머니 지겹다는 생각이 들었지만 현호는 불평 한마디 하지 못했다. 생각해보면 혼자 살 때 비해 반찬이 열 배는 풍성해졌다. 그런데도 곰국에 불평하는 마음이 들다니 인간은 처음에는 감사하다가도 금세 더 큰 걸 바란다는 사실이 실감 났다.

그러다 또 생각이 유지아에게로 뻗어나갔다. 모든 걸 다 가진 여자. 도대체 누가 그녀를 죽이고 싶어 했던 걸까?

"엄마, 누나. 유지아는 왜……."

현호가 유지아를 입에 올린 것과 동시에 텔레비전에서 뉴스가 흘러나왔다.

경찰은 서촌동 아파트에서 추락한 유지아 씨의 사망과 관련하여 외부 폐쇄회로 등을 확인한 결과, 외부인의 침입 흔적과 타살 혐의점이 없어 자살로 결론을 내렸습니다.

현호는 수저를 내려놓고 텔레비전을 쳐다봤다. 아나운서는 이미 다음 뉴스 꼭지를 읊고 있었다. 현호는 곧장 종철에게 전화를 걸었다.

"하 선배, 어떻게 된 겁니까? 자살이라뇨."

[어쩔 수가 없었어. 타살로 의심되는 정황이 나와야 수사를 계속하지.]

"그럼 빨간 구두는요? 유지아는 왜 그 구두를 신고 뛰어내린 건데요?"

[일반적인 자살과 모양새가 다르다는 건 나도 알아. 하지만 우리가 유지아 마음을 어떻게 알겠냐고. 제일 좋아하는 구두를 신고 뛰어내린 걸 수도 있잖아. 유지아 취미가 구두 수집이었던 만큼 구두에 애착이 많았던 것 같으니까.]

현호는 결과를 납득하기 어려웠지만 정직 중인 자신이 할 수 있는 건 없었다. 처음으로 지우의 유괴 사건 때 경솔하게 행동했던 스스로가 원망스러웠다.

저녁 시간, 현호는 유지아의 뉴스가 흘러나오는 텔레비전을 멍하니 바라봤다. 작업하던 진주가 노트북을 덮고 다가왔다.

"왜 그렇게 착잡해해?"

"나 형사야. 의심 가는 죽음을 그냥 넘길 순 없잖아."

"유달리 신경 쓰는 거 같아서."

유달리? 그래, 죄책감 때문이다. 한 달 전, 누군가 자신을 죽이려 한다는 말을 흘려들은 것에 대한 죄책감. 그럼에도 현호는 죄책감만으로 설명할 수 없는 이상한 감정에 휩싸였다. 지나치게 안타깝고, 신경 쓰이고, 미안했다.

"몰라. 이젠 신경 안 쓸 거야. 나랑 관계도 없는데, 뭐."

현호는 신경질적으로 텔레비전을 껐다. 그런 감정들이 불쾌함을 자아냈다. 그녀의 죽음을 생각하면 여전히 찝찝한 기분이 들었지만, 할 수 있는 건 더 이상 없었다. 무력함을 느끼고 싶지 않아 현호는 애써 신경을 다른 데로 돌리려 했다.

그때 진주가 현호의 휴대전화로 손을 뻗었다. 애초부터 휴대전화가 목적인 듯했다.

"전화 좀 빌려줘. 멤버들한테 오늘 채팅방 못 들어간다고 문자 보내게."

"누나 건?"

현호의 말에 진주가 작은 눈을 치켜떴다.

"그날 두 동강 났잖아. 누구 때문에. 시간 없어서 아직 사러 못 갔어."

진주는 대답하며 문자를 클릭했다. 현호의 문자함에는 확인되지 않은 메시지들이 가득했다. 관심 없고 귀찮은 일은 내버려두는 현호의 성격다운 일이었다. 제가 알지 못하는 동생의 사생활이 있을까 싶어 진주는 현호의 문자함을 뒤져봤다. 광고 문자만 가득한 가운데 문득 이상한 문자 하나가 눈길을 사로잡았다.

「형사님, 제발 전화 좀 받아주세요.」

뒷자리가 8695로 끝나는 번호였다.
"이 문자 뭐야?"
진주는 현호에게 휴대전화를 보여주며 물었다. 현호는 성의 없이 휴대전화 화면에 눈길을 줬다가 황급히 소파에서 등을 뗐다.

「전화 좀 받아주시면 안 돼요? 급해서 그래요.」
「꼭 말씀드리고 싶은 게 있어요.」

누군가의 다급한 문자 메시지가 남아 있었다. 심장이 불안하게 날뛰었다. 현호는 발신 버튼을 눌렀다. 통화 연결음이 울리는 동안 발밑이 검게 물드는 것 같은 불길함이 마음을 잠식했다.
[여보세요. 유지아 씨 휴대전화입니다.]
여자의 목소리가 수화기 너머에서 들렸다.
휴대전화를 쥔 현호의 손이 떨렸다. 뒷자리 8695는 유지아의 번호였다. 참담함과 처참함 속으로 심장이 끝없이 추락했다.
유지아는 어떤 마음으로 문자를 보내고 전화를 한 것일까. 112로 신고해봤자 미친 여자 소리나 들을 게 뻔했다. 자신의 명함이 유지아에겐 마지막 동아줄이었을 것이다. 자신은 그 절박한 구조의 신호를 새빨간 종료 버튼으로 무자비하게 거절했다.
그녀의 심정을 생각하자 현호는 가슴 한구석이 뻐근해졌다.

[대답 없으셔서 전화 끊습니다.]

"자, 잠시만요!"

현호는 충동적으로 소리쳤다. 상대방은 김예경인 듯했다.

[누구시죠?]

"저…… 전 유지아 씨 친구입니다."

무심코 튀어나온 말에 현호는 제 머리를 쥐어박고 싶은 심정이었다. 유지아의 동거인이자 친구인 김예경이라면 유지아의 인간관계쯤은 속속들이 알고 있을 게 빤했다.

[성함이…….]

"백현호입니다. 사실 유지아 씨하고 친해진 지는 얼마 안 됐고요. 한일 아파트 사거리에 있는 술집, 아, 술집 이름이 '술집'입니다. 거기서 몇 번 만난 적 있습니다. 부고 듣고 김예경 씨께 여쭤볼 게 있어 연락드렸고요."

[그랬군요. 지아가 그 술집에 자주 가긴 했어요. 혼자 가도 부담스럽지 않은 데 발견했다고 좋아했…… 죄송해요. 아직 마음이 안 좋아서요.]

현호는 안도의 한숨을 내쉬었다. 단골 술집 이름이 멋대로 튀어나왔으나 다행히 유지아도 자주 가던 곳인 모양이었다.

"당연하죠. 저 역시도 마음이 안 좋습니다."

[혹시…… 서촌 경찰서 형사님이신가요?]

"아, 네. 맞습니다."

순간 현호의 머릿속에 수많은 생각이 오갔다.

유지아가 김예경에게 경찰서에 찾아갔다고 말한 것일까?

누군가 자신을 죽이려고 한다면서?

그렇다면 유지아는 김예경을, 자신을 죽이려는 사람으로 의심하지 않았다는 뜻이다. 김예경에 대한 혐의가 풀리는 동시에 그녀의 조력을 얻어야겠다는 생각이 들었다.

[그런데 형사님이 저에게 뭘 여쭤보고 싶으시다는 건지.]

"유지아 씨가, 누군가가 자신을 죽이려 한다고 생각했던 것 아시죠?"

[……네.]

"유지아 씨 죽음에 의심되는 점이 있어서요. 지금 찾아뵈도 되겠습니까?"

[전 집에 있으니 편하실 때 오세요.]

현호는 전화를 끊었다.

"지금 가보려고?"

통화 내용을 엿듣던 진주가 물었다.

"응."

"어쩌려고 그래? 경찰에서는 이미 자살로 결론 냈다며? 혼자 수사라도 하겠다는 거야?"

"혼자서라도 알아볼 거야. 유지아가 왜 빨간 구두를 신고 뛰어내렸는지, 왜 살해 위협을 느꼈는지 알아내야지. 그전까지는 자살이라고 인정 못 해."

그 이면에는 그녀의 갈급한 구조 신호를 무시한 것에 대한 죄책감이 깔려 있었다. 끝까지 모든 의혹을 해소하는 것이야말로 망자에 대한 예의라는 생각이 들었다. 집을 나선 현호는 즉시 한일 아파트 104동 1204호로 향했다.

어떻게 친구가 됐을까?

김예경을 보고 현호의 머릿속에 제일 먼저 떠오른 생각이었다. 그만큼 김예경은 유지아와 정반대의 분위기를 풍겼다. 미추를 구분 짓는 의미가 아니었다. 김예경은 짧은 단발머리에 가무잡잡한 피부, 축 처진 눈썹이 선하고 단정하다는 느낌을 주는 외모였다. 화려하고 눈에 띄는 유지아와는 달리 신기하리만큼 인상이 흐릿한 여자이기도 했다.

여기에 그대로 사는 건가? 김예경의 안내를 받으며 현호는 1204호에 발을 들여놓았다. 이전에 사건 현장으로서 방문했을 때와 달라진 게 없었다. 현호는 김예경에게 위로의 말을 건넨 뒤 사건이 일어난 날 밤, 어떤 물건을 퀵으로 보냈는지부터 물었다.

"아…… 안경이었어요."

김예경이 커피잔을 내려놓으며 대답했다.

"지아는 지독한 근시예요. 렌즈나 안경이 없으면 바로 몇 미터 앞 사람 얼굴도 분간 못 해요. 하루 종일 렌즈를 낄 수 없으니 집에 오면 꼭 안경을 썼는데, 안경이 부러졌어요. 제가 안경을 새로 주문했는데 가방에 넣어놓고 깜박한 채 용인까지 갖고 가버렸죠. 그 바람에 부랴부랴 퀵서비스를 불러서 지아에게 배달한 거고요."

"그렇게 늦은 밤에요?"

"제가 언제까지 용인에 있을지 모르는 상황이었거든요. 지아는 안경이 없으면 아무것도 볼 수 없으니."

"그랬군요."

잠시간 침묵이 흘렀다. 현호는 유지아가 죽기 한 달 전 경찰서로 찾아온 일을 꺼내려 했다. 하지만 김예경이 먼저 입을 열었다.

"지아가 형사님께도 누가 자신을 죽이려 한다는 얘길 했군요."

"그래서 말인데요. 유지아 씨에게 원한을 품을 만한 사람이 있습니까? 돈이나 치정 문제 같은 거 말입니다."

현호가 본론을 꺼내자 김예경의 얼굴이 어두워졌다.

"그…… 그게."

"괜찮습니다. 편하게 얘기해주세요."

"사실 지아한테 스토커가 있었어요."

예상치 못한 말에 현호는 뒤통수를 한 대 얻어맞은 것 같았다.

"왜 진작 말씀하지 않으셨어요?"

당황한 마음에 질문이 비난처럼 튀어나왔다.

"상관있을 거라곤 생각 못 했어요. 형사님들께서도 그날 CCTV 확인했을 때 아파트에 이상한 사람이 드나든 적 없다고 하셨고요. 그런 마당에 지아에게 스토커가 있다느니 하는 말이 나돌아 죽은 애 이름에 먹칠하고 싶지 않았어요."

김예경의 마음을 모르진 않았지만 진작 얘기해줬으면 수사 방향이 달라졌을 텐데 하는 아쉬움이 남았다.

"자세히 얘기해주시죠."

김예경은 주저하다 이야기를 털어놓았다.

"시작은 6개월 전부터였어요. 지아가 누군가 자신을 쫓아오는 것 같다고 하더라고요."


유지아는 집 안으로 들어서며 현관문을 세게 닫았다. 그녀는 희게 질린 얼굴로 전신을 떨었다. 먼저 귀가해 쉬고 있던 김예경이 유지아에게 다가갔다.

"왜 그래? 무슨 일 있어?"

"누가 쫓아오는 거 같아."

"뭐? 누가?"

"모르겠어. 뒤돌아봤더니 숨는 거 같기도 하고."

"네가 너무 과민한 건 아니고?"

김예경은 전시회를 앞두고 유지아의 신경이 예민해진 탓이라 생각했다. 예전에도 유지아는 전시회를 앞두고 종종 히스테리를 부린 적이 있었다. 하지만 시간이 지날수록 스토커는 존재감을 드러내기 시작했다. 아파트 벤치에서 유지아를 기다리기도 하고, 휴대전화로 수십 통씩 메시지를 보내기도 했다.

「오늘 왜 파란색 스카프 했어요? 연한 핑크색이 더 잘 어울리는데.」

「평소보다 늦게 집에 왔네요. 누구 만나고 오는 길이에요?」

「유지아 씨, 왜 내 전화 피해요?」

「당신도 나 사랑하잖아. 그래서 그런 눈빛으로 날 쳐다본 거잖아.」

「유지아, 전화 받아!」

「이 쌍년아! 전화 받으라고!」

휴대전화를 바꿔도 소용없었다. 그는 금세 새로운 번호를 알아냈다. 집착도 심해졌다. 심지어 현관문 앞에 음료수나 과일, 선물 따위를 놓고 가기도 했다. 이야기를 듣는 내내 현호의 머릿속에 유지아가 추락 사망한 날, 목격한 남자가 떠올랐다. 우산을 쓰지 않은 채 앞을 가로막고 있던 남자. 그 남자가 스토커일까?

스토커가 범인이라면, 그는 어떻게 CCTV를 피해 유지아의 집에 침입할 수 있었던 걸까.

"결정적으로 지아가 미쳐버리기 시작한 건 스토커가 집 안에 들어오면서부터였어요."

"스토커가 집에 들어왔었다고요? 어떻게요? 비밀번호를 알고 있었던 건가요?"

"그건 저도 모르겠어요. 비밀번호를 바꾸고 현관문 잠금장치를 바꿔도 소용없었어요. 가끔씩 집에 들어가면 이상한 위화감을 느낀 적이 있었어요. 나중에 알고 보니 스토커가 침입했던 거였어요. 스토커는 집에 침입한 날이면 꼭 자신의 흔적을 남겼거든요. 물건 배치를 다르게 한다든가, 초콜릿이나 자잘한 선물들을 놓고 간다든가."

"왜 경찰에 신고 안 하셨습니까?"

"지아가 유명인이었으니까요. 한창 상승세를 타고 있었으니 괜한 구설수를 만들고 싶지 않아 참은 거죠. 스토커가 직접적으로 해코지를 하진 않았으니까요."

"유지아 씨는 그냥 쭉 참았던 겁니까?"

"그래서 이 집으로 이사한 거예요. 이 근처에서 급하게 나온 전세가 여기밖에 없었거든요. 오래된 아파트지만 각 동마다 경비 데스크가 있으니 안전하다고 생각했던 거죠."

불현듯 김예경의 말에서 위화감이 느껴졌지만 정확히 무엇이 이상한지 파악하긴 어려웠다. 이후 현호는 위로의 말을 남기곤 자리에서 일어났다. 김예경의 배웅을 받으며 현관에서 신발을 신는데, 문득 신발장이 눈에 들어왔다.

"신발장 혹시 열어봐도 됩니까?"

"그럼요. 지아가 구두 모으는 걸 참 좋아했어요."

신발장을 열자 가지각색의 구두가 한가득 진열되어 있었다.

"전부 다 유지아 씨 구두인가요?"

"거의 다…… 지아 거죠."

"그럼 김예경 씨 신발은요?"

"네?"

김예경이 당황하며 얼굴을 들었다.

"김예경 씨 신발은 어디에 있죠?"

김예경은 아래에서 두 번째 칸에 진열된 운동화와 구두 몇 켤레를 가리켰다. 언뜻 봐도 유지아와 취향 차이가 확연했다.

"사이즈가 비슷해 보이네요."

"키 차이는 좀 나는데, 발 사이즈는 똑같아요. 둘 다 240 신어요."

그때 같은 칸 제일 구석에 놓인 화려한 파란색 구두가 눈에 띄었다. 굽이 족히 10센티는 돼 보였다.

"이 구두도 김예경 씨 구두인가요?"

"아…… 네, 맞아요. 제 구두예요. 같은 칸에 있으니까."

김예경은 말을 얼버무렸다. 속내를 들켰다 생각한 모양인지 살짝 얼굴이 붉어졌다. 현호는 그런 김예경의 마음을 이해할 수 있었다. 무심한 체해도 친구의 휘황찬란한 구두 컬렉션을 부러워하는 마음이 한구석에 있었을 터. 친구를 따라 비슷한 구두를 샀지만 신을 자신이 없어 구석에 방치한 것 같았다.

현호는 시선을 들어 올렸다. 신발장 중간 어느 한 부분이 비어 있었다. 빨간 구두가 보관됐던 위치인 듯싶었다.

"유지아 씨가 추락 당시 신고 있던 빨간 구두가 여기 있던 겁니까?"

김예경은 빈 곳을 쳐다보더니 고개를 끄덕였다.

"맞아요. 여기 있던 구두예요."

"유지아 씨가 그 구두를 특별히 좋아했나요?"

"아뇨. 딱히 좋아하던 구두는 아니었어요."

그럼 왜 빨간 구두를 신고 있었던 걸까. 이유는 여전히 오리무중이었다. 현호는 그러고도 한참을 신발장에서 미적거렸다. 친절하게 대해주던 김예경도 현호가 신발장에 머무르는 시간이 길어지자 불편한 기색을 비쳤다. 현호는 김예경에게 신발장 사진을 찍어도 되겠느냐고 허락을 구했다. 김예경은 마지못해 그러라고 대답했다. 현호는 신발장 사진을 찍은 뒤 자리를 떴다.


"자, 이제 어떻게 하면 된다고?"

한일 아파트 104동 지하 주차장 출입문 앞. 허리에 손을 얹은 진주가 물었다.

"벌써부터 가는귀가 먹었나. 왜 한 번에 알아듣지를 못할까. 눈도 나빠, 귀도 먹어, 도대체 어쩌려는지 몰라. 아, 실수. 눈은 나쁜 게 아니라 작은 거였지?"

현주가 빈정거렸다.

"은행에 채용됐다던 사람이 이 시간에 출근은 안 하고 여기서 뭘 하고 있나 모르겠네. 아차, 맞다. 파트타이머라고 했지? 일주일에 세 번만 출근하는 파트타이머. 6개월이면 댕강 목이 잘릴 파트타이머."

"그 파트타이머직도 못 구하는 사람은 어디의 누구 씨더라? 아이코, 미래의 대작가님께 내가 실수를 했네?"

진주의 대거리가 이어지기 전 현호가 둘을 떼놓았다. 아직 화해하

지 못한 진주와 현주는 마주치기만 하면 서로 못 잡아먹어 안달이었
다. 그래도 이만하면 양호한 편이었다. 어린 시절에는 고성과 육탄전
이 난무하다 한 달이고, 두 달이고 입을 닫기 일쑤였다. 현주가 진주
의 머리채를 한 움큼 뽑아버리면, 진주가 현주의 팔뚝을 멍이 들도록
깨물고, 현주가 진주의 문제집을 태워버리면, 진주가 현주의 새 옷을
칼로 죽죽 그어놓는 식이었다. 물론 그 끝은 언제나 진주의 처참한
패배였지만.

현호는 누나들에게 이제껏 조사한 바를 털어놓고 도움을 요청한
참이었다. 중요한 것은 아파트 보안의 구멍을 찾는 일이었다. CCTV
를 피해 1204호까지 도달할 방법을 찾지 못한다면 유지아의 죽음이
타살이라는 주장도, 스토커가 범인일 수 있다는 추측도 말짱 도루묵
이었다.

"그만들 해. 싸움은 나중에 하고 우선 이 일에 집중하자고."

현호의 말에 두 사람은 흥분을 가라앉혔다. 가족 수사단의 단원으
로서 활동할 때는 사사로운 감정은 뒤로하고 협력해야 한다는 대전
제 때문이었다.

"알았어. 이제부터 뭘 하면 돼?"

현주가 물었다. 현호는 지하 주차장의 B 출입문을 가리켰다. 아파
트 중앙 계단이 아닌 복도 끝 비상계단과 연결되는 통로였다.

"유일하게 CCTV가 없는 출입구야. 범인은 이 출입구를 이용해서
아파트에 들어간 것 같아."

이후에는? 범인은 CCTV가 설치된 엘리베이터는 타지 않았을 것
이다. 중앙 계단 혹은 비상계단을 이용한 게 틀림없었다.

"내가 시작 사인을 보내면 둘 다 이 출입구로 들어가서 큰누나는

중앙 계단, 작은누나는 비상계단을 이용해 12층까지 올라가. 물론 CCTV에 잡히지 않도록 주의하면서."

"넌 뭘 하고?"

"난 관리 사무소에서 CCTV로 확인해야 할 거 아니야."

속은 것 같기도 했지만 진주와 현주는 일단 수긍했다. 세 사람은 오키도키 무전기를 나눠 들고 제각기 흩어졌다.

현호는 관리 사무소에 자리를 잡았다. 관리소장은 현호의 무전기에 흥미를 보였다. 이게 바로 경찰 무전기냐며, 역시 모양부터 예사롭지 않다며 신기해했다. 그는 지금 이 수사가 경찰 수사임을 의심치 않았다. 며칠 전 종철, 우영과 함께 CCTV를 확인하러 온 현호의 얼굴을 기억하고 있었기 때문이었다.

현호는 모니터에 아파트 중앙 계단과 비상계단의 화면을 띄웠다.

"백호, 준비됐나?"

현호가 무전 호출명을 입에 올리자 관리소장이 감탄사를 내뱉었다.

"백진, 준비 완료."

"백현, 준비 완료."

화면상으로 보이지 않으나 진주와 현주 모두 지하 주차장의 B 출입문에서 대기 중이라는 뜻이었다.

"백호, 이제 이동 바란다."

"백진, 알았다."

"백현, 오케이."

한동안 화면에는 아무런 움직임도 보이지 않았다. 추측건대 진주는 지하 주차장 B 출입문을 통과해 비상계단을 오른 다음, 1층 복도를 가로질러 중앙 계단으로 향하는 중일 것이다. 현주는 같은 출입문을 통과해 그대로 비상계단 2층으로 향할 것이고.

"백현, 지금 1층에 올라왔다. 비상계단 2층으로 올라가겠다."

"백호, 알았다."

아직까지 그 어떤 화면에도 진주와 현주는 나타나지 않았다. 현호는 자신의 추측이 맞을 수도 있다는 기대감에 마음이 들떴다.

"여기는 백호. 백진, 중앙 계단에 도착했나?"

현호가 무전기에 대고 말했다.

"백진, 지금 올라가고 있다."

현호가 무전을 끝내자마자 중앙 계단과 비상계단의 1번 화면에 진주와 현주가 동시에 나타났다. 부지런히 계단을 오르는 두 사람의 모습이 보였다.

"잠깐만, 둘 다. CCTV 보이지?"

현호가 무전 호출명도 집어치운 채 다급하게 물었다. 화면 속 진주와 현주가 천장 구석에 설치된 CCTV를 바라봤다.

"사각지대 같은 거 없어? 이렇게 저렇게 숨어봐."

현호의 말에 진주와 현주가 CCTV 밑에 몸을 숨겼다. 둘의 모습은 잠시 사라졌지만 계단을 오르려는 순간 금세 CCTV에 노출됐다.

"백진, 지금은 보여?"

"백호, 보여. 큰누나, 옆으로 가봐. 아니, 그쪽 말고."

"여기? 야, 여기서 어떻게 계단으로 올라가?"

"작은누나는?"

"도저히 안 돼. 네가 와서 해봐."

한동안 무전기로 옥신각신했지만 CCTV를 피해 계단을 오를 방법은 없어 보였다. 현호는 주눅 든 목소리로 계속해보자고 통보했다.

"백진, 중앙 계단은 2층마다 CCTV가 달려 있다."

"백현, 비상계단도 2층마다 CCTV가 달려 있어."

1번에서 5번 화면까지, 진주와 현주는 차례대로 모습을 드러냈다. 중앙 계단과 비상계단의 CCTV는 진주와 현주의 모습을 온전하게 담아냈다. 층계참에 달린 CCTV를 피할 수 있는 사각지대는 존재하지 않았다.

현호는 우울하게 중앙 계단과 비상계단 5번 화면에서 동시에 사라지는 진주와 현주의 모습을 쳐다봤다. 잘못 생각한 걸까. 그날 아파트에 침입한 사람은 없는 걸까.

"백현, 12층에 도착했다."

"백진, 나도 이제 12층으로 올라가고 있다. 곧 1204호로 가겠다."

"백호, 알겠다."

현호는 절망적인 한숨을 내쉬며 대답했다. 이 아파트 보안에 구멍 따윈 없어 보였다. 잠시 뒤 중앙 계단 6번 화면에 진주의 모습이 나타났다. 순간 멍하니 화면을 응시하던 현호가 눈을 부릅떴다.

"자, 잠깐만. 큰누나! 지금 몇 층이야?"

"어? 지금? 이제 막 12층에 올라왔어."

"작은누나는?"

"난 진작 12층에 도착했지."

"CCTV는?"

"없는데? 2층마다 달려 있다고 했잖아."

현호의 심장이 두방망이질 쳤다. 분명 중앙 계단과 비상계단의 5번 화면에서 나란히 진주와 현주의 모습이 나타났다 사라졌다. 하지만 진주는 현주보다 뒤늦게 12층에 도착했을 뿐 아니라, 먼저 도착한 현주는 6번 화면에 나타나지조차 않았다. 두 사람이 동시에 1번 화면에 나타났기에 현호는 두 사람이 같은 층에서 시작한 거라 착각했다. 실상 두 사람은 같은 화면에 나타난 당시 다른 층을 오르고 있었던 것이다.

이런 초보적인 실수를. 생각해보면 지극히 당연한 문제였다. 지하 주차장의 B 출입문은 비상계단과 곧장 연결되어 있다. 현주는 출입문을 통과해 바로 계단을 오르면 된다. 반면 진주는 상황이 달랐다. 출입문을 통과해 비상계단을 오른 다음, 1층 복도를 걸어 중앙 계단으로 가야 했다. 진주가 현주보다 한 층가량 느린 건 당연한 일이었다.

"소장님. 중앙 계단하고 비상계단에 CCTV가 2층마다 달려 있잖아요. 중앙 계단은 2층부터 짝수 층, 비상계단은 3층부터 홀수 층에 달린 거 맞죠?"

현호가 묻자 관리소장은 곰곰이 기억을 더듬었다.

"그랬나? 모르겠네. 정 실장, 여기 형사님 말이 맞아?"

"아마 그럴걸요? 1층은 정문, 후문에 CCTV가 달려 있으니까 계단에는 안 달아놨을 거고. CCTV 관리 대장 찾아볼까요?"

"아뇨, 괜찮습니다."

드디어 찾았다, 구멍을. CCTV에 노출되지 않고 1204호까지 도달할 수 있는 방법을.

현호의 머릿속에 지하 주차장 B 출입문 앞에 선 범인의 모습이 그려졌다. 출입문을 통과한 그는 비상계단으로 2층까지 이동했을 것이다. 그러곤 3층에 달린 CCTV를 피해 2층 비상구로 빠져나간다. 2층 복도를 지나 중앙 계단으로 3층에 오르는 범인. 또다시 그는 4층에 달린 CCTV를 피해 3층 비상구로 빠져나간다. 3층 복도를 지나 중앙 계단으로 4층에 오르는 범인.

범인은 중앙 계단과 비상계단을 지그재그로 올라갔던 것이다. 경비 절감과 보안 차원에서 중앙 계단과 비상계단에 층을 엇갈려 CCTV를 달아놓았건만, 덕분에 이런 식의 구멍이 생겨버리고 말았다. 복도에 CCTV가 없기 때문에 가능한 일이었다.

"백현, 이제 어떻게 해?"

현주가 무전으로 현호를 호출했다.

"백진, 야, 우리 아직도 할 일 남았어? 나 여기 애랑 둘이 있는 거 상당히 불쾌하거든?"

"뭐래? 기분 더럽게 누구더러 우리래?"

두 사람의 말다툼을 귓등으로 들으며 현호는 슬그머니 미소를 지었다. 이제? 할 일? 당연히 남아 있다. 자신의 추리가 실제로 가능한지를 확인해야 했다. 나중에 두 사람에게 흠씬 얻어맞을지라도.

현호는 무전기를 켰다.

"여기는 백호. 백진, 백현. 이제부터 정확하게 지시에 따라주길 바란다. 먼저 두 사람은 지금 즉시 지하 주차장 B 출입문으로 이동하길 바란다. 이후 비상계단으로 2층까지 이동, 비상구를 빠져나와……."

등짝 두 대는 양호한 편이었다. 정강이 조인트는 덤이었다. 누나들을 아파트 12층까지 세 번 오르게 한 대가치고는 참으로 소박했다. 보안 구멍을 찾아냈다는 기쁨에 현호는 환호성을 질렀다. 반면 관리소장과 정 실장의 얼굴은 시퍼레졌다. 믿을 수 없다는 듯 CCTV를 확인하며 절망적인 한숨을 내쉬었다.

일이 끝나자 진주는 술 한잔을 제안했다. 현호는 누나들을 화해시킬 계기라 생각했건만 현주는 찬바람을 일으키며 집으로 돌아갔다. 지우 핑계를 댔지만 진주와 같은 자리에 있고 싶지 않은 것 같았다.

현호와 진주는 사거리로 나온 다음 가게명이 '술집'인 술집으로 들어갔다. 15평 남짓, 일자형으로 좁고 긴 내부에 고작 네 개의 테이블이 놓인 가게였다. 대부분의 단골들은 바 테이블에서 술잔을 홀짝였다. 현호도 평소처럼 혼자였다면 바 테이블에 앉았겠지만 진주와 함께 온 터라 테이블에 자리를 잡았다.

주인장이 주문을 받으러 다가왔다. 곰 같은 덩치에 턱수염을 기른 그는 말은 없지만 인심이 넉넉한 사람이었다. 바 테이블에서 '혼술'을 즐길 때면 종종 대화 상대가 되어주곤 했다.

"닭발?"

"아뇨, 오늘은 김치전이요."

현호가 안주를 주문하고 테이블을 세팅하는 동안 진주는 휴대전화만 뚫어져라 쳐다봤다.

"사람 앞에 두고 뭐 하는 거야? 폰 새로 사니까 그렇게 좋냐?"

"유지아 기사 찾아보고 있었거든?"

진주가 휴대전화 화면을 보여주며 말했다. 화면 가득 유지아가 환한 미소를 짓고 있었다.

"갑자기 왜?"

"어떤 사람이었는지 궁금해서."

"기사 찾아볼 것도 없어. 내가 대신 말해줄까? 32세, 미술계 슈퍼스타. 돈 잘 벌고 매스컴에도 자주 등장하는 요즘 제일 잘나가는 화가. 천애고아에다 미혼. 최측근으로는 친구와 비즈니스 파트너, 남자친구가 있지. 보다시피 얼굴은 엄청나게 예쁘고, 청순하고 단아한 미인이라기보다는 눈에 확 띄는 화려한 미인이야."

"그런 표면적인 얘기 말고."

"그럼?"

"성격이 어때 보이냐고."

진주의 질문에 현호는 장미로부터 전해 들은 김예경, 강경란의 진술을 떠올렸다.

"김예경과 강경란 말에 의하면 좀 예민한 사람이었던 거 같아. 전시회를 앞두고 종종 히스테리를 부렸다잖아. 그래서 경찰도 전시회를 앞두고 스트레스를 극복하지 못해 자살한 거라 결론 내렸고. 원래 예술가들이 감성도 풍부하고 감정 기복도 심하다면서. 허영심도 많지 않았을까? 그렇게 한가득 구두를 수집했던 걸 보면?"

현호는 자기 말을 증명이라도 하듯 신발장 사진을 진주에게 보여 줬다. 유심히 사진을 들여다보던 진주는 콧방귀를 뀌었다.

"얘가 뭘 모르네. 난 오히려 유지아가 생각보다 검소하고 소탈한 사람이라 생각했는데."

"구두를 이렇게 사 모았는데?"

"너 유지아 그림이 한 장에 얼마씩 팔리는 줄 알아?"

현호는 고개를 저었다.

"5천에서 7천. 100호가 넘는 것들은 억 단위도 간다고 하더라고. 요즘 제일 왕성하게 작품 활동하는 작가야. 돈을 얼마나 벌었겠어. 그런데 강남도 아니고, 서울 변두리 서촌동에 산다? 한일 아파트가 여기서나 비싼 취급이지 강남 아파트하고 비교나 될 것 같아? 그리고 본인 소유 차도 국산이고 집 안에 사치품도 없다며."

"그랬던 거 같아."

현호는 지하 주차장에서 확인한 유지아의 자동차와 살풍경한 집 안 내부를 떠올리며 대답했다.

"이멜다처럼 구두를 3천 켤레나 모은 것도 아니고, 고작 몇십 켤레 모았을 뿐이야. 1년에 몇십 억도 넘게 버는 사람한테 그걸 사치라고 할 수 있을까? 유일한 취미 생활이자 즐거움이었을 텐데."

"그런가."

"이 기사는 봤어? 이제까지 유지아가 기부한 돈이 30억이 넘는데. 청년 예술가 양성, 예술가 최저생계비 지원 프로그램 만드는 데도 앞장서고, 여기저기 재능 기부도 많이 하고 다녔어. 이런 기사들은 안 보이지?"

현호는 머쓱해하며 뒷머리를 긁적였다. 부유하고 아름다운 젊은 여자. 고정관념과 프레임에 갇혀 무심코 색안경을 끼고 바라봤다는 생각에 부끄러운 마음이 들었다.

"몰랐네……."

몰랐다, 유지아가 어떤 사람인지. 죽음의 진실을 파헤치고자 마음먹었지만 정작 그녀가 어떤 사람인지에 대한 이해는 부족했다. 현호는 입안에서 신물이 도는 것 같았다. 한쪽에 미뤄뒀던 죄책감이 스멀스멀 마음을 잠식했다.

"나도 마냥 휴대전화로만 찾아봤던 건 아니야. 매스컴은 사람 이미지 정도는 얼마든지 꾸며낼 수 있으니까. 유지아의 옆집, 단골집, 마트에 찾아가서 물어봤지. 그랬더니 다들 잘 웃고, 상냥하고, 예의 바른 사람이라고 칭찬하더라고."

그사이 주인장이 뜨끈한 김치전을 내왔다.

"저도 그렇게 생각합니다. 소탈하고 수수한 분이셨어요. 그런데 용기는 좀 없으셨죠. 형사님도 아시면서 왜 그러세요?"

주인장이 푸근하게 웃으며 현호에게 눈길을 보냈다. 주인장의 마지막 말에 현호가 의아해한 것도 잠시, 진주가 말을 이었다.

"김예경과 강경란이 거짓말했다는 건 아니야. 가까운 사람들만 알 수 있는 부분도 있는 거니까. 그래도 유지아가 예민하고 감정 기복이 심해 자살했다는 의견에 사람들이 수긍하는 걸 보니 안타까워서 그래. 진짜 모습은 다를 수도 있는데."

현호는 말없이 진주가 따라주는 술을 마셨다. 생각해보니 유지아는 술집의 단골이기도 했다. 혼술을 즐길 수 있는 허름한 가게에서 술잔을 홀짝이던 그녀. 대체 어떤 사람이었을까. 무슨 생각, 무슨 고민을 하며 홀로 이곳에서 잔을 기울였던 걸까. 혼자 술을 마시고 있었다면 분명 눈에 띄었을 텐데, 마주친 적은 없었을까. 현호가 주인장에게 막 물으려던 찰나, 가게 미닫이문이 열렸다.

"상만 씨! 그대, 잘 있었어? 오늘도 굿 데이."

"음, 냄새 좋다. 오늘 재료 뭐가 싱싱해? 우린 낙지볶음으로 할게."

좁은 가게 안에 명랑한 두 목소리가 교차로 울려 퍼졌다. 무슨 재료가 싱싱하냐고 물었다가 곧바로 낙지볶음을 주문하는 특유의 무개연 화법이 귀를 찔렀다. 현호는 무심코 시선을 주었다가 숨을 삼켰다.

"너희 둘이 여긴 웬일이냐."

"어머, 그대도 여기 단골?"

희례와 장미가 반가워하며 다가왔다. 그들은 당연하다는 듯 현호의 테이블 빈자리에 엉덩이를 붙였다.

"엄마, 지우는?"

합석이 달갑지 않았던 진주가 물었다.

"얘 좀 봐라. 내가 무슨 맨날천날 지우만 보는 사람이야? 현주가 집에 왔기에 지우 맡기고 놀러 나왔지."

"그리고 여긴 내 단골. 반가워요, 희례 씨 큰딸 맞죠? 난 한 떨기 장미."

장미가 얼굴 가득 웃음을 지으며 진주에게 손을 내밀었다. 현호는 진주가 장미의 이름을 어떻게 받아들일까 흥미진진하게 상황을 주시했다. 예상대로 진주는 당황스러워했다.

"아, 안녕하세요……. 하, 한 떨기 장미처럼…… 아, 아름다우시네요……."

진주의 대답에 모두 웃음을 참았다.

"내 이름이 한떨기장미예요. 그대는요?"

장미가 곧장 사실을 털어놓자 새로운 전개를 기대했던 현호와 희례는 김빠지는 소리를 냈다.

"그러시구나. 제 이름은 백진주요."

"이미지하고 퍼펙트하게 어울리는 이름이네. 그런데 그대 둘은 여기서 뭘 하고 있었어?"

젓가락으로 김치전을 찢으며 장미가 화제를 전환했다. 현호는 오늘 한일 아파트에서 보안상 허점을 발견한 일을 설명하려 했다. 그러나 그 일을 설명하자면 스토커 이야기가 선행되어야 했고, 그보다 먼저 유지아의 죽음이 타살일 수 있다는 의혹이 더 선행되어야 했다. 결국 현호는 이제껏 품었던 의문과 수사 내용을 고스란히 털어놓았다.

"그래서 가장 의심스러운 건 스토커란 말이지?"

희례가 물었다.

"동기와 범행 가능 여부가 모두 맞아떨어지는 건 스토커밖에 없으니까요."

현호는 유지아가 사망한 날, 우산을 쓰지 않은 채 앞을 가로막았던 검은 옷차림의 남자를 기억했다. 만약 그가 스토커라면 유지아의 추락과 근접한 시각, 사건 현장에 있었던 셈이다. 또한 스토커가 범인이라면 유지아가 왜 사망 당시 빨간 구두를 신고 있었는지도 설명이 가능했다. 아마도 그가 신겼을 테지. 그 빨간 구두는 스토커가 선물했거나 특별히 좋아하던 구두였을지도 모른다.

"김예경, 강경란, 이강혁. 이 세 사람은?"

"동기는 알 수 없지만, 셋 다 알리바이는 확실해요."

유지아의 사망 시각은 밤 11시 13분. 그 시각, 김예경은 용인의 요양 병원에 있었고, 강경란은 아들과 함께 잠을 자고 있었으며, 이강혁은 병원 직원들과 회식 중이었다. 사실 여부는 확인해야 했지만 셋 중 하나가 범인이라면 쉽게 들통 날 거짓말을 하진 않았을 것이다. 지금으로서 가장 유력한 용의자는 스토커. 그의 정체를 알아내고 그 시각 사건 현장에 있었음을 밝혀내는 것이 시급했다.

"그런데 말이야. 동기라고 하니까 번뜩 생각난 건데. 내가 좀 재밌는 걸 본 적이 있어."

장미의 말에 세 사람의 시선이 그녀에게 모였다. 장미는 낙지볶음을 질겅질겅 씹으며 이야기를 시작했다.

"유지아와 김예경이 이사 온 날, 내가 우연찮게 104동 15층 선영 엄마네 집에 있었거든? 이삿짐이 한창 왔다 갔다 하기에 물어봤더니 여자 둘이 1204호로 이사를 온다고 하더라고. 그중 하나가 유명 화가라기에 그때부터 관심을 가졌고."

"그런데요?"

"오후쯤 집에 가려고 엘리베이터를 탔는데 12층에서 멈추더니 여자 하나가 엘리베이터에 올라타는 거야. 이사가 고된지 지친 표정이었어. 다른 여자가 배웅 나온 건지 그 앞에 서서 '오늘 고마웠어' 이렇게 말하더라고. 엘리베이터에 탄 여자도 괜찮다고 웃으면서 손을 흔들었어. 그리고 엘리베이터 문이 닫혔지."

"유지아와 김예경이었어요?"

현호가 물었다.

"그러기엔 이상한데? '오늘 고마웠어'라니. 두 사람은 같이 이사를 했을 텐데 그런 말은 좀 웃기지 않아?"

진주의 말에 장미는 빙긋 웃으며 이야기를 이어갔다.

"하여간. 그때 엘리베이터 문에 고개를 숙인 여자의 얼굴이 살짝 비쳤어. 근데 말이야, 표정이 너무 짜증스럽더라고. 요즘 말로 하면 깊은 빡침? 그런 게 느껴지는 얼굴이었어."

"그 여자는 누군데요? 김예경은 아닐 테고."

조바심을 내며 진주가 물었다.

"맞아, 김예경은 아니야."

"그럼 설마, 강경란?"

희례의 대답에 장미는 정답이라는 듯 고개를 끄덕였다. 유지아의 이사를 도와줄 만큼 가까운 여자라면 강경란이 유일했다.

"강경란이 유지아의 이사를 돕고는 왜 그런 표정을 지었죠? 둘이 싸웠나?"

"가능한 얘기야."

"근데 유지아 앞에서는 안 그런 척하다가 뒤돌아서 그런 표정 짓는 게 웃긴데요?"

진주가 말을 덧붙였다.

"그렇지. 더불어 난 이런 생각도 들었어. 유지아가 이사 도와달라는 말에 강경란은 거절을 하지 못했던 거구나. 둘은 갑을 관계구나."

모든 관계는 근본적으로 권력 관계다. 친구, 가족, 사제, 연인. 어느 한쪽이 상대에게 더 강한 통제력을 행사할 수 있을 때 관계의 중심축은 이동한다. 유지아와 강경란. 유지아의 재능을 발굴했다는 말 뒤엔 이제 유지아 없이는 먹고살 수 없는 강경란의 자괴감이 곁들어 있는지도.

싱글 맘인 강경란에게 유지아는 생계를 위한 황금 동아줄이었다. 친한 언니 동생 사이, 끈끈한 비즈니스 파트너란 관계 뒤에 다른 감정이 도사리고 있을지도 몰랐다.

"이런 말이 있어. 남자들의 살의는 폭력적이고 노골적이지만, 여자들의 살의는 은밀하고 집요하다고. 난 유지아의 죽음에서 그런 냄새가 나는 거 같더라고."

은밀하고 집요한 냄새라. 비슷한 느낌을 받은 적이 있는데 어디서였는지는 도무지 기억나지 않았다. 현호가 생각에 빠져 있는 사이, 화제는 원점으로 돌아왔다. 세 사람은 다시 스토커에 대한 이야기를 주고받았다.

"그대들은 스토커를 어떻게 찾을 생각이야?"

"아직 모르겠어요. 종철 선배는 상대도 안 해줄 거 같고, 우영일 시켜야 하나. 자기가 스토킹하던 유지아가 죽었으니 지금쯤 엄청 몸을 사리고 있을 텐데……."

현호가 자신 없이 뒷말을 흐렸다. 경찰 신분증을 뺏기고 나니 한없이 무력해지는 기분이었다. 그때 진주가 자신감 넘치는 말투로 말했다.

"걱정 마세요. 다 방법이 있으니까."

현호는 휘둥그레진 눈으로 진주를 쳐다봤다.

"무슨 방법?"

"미리 알면 재미없지."

"누나 혼자?"

"아니, 도와줄 사람 있어."

진주는 자신만만한 웃음을 지었다.

* * *

[진주 : 010-8***-5230.]

[미라 : 오호, 이 번호 주인이 바로 그 스토커란 거지?]

[진주 : 이번에 도와주면 내가 정말 크게 쏠게. 삼겹살이라도 먹으러 갈까? 우리도 이번 기회에 한번 만나야지. 2년 동안 얼굴 한번 못 봤는데.]

[미라 : …….]

[장호 : …….]

[진주 : 왜 대답들이 없어?]

[미라 : 그건 차차 얘기하는 걸로 하고. 일단 카톡 추가하고 프로필 사진부터 보자.]

[진주 : '노력은 결코 배신하지 않는다.' 어디서 주워들은 좋은 말은 써놨네. 프사가 책 펼쳐놓은 사진인 거 보니 학생인가?]

[장호 : 문제집 같은데? 사진 확대하니까 문제 내용이…… 어, 이

거 한국사 문제다.]

[미라 : 장호 말이 맞네! 고려 후기 역사서 어쩌고 하는 걸 보면.]

[진주 : 그럼 고3 수험생?]

[장호 : 아니, 잠깐만. 검색 좀 해보고.]

[진주 : 장호야, 장호야. 살아 있니?]

[장호 : 미안, 누나. 이거 국가직 9급 공무원 기출문제야.]

[미라 : 이 스토커 새끼, 9급 공무원 시험 준비하는 놈이었네.]

[진주 : 이제부터는 어떻게 하지? 뭐 하는 놈인지는 알아냈지만 우린 아직 이 새끼 이름도 모르잖아. 뭘로 유인해서 불러내야 할까?]

[미라 : 잠시만 기다려봐. 어디 보자……. 공무원 시험 준비 카페가 이렇게 많아? 공공사, 공시사, 공무모 엄청 많네. 스터디 모집 게시판, 나눔 장터 게시판은 개인 정보 때문에 가입해야 글을 볼 수 있다는데? 까짓것 가입하면 되지, 뭐.]

[장호 : 누나, 누나! 카페 가입하고 010-8***-5230 번호 검색해보니까 이 새끼가 나눔 장터 게시판에 올린 글 뜬다. 아이디 kongjs7887로 쓴 글은 딱 한 개네. 어제 올린 거. 그전에 쓴 것들은 죄다 삭제한 건가? 카페 멤버 랭킹 보니까 kongjs7887 활동 순위가 9위던데.]

[미라 : 근데 이 새끼 진짜 뭐냐? 3년 전 문제집을 판다고 써놨네. 이딴 걸 누가 사?]

\* \* \*

이딴 걸 사는 사람이 있다. 현호와 진주는 공시생 스토커에게 문자를 보냈다.

「안녕하세요, 공공모 카페 나눔 장터에서 기출문제집 판매 글 보고 연락드립니다. 가격이 안 적혀 있어서요. 얼마에 판매하실 건가요?」

초조하게 기다리는 두 사람을 비웃듯 답변은 다음날 도착했다. 거의 포기 상태였던 현호와 진주는 방방 뛰었지만 문자를 보고 한숨을 내쉬었다.

「판매 완료.」

"아 놔, 어떻게 해!"
진주가 소리를 쳤다.
"가만있어 봐."
현호는 진주를 진정시킨 뒤 문자를 입력했다.

「제가 그 문제집이 너무너무 사고 싶어서 그러는데. 이미 거래가 완료된 게 아니라면 저한테 파시면 안 될까용?ㅠㅠ」

즉각적으로 답변이 왔다.

「5. 직거래. 오전 11시. 한신동 유니 피시방 8번 자리.」

현호의 예상대로였다. 거래에서 수상한 냄새가 풀풀 났다.

"이 5라는 숫자는 금액을 말하는 걸 테고……. 3년 전 기출문제집을 파는 것도 웃긴데, 5만 원에 판매하는 건 더 웃기지 않아? 이거 이거, 냄새가 나."

"그럼 판매 글이 위장일 수도 있다는 얘기야?"

"응, 누나 스터디 멤버 장호 씨가 이전에 쓴 글들은 죄다 지운 거 같다고 했다며. 판매 완료라 지운 걸 수도 있는데 뭔가 수상해. 금액, 장소, 시간 조율도 않고 그냥 통보한 것도, 직거래를 고집한 것도."

두 사람은 한신동 유니 피시방을 향해 먼 길을 떠났다. 후미진 동네를 오래 헤맨 끝에 건물 지하에 위치한 약속 장소를 발견했다. 만약을 대비해 현호는 근방 골목길을 살피며 도주로를 파악했다.

현호와 진주는 어둡고 가파른 계단을 내려가 피시방으로 들어갔다. 퀴퀴한 냄새가 코를 찌르고 텁텁한 공기가 폐부를 찔렀다. 현호는 내부를 한 바퀴 둘러본 다음 카운터 앞에 섰다. 알바생은 두 사람을 흘낏 쳐다보더니 비회원용 카드 두 개를 건네줬다. 현호와 진주는 14, 15번 자리에 앉았다. 8번 자리를 대각선 뒤에서 지켜볼 수 있는 위치였다.

오전 10시 53분.

"이제 그놈의 스토커가 나타나길 기다리기만 하면 되네."

하지만 진주의 기대가 무색하게도 약속 시간이 지나도록 스토커는 나타나지 않았다. 진주가 목을 길게 빼고 피시방을 휘휘 둘러보자 현호가 그녀의 팔을 잡아챘다.

"그렇게 티 나게 굴면 어떻게 해? 그 새끼도 우리처럼 다른 데 앉아서 8번 자리를 지켜볼지도 모르는데."

현호 말도 일리가 있었지만 8번 자리가 보이는 곳에 앉은 사람은 아무도 없었다. 저 멀리 구석에 게임을 하는 학생 무리만이 있을 뿐이었다.

"전화해볼까?"

현호가 고개를 끄덕이자 진주는 스토커에게 전화를 걸었다. 그러나 휴대전화 너머로는 전화기가 꺼져 있다는 멘트만이 흘러나왔다.

"아, 뭐야. 휴대전화도 꺼져 있어."

진주가 휴대전화를 종료한 그때 알바생이 아이스커피 두 잔을 퉁명스럽게 내려놓았다. 그의 기척을 느끼지 못했던 진주는 놀라 몸을 흠칫했다.

"주문하신 아이스커피 두 잔이요."

알바생은 바로 돌아섰다.

"저희 주문 안 했는데요?"

현호가 그를 불러 세웠다.

"했어요."

"누가요?"

"어떤 남자분이요."

알바생이 출입문을 가리켰다. 현호와 진주는 벌떡 일어났다. 그놈이다. 공시생 스토커.

두 사람은 재빨리 피시방을 빠져나와 좁은 계단을 올랐다. 도주로라 생각했던 골목으로 달려가려던 순간, 번개처럼 어떤 생각이 현호의 머리를 스쳤다. 현호는 발걸음을 멈추고 지하 출입구 옆에 몸을 숨겼다. 진주에게도 쉿, 하는 사인을 보냈다.

지하 통로로 가만히 귀를 기울이고 있는데, 터벅터벅 계단 올라오는 소리가 들렸다. 현호는 벽에 바짝 몸을 붙였다. 그리고 누군가가

지하 출입구를 빠져나오는 것과 동시에 그의 목을 단숨에 옭아맸다.

"너지? 공시생 스토커."

알바생은 현호에게 목이 졸려 컥컥거리며 발버둥을 쳤다. 진주는 눈을 휘둥그레 떴다가 깨달음의 탄식 소리를 냈다.

"컥. 이, 이것 좀. 아, 이것 좀 풀어줘요!"

현호가 팔에 힘을 풀자 스토커가 잽싸게 달아나려 했다. 정강이를 걷어차이고 팔이 꺾이는 바람에 시도는 무산됐지만. 현호는 스토커의 뒷덜미를 잡고 공터로 끌고 갔다. 와중에도 그는 아파 죽겠다며, 과잉 진압으로 고소하겠다고 징징거렸다.

"나 경찰 아닌데? 왜 경찰이라고 생각했을까. 찔리는 게 있나?"

현호가 스토커를 바닥에 패대기치며 빈정거렸다.

"겨, 경찰이 아니면 왜……."

"주머니에 있는 거 꺼내, 이 새끼야."

"……."

"아 놔, 이 새끼, 이거."

현호가 경찰에 신고하려 하자 스토커가 주머니에서 작은 비닐봉투를 꺼냈다.

"형님, 한 번만 봐주세요. 네? 저 이거 걸려서 징역 살면 이제껏 공부한 거 말짱 헛것이에요. 먹고살려고 그랬어요. 공부하느라 알바 할 시간도 없어서."

현호는 눈물을 쥐어짜내는 스토커를 파헤칠 듯한 눈초리로 쳐다봤다. 머릿속으로 유지아의 사망 날 마주쳤던 검은 옷차림의 남자와 유사점을 헤아려봤다. 큰 키, 호리호리한 체형. 비슷한 것 같기도 하고 아닌 것 같기도 했다.

"이름이 뭐야?"

"저, 저요? 공정식이요."

"이렇게 어설퍼서 어떡할래? 누가 봐도 수상한 거래잖아? 딴엔 되게 치밀하다고 생각한 모양인데, 거래 문자 본 순간 딱 알았다. 이 새끼야."

현호가 손가락으로 공정식의 머리를 쿡쿡 찔렀다.

"이건 내가 맡아두는 걸로 하고. 오늘 내가 너 찾아온 건 다른 볼일 때문이야."

"다, 다른 볼일이요?"

공정식이 어벙하게 물었다.

"유지아 알지?"

"……."

"네가 죽였냐?"

현호의 질문에 공정식의 얼굴이 새파랗게 질렸다.

"무, 무슨 소리예요. 유지아는 자살했는데. 저, 아, 아니에요."

"네가 스토킹한 거 다 알고 온 거거든? 우리 쉽게 쉽게 가자, 어? 너 그날 밤 11시에서 12시 사이에 어디 있었어?"

"어, 어디 있긴요. 피시방에 있었죠."

"가자."

현호가 쪼그린 무릎을 펴고 일어났다.

"어딜요?"

"피시방 CCTV 확인하러 가자고. 진짜 그 시각 피시방에 있었는지 확인을 해야 할 거 아니야?"

구시렁대던 공정식은 현호에게 엉덩이를 걷어차이자 징징거리며 일어났다. 세 사람은 다시 유니 피시방으로 들어갔다. 알바생이 없는 틈을 타 몰래 몇 명이 도망을 갔는지 피시방은 아까보다 한산했다. 손님이라곤 한 사람밖에 없었다. 공정식은 유지아의 사망 당일 CCTV를 재생했다.

"보세요!"

공정식은 억울하다는 듯 외쳤다. 밤 11시에서 12시 사이, 모자를 쓴 알바생이 카운터를 지키고 있는 모습이 화면 속에 담겨 있었다.

"이게 너라는 걸 어떻게 증명해? 화질이 이렇게 구린데."

현호가 말을 마친 찰나, 남자 중학생이 카운터로 다가왔다.

"그거 정식이 형 맞아요."

남중생은 현금으로 계산하고는 무심히 돌아섰다.

"진짜야?"

현호가 남중생을 불러 세웠다.

"네, 그날 정식이 형이 잃어버린 제 에어팟 같이 찾아줘서 기억하고 있어요."

"정말이야? 거짓말하는 거 아니지?"

"맞다니까요. 제가 거짓말을 왜 해요?"

남중생은 퉁명스럽게 대답한 후 피시방을 빠져나갔다.

"거 보세요! 나 맞다니까."

공정식이 억울해하며 소리쳤다.

"너랑 저 중학생이랑 짠 건지 어떻게 알아?"

"오늘 형사님이 찾아올 줄 어떻게 알고 미리 재랑 짰겠습니까."

"현호야, 그만해. 이 사람은 아닌 거 같아."

공정식의 대답에 가만 있던 진주가 나섰다. 공정식은 현호보다 말이 통할 상대라 판단했는지 진주를 보며 물었다.

"그런데 형사님들. 유지아, 자살 아니에요? 뉴스에서 자살이라고 하던데."

"그건 네가 알 거 없⋯⋯."

"다른 가능성을 살펴보는 거지. 왜 뭐 생각나는 거라도 있어?"

현호의 말을 끊으며 진주가 물었다. 유지아가 죽은 그날까지 그녀의 일거수일투족을 샅샅이 관찰했을 그였다. 유지아의 일상에 수상한 점이 발생했다면 누구보다 먼저 알아차렸을 것이다.

"글쎄요."

일순 태도가 돌변한 공정식이 음침하게 웃었다. 현호는 가볍게 한숨을 내쉬곤 휴대전화를 들었다. 본서에 연락하겠다는 시늉에 공정식은 금세 꼬리를 내렸다.

"그날 저녁 8시에서 9시 반 사이, 한일 아파트 지하 주차장에서 유지아를 기다리고 있었어요. 아, 형사님! 그냥 멀찍이서 얼굴만 봤다고요. 밤 9시 30분쯤 유지아가 지하 주차장에 도착했어요. 평소보다 늦은 시간이었죠. 그런데 차에서 내리질 않더라고요. 얼굴을 봐야 갈 수 있어서 조금 초조하게 기다렸어요. 그 비싼 얼굴 보러 먼 걸음 했는데, 얼굴은 한번 봐야 할 거 아닙니까."

"그래서?"

"뭘 하고 있나 싶어서 가까이 다가갔어요. 유지아 차는 선팅을 안 해놔서 내부가 훤히 보이거든요, 흐흐. 아, 왜 때려요. 근데 짜증 나게 그 새끼가 조수석에 타고 있더라고요."

"그 새끼?"

현호와 진주가 동시에 목소리를 높였다.

"그 새끼 있잖아요, 전 남자친구."

전 남자친구? 현호와 진주는 얼굴을 마주 봤다. 새로운 인물의 등장이었다.

"전 남자친구 이름은 알고 있어? 누군데?"

진주가 다급하게 물었다.

"당연히 알죠. 제가 누굽니까, 유지아의 스토……."

현호가 꿀밤을 때리자 공정식이 악, 비명을 지르며 맞은 부위를 문댔다.

"왜 자꾸 때리세요, 머리 나빠지게."

"한 대 더 맞고 이름 댈래? 그냥 댈래?"

"말하면 뭘 해주실 건데요?"

"해주긴 뭘 해줘? 바로 안 붙잡아가는 걸 감사하게 생각해라."

공정식은 안도의 미소를 띠고는 입을 열었다.

"이강혁이요. 성형외과 의사. 유지아한테 차여놓고 지질하게 매달리기는."

생각지도 못한 월척에 현호는 '허' 하고 바람 빠지는 소리를 냈다.

"이강혁이 전 남자친구?"

"네, 그렇다니까요."

"둘이 언제 헤어졌는데?"

"유지아가 한일 아파트로 이사하기 일주일 전쯤이요."

"왜 헤어졌는지는 알고?"

"에이, 제가 그거까지 어떻게 알아요? 원래부터 유지아가 이강혁 그렇게 안 좋아했어요. 6개월 전 친구 소개로 만났다가 어영부영 사귄 거 같던데."

"네가 왜 몰라? 너 유지아에 대한 건 다 알잖아? 집 비밀번호까지."

"뭔 소리예요?"

현호의 마지막 말에 공정식은 눈을 둥그렇게 떴다.

"발뺌해도 소용없어. 너 유지아가 전 집에 살 때 현관문 따고 들어갔다면서?"

"무슨 소리세요? 말도 안 돼요! 제가 무슨 재주로 아파트 현관문을 따고 들어가요? 비밀번호도 모르는데."

공정식이 펄쩍 뛰었다. 진심으로 억울해하는 표정이었다.

"진짜 아니야?"

현호는 김예경으로부터 들었던 이야기를 떠올렸다. "결정적으로 지아가 미쳐버리기 시작한 건 스토커가 집 안에 들어오면서부터였어요. 비밀번호를 바꾸고 현관문 잠금장치를 바꿔도 소용없었어요."

공정식은 유지아를 스토킹한 사실을 인정했다. 심지어 자랑스러워하기도 했다. 그런데 왜 집에 침입한 사실만은 인정하지 않는 건지.

만약 공정식의 말이 사실이라면, 다른 누군가가 집에 침입한 걸까? 설마 전 남자친구인 이강혁?

"진짜, 진짜, 진짜 아니에요. 집에 몰래 들어갈 정도로 쓰레기는 아니라고요."

현호는 공정식의 무릎을 꿇린 다음 스토킹이 얼마나 지독한 짓인지 일장 연설을 했다. 유지아가 얼마나 고통에 몸부림쳤는지 또한. 공정식에게 더 털어낼 이야기가 없다고 판단한 현호와 진주는 자리를 마무리했다. 설교를 듣던 공정식도 무릎을 펴고 일어났다.

"우린 간다. 앞으로는 깨끗하게 살아, 인마."

유니 피시방을 나서기 전, 현호는 마지막 말을 던졌다.

"알겠습니다, 형님. 앞으로 진짜 깨끗하게 살게요."

공정식의 인사를 들으며 현호와 진주는 계단을 올랐다.

"그런데 형님!"

그때 공정식이 현호를 불렀다.

"왜?"

"진짜 믿으세요? 저 CCTV에 찍힌 사람이 저라고?"

공정식의 입가에는 비릿한 웃음이 걸렸다. 저 새끼, 대체 뭐야. 현호가 발끈하려는 순간, 진주가 현호를 말렸다.

"아, 왜? 저 새끼 저거, 한번 더 닦달해야 할 거 아니야."

지하 통로를 빠져나오며 현호가 흥분했다.

"저거, 우리 갖고 놀고 싶은 거뿐이야. 휘둘리지 마. 그리고 신고 안 하겠다고 약속한 건 너지, 내가 아니잖아?"

진주는 112에 신고 전화를 했다. 잠시 후 골목길로 들어서는 경찰차를 보며 두 사람은 집으로 향하는 발걸음을 서둘렀다.


김예경이 찌푸린 낯으로 입을 열었다.

"형사님, 설마 절 의심하는 거예요? 듣자 하니 요양 병원 CCTV도 다 확인하셨다면서요. 그날 제가 요양 병원에 도착한 게 저녁 7시였어요. 그때부터 쭉 엄마랑 병실에 있었고요. 선생님들, 도우미분들, 환자분들 다 똑같이 진술하셨을 텐데요? 밤 11시 반쯤 형사님께 전화받고 병원 빠져나가는 모습도 CCTV에 똑똑히 찍혀 있고요. 이러시면 정말 섭섭해요."

김예경은 현호를 집 안으로 들이지도 않았다. 현관문 앞에 선 채 딱딱한 말을 쏟아낼 뿐이었다.

"그게 아니라…….."

"저도 이제 그만 일상으로 돌아가고 싶어요. 더는…… 절 괴롭히지 않으셨으면 해요."

눈앞에서 현관문이 부서질 듯한 소리를 내며 닫혔다. 현호는 허망하게 발걸음을 되돌렸다. 공정식의 알리바이가 확인된 이상, 의심의 화살은 김예경, 강경란, 이강혁을 향할 수밖에 없었다. 현호는 확신했다. 세 사람 중 하나의 알리바이에 구멍이 존재할 것이라고.

김예경이 그날 요양 병원에 있었다는 사실은 CCTV와 사람들의 진술로 확인됐다. CCTV는 오후 7시부터 11시 반까지 병실에 머문 김예경의 모습을 고스란히 담아냈다. 10분 이상 자리를 비운 적도 없었다. 의심할 여지가 전혀 없었다. 게다가 유지아는 경찰서에 찾아갔다고, 누가 자신을 죽이려 한다고 김예경에게 털어놨다. 유지아가 김예경을, 자신을 죽이려는 사람으로 의심하지 않았다는 뜻이었다.

그만큼 친밀한 관계. 동기도 없고, 알리바이도 확실하고. 현재로서는 세 사람 중 가장 깨끗하게 혐의를 지울 수 있는 사람이었다.

그렇다면 의심할 만한 대상은 강경란과 이강혁이다. 강경란에게는 동기가 있었다. 갑을 관계에서 파생된 억눌린 감정들. 그녀는 밤 9시 무렵, 집에 들어갔으며 11시 반 무렵, 전화를 받고 사건 현장으로 왔다고 주장했다. 그녀의 진술이 사실인지 확인해야 했지만 관리소장은 영장 운운하며 CCTV를 쉬이 보여주지 않았다.

그러면 이강혁은 어떤가. 동기는 있고, 알리바이는 없는 사람. 이강혁은 사건 발생 시각, 병원 직원들과 회식 중이었다고 주장했다. 현호는 이 사실을 병원 직원들에게 물었다. 직원들은 이강혁이 밤 10시쯤 뒤늦게 회식 자리에 나타났다 말했지만, 타임라인을 세세하게 기억하진 못했다. 다들 만취 상태라 기억이 흐릿했다. 그가 일어난 시각이 10시 반이었는지, 11시 반이었는지 헷갈려 했다.

이강혁. 유지아와의 결별 사실을 숨긴 전 남자친구. 헤어지자는 유지아의 말에 앙심을 품었을지도. 공정식의 진술에 의하면 그는 유지아가 사망한 날 밤 9시 반경, 그녀와 같은 차에 타고 있었다. 아마도 의심을 피하고자 이 사실을 숨겼으리라. 잠시 회식 자리에 얼굴을 내밀었다가 다시 유지아의 집으로 왔는지도 모른다. 직원들이 시간을 제대로 기억하지 못하도록 만취가 되도록 술을 권했겠지.

그가 유지아의 전 집에도 스토커처럼 침입했던 걸까? 하지만 왜? 남자친구 신분으로 당당히 그 집에 발을 들여놓을 수 있었을 텐데. 알리바이 조작 방법도 허술했다. 만약 직원들 중 술을 권해도 마시지 않는 직원이 있었다면? 이강혁이 자리를 뜬 시간을 똑똑히 기억하는 직원이 있었다면? 무엇보다 이강혁이 범인이라면, 그는 왜 유지아에게 빨간 구두를 신게 했을까? 현호는 머리가 터질 것 같았다.

어느덧 불어오는 바람에 봄기운이 담뿍 묻어났다. 사람들은 한층 가벼워진 옷차림으로 거리를 거닐었다. 현호는 솔마루 언덕을 올라 집으로 돌아왔다. 거실에서 진주가 텔레비전을 시청하고 있었다.

"엄마는 아직 안 왔어?"

"어. 여기저기 들렀다 강경란네 간다고, 좀 늦는다는데?"

"여기저기 어딜 들른대?"

"얼마 전에 한일 아파트에서 어린애 추락 사고 있었던 거 알지?"

진주는 대답 대신 다른 화제를 꺼냈다.

"아아……. 자기 애가 베란다에서 추락하는데 아이 엄마가 보고만 있었다던 사건?"

"응, 그 사건이랑 유지아 사건이랑 비슷한 냄새가 난다나? 그 사건 관련해서 이상한 소문도 돈대. 그래서 알아볼 겸 태양 부동산에 들렀다가 강경란 아파트로 간다더라고."

"또 무슨 이상한 소문을 들으러 가셨을까. 하여간 우리 엄마 소문은 엄청 좋아해."

현호는 구시렁거리며 소파에 앉았다. 텔레비전에서는 유지아의 사망과 관련한 프로그램이 방송되고 있었다.

"이건 뭐야?"

"어젯밤에 방송했던 거. 유지아가 패널로 나왔던 연예 프로그램이라 좀 큰 꼭지로 추모 방송을 해주더라고."

유지아의 활약상을 편집한 장면들이 잔잔한 음악과 함께 흘러나왔다. 환하게 웃는 모습, 다른 패널에게 장난을 치는 모습, 또랑또랑하게 멘트를 하는 모습. 생전의 생기발랄한 모습들이 화면을 채웠다.

현호는 이상하게 가슴이 울렁거렸다. 가슴이 조금, 아니 많이 욱신거렸다. 미안함과 안타까움이 해일처럼 몰려왔다. 불과 얼마 전까지 저렇게 말하고, 웃고, 일상을 살아가던 여자였다. 누가 저 여자에게서 생명을 빼앗아갔을까.

이제 텔레비전에서는 유지아의 사진을 내보내고 있었다. 어린 시절 부모님과 함께 찍은 사진, 전시회 날 찍은 사진, 작업 중인 모습을 담은 사진, 뱅뱅돌이 안경을 쓰고 똥 머리를 한 사진…….

어? 그 순간이었다. 현호는 눈을 깜빡였다. 사진들 중 하나의 모습이 익숙했다. 기시감이 들었다. 전에 어디서 본 것만 같았다.

"누나, 잠깐만……."

현호가 되감으려는 찰나, 방송에 익숙한 얼굴이 등장했다.

정말 착하고 예쁘고 천사 같은 애였어요. 같이 사는 5년 동안 싸움 한 번 한 적 없을 정도예요. 그런데 왜 갑자기 그런 선택을 한 건지…….

김예경은 인터뷰어에게 액자 속 사진을 보여줬다. 화면은 사진을 클로즈업했다. 집 안에서 찍은 사진으로 유지아와 김예경이 서로 부둥켜안고 있었다. 현호도 유지아의 집에 방문했을 당시 본 적 있는 사진이었다. 이내 김예경은 인터뷰를 마치지 못한 채 눈물을 쏟아냈다. 화면이 바뀌고 이번에는 강경란이 등장했다.

안타까워요. 아직 능력을 채 다 피워내지도 못했는데.

강경란은 눈시울을 붉히며 유지아의 예술 세계에 대한 설명을 이어갔다. 다음에는 설마 이강혁이 등장할까. 현호가 화면을 주시하고 있는데 일순 방송이 휘리릭 되감겼다.
"잠깐만."
진주가 핏발 선 눈으로 텔레비전을 응시하고 있었다. 되감긴 화면은 김예경의 인터뷰 장면에서 멈췄다.

정말 착하고 예쁘고 천사 같은 애였어요.

"왜? 뭐가 이상해?"
현호가 물었다.
"응."
"뭐가?"

"전부 다."

"그렇게 얘기하면 내가 어떻게 알아들어? 자세히 얘기해봐."

"인터뷰 내용. 너 만약에 내가 죽었다고 생각해봐. 그럼 뭐라고 인터뷰하겠어?"

"슬프다, 가슴 아프다, 누나는 어떤 사람이었다."

"그렇지. 보통은 슬프다, 가슴 아프다 하면서 자기 감정도 얘기해. 근데 김예경의 인터뷰 내용을 봐. 감정이라고는 하나도 안 들어 있어. 사실만 늘어놓은 느낌?"

"그렇긴 하지."

"그뿐만이 아니야. 더 이상한 건 바로 저거."

진주는 김예경의 다리를 가리켰다. 인터뷰를 마친 김예경이 일어서려 하자 카메라가 뒤로 빠지며 그녀를 풀 샷으로 잡았다. 김예경은 꼬고 있던 다리를 풀고 일어섰다. 잘빠진 검은색 스틸레토 힐을 신고 있었다.

"누가 죽은 친구에 대해 인터뷰할 때 다리를 꼬고 있어? 그리고 저거 유지아 구두 아니야?"

현호는 휴대전화에서 신발장 사진을 찾았다. 백 프로 확신할 순 없어도 비슷한 구두가 있었다.

"김예경이 유지아의 죽음을 슬퍼하지 않는다는 거야?"

"응, 하나도. 정말 하나도 슬퍼하지 않는 것 같아. 한번 생각해봤지. 만약 지금 당장 현주가 죽는다면, 난 현주 물건을 사용할 수 있을까? 현주가 아끼던 옷이나 신발 같은 거. 말도 안 되는 소리. 어딘가 기증하면 기증했지 절대 사용 못 해."

현호는 화면 속 김예경을 응시했다. 가장 혐의가 없다고 생각했던 김예경. 그녀에게도 유지아를 죽일 만한 동기가 있는 걸까. 현호는 화면을 재생하곤 김예경이 등장하는 부분을 여러 번 돌려 봤다. 김예경이 인터뷰를 하고, 사진을 보여주고, 자리에서 일어나고. 보면 볼수록 위화감이 커졌다.

뭐가 이렇게 이상한 걸까. 불편했다. 기분이 나빴다. 역겨움이 치밀어 올랐다. 그럼에도 여전히 위화감의 정체를 파악할 수 없었다. 그때 현호의 휴대전화가 울렸다. 희례에게서 걸려온 전화였다.

"어, 엄마. 강경란은 만났어?"

[응, 만났지. 그리고 재밌는 얘기도 들었지.]

희례의 목소리가 들떠 있었다.

\* \* \*

세 시간 전. 희례와 장미는 동광 아파트 관리 사무소에서 소장을 닦달하는 중이었다.

"아주 감쪽같이 사라졌다니까 그러네."

희례가 분통이 터진다는 듯 가슴을 팡팡 후려쳤다. 희례와 장미는 강경란의 알리바이를 확인하기 위해 CCTV를 돌려 보고자 동광 아파트를 찾은 참이었다.

"확실해요? 우리 아파트 도난 사고 같은 거 잘 없는데."

소장이 의심스러운 눈초리를 했다.

"아니, 그럼 내가 지금 거짓말을 한단 소리예요? 분명히 놓고 갔다니까요."

희례가 언성을 높였다.

"그날 몇 시쯤요?"

"밤 9시에서 12시 사이."

희례가 대답하자 소장이 해괴한 소리를 들은 것 같은 표정을 지었다.

"정확히 기억 못 하세요?"

"밤인 건 확실한데 기억이 가물가물하네. 소장님도 아실 거 아니에요? 이 나이쯤 되면 조금 전 일도 깜빡깜빡하는 거."

"그대, 보여줄 거야? 말 거야? 우리 희례 씨가 딸한테 주겠다고 새벽부터 일어나서 만든 거란 말이야. 고추장 볶은 거, 전복 조림, 매실장아찌 그리고 어, 어, 하여간 그런 것들!"

장미도 희례를 도와 소장을 몰아세웠다.

"딸이요? 그 집 할머니 작년에 돌아가신 걸로 아는데."

"며느리! 딸이 아니라 며느리! 딸 같은 며느리라 그래요, 내가!"

아차 싶었던 희례가 재빨리 말을 수정했다.

"그 집 아저씨 없는 걸로 아는데……."

중얼거리던 소장은 결국 CCTV 화면을 보여줬다. 밤 9시 10분, 강경란이 지친 모습으로 집에 들어갔다. 8시 반, 작업실에서 유지아와 헤어지고 곧장 집에 갔다는 그녀의 진술과 일치했다.

"뭡니까? 며느리분 집에 계셨는데 왜 문 앞에 놓고 가셨대?"

소장이 세모눈을 떴다.

"요즘엔 다들 그렇게 해야 한답디다. 시어머니가 지켜야 할 신종 예절이래요."

희례는 대답하며 CCTV 화면을 주시했다. 소장은 화면을 빠르게 감았다. 밤 10시 반이 막 지날 무렵, 강경란이 집에서 나오는 장면이 포착됐다.

"잠깐!"

장미가 버럭 외쳤다. CCTV 화면 속 시간은 밤 10시 34분을 나타내고 있었다.

"이거 이거, 딱 걸렸어."

이후 화면을 빠르게 감았으나 강경란이 집에 되돌아오는 장면은 없었다. 강경란이 집을 나온 시각은 밤 10시 34분. 한일 아파트까지는 30분이면 충분히 갈 수 있는 거리였다.

"우리가 한 건 올린 거 같은데요?"

희례가 만족스러운 웃음을 지었다. 소장이 구시렁거렸지만 한 귀로 듣고 한 귀로 흘릴 뿐이었다.

그때 경비원이 누군가를 데리고 관리 사무소로 다가왔다. CCTV 화면에 심취해 있던 희례와 장미는 다가오는 기척을 알아채지 못했다.

"저기 어머니?"

경비원이 희례와 장미를 불렀다.

"네?"

함박웃음을 지으며 돌아선 두 사람은 그대로 얼어붙고 말았다. 강경란이 팔짱을 끼고 노한 얼굴로 서 있었다.

"어머니 오셨다고 말씀드렸거든요."

경비원은 허허 웃었지만 희례와 장미의 얼굴은 창백해졌다.

"누구 어머니시라고요?"

강경란이 삐딱한 음성으로 물었다.


동광 아파트 인근 카페. 희례와 장미는 강경란과 마주 보고 앉았다.

"미안해요, 경란 씨. 자, 이거 얼른 마셔요."

"음, 여기 커피 향 좋다. 무슨 원두 쓰지?"

희례와 장미는 강경란의 눈치를 보며 분위기를 풀어보려 애썼다.

"그냥 물어보시면 되지, 왜 그딴 거짓말을 해서 사람 꼴을 우습게 만들어요?"

"그대, 입은 삐뚤어졌어도 말을 똑바로 하자고. 그쪽이 먼저 거짓말했잖아. 그날 집에 곧장 들어간 다음에 아들하고 같이 잠들었다며. 왜 거짓말을 해서 일을 복잡하게 만든 거야?"

장미가 잽싸게 따지고 들었다.

"그거야……. 그 밤에 애 재우고 나갔다고 하면 경찰이 아동 학대 운운할까 봐 그랬죠. 애 데려올 때 전남편하고 양육권 문제가 있었거든요."

강경란이 말끝을 흐렸다. 강경란은 그날 아들을 재우고 밤 10시 반쯤 집을 나와 편의점으로 향했다. 잠은 오지 않고, 맥주는 생각나고. 편의점 파라솔에서 강경란은 오징어 땅콩을 안주 삼아 맥주 세 캔을 비웠다. 그러다 11시 반 무렵, 김예경으로부터 전화를 받고 한일 아파트로 달려간 것이다.

세 사람은 편의점에서 강경란이 홀로 11시 반까지 맥주를 마시는 모습을 CCTV로 확인했다.

"왜 절 의심한 거죠?"

강경란의 질문에 장미는 이사 날 목격한 장면을 솔직하게 털어놓았다.

"맞아요, 지아와 전 비즈니스 파트너이기 전에 갑을 관계예요."

강경란은 순순히 인정했다.

"의심한 건 미안해요. 아무래도 이런 사건은 동기를 따라갈 수밖에 없잖아요."

"동기요? 나 참, 동기 때문이라면 제가 아닌 예경 씨를 의심하셔야죠."

"김예경 씨? 유지아의 친구?"

희례가 물었다. 일순 대두된 예경의 이름에 희례는 의아해했다.

"둘이 친한 친구처럼 보이죠? 근데 둘이 친구라는 게 어울려요?"

희례와 장미 둘 다 대답하지 못했다.

"예경 씨가 모자라거나 부족하다는 뜻이 아니에요. 지아가 너무 잘난 탓이지. 같이 있으면 자연스럽게 시선과 관심이 지아에게로 향할 수밖에 없잖아요. 어떻게 12년을 그러고 살았는지 난 정말 신기해요. 하긴 예경 씨 입장에서는 그럴 수밖에 없었겠죠. 집세도 안 받아, 생활비도 안 받아, 심지어 엄마 병원비까지 대줬으니."

"그럼 좋은 거 아닌가? 요즘 세상에 그렇게까지 도와주는 친구가 흔치 않잖아요?"

"글쎄요, 난 엄청난 자괴감을 느꼈을 거 같은데. 나더러 갑을 관계라고 했죠? 예경 씨도 마찬가지 아니었을까요? 생각해봐요. 집세, 생활비, 병원비 대신 예경 씨가 뭘 지불했을지. 그리고 재미있는 얘기 하나 해드릴까요? 제가 갤러리 초대에 큐레이터로 근무할 때 지아가 어떻게 제 눈에 띄게 됐는지 아세요?"

희례와 장미는 도리질을 쳤다.

"연예인들의 흔한 데뷔 스토리 알죠? '친구 따라왔다가 캐스팅됐어요.' 딱 그 케이스였어요. 원래 신진 작가 양성 프로그램에 지원했던 건 지아가 아니라 예경 씨였거든요. 그때가 아마 둘이 대학교 3학년 때인가 그랬을 거예요. 포트폴리오를 제출하러 예경 씨가 사무실에 들렀는데, 그때 지아도 예경 씨와 같이 왔었어요."

강경란의 시선이 절로 유지아를 향했다. 화려하고 아름다운 얼굴, 큰 키와 늘씬한 체형, 조리 있는 말솜씨. 어느 정도 실력만 갖춘다면 스타가 될 재목이었다. 강경란은 김예경에게서 포트폴리오를 받으며 유지아에게 물었다. "*그쪽도 미술 전공? 그쪽은 포트폴리오 없어?*"

"김예경 씨는 떨어진 건가요?"

희례가 묻자 강경란은 그렇다고 대답했다.

"전 예경 씨 인생에서 그런 일이 한두 번이 아니었을 거라 생각해요. 엄마만 아프지 않았다면 진작 멀어졌을걸요?"

"하지만 그 마음이 죽이고 싶을 정도였을까요?"

"모르죠, 당사자가 아니면. 예전에 예경 씨가 저에게 이런 말을 한 적 있어요. 지아는 복숭아뼈까지 예쁜 애라고."

"칭찬 아닌가요?"

"글쎄요. 제 귀에는 '왜 그런 쓸데없는 것까지 네가 다 가져야 해?' 라는 말로 들리던데요?"

김예경의 말인지, 강경란 자신의 말인지 발언자가 불명확한 말을 남기고 강경란은 자리를 떴다.

\* \* \*

선득한 바람이 불었다. 바람을 따라 새순이 파릇파릇하게 돋아난 나뭇가지들이 고갯짓을 했다.

오후 5시, 현호는 한일 아파트 104동 앞 벤치에 오도카니 앉아 있었다. 또각거리는 구두 소리와 함께 김예경이 현호에게 다가왔다. 그녀는 정장 스커트 차림에 살구색 스트랩 슈즈를 신고 있었다.

"제 기억력을 너무 우습게 아시는군요."

현호의 시선이 구두에 닿았다.

"구두가 무슨 죄예요."

"아무렇지도 않으세요?"

"도대체 형사님이 제게 왜 이러시는지 모르겠네요."

김예경은 짧은 한숨을 내쉬며 옆자리에 앉았다. 벌써 며칠째, 두 사람은 지금 같은 만남을 반복하고 있었다. 짧은 단발머리에 가무잡잡한 피부, 축 처진 눈썹이 선하고 단정하다는 느낌을 주는 인상. 이미 그녀가 범인이라 확신하기 때문일까. 처음에는 신기할 정도로 흐릿한 인상이라 생각했건만 무얼 잡아먹었는지 지금은 생기가 돌았다. 피부는 반질반질하고 윤기가 흘렀다.

"포기해요, 형사님."

현호는 고개를 돌려 김예경을 쳐다봤다. 무표정한 얼굴 뒤에 흐릿한 웃음기가 어른거렸다.

"왜 절 의심하시는지 모르겠지만, 제겐 확고한 알리바이가 있잖아요. 절대 무너지지 않는."

"……."

"지아가 추락한 시각이 밤 11시 13분. 전 저녁 7시에 요양 병원에 도착해서 밤 11시 반까지 그곳에 있었어요. CCTV 확인하셨죠? 조작할 만하던가요? 어림없죠, 그렇게 큰 병원인데. 만약 CCTV 화면이 조작됐다 할지라도 의사, 간호사, 같은 병실 환자들의 진술은 어쩔 건데요? 다들 제가 10분 이상 자리를 비운 적 없다고 하지 않던가요?"

그녀는 지나치게 세세하게 그날 자신의 행적을 기억하고 있었다.

"그러게요. 너무 철벽같은 알리바이라 되레 수상하네요. 차라리 강경란이나 이강혁처럼 빈틈이라도 만들어놓지 그러셨어요."

현호의 말에 김예경은 웃음을 터뜨렸다.

"제가 용인의 요양 병원에 있으면서 동시에 이곳에도 있을 수 있는 방법, 찾으셨나요? 먼저 말씀드리자면 전 쌍둥이가 아니에요."

현호는 대답할 수 없었다.

"초능력도 없어요."

이제 김예경은 비릿한 웃음을 띤 채 노골적으로 비웃고 있었다.

"그래요, 솔직히 인정할게요. 저, 그 애의 죽음이 정말이지 하나도 슬프지가 않네요. 무려 12년을 친구로 지내오고, 그중 5년을 같이 살았는데 말이죠."

"어떻게 그럴 수 있는 겁니까? 같이 사는 동안 집세, 생활비 한 푼 안 내셨다면서요? 유지아 씨는 심지어 김예경 씨 어머니 병원비까지 내줬습니다. 그런데 어떻게 하나도 슬프지 않다고 얘기할 수가 있죠? 친구잖아요."

유지아의 말간 웃음이 떠올랐다. 부와 명예, 아름다움을 손아귀에 쥔 여자. 실은 지독하게 외로운 삶을 살지 않았을까. 어째서 그 누구도 그녀의 죽음을 진정으로 슬퍼해주지 않는 걸까. 심지어 가장 친한 친구조차.

"친구? 누가 그러던가요? 우리가 친구라고. 12년 동안 무수리 노릇 해줬으면 많이 해준 거 아닌가? 정말 예뻐, 정말 대단해, 넌 천재인가 봐, 저 남자도 널 좋아하는 거 같은데? 그 애는 옆에서 그런 말들을 지껄여주고 자신을 돋보이게 해줄 사람이 필요했을 뿐이에요."

"왜 12년간의 우정을 그런 식으로 매도하는 겁니까. 정말 유지아 씨와 김예경 씨 사이에는 그것뿐이었어요? 하나도 안 슬퍼요?"

현호는 일말의 기대감을 품고 김예경을 감정적으로 흔들어보고 싶었다. 그녀에게 유지아를 향한 인간적인 감정이 한 스푼이라도 남아 있길 바랐다. 김예경은 천천히 현호에게로 고개를 돌렸다. 입꼬리가 비죽 올라갔다. 차갑게 미소 짓는 그녀의 모습은 흡사 밀랍 인형 같았다.

"속이 다 시원한데?"

싸늘한 바람이 목덜미를 스쳤다.

"잘 죽어줘서."

"당신……."

현호는 주먹을 말아 쥐었다. 김예경은 상큼한 미소를 짓더니 벤치에서 일어났다.

"지아의 재산은 대부분 사회에 환원돼요. 그렇다고 제게 떨어지는 게 없는 건 아니죠. 아무렴, 12년 동안 제일 친한 친구였는데."

"……."

"조만간 지아에게 갈 거예요. 고맙다는 인사는 해야 하니까."

"……."

"아마 그 인사가 마지막이 될 거 같은데. 같이 가실래요?"

김예경은 대답도 듣지 않고 뒤돌아 걸어가기 시작했다. 바닥을 치는 구두 소리가 점점 멀어졌다. 현호는 손톱이 살을 파고들도록 주먹을 꽉 쥔 채 그녀의 뒷모습을 쳐다볼 수밖에 없었다.


"쌍년이네."

"완전 미친년."

"뭐 그런 믹서에 갈아 마셔도 시원찮을 년이 다 있어?"

차례대로 현주, 진주, 희례의 반응이었다. 현호가 이야기를 털어놓자 세 사람은 격분했다.

"그만하면 자기가 범인이라고 인정한 거 아니야?"

진주가 흥분해서 말했다.

"그래, 자백했다고 볼 수도 있는 거잖아."

현주도 진주의 말을 거들었다.

"김예경은 한 번도 자기가 유지아를 죽였다고 말한 적 없어. 그저 잘 죽었다, 죽어줘서 고맙다고 얘기한 것뿐이지."

"그럼 어떻게 해? 살인범으로 잡아넣을 수 없는 거야?"

희례가 조급해했다.

"아무것도 없잖아. 김예경이 범인이라는 증거가."

현호는 입안에 쓴 물이 도는 것 같았다. 알고 있다. 상식적으로 알리바이가 확고한 김예경은 가장 먼저 용의 선상에서 제외해야 할 대상이다. 하지만 그녀의 말, 행동 그리고 이 사건에서 계속 위화감이 느껴졌다. 정체를 알 수 없는 그 위화감은 직관이라는 말로 포장되어 현호를 부추겼다. 범인은 김예경이 분명하다고.

도대체 차로 한 시간가량 떨어진 곳에서 김예경은 어떻게 유지아를 죽일 수 있었을까. 김예경을 범인으로 확신한다면 그녀가 어떻게 유지아를 죽였는지 방법을 알아내야 했다.

"맞다, 작은누나. 이강혁 만난 일은 어떻게 됐어?"

현호는 이강혁의 알리바이를 확인하고 그를 수사 선상에서 완전히 배제하고 싶었다.

"이강혁 알리바이, 확인됐어."

현주는 오전 무렵, 압구정에 위치한 이강혁의 성형외과를 찾아갔다. 환자로 위장한 현주는 진료실에서 이강혁을 강하게 압박했다.

"병원 운영 자금이라도 대줄 줄 알았어요. 그렇게 돈도 많은 여자가 어찌나 구두쇠처럼 굴던지."

이강혁은 헤어지자는 유지아를 한번 더 설득해보려 했다.

"맞아요. 그날 밤 9시 반쯤 지하 주차장 출입구에서 지아를 기다렸어요. 얘기 좀 하자고 했더니 차에 타라더군요. 지하 주차장에서 다시 시작하자고 말했죠."

유지아는 단호했다. 이강혁이 아무리 매달려도 요지부동이었다.

"그새 딴 남자라도 생긴 거냐고 물었더니 말 못 하더라고요. 계속 추궁했더니 자기 혼자 맘에 담아둔 사람이라나 뭐라나. 하여간 그 말 듣고 열 받아서 차에서 내렸어요."

밤 11시에서 12시 사이의 알리바이에 대해 묻자 그는 이렇게 대답했다.

"요즘 투자금 유치하느라 바빠요. 병원 단골 고객하고 같이 있었어요. 왜 그 시간이냐고요? 알면서 묻는 거예요? 모르고 묻는 거예요? 돈 많은 사모님하고 그 시간에 호텔에서 왜 만났겠어요?"

현주는 씁쓸하게 이야기를 마쳤다.

"이런 쌍놈의 새끼."

희례는 한마디 말로 가족 모두의 심경을 대변했다. 쓰레기뿐인 인간관계. 현호는 그 안에서 유지아가 얼마나 외로웠을지 짐작도 되지 않았다.

"여하튼 이제부터는 김예경이 어떻게 유지아를 죽였을지 방법을 알아내야 해."

현호는 바닥에 전지를 펼쳤다. 왼쪽에는 지금까지 알아낸 객관적인 사실들을, 오른쪽에는 의문점들을 적었다. 자유 발언이 시작됐다. 두뇌를 풀가동해 창의력을 발휘해야 하는 순간이었다. 이때만큼은 그 어떤 허황된 의견도 면박을 주거나 비웃을 수 없었다.

"돈을 주고 킬러를 고용한 건 아닐까?"

"유지아에게 최면을 건 거지. 밤 11시 13분이 되면 베란다에서 뛰어내리라고."

"쌍둥이가 아니라고 했지만, 실제로는 어린 시절에 헤어졌던 쌍둥이가 있는 게 아닐까?"

한동안 여러 가설들이 화두에 올랐다. 식구들은 새로운 주장이 대두되면 논리적 허점을 찾아 반박하며 가능성을 하나씩 제거해갔다.

어느새 밤 11시. 유지아가 사망한 날처럼 창밖으로 비가 내리고 있었다.

"아이고, 더는 못 해 먹겠다."

희례가 드러누웠다. 저녁 내도록 쪼그려 앉아 있었던 터라 삭신이 쑤셨다.

"혹시 엄마는 유지아와 김예경에 대해 뭐 들은 얘기 없어? 아무리 사소한 거라도 좋으니까."

언제는 소문 좋아한다고 비웃더니. 이제 그 소문에 매달리는 현호의 말에 희례는 무언가를 기억해냈다.

"얼마 전에 한일 아파트에서 어린애 추락 사건 있었던 거 알지?"

"우울증과 망상 장애를 앓고 있던 엄마가 자기 애가 베란다에서 떨어지는 걸 보고만 있었던 사건?"

현주가 대답했다.

"알고 보니 그 엄마가 유지아, 김예경하고 대학 동창이래."

"정말?"

"……."

"그렇구나."

세 자녀의 반응이 시답지 않자 희례는 다른 얘기를 꺼냈다.

"그리고 그젠가? 장미 씨랑 태양 부동산에 놀러 갔었거든. 알고 보니 태양 아줌마가 한일 아파트에 유지아 집을 구해준 장본인이더라고. 그래서 내가 물어봤지, 그때 상황을."

흩어져 쉬고 있던 진주, 현주, 현호가 허리를 바로 세웠다. 슬슬 입질이 오자 희례는 이야기를 계속했다.

"집을 구한 건 유지아가 아니라 김예경이었더라고. 꼭 한일 아파트고, 반드시 10층 이상이어야 한다고 그랬대."

또다시 위화감이 스멀스멀 피어올랐다. 현호는 김예경을 처음 만난 날, 그녀가 한 말을 기억하고 있었다. 그녀는 이전 집에 침입한 스토커 때문에 이사했다며 이렇게 말했다. *"그래서 이 집으로 이사한 거예요. 이 근처에서 급하게 나온 전세가 여기밖에 없었거든요. 오래된 아파트지만 각 동마다 경비 데스크가 있으니 안전하다고 생각했던 거죠."*

현호는 김예경의 말이 이상하다고 생각했다. 당시에는 위화감의 정체를 알 수 없었으나, 지금 생각해보니 한일 아파트가 안전하다는 말 때문이었다. 기계식으로 정문, 후문, 지하 출입문을 통제하는 요즘 아파트들에 비해 오래된 한일 아파트는 경비가 허술했다.

더욱이 김예경은 자신이 직접 집을 고르고 10층 이상을 고집했으면서 마치 어쩔 수 없이 이사한 것처럼 거짓말을 했다. 왜 거짓말을 한 걸까? 유지아를 죽이기 위해 '한일 아파트', '10층 이상'이라는 조건이 반드시 필요했던 건 아닐까?

그 순간이었다. 어떤 생각이 현호의 머리를 치고 지나갔다. 그래, 같은 위화감. 정체를 알 수 없어 그냥 넘어갔던 위화감. 불편하고 기분 나쁘고 역겨움이 치밀어 오르던. 일순 벼락을 맞은 듯했다. 그간 머릿속에서 어지럽게 배회하던 단서들이 하나씩 맞아떨어지기 시작했다. 의문점 역시 해답을 찾아갔다. 흩어진 조각들이 아귀를 맞춰가며 제자리를 찾은 것처럼 커다란 그림이 완성되어갔다. 김예경이 그린 큰 그림.

현호는 흥분을 가누지 못하며 텔레비전을 켰다. 진주, 현주, 희례는 의아하게 현호의 행동을 쳐다봤다. 유지아의 추모 방송이 나왔다. 얼마 전 진주와 함께 시청했던 연예 프로그램의 한 꼭지였다.

김예경이 인터뷰어에게 액자 속 사진을 보여주는 장면이 나왔다. 카메라는 사진을 클로즈업했다. 집 안에서 찍은 사진으로 유지아와 김예경은 서로 부둥켜안고 있었다. 현호는 화면을 정지했다. 집 안에서 찍은 유지아와 김예경의 사진. 김예경은 지금보다 머리가 조금 길었다.

"찾았다."

현호가 허탈하게 웃었다.

"알아낸 거야?"

희례가 물었다.

"엄마, 고마워. 진짜 진짜 고마워."

현호는 희례를 힘주어 꽉 끌어안았다. 알았다. 김예경이 유지아를 어떻게 살해했는지. 이제 남은 건 사실을 확인하고 증거를 찾는 일이었다.

세명 아파트 205동 101호. 호수를 확인한 현호가 초인종을 눌렀다. 미리 연락받은 집주인 아주머니가 현호를 맞이했다.

"형사 양반 얼굴이 아주 훤칠하네. 들어와요, 기다리고 있었어요."

"감사합니다. 불편을 끼쳐 죄송합니다."

"아냐. 마침 할 일도 없었는데, 뭘. 편하게 둘러봐요."

"인테리어는 안 바꿨다고 하셨죠?"

"전 주인이 어찌나 집을 깨끗하게 썼는지 도배 장판도 하려다 말았어요. 아주 그대로야."

현호는 신발을 벗고 바닥에 발을 내디뎠다. 심장박동이 가파르게 상승했다.

유지아와 김예경은 한일 아파트 1204호로 이사하기 전, 세명 아파트 101호에 오래도록 거주했다. 거실에 들어선 현호는 집 내부를 살폈다. 거실, 부엌, 안방, 작은방. 똑같은 구조와 인테리어. 현관과 거실, 베란다까지 이어지는 동선마저 같았다. 한일 아파트와 놀라우리만큼 똑같았다.

현호는 한 손에 움켜쥔 사진을 펼쳤다. 추모 방송에 나왔던, 집 안에서 찍은 유지아와 김예경의 사진이었다. 처음 이 사진을 봤을 때, 현호는 한일 아파트에서 찍은 사진이라 생각했다. 사진 속 배경이 한일 아파트와 흡사했기 때문이었다. 하지만 김예경의 머리가 지금보다 손가락 한 마디만큼 길었다. 유지아와 김예경이 한일 아파트로 이사한 건 유지아가 죽기 일주일 전. 김예경의 머리카락이 그렇게 빨리

자랄 리 없었다.

그때 현호는 깨달았다. 이 사진은 한일 아파트에서 찍은 것이 아니었다. 이사하기 전 바로 이곳, 세명 아파트에서 찍은 사진이었다.

"전 주인이 화가였던 거 아시나요?"

현호가 물었다.

"알지, 왜 몰라. 이 근방에서 유명한 사람이었는데……. 근데 우리끼리 하는 얘긴데, 그 아가씨 정신이 좀 이상했던 모양이야. 한밤중에 막 소리 지르면서 베란다 밖으로 자주 뛰쳐나가고 그랬대요, 글쎄."

집주인의 말을 들으며 현호는 가슴 한편이 서늘해졌다. 다시 고개를 들어 집 안을 둘러봤다. 그날 일이 자연스럽게 눈앞에 그려졌다.

밤 11시 13분. 비가 추적추적 내리고 이상하리만큼 시야가 안 좋았던 밤. 안방에서 곤하게 잠든 유지아. 갑자기 쾅쾅, 현관문을 두드리는 소리가 들린다. 번쩍 눈을 뜬 유지아. 지독한 근시인 터라 몇 미터 앞의 사물도 분간할 수 없다. 유지아는 서둘러 침대 옆 협탁을 더듬는다. 안경이 없다. 전날 부러진 탓이었다.

또다시 쾅쾅, 현관문을 두드리는 소리가 들린다. 퀵 배달원의 노크 소리지만 유지아가 그 사실을 알 리 없다.

'스토커, 스토커가 분명해.'

공포에 질린 유지아, 완전한 패닉 상태. 거실로 나온다. 온통 캄캄하다.

'베란다로 도망가야 해.'

서두르다 그만 유리 테이블에 정강이를 부딪힌다. 절뚝이며 다급하게 베란다로 향한다. 흐릿한 시야. 비까지 내려 베란다 너머가 잔디밭인지, 야트막한 야산이 배경인 허공인지 분간할 수 없다.

그때 베란다 바닥에 빨간 무언가가 보인다. 예경의 구두다. 예경의 빨간 구두. 베란다에서 신어보다 그대로 놓아둔 모양이다. 유지아는 빨간 구두를 신는다. 그러고는 베란다 난간을 잡고 훌쩍 뛰어넘는다. 스토커한테서 도망쳐야 해!

현호는 베란다로 걸어갔다. 101호 베란다 너머로 푸른 잔디밭이 펼쳐져 있었다. 유지아는 세명 아파트에 사는 동안 종종 스토커를 피해 베란다 난간을 넘어 도망치곤 했다.

잠결에 두려움이 마음을 잠식한 상황에서 유지아는 일주일 전 이사한 사실을 까맣게 잊었던 것이다. 똑같은 구조, 똑같은 인테리어를 한 집 안에서.

"유지아는 이 집에서 뛰어내린 거였어."

현호가 중얼거렸다. 지독히도 끔찍한 진실이었다. 마음이 깊은 나락 속으로 침잠했다.


분당의 어느 납골당. 대리석 바닥을 때리는 구두 소리가 맑게 울려 퍼졌다.

국화 다발을 든 김예경은 유지아의 분골함 앞에서 걸음을 멈췄다. 사진 속 유지아가 밝게 웃으며 김예경을 맞이했다. 뒤이어 남자의 구둣발 소리가 들렸다. 김예경은 소리가 난 곳으로 고개를 돌렸다.

"오셨군요."

"김예경 씨."

현호는 긴 이야기를 풀어놓았다. 김예경은 입가의 웃음을 지우지 않은 채 그의 이야기를 경청했다.

"형사님 얘기에는 너무 많은 '만약'이 들어 있는 거 같은데요? 만약 그날 날씨가 좋았다면. 만약 지아의 안경이 부러지지 않았다면. 만약 퀵 배달원이 현관문을 두드리지 않았다면. 만약 지아가 퀵 배달원을 스토커로 오인하지 않았다면. 무엇보다 만약 지아가 12층을 1층으로 착각하지 않았다면."

"……."

"그런 건 추리가 아니라 소설이라고 부르는 거예요."

김예경이 눈웃음을 지었다.

"맞아요. 그랬다면 유지아 씨는 지금 살아 있겠죠. 그래도 김예경 씨는 꾸준히 새로운 가능성을 유지아 씨 곁에 심어놨을 거예요. 또 한번 찾아올 결정적인 순간을 기다리면서요."

"재밌네요. 상상력 풍부하다는 말 많이 들으시죠?"

"상황과 심리를 통제해서 스스로 죽음에 이르게 하는 방법이라."

현호는 치밀어 오르는 감정을 잠재우며 나머지 말을 이었다.

"얼마나 많은 실패와 기다림이 있었을지……. 정말 오래 기다리셨습니다."

김예경은 입가에 드리운 미소를 거두지 않았다. 하지만 눈빛만큼은 지독히 차가웠다. 웃는 입, 웃지 않는 눈. 현호는 괴이하게 뒤틀린 그녀의 맨얼굴이 궁금했다.

"증거…… 있어요?"

그녀의 말이 옳았다. 현호에게는 가장 중요한, 증거가 없었다.

"그렇게 집요하고 치밀한 살의에 증거 따위가 어딨겠습니까."

그녀는 짧게 코웃음을 쳤다. 긴장감이 서려 있던 얼굴이 단숨에 풀어졌다.

"그럼 전 이만 가볼게요."

김예경이 뒤돌아섰다. 그때였다.

"증거는 없지만, 증인은 있죠."

현호의 말에 김예경이 걸음을 멈췄다. 납골당 입구를 막아서며 종철과 우영이 나타났다. 형사들의 등장에 김예경은 당황했다.

"뭐, 뭐예요? 증인이라니요? 말도 안 되는 소리 말아요!"

종철은 미란다원칙을 고지하곤 김예경을 체포했다. 그녀는 발버둥을 쳤다.

"유지아 씨보다 먼저, 한일 아파트에서 어린아이가 추락하는 사고가 있었습니다. 우울증과 망상 장애를 앓던 아이 엄마는 자식이 추락하는 걸 알면서도 방치했죠. 아니, 건너편 아파트 주민의 진술에 의하면 베란다 문을 겨우내 열어놓았다죠?"

"그게 저랑 무슨 상관이에요!"

"미필적 고의에 의한 살인. 많이 들어보셨을 겁니다. 저는 이 사건에서 아주 비슷한 냄새를 맡았어요. 유지아 씨 사건과 비슷한 냄새 말이죠. 미필적 고의에 의한 살인이라는 점, 베란다를 이용한 점. 알고 보니 아이 엄마인 정혜민 씨와 김예경 씨는 대학 동창이라더군요. 그것도 아주 친한."

시종일관 자신만만하던 김예경의 얼굴이 일그러졌다. 시뻘겋게 변한 얼굴로 거친 숨을 몰아쉬는 모습은 흡사 야차와 같았다.

"아니야. 난 그런 년 따윈 모른다고!"

"정혜민 씨와 같이 범죄 공모하셨죠? 정혜민 씨가 증언하기로 하셨습니다."

"아냐, 아냐. 아니라고!"

김예경은 괴성을 지르며 현호에게 달려들었다. 이미 종철과 우영에게 붙들린 터라 그녀는 몸을 들썩이며 몸부림을 치는 걸로 분노와 절망감을 표출할 수밖에 없었다.

종철과 우영이 짐승처럼 포효하는 김예경을 밖으로 끌어냈다. 점점이 멀어지는 고함소리를 뒤로한 채 현호는 유지아의 분골함으로 다가갔다.

이야기를 전부 듣고 있었던 걸까. 사진 속 유지아의 미소가 쓸쓸해 보였다. 그녀와 눈을 마주하며 현호는 입을 열었다. 긴 이야기를 풀어 놓기에 시간은 충분했다.

\* \* \*

여섯 개의 눈동자가 현호를 향했다가 휙 제자리를 찾았다. 텔레비전을 응시하던 현호가 한숨을 내쉬었다. 또다시 여섯 개의 빛나는 눈동자가 현호에게 따라붙었다.

"나 괜찮다니까. 눈치 좀 그만 봐."

보다 못한 현호가 퉁명스럽게 입을 열었다.

"어머, 웃긴다. 우리가 언제 네 눈치를 봤다 그래?"

괜스레 싸늘한 말투로 목소리를 높인 건 현주였다.

"마, 맞아. 네가 하도 땅이 꺼져라 한숨을 쉬니까 거슬려서 쳐다본 거지."

진주는 말을 더듬으며 어설프게 부정했다.

"언제까지 이러고 있을 거야? 아주 그냥 소파에 눌어붙었지? 싸게 싸게 안 일어나?"

희례도 일부러 성난 척을 했다.

유지아 사건을 해결하고 난 후 현호는 깊은 우울감에 시달렸다. 그런 현호를 보며 식구들은 유지아가 네 여자친구라도 되느냐며, 얼른 털고 일어나라 말했다. 하지만 현호는 왜 자신이 유지아의 죽음에 이토록 크게 심정적 영향을 받는 건지 이유를 알 수 없었다. 죄책감과 미안함이 사라지지 않았다. 오히려 단단하게 굳고 웅어리진 것 같았다.

"야, 술이라도 한잔해."

보다 못한 진주와 현주가 현호의 팔을 잡아당겼다. 둘은 여전히 서로에게 앙금이 남아 있으나 현호를 위해 잠정적인 휴전을 한 상태였다. 귀찮다고 버티던 현호는 결국 누나들에게 이끌려 집을 나섰다.

반짝이는 네온사인, 자동차 경적 소리, 거리를 누비는 사람들로 밤거리는 소란했다. 한일 아파트 사거리에 막 들어선 찰나, 현주를 외쳐 부르는 소리가 들렸다.

"현주야, 현주야! 어머, 너 현호 아니니? 정말 오랜만이다."

세 사람은 동시에 고개를 돌렸다. 몇 걸음 뒤에서 상연이 다가오고 있었다.

"세상에 이렇게 훈남으로 자랄 줄은 상상도 못 했네."

현주와 눈인사를 나눈 뒤 상연은 현호를 보며 호들갑을 떨었다. 진주에게는 눈길 한번 주지 않았다. 상연의 노골적인 무시에 진주는 화가 나기보다는 주눅이 들었다. 자꾸만 어깨가 움츠러들었다.

"셋이 어디 가는 길이야?"

"술집."

현주가 대답했다.

"남매 셋이서 술 마시러 가는 거야? 사이좋네. 난 형제자매가 없어서 이런 거 은근히 부럽더라. 나중에 유산 상속받기에는 외동이 좋긴 하다만, 호호. 그런데 술값은 누가 내는 거야? 돈 한 푼 못 버는 진주 언니가 낼 일은 없고. 현주 네가? 아니면 현호?"

상연은 현주와 현호를 번갈아 보며 웃음소리를 높였다.

"누구든 내기야 하겠지. 그걸 네가 왜 궁금해해?"

현주가 딱딱해진 음성으로 물었다.

"현주 네가 내는 거면 나도 끼려고. 오늘 우리 신랑 늦게 들어오는데 잘됐다. 나도 같이 한잔하자."

상연은 냉큼 현주와 현호 사이에 끼어들어 둘의 팔짱을 꼈다. 상연이 둘을 끌고 가는 바람에 진주는 한 걸음 뒤처질 수밖에 없었다.

"이러고 있으니까 우리 셋이 남매 같다. 사실 진주 언니랑 너희 둘 안 닮아도 심하게 안 닮았잖아. 그렇지 않아, 현호야?"

상연의 말에 현호는 발걸음을 멈췄다.

"근데 누구세요?"

"나 몰라? 김서……. 김상연. 현주 친구잖아. 어렸을 때 너희 집에 진짜 많이 놀러 갔었는데. 내가 너랑도 많이 놀아줬잖아."

상연은 당황하면서도 현호가 자신을 기억해내리라는 데 조금도 의심을 품지 않았다. 현호는 '음' 소리를 내며 생각하는 척하더니 머리를 좌우로 흔들었다.

"아뇨. 기억 안 나는데요?"

"그럴 리가! 어떻게 내 얼굴을!"

"기억 안 난다고요."

상연은 입술을 파르르 떨며 콧김을 내뿜었다.

"그, 그래. 뭐, 기억 안 날 수도 있지. 어렸을 때니까. 진주 언니! 언넌 왜 그렇게 뒤처져 있어요? 사람이 그렇게 굼떠서 어떻게 해요?"

상연은 민망한 마음을 진주에게 화풀이하듯 쏟아냈다. 이번에는 현주가 상연에게로 고개를 틀었다.

"야, 너 뭐라고 했냐?"

현주의 눈빛이 싸늘했다.

"왜, 왜 이래? 내가 뭘."

현주에게서 심상치 않은 기운을 느낀 상연이 한 걸음 물러섰다.

"이 쌍년아, 우리 언니한테 뭐라 그랬냐고!"

현주의 호통 소리가 밤거리에 메아리쳤다.

"왜 나한테 그래? 너도 맨날 진주 언니 욕하잖아! 굼뜨다고, 지질하다고!"

"야, 너 가."

현주가 상연의 어깨를 밀었다.

"가라고! 야, 이 쌍년아! 내가 욕하는 거랑 네가 하는 거랑 같아? 까도, 내 가족은 내가 까!"

상연은 모욕감에 얼굴을 붉히더니 홱 뒤돌아 달아났다. 현주는 그 뒷모습을 노려보다 성큼성큼 다른 방향으로 걷기 시작했다.

"작은누나, 어디 가? 술집 안 가?"

"아, 진짜 짜증 나. 너나 가."

진주는 황망하게 서 있다 현호에게로 시선을 돌렸다. 지금 이 상황을 설명해달라는 눈초리였다.

"상연 누나는 아직도 큰누나한테 앙금이 남아 있나 보다."

진주는 조금 전 상황도, 현호의 말도 이해되지 않았다.

"무슨 소리야?"

"옛날에 큰누나가 상연 누나랑 작은누나랑 싸울 때 작은누나 편들어서 상연 누나가 울고불고했던 거 기억 안 나?"

"……안 나."

진주는 기억이 나지 않았다. 어린 시절 친자매 같았던 상연이 외모에 관심을 가지면서부터 멀어졌다고 생각했다.

"작은누나가 중학생 때였나? 무슨 일 때문인지 모르지만 상연 누나가 우리 집에 놀러 왔다가 작은누나랑 대판 싸웠던 날이 있었어. 상연 누나는 큰누나가 자기편을 들어줄 줄 알고 누나한테 쪼르르 달려갔지. 근데 큰누나가 상연 누나한테 그랬어. 너 내 동생하고 싸울 거면 우리 집에 오지 말라고."

그랬던 적이 있었나. 진주는 멍한 얼굴로 밤거리 속으로 사라지는 현주의 뒷모습을 쳐다봤다.

'까도, 내 가족은 내가 까!'

아무리 미워도, 아무리 욕해도, 나는 그녀의 울타리 안, 그녀는 나의 울타리 안 사람이다. 가족이라는 이름의 울타리. 진주는 현주가 완전히 사라진 밤거리 속으로 걸어갔다.

"큰누나, 어디 가?"

"미안. 술은 너 혼자 마셔라."

진주의 걸음에 속력이 붙었다. 현호는 누나들이 사라진 거리를 바라보다 발길을 돌렸다. 오늘은 집에 늦게 들어가는 게 좋을 것 같았다.


"어서 오십시오."

주인장의 인사 소리와 함께 술집 미닫이문이 열렸다. 열린 문 사이로 종철이 모습을 드러냈다. 종철은 좁은 내부를 휘휘 둘러보더니 현호의 옆자리에 앉았다. 현호는 바 테이블에서 완두콩을 안주 삼아 소주를 홀짝이고 있었다. 종철은 말없이 자신의 잔에 소주를 따랐다.

"괜찮냐?"

종철의 말에 현호는 고개를 끄덕였다.

"김예경 영장 떨어졌다. 어떻게 될지 모르지만 죗값 받게 해야지."

"감사해요, 선배. 끝까지 잘 부탁드릴게요."

"네 덕이지, 뭐. 어찌나 질긴지 거머리한테서 형님 소리 듣겠어."

현호는 피식 웃음을 터뜨렸다.

"근데 한 가지만 물어보자."

"뭐요?"

"빨간 구두, 김예경 건지 어떻게 알았냐?"

김예경을 처음 만난 날, 현호는 신발장을 살펴봐도 되느냐고 허락을 구했다. 신발장에는 유지아의 구두가 한가득 진열되어 있었지만, 아래에서 두 번째 칸에는 김예경의 운동화와 구두 몇 켤레가 놓여 있었다. 취향 차이가 확연히 보여 금방 김예경의 것이라는 걸 알 수 있었다. 하지만 같은 칸, 제일 구석에 화려한 파란색 구두가 놓여 있었다. 현호는 김예경이 유지아의 휘황찬란한 구두 컬렉션을 부러워하다 비슷한 구두를 따라 샀지만 신을 자신이 없어 구석에 방치한 거라 생각했다.

"그 파란 구두는 유지아 거예요. 원래 빈 곳에 있던 게 파란 구두였죠. 그런데 빨간 구두를 유지아 거로 착각하게 만들기 위해 파란 구두를 아래 칸으로 옮기고 공간을 만든 거예요. 둘이 발 사이즈가 같으니 우리는 빨간 구두가 유지아 거라는 김예경의 말을 전적으로 믿을 수밖에 없었죠. 아마도 그날 아침, 미리 공작을 해놓았을 거예요."

"참 치밀하네. 내가 이 사건에서 제일 섬뜩하다고 생각하는 게 뭔 줄 알아?"

"뭔데요?"

"주거침입 꾸며낸 거."

종철의 말에 현호가 고개를 끄덕여 수긍했다. 현호도 이 사건에서 가장 잔혹하다 생각하는 점이었다. 김예경의 살인 계획이 성공하려면 유지아가 퀵 배달원을 스토커로 오인하게 만드는 것이 중요했다. 실제 공정식은 집 안에 침입하지 않았으나, 김예경은 살인 계획을 위해 손수 스토커가 침입한 것처럼 꾸몄다. 일부러 가구 배치를 다르게 하고, 초콜릿과 같은 자잘한 선물들을 갖다놓고.

어떤 마음으로 그런 공작을 했을지 떠올리면 마음이 섬뜩해졌다. 김예경은 불안정한 유지아에게 끊임없이 세뇌했을 것이다. "지아야, 혹시 너 혼자 있을 때 스토커가 집에 들어오면 베란다로 도망쳐."

암시만으로도 충분했겠지. 유지아는 어느 순간, 섬뜩함을 느꼈을지도 모른다. 바로 곁에서 자신을 향해 음험한 그늘을 드리우는 살의를 어찌 모를 수 있을까.

"유지아가 참 안됐어."

"그러게요. 사는 동안 퍽이나 외로웠겠다 싶더라고요. 나중에 납골당에 찾아와줄 사람이라도 있을까요?"

종철이 유지아를 위해 건배하자는 의미로 잔을 들었다. 현호가 잔을 맞부딪쳤다. 그때 주인장이 물 묻은 손을 앞치마에 닦고 잔을 내밀었다.

"형사님들, 저도 한잔 주시죠."

"주인장도 술이 땡기는 거야?"

종철이 물었다.

"아뇨, 저도 유지아 씨를 위해 한잔하고 싶어서요."

유지아도 이곳의 단골이었으니 주인장 역시 그녀를 자주 봤을 것이다. 그녀의 대화 상대가 되어준 적도 있지 않을까.

"자주 왔던 모양이죠? 유지아 씨가."

"그래 봤자 세 번 정도죠. 한일 아파트로 이사 오고 일주일 만에 그렇게 되셨으니까."

주인장은 종철에게 대답하며 찰랑찰랑 넘칠 듯한 잔을 단숨에 들이켰다.

"어쩌면 저랑도 마주쳤을 수 있겠네요."

현호가 혼잣말을 중얼거리며 완두콩을 입안에 던져 넣었다.

"무슨…… 소리세요, 백 형사님?"

"저랑 마주쳤을 수도 있겠다고요."

현호가 같은 말을 반복하자 주인장이 더더욱 알 수 없는 표정을 지었다. 그러다 무언가를 이해한 모양인지 허탈하게 웃었다.

"형사님, 정말 하나도 기억 못 하시는군요?"

이번에는 현호가 어리둥절해할 차례였다.

"무슨 말씀이세요? 기억이라니요?"

"한 번, 아니 두 번이나 마주치셨잖아요."

"네?"

"유지아 씨가 여기 처음 온 날, 형사님을 알아보고 저한테 물어보더라고요. 서촌 경찰서 형사님 맞냐고. 그렇다고 하니까 자기가 여기로 이사 오기 전에 서촌 경찰서에 간 적이 있는데 그때 마주쳤던 형사님이라면서 신기해하시더라고요."

"……."

"그리고 나중 한 번은 지금 그 자리에 나란히 앉아서 얘기도 나눴는데."

주인장의 말에 현호의 머리가 둔중하게 울렸다. 물에 잠긴 것처럼 귀가 먹먹해졌다.

"하긴 그날 형사님이 많이 취한 것 같아 보이긴 했어요. 그래도 곧잘 대화를 나누시기에 기억할 줄 알았죠. 나중에 형사님이 먼저 자리 뜨고 유지아 씨가 저한테 물어보더라고요. 형사님, 이 근처에 살고 여기 자주 오냐고. 그렇다고 하니까 그럼 앞으로 자주 와야겠다고 하면서 웃으시더라고요."

"아……."

탄식이 흘러나왔다. 가슴이 욱신거리며 통증이 미열처럼 번졌다.

"하긴 못 알아보셨을 수도 있겠네요. 엄청 두꺼운 안경을 쓴 데다가 머리는 대충 묶고 후줄근한 옷차림이셨거든요."

추모 프로그램에 나왔던 사진 한 장이 현호의 머리를 스쳤다. 뱅뱅돌이 안경을 쓰고 똥 머리를 한 사진. 김예경과 처음 통화한 순간도 떠올랐다. 당시 현호는 김예경에게 유지아와 아는 사이인 것처럼 거짓말을 했다. "유지아 씨의 친구, 백현호입니다. 사실 유지아 씨하고 친해진 지는 얼마 안 됐고요. 한일 아파트 사거리에 있는 술집, 아, 술집 이름이 '술집'입니다. 거기서 몇 번 만난 적 있습니다."

당시 현호는 유지아가 경찰서에 간 사실을 김예경에게 털어놓은 거라 생각했다. 그래서 김예경이 자신을 알고 있다 생각했다. 하지만 김예경이 자신을 알고 있었던 건, 유지아가 술집에서 자신과 만난 사실을 털어놨기 때문이었다. 유지아는 어떤 마음으로 김예경에게 자신과 만난 사실을 얘기했을까.

현호의 머릿속에 뱅뱅돌이 안경을 쓴 여자의 모습이 어렴풋이 떠올랐다. "저, 여기 앉아도 될까요?"

발갛게 뺨을 물들이며 다가오던 그녀. 우리는 그때 무슨 대화를 나눴을까, 그녀는 어떻게 웃었을까.

이제는 그날의 대화를 기억하는 사람이 아무도 없었다. 미안하고, 미안하고, 또 미안했다. 살인범을 잡았을지언정 그녀를 기억하지 못해서. 직접 마주했을 그 미소를 가슴에 담아두지 못해서.

저도 모르게 눈꺼풀이 뜨끈해졌다. 종철은 현호의 등을 두드리곤 술을 따랐다.

물기가 아롱진 밤이 깊어만 갔다.

# 웨딩
# 브레이커

샹들리에와 할로겐등이 은은하게 빛을 발하는 신부 대기실. 스위트피와 화이트 로즈, 시넨시스로 장식된 하얀 카우치에서 신부가 지인과 함께 사진을 찍고 있었다.

"두 분 다 웃으세요, 활짝. 좋아요, 찍습니다. 하나, 둘, 셋."

찰칵 소리가 향긋한 공기 안에 울려 퍼졌다. 사진을 찍은 친구는 휴대전화를 지인에게 건넸다. 신부와 지인은 머리를 맞대고 사진을 확인했다. 누가 더 예쁘다느니, 표정이 이상하다느니. 하이 텐션의 목소리로 대화는 한참이나 계속됐다. 양 뺨을 분홍빛으로 물들인 신부의 얼굴에서는 웃음이 떠나지 않았다.

축하와 감사의 말을 나눈 뒤 지인이 대기실을 빠져나갔다. 일순 들떴던 분위기가 가라앉고 적막이 흘렀다. 신부는 긴장을 풀어보려는 듯 작게 한숨을 내쉬었다.

"수희야, 몇 시야?"

구석에 선 도우미를 힐끗 처다본 후 신부가 물었다.

"1시 55분. 앞으로 5분 남았네."

친구가 빙긋 웃으며 대답했다.

"힘들지? 나 때문에 아침부터 네가 무슨 고생이야?"

"괜찮아. 원래 가방순이가 해야 하는 일들인데, 뭐. 나중에 나 결혼할 때 너도 해야 할 일들이거든?"

"언제는 결혼 안 한다고 하더니. 이제 맘 바뀌었나 봐?"

"언제 적 얘길 하는 거야? 무슨 고등학교 때 얘길 해?"

신부와 친구는 마주 보며 웃음을 터뜨렸다. 그 순간 발걸음 소리가 가까워졌다. 신부가 고개를 내미는 것과 동시에 여러 명이 신부 대기실로 들어왔다. 신부는 반가움의 환호성을 질렀다. 사람들은 신부의 드레스 자태에 감탄하며 찬사를 아끼지 않았다. 흥분, 설렘, 기대감. 한껏 고양된 감정들로 점철된 전형적인 신부 대기실 풍경이었다. 친구는 한 걸음 물러나 그 모습을 흐뭇한 눈길로 바라봤다.

"수희야, 나 말을 너무 많이 했나 봐. 입이 마르네. 물 한 모금만."

신부의 말에 친구는 고개를 끄덕이곤 테이블로 향했다.

오늘은 신부의 인생에서 가장 중요한 날 중 하나다. 꽃길만이 펼쳐진 듯 그녀는 미래에 대한 희망과 기대감으로 부풀어 있었다. 결혼, 새로운 시작을 알리는 축제. 누구나 한 번쯤은 주인공으로 서는 날, 가장 아름답게 빛나야 하는 날, 가장 완벽해야 하는 날.

친구 역시 완벽하길 바랐다. 완벽하게, 망치기를.

모든 것이 예정대로 진행되고 있었다. 마지막 한 방이면 오래도록 준비한 계획이 완성될 터였다. 친구는 생수병을 집어 들며 카우치로 눈길을 던졌다. 신부는 지인들과 사진을 찍느라 여념이 없었다. '마음껏 웃어둬. 지금이 마지막일 테니.' 심장이 두근두근 요동을 쳤다. 기분 좋은 스릴감으로 전신이 짜릿하게 전율했다.

이내 지인들이 우르르 신부 대기실을 빠져나갔다. '이따 보자', '오늘 최고야', '와줘서 고마워요' 같은 마무리를 알리는 말이 신부 대기실 밖으로 멀어졌다.

친구가 신부에게로 다가갔다.

"물 달라고 했지? 이거……."

"잠시만요. 신부님 드레스만 살짝 정리하고 가실게요."

생수병을 건네는 친구보다 신부 도우미가 한 발 빨랐다. 신부는 기다려달라는 눈짓을 보내며 카우치에서 일어났다. 도우미는 신부를 돌려세우고는 드레스의 접힌 주름을 섬세하게 정리했다.

"다 됐습니다."

신부가 뒤돌아섰다.

"자, 식장 들어가기 전에 얼른 마셔."

도우미가 한 걸음 물러서고 친구가 생수병을 내밀었다. 문득 신부의 눈동자가 어딘가를 향했다. 도자기처럼 매끈하던 얼굴이 일그러졌다. 신부는 상체를 숙이며 배를 움켜잡았다. 새하얀 드레스가 바닥으로 와르르 무너졌다. 느린 몸짓으로 쓰러진 신부는 흉포하게 목이 꺾인 한 떨기 꽃 같았다. 신부는 하얀 꽃처럼 펼쳐진 드레스 가운데 눈을 감고 쓰러졌다.

친구는 지독히도 비현실적인 장면을 쳐다보고 있을 수밖에 없었다. 도우미의 날카로운 비명이 귓가를 때렸다.

"어머, 어머, 어떻게 해! 신부님, 신부님!"

도우미가 쓰러진 신부를 안아 들었다.

"누가 좀 도와주세요!"

외침 소리가 대기실 안에 메아리쳤다. 구둣발 소리가 다급하게 들렸다. 누군가는 신부를 둘러업고, 누군가는 119에 신고 전화를 걸었다. 비명과 울음소리, 혼란과 당황이 신부 대기실 안을 채웠다.

친구의 입가에 진짜배기 웃음이 번졌다. 멋진데?

그야말로 자신이 원하던 완벽한 결혼식이었다. 친구는 한 발자국 물러나 아수라장이 된 광경을 한눈에 담았다. 그러다 문득 궁금해졌다. 이른 아침부터 신부의 일거수일투족을 주시했다. 수상한 무언가를 입에 댔다면 알아차리지 못할 리가 없는데…….

대체 누가 언제 어떻게 독을 먹인 거지?

* * *

현주는 모아 유치원으로 부리나케 발걸음을 옮겼다. 약속 시간이 40분이나 지나 있었다. 사수 과장이 전표 결재를 미루는 바람에 퇴근이 늦어진 탓이었다.

담배를 세 개비 연달아 피우고, 화장실에서 느긋하게 볼일까지 보고 나타난 과장은 만족한 얼굴이었다. 그럼에도 현주는 면전에 대고 찍소리 한번 하지 못했다. 그저 집 나간 임이 돌아온 듯 기쁜 맘으로 전표를 내밀 뿐이었다.

장미의 소개로 얻은 신일 은행 서촌동 지점 국민주택채권 업무 담당 파트타이머직. 비록 주 3회 출근하는 6개월 한시직일지라도 현주에게는 절실한 밥줄이었다. 언제 제대로 된 집을 구해 은우, 지우와 함께 살 수 있을까. 현재 은우는 친할머니 집, 그러니까 두 번째 남편의 부모이자 전 시댁 식구의 집에 머물고 있었다. 세 번째 남편 송지석과 이혼하며 은우까지 데려올 수 없는 형편이었다.

현주는 은우만 생각하면 가슴에 시린 바람이 스며드는 것 같았다. 은우는 일주일에 세 번, 엄마가 유치원에 데리러 오는 날만을 손꼽아 기다렸다. 엄마와 아빠의 이혼, 엄마의 새로운 결혼, 엄마와 새아빠의 이혼을 모두 지켜봤던 탓일까. 아이는 일곱 살답지 않게 의젓했다. 너무 일찍 철이 들어버린 모습을 보면 현주의 속이 문드러졌다.

모아 유치원에 도착한 현주가 벨을 눌렀다. 헐레벌떡 안으로 들어서자 입구에 오도카니 선 은우가 보였다.

"은우야! 엄마가 늦어서 미안해. 많이 기다렸어?"

은우의 얼굴에 환희가 차올랐다. 오동통한 뺨이 발긋하게 물들고, 초롱초롱 빛나는 눈이 예쁘게 휘었다. 그러나 서운한 마음 역시 감출 수 없는 듯 금세 뚱한 표정을 지었다.

"괜찮아. 그림 그리고 있었어."

은우는 스케치북 한 장을 현주에게 내밀었다. 기다리는 동안 담임선생과 그린 그림이었다. 그림 속 은우는 놀이공원에서 엄마, 아빠의 손을 잡은 채 행복한 미소를 짓고 있었다. 현주의 얼굴이 급속도로 어두워졌다. 또?

"은우가 저번 주말 놀이공원에서 정말 신나게 놀았나 봐요. 내내 그 얘기만 해요."

담임선생이 은우의 머리를 쓰다듬으며 말했다.

현주는 당황스러웠다. 벌써 세 번째. 처음에는 아이의 간절한 바람 정도로 치부했지만 이쯤 되니 그냥 넘어갈 문제는 아닌 것 같았다.

"은우야, 엄마 선생님하고 얘기 좀 할 테니까 놀이방에서 놀고 있을래? 그러면 이따가 놀이터에 은우가 엄청 좋아할 깜짝 손님이 올 거야."

은우의 얼굴에 조금 전과 같은 환희가 번졌다. 신난 아이는 소리쳐 대답하고 놀이방으로 뛰어갔다. 은우가 사라지자 현주는 걱정스럽게 입을 열었다.

"선생님, 은우가 저번 주말에 엄마, 아빠하고 놀이공원에 갔다고 하던가요?"

"네, 사자도 보고 판다도 보고 빙글빙글 돌아가는 놀이기구도 탔다고 하던데요."

담임선생의 대답에 현주는 입술을 깨물었다.

"놀이공원에 간 적 없어요. 애 아빠는 지금 사정이 있어서 멀리 있기도 하고요. 저번에도 그러더니 왜 자꾸 이런 거짓말을 하는지."

지난번에도, 지지난번에도 은우는 엄마, 아빠와 놀이터에 간 그림, 수영장에 간 그림을 그렸다. 담임선생에게는 제법 상세하게 이야기를 꾸며내기도 한 모양이었다.

"그랬군요. 그런데 어머니, 괜찮아요. 은우 거짓말하는 거 아니에요. 원래 저 연령대 아이들은 현실과 공상을 잘 구분하지 못하거든요. 너무 걱정하지 않으셔도 돼요."

"우리 은우는…… 유치원에서 잘 지내나요?"

"그럼요. 이건 어머님과 저 둘만의 비밀인데, 은우가 저희 소곤소곤 반에서 인기도 제일 많아요. 남녀 불문하고요. 은우가 얼마나 의젓한데요. 아무 문제 없이 잘 지내고 있으니까 염려 놓으세요."

담임선생이 미소를 지으며 현주를 안심시켰다.

집으로 돌아오는 길, 은우는 현주의 손을 잡고 연신 새처럼 조잘거렸다. 브로콜리를 남김없이 먹었다는 이야기, 친구에게 터닝메카드 딱지를 양보했다는 이야기, 태권도 학원에 가지 않고 엄마랑 놀아서 신난다는 이야기까지. 영특하고 눈치 빠른 아이는 제 아빠 이야기는 입도 뻥긋하지 않았다.

어느덧 두 사람은 솔마루 언덕을 지나 동네 한가운데 위치한 놀이터에 다다랐다.

"오늘은 나랑 저녁까지 노는 거지?"

벌써부터 헤어짐이 아쉬운지 은우가 현주의 손을 잡아당기며 물었다.

"그럼, 당연하지."

"지우는 어딨어?"

은우가 동생을 찾았다. 아빠가 다르다는 걸 알면서도 은우는 동생 지우를 끔찍하게 아꼈다.

"은우야, 아까 엄마가 은우가 엄청 좋아할 깜짝 손님이 있다고 했지?"

현주가 무릎을 굽혀 은우와 시선을 마주하며 물었다.

"응!"

은우의 얼굴이 기대감으로 발갛게 부풀어 올랐다.

"지우는 깜짝 손님하고 같이 있어. 깜짝 손님 기대돼?"

"응!"

"그럼 눈감고 1에서 10까지 센 다음 눈을 떠. 그럼 깜짝 손님이 짠 나타날 거야."

은우는 고사리 같은 손으로 꼭 감은 두 눈을 가렸다. 하나, 둘, 셋

……. 소리가 놀이터에 울려 퍼졌다. 빨리 눈을 뜨고 싶은지 숫자 세는 소리가 점점 빨라졌다. 다가오는 발걸음 소리에 맞춰 은우의 심장도 콩콩 경쾌하게 뜀박질을 했다.

"열!"

마지막 숫자를 외치며 은우가 번쩍 눈을 떴다.

"짜잔!"

"깜짝 손님이지롱!"

"헤헤, 은우 잡으러 왔다!"

희례, 진주, 현호가 은우의 코앞에 얼굴을 들이밀었다. 희례는 자글자글한 주름이 움푹 패도록 과장되게 웃는 낯이었고, 진주는 코를 벌름대고 있었다. 현호는 손가락을 발톱처럼 세우고 은우를 잡아먹으려는 시늉을 했다.

웃음소리가 터져 나올 줄 알았건만 은우의 얼굴이 삼시간에 어두워졌다. 그 와중에도 할머니와 이모, 삼촌을 실망시키고 싶지 않은지 웃는 것도 우는 것도 아닌 이상한 표정이 되었다.

"와, 할머니랑 이모랑 삼촌이구나."

은우의 입에서 감흥 없는 목소리가 흘러나왔다. 서랍장에서 씹다 뭉쳐놓은 껌을 발견해도 이것보단 반가워했을 테다.

"에구, 우리 은우 실망했구나."

당황한 희례가 얼른 은우를 안고 엉덩이를 다독였다.

"아뇨, 좋아요."

은우가 울면서 대답했다.

"아니야, 너 하나도 안 좋아. 울잖아."

현호가 은우의 코를 살짝 잡아당겼다.

"안 울어요!"

"은우야, 삼촌이 그렇게 싫으면 말하지. 삼촌 떼놓고 왔을 텐데."

"아니라니까!"

진주의 말에 은우가 바락 소리쳤다.

"그래? 그럼 진짜 싫은지 안 싫은지 어디 한번 볼까나?"

"아, 삼촌. 그 말투 뭐야? 되게 별로야."

"뭐라고? 이 자식이. 그럼 어디 한번 혼을 내볼까나?"

현호는 은우를 번쩍 들어 올렸다. 공중에 높이 띄워 비행기를 몇 번 태우자 은우는 그제야 까르르 웃음을 터뜨렸다. 금세 마음을 푼 은우는 현호의 손을 잡고 미끄럼틀로 달려갔다.

현주는 천진난만하게 뛰어노는 은우가 안쓰러웠다. 내색하진 않았지만 은우가 깜짝 손님으로 누구를 기대했는지 알 것 같았다. 현주는 작게 접힌 스케치북을 펼쳤다. 놀이공원에서 엄마, 아빠 손을 잡고 있는 은우의 그림을 보자 가슴에 돌덩이를 얹은 듯했다.


오후 1시 5분.

현주는 거친 발걸음으로 거실을 서성였다. 약속 시간이 15분이나 지났는데도 상대는 모습을 드러내지 않았다. 초조함을 실은 발놀림을 따라 욕설이 절로 튀어나왔다.

"아무거나 입으라니까!"

희례가 버럭 소리를 질렀다. 헬멧을 쓴 것처럼 머리를 한껏 띄운 그녀는 한참 전부터 외출 대기조였다.

"세상에 아무거나가 어딨어? 그게 제일 어려운 거 몰라?"

"장미 씨랑 한일 아파트 사거리에서 10분에 만나기로 했는데, 너 때문에 늦게 생겼잖아!"

"그럼 엄마 먼저 가든가."

"네가 운전하기로 했잖아, 이년아!"

때마침 초인종이 울렸다. 총알처럼 튀어 나간 현주가 현관문을 열었다.

"내가 좀 늦었지? 미안. 우리 신랑이 내 껌딱지인 거 알지? 주말 오전부터 어딜 나가냐고 자꾸 엉겨 붙는 바람에……. 어머, 나도 참 주책이다. 그렇지? 세 번이나 이혼한 애 앞에서 무슨 소리람."

쇼핑백을 든 상연은 현관으로 들어오며 제 자랑부터 쏟아냈다.

"됐고, 옷이나 빨리 줘."

현주는 상연의 말을 흘려들으며 쇼핑백을 낚아챘다. 상연이 툴툴거렸지만 현주는 쇼핑백에서 랩스커트를 꺼내 들고 안방으로 들어간 뒤였다.

"어머니, 안녕하세요. 안녕, 현호야. 언니도…… 집에 있었네요."

상연이 차례대로 살갑게 인사를 건네다…… 말았다. 희례는 건성으로 인사를 받곤 집을 나가버렸으며, 현호는 시선을 텔레비전에 고정한 채 손만 까딱 들어 인사를 했다. 부엌에서 작업 중이던 진주는 떨떠름하게 돌아봤다.

"와, 집 정말 좁다. 요즘에도 이런 집이 있는 줄은 전혀 몰랐네. 이렇게 좁아터진 집구석에서 다섯 식구가 어떻게 산대? 발 뻗고 잠이나 잘 수 있으려나."

상연이 뱀처럼 가느다랗게 뜬 눈으로 집 안을 둘러봤다. 그녀의 말투에 악의라곤 눈곱만큼도 없었다. 진실로 신기하고 놀랍다는 생각으로 상대를 비하하거나 조롱할 수 있다는 점이 그녀가 가진 재주라면 재주였다.

상연이 구시렁거리는 사이 현주가 거실로 나왔다. 풍성하고 긴 생머리, 늘씬한 자태, 화려하고 선명한 이목구비. 검정 랩스커트 차림의 현주에게서는 고혹적이면서도 우아한 분위기가 물씬 풍겼다.

"오, 백현주. 아직 안 죽었네."

상연이 새초롬한 눈길로 현주를 위아래로 훑어봤다. 현주는 상연에게 고맙다는 인사를 하고 희례일 게 빤한 휴대전화 진동을 고스란히 느끼며 현관으로 향했다.

"잠깐, 백현주."

현주가 현관에서 구두를 신으려는데 진주가 그녀를 불러 세웠다.

"너 쟤랑 아직도 친하게 지내?"

진주의 손가락 끝은 상연을 향해 있었다. 현주는 진주와 상연을 차례대로 쳐다봤다.

"애, 나 아니면 친구 없거든. 유치원 엄마들도 안 끼워준대. 생각해봐. 허구한 날 자기 자랑에 남의 집 좁아터져 죽겠다고 말하는 애한테 친구가 어딨겠어?"

상연은 반박할 거리가 없는지 뾰로통한 얼굴을 했다.

"풀 거 있으면 둘이서 알아서 풀고. 난 급해서 나간다."

현주는 마지막 말을 남기곤 현관을 빠져나갔다.

'쾅' 소리를 내며 현관문이 닫혔다. 현주가 사라진 공간에는 어색한 정적만이 남았다. 현호는 텔레비전 볼륨을 높였고, 진주는 키보드를 두드리기 시작했다. 상연은 어정쩡하게 현관에 선 채 어찌할 바를 몰라 했다.

"저기, 나 어떻게 해?"

상연의 말이 신호탄이 된 듯 텔레비전 소리와 키보드 소리가 더욱 커졌다.

"들어오라는 말도 안 해?"

좁아터진 집 안에는 텔레비전과 키보드 소리만이 가득 메아리쳤다.


현주 일행은 논현동에 도착했다. 희례와 장미를 먼저 내려준 뒤 공영 주차장에 주차한 현주는 혼자 웨딩홀로 향했다. 이 건물 7층 웨딩홀에서 신일 은행 서촌동 지점 주하나 대리의 결혼식이 예정되어 있었다. 건물 입구와 엘리베이터는 하객들로 번잡했다. 이 건물은 6층부터 8층까지 세 개 층을 웨딩홀로 사용하고 있었다.

현주는 엘리베이터를 타고 7층에서 내렸다. 유럽의 고성을 연상시키듯 고풍스럽고 우아한 실내 전경이 눈앞에 펼쳐졌다. 현주는 발걸음을 옮기며 주위를 둘러보았다.

창문으로 내리쬔 햇볕에 대리석 바닥이 반짝거렸다. 생화 장식의 원목 포토 테이블에서 신랑, 신부가 먼저 하객들을 반겼다. 홀 입구에서는 신랑, 신부의 가족들이 하객들과 인사를 나누고 있었다. 알은척하며 인사 나누는 사람들, 축의금을 내고 식권을 받아 가는 사람들, 어슬렁거리며 내부를 둘러보는 사람들로 로비가 북적였다.

눈도장부터 찍어야겠다는 생각으로 현주가 신부 대기실로 향하려는데, 문득 저만치 앞에서 민호의 옆모습이 보였다. 현주는 몸을 움찔했다. 설마 하는 순간 인파가 현주의 시야를 가렸다. 머리를 빼 들고 살폈지만 민호는 그새 뒤돌아 제 갈 길을 가는 중이었다. 드문드문 보이다 말기를 반복하며 민호의 뒷모습이 멀어졌다.

에이, 설마……. 미국에 있다고 들었는데. 현주는 멈췄던 걸음을 옮겨 신부 대기실로 들어갔다. 주하나는 어깨가 드러나는 벨 라인 드레스를 입고 있었다. 자잘한 비즈 장식이 조명 빛을 반사해 눈이 부시도록 빛났다.

"언니, 오셨어요?"

주하나가 부케 든 손을 들며 반색했다.

"주 대리님, 오늘 너무 예쁘다. 정말 축하해."

"와주셔서 고마워요. 여사님들은 조금 전에 인사하고 가셨어요."

주하나는 행복해 보였다. 진심으로 기쁜 반면 부럽고 쓸쓸하기도 했다. 자신에게도 저런 시절이 있었다. 그것도 세 번이나. 눈앞에는 꽃길뿐이고 앞으로의 인생은 핑크빛으로 찬란하리라 믿어 의심치 않았던 시절. 현주는 그 시절을 떠올리면 전남편들이 그리운 것이 아니라, 행복을 꿈꿨던 스스로가 그리웠다.

"언니, 우리 사진 찍을까요?"

"좋아."

현주는 휴대전화를 주하나의 친구에게 건넸다. 카우치에 앉자 주하나가 현주의 팔짱을 꼈다.

"어떡하지? 이렇게 붙어 앉으니까 언니가 너무 예뻐서 제가 죽는데요? 완전 민폐 하객이라고요."

주하나가 장난스럽게 눈을 흘겼다.

"무슨 소리야? 오늘만큼은 주 대리님이 제일 예뻐."

현주는 주하나의 말을 전부 부정하진 않았다.

"두 분 다 웃으세요, 활짝. 좋아요, 찍습니다. 하나, 둘, 셋."

친구가 사진을 찍었다. 찰칵 소리가 향긋한 공기 안에 울려 퍼졌다. 친구는 사진을 확인해보라는 듯 현주에게 휴대전화를 도로 건넸다.

"역시 언니가 너무 예뻐. 사진 괜히 찍었다."

"무슨 소리야. 주 대리님도 예쁜데?"

이 정도면 선방한 거지, 날 대상으로. 현주는 뒷말을 삼키며 주하
나와 사진을 골랐다. 의견이 일치된 사진만을 남겨놓고 삭제한 다음,
축하와 감사의 말을 주고받았다. 예식이 임박했기에 현주는 신부 대
기실을 빠져나왔다. 홀에 들어가기 전 화장실로 향하려는데 희례에
게서 전화가 걸려왔다.

"응, 엄마. 신부 대기실에서 주 대리님 만났어. 화장실 들렀다 갈
게."

곧 예식이 시작될 예정이라 로비는 아까보다 붐볐다. 전화를 끊고
걸음을 옮기는 순간, 누군가 현주 곁을 스쳐 지나갔다. 현주는 고개를
돌렸다. 익숙한 향기가 코끝을 스쳤다. 체향을 흩뿌리고 간 당사자는
이미 인파 속으로 스며든 듯 보이지 않았다.

미쳤나, 내가 왜 이러지? 심장이 불안하게 날뛰었다. 화장실을 다
녀온 현주는 서둘러 홀 안으로 들어갔다. 은근한 조명 아래 화려한
꽃 장식을 한 내부가 하객들을 반겼다. 현주는 사람들 사이를 헤집으
며 희례와 장미를 찾았다. 그 순간 두 번이나 스쳐 지나갔던 민호의
옆모습을 정면에서 포착했다.

깔끔하게 빗어 넘긴 머리, 단정한 얼굴선, 잘빠진 체형을 따라 흐
르듯이 떨어지는 정장. 민호는 환하게 웃으며 한 여자와 대화하는 중
이었다.

심장이 거세게 튀어 올랐다. 현주는 마른침을 삼키며 주춤주춤 뒤
로 물러났다. 섬광이 인 듯 시야가 흐려졌다. 그때 스틸레토 힐의 얇
은 굽이 삐끗하며 중심을 잃었다. 현주는 바람 인형처럼 휘청거렸고

순식간에 몸이 기울었다. 주위 사람들이 놀라 숨을 들이 삼키고, 바닥이 가까워졌다 생각한 순간 누군가 현주의 허리를 잡아챘다.

"큰일 날 뻔하셨네. 괜찮으세요?"

네이비블루 정장을 입은 남자가 손을 떼며 물었다.

"괘, 괜찮습니다."

현주는 감사 인사를 건네며 어색한 웃음을 지어 보였다. 시선이 느껴졌다. 고개를 돌리다 자신을 빤히 바라보고 있는 민호와 눈이 마주쳤다. 민호의 눈에 선명한 적의가 서렸다. 부드럽게 풀어졌던 눈이 단단하게 굳었다. 현주는 알고 있었다. 민호가 저런 표정을 짓는 대상은 자신밖에 없다는 걸.

"진짜 괜찮으신 거죠?"

네이비블루 정장이 재차 물었다.

"네, 괜찮아요."

"그럼 한 가지 여쭤볼 게 있는데……."

"아뇨, 여쭤보지 마세요."

뒷말은 듣지 않아도 충분했다. 보나 마나 연락처를 묻는 말일 테니까.

"아니, 그게 아니라……."

"절대 못 믿으시겠지만, 저 애가 둘이나 있어요. 일곱 살, 두 살. 이혼은 세 번 했고요."

네이비블루 정장은 얼빠진 얼굴로 현주를 쳐다봤다. 현주는 황당해하는 그를 내버려둔 채 시선을 돌렸다. 민호는 이미 사라진 뒤였다. 다리에 힘이 풀린 현주는 근처 의자에 걸터앉았다. 불규칙한 호흡이 흘러나왔다. 놀란 가슴은 진정될 기미가 보이지 않았다.

여기에서 만날 줄이야. 다양한 경우를 시뮬레이션해보았지만, 지금 같은 상황은 예상에 없었다. 현주는 상연에게서 옷을 빌려 입은 걸 다행이라 생각하며 가슴을 쓸어내렸다.

아무래도 예감이 좋지 않았다. 주하나에게 눈도장을 찍었으니 오늘 할 일은 마친 셈이다. 민호와 또 마주치기 전 집으로 돌아가야겠다고 생각하며 현주는 의자에서 일어났다.

그때였다. 날카로운 비명이 홀 바깥에서 터져 나왔다. 하객들이 일시에 뒤돌았다. 수군대던 사람들이 하나둘씩 로비로 향했다. 인파가 몰려든 곳은 신부 대기실이었다. 다급한 말소리, 고함소리, 비명과 울음소리가 혼잡하게 뒤섞였다.

그중 하나의 말소리가 또렷하게 들렸다.

"시, 신부가 쓰러졌대요."

곧이어 응급차가 도착했다. 구급대원들은 주하나를 들것으로 이동시켰다. 주하나의 안색이 파리했다. 다행히 야트막하게 가슴팍이 오르내리고 있었다. 주하나의 부모님은 허둥지둥 구급대원의 뒤를 따랐다. 신랑은 인파에 뒤섞여 그 모습을 멍하니 쳐다만 보고 있었다.

1층까지 따라 내려온 현주도 멀어지는 응급차를 걱정스럽게 바라봤다.

"우리 하나 씨는 괜찮겠지? 이게 무슨 마른하늘에 날벼락이야."

희례가 안타까워했다.

"누가 신부 대기실에서 해코지라도 한 거야? 아니면 뭘 잘못 먹은 거래?"

장미는 화제에 불씨를 지폈다. 하객들은 어느새 희례와 장미를 둘러싸고 저마다의 추측을 내놓았다. 누군가 '독을 먹은 게 아닐까요?'

라고 말하자 사람들은 입을 모아 깊은 탄식을 터뜨렸다. 주하나의 안위를 확인해줄 이가 없었기에 하객들은 어정쩡하게 걱정만 하고 있었다.

잠시 후 신랑 측 아버지가 하객들 앞으로 나왔다. 그는 고개를 숙여 사과하며 결혼식 취소를 알렸다. 초유의 사태를 맞이한 하객들 사이에 술렁임이 일었다. 사람들은 이내 하나둘 위로의 말을 남긴 채 축의금을 챙겨 돌아갔다. 현주와 희례, 장미 역시 주하나가 무사하길 바라며 그 행렬에 동참할 수밖에 없었다.

현주는 무사히 건강을 회복한 주하나가 출근할 수 있기를 바랐다. 그러나 상황은 현주가 전혀 예상치 못한 방향으로 전개됐다. 응급실로 실려 간 주하나가 감쪽같이 모습을 감췄다. 그녀가 누워 있던 병원 침대는 텅 비어 있었다.

사직서와 유서를 남긴 채, 주하나가 사라졌다.

* * *

아침 8시 40분. 현주는 신일 은행 서촌동 지점으로 바쁜 발걸음을 옮겼다. 파트타이머의 출근 시간은 9시 정각이지만 계약직 전환을 노리는 현주로서는 이른 출근으로 성실성을 증명할 필요가 있었다.

"안녕하세요!"

아침 인사를 힘차게 외치며 객장으로 들어가는데 오늘따라 분위기가 뒤숭숭했다. 전 직원이 둥그렇게 선 채 머리를 맞대고 있었다.

"무슨 일 있어요?"

현주가 다가갔다. 가운데 선 고경숙의 낯빛이 파리했다. 직원들 면면도 고경숙과 유사했다.

"현주 씨, 이를 어떻게 해. 일이 났어, 일이."

고경숙이 업무 다이어리를 현주에게 내밀었다. 표지에는 주하나의 이름이 적혀 있었다. 현주는 얼떨떨해하며 업무 다이어리로 시선을 던졌다.

거짓이 진실을 덮은 상황. 앞으로 어떻게 살아야 할지 모르겠다. 전부 내 잘못이다. 엄마, 아빠…… 미안해요.

주하나가 평소답지 않게 흘림체로 휘갈겨 쓴 글이었다. 여러 번 생각하고 망설였는지 짧은 문장 주위로 볼펜 자국이 가득했다.

"이게 뭐예요?"

현주가 묻자 고경숙은 아이고, 하며 곡소리부터 냈다.

"안 그래도 어젯밤 꿈자리가 뒤숭숭하더니만…… 오늘 아침에 일어났는데 이상하게 기분이 싸한 거야. 왜 그런 날 있지? 귀신이 발밑에 섰다 갔는지 기분이 찝찝하고 어깨가 결리고 그런 날. 아니나 다를까, 출근길에 개똥을 밟고 지하철도 두 번이나 놓쳤다니까."

"아, 네. 그런 날이 있죠. 그런데요?"

고경숙은 본론을 말하기 전 배경을 처음부터 끝까지 설명하려는 경향이 있었다. 고경숙의 말버릇과 취향을 알고 있던 현주는 효율적인 이야기 전달을 위해 그녀의 말을 끊었다.

"그러고 지점에 도착했는데 또 기분이 싸한 거야. 이 싸함이 어디서 올꼬 생각해봤더니 하나 자리네? 그래서 흘낏 하나 책상을 봤더니 출력한 사직서와 이 업무 다이어리가 놓여 있더란 말이지!"

고경숙은 업무 다이어리에 적힌 글을 보고 기함했다. 이리 보고 저리 보고 아무리 뜯어봐도 심상치 않은 글귀였다. 때마침 VIP실로 지점장이 들어왔다. 지점장은 사직서와 글귀를 번갈아 보더니 '설마 주 대리가 나쁜 생각을 하는 건 아니겠지?' 하고 결정타를 날렸다.

"하나가 이럴 애가 아니라고. 현주 씨도 잘 알잖아. 이런 식으로 사직서 제출하고 말없이 사라질 애야? 의미심장한 글귀 하나 남겨놓고?"

고경숙의 말대로였다. 친절하고 상냥하고 사려 깊고 책임감 강하고. 현주는 주하나와 짧은 시간을 알아왔지만 이런 식의 행동은 도무지 그녀답지 않은 일이었다.

"그럼 고 차장님은 주 대리가 자…… 살이라도 하려는 것 같다, 그렇게 생각하시는 거예요?"

"적어도 그런 고민은 하고 있다고 생각해. 지점장님께서 사직서는 보류한다고 하시는데. 아니, 지금 그깟 사직서가 문제야? 하나가 극단적인 선택을 할지도 모르는데……. 하여튼 난 별일 아닌 게 아닌 거 같아. 기분이 아주 싸한 게."

"전화는 해보셨어요?"

"진즉 해봤지. 전화 받더니 미안하다고, 사직서대로 처리해달라고, 자기 찾지 말아달라고 하더니 끊더라고. 지금은 전원도 아예 꺼져 있고. 기분이 아주 싸해 죽겠어."

현주는 고경숙의 싸한 기분이 뭔지 몰랐지만 별일 아닌 게 아닌 거 같다는 말에는 동의했다. 주하나는 상위권 대학을 졸업하고 은행에 입사했다. 소위 말하는 정석의 길을 걸어온 사람이었다. 아마도 실패는 한 번도 경험해보지 못했을 터. 그런 그녀가 지금 심적으로 얼마나 힘든 상태일지 짐작할 수 있었다.

"그러니까 현주 씨가 애 좀 써줘. 우리 하나 좀 설득해서 데려와."

고경숙은 현주의 손이 동아줄이라도 되는 양 잡아 쥐었다. 그녀는 현주네 가족이 지우 유괴 사건과 유지아 추락 사건을 연달아 해결했다는 사실을 알고 있었다. 경찰에 신고해봤자 사건으로 인지하지도 않을 터. 지금으로서는 현주만이 유일한 희망이었다.

"네? 저요?"

"맞아요, 현주 씨. 이 동네에 현주 씨네 얘기가 얼마나 파다한데요."

"우리 지점 고객님들도 간혹 물어보세요. 이 지점에 사건 해결해 주는 가족이 있다고 들었다고."

직원들이 하나둘씩 현주에게 다가왔다.

어쩐지. 집 나간 고양이를 찾아달라, 층간 소음 문제를 해결해달라던 고객이 있었다. 그뿐이랴, 대뜸 손바닥을 내밀며 손금을 봐달라던 고객도 있었다. 비로소 현주는 어떻게 된 일인지 알 것 같았다. 소문을 낸 주범은 지점 직원들.

"이 일 맡아주는 거지?"

고경숙은 현주의 손을 강하게 잡아 쥐었다. 고경숙이 그리 부탁하지 않아도 현주는 주하나의 행방을 알아볼 생각이었다. 그런데 현주가 입을 열기도 전 대답이 들렸다.

"걱정하지 말아요. 우리가 꼭 찾아줄 테니까."

까랑까랑한 목소리. 현주는 뒤를 돌아봤다. 위풍당당한 모습으로 희례가 객장 안에 들어서고 있었다.


아침 해가 사선으로 동그마니 뜬 시간.

현주와 희례는 청담동 명품 거리를 걷고 있었다. 한창 국민주택채권 매입에 열중할 시간이건만 직원들에게 등 떠밀린 현주는 지점을 나오고야 말았다.

"왜 웨딩숍부터 들러? 하나 씨를 찾는 게 먼저 아니야?"

희례가 물었다.

"고 차장님이 그러셨잖아. 하나 씨를 설득해서 데려와 달라고. 지금 하나 씨는 마음을 단단히 먹은 상태야. 그런 하나 씨를 데려오려면 그날 무슨 일이 있었는지부터 알아야지. 신부 대기실에 있었던 건 세 사람이야. 주 대리님, 친구, 신부 도우미. 친구 연락처를 모르니 신부 도우미를 해주셨던 이모님부터 찾아야 하지 않겠어?"

현주가 휴대전화로 웨딩숍의 위치를 확인하며 대답했다.

"아휴, 어쩌다 이런 일이 생긴 건지. 내가 다른 사람 같으면 이러지도 않아. 근데 하나 씨 일을 어떻게 모른 척해. 사람이 얼마나 다정하고 상냥한지. 우리 지우 유괴됐을 때 밥이라도 잘 먹어야 한다며 세상에, 반찬을 만들어 왔더라고. 그런 마음씨가 어딨어."

희례는 주하나에게 도움받았던 일을 주절주절 늘어놓았다. 평소라면 귓등으로 듣고 튕겨냈겠지만 이번만큼은 현주도 경청했다. 그녀역시 일을 시작했을 무렵 주하나에게 적지 않은 도움을 받았기 때문이었다.

희례의 조잘대는 음성이 그치지 않는 가운데 두 사람은 목적지에 다다랐다. 자그마한 벽돌 건물에 '아델 브라이드'라는 간판이 보였다.

웨딩드레스 피팅 무료 체험 번개 이벤트. 오늘 단 하루! 선착순 다섯 명! 사진을 찍어 해시태그와 함께 SNS에 올려주세요.

출입문에 세워진 광고 입간판이 두 사람을 반겼다. 문을 열고 들어가자 화사한 내부가 모습을 드러냈다.

"어머, 신부님 환영합니다."

리셉션 직원이 우아하게 두 사람을 맞이했다.

"명심해. 절대 한눈팔지 말고 단서 찾는 일에 집중하자고, 응?"

직원에게 다가가며 희례가 현주의 귓가에 속삭였다.

그러나 세 시간 뒤, 두 사람은 거울 속 자신들의 모습을 황홀한 눈빛으로 바라보고 있었다.

"하체가 너무 부각돼 보이지 않아?"

비즈 장식이 화려한 머메이드 드레스를 입은 현주가 못마땅한 얼굴을 했다.

"이건 가슴이 너무 파였다. 가슴골이 아주 그냥 다 보이네. 근데 가만 보니 좀 섹시한 것 같기도 하고. 네 생각은 어때? 현주야."

벨 라인 오프숄더 드레스를 입은 희례가 거울 속 오동통한 자태를 요리조리 살폈다.

"아무래도 하트 탑 시스 라인이 나한테 더 어울리는 거 같아. 뭐랄까, 그리스 여신 같아 보이지 않았어?"

현주가 부케를 단전 부근에 갖다 대며 포즈를 취했다.

"난 처음 입었던 게 제일 잘 어울리는 거 같아. 섹시한 것보다는 우아한 게 낫겠지?"

희례 역시 부케를 들어 포즈를 취했다. 찰칵찰칵 사진 찍는 소리가 따발총처럼 울려 퍼졌다.

"신부님들, 두 분 다 너무 아름다우시다."

도우미는 영혼 없는 목소리로 둘을 추켜세우며 사진을 찍었다. 벌써 세 시간째 그들은 지치지도 않고 웨딩드레스를 입어보는 중이었다. 숍에 있는 웨딩드레스를 몽땅 입어볼 기세였다. 피팅 시중들다 과로사할 판이었다.

그랬다. 웨딩드레스 피팅 무료 체험 번개 이벤트의 마지막 두 선정자. 그들은 그야말로 제대로 된 진상이었다.

"난 결혼 또 하라면 또 할 수 있을 거 같아."

당연하게 두툼한 손바닥이 현주의 등짝으로 날아왔다.

"요년아, 어디 한번 다시 결혼한다고 말해봐. 그날로 주둥이를 쫙 찢어줄 테니."

"아파 죽겠네. 손이 왜 이렇게 매워?"

현주는 얻어맞은 부위를 문지르며 말을 이었다.

"근데 엄마는 왜 결혼사진이 없어?"

현주를 한껏 노려보던 희례가 멈칫했다.

"그, 그랬나?"

"한 번도 못 본 거 같은데."

"그때는 어려운 시절이었으니까. 결혼식은커녕 결혼사진 못 찍는 사람들도 허다했어."

"엄마 연락하는 친척도 하나도 없잖아. 뭔가 수상해. 왜 결혼사진이 없는 거야? 아빠랑 둘이서 도둑 결혼이라도 치렀어?"

"무슨 소리야? 도둑 결혼이라니!"

희례가 목소리를 높였다. 터질 듯이 붉게 달아오른 얼굴, 경직된 목소리. 정곡을 찔린 것 같은 태도였다.

"아빠는 부산대 의대, 엄마는 동아대 영문과 나왔다면서. 양가에서 반대할 일도 없었을 거 같은데."

현주가 희례에 대해 알고 있는 것이라곤 고향과 출신 학교 정도뿐이었다. 희례는 자신의 과거에 대해 좀처럼 입을 열지 않았다. 현주는 제 나름대로 의문을 갈무리했지만 희례는 굳은 표정을 풀지 못했다.

그때 현주가 손목시계를 확인했다. 오후 12시가 가까워지고 있었다.

"어머, 시간이 벌써 이렇게나 됐네."

도우미의 귀가 번쩍 뜨였다. 오매불망 기다리던 반가운 말이었다.

"그러게요. 시간이 이렇게나 됐네요."

"근데 뭐 하나만 물어봐도 돼요?"

"네, 물어보세요."

도우미가 생긋 웃으며 말했다. 숍에서 내쫓을 수만 있다면 통장 비밀번호라도 알려줄 태세였다.

"저번 주 토요일 날, 더 화이트 로즈 웨딩홀 7층 신부 대기실에서 신부가 쓰러졌다면서요? 무슨 일 때문이래요? 저도 거기서 식 올릴 예정인데 영 찜찜해서."

현주가 부케를 건네주며 물었다.

"벌써 소문이 쫙 퍼진 모양이네. 맞아요! 제가 그때 그 자리에 있었잖아요. 얼마나 놀랐었는지. 그날 일을 생각하면 아직도 심장이 벌렁벌렁 뛴다니까요."

도우미에게서 이야기가 술술 흘러나왔다. 현주는 회심의 미소를 지었다. 경계심을 풀도록 도우미의 기운을 쪽 빼놓은 건 현명한 선택이었다. 물론 사심을 채우기 위한 목적이 아예 없는 건 아니었지만.

"어머머, 별일이 다 있네. 어떻게 된 일이래요, 그게? 코르셋을 너무 졸라매서 그런 거래요?"

희례가 옆에서 말을 거들었다.

"그건 아닐걸요. 갑자기 픽 쓰러졌는데."

"어머나!"

"세상에!"

세상에서 제일 재밌는 이야기가 남의 뒷말과 가십거리인 법. 듣는 이의 반응도 좋고 흥이 돋은 도우미는 그때 일을 막힘없이 털어놓았다.

"코르셋 때문이라면 갑갑하다고 저한테 얘기했겠죠. 얼굴도 파리했을 테고. 그런데 그 신부님은 그런 말씀 전혀 없었어요. 쓰러지기 직전까지 하객들하고 사진 찍으면서 웃고 떠들었는데요, 뭘."

"그럼 혹시 독?"

"에이, 그것도 아니에요. 뭘 먹은 게 있어야지. 제가 기억하기로는 입에 물도 댄 적 없어요."

"그럼 왜 쓰러졌대요? 얘기 좀 해줘봐요."

희례가 도우미를 채근했다.

"그러니까 예식 바로 전이었어요. 하객들이 우르르 몰려왔다 우르르 빠져나가고 난 뒤였죠. 제가 마지막으로 신부님을 일으켜 세워 드레스 정리를 해드렸어요. 그때까지 신부님 안색이나 표정 다 말짱했죠. 그러고는 친구분이 생수병에 빨대를 꽂아 오고 전 돌아섰는데, 갑자기 뒤에서 털썩 소리가 나는 거예요."

"그러면 신부가 쓰러지는 장면은 못 보신 거예요?"

"네, 뒤돌아 있었으니 보진 못했죠. 아마 신부님 친구분이 보셨을 거예요. 생수병을 건네주려는 순간 쓰러지신 거니까."

"쓰러진 다음에는 경련을 하거나 입술이 파래지거나 그러진 않았어요?"

"아뇨, 그런 증상은 없었어요. 자는 사람 같았다니까요. 그래서 더 놀란 거죠. 이게 무슨 일인가 해서."

"정말 쓰러지기 전까지 신부는 멀쩡했고요?"

"멀쩡하다마다요. 여느 신부님처럼 아주…… 행복해하셨죠."

청산유수로 이야기를 늘어놓던 도우미가 일순 주저했다. 현주는 찰나의 망설임을 놓치지 않았다.

"혹시 그날 신부한테 이상한 점은 없었나요?"

"사실 조금 이상한 점이 있긴 했어요."

"뭔데요?"

"결혼식 날은 누구나 다 그렇잖아요. 들뜨고 설레고 긴장되고. 그런데 그 신부님은 뭐랄까……. 불안해 보였어요."

"불안해 보였다고요?"

"네, 불안하고 초조해 보였달까요. 무슨 죄라도 지은 사람처럼."

현주는 신부 대기실에서 본 주하나의 모습을 떠올렸다. 누군가는 다소 경직된 표정을 그렇게 해석할 수도 있을 것 같았다.

"혹시 신부 친구분 이름이 뭔지 알고 계세요? 신부 대기실에 계속 같이 계셨을 테니 이름 부르는 걸 들으셨을 텐데."

"음, 뭐더라? 아, 그래. 이수희라는 이름이었어요. 친구 딸이랑 이름이 같아서 기억이 나네. 얘기하는 거 들어보니 고등학교 때 제일 친했던 친구 같더라고요. 그런데……. 그건 왜 묻는 건데요?"

불현듯 도우미가 세모눈을 떴다. 꼬치꼬치 캐묻는 두 사람의 행태가 수상쩍었던 것이다. 현주는 이제껏 퍼부었던 질문의 수위를 생각하며 짐짓 능청을 떨었다.

"왜긴요. 찜찜해서 그러죠. 신부가 쓰러졌다는 웨딩홀에서 식을 올리려니 영…… 인륜대사를 코앞에 뒀는데 몸 사려야 하는 거 아니겠어요? 이름이 수희인 사람은 피하려고요."

현주가 새초롬하게 말하자 도우미는 머쓱한 표정을 지었다.

"아무튼 요 한 달 새 이상한 일이 많아서 이 동네도 뒤숭숭해요. 이 건 정말 비밀인데, 저번에는 신부 하나가 드레스에 똥을 지렸다니까요. 그뿐인 줄 아세요? 어떤 신부는 식 도중에 도망을 가질 않나. 그래도 이렇게 신부가 쓰러진 적은 없었…… 엄마야!"

현주는 드레스 자락을 정리하던 도우미의 어깨를 와락 움켜쥐었다.

"뭐라고요?"

"깜짝 놀랐네. 요 한 달 새 이상한 일이 많아서 이 동네도 뒤숭숭하다고요."

"아뇨, 그다음에요."

"신부 하나는 드레스에 똥을 지리고 또 하나는 식 도중에 도망을 가고. 그리고 또 하나는 식을 지연시킨 일이 있었어요. 그것도 40분이나. 그 신부들 중 하나는 결혼식장을 대상으로 고소도 하고 난리가 났대요. 테러를 당했다나 뭐라나."

똥을 지리고, 도망을 가고, 식을 지연시키고. 신부들에게 무슨 일이 있었던 걸까. 신부 하나는 왜 테러를 당했다고 주장하는 걸까.

한 달 새 이 같은 사고가 연속으로 일어나는 건 흔치 않은 일이었다. 어디선가 냄새가 났다. 사건의 냄새가. 이름하여 신부 연쇄 테러 사건. 주하나의 실종과 연관이 있는지 알 순 없지만 조사해볼 필요성은 있었다.

현주와 희례는 도우미에게 명함을 달라고 했다. 도우미는 떨떠름하게 가방을 뒤졌다. 명함을 건네면서도 도우미는 좀처럼 명함 끝을 놓지 않았다. 명함에는 민경실이라는 이름이 적혀 있었다. 희례는 야멸차리만큼 날쌘 동작으로 명함을 낚아챘다. 두 사람은 직원들의 열렬하고 눈물겨운 배웅을 받으며 웨딩숍을 나왔다.

"알 거 같아."

웨딩숍과 충분히 멀어지자 현주가 입을 열었다. 거리에는 어느덧 포근한 한낮의 햇볕이 내리쬐고 있었다.

"뭘?"

"주 대리님, 일부러 기절한 척한 거 같아."

"뭐? 왜? 하나 씨가 왜 일부러 기절한 척하겠어?"

"글쎄. 막상 결혼식 당일이 되니 결혼하기 싫었던 게 아닐까? 나도 모르겠어. 하여간 주 대리님을 설득해서 데려오려면, 왜 일부러 기절한 척을 한 건지 이유를 먼저 알아내야 해."

결심이 서자 이후 할 일이 순차적으로 떠올랐다. 다음 목적지로 향하기 전 현주는 진주에게 전화를 걸었다. 그러나 통화 연결음만 울려 퍼질 뿐 진주는 응답이 없었다.

"엄마, 백진주 오늘 어디 나간다 그랬어?"

여러 번의 시도가 허탕으로 끝나자 현주가 신경질적으로 휴대전화를 끄며 물었다. 꼭 이런 식이다. 개똥도 약에 쓰려면 없지.

"그 게을러터진 년이 가긴 어딜 가? 나 나올 때까지도 애벌레 꼬치마냥 이불 둘둘 말고 처자더구먼."

"근데 왜 전화를 안 받지?"

"자니까 안 받겠지. 현호한테 해봐."

현주는 현호에게 전화를 걸었다. 그러나 현호도 전화를 받지 않았다. 현주는 결국 진주에게 음성 메시지를 남겼다. 신부 연쇄 테러 사건에 대해 조사해달라는 내용이었다. 이후 고경숙에게 전화를 걸었다. 다행히 주하나의 책상 속에 신랑의 명함이 들어 있었다.

이름은 최상현. 직장은 일성 전자 마케팅부. 현주는 결혼식 날 스치듯 보았던 최상현을 떠올렸다. 부드럽고 순해 보이는 인상의 남자. 번듯한 외모에 번듯한 직장, 번듯한 삶을 살았을 남자.

나, 백현주. 이래 봬도 세 번 결혼한 여자다. 남자 보는 눈만큼은 자신 있었고, 그런 자신이 보기에 최상현은 썩 괜찮아 보였다. 과연 그 촉, 그 직감은 정확할까. 확인해봐야 했다.


맞기는 개뿔. 결혼 세 번 한 게 다 무슨 소용이랴. 이혼을 세 번 했는데. 남자 보는 눈 따위는 진작 내다 판 지 오래였다. 현주는 담배를 뻑뻑 태우는 남자를 보며 미간을 찌푸렸다.

"진짜 친구 맞아요?"

"그렇다니까요."

"하긴 내가 그 여자의 친구를 언제 한 번 봤어야 알지."

최상현이 반대편으로 내뿜은 연기가 도로 바람에 실려 왔다. 현주는 손을 휘저어 담배 연기를 쫓아냈다.

만나자는 연락에 최상현은 짜증부터 냈다. 현주와 희례가 회사까지 찾아오자 전화상으로 소리를 지르기도 했다. 그러나 현주를 본 순간 그는 가늘게 뜬 눈으로 현주를 머리부터 발끝까지 훑었다.

그런 그가 딱 10분만 내주겠다며 자리를 옮긴 곳이 흡연 장소였다. 담배라도 피우지 않으면 주하나 얘긴 못 하겠다는 핑계를 댔다. 희례는 저 멀리 서서 연신 손부채질로 담배 연기를 내쫓고 있었다.

"망신, 그런 망신이 어딨냐고요. 저희 아버지 휴대전화 불나고, 어머닌 머리 싸매고 드러누우셨어요. 친척, 친구, 회사 사람들! 전부 무슨 낯으로 보냐고요. 내가 진짜 쪽팔려서."

최상현은 욕설을 퍼부으며 담배를 짓이겼다. 그는 이제 현주 쪽으로 향하는 연기의 방향을 바꿔보려는 최소한의 시도조차 하지 않았다.

"충분히 이해합니다. 일단 그 얘기는 됐고. 지금 하나가……."

"와서 무릎 꿇고 빌어도 모자랄 판에 미안하다는 전화 한 통 달랑하고는 파혼하자네? 와, 내가 진짜. 이래서 사람은 오래 봐야 한다고요. 3개월 만에 덜렁 결혼 결정한 내가 미친놈이지."

최상현은 주하나가 사직서와 유서를 남기고 사라졌다는 말에도 눈 하나 깜짝하지 않았다. 그저 화가 나고 쪽팔리고 황당하다는 심정만을 끊임없이 늘어놓았다.

현주는 결국 입을 닫았다. 질문을 제대로 들을 리 만무한 데다가 묻지 않아도 최상현은 알고 싶은 정보를 술술 뱉어냈다.

그의 말을 종합해보면 주하나와 최상현이 만난 경위는 대략 이러했다. 국내 최고의 전자 제품 제조 회사, 일성 전자 마케팅부에 재직 중인 최상현 대리. 그는 타의 추종을 불허할 만큼 탁월한 업무 역량과 놀라우리만큼 뛰어난 성과를 바탕으로 부장의 신임을 담뿍 받는다.

너그러운 대학교수 아버지와 자애로운 교감 선생 어머니 슬하에서 올바르게 자란 그. 서른을 갓 넘은 나이에 흑석동에 집 한 채를 마련했지만 결혼할 이가 없음을 알고 부장은 크게 통탄한다. 그리하여 지금으로부터 3개월 전. 최상현은 부장 사모의 조카 친구의 동창을 소개받는다. 그녀가 바로 신일 은행 서촌동 지점 VIP실에서 근무하는 주하나. 최상현은 그녀를 만나기 전, 그녀의 직업과 학벌에 각각 91점, 92점을 부여한다.

한겨울 맹추위가 절정에 달한 어느 날. 정확히 말하자면 아침 기온이 영하 14도를 기록하여 최상현이 소개팅을 취소할까 말까 고민하던 어느 날. 두 사람은 리츠칼튼 호텔에서 만난다.

말간 얼굴로 유자차를 주문하던 그녀. 최상현은 조금 평범한 그녀의 외모에 83점을 부여한다. 시간이 지날수록 주하나는 그의 번듯한 외모, 빠질 것 없는 배경, 출중한 매너, 현란한 말솜씨에 홀라당 넘어간 분위기다. 최상현은 그녀의 성격과 성장 배경, 가정환경에 각각 95점, 88점, 89점을 부여한다. 평균 점수 89.6666666667. 반올림하여 가까스로 90점. 최상현은 만족스러운 웃음을 지으며 다음 만남을 기약한다. 90점 이상이면 자신의 여자가 될 자격이 충분하다.

"그런데 주제도 모르고 결혼 전에 다시 생각해보자는 소리를 하더라고요."

자랑질로 점철된 이야기를 흘려듣던 현주는 최상현의 마지막 말에 반응했다.

"언제요?"

"결혼식 일주일 전쯤? 말이나 돼요? 이미 청첩장 다 돌렸는데. 제대로 정신 박힌 여자라면 할 소리가 아니죠."

설마 주하나는 결혼식을 무산시키려 기절한 척한 걸까. 이 남자가 너무 끔찍해서. 하지만 지나치게 무모하고 파괴적인 방식이다. 결혼식에서 기절한 척할 용기가 있다면 차라리 파혼을 했을 것이다. 또한 결혼식 날, 민경실은 주하나가 불안해 보였다고 하지만 자신이 직접 본 주하나의 모습에서는 그런 기운을 전혀 읽을 수 없었다. 그 정도의 결단을 했다면 분명히 어떤 식으로든지 티가 났을 터였다.

"그러네요. 그런데 최상현 씨, 혹시 이수희라는 분 연락처 아세요?"

머릿속에 결혼 전 주하나가 최상현과의 파혼을 고려했다는 정보를 입력하며 현주가 물었다. 슬슬 본론으로 들어갈 타이밍이었다. 주하나와 결혼하게 된 경위, 주하나에 대한 그의 감정을 확인했다. 이제 신부 대기실에서 정확하게 무슨 일이 발생했는지 알아야 했다. 답변을 해줄 유일한 사람은 주하나의 친구 이수희였다. 주하나가 사라진 지금 이수희의 연락처를 알고 있는 사람은 아무도 없었다.

"이수희가 누군데요?"

최상현이 담배 한 개비를 더 꺼내 들며 현주에게 물었다.

"하나랑 제일 친한 친구잖아요. 고등학교 때 친구. 결혼식 날, 가방순이 역할을 하면서 내내 하나 옆에 있었고요."

"댁도 모르는데, 내가 그 이수희라는 사람을 어떻게 알겠어요?"

예상치 못한 답변이었다.

"결혼 전에 하나 친구들 만난 적 없어요?"

"없는데. 근데 그쪽 진짜 하나 친구 맞아요?"

"맞다니까 그러네. 하여간 전혀 없어요?"

"전혀. 얘기 들은 적도 없는데."

담뱃불을 붙인 최상현은 턱을 긁으며 생각에 잠겼다. 어디선가 선득한 바람이 불어와 현주의 뒷덜미를 스쳤다. 일반적인 경우가 아니었다. 그리고 일반적이지 않은 경우에는 많은 속사정이 숨어 있기 마련이었다. 한동안 '음', '엄', '흠' 소리를 내던 최상현은 마침내 기억을 떠올렸다.

"그러고 보니 결혼식 열흘 전인가? 하나 씨 고등학교 때 친구를 만난 적이 있었어요."

"누구요?"

"정동길에서 데이트를 하다가 낮잠이라는 카페에 들어갔는데, 카페 주인인 듯한 젊은 여자가 하나 씨를 알아보더라고요."

여자는 과하게 반가워하며 오두방정을 떨었다. "어머, 너 하나니? 세상에, 어떻게 이렇게 널 만나. 그동안 어떻게 지냈어? 잘 지냈어? 너무 반갑다. 나 눈물이 다 나려고 해. 그런데 누구야? 혹시 남자친구?"

최상현은 주하나를 대신해 결혼할 사이임을 알렸다. 여자는 자신을 주하나의 제일 친한 친구, 고등학교 시절의 절친이라고 소개했다.

"그 여자 이름이 이수희 아니었어요?"

"아니요, 그런 이름 아니었어요. 성부터 달라요. 배, 배 뭐였는데."

최상현은 담배를 끼운 손으로 또다시 턱을 긁적거렸다.

"생각 좀 해봐요, 좀! 그것도 기억 못 해요?"

"가만있어봐요. 배, 배……. 배정연! 맞다, 배정연이었어요."

배정연. 새롭게 등장한 이름이었다. 주하나의 제일 친한 친구는 이수희다. 주하나의 결혼식에서 가방순이 역할까지 자처했으니. 그렇다면 배정연이 거짓말을 한 걸까? 아니다. 고등학교 시절 여자아이들의 관계란 그렇게 단순하지 않다. 아마도 주하나, 이수희, 배정연 이세 사람은 고등학교 시절 절친한 친구 사이였겠지. 하지만 배정연은 꽤 오랫동안 주하나와 연락하지 않은 듯했다. 배정연은 주하나가 사라진 일과 관련이 있는 걸까.

"근데 말이죠, 그때 일을 떠올리니까 불쑥 생각나는 게 있네."

"뭔데요?"

"그날, 그러니까 우연히 카페에서 배정연이라는 친구를 만난 날 하나 씨가 많이 이상했어요."

"어떻게 이상했는데요?"

"배정연이라는 친구는 굉장히 반가워하는데 하나 씨는 안 그래 보였거든요. 뭐랄까, 겁에 질렸다고 해야 하나. 아니면 굉장히 충격을 받은 거 같다고 해야 하나. 아주 넋이 나간 것처럼 보이더라고요. 그러고 사흘 후에 저한테 파혼하자고 얘기한 거고."

최상현은 이후 두 사람이 휴대전화 번호를 교환했지만 주하나는 저장조차 하지 않았다고 덧붙였다. 현주는 최상현에게 옳은 듯 버릇처럼 턱을 긁적거렸다.

사건은 점점 예상치 못한 국면으로 접어들고 있었다. 고등학교 시절 주하나, 이수희, 배정연 이 세 사람 사이에 무슨 일이라도 있었던 걸까. 배정연은 왜 오랜만에 만난 주하나에게 환영받지 못한 걸까. 주하나는 왜 결혼식이 시작되기 불과 몇 분 전, 기절한 척을 해야 했던 걸까. 이를 알아내기 위해서는 이수희를 만나는 일이 시급했다.

"근데 진짜 친구 맞아요? 아무래도 아닌 거 같은데."

이야기가 마무리 단계에 접어들자 최상현이 또 같은 질문을 했다. 털어낼 건 다 털어놓고선 뭐가 그리 의심스러운 건지. 현주는 속으로 콧방귀를 뀌었다.

"왜요? 아닌 거 같아요?"

"하나 씨 친구 아니면……. 연락처 줄 수 있어요?"

'허' 하고 바람 빠진 소리가 현주의 입 밖으로 새어 나왔다. 최상현이라는 인간이 왜 그토록 진짜 친구 맞느냐고 캐물었는지 알 것 같다. 더불어 왜 친구가 아닌 걸 알면서도 묻는 말에 꼬박꼬박 답을 해 줬는지도.

현주는 한심스러운 눈초리로 최상현을 머리부터 발끝까지 훑었다. 결혼식이 박살 난 게 얼마나 다행인가. 이런 걸 조상신이 도왔다고 하는 건가? 무가치한 질문에는 대답할 필요도 없었다. 현주는 그저 혀를 차고는 멀찍이 선 희례에게로 걸어갔다.

* * *

텔레비전에서 증권 뉴스가 흘러나왔다. 소파와 한 몸을 이룬 진주와 현호는 길게 널브러져 있었다. 텔레비전 화면에 꽂힌 시선은 썩은 동태 눈깔처럼 흐릿했다.

"누나, 우리가 지금 이걸 꼭 봐야 할 이유가 있을까."

현호가 입을 열었다. 오래도록 입을 다물고 있었던 탓에 목소리가 탁하게 잠겨 있었다. 진주를 툭 치고 싶지만 그마저 귀찮은지 힘없이 풀어진 주먹이 움찔할 뿐이었다.

"그럼 네가 리모컨 가져오든가."

진주의 목소리도 매한가지였다. 손으로 부엌 식탁에 놓인 리모컨을 가리키지도 않았다. 눈동자만 데굴 굴려 방향을 가리킬 뿐이었다.

"솔직히 누나도 재미없잖아."

"되게 재밌거든? 집중하는 거 안 보여? 너야말로 재미없잖아."

"재미는 없는데 관심은 있달까. 나 여윳돈 좀 있잖아."

"통장에 50만 원 있는 사람이 어련하시겠어. 주식 해서 얼른 떼부자 되셔야지."

오후 해가 오만하게 낯짝을 쳐든 시간. 진주와 현호는 소파에 껌딱지처럼 달라붙어 서로의 게으름을 시험하는 중이었다. 부엌 식탁 위의 리모컨을 먼저 가져오는 사람이 지는 게임. 그렇게 두 사람은 한 시간이 넘도록 꼼짝도 하지 않았다. 그때 진주의 휴대전화가 울렸다. 발신인은 현주였다.

"받는 게 좋을걸. 벌써 한 시간째잖아. 작은누나 인내심 이만하면 정수리 뚫고 성층권까지 돌파했을 거다."

진주의 휴대전화가 잠잠해지자 이번에는 현호의 휴대전화가 진동했다.

"넌 왜 안 받냐. 또 현주한테 얻어터지고 싶어? 직접적인 폭력은 내가 아닌 너한테 행사하기 더 쉽단 생각 안 드냐?"

현호는 휴대전화를 쳐다봤다. 휴대전화도 발신인의 감정 상태를 알아챈 것처럼 진동하는 모양새가 발작하는 듯했다.

"누나, 우리 이만 화해 협정 맺자. 내가 전화 받을 테니 누나가 리모컨 가져오는 걸로."

"오케이."

현호의 항복 선언—화해 협정이 아닌—을 내심 기다렸던 진주는 냉큼 일어나 부엌 식탁으로 걸어갔다. 단 일곱 걸음. 이 몇 걸음이 싫어 얼토당토않은 내기를 했던 것이다. 리모컨을 쥐고 돌아온 진주가 채널을 돌리는 동안 현호는 섬뜩하게 몸부림치는 휴대전화를 집어들었다.

패착의 원인은 무엇일까. 감히 진주와 게으름을 겨뤄보려 했던 오만함이 문제였다. 10년 묵은 진주에 비하면 자신의 게으름은 갓 태어난 신생아 단계에 불과했다. 그건 그렇고, 이번엔 이쪽이 문제인데. 더 이상 무시할 순 없었다. 현호는 숨이 넘어갈 듯 진동하는 휴대전화를 받았다.

[야, 이 시빠빠 같은 새끼야!]

휴대전화 너머에서 무시무시한 욕설이 자진모리장단처럼 터져 나왔다. 차마 입에 담지 못할 만큼 흉측하면서도 신박한 욕설들이었다. 현호는 휴대전화를 멀찍이 떨어뜨려 놓고 욕설이 잦아들 때까지 기다렸다. 한 가지 다행인 점이라면 현주는 뭐든지 굵고 짧았다. 그녀의 결혼 생활처럼.

[한 번만 더 그래 봐라. 아주 가랑이부터 찢어발겨 딱 반절을 내줄 테니. 알았어?]

"응, 알았어."

현주의 호흡이 잦아들자 현호가 냉큼 휴대전화에 대고 대답했다. 백현주 경력 30년 차면 그녀의 화가 누그러질 타이밍 정도는 자동으로 체득하게 된다.

[옆에 백진주 있지? 스피커폰 켜봐. 같이 들어야 할 내용이니까.]

현주는 사건에 대한 이야기를 들려주었다. 심부름 전화라고 생각했던 진주와 현호는 정신을 차리고 귀를 기울였다. 결혼식장에서 쓰러진 뒤 사직서와 유서를 남긴 채 사라진 주하나, 신부 연쇄 테러 사건, 결혼식 일주일 전 주하나가 파혼을 요구했던 최상현의 주장, 주하나의 고등학교 친구 이수희와 배정연의 이야기까지. 몹시도 수상한 사건의 냄새가 났다.

"우리더러 신부 연쇄 테러 사건을 맡아달라는 거야?"

진주가 물었다.

[응. 주 대리님의 실종과 관련이 있는지 확신할 순 없지만, 조사해 볼 필요성은 있을 거 같아. 엄마랑 난 배정연을 만나러 가야 하니까 현호랑 같이 그 사건 조사해줘.]

현주는 할 말을 마친 후 전화를 끊었다.

지루한 일상에 한 줄기 빛과 같은 소식이었다. 한울 출판사 공모전을 마감한 진주도, 정직을 당하고 일을 뺏겨버린 현호도 눈을 빛냈다. 언제 게으름 시합을 벌였느냐는 듯 진주는 노트북을 가지고 왔다.

"뭐 하게?"

현호가 물었다. 진주는 이미 국내 최대 규모의 웨딩 카페에 가입하는 중이었다.

"신부 연쇄 테러 사건 조사해야지. 분명 소문이 파다하게 퍼졌을 거야. 어느 웨딩 업체인지, 어느 결혼식장인지. 운 좋으면 당사자를 알고 있는 사람도 나오겠지."

카페에 가입한 진주는 한 달 이내의 게시 글들을 꼼꼼히 읽기 시작했다. 국내 최대 규모인 만큼 하루에도 수십 개의 글이 올라왔다. 현호가 하품을 하는 동안에도 진주는 게시 글 읽기에 몰두했다.

한참 동안 게시 글을 정독하던 와중에 드디어 관련 있어 보이는 글을 발견했다. 결혼식장에서 실수할까 봐 염려된다는 글에 달린 댓글이었다.

ㄴ 충분히 이해해요. 정말 예상치도 못한 별일이 다 생길 수 있거든요. 얼마 전에 제 회사 동료가 예식 도중에 식장을 뛰쳐나간 일이 있었어요. 결혼식도 중지되고 난리가 났는데, 알고 보니 배탈이 나서 화장실에 간 거라 하더라고요. 베라 왕 웨딩드레스에 호텔에서 결혼식 한다고 다들 그렇게 부러워했는데……. 사람 일이라는 건 한 치 앞을 모르는 것 같아요.

댓글 작성자는 예식 도중 뛰쳐나간 신부의 지인처럼 보였다. 남의 불행을 함부로 떠들어대는 행태와 댓글 내용을 보니 신부에게 그다지 호감을 품은 것 같진 않아 보였다. 진주는 댓글 작성자에게 연락해달라는 쪽지를 보내고 다음 게시 글을 살폈다.

시간이 얼마나 흘렀을까. 또 하나의 게시물이 진주의 시선을 사로잡았다. '성공적인 결혼식을 위해 결혼식 날 절대 하지 말아야 할 열 가지'라는 제목의 글이었다.

"야, 이거 봐."

진주는 졸고 있는 현호의 옆구리를 찔렀다. 현호는 경기를 일으키며 일어나 게시 글로 시선을 옮겼다.

일곱 번째 하지 말아야 할 것.

우리 예신님들, 결혼식 당일에 음식물은 절대 섭취하지 마세요. 음료수 같은 것도 웬만하면 드시지 않길 권해요. 건너 건너 아는 사람에게 들은 이야긴데요. 얼마 전 어느 신부님이 결혼식 날 뭘 잘못 드시고 복통이 나서 화장실에서 못 나오는 바람에 결혼식이 40분이나 지연됐대요. 끔찍하지 않으세요?

진주와 현호의 시선이 같은 곳에 꽂혔다. 결혼식이 지연된 시간, 40분.

"이거 도우미분이 해준 말이랑 똑같네."

현호의 말을 들으며 진주는 곰곰이 생각에 잠겼다. 결혼식 날 드레스에 실례를 한 신부, 예식 도중 화장실로 뛰쳐간 신부, 그리고 화장실에서 일을 보느라 결혼식을 지연시킨 신부. 공통점이 보였다. 세 신부 모두 결혼식장에서 배가 아팠던 거다. 그러니 세 사람 중 하나는 결혼식장에서 테러를 당했다고 생각해 고소를 한 것이고. 왜 그들은 결혼식장에서 복통을 일으킨 것일까. 사건의 전반적인 윤곽이 흐릿하게나마 드러났지만, 여전히 이유는 베일에 싸여 있었다.

진주는 게시물 탐색을 멈추고 가입 글을 작성한 후 자유 게시판에 글을 올렸다.


제목 : 결혼 앞둔 예신 예랑님들, 결혼식장 테러 조심하세요.


안녕하세요. 저는 저번 주에 결혼식을 올린 일주일 차 유부녀입니다.

제가 결혼식 날 끔찍한 일을 겪어서 공유하고 주의를 당부하려고요.

가장 아름답고, 가장 완벽해야 할 결혼식 당일. 누군가의 테러로 인해 모든 걸 망쳐버렸어요. 아직도 그 생각을 하면 피눈물이 흐릅니다. 너무너무 수치스러워서…… 며칠 동안은 죽고 싶을 정도였어요.

(……)

도무지 그냥 넘어갈 수 없더라고요. 왜 복통이 난 건지, 누군가의 테러인지 알고 싶어요.

분명 저와 비슷한 일을 당하신 분들이 있을 거라 생각해요. 이 카페에 당사자가 있으시면 연락 주세요. 당사자를 알고 계신 분이 있더라도 연락 주세요.

같이 아픔을 나누면서 이 고통스러운 경험을 극복하고 싶습니다. 긴 글 읽어주셔서 감사합니다. 그럼 이만.


"이런 게 효과가 있을 거라 생각해?"

현호가 코웃음을 쳤다. 그러나 비웃는 말이 무색하게도 새로 고침을 누를 때마다 조회 수는 기하급수적으로 늘었다. 채 몇 분도 되지 않아 엄청난 수의 댓글이 달렸다.

"이런 데선 제목이 제일 중요한 법이거든. 결혼식장 테러라면 결혼을 앞둔 예비 신부, 예비 신랑으로서 당연히 관심이 가지 않겠어?"

진주는 신들린 손놀림으로 댓글에 대댓글을 달고 댓글 작성자에게 쪽지를 보냈다. 쪽지와 채팅이 난무하는 가운데 서서히 당사자의 윤곽이 드러났다. 불과 네 시간도 지나지 않아 이룩한 성과였다.

'탁' 엔터를 치는 소리와 동시에 당사자 세 명의 신원이 밝혀졌다. 한수진, 강인아, 장희주. 진주가 세 사람의 휴대전화 번호를 입력하는 동안에도 현호는 망연히 쳐다만 볼 뿐이었다.

한수진은 만남을 거부했다. 그녀는 결혼식 날 사건으로 인해 정신과 치료를 받고 있었다. 신부 연쇄 테러 사건이 왜 발생했는지 이유조차 궁금해하지 않았다. 그저 이 끔찍한 사건을 머릿속에서 지우길 원했다.

한수진은 결혼식장에서 웨딩드레스에 실수를 한 장본인이었다. 얼마나 끔찍했을까. 가장 아름답고 완벽하길 원하는 날, 상상조차 못 할 사고 혹은 테러를 당했으니. 진주와 현호는 사건의 전말을 꼭 알아내겠다고 다짐하며 전화를 끊었다.

강인아는 현관문 앞에서의 짧은 만남만을 허락했다. 그녀는 예식 도중 자리를 박차고 화장실로 뛰어간 인물이었다.

"전날 아침부터 결혼식 당일까지 입에 댄 건 아무것도 없어요. 컨디션도 좋았고요. 왜 갑자기 배가 아팠는지 이유를 모르겠어요."

강인아는 진주와 현호에게 결혼 앨범을 보여주었다. 그날의 상황을 증명하듯 신부의 안색과 표정은 죽을 날짜를 받아놓은 사람 같았다.

진주와 현호의 수사에 가장 적극적으로 도움을 준 이는 장희주였다. 그녀는 두 사람을 집으로 초대했다.

"40분이나 지연됐어요. 화장실에서 나오려고만 하면 배가 아프더라고요. 그때 심정이요? 물어 뭐 해요. 웨딩드레스는 다 구겨지고, 하도 울어서 화장은 다 지워지고. 그 상태로 20분 만에 식 진행하고 나왔죠. 아직도 제일 화가 나는 건 이유를 모르겠다는 거예요. 그날 내내 입에 댄 건 아무것도 없었거든요. 전날 먹은 음식이 문제였는지, 결혼식 장소에 이상한 화학물질이라도 있었던 건지, 아니면 누가 작당하고 저지른 일인지. 이유라도 알고 싶어요."

장희주는 그때 일을 떠올리며 눈물을 글썽거렸다.

"그런데 정말 저 같은 일을 당한 사람이 또 있어요?"

"네. 다른 두 분도 결혼식장에서 복통을 일으켰어요."

진주가 대답했다.

"어떻게 그런 일이…… 제 생각이 맞네요. 누군가 테러를 한 거예요."

"저희도 그렇게 생각해요. 한 달 새에 같은 일이 연속적으로 발생했어요. 누군가가 의도한 일이라고밖에 생각되지 않아요."

"하지만 어떻게요? 전 그때 물 외에는 먹은 게 없어요."

한수진도, 강인아도 물 외에는 아무것도 먹지 않았다고 답했다.

"물은 누가 준 거고요?"

"당연히 신부 도우미 해준 이모님과 제 친구가 준 걸 마셨죠."

"생수병에 빨대를 꽂아서요?"

장희주는 고개를 끄덕였다.

복통을 일으킨 세 사람 모두 물만 마셨다. 그것도 같은 방식으로. 혹시 생수병이나 빨대에 이상한 성분이 묻어 있었던 걸까. 아니면 누군가 생수병에 설사약을 넣은 걸까. 대체 누가?

"결혼식 날, 신부 대기실에 수상한 사람은 없었나요?"

장희주는 기억을 더듬더니 고개를 흔들었다.

"잘 기억이 안 나요. 너무 정신없어서. 부모님 친구분이라며, 친척 어른이라며 얼굴도 모르는 분들이 들어오기도 하셨고……."

혼잡한 틈을 타 범인은 생수병에 설사약을 넣었는지도 모른다. 그러나 한수진, 강인아, 장희주의 결혼식 하객을 모두 합친다면 족히 수백 명은 될 터. 모든 하객들을 일일이 조사할 시간은 없었다.

"결혼 앨범을 잠깐 봐도 되겠습니까?"

현호의 말에 장희주는 결혼 앨범을 가져왔다. 진주와 현호는 결혼식 사진을 한 장 한 장 넘겨봤다. 복통에 시달린 신부의 거무죽죽한 낯빛은 최첨단 기술의 집약체인 보정으로도 회생이 불가능했다. 드디어 결혼식 단체 사진이 나왔다. 진주는 단체 사진 속 면면을 꼼꼼하게 살폈다.

범인은 이 중 한 사람일까. 설마 신부의 생수병에 약을 넣고도 뻔뻔스럽게 사진을 찍었을까. 그 순간 이상한 기시감이 진주의 뒷머리를 잡아챘다. 선득한 기운이 목덜미를 훑었다.

"이상한데……."

진주가 무심코 입 밖으로 말을 흘렸다.

"뭐가 이상한데?"

"뭐가요?"

현호와 장희주가 동시에 물었다. 진주는 말없이 결혼식 단체 사진을 유심히 쳐다보기만 했다. 이유를 설명할 순 없지만 사진에서 꺼림칙한 느낌이 들었다.

"그러게……. 진짜 이상한데 뭐가 이상한지 모르겠네. 이 사진 찍어 가도 돼요?"

진주는 장희주에게 허락을 구한 뒤 휴대전화로 결혼식 가족사진과 단체 사진을 찍었다.

집을 나서기 전, 장희주는 진주와 현호의 손을 붙들고 범인을 꼭 잡아달라고 간곡하게 부탁했다. 그늘진 장희주의 얼굴을 보니 진주와 현호는 마음이 무겁게 가라앉았다. 처음 사건이 생겼다고 좋아했던 스스로가 부끄럽게 느껴졌다.

\* \* \*

정동극장 근처에 위치한 카페 낮잠. 이름만큼이나 포근하고 여유로움이 느껴지는 카페였다. 내부는 한산했다. 그 덕에 배정연은 귀찮은 기색 없이 현주와 희례를 맞이했다.

늦은 오후, 세 사람은 햇볕이 안온하게 내리쬐는 창가에 자리를 잡았다. 맞은편에 앉은 배정연은 다리를 다쳤는지 오른발에 깁스를 하고 있었다. 인사치레 삼아 주고받은 말로 배정연에 대해 대략 파악할 수 있었다. 배정연은 재작년에 퇴사를 하고 카페를 인수했다. 결혼한 지는 1년, 아이는 없었다.

"전혀 몰랐어요. 결혼한 줄은……. 아, 결혼식은 결국……. 그렇게 됐다고 하셨죠?"

현주는 찾아온 사정을 설명하며 주하나의 결혼식 날 발생한 사건에 대해 언급했다. 배정연은 주하나의 결혼에 관한 소식은 까마득히 모르고 있었다.

"청첩장을 못 받으신 건가요?"

"민망하네요. 얼마 전에 우연히 여기서 만나기도 했는데. 휴대전화 번호도 교환했고요. 그런데 메시지를 보내도 답이 안 오더라고요."

"고등학교 시절에는 친한 친구 사이였던 걸로 알고 있는데……. 그래도 청첩장을 받았다면 오셨겠죠?"

현주는 자연스럽게 그날 배정연의 알리바이를 물었다.

"아뇨, 못 갔을 거예요. 그 전날 교통사고가 났었거든요. 다리에 깁스한 것도 사고 때문이에요. 아무튼 하나하고는 제일 친하다고 말할 수 있는 사이였어요. 3년 전까지만 하더라도요."

"어쩌다 멀어진 건가요? 싸우기라도 하셨나요?"

"아니요, 그런 일은 전혀 없었어요. 3년 만에 하나를 보고 얼마나 반가웠는데요. 눈물이 다 나더라고요. 왜 멀어진 거냐고 물으신다면 글쎄요, 잘 모르겠어요. 정말 조금씩, 서서히 멀어졌거든요."

"……."

"매일 하던 전화 통화가 일주일, 한 달로 뜸해지고, 6개월에 한 번 얼굴 보기도 힘들어지고 그런 식으로요. 당시에는 하나와 멀어지고 있다는 사실조차 인지하지 못했어요. 그런데 아예 연락이 끊기고 하나 휴대전화 번호가 바뀌었다는 걸 알게 되자 '아, 우린 친구로서 끝났구나' 하는 생각이 들더라고요."

"먼저 연락을 해보지 그러셨어요."

"그러게요. 당시에는 저도 하나가 바뀐 휴대전화 번호를 안 알려쳤다는 사실에 화가 나더라고요. 오기 부리며 연락을 안 하는 동안 3년이 지났죠. 그러지 말걸……. 내가 먼저 연락해볼걸 그랬어요."

"하나 씨는 학창 시절에 어땠어요?"

"제가 물어볼게요. 지금 하나는 회사에서 어때요?"

"착하고 상냥하고 다정한 사람이죠. 곤란에 처한 사람을 보면 자기 일처럼 도와주고."

현주는 평소 주하나의 모습을 떠올리며 대답했다.

"학창 시절에도 똑같았어요. 공부 잘하는 모범생인 데다 착하고 친절하고 정도를 벗어난 적이 없었죠. 왜 어릴 땐 다들 일탈 같은 걸 꿈꾸기도 하잖아요? 걘 그런 것도 없었어요. 답답할 정도로 바른 애였어요. 워낙 새가슴이라 감히 일탈은 꿈도 못 꿨겠지만. 오죽하면 은행 입사할 때까지 남자 한번 못 사귀어 봤겠어요."

배정연은 추억에 잠겨 이야기를 털어놓았다. 현주는 머릿속이 혼란스러웠다. 그때 종소리와 함께 카페 안으로 손님이 들어왔다. 현주와 희례에게 양해를 구한 배정연은 목발을 짚은 채 쩔뚝쩔뚝 카운터로 향했다.

"뭐야, 이게. 네 추측 완전히 틀리잖아."

주문받는 배정연을 곁눈질하며 희례가 속삭였다.

"난들 알아?"

"배정연은 틀림없이 싹퉁바가지에다가 아주 못돼 처먹은 년일 거라며."

현주는 대꾸하지 않은 채 배정연을 응시했다. 그녀를 만나기 전 현주는 이런 가설을 세웠다.

고등학교 시절 절친한 친구였던 주하나, 이수희, 배정연. 어떤 끔찍한 사건으로 주하나와 이수희는 배정연과 멀어진다. 세월이 흐른 뒤 우연히 만난 주하나와 배정연. 배정연은 주하나가 곧 결혼한다는 사실을 알게 되고, 어린 시절의 거대하고 끔찍하고 잔인한 비밀을 폭로하겠다며 주하나를 협박하기 시작하는데…….

"배정연이 결혼식장에 나타나서 깽판 칠까 봐 하나 씨가 기절한 척한 거라며?"

"그래야 하는데……."

"교통사고를 당해 입원했다는 사람이 거길 어떻게 가겠어?"

"알리바이를 숨기기 위해 깁스한 건 아닐까?"

"배정연이 우리가 자길 찾아올 줄 어떻게 알고?"

현주는 머쓱해하며 입을 다물었다.

"애초부터 난 그 가설 마음에 안 들었어. 착한 하나 씨한테 어린 시절의 거대하고 끔찍하고 잔인한 비밀이 어디 있겠냐고. 배정연 씨도 그랬잖아. 답답할 정도로 바른 사람이라고. 그리고 배정연 씨 얼굴을 봐. 인상만 봐도 사이즈가 딱 나오는데. 저런 사람이 뭐 협박?"

"세상에 비밀 없는 사람이 어디 있어? 사람이라면 누구나 가슴속에 추잡한 비밀 하나씩은 안고 사는 법이야! 주 대리님이라고, 배정연 씨라고 뭐, 그런 비밀 하나 없을 줄 알아? 지나가는 사람들한테 물어봐. 돌연사하면 제일 걱정되는 게 뭐냐고. 다들 휴대전화라고 할걸? 왜냐고? 감추고 싶은 비밀이 들어 있으니까. 엄마도 그렇잖아. 엄마는 과거 사진이 왜 하나도 없는 건데? 과거 물건은? 결혼사진은? 엄마야말로 거대하고 끔찍하고 잔인한 비밀이 있는 거 아냐?"

홧김에 내지른 말에 희례의 얼굴이 희게 질렸다. '너, 너, 이, 이' 하며 당황하던 희례는 결국 고함을 쳤다.

"이년이! 어디서 눈을 요로코롬 부라리고 턱을 쳐들어? 머리에 피도 덜 마른 년이!"

"꼭 할 말 없으면 이러지! 나이 많은 게 대수야?"

"그래, 대수다! 이제 곧 관 뚜껑 덮을 나이인데 나이 갖고 유세 좀 떨면 어때서!"

두 사람의 눈길이 팽팽하게 맞선 순간 기침 소리가 들렸다. 바로 뒤에서 배정연이 곤란해하며 서 있었다. 현주와 희례는 얼굴을 붉히며 시선을 돌렸다.

"또 여쭤볼 게 있으세요?"

배정연은 부드러운 미소를 지으며 맞은편에 앉았다. 얼마든지 시간을 내주겠다는 태도였으나 하나둘 손님들이 들어오고 있었다. 알바생 혼자만으로는 전부를 응대하기 버거워 보였다. 현주는 마음이 조급해졌다.

"아니요, 여쭤볼 건 다 여쭤봤네요. 그런데 혹시 이수희 씨 연락처 알고 계세요? 이수희 씨한테도 몇 가지 확인해야 할 게 있어서요."

배정연의 낯빛을 살피며 현주가 본래의 목적을 꺼냈다. 이수희에 대한 배정연의 반응만으로도 많은 걸 추측할 수 있을 터였다. 하지만 배정연의 대답은 현주가 전혀 예상치 못한 말이었다.

"이수희가 누군데요?"

현주는 황당함을 넘어 일종의 충격 비슷한 감정을 느꼈다.

"친구분이시잖아요."

"저랑요?"

배정연이 도무지 모르겠다는 표정으로 되물었다.

"네."

"아닌데요."

"이수희 씨 몰라요? 하나 씨하고 고등학교 시절 제일 친한 친구라고 하던데."

"그럴 리가요. 하나하고 친한 애라면 제가 모를 리 없죠. 그 당시 학교, 학원, 독서실, 방학 특강까지 다 같이 다녔는데."

그야말로 반전이었다. 혼란에 빠진 현주와 희례는 배정연에게 감사 인사만을 겨우 남기곤 카페를 빠져나왔다.

어느덧 해가 붉은빛을 흩뿌리며 저물고 있었다. 둘은 푸르스름하게 물든 덕수궁 돌담길을 허청허청 거닐었다. 현주는 생각을 정리하기 위해 애썼다.

"이제 이수희는 어디서 찾아야 하는 거야?"

서늘해진 바람에 옷깃을 여미며 희례가 말했다.

"그보다는 이수희가 누군지 아는 게 먼저 아니야?"

"그러게. 대체 이수희는 누구지?"

그때 현호로부터 전화가 걸려왔다. 그제야 현주는 진주와 현호에게 신부 연쇄 테러 사건의 조사를 맡겼다는 사실이 떠올랐다. 머릿속은 여전히 혼란스러웠으나 신부 연쇄 테러 사건으로부터 단서를 얻을 수 있으리라는 생각에 전화를 받았다.

현호는 한수진, 강인아, 장희주와 나눈 대화를 간략하게 설명했다.

"세 사람 사이에 공통점은 없었어? 연결 고리 같은 거. 나이, 지역, 출신 학교, 직장, 결혼식 날짜, 웨딩 업체, 결혼식장 뭐든지."

세 사람 사이의 공통점이 발견된다면 주하나 사건에도 대입해볼 수 있을 것 같았다. 어쩌면 그 공통점이 사건을 해결하는 결정적 단서일지도 몰랐다.

[안 그래도 그 부분을 중점적으로 물어봤지. 그런데 전혀 없었어. 모두 제각각이야.]

"그럴 리가. 범인이 무작위로 희생자를 노렸을 거 같진 않은데. 분명 있을 거야, 공통점."

[없다니까 그러네. 무차별 범행이 맞는 거 같아. 아니면 세 사람 결혼식장 CCTV라도 까서 공통적으로 결혼식에 참석한 사람을 찾는 수밖에 없어.]

"그걸 언제 일일이 까고 있어? 결혼식 사진 같은 거 안 찍어 왔어?"

[장희주 씨 건 찍어 왔는데. 한수진 씨하고는 통화만 했고, 강인아 씨 건 보기만 했어. 뭐라고 하지 마. 찍을 만한 상황이 아니었으니까.]

"그거라도 보내봐."

통화를 종료하고 얼마 안 있어 현주의 휴대전화로 사진이 도착했다.

장희주의 결혼식 단체 사진이었다. 여느 결혼식 단체 사진처럼 정중앙에 선 신랑과 신부를 친구와 지인들이 둘러싸고 있었다. 사진을 훑던 현주의 시선이 누군가에게 고정됐다.

현주는 두 눈을 부릅떴다. 눈을 비비고 사진을 확대한 뒤 한번 더 시선을 고정했다. 잘못 본 게 아니었다. 신부 장희주 바로 옆에서 환한 웃음을 짓고 있는 여자. 이수희였다.

주하나의 신부 대기실에서 가방순이를 하던 여자. 주하나의 절친한 친구라던 여자. 현주는 탄식을 흘렸다. 머릿속을 혼란스럽게 떠돌던 퍼즐들이 제자리를 찾았다. 비로소 일이 어떻게 된 건지 알 것 같았다. 현주는 메시지로 현호에게 한 가지 부탁을 남겼다. 쐐기를 박기 전, 확인을 위한 마지막 절차였다.

현주의 심장이 두방망이질 쳤다. 이수희, 기다려라. 현주는 휴대전화를 움켜쥐었다.

* * *

"에 또, 날개가 있는 생명체는 모두 날개가 두 짝입니다. 한쪽 날개만으로는 저 멀리 창공을 향해 날아갈 수가 없습니다. 사람이 제아무리 똑똑하고 잘났다 하더라도 한쪽 날개만으로는 새로운 세상으로 나아갈 수 없습니다. 이처럼 결혼이란 날개가 하나뿐인 사람에게 나머지 한쪽 날개를 달아주는 것입니다. 둘이 한 몸이 되어 두 날개로 날아오르는 것입니다. 에 또."

주례가 '에 또'를 외치자 하객들이 긴 한숨을 내쉬었다. 하객들은 지겨워할 뿐이지만 신부는 부케 쥔 손을 바들거리며 식은땀을 흘렸다. 이제 1분 1초도 견딜 수가 없었다.

미친 듯이 배가 아팠다. 장이 꼬이는 것 같았다. 어떻게든 참아보려 했지만 이런 유의 신체 증상은 정신력으로 통제가 불가능했다. 또다시 복부에 쇠창살을 찔러 넣는 것 같은 통증이 몰려왔다. 눈앞이 핑글핑글 돌고 입안에 신물이 돌았다. 자칫하면 정신 줄을 놓고 일을 치를 것 같았다.

오늘 식장에 찾아온 하객들의 얼굴이 선연하게 떠올랐다. 부모님, 친척, 친구, 회사 사람, 지인, 남편의 지인들. 지금 이 자리는 이제 껏 일궈온 인간관계의 집합소였다. 만약 이들 앞에서 실수를 한다면 ⋯⋯. 차라리 혀 깨물고 죽는 게 나을 것이다.

신부는 안간힘을 쓰며 괄약근을 조였다. 이제 그 힘마저 약해지고 있었다. 제발, 하느님. 제발, 오늘 한 번만 도와주세요. 지금 이 자리를 모면할 수 있게 해주신다면 대가로 무엇이든 내놓을게요. 누구든 도와준다면 그 사람에게 전 재산을 내놓겠습니다!

그때 등 뒤에서 하객들이 웅성거렸다. 발걸음 소리가 꽃길을 따라 가까워졌다.

"급하죠? 급하면 빨리 따라와요."

누군가가 신부의 귀에 속삭였다. 순식간에 신부의 몸이 휘청 끌려갔다. 신부의 손을 잡아끈 건 키가 크고 화려한 미인이었다.

신부는 그 순간 여자에게서 뿜어져 나오는 광채를 보았다. 여자의 등 뒤에서 주례가 말한 커다란 날개 두 짝이 펼쳐지는 환상이 나타났다.

"신랑님! 신부님은 곧 돌려줄게요!"

여자는 신부를 데리고 다급하게 웨딩홀을 빠져나갔다. 신부는 창공을 향해 비상하듯 드레스 자락을 날개처럼 펄럭이며 여자를 쫓아갔다. 마치 영화 속 한 장면 같았다.

하객과 스태프들은 여자의 난입과 영화 같은 도주 상황을 넋 놓고 바라봤다. 순식간에 벌어진 일이라 누구 하나 제지할 생각조차 하지 못했다. 황망함만 가득한 가운데, 신부가 떠난 자리를 메운 건 머리 뽕을 헬멧처럼 띄운 땅딸막한 아주머니였다.

"이, 이 결혼 무효일세!"

하객들의 눈길이 아주머니에게 내다 꽂혔다.

"신부 백현주는 우, 우리 아들하고 결혼할 여자입니다!"

아주머니는 과장된 어투로 신부 백현주라는 이름을 강조했다.

"백현주? 여기 신부 이름은 백현주가 아닌데?"

하객들 사이에서 반박하는 말이 튀어나왔다. 아주머니는 기다렸던 것처럼 잽싸게 그 말을 받았다.

"뭐라고? 백현주가 아니라고? 어머나, 이를 어쩌! 결혼식장을 잘못 찾았네!"

아주머니는 하객들 사이를 돌며 식장을 잘못 찾아왔다고 외쳤다.

뒤늦게 신랑과 가족, 하객, 스태프들이 신부를 찾으러 식장을 빠져 나갔다. 결혼식 날 발생한 초유의 사태에 모두 새파랗게 질린 낯으로 신부를 찾으러 다녔다.

누군가 한 사람이 여자 화장실 문이 잠겨 있다고 소리를 질렀다. 사람들이 일순간 화장실 앞으로 몰려들었다. 문을 두드리고 소리를 질러도 안에서는 대답이 없었다.

결국 관리인이 열쇠를 들고 나타났다. 문손잡이에 열쇠를 꽂으려 는 찰나, 화장실 문이 열렸다. 신부와 신부를 데리고 달아났던 여자가 나란히 모습을 드러냈다. 사람들은 여자에게 죽일 듯이 달려들었지 만 신부가 이를 제지했다.

"이분이 식장을 착각하셨대요."

어딘가 모르게 개운한 얼굴의 신부가 대신 사정을 설명했다. 사람 들은 여자의 처벌을 강력하게 주장했지만 신부는 결사반대했다. 여 자에게 해코지를 하지 않는다면, 자신의 전 재산을 주겠다는 이상한 소리까지 해댔다.

"오늘 좋은 날이잖아요. 그러니까 좋은 일 하게 해주세요."

신부가 호소하자 사람들도 더 이상 몰아붙일 수만은 없었다. 한바 탕 소동이 잠잠해지자 하객들은 다시 제자리를 찾았다. 신부는 식장 으로 들어가기 전 여자에게 깊이 허리 숙여 인사를 했다. 여자는 미 소를 지으며 고개를 끄덕였다.

신부가 부케를 던졌다. 날개를 단 하얀 천사, 신부의 구원자. 부케가 긴 포물선을 그리며 여자의 품에 안겼다.

\* \* \*

현호가 화장실 용변 부스 문을 두드렸다.

평일 저녁 7시 결혼식이 끝난 시간. 웨딩홀에는 적막이 흘렀지만 남자 화장실 제일 끝 부스의 문은 열릴 줄을 몰랐다.

"이수희 씨, 그만 나오라고요. 그쪽 나올 때까지 우리 안 가요."

현호는 부스 문에 귀를 갖다 댔다. 숨소리 하나 흘러나오지 않았다.

"언제까지 버티려고요? 내일 출근도 해야 하잖아요. 정운 초등학교 3학년 2반 담임 이수희 선생님."

부스 안에 몸을 숨긴 이수희는 현호의 도발에 꿈쩍도 하지 않았다. 그때 남자 화장실 출입문이 열렸다. 현주와 진주가 물이 채워진 양동이를 들고 나타났다. 두 사람은 용을 쓰며 양동이를 날랐다. 그렇게 도열한 양동이가 정확히 다섯 개였다. 무슨 물인지 냄새가 고약했다.

"비켜봐. 말로 할 상대가 따로 있지, 무슨."

현주는 현호를 밀치고는 양동이를 치켜들었다.

"이건 한수진 몫."

경쾌한 외침과 함께 양동이를 가득 채웠던 물이 부스 안으로 쏟아졌다.

"으악! 이, 이게 뭐야!"

물을 고스란히 맞은 이수희가 소리를 질렀다. 그러나 비명이 채 잦아들기도 전, 다음 그리고 그다음 양동이가 차례대로 쏟아졌다.

"이건 강인아 몫."

"이건 장희주 몫."

"이건 네가 오늘 망칠 뻔한 윤민지 몫."

"자, 잠깐만요. 나가요, 나간다고요! 그러니까 그만해요!"

이수희가 밖으로 나왔다. 동시에 마지막 양동이 물이 끼얹어졌다.

"마지막으로 이건 주하나 몫."

현주는 싱긋 웃으며 양동이를 거꾸로 들어 보였다. 구정물을 정통으로 얻어맞은 이수희는 끅 딸꾹질을 했다. 코와 입가에 맺혀 있던 물방울이 목구멍으로 넘어갔다.

"즈, 증거 있어요? 내가 그랬다는 증거."

가소롭기 짝이 없는 마지막 발악에 세 남매는 코웃음을 쳤다.

"신부 대기실 테이블에 빨대 꽂은 생수병이 그대로 있더라고. 아주 대범해. 안 걸릴 줄 알았나 봐."

현주는 생수병을 들어 보였다.

"저기 서 있는 애가 내 남동생이거든. 직업이 뭐냐면 강력팀 형사야. 이 생수병 안에 뭐가 들었는지 성분 검사라도 해보라고 할까?"

"그, 그래요. 윤민지 씨 생수병에는 제가 설사약을 넣었어요. 그래도 나머지 네 건은 모르는 일이라고요."

"이 여자가 우릴 아주 우습게 보시네."

이번에 나선 이는 진주였다. 잠자코 차례를 기다린 터라 쏘아붙이는 말에 힘이 넘쳤다.

"정황 증거라는 게 있는데 어디서 발뺌을 해? 강인아, 장희주, 주하나 결혼식에서 하객 대행 아르바이트 했잖아, 당신! 그중에서도 장희주, 주하나 결혼식에서는 가방순이 역할까지 했고."

진주는 결혼식 하객 대행 업체에서 전달받은 팩스 용지를 이수희에게 들이댔다. 이제껏 뻔뻔하게 발뺌하던 이수희는 그 자리에 주저앉았다. 증거 앞에서 무너지고 만 것이다.

"결혼식에 사람이 적어 보일까 봐 걱정하면서 하객 대행 알바까지 쓴 여자들이었어. 자신의 결혼식 날이 인생 최고의 날이 되길 바라면서. 그런데 그 여자들 결혼식을 그런 식으로 망치고 싶었어?"

현주가 이수희를 질책했다. 언젠가 범인을 만나면 해주고 싶던 말이었다.

지독히도 악질적인 수법이었다. 법적으로 어떤 심판이 내려질지 모르지만 그녀가 받을 벌에 비해 피해자들의 고통이 너무 컸다. 뒤늦게나마 평일 저녁 결혼식에 이수희가 하객 대행으로 나간 사실을 알아내고 윤민지를 곤경에서 구한 게 다행이라면 다행이었다.

"대체 왜 그랬어! 3개월 전 결혼 파투 난 게 그렇게 억울했어? 집, 혼수, 예단 문제 때문에 신랑 될 사람하고 싸우다가 결혼 깨진 거라며. 당신 결혼 깨진 게 이 여자들 탓이 아니잖아. 왜 엄한 사람들한테 분풀이했냔 말이야?"

현주가 속사정을 들춰내자 이수희는 눈을 부릅떴다. 그 눈빛 속에서 자신의 행동에 대한 후회와 피해자에 대한 죄책감은 조금도 찾아볼 수 없었다. 스스로에 대한 연민만이 가득했다.

어제 하루 동안 현주, 현호, 진주는 이수희의 주변을 샅샅이 캐고 다녔다. 이수희의 첫 번째 범행 대상인 한수진은 그녀의 친구였다. 그것도 고등학교 시절부터 알고 지낸 절친한 친구. 두 사람은 비슷한 시기에 결혼 준비를 하며 우정을 다져갔다. 그러나 이수희의 결혼이 어그러지며 관계가 흔들리기 시작했다.

혼자만 다른 세상으로 나아가는 친구, 혼자만 행복해 보이는 친구. 자신을 조롱하고 비웃는다고 생각했을까. 질투심을 견딜 수 없었을까.

한수진의 가방순이를 자처한 이수희는 생수병에 설사약을 넣었다. 웨딩드레스에 실수한 친구를 보며 짜릿했을 것이다. 초등학교 선생이라는 직업이 있으면서도 이후 결혼식 하객 대행을 자처했으니. 그렇게 범행은 두 번, 세 번 계속해서 이어졌다.

이수희에 대한 처분은 피해자들에게 맡길 셈이었다. 근무하는 학교에 알려지든, SNS에 신상이 까발려지든, 고소당하든. 행동에 대한 결과를 감당하는 건 그녀의 몫이었다.

이수희는 바르르 몸을 떨 뿐 현주의 말에 반박하지 못했다. 오물을 뒤집어쓴 그녀에게서 악취가 풍겼다. 이대로 뒤돌아 나가고 싶었지만 현주에게는 들어야 할 말이 남아 있었다.

"주하나 씨는 아니에요."

현주가 묻기도 전 이수희가 대답했다.

"거짓말."

"정말이에요. 맹세코 전 아니에요. 신부 대기실에 같이 있었던 이모님한테 물어보세요. 주하나 씨가 쓰러진 건 제가 생수병을 건네기 전이었으니까."

현주도 예상한 바였다. 신부 도우미였던 민경실의 진술과 일치했다.

"그럼 하나 씨는 왜 쓰러졌어요? 옆에서 봤으니 알 거 아니에요?"

이수희는 대답을 주저했다. 무언가 알고 있으나 대답을 망설이는 기색이었다.

"대답해요. 더하거나 뺄 것 없이 사실 그대로."

현주의 말에 머뭇거리던 이수희가 입을 열었다.

"주하나 씨가 일부러 기절한 척한 건 아시죠?"

현주는 고개를 끄덕였다.

"저도 처음에는 독이라도 먹은 줄 알았어요. 제가 설사약을 준비했으니 자연스럽게 약이나 독을 연상한 걸 테지만. 그런데 누운 모습을 가만 보니 진짜 기절한 게 아니더라고요. 눈꺼풀도 떨리고 부케도 쥐고 있는 게. 의식을 완전히 잃은 게 아니었어요."

"……."

"이제 와 결혼하기 싫어 쇼하는 건가 싶었는데, 번뜩 떠오르는 장면이 있었어요."

"무슨 장면인데요?"

"제가 생수병을 건네주는 순간 주하나 씨 신부 대기실 앞에 누군가 서 있었어요. 그 사람을 보고 순식간에 표정이 변하더니 픽 쓰러지더라고요."

"그 사람이 누군데요?"

"저야 모르죠. 하객 대행 알바 하러 간 것뿐인데. 젊은 남자였어요. 키가 크고 훤칠하게 생긴."

"확실해요?"

"그럼요, 신부 바로 옆에 있었는데. 이 두 눈으로 똑똑히 봤죠. 뻔한 거 아니겠어요? 전 남자친구가 협박하러 왔나 보죠. 섹스 동영상을 찍었다든가, 그 남자 애라도 뱄다든가. 뭐 그런 이유 때문 아니겠어요?"

마지막 말에 현주가 양동이 쪽으로 손을 뻗자 이수희가 몸을 움츠렸다. 이 와중에도 주둥이를 함부로 놀리는 게 알아서 매를 벌고 있었다.

"왜요? 주하나 씨는 그런 사람 아니라고 생각해요?"

"그런 사람? 그런 사람이 뭔데? 섹스 동영상 찍고, 임신한 게 뭐 어때서? 그 사실을 가지고 협박, 유포하고 소문내는 사람이 잘못인 거지!"

현주가 큰소리를 쳤다. 남의 일에 함부로 입 놀리는 사람들이라면 지긋지긋했다. 그러나 한편으로는 전 남자친구일 거라는 이수희의 추측이 옳을 수도 있다는 생각이 들었다.

결혼식 날 신부 대기실에 나타난 남자, 남자를 보고 기절한 주하나. 상상력이 부족한 걸까. 전 남자친구 외에는 남자의 정체로 추측되는 것이 없었다. 배정연은 은행 입사 전까지 주하나가 남자 한번 사귀어보지 못했다고 말했다. 그렇다면 입사 후 사귄 남자일까.

"아무튼 그 남자를 찾으면 알 수 있겠죠."

이수희가 말했다. 그녀가 이제껏 지껄인 이야기 중에서 제일 공감 가는 말이었다.

* * *

거실 한가운데 전지가 펼쳐졌다.

전지를 둘러싸고 앉은 현주, 진주, 현호, 희례는 자못 심각하고 진지했다. 전지에는 이들에게 고민거리를 안겨준 화두가 적혀 있었다.

신부 대기실에서 신부가 의문의 남자를 목격하고 기절한 척한 서른 가지 이유.

머릿속에 고정된 프레임이 있으면 수사 역시 그 방향으로 진행되기 마련이다. 본격적인 수사 전 되도록 많은 경우의 수를 상정하고 편견을 없애기 위한 조치였다.

"꼭 서른 가지나 필요할까."

현호가 식구들의 면면을 살피며 말문을 열었다.

"당연하지. 자신 없어? 머리도 자꾸 써야 녹이 안 슬지. 너도 서른 되니까 하는 생각들이 다 뻔하고 진부해지지?"

현주가 현호의 경쟁심에 불을 붙였다.

"글쎄. 누나야말로 머리 쓴 지 꽤 되지 않았나? 아차, 아예 쓴 적이 없던가?"

"시끄럽고. 난 이미 쫘르륵 몇 가지가 떠오르거든? 뭐, 직업이잖아. 상상력 가동하는 거."

진주도 불타오르는 경쟁에 한 발을 들여놓았다.

"경험도 무시할 수 없지. 내가 밥을 먹어도 너희보다 몇 그릇을 더 먹었겠니."

희례 역시 그냥 두고 보지만은 않았다.

그렇게 네 사람은 새하얀 전지를 새카만 글자로 채워나갔다. 처음은 쉬웠다. 제 머릿속 어디에 이런 상상력이 숨어 있었느냐는 듯 이야기가 술술 흘러나왔다.


1. 결혼 준비로 인한 피로 누적(발언자 : 백현호. 너무 진부하기에 발언자를 기록해둠).
2. 신랑 최상현의 실체를 알고 결혼하기 싫어서.
3. 신랑 최상현의 도박 중독, 바람, 폭력 전과 등을 결혼식장에서 알

고 결혼을 막아보려고. 신부 대기실에 찾아온 남자는 최상현의 실체를 알고 있던 최상현의 친구임. 주하나에게 몰래 이 사실을 알려준 이유는 바로……. 친구의 약혼자인 주하나에게 첫눈에 반했기 때문임(발언자 : 백진주. 아주 소설을 쓰려고 해서 뒤는 생략).

4. 섹스 동영상과 임신 사실을 폭로하겠다고 전 남자친구가 협박(발언은 오희례 여사가 했지만 저작권은 이수희에게 있다고 판단됨).

5. 성매매 업소 포주가 주하나의 성매매 사실을 폭로하겠다고 협박.

6. 사기, 강도, 살인으로 복역한 사실을 알게 된 지인이 폭로하겠다고 찾아옴.


야심 찬 포부로 시작했지만 숫자가 더해질수록 상상력은 금세 바닥났다. 10 언저리에 멈춰 좀처럼 나아가지 못했다. 게다가 이렇게 이유를 늘어놓고 보니 몇 가지 카테고리로 묶는 게 가능했다.

"1번은 삭제하자. 피로 누적 때문에 쓰러졌다면 굳이 하나 씨가 사라질 이유가 없잖아. 2번도 아닌 것 같아. 너무 무모하고 파괴적인 방식이야. 결혼식에서 기절한 척할 용기가 있었더라면 차라리 파혼을 했겠지. 그리고 분명 주하나 씨가 기절한 척한 건 계획한 일이 아니었어. 그런 낌새가 전혀 없었잖아. 남자를 보고 돌발적으로 한 행동이야."

현주의 말에 진주는 1번과 2번을 펜으로 박박 그었다.

"1, 2번 지우고 나니 다른 것들은 크게 두 가지 경우로 압축되네. 첫 번째는 최상현의 치부를 결혼식 당일에 알게 돼서 결혼을 막아보려고. 두 번째는 하나 씨 과거를 폭로하려는 사람이 나타나서."

진주는 나머지 숫자들을 동그라미 두 개로 묶었다.

"내 생각에는 첫 번째 동그라미도 지워야 할 거 같은데? 결혼을 막아보려고 기절한 척한 건 그래, 있을 수 있는 일이라고 쳐. 그런데 그 이후 하나 씨 행보가 이상하잖아. 최상현의 치부인데 왜 하나 씨가 사직서랑 유서 비스름한 글을 남기고 잠적하겠어?"

모처럼 희례가 피와 살이 되는 의견을 내놓았다.

진주가 식구들의 의견대로 번호를 하나씩 제거하자 결국 남은 건 두 번째 동그라미뿐이었다. 과거를 알고 있는 남자가 갑작스럽게 나타나는 바람에 주하나가 기절한 척했다는 가정.

"이래서야……. 결국 이수희가 얘기한 범주에서 못 벗어난 거잖아."

두 시간가량의 노력이 물거품으로 돌아가자 현호는 허탈해했다. 식구들은 침묵으로 현호의 말에 동의했다.

현주는 두 번째 동그라미로 묶인 의견들을 다시 읽었다. 사기, 강도, 살인, 성매매, 왕따 가해, 불륜. 온갖 자극적인 악행들이 판을 쳤다. 직원과 고객들에게 친절하고 상냥한 주하나. 다른 사람 일에 먼저 발 벗고 나서던 주하나.

"하나 씨가 이런 일들 중 하나를 저질렀다고?"

현주의 마음을 대변하듯 희례가 못 믿겠다는 얼굴로 말했다.

"지금으로서는 그거 외에는 달리 설명할 수 있는 게 없어."

현호가 대답했다. 도출된 결과가 참담했지만 제일 유력한 가설임은 틀림없었다. 진주와 현주도 현호의 말에 동의하듯 고개를 끄덕였다.

"아니야! 얘들이 정말 왜 이래? 우리 하나 씨가 어디 그럴 사람이야? 내가 몇 번이나 얘기했잖아. 절대 그럴 사람 아니라고."

희례는 쉽게 수긍하지 않았다. 목에 핏대를 세우며 현호의 의견을 반박했다.

"엄마, 어디 살인자나 사기범 지인들한테 가서 물어봐. 그럴 사람 같았냐고. 죄다 그럴 사람 아니라고 하지. 범법자들은 이마에 살인범, 사기범이라고 적고 다니는 줄 알아? 열 길 물속은 알아도 한 길 사람 속은 모르는 법이라며. 엄마도 전세 사기 당해놓고 뭘. 어디 그 사람은 사기범 같았어?"

"아니, 이놈의 자식이! 전세 사기 얘긴 왜 꺼내?"

희례는 현호의 머리를 세게 쥐어박고는 뒷말을 이었다.

"우리가 나이는 뭐 똥구멍으로 먹은 줄 알아? 얼굴만 보면 척 안다는 말이 왜 나왔겠냐고. 다 경험이야, 경험. 세상 산 만큼 보이는 게 다른 법이라고. 감이고 촉 같은 거 그렇게 무시할 게 아니야. 다 경험에서 우러나오는 거니까."

"그래서 엄마 감은 뭐라고 얘기하는데? 하나 씨는 저런 일들을 저지르지 않았다?"

"말해 뭐 해. 입만 아프지."

"엄마, 그래서 옛날엔 범인들 죄다 놓치고 그랬던 거야. 감하고 촉으로 수사해서."

"늙었다고 무시해라. 나중에 아주 큰코다칠 테니. 경험, 경력, 세월 함부로 무시 못 하는 거야. 옛날에는 과학수사 그딴 거 없어도 범인들 잘만 잡았어."

"그러면 엄마는 하나 씨가 왜 신부 대기실에서 남자를 보고 기절한 척했다고 생각하는데? 두 번째 동그라미 속 이유들을 제외한다면."

"무슨 오해가 있었을 거야. 엄청나게 큰 오해."

"무슨 오해?"

현호의 마지막 질문에 진주와 현주의 시선이 희례에게 모였다. 희례는 '흠흠' 목을 가다듬고 말을 내뱉었다.

"그건 나도 모르지."

세 사람 모두 김빠진 얼굴을 했다.

희례의 반박에도 두 번째 동그라미 속 가설은 힘을 잃지 않았다. 장장 네 시간에 걸친 가족 수사단 회의가 끝이 났다. 의문의 남자가 누구인지 알아내는 일이 가장 시급하다는 게 결론이었다. 회의 없이도 도출할 수 있는 결론이었지만 굳이 그 사실을 언급하는 사람은 없었다.

남자의 정체를 알아내기 위한 수사는 두 가지 방향으로 진행하기로 했다. 첫 번째는 결혼식장 CCTV에서 남자의 모습을 포착해 주하나와 최상현 주변 사람들에게 물어보는 것, 두 번째는 주하나의 과거를 캐는 것이었다. 첫 번째 수사는 진주와 현호가, 두 번째 수사는 현주와 희례가 맡기로 했다.

다음날, 진주와 현호는 주하나가 결혼식을 올리려다 말았던 더 화이트 로즈 웨딩홀을 방문했다. 결혼식 테러 사건을 언급하자 직원은 군말 없이 두 사람을 관리실로 안내했다. 다행히 얼마 전 리뉴얼한 웨딩홀이라 보안 CCTV가 곳곳에 설치되어 있었다.

현호는 신부 대기실을 비추는 CCTV 영상을 확대했다. 빨리 감기를 하자 신부 대기실에 방문한 하객들의 모습이 재생됐다. 그리고 드디어 오후 1시 55분. 의문의 남자가 신부 대기실 앞에 등장했다. 그는 몇 초간 문가에 서 있었다.

"잠깐. 멈춰봐. 다시 돌려서 느리게 재생해봐."

진주의 말대로 현호가 기기를 조작했다. 다행히도 CCTV 화면은 깨끗했다. 남자의 이목구비까지 선명하게 잡아냈다.

신부 대기실 앞에 등장한 의문의 남자는 이수희의 말대로 꽤 젊어 보였다. 나이는 30대 초반. 단정하게 넘긴 머리에 깔끔한 정장 차림이었다. CCTV 화면 속 남자는 문가에 서서 멈칫했다. 어찌 보면 당황하는 것 같기도 했다. 그 순간 주하나의 눈동자가 그를 향했다. 두 사람의 눈길이 잠시 마주쳤다. 서로를 알아보기에 충분한 시간이었다. 남자가 휙 몸을 돌렸다. 주하나가 한 떨기 하얀 꽃처럼 무너져 내린 건 바로 그다음이었다. 현호는 CCTV 속 남자의 모습을 출력했다. 얼굴 사진과 전신사진. 이 두 장이면 그를 알아보기에 무리가 없을 터였다.

제일 먼저 찾아간 이는 최상현이었다. 최상현은 CCTV 속 남자를 알아보지 못했다. 그의 부모님께 확인을 부탁했다. 그의 친구, 친척, 지인 그 누구도 그를 알지 못했다. 주하나의 부모님, 동생도 마찬가지였다. 전혀 본 적 없는 남자라고 입을 모아 얘기했다. 대학 친구, 배정연, 회사 사람들도 같은 소리를 했다.

진주는 주하나의 SNS를 집중적으로 조사했다. '미스터리夜' 회원인 미라와 장호까지 동원했다. 대규모 조사를 벌였지만 남자의 흔적은 찾을 수가 없었다.

이제 기대해볼 만한 건 현주와 희례의 조사뿐이었다. 현주는 주하나에게 폐를 끼치지 않기 위해 다양한 위장술을 선보였다. 보험 설계사, 마트 직원, 상담사, 의사 등 온갖 직업으로 위장해 가족, 친척, 지인들에게 접근했다. 하지만 주하나의 과거는 투명하기만 했다. 최상현 이전에는 남자를 만난 적도 없었다.

답답하리만큼 고지식한 사람, 말 안 통하는 원칙주의자, 겁 많은 새가슴. 조사를 통해 알게 된 주하나의 새로운 모습이었다.

소득 없는 나날이 흘렀다. 성과가 나타나지 않자 모두 지쳐갔다. 그사이 주하나는 부모님과 고경숙 차장에게 메시지를 남겼다.

「고통이 사라지지 않아요. 너무 걱정하지 마세요. 언젠가는 돌아갈 테니. 사직서 처리해주세요. 부탁드릴게요.」

수사는 지지부진하다 못해 중단된 상태였다. 주하나의 안위가 확인되었기에 더욱 그러했다.

"주하나 씨가 2주 넘도록 안 돌아오면 어떻게 되는 거야?"

거실 소파에 널브러진 현호가 현주에게 물었다. 희례는 동네 마실을, 진주는 도서관에 간 터였다. 오프 날인 현주만이 현호의 말 상대를 해주고 있었다.

"사직서 수리해야지. 지금도 지점장님 재량으로 사직서 수리 안 하고 있는 거니까. 은행 휴가는 열흘이거든. 포상 휴가까지 하면 사흘 더. 결근을 휴가로 처리할 수 있는 것도 최대 13일이라는 말이야. 그 이상 출근 안 하면 무단결근이니까 결국엔 퇴사 처리할 수밖에."

현주가 신문지를 펼쳐놓은 채 발톱을 깎으며 말했다.

"이제 이틀 남은 거네?"

"벌써?"

"아깝네. 그 좋은 직장을……."

"그러게. 하나 씨 은행 진짜 열심히 다녔는데. 자기는 목표가 정년

퇴직이라고 말하던 모습이 눈에 선하다. 일도 잘하고 성과도 좋고 승진 욕심도 있는 사람이었는데."

"그런데 왜 그만두고 사라진 걸까. 진짜 궁금해."

"나도 궁금…… 악!"

발톱을 깎던 현주가 비명을 질렀다. 오른쪽 엄지발톱에서 피가 흐르고 있었다. 현호가 티슈를 건네자 현주는 고통스럽게 얼굴을 일그러뜨리며 지혈했다.

"아오, 아파 죽겠네. 생살 집었어. 오늘 왜 이러지? 고 차장님 말대로 귀신이 발밑에 섰다 간 날인가."

그런 날이 있다. 이상하게 마음이 찜찜한 날, 기분이 싸한 날. 현주에게는 오늘이 꼭 그런 날이었다.

"왜 아침부터 정신을 못 차려?"

"아무래도 심상치가 않아. 꼭 뭔 일이 생길 것 같단 말이지. 이런 날은 알아서 몸 사려야 하는 건데."

"그런 거 미신이야. 누나도 엄마 닮아가?"

피가 멈추자 현주는 밴드로 발가락을 동여맸다. 애초부터 할 말이 있었던 현호는 눈치를 보며 그녀의 심중을 살폈다.

"누나, 결혼식장 다시 안 가볼래?"

"왜?"

"CCTV 한번 더 보고 싶어서. 최상현과 주하나 씨 주위에 그 의문의 남자를 알아보는 사람이 아무도 없잖아. 근데 정말 그럴까? 난 누군가 거짓말했을지도 모른다는 생각이 들어. 그 남자, 머리 손질까지 하고 정장 차림이었어. 결혼식에 참석하러 온 사람인 건 분명해. 그렇다면……. 결혼식장에서 누군가와 대화를 나누지 않았을까? 아니면 방명록에 이름이라도 적었겠지. CCTV 영상에 그 장면이 잡혔을 테고."

현주는 생각에 잠겼다. 그녀도 현호와 같은 마음이었다. 이대로 비밀을 끌어안고 잠적한 주하나가 안타까웠다. 그토록 자랑스러워하던 직장을 관두게 된다는 사실도 아까웠다.

"오늘 오후에 은우 데리러 가야 하는데."

남은 시간은 고작 이틀. 시간이 촉박했다. 움직이려면 당장 나서야 할 텐데 은우가 마음에 걸렸다.

"은우도 데리고 가자."

"오늘 기분도 싸한 게 영 찜찜한 날이기도 하고."

"고작 발가락에 피 난 거 때문에?"

현호의 말대로 고작 발가락에 피가 났다는 이유로 물러설 순 없었다. 현주는 찜찜한 기분을 접어두고 나갈 준비를 했다.

모처럼 치장이라도 해볼까 싶었지만 옷장이 텅텅 비어 있었다. 다친 발가락 때문에 구두도 신을 수 없었다. 아이를 데리고 다니는데 치렁치렁한 치마를 입을 수도 없는 노릇이었다. 결국 현주는 민낯에 머리를 틀어 올린 채 고무줄 바지에 풍덩한 티를 걸쳐 입고 집을 나섰다.

약속 시간보다 일찍 나타난 현주를 보고 은우는 환호성을 질렀다. 날다람쥐처럼 날래게 달려와 답삭 안기더니 어리광을 부리기까지 했다. 보는 사람이 다 외로워지는 모자 상봉의 순간이었다.

"송은우, 삼촌은 안 보이지?"

"어? 삼촌도 있었어?"

안 보인다는 말보다도 서러운 말이었다.

"근데 삼촌은 왜 왔어?"

천진난만한 말이 현호의 가슴에 생채기를 냈다.

은우는 현주와 현호의 손을 양쪽으로 잡고 신나게 거리를 걸었다. 논현동까지 향하는 내내 은우의 조잘거림은 멈출 줄 몰랐다. 지하철과 버스를 번갈아 타자 먼 곳으로 놀러 가는 줄 아는 모양이었다.

더 화이트 로즈 웨딩홀 직원은 아이까지 달고 나타난 현주와 현호를 마땅찮아했다.

"CCTV 영상은 한 달간 저장된다면서요."

"기억력도 참 좋으시지. 그러게요. 왜 한 달이나 저장될까요."

직원은 세 사람을 관리실로 안내했다.

"송은우, 얌전히 앉아서 잘 기다릴 수 있지? 터닝메카드 틀어줄 테니까."

현호가 의자에 은우를 앉히며 말했다.

"괜찮아. 나 동화책 가지고 왔어. 읽고 있을게!"

은우가 유치원 가방에서 동화책을 꺼냈다. 그렇게 은우는 의도치 않게 현호의 가슴에 뻘쭘함을 남겼다.

CCTV 조작법은 이미 알고 있었다. 현주와 현호는 곧장 신부 대기실을 비추는 CCTV 화면을 확대했다. 그리고는 결혼식 당일 오후 1시 55분, 의문의 남자가 신부 대기실 앞에 등장하는 시점까지 빠르게 감았다. 화면 속에 남자가 등장했다.

"이 남자가 어디서부터 왔는지 역순으로 돌려보자 이거야."

현호가 능숙하게 CCTV를 조작했다. 남자가 뒤로 갈 때마다 다른 번호의 CCTV 화면이 확대됐다.

CCTV 화면을 역순으로 돌려본 결과, 그의 행동은 이러했다. 휴대전화로 통화하며 급하게 건물 정문으로 들어온 의문의 남자. 혼자 엘리베이터를 타고 7층에 내린다. 그러고는 곧장 로비를 가로질러 본식이 열리는 홀로 향한다. 홀에서 잠시 머물던 남자는 이후 신부 대기실로 걸어간다. 남자가 신부 대기실까지 이동하는 데 걸린 시간은 5분도 채 되지 않았다. 그가 홀에서 머문 건 불과 몇 초 안팎이었다. 그런데 하필이면 CCTV 사각지대라, 그가 홀에서 무얼 했는지 알 수 없었다.

"이게 뭐야. 이 남자 방명록도 안 쓰고, 만난 사람도 없네?"

현주가 허탈해했다.

"그럴 리가."

"그러면 하나 씨가 쓰러지고 난 뒤 이 남자 행적을 보자."

현주의 말에 현호는 다시 CCTV 화면을 확대했다. 오후 1시 55분. 신부 대기실 앞에서 주춤거리는 의문의 남자가 보였다. 그가 돌아서고 얼마 안 있어 주하나가 쓰러졌다. 현호는 신부 대기실 밖을 비추는 CCTV 화면을 켰다. 신부 대기실에서 나온 남자가 비상문으로 빠져나가는 모습이 포착됐다. 신부 대기실 옆에는 비상계단으로 향하는 출입문이 있었다.

"이거 봐! 도망가는 거 맞네. 아저씨, 비상계단 CCTV는 없어요?"

남자가 비상계단으로 1층까지 도망가는 영상만 찾을 수 있다면 그날 그의 행적은 전부 파악한 셈이었다. 그러나 직원의 말은 현호의 기대를 배반했다.

"비상계단? 거긴 없는데요."

현호는 할 수 없이 건물 1층 입구를 비추는 CCTV 화면을 켰다. 비상계단으로 나간 남자가 5분 이내에 모습을 드러낼 거라 생각했다.

하지만 아무리 화면을 빨리 감아도 그의 모습은 나타나지 않았다.

"뭐야, 이 남자. 비상문으로 나가서 어디로 사라진 거야? 왜 자꾸 다들 사라지는 거냐고."

현호가 볼멘소리를 했다. 궁금함과 답답함을 넘어 짜증이 치밀어 올랐다. 반면 현주는 CCTV 화면을 뚫어져라 바라보며 생각에 골몰했다.

"현호야, 이 남자 행동 한 번만 더 역순으로 보자."

현호는 군말 없이 CCTV를 조작했다. 몇 번을 돌려 봐도 이상한 부분은 없었다.

"왜 그러는⋯⋯."

"잠깐! 엘리베이터 영상 다시 띄워봐. 엘리베이터에 타는 장면!"

현주가 다급하게 외쳤다. 두 눈에는 이채가 번뜩였다. 현호는 남자가 엘리베이터에 올라타는 장면까지 되감았다.

통화를 하며 혼자 엘리베이터에 올라탄 의문의 남자. 버튼을 누른다. 이상한 점이라곤⋯⋯. 그 순간 머릿속에 번개가 내리쳤다. 전신이 전율했다. 현호는 상체를 일으켜 화면 가까이 얼굴을 갖다 댔다.

"이 남자⋯⋯. 7층이 아니라 8층 버튼을 눌렀어."

정답이라는 듯 현주가 웃어 보였다.

남자는 통화를 하며 혼자 엘리베이터에 올라탄 뒤 8층 버튼을 눌렀다. 통화에 열중하느라 문이 열리자 당연히 8층이라 생각하고 내린 것이다. 아마도 결혼식에 늦었을 터. 그는 곧장 로비를 가로질러 홀로 들어갔다. 하지만 결혼식이 아직 시작되지 않은 걸 깨닫고 신부 대기실로 향했다. 그러고는 엉뚱한 신부와 마주친 것이다.

"남자는 8층 버튼을 눌렀는데 왜 엘리베이터 문이 7층에서 열린 거지?"

현호의 질문에 현주는 말없이 다른 CCTV 화면을 보여주었다. 7층에서 어떤 여자가 엘리베이터 버튼을 누른 뒤 다른 곳으로 가버리는 장면이 나왔다. 누군가 7층에서 버튼을 눌렀기 때문에 문이 열려버린 것이다.

"이 남자는 8층 결혼식에 참석하러 온 하객이었어."

현주의 말이 옳았다. 이 건물은 6층부터 8층까지를 웨딩홀로 사용하고 있기에 가능한 일이었다. 일종의 말도 안 되는 우연이 빚어낸 산물이었다.

"이 남자가 하나 씨 신부 대기실로 간 건 전부 우연이었어. 그러니 최상현과 주하나 씨 주변을 암만 뒤져도 찾을 수 없었던 건 당연하지. 그런데 말이야. 주하나 씨는 왜 이 남자를 보고 기절한 척한 걸까? 결혼식장을 잘못 찾아온 남자일 뿐인데."

"이제 이 의문의 남자를 만나보면 알 수 있겠지. 적어도 8층 결혼식 하객이라는 사실은 알아냈잖아?"

현주의 말에 현호는 고개를 끄덕였다.

직원에게 감사 인사를 한 뒤 관리실을 빠져나오려는데, 불현듯 현주가 발걸음을 멈췄다.

"죄송한데요. CCTV 한 번만 더 봐도 돼요?"

직원은 오만상을 찌푸렸지만 모니터로 향하는 현주를 딱히 제지하진 않았다. 현주는 남자의 얼굴을 크게 확대했다. 그러고는 그의 얼굴을 꼼꼼히 뜯어봤다.

"왜 그래?"

"이 남자 말이야. 내가 어디서 본 거 같단 말이지."

현주는 사건 조사 차원에서 만난 수많은 사람들의 얼굴을 머릿속에서 끄집어냈다. 한 명씩 얼굴을 대입해봤지만 일치하는 사람은 없었다.

"어디서?"

현호가 물었다.

"너도 알겠지만 내가 사람 얼굴 기억하는 건 기똥차잖아. 분명히 어디선가 본 얼굴인데 기억이 안 나."

"옛날에 만났던 남자 아니야?"

"아냐. 분명히 최근에 만났던 남자야."

아무리 생각을 떠올려보려 해도 머릿속은 먹구름이 낀 듯 뿌옇기만 했다. 결국 현주는 생각해내기를 포기하곤 관리실을 빠져나왔다. 직원은 속이 다 후련하다는 얼굴이었다. 직원의 배웅을 받으며 세 사람이 로비로 나온 순간 은우가 아, 하는 소리를 냈다.

"나 동화책 놓고 왔어. 갖고 올게!"

은우가 다시 관리실로 뛰어 들어갔다. 현주는 멀뚱히 선 현호에게 눈짓을 보냈다. '안 따라가고 뭐 하느냐'는 뜻이 담긴 눈빛이었다. 현호는 떨떠름하게 은우의 뒤를 쫓았다.

"아주 든든하시겠어요."

직원이 관리실 안으로 들어가는 현호의 뒷모습을 보며 말했다. 그때 로비 반대편에서 엘리베이터 문이 열렸다. 누군가가 이쪽을 향해 걸어왔다. 낯선 구둣발 소리가 빈 공간에 메아리쳤다.

"든든하다니요?"

뒤돌아 있던 현주는 이쪽을 향해 걸어오는 사람의 얼굴을 보지 못했다.

"남편분이요. 아주 듬직하시네요. 아이도 귀엽고요."

"남편?"

말을 내뱉은 건 현주가 아니었다. 현주 뒤에 선 사람의 입에서 흘러나온 음성이었다. 섬뜩한 느낌에 현주는 뒤를 돌아보았다. 남들보다 머리 하나 우뚝 솟은 큰 키, 건장한 체격, 짙은 눈매가 강인한 인상을 자아내는 남자가 서 있었다. 시체에 들러붙은 구더기를 보듯 경멸 어린 남자의 눈빛이 현주에게 내다 꽂혔다.

"아, 아니. 남편이 아니……."

"진짜 대단한 여자네. 이혼한 지 얼마나 됐다고 또 결혼? 이번이 몇 번째지? 네 번짼가? 아니면 다섯 번째?"

"그게 아니라……."

갑작스러운 만남이었다. 당황한 현주는 변명조차 하지 못했다.

"두 분 아는 사이세요?"

묘한 기류를 읽은 직원이 대화에 끼어들었다.

"아니요. 모르는 사이에요. 지갑 때문에 전화드렸던 사람입니다. 시간이 여의치 않아서 이제 왔네요. 이럴 줄 알았으면 진작 올 걸 그랬어요."

키 큰 남자는 현주를 본체만체하며 직원에게 대답했다.

"성함이……."

직원이 키 큰 남자에게 이름을 묻는 찰나, 현호와 은우가 로비로 나왔다. 그 순간 은우와 키 큰 남자의 시선이 마주쳤다. 은우는 동화책을 바닥에 떨어뜨렸다. 얼굴이 반가움으로 물들더니 잽싸게 달려왔다.

"아빠!"

은우가 키 큰 남자의 품에 답삭 안겼다. 그는 은우의 등을 부드럽게 쓸어내렸다.

직원은 머릿속이 혼란스러웠다. 자, 잠깐. 여기도 아빠고 저기도 아빠가? 결혼은 네 번째, 아니 다섯 번째라며? 뭔 놈의 콩가루 집안이 이 모양이래? 직원은 현주와 현호, 키 큰 남자와 은우의 면면을 살폈다.

키 큰 남자가 직원에게 자신을 소개했다.

"이름 물으셨죠? 차민호라고 합니다."


* * *


현주는 스물셋에 첫 번째 남편과 결혼했다.

그는 현주보다 열두 살 많은 남자였다. 서로의 이해관계가 일치해 성사된 결혼이었다. 현주는 지긋지긋한 집구석에서 벗어나고 싶었고, 비혼주의자였던 첫 번째 남편은 부모의 결혼 재촉에 진력이 난 상황이었다. 번갯불에 콩 구워 먹듯 치른 결혼이 잘될 리 만무했다. 성대한 호텔 결혼식이 무색하게도 두 사람은 6개월 만에 이혼했다. 남편의 요구대로 혼인신고를 하지 않았다는 점이 다행이라면 다행이었다.

이후 현주는 짧은 연애를 거듭하다 스물네 살 때 H 증권 감사부에 계약직으로 채용됐다. 서무 담당 보조를 맡아 경비를 처리하는 업무였다. 그곳에서 차민호를 만났다. 당시 스물여덟 살이었던 그는 감사부 막내 직원으로 서무를 담당하고 있었다.

차 주임님, 차민호 씨, 민호 씨, 민호 오빠. 관계의 변화에 따라 호

칭도 변화했다. 두 사람은 1년간의 열렬한 연애 끝에 결혼을 하고, 3년간의 알콩달콩한 신혼 생활 끝에 은우를 낳았다.

은우의 출생은 두 사람 관계에 또 다른 전환점이 되었다. 결속은 단단해지고 사랑은 깊어졌지만 사소한 다툼이 생기기 시작했다. 1년 그리고 2년. 대다수의 부부들이 결혼 생활의 위기를 겪는 시기. 현주와 민호도 고비를 맞닥뜨렸다. 현주는 만성피로와 육아로 심신이 지쳐갔다. 과장 승진을 앞둔 민호도 신경이 예민한 상황이었다.

두 사람은 늦은 밤, 얼굴만 맞대면 고함을 질렀다. 애는 나 혼자 키워? 은우 목욕시키는 건 오빠가 하기로 했잖아. 회사 일은 오빠 혼자 해? 그래서 주말엔 내가 다 하잖아. 지금 중요한 시기인 거 몰라서 그래? 이번 연말까지만 나 좀 봐주면 안 되겠냐? 아이로 인해 사랑과 결속이 단단해진 게 맞을까. 그렇게 부부 사이가 극악으로 치닫던 어느 날이었다.

밤 11시 반. 여느 날처럼 현주는 은우를 재우고 소파에 오도카니 앉아 민호를 기다렸다. 그날따라 은우는 잠투정이 심했다. 두 시간도 넘게 생떼를 쓰며 울어댔다. 모성이고 나발이고 다 때려치우고 싶었다. 머리끝까지 화가 치솟았다.

이윽고 비밀번호 누르는 소리가 나며 현관문이 열렸다. 민호는 지독한 술 냄새를 풍기며 거실로 들어왔다. 현주는 고래고래 악을 쓰며 화를 쏟아부었다. 야, 이 미친 새끼야. 넌 아빠도, 남편도 아니야. 나가, 나가라고!

민호는 묵묵히 비난을 받아내기만 했다. 그러다 현주의 분노가 잦아들 무렵 입을 열었다.

"백현주, 너 누구냐?"

"무슨 헛소리야? 네 마누란 거 몰라서 물어?"

"내 마누라……. 그래, 내 마누라지. 근데 다른 사람 마누라였던 적은 없었어?"

현주는 얼어붙었다. 주먹 쥔 손이 떨렸다. 5년간의 결혼 생활 동안 민호는 현주의 첫 번째 남편에 대해 입을 연 적 없었다.

"그, 그 얘길 왜 지금 꺼내?"

"나 말고 죄다 알고 있더라? 날 얼마나 병신으로 알았을까……."

"무슨 소리야? 오빠가 몰랐다니."

"왜 속였어? 한번 결혼했던 거. 나 그때였으면 네 이혼 경력 알고서도 결혼했을 만큼 너한테 미쳐 있었는데. 왜 굳이 날 속여야 했냐?"

민호는 현주의 이혼 경력보다 자신을 속인 사실에 분노했다. 반면 현주는 기가 막힐 노릇이었다.

"내가 언제 오빠를 속였어? 얘기했잖아. 나 결혼한 적 있다고."

오래전, 두 사람이 처음으로 여행을 떠난 날이었다. 비행기 안에서 현주는 넌지시 제 이혼 경력을 알렸다. 민호가 자세한 사연을 묻지 않기에 현주는 더 이상 얘기를 꺼내지 않았다.

"난 들은 적 없어. 궁지에 몰리니까 이제 거짓말까지 해? 너라는 여자……. 진짜 대단하다, 대단해."

두 사람 다 한 치도 물러서지 않았다. 상대의 말은 듣지도 않고 제 주장만 내세웠다. 감정의 골은 깊어갔다. 한 달, 두 달 지루한 싸움이 이어졌다. 현주가 먼저 이혼 합의서를 내밀었다. 민호는 두말 않고 도장을 찍었다. 이혼 합의서가 접수될 때까지도 현주는 정말 이혼하게 되리라고 상상조차 하지 못했다. 3개월의 숙려 기간 뒤 선고가 내려지고서야 현실을 깨달았다. 그제야 제대로 된 대화를 나눠보지 못했다는 걸 알아차렸다.

비행기 안, 그때 어떤 상황이었기에 민호는 자신의 말을 듣지 못했던 걸까. 정말로 민호가 자신의 말을 듣지 못했을 가능성은 없었을까. 민호가 분노하는 건 첫 번째 결혼 사실 때문일까, 자신을 속였다는 이유 때문일까. 민호는 진심으로 이혼을 원했을까.

민호 역시도 생각했다. 비행기 안, 현주가 진짜 그 말을 했을 가능성은 없었을까. 그녀에게 자신을 속이려는 의도가 있었을까. 현주는 진심으로 이혼을 원했을까. 때를 놓친 의문이었다.

이후 두 사람은 되도록 마주치지 않으려 했다. 주말마다 은우를 시댁에 데려다줄 때도 현주는 시어머니와 연락을 주고받았다. 현주를 예뻐했던 시부모는 식사라도 하고 가라 붙잡았지만, 현주는 은우만 데려다 놓고 도망치듯 집을 빠져나왔다.

모든 걸 돌이킬 수 있을까. 그런 생각은 완전히 마음을 접은 현주가 송지석과 결혼하며 산산조각이 났다. 둘의 관계에 있어, 현주는 돌아올 수 없는 강을 건넌 것이다. 민호는 또 한번 깊은 상처를 받았다. 그 여자가 날 속인 거다, 거짓말을 한 거다. 민호는 마음을 굳게 닫았다.

민호의 마음속 현주는 결혼 사기를 친 악녀일 뿐이었다.


* * *


주하나의 신부 대기실에 나타났던 남자의 정체가 밝혀졌다. 같은 날, 8층 결혼식의 하객이었다. 현주와 현호는 직원으로부터 8층 결혼식장에서 식을 올린 신혼부부의 연락처를 얻었다. CCTV 속 남자 사진을 확인한 신혼부부는 남자의 정체를 알려줬다.

이름은 윤태형. 현송 자동차 IT 기획부에 근무하는 직장인이었다. 휴대전화 너머로 들려오는 윤태형의 목소리는 쾌활했다. 만나자는 요청에도 흔쾌히 응했다.

오후 7시 30분. 양재동 현송 자동차 본점 건물 맞은편 카페. 직장인들이 사라진 카페는 벌써 마감을 준비하듯 한산했다. 현주는 말없이 창문 밖 불빛들이 반짝이는 밤거리를 구경했다.

"괜찮아?"

현호가 현주의 눈치를 살피며 물었다.

"괜찮지, 그럼. 안 괜찮을 이유가 뭐 있어."

평소처럼 하이 톤의 음성이었으나 미묘하게 가라앉아 있었다.

"은우는?"

"애 아빠랑 갔지, 뭐."

결혼식장에 난데없이 등장한 민호를 보고, 현주와 민호 사이에 흐르는 고약한 기류를 감지하고 현호는 자리를 떴다. 건물 밖에서 기다리길 10여 분. 현주가 나타났지만 민호와 은우는 내려오지 않았다.

"차 매형은 언제 한국에 들어왔대?"

"2주 전."

"왜 은우는 얘기도 안 했대?"

"그러게."

애써 꾸민 듯한 무심한 말투에 현호는 더 이상 질문을 하지 못했다. 5분가량 더 기다리니 키가 크고 인상이 강인한 남자가 카페 안으로 들어왔다. 윤태형이었다. 그는 내부를 둘러보더니 현주와 현호에게로 다가왔다.

"저, 혹시……."

"어머, 세상에! 맞네, 맞아!"

윤태형이 말을 꺼내기도 전 현주가 과하게 알은척을 했다. 인사말을 준비하던 현호도, 어떻게 첫말을 꺼내야 할지 고민하던 윤태형도 당황스럽게 현주를 쳐다봤다.

"나 기억 안 나요?"

현주가 자신만만한 웃음을 만면에 띠며 물었다.

"무슨 말씀이신지."

윤태형이 난처한 기색을 비쳤다.

"에이, 왜 이래요? 알면서. 일부러 그러는 거죠?"

"아뇨, 정말 모르겠는데요."

"그럴 리가 없는데. 지금 기억하면서 모르는 척하시는 거잖아요."

"아니요. 정말 모르겠어요. 우리 언제 만난 적 있나요?"

윤태형의 얼굴이 다소 굳었다. 이쯤 되자 현주도 그가 일부러 모르는 척하는 게 아니라는 걸 깨달았다.

"네이비블루 정장! 그쪽이 나 잡아줬잖아요."

현주는 윤태형의 얼굴을 똑똑히 기억했다. 주하나의 결혼식 날, 현주는 민호를 발견하고 당황한 마음에 발을 삐끗했다. 그대로 꼬꾸라지려는 찰나, 뒤에서 한 남자가 현주의 허리를 잡아챘다.

윤태형은 기억을 해냈는지 '아' 소리를 내며 고개를 들었다.

"그러고 보니 넘어질 뻔한 여자분을 잡아준 적이 있네요. 그날 하도 정신없어서 제가 기억을 못 했어요. 죄송합니다."

윤태형이 싱긋 웃어 보였다. 사심이라곤 전혀 없는 미소였다.

"그쪽이 나한테 연락처 물으려던 건 기억하고요?"

왠지 억울한 마음에 현주가 샐쭉한 표정을 지었다.

"그런 적 없는데. 착각하셨나 봐요. 신부 대기실 위치를 물으려고 했던 겁니다. 전화 통화하면서 오느라 위치를 확인 못 했거든요."

현주의 얼굴이 빨갛게 부풀어 올랐다. 현호는 이를 꽉 깨물고 허벅지를 찔러가며 웃음을 참았다. 속 시원한 한 방이었다.

"그런데 오늘 왜 보자고 하신 겁니까? 7층 신부 관련해서 물어볼 게 있다면서요."

시간을 확인하며 윤태형이 자연스럽게 화제를 전환했다. 몇 마디 나눠보진 않았지만 현호는 금세 그에게 호감을 느꼈다. 진중하며 매너 좋은 사람 같았다.

"7층 신부가 쓰러진 건 아시죠?"

현호의 말에 윤태형은 눈을 크게 떴다. 전혀 몰랐다는 반응이었다.

"몰랐어요, 전혀요. 앰뷸런스 소리를 듣긴 했는데, 7층 신부 때문인지는 몰랐어요."

놀라움이 가시자 윤태형의 얼굴에는 착잡함이 서렸다. 표정 변화만으로 현호는 그가 주하나와 아는 사이라는 걸 알아챘다.

"아는 사이시죠?"

"아는 사이라고 해야 하나, 아니면 악연이라고 해야 하나. 적당한 단어로 표현하기 어렵네요."

"죄송하지만 주하나 씨와는 어떤 사이인지 여쭤봐도 되나요?"

그 순간 윤태형이 퍼뜩 고개를 들었다. 얼굴에 의아함이 번졌다.

"네? 주하나라니요?"

"7층에서 쓰러진 신부요."

"그 사람 이름은 주하나가 아닌데요?"

윤태형의 대꾸에 현호와 현주는 벙 찐 얼굴을 했다.

"주하나 씨 맞아요. 착각하신 거 아니에요?"

현주가 끼어들어 현호의 편에 섰다.

"그럴 리가요. 제가 그 여자 얼굴과 이름을 어떻게 잊어요. 절대 잊을 수 없죠. 누구보다 똑똑하게 기억하고 있어요."

"도대체 어디서 뭘 잘못 알고 오신 거예요? 제가 하나 씨하고 하루 이틀 직장 생활한 것도 아닌데."

현주가 확신 어린 말투로 쏘아붙이자 윤태형은 혼란스러운 표정을 지었다.

"정말……. 그 여자 이름이 배정연 아니에요?"

제대로 된 한 방이었다. 윤태형이 쏘아 올린 작은 공이 현주와 현호의 머리에 직격타를 날렸다. 두 사람은 입을 쩍 벌린 채 경악할 뿐이었다.

"하, 하나 씨, 아니 당신이 배정연이라고 알고 있는 그 여자와 어떻게 만났는지 얘기 좀 해줘요, 얼른!"

"제 사생활하고 관련된 일인데 그렇게 함부로……."

"지금 이게 보통 일인 줄 아세요? 한 여자의 목숨이 달린 일이라고요!"

"그럼 무슨 일인지 알고서라도……."

"윤태형 씨 얘기 끝나면 다 말씀드릴게요!"

현주의 기세에 내몰린 윤태형은 떨떠름하게 입술을 열었다.

"저한테는 나이가 열 살 많은 누나가 있어요. 나이 차가 많이 나서 그런지 사이가 제법 좋은 편이에요. 어머니가 일찍 돌아가셔서 누나가 그 빈자리를 많이 채워줬거든요. 전 3년 전에 이 직장에 입사했어요. 직장 생활에 적응하기 바빠 주변은 보이지도 않더라고요. 그래서 안 그래도 비쩍 마른 누나가 왜 그렇게 말라가는지, 왜 그렇게 어두운 얼굴인지 물어볼 생각조차 못했어요."

수면제를 한 움큼 먹고 쓰러진 누나 윤여진을 발견한 건 아버지였다. 윤태형은 윤여진이 자살 시도를 하기 전까지 그녀가 이혼한 사실조차 몰랐다. 매형이 새파랗게 어린 직장 동료와 바람이 난 줄도.

뒤늦게 모든 사실을 알게 된 윤태형은 윤여진의 휴대전화로 매형과 바람 상대에게 수백 번, 수천 번 전화를 걸었다. 두 사람은 약속이나 한 듯 전화를 받지 않았다. 매형 회사에 쳐들어가 깽판이라도 치고 싶었건만, 윤여진은 그마저도 원하지 않았다.

끊임없이 울리는 휴대전화가 괴로웠던 걸까. 매형의 바람 상대 배정연으로부터 전화가 걸려왔다. 윤여진은 논현동 어느 카페에서 만나자고 한 뒤 전화를 끊었다. 윤태형은 윤여진 대신 집을 나섰다. 누나를 그 끔찍한 자리에 내보내고 싶지 않았다.

약속 장소로 가는 길, 심장이 내내 폭발할 듯 요동쳤다. 한낮의 카페는 한산했다. 윤태형은 불안한 모습으로 혼자 앉아 있는 여자에게로 곧장 다가갔다.

"배정연……."

"혹시 윤여진 씨……."

두 사람은 서로를 알아보고 동시에 입을 열었다. 윤태형은 한참 동안 심한 욕설을 퍼부었다. 나는 윤여진의 동생이라고, 잘도 뻔뻔스럽게 이 자리에 나왔다고, 남의 가정 깨부수고 너는 행복할 줄 아느냐고.

"······내가 너 어떻게 사는지 똑똑히 지켜볼 거야. 꼭 좋은 남자 만나서 결혼해. 그래야 내가 결혼식 날 찾아가서 깽판 치지. 아주 제대로 개박살 내줄 테니까 기대해."

윤태형은 마지막 말을 남긴 채 싸늘하게 돌아섰다. 여자는 한마디도 하지 못하고 바들바들 떨기만 했다. 윤태형조차 알지 못했다. 정말 여자의 결혼식에 자신이 찾아갈 줄은.


"우습게도 까마득히 잊고 있었더라고요. 누나는 재혼해서 아들딸 낳고 잘 살고 있거든요."

윤태형은 이 말을 마지막으로 이야기의 끝을 맺었다. 현주는 휴대전화로 주하나의 사진을 보여줬다.

"방금 말씀하신 배정연 씨가 이 여자분 맞나요?"

"네, 맞아요. 도대체 어떻게 된 일이죠?"

현주는 이 기가 막힌 오해를 어디서부터 풀어야 할지 몰랐다.

"3년 전 윤태형 씨가 만난 사람은 배정연이 아니었어요. 배정연의 제일 친한 친구 주하나였지."

"네?"

"윤여진 씨와 배정연이 만나기로 했죠. 하지만 그 약속에 윤여진 씨를 대신해서 윤태형 씨가 나왔는데, 배정연이라고 왜 다른 사람을 내보내지 않았겠어요? 배정연도 그 자리가 무서웠겠죠. 그래서 자기 대신 친구인 주하나를 보낸 거예요."

"어떻게 그런 일이······."

"아는 사이였다면 변명이라도 했겠지만, 주하나가 무슨 수로 윤태형 씨의 연락처를 알 수 있었겠어요? 배정연도 모르는데. 어쩌면 배정연은 윤여진 씨를 통해 오해를 해명할 수 있었을 텐데도 하지 않은 걸지도 몰라요. 아니면 겁먹은 배정연을 대신해 주하나가 오해를 뒤집어쓰기로 마음먹은 걸지도 모르고요. 어찌 됐건 한 사람의 오해 정도는 굳이 해명할 필요 없다고 생각했겠죠."

3년 전, 고등학교 시절부터 절친한 친구였던 주하나와 배정연이 멀어지게 된 이유도 이것 때문일 것이다. 이후 두 사람 사이에는 작은 균열이 생겼을지도 모른다. 배정연은 원인도 모른 채 서서히 멀어졌다고 했지만, 그 일로 상흔을 입은 두 사람이 무의식적으로 서로를 밀어낸 건지도.

그렇게 영영 멀어진 채 살았다면 상관없는 일일 테지만 결혼 열흘 전, 주하나는 우연히 배정연과 재회하게 된다. 아마 3년 전 일이 떠오르지 않았을까? 자신을 매형의 바람 상대로 오해한 윤태형도 자동으로 떠올랐을 것이다. 그가 쏟아붙였던 결심 어린 협박의 말들도.

안 그래도 최상현과의 결혼이 후회되기 시작한 차 마른 장작에 불이 붙듯 불안감이 증폭되지 않았을까. 그래도 설마 결혼식에 찾아올까 생각했지만 윤태형은 3년 전 다짐대로 나타났다.

주하나가 선택할 수 있는 건 오직 한 가지뿐이었다. 이제 와서 하는 변명을 믿어줄까. 자신이 배정연이 아닌 주하나라고 해도, 그는 이름을 속였다고 생각할지도 모른다. 어떻게든 그를 막는 게 우선이었다.

답답하리만큼 고지식한 사람, 말 안 통하는 원칙주의자, 겁 많은 새가슴. 주하나는 그런 사람이었다. 친척과 지인들 앞에서 부모님이 개망신당하는 것보다는, 사실 여부를 떠나 불륜녀로 낙인찍히는 것보다는 결혼을 파투 내는 쪽을 택한 것이다. 그러고는 행여나 윤태형이 직장까지 찾아올까 싶어 사직서까지 제출한 거고.

현주가 모든 설명을 마치자 윤태형은 어쩔 줄을 몰라 했다.

"어쩌죠. 나 때문에 멀쩡한 사람 인생 말아먹게 생겼는데."

"어쩌긴 어째요, 그쪽이 책임져야지."

"네?"

"일단 책임지기 전에 데려오는 것부터 해야 하지 않겠어요?"

현주는 어리둥절해하는 윤태형을 향해 손바닥을 내밀었다. 윤태형이 머뭇거리자 그의 휴대전화를 잽싸게 낚아챘다. 현주는 그의 휴대전화에 주하나의 번호를 입력했다.

"윤태형 씨가 직접 얘기해줘요. 진실을 알았다고요. 우리가 말하는 것보다 윤태형 씨가 얘기하면…… 하나 씨 돌아올 거예요."

휴대전화 모서리를 매만지며 골몰하던 윤태형은 전화를 걸었다.

"안 받는데요?"

"사람이 왜 그렇게 끈기가 없어요? 받을 때까지 전화하고, 문자 남기고, 음성 메시지도 남겨봐야죠. 전원 안 꺼져 있죠? 지금 하나 씨는 누군가 자길 잡아주길 원하는 거예요."

윤태형은 고개를 끄덕이곤 다시 전화를 걸었다. 통화 연결음이 휴대전화 밖으로 새어 나왔다. 얼마나 걸어야 주하나가 전화를 받을까. 현주는 오늘 밤 안에 윤태형의 진심이 주하나에게 닿길 바랐다.

\* \* \*

내 이럴 줄 알았지.

현주는 새초롬한 눈길로 제 앞을 뽀르르 지나치는 주하나를 쳐다봤다. 얼굴에서 반질반질 광채가 나고 혈색이 돌았다. 어찌 눈치채지 못하랴. 연애하는 사람만이 풍기는 찬란한 핑크빛 기운을.

"어, 태형 씨. 미안. 지점장님이 이제 퇴근하셨다. 빨리 나갈게. 뭐야, 뭐야. 언제 우리 지점까지 왔어? 나 때문에 일찍 퇴근한 거야? 알았어. 얼른 나갈게."

주하나는 지점장이 퇴근하자마자 컴퓨터를 끄고 엉덩이를 들썩거렸다. 상기된 얼굴로 휴대전화만 쳐다보던 주하나는 시선을 느끼곤 고개를 들었다.

"언니……."

주하나의 얼굴에 고마움과 미안함이 스쳤다. 지점으로 돌아온 이후, 주하나는 현주만 보면 이런 표정을 짓곤 했다. 한동안 사례하겠다고 우겨대는 주하나를 말리느라 진땀을 빼야 했다. 주하나는 아직도 제 고마움이 미처 전달되지 못했다 생각하는 모양이었다.

"또, 또 그런다. 그런 표정 짓지 말라고 했지?"

"고마워서 어째요……."

"주 대리님. 그 말 벌써 몇 번째 줄 알아? 귀에 딱지가 앉을 거 같거든? 좋은 말도 계속하면 지겨운 거 몰라? 잡소리 그만하고 얼른 나가. 윤태형 씨 기다리겠다."

주하나는 멋쩍게 직원들에게 인사를 하곤 퇴근했다. 현주도 저녁 먹고 가라는 고경숙의 제안을 뒤로하고 지점을 빠져나왔다.

저녁 식사 시간 무렵이라 한일 아파트 사거리는 인파로 북적였다. 어슴푸레 날이 저물어 가게들이 하나둘씩 불을 밝히고 있었다. 아파트 상가 분식집에서 어묵이나 먹고 갈까. 고민하다가 사람들 사이로 머리 하나가 우뚝 선 남자와 시선이 마주쳤다. 민호였다.

일순 주변 사물들이 색을 잃고 시야에서 멀어졌다. 가슴이 소란스러워졌다. 현주는 마른침을 삼키며 심장 고동을 다스렸다. 두 사람은 한동안 시선만 교환했다.

"퇴근 시간 6시인 줄 알았는데……."

민호가 먼저 입을 열었다. 이 만남이 우연이 아니라는 소리였다.

"일찍 나왔어. 배가 고파서."

현주가 대답했다. 이토록 정상적인 대화가 얼마 만인지. 4년 전 그때는 자신도, 민호도 힐난하는 말 외에는 입에 담아본 적이 없었다.

"그런데 어쩐 일이야?"

"떡볶이라도 먹을래?"

두 사람이 동시에 입을 열었다.

"이젠 안 좋아해."

"할 말이 있어서."

동시에 대답했다.

왜 찾아온 걸까. 송지석과 헤어졌다는 애길 듣고 어땠을까. 비웃었을까. 고소했을까. 왜 그때는 이렇게 마주 볼 생각을 하지 못했을까. 왜 우리는 상대의 이야기를 들으려고 하지 않았던 걸까.

현주는 그제야 자신이 아주 오래도록 후회했다는 걸 깨달았다. 후회를 자각하면 자신이 너무 미워질까 봐 그동안 스스로를 속이며 살아왔다. 잘한 선택이라고, 진작 헤어졌어야 할 인연이었다고 그때의 행동을 억지로 합리화했다. 그러나 이제는 인정할 수밖에 없었다. 섣불리 이혼을 입에 담은 그 순간을, 파국으로 치달은 감정싸움을 계속 후회했다.

누가 먼저랄 것도 없이 길을 거닐었다. 한 뼘 정도 거리를 둔 채였다. 현주는 술집 앞에서 발걸음을 멈췄다.

"시간 돼?"

민호가 고개를 끄덕였다.

아직 이른 시간이라 술집은 한산했다. 현주와 민호는 바 테이블에 자리를 잡았다. 주인장 한상만은 웬 남자와 함께 나타난 현주에게 알은척하지 않았다. 현주는 어묵탕과 해물파전을 주문했다. 한상만은 소주와 함께 풍성한 안주를 대령했다.

"먹자. 여기 주인아저씨 음식 솜씨 정말 좋거든."

두 사람은 첫 잔을 입안에 털어 넣었다. 시간이 흐르고, 술집 안이 가득 차고, 음식 냄새가 넘실거리고, 옆자리 손님이 바뀔 때까지 둘은 쓸데없고 사소한 이야기들만 주고받았다.

"근데 진짜 왜 찾아온 거야. 지난 4년 동안 연락 한번 없었으면서."

현주가 발그레 취기가 오른 얼굴로 물었다.

"소식 들었어."

민호의 대답에 현주는 벌린 입술 사이로 탄식을 흘렸다. 구멍 난 가슴으로 찬바람이 선득하게 일었다.

"통쾌했겠네. 오빠 물 먹이고 떠난 년이 거지꼴이 돼서."

"아니……."

"아니면 덤덤했나? 예상했던 일이라."

"그게……."

"알아. 오빠 탓하는 거 아냐. 백 리도 못 가서 발병 나라고 저주한 것도 아닌데. 내 팔자 내가 꼰 거지, 뭐."

"야, 백현주. 나도 말 좀 하자. 너 아직도 남의 말 안 듣는 버릇 못 고쳤어? 우리가 왜 헤어졌는데."

민호는 술잔을 내려놓으며 역정을 냈다.

"사실이잖아. 통쾌하고 고소하고 잘됐다 싶었을 거 아냐. 그래서 확인하러 온 거 아니야? 어떤 꼴로 살고 있나. 두 눈으로 확인하니 어때? 이제 발 좀 뻗고 자겠어?"

현주가 계속 비꼬는 소리를 하자 민호는 인상을 구겼다.

"넌 이혼을 세 번이나 했는데 어떻게 배운 게 하나도 없어? 그런 식으로 다른 사람 마음 멋대로 매도하면 좋아? 그렇게 위악 떨면 기분 좀 나아지냐고!"

"그럼 내가 어떻게 해야 하는데? 이혼한 전남편 앞에서 내 인생은 왜 이 모양 이 꼴이냐고 눈물이라도 질질 짜야 해?"

시끌벅적한 술집 안에 두 사람이 다투는 소리가 맞부딪혀 울렸다. 근처의 몇몇은 돌아보기도 했지만 대다수는 웃고 떠드느라 신경조차 쓰지 않았다.

현주는 술을 가득 따라 단숨에 들이켰다. 한 번도 누구 앞에서 눈물을 보인 적 없었지만 오늘은 울분 덩어리가 목구멍까지 차올랐다.

"말해봐. 내가 어떻게 해야 하는지. 오빠는 오늘 왜 찾아왔는지 이유조차 얘기 안 했잖아. 그런 사람 앞에서 어떤 척을 해야 하는 건데."

"어떤 척도 할 필요 없어."

현주는 콧방귀를 뀌었다. 민호는 술잔을 만지작거리며 말을 이었다.

"그냥……. 궁금했어. 어떻게 지내는지."

오랜 의문을 해결하고 싶기도 했다. 현주가 정말 자신을 속이려 했을까. 진짜로 이혼 경력을 고백했는데도 자신이 알아듣지 못한 건 아닐까. 우리의 이혼을 후회했을까.

"그, 그래. 으, 은우를 생각해서라도……."

"은우 때문이 아냐."

"……."

"나 때문이야."

술기운으로 아롱진 두 사람의 눈동자가 서로에게 박혀 들었다. 물속에 들어갔다 나온 것처럼 귀가 먹먹했다. 현주는 소주병을 향해 손을 뻗었다. 소주병을 쥐고 있던 민호와 손이 맞닿자 불에 덴 듯 놀라며 손을 거둬들였다.

이제…… 그만해도 되지 않을까? 위악 떨고 자기 마음 속이는 거. 심장 소리가 또렷해지는데, 미닫이 출입문이 힘차게 열렸다. 현주는 무심코 시선을 주었다가 질겁했다.

"상만 씨! 그대, 잘 있었어? 우리 왔어. 근데 오늘 무슨 날이야? 술집이 아주 손님들로 터져 나가겠는데?"

"음, 냄새 좋다. 다이어트해야 하는데 큰일 났네. 해물파전 시킬 건데 양은 더블로, 알지?"

좁은 실내에 교차로 울려 퍼지는 명랑한 두 목소리. '다이어트'와 '양은 더블'을 동시에 외치는 무개연 화법이 귀를 찔렀다.

현주는 잽싸게 민호의 의자를 발로 차서 멀리 떨어뜨린 다음 민호의 뒤통수를 잡고 머리를 테이블에 박았다. 그러고는 민호의 잔과 그릇, 젓가락을 한상만에게 패스했다. 한상만은 눈치껏 그것들을 잡아 개수대로 던져 넣었다.

"뭐……."

"헛. 엄마야."

민호는 잠자코 테이블에 엎드려 자는 척을 했다. 현주를 발견한 희례와 장미가 바 테이블로 다가왔다.

"혼자 술 마시는 중이었어?"

희례가 버너 위의 어묵탕과 소주병을 쳐다보며 물었다.

"어? 으, 응. 엄마, 지우는 어쩌고?"

"진주랑 현호가 보고 있지."

희례는 대답하며 양팔에 얼굴을 파묻은 민호를 흘낏 곁눈질했다. 민호가 자리를 바꿔주길 기대하는 눈빛이었다.

"그럼 우리랑 합석해도 되지? 저기요."

희례는 멋대로 결정을 내리곤 민호의 어깨를 쳤다. 민호는 으음, 신음을 내며 고개를 반대편으로 틀었다. 희례가 어깨를 한번 더 두드렸지만 민호는 자는 척 꼼짝도 하지 않았다.

현주는 혼신의 힘을 다해 연기를 펼치는 민호를 보며 가슴을 쓸어내렸다. 희례에게 지금 이 상황을 들킨다면 한 달 내내 들볶일 게 뻔했다. 희례는 틈만 나면 '차 서방하고 연락은 하니?' 하고 물으며 둘의 만남을 부추겼다.

"저 사람은 추접스럽게 왜 남의 영업장에서 퍼질러 자고 그런데요?"

"인생살이가 피곤한가 보지. 근데 깨워야 하는 거 아냐?"

희례와 장미가 속삭이는 동안 말짱한 정신으로 엎어진 민호는 흠칫 몸을 떨어야 했다.

"어, 엄마. 우리 나가자. 저기 편의점에서 맥주 한 캔 어때?"

현주가 희례와 장미를 내몰았다.

"가긴 어딜 가? 이미 해물파전 주문도 들어갔을 텐데. 그렇지, 상만 씨?"

"잠시만요. 경주 씨, 주문 들어갔어요?"

한상만이 주방을 향해 외쳤다. 희례와 장미는 술집에 새로이 등장한 이름에 귀를 쫑긋 세웠다.

"경주? 새로운 알바생인가? 재범 학생하고 윤주 씨는 어쩌고?"

현주는 술집의 알바생 이름까지 꿰고 있는 희례, 장미를 보며 혀를 찼다.

"아, 제 와이프예요."

한상만이 쑥스러워하며 대답했다. 희례와 장미뿐 아니라 현주까지 눈을 크게 떴다.

"상만 씨, 그대 결혼했었어?"

장미의 목소리가 쩌렁쩌렁하게 울려 퍼졌다. 이번에는 술집 안 대다수의 단골들이 한상만을 돌아봤다. 스스로가 결혼 여부를 밝히지 않았는데도 어찌 된 일인지 모두 한상만을 미혼이라 생각했다.

"왜들 이러십니까. 사람 무안하게. 저는 뭐 결혼하면 안 됩니까."

한상만이 사람 좋은 웃음을 지으며 대답했다. 그때 주방에서 자그마한 체구의 여성이 나왔다. 한상만보다 대여섯 살 연상으로 보이는 여자였다.

"상만 씨, 왜? 주문 취소야? 취소해드릴까요?"

장미, 현주에게로 향했던 경주의 시선이 희례에게 닿았다. 경주는 눈을 깜빡 감았다 다시 떴다. 믿기지 않는다는 듯 눈이 점점 커졌다. 희례 역시 마찬가지였다. 오동통한 입술이 점점 벌어졌다. 순식간에 얼굴이 흙빛으로 물들었다.

"어……"

"오, 오희례입니다."

경주가 입을 열기 전 희례가 그녀의 말을 자르고 선수를 쳤다. 순

315

간 놀란 토끼처럼 커졌던 경주의 눈에 수만 가지 감정이 소용돌이쳤
다. 경주는 상황을 파악하려는 듯 눈을 깜빡거리기만 했다.

"오희례?"

경주가 작은 목소리로 읊조렸다. 경주의 얼굴에는 경멸이, 희례의
얼굴에는 두려움이 스쳤다. 희례는 심지에 불붙은 폭탄을 끌어안은
듯 긴장했다.

경주는 앞치마로 닦은 뒤 손을 내밀었다.

"처음 뵙겠습니다. 조경주예요."

희례는 경주의 손을 맞잡았다.

"반갑습니다. 오…… 희례예요."

# 살인 소설

기회는 한 번뿐. 반드시 확인해야 한다. 살인자의 얼굴을.

　그믐달마저 재색 먹구름 뒤로 몸을 감춘 밤. 아홉 평 남짓한 지하 방에는 어스름한 빛줄기조차 들지 않았다. 그는 옷장 안에 웅크린 채 거친 호흡을 가다듬었다. 기도가 틀어 막힌 듯 긴장감으로 숨쉬기조차 힘들었다. 좁은 공간에서는 심장 소리만이 증폭된 것처럼 귀를 먹먹하게 했다.

　그는 시선을 끊어내지 않았다. 뒤틀린 옷장 문은 아귀가 맞지 않아 손가락 한 마디만큼의 틈을 만들어냈다. 그 틈새로 곧 살인자가 모습을 드러낼 참이었다.

　사흘째. 그는 먹지도, 씻지도 못한 채 옷장 안에서 살인자를 기다렸다. 아내를 두 번째 제물로 삼은 연쇄살인범. 참혹하게 토막 난 아내의 시신을 보고 오열했던 그날이 눈앞에 선명했다. 3년간의 집요한 추적도 끝이 보이고 있었다. 이제 미끼를 문 연쇄살인범이 모습을 드러내길 인내할 뿐이었다.

부스럭거리는 소리가 들렸다. 그는 몸을 곧추세우려 옷장 바닥을 짚었다. 문득 손에 끈적한 것이 묻어났다. 이런 게 묻어 있었던가. 처음 옷장에 들어올 때 바닥은 깨끗했다. 사흘 동안 그는 옷장을 나간 적이 없었다. 그는 바닥을 더듬었다. 군데군데 끈적한 것이 달라붙어 있었다. 그것의 정체를 짐작한 순간 비릿한 피비린내가 코를 찔렀다.

피, 피다. 믿을 수가 없었다. 맹세코 단 한 번도 옷장을 나간 적이 없는데! 조금 전, 잠깐 눈을 붙였을 뿐…….

서늘한 한기가 목덜미를 스쳤다. 머리털이 쭈뼛 서고 소름이 돋아났다. 시선이 느껴졌다. 그는 삐걱거리는 목각 인형처럼 고개를 돌렸다. 뒤틀린 문틈 사이로 눈동자가 빛났다. 덫에 걸린 쥐를 보듯 탐욕스러운 눈동자였다. 끼익, 음산한 소리를 내며 옷장 문이 열렸다. 어둠을 덮어쓴 지독히도 검은 형체가 그림자를 드리웠다.

이럴 수가! 어둠에 익은 그의 눈이 연쇄살인범의 얼굴을 알아봤다. 손아귀의 힘이 빠져 손전등을 놓치고 말았다.

"안녕"

연쇄살인범이 입을 열었다.


남자는 마른침을 삼키며 마우스 휠을 내렸다. 스크롤은 더 이상 내려가지 않았다.

"이거 왜 이래?"

몇 번이나 스크롤을 올렸다 내리길 반복해도 마찬가지였다. 컴퓨터나 파일에 이상이 있는 게 아니었다. 소설은 거기까지였다.

"여기서 끝이야?"

그는 모니터 위에서 깜빡이는 커서를 보며 의자 등받이에 허탈하게 기댔다. 한계까지 달했던 긴장감이 일순 빠져나갔다. 이토록 극한의 긴장감을 느끼기는 실로 오랜만이었다. 그만큼 엄청난 소설이었다. 참신한 소재, 충격적인 오프닝, 생생한 캐릭터, 기발한 전개와 촘촘한 구성까지 무엇 하나 부족한 게 없었다. 떡밥을 던지고 회수하는 시점, 복잡한 사건을 단순화하는 능력, 서스펜스를 유지하고 템포를 조절하는 리듬감에서 보기 드문 노련함이 엿보였다.

아무리 봐도 신인은 아닌 것 같은데. 한 번도 들어본 적이 없는 이름이란 말이지. 남자는 책상에서 '한울 출판사 추미스 공모전 지원서'를 집어 들었다. 지원자 김중호라는 이름 아래 경력란에는 '없음'이라는 두 글자가 선명했다.

하지만 상관없었다. 대상작은 김중호가 쓴 《밤 산책》이 확실했다. 이는 비단 혼자만의 판단이 아니었다. 그보다 먼저 《밤 산책》을 읽었던 추미스팀 직원들은 제대로 된 물건을 건졌다며 환호했다.

빨리 읽어봐야 한다는 호들갑에 남자는 외부 미팅을 다녀온 뒤 늦은 시간에 《밤 산책》을 읽기 시작했다. 그리고 무려 세 시간 동안 자리 한번 뜨지 않고 마지막 부분까지 읽어치운 것이었다. 다 읽고 난 뒤에는 흥분으로 몸에서 미열이 느껴질 정도였다.

다만 한 가지 아쉬운 점이 있었다. 마지막 결론 부분이 없었다. 제출된 원고는 연쇄살인범의 정체와 트릭이 밝혀지기 직전까지였다. 응모 자격에 '20만 자 이상, 미완결 원고 제출 가능. 단, 기일 내에 완고를 제출하지 못할 경우 수상이 취소될 수 있음'이라는 단서를 붙였으니 김중호를 탓할 일은 아니었다.

남자는 시계를 확인했다. 새벽 1시가 지나고 있었다. 내일도 이른 시간부터 수상작 선정에 관한 회의가 잡혀 있었다. 얼른 집에 들어가서 눈을 붙여야 했다. 남자는 사무실 불을 끄며 나머지 수상작이 확정되는 대로 김중호에게 직접 당선 안내 전화를 해야겠다고 생각했다. 김중호. 그는 척박한 국내 추리, 미스터리, 스릴러 장르계의 새로운 돌풍이 될 게 분명했다. 남자는 얼른 그를 만나보고 싶었다. 집필한 다른 원고가 있는지, 향후 차기작의 방향은 어떤지 물어보고 싶었다.

일주일 뒤 수상작이 모두 선정됐다. 남자는 당선자들에게 직접 전화를 걸었다. 그러나 정작 대상작인《밤 산책》의 저자 김중호는 전화를 받지 않았다. 매일 몇 통씩 전화를 걸어도 마찬가지였다. 메일을 보냈지만 그는 확인조차 하지 않았다. 공모전 지원서에 적힌 연락처는 휴대전화 번호와 이메일 주소뿐이었다.

그렇게 일주일이 지났다. 당선자에게 연락이 닿지 않는 사상 초유의 사태가 발생하자 출판사는 긴급회의를 열었다. 대상작을 새롭게 선정하자, 대상작 없음으로 공지를 내자, 발표일을 미루자. 여러 대안들이 나왔지만 남자는《밤 산책》을 포기하고 싶지 않았다. 결국 안팎의 비난을 감수하고 수상작 발표일을 미루는 것으로 결정했다. 그 안에 어떻게든 김중호의 다른 연락처를 알아낼 셈이었다.

불행히도 반전은 없었다. 출판사 사장과 약속한 2주의 기한이 지나도록 김중호와 연락이 닿지 않았다. 결국 남자와 추미스팀은 '대상작 없음'으로 당선 공고를 내고 공모전을 마무리 지었다.

단 하나의 출력본만 남긴 채,《밤 산책》의 파일과 원고는 모두 폐기되었다.

* * *

현주는 일평생 남자의 마음을 헤아리기 위해 노력해본 적이 없었다. 남자들이 보내는 눈빛과 문자, 호의에 의미를 부여하며 해석에 골몰한 적이 없다는 뜻이었다.

한낮의 햇살이 안온하게 내리쬐는 오후, 한일 아파트 사거리 카페. 휴대전화를 부여잡은 현주는 메시지 하나에 심장이 널뛰는 진기한 경험을 하며 고교 시절, 영어 시간에도 발휘하지 못한 독해 능력을 총동원하고 있었다.


「민호 : 은우가 어제 컨디션이 안 좋았나 봐. 잘 때 엄마 보고 싶다고 한참 동안 찡얼거렸대.」

「현주 : 그래? 혹시 어디 아픈 건 아니고?」

「민호 : 열은 없었어. 피곤해서 그런가? 애들도 유치원 가는 게 힘든지 목요일이나 금요일쯤 되면 부쩍 피곤해하더라고.」

「현주 : 오늘은 일찍 재워야겠다.」

「민호 : 주말에 은우 데리고 서울대공원 가기로 했는데 갈 수 있으려나 모르겠네. 엄마도 약속 있다 하시고.」


두 사람의 대화는 여기까지였다. 현주가 답을 보내지 않은 까닭이었다. 메신저창의 대화는 자연스럽게 이어졌지만 실상 대화의 간격은 5분에서 10분 사이였다. 그만큼 둘 다 고민을 거듭하며 메시지를 보낸다는 뜻이었다. 따발총처럼 쏘아붙이고 독사처럼 혀를 놀려대던 과거와는 사뭇 달랐다.

현주는 민호의 마지막 메시지에서 눈길을 떼지 못했다. 도대체 이 남자는 무슨 의도로 이런 메시지를 보낸 걸까. 설마 은우와 셋이서 서울대공원에 가자는 뜻인 걸까. 이렇게 해석해버리면 지나치게 자기 중심적인 생각인 걸까. 남자들은 하고 싶은 말은 빙 둘러 하지 않는다던데. 무슨 의도인 걸까.

현주는 머릿속이 꽉 찬 만두처럼 터질 것 같았다. 반면 상연은 대답 없는 현주를 앞에 두고 제 자랑을 지껄여대기 바빴다.

"……세상에, 그래서 내가 대답했지. 저 결혼했는데요? 애도 둘이나 있어요. 그랬더니 그 남자 입이 이만하게 벌어지면서 거짓말하지 말라는 거야. 어떻게 이 얼굴이 애 엄마일 수 있냐고. 어찌나 번호를 달라고 졸라대던지. 야, 백현주. 너 내 얘기 듣고 있어?"

"어, 듣고 있다. 어떤 남자가 카페에서 번호 물었다면서."

"근데 반응이 왜 이 모양이야?"

"넌 그딴 게 좋냐? 그딴 걸 자랑이라고 씨불여대고 싶어?"

현주의 핀잔에 상연은 쌜쭉한 표정을 지었다. 하여간 요새는 이빨도 안 들어가게 군다. 그럼에도 여기저기서 따돌림당하는 상연에게 유일한 대화 창구는 현주뿐이었다.

"아까부터 뭘 그렇게 보고 있어?"

상연의 말에 현주는 민호의 메시지를 보여주었다. 상연은 제 자랑을 끊임없이 읊어대는 것에 반해 입은 무거웠다. 사실 현주도 친구 없기는 매한가지라 상연 외에는 어디 털어놓을 데도 없었지만.

"이게 뭐?"

"무슨 뜻인 거 같아? 마지막 부분."

"주말에 서울대공원 못 갈 거 같다는 뜻 아냐? 은우도 피곤해하고,

너희 시어머니도 약속 있다잖아."

상연도 일평생 남자의 마음을 헤아리기 위해 애써본 적이 없었다. 기대와는 다른 대답에 현주는 인상을 구겼다.

"이 무식한 것아, 자세히 좀 봐. '주말에 은우 데리고 서울대공원 가기로 했는데 갈 수 있으려나 모르겠네. 엄마도 약속 있다 하시고' 라고 되어 있지? 시간 순서를 생각했을 때 시어머니가 약속을 만든 게 먼저고, 은우랑 서울대공원에 가기로 한 게 나중이야."

"그런데?"

"왜 시어머니한테 물어보지도 않고 덜컥 은우랑 약속을 한 걸까? 은우와 둘이서 가려고? 그건 아니지. 서울대공원에 못 가는 이유 중 하나가 시어머니의 약속 때문인데. 결론적으로 같이 갈 다른 누군가를 염두에 두었기 때문에 은우와 그런 약속을 한 거야."

상연은 아리송한 얼굴을 했다. 중간부터 이해를 놓친 터라 머릿속이 꼬이는 느낌이었다.

"뭔 말이야, 그게. 민호 오빠가 시어머니랑 서울대공원에 가기 싫어 한다는 얘기야?"

"너야말로 뭔 소리야."

"그럼 민호 오빠가 애초에 은우랑 서울대공원에 갈 생각이 없었단 거야?"

"그게 아니라. 민호 오빠가 나랑 은우랑 셋이서 서울대공원에 가고 싶어서 은근 떠보는 거 같지 않냐고."

"엥? 얘기가 왜 그렇게 돼?"

현주는 쌍욕이 터져 나오는 걸 간신히 참았다. 제 자랑이나 할 줄 알지, 남의 이야기엔 눈곱만치도 관심 없는 년.

"됐다, 말을 말자. 내가 너랑 무슨 얘길 하겠냐."

"그건 그렇고, 어제 골프 연습장에서 어떤 아줌마가 골프복 어디서 샀냐고 물어보는 거야. 내가 브랜드 이름을 말하니까 깜짝 놀라면서 이런 옷이 있었나 이러더라고. 같은 옷이라도 누가 입느냐……."

현주의 이야기를 귓등으로 들은 상연은 또다시 제 할 말만 쏟아냈다. 현주는 음료를 마시며 상연의 이야기를 건성으로 들었다. 현주의 신경은 온통 휴대전화를 향해 있었다. 사실 상대의 이야기를 귀 기울여 듣지 않는 건 둘 다 매한가지였다. 어쩌면 서로가 서로에게 공평하기에 여태껏 친구로 지내오는지도 몰랐다.

상연의 이야기는 골프복에서 생일 파티를 거쳐 화장실 변기 수리로 물 흐르듯 이어졌다. 어, 진짜? 그랬구나. 현주는 기계적으로 리액션하며 창밖으로 눈길을 던졌다. 그 순간 현주의 시선이 건너편 술집 앞에 선 두 여인에게 닿았다.

현주는 창에 얼굴을 바짝 갖다 대고 주의를 집중했다. 희례와 경주가 실랑이하고 있었다. 돌아서는 희례의 손목을 경주가 잡아챘다. 술집 주인장 한상만의 아내 조경주. 현주는 얼마 전, 술집에서 대면한 희례와 경주의 모습을 떠올렸다.

두 사람은 처음 만난 사이처럼 통성명하고 악수를 나눴다. 희례의 낯빛은 흙빛에 가까웠고, 경주는 충격과 경악이 깃든 얼굴이었다. 처음 보는 사이? 믿어주기 힘들었다. 둘은 아는 사이임이 분명했다. 왜 두 사람은 모르는 사이인 척했을까. 궁금증이 샘솟았다.

그때 술집 앞에서 실랑이를 벌이던 두 사람이 뒷골목으로 걸어갔다. 현주는 저도 모르게 자리에서 일어났다.

"……그래서 우리 남편이 어쩌나 열을 내던지……. 야, 백현주. 갑자기 어디 가? 어디 가냐고!"

현주는 상연이 외쳐 부르는 소리를 뒤로한 채 카페를 나왔다. 횡단
보도를 건너 술집으로 향하자 뒷골목으로 사라지는 두 사람의 뒷모
습이 보였다. 현주는 발걸음 소리를 죽이며 골목 모퉁이에 섰다.

"아는 체하지 말랬지?"

희례의 목소리가 들렸다.

"언니 참 대단한 사람이네요. 그동안 쭉 서울에 있었던 거예요?"

"우리가 그동안 어떻게 살았는지 알아야 할 사이던가?"

두 사람의 말투에 날이 서 있었다.

"진짜 감쪽같네. 하마터면 언니 못 알아볼 뻔했어요. 정말…… 많
이 달라졌네요. 말투며, 표정이며."

"너 내가 무슨 위장술이라도 쓴 것처럼 말한다? 10년, 20년도 아니
고 그럴 만한 세월이지 않아?"

"마치 일부러 달라지기 위해 애쓴 것같이 보여서 그래요."

"야, 조경주."

"그때 왜 갑자기 사라졌어요?"

"무슨 말 하는 거야?"

"언니, 나 다 봤어요."

"뭐?"

"그날 무슨 일이 있었는지 다 안다고요."

경주의 말을 끝으로 좁은 골목에 침묵이 내려앉았다. 팽팽한 긴장
감이 흘렀다. 현주는 모퉁이 너머로 상황을 훔쳐보고 싶은 마음을 억
눌렀다. 알아들을 수 있는 말이 하나도 없었다. 엿들은 대화로 짐작건
대 희례에게는 과거의 비밀이 있는 듯싶었다. 그러고 보니 엄마의 과

거에 대해 아는 거라곤 고향이 부산이라는 사실뿐이었다. 희례는 자신의 과거에 대해 의식적으로라도 이야기를 꺼내지 않았다.

뭘까. 조경주의 말대로 엄마는 과거를 피해 도망친 걸까. 의심이 뿌연 연기처럼 일었지만 현주는 콧방귀를 뀌며 생각을 몰아냈다. 그럴 리가. 희례는 지극히 평범한, 보통의 대한민국 아줌마일 뿐이었다. 과거의 비밀이라니, 도망이라니. 희례와 하등 어울리지 않는 단어였다.

매몰차게 돌아선 희례가 성큼성큼 멀어졌지만 경주는 더 이상 희례를 붙잡지 않았다. 금세 흥미를 잃은 현주는 골목 모퉁이를 벗어났다. 그제야 민호에게 답변을 보내지 않았다는 사실이 떠올랐다.


오후 1시 50분.

진주의 손가락이 키보드 위를 자유자재로 날아다녔다. 타닥타닥, 리듬에 맞춰 튀어 오르는 손가락은 흡사 음표 다발이 비처럼 쏟아지는 라흐마니노프 피아노 협주곡 3번을 연주하는 듯했다. 종횡무진 키보드 위를 활보하며 손가락에 경련이 일 듯한 신박한 타법으로 모니터에 글자를 토해냈다.

진주가 이렇게 신들린 듯 키보드를 두드려대는 적은 오직 한순간뿐이었다. '미스터리夜!' 멤버들을 영접할 때.

[진주 : 미칠 것 같아. 뒈지겠어. 어떻게 해, 어떻게 해?]

벌써 30분째 진주는 되돌이표처럼 같은 말을 하고 있었다.

[미라 : 아우, 정신없어. 기다려보라니까. 아직 1시 50분이잖아. 보통 공모전 당선 전화는 오후 2시에서 3시 사이에 돈다는 게 학계 정설이거든?]

[장호 : 미라 누나 말이 맞아. 점심 먹고 노곤하게 졸음이 몰려올 때, 딱 그때쯤 전화 돌린다더라고.]

그렇다. 오늘은 한울 출판사 추미스 공모전 수상작 발표일 되시겠다. 지난 2년 동안 엉덩이에 무좀이 생기고, 손가락이 짓무르고, 의자와 물아일체가 되도록 쓴《컬러풀 미스터리》가 심판대에 오른 날이었다.

지난 일주일 동안 진주는 제대로 먹지도, 자지도 못했다. 눈만 붙였다 하면 당선 전화가 장난 전화로 탈바꿈하거나 트로피가 바사삭 한 줌의 재로 변하는 해괴망측한 꿈에 시달리기 일쑤였다.

기대감이 없다면 이런 꿈도 꾸지 않았을 것이다. 그러나《컬러풀 미스터리》는 진주가 처음으로 혼연의 힘을 다해 집필한 소설이었다. 공모전에 원고를 제출할 때도 이역만리 고명딸을 시집보내듯 가슴이 아려왔다. 눈에 넣어도 아프지 않을 내 새끼건만, 남들에게 평가받고 지적당할 생각을 하자 눈물이 앞을 가리기도 했다.

진주는 또 한번 시계를 확인했다. 1시 52분. 오늘따라 시간도 거북이를 삶아 먹은 듯 느리게 흘렀다.

[미라 : 진정하고 잠자코 기다려. 내가 볼 땐 너 이번 공모전 당선 확실하니까.]

[진주 : 언니가 어떻게 확신해?]

[미라 : 이번에는 감이 좋다니까. 알지? 나 감 좋은 거.]

[장호 : 맞아, 나도 그래. 이번에는 진주 누나 당선될 것 같아.]

장호마저 부추기는 소리를 하자 진주는 더더욱 천국과 지옥 사이를 헤엄치는 것 같은 기분이었다. 판결을 기다리는 죄수의 심정이 이러할까. 차라리 '탈락! 방구석 징역 1년 선고하오니 내년에 재도전하시오' 하고 땅땅 외쳐주면 좋으련만. 희망은 기다림이라는 탈을 쓰고 고문 같은 매질을 했다.

[미라 : 근데 만약 대상 타면 상금으로 뭐 할 거야?]

미라가 세상에서 가장 무의미한 질문을 했다. 쓸데없는 짓이라는 걸 알면서도 진주는 벌써 수백 번이나 떠올린 망상을 자동 재생했다.

[진주 : 노트북부터 바꿔야 해. 내일 당장 사망해도 이상하지 않을 상태야. 이제 고이 영면하셔야지. 지금까지 버텨준 것만도 고마워.]

진주는 공모전 원고 제출 전 노트북이 갑자기 먹통이 되는 바람에 식겁한 일이 있었다. 클라우드 자동 업로드를 설정해놓지 않았으면 어찌 되었을지. 상상만으로도 살이 떨렸다.

[장호 : 노트북 장만하고 그다음엔? 대상 상금 2천만 원이잖아.]

[진주 : 그다음에? 흐흐, 당장 이 집에서 나가야지. 보증금 천에 월 50 정도 하는 데 구해보려고.]

말을 내뱉고 나자 찬란한 핑크빛 미래가 몽실몽실 눈앞에 펼쳐졌다. 망원동에 원룸을 구해볼 생각이었다. 고시원이 아닌 오피스텔. 새벽녘까지 작업하고 아침잠을 자도 잔소리할 사람이 없는 곳. 청축 키보드의 달칵달칵 소리를 따발총처럼 쏘아 올려도 눈치 볼 필요 없는 곳. 그곳이 바로 진주가 염원하는 파라다이스였다.

[미라 : 생각만 해도 행복하다.]

[장호 : 그러게. 책 대박 나고, 영화랑 드라마 판권도 팔린다고 생각해봐. 얼마나 좋겠어.]

생각만으로도 웃음이 헤실헤실 흘러나왔다. 그렇게 진주가 행복한 망상에 사로잡혀 있는데 현호가 부엌으로 다가왔다. 현호는 라면 봉지를 쥔 채 냄비를 찾더니 싱크대를 보고 인상을 구겼다.

"누가 라면 먹고 설거지도 안 해놨어?"

범인이야 뻔했다. 부엌 식탁에서 메신저질 중인 용의자 1과 소파에 널브러져 채널을 돌려대는 용의자 2.

"난 아니야."

용의자 1이 재빨리 혐의를 부인했다.

"도대체 몇 번을 말해? 냄비 하나밖에 없으니까 라면 먹으면 바로바로 설거지 좀 해놓자고."

현호는 무의미하게 채널을 돌리는 현주에게 소리쳤다.

"까탈스럽기는. 필요한 사람이 그때그때 하면 되지."

현주가 심드렁하게 대답했다. 도통 새겨듣는 꼴이 아니었다.

"내가 누나가 먹은 걸 왜 설거지해야 하는데? 그리고 이렇게 음식물 남은 채로 두면 냄새나고 벌레 꼬인다고 몇 번을 말해?"

현주가 음식물이 남은 냄비를 싱크대에 처박아놓은 건 이번이 무려 세 번째였다. 사람마다 마지노선이라는 게 있는 법. 어쩔 수 없이 식구들을 제집에 들여앉힌 현호도 포기하지 못한 부분은 있었다.

"너 지금 뭐라 그랬냐."

소파에서 일어난 현주가 발뒤꿈치에 분노를 실어 부엌으로 다가왔다. 위협적인 모습에 현호는 움찔했다. 어린 시절 현주에게 신나게 얻어터진 기억은 파블로프의 개처럼 자동 반사적인 반응을 낳았다.

"꼭 할 말 없으면 소리 지르지? 목소리 크면 단 줄 알아?"

현호도 면발과 국물이 찰랑이는 냄비를 들이대며 목에 핏대를 세웠다. 그때 진주의 휴대전화가 울렸다. 현란하게 키보드 위를 배회하던 진주의 손이 휴대전화를 움켜쥐었다.

"여, 여보세요."

전화를 받는 음성이 바르르 떨렸다.

"이게 어디서 소리를 바락바락 질러? 설거지하면 될 거 아냐? 이 새끼가 지랄병이 도졌나. 왜 별것도 아닌 일 가지고 지랄이야?"

현주는 현호가 쥐고 있던 냄비를 낚아채려 했다.

"됐어, 됐다고!"

현호는 냄비를 뺏기지 않으려 손잡이를 움켜쥐었다.

"한다니까! 내놓으라고!"

둘은 냄비를 양쪽에서 잡아당기며 팽팽한 힘겨루기를 했다. 와중에도 진주는 눈물을 글썽거리며 "네, 네" 하고 머리를 조아렸다.

"백현호, 당장 놔라. 나이 서른 먹고 얻어터지고 싶어?"

"누나가 놓으면 되잖아!"

무엇이 잘못됐던 걸까. 힘의 균형이 무너지며 냄비가 날아올랐다. 기름지고 빨간 국물이 분수처럼 솟아올랐다. 면발과 국물이 천장에 부딪혔다 긴 궤적을 그리며 진주의 노트북을 덮쳤다. 뒤이어 냄비가 '쾅' 화면을 박살 낸 건 덤이었다.

그렇게 진주의 5년 된 노트북은 장렬하게 전사했다. 사위는 괴괴한 정적뿐이었다. 전화를 끊은 진주는 감전된 듯 부들부들 몸을 떨었다.

"어, 언니야."

현주의 입에서 언니라는 소리가 흘러나왔다.

"큰누나……"

현호는 백 년 만에 막내의 애교를 발휘했다. 진주의 두 눈에서 방울진 눈물이 또르르 흘러내렸다. 현주와 현호는 마른침을 삼켰다. 무참하게 사망한 노트북은 차마 눈뜨고 볼 수 없을 만큼 참혹했다.

"이, 일부러 그런 게 아니라……"

현주의 말을 막으며 진주가 돼지 멱따듯 꽥 소리쳤다.

"나…… 당선됐대! 공모전!"


얼마 만의 시내 외출인지.

진주는 지하철과 버스를 번갈아 타고 약속 장소로 향했다. 눈앞이 핑핑 도는 것처럼 현기증이 일었다. 높다란 고층 건물들이 자꾸만 자신에게로 고꾸라질 것 같았다. 한 걸음 내디딜 때마다 땅이 울렁거리고 속도 울렁거렸다. 혼자 낯설고 복잡한 장소에 가면 가끔 나타나는 증상이었다. 머릿속에서 만들어내는 환상이라는 걸 알면서도 지나가는 사람들이 죽일 듯이 노려보는 것 같기도 했다. 그래도 약속 장소로 향하는 마음만큼은 깃털처럼 가벼웠다.

오늘은 진주가 한울 출판사 추미스팀 성태민 팀장과 작품 계약을 위해 만나는 날이었다. 그랬다. 진주는 9전 10기의 도전 끝에 '제7회 한울 출판사 추미스 공모전'에서 장려상을 당당하게 거머쥐었다. 비록 상금 없이 출판 기회를 얻은 것뿐이지만 꿈에 한 걸음 다가선 것 같았다.

카페 안으로 들어가기 전, 진주는 유리창에 비친 제 모습을 점검했다. 퀭하고 추레한 모습에 작가라는 이름을 붙여보니 그런대로 콘셉트 같아 보이기도 했다. 백진주 작가. 진주는 남몰래 작가라는 단어를 입안에서 굴려보며 흐뭇해했다.

안온한 공기가 감도는 카페 2층은 한산했다. 스터디 중인 학생들만이 드문드문 무리 지어 앉아 있었다. 진주는 두리번거리며 성태민으로 짐작되는 사람을 찾았다. 구석 자리에 30대 중반으로 보이는 수더분한 남자가 앉아 있었다. 진주는 남자에게 다가갔다.

"저기……. 성태민 팀장님이시죠?"

계약은 시종일관 화기애애한 분위기 속에서 진행됐다. 성태민은 서글서글하고 언변이 좋은 사람이었다. 분위기를 편하게 만드는 재주가 있었다. 낯가림이 심한 진주도 서서히 긴장을 풀었다. 두 사람의 화제는 진주의 작품에서 좋아하는 작가로, 그리고 공모전으로 빠르게 전환됐다.

"저희로서는 공모전을 통해 좋은 작가님들을 새롭게 발굴하는 게 큰 기쁨이죠. 이번 공모전은 별 탈 없이 잘 마무리돼서 다행입니다."

성태민의 말을 들으며 진주는 불쑥 어떤 생각이 떠올랐다.

"그러고 보니 작년 6회 추미스 공모전에 대상 수상작이 없었죠?"

진주는 미라로부터 들은 이야기를 꺼냈다. 대상 작가와 연락이 닿지 않아 '대상작 없음'으로 공모전을 마무리했다는 뒷이야기였다.

"백 작가님께서도 소문 들으셨군요."

성태민은 주변 테이블이 휑하게 비어 있는데도 목소리를 낮췄다. 조심해서라기보다는 홀로 상념에 빠진 것처럼 보였다. 표정 또한 대번에 바뀌었다. 죄책감 혹은 의문. 아니다, 두려움. 두려워하는 얼굴이었다.

"이 출판사에서 10년 넘게 근무하면서 추미스 공모전을 일곱 번이나 이끌어왔지만 그런 경우는 처음이었어요. 수상 예정 작가가 사망하는 일은요."

"네? 사망이요? 그 작가님이 사망하셨어요? 무슨 일 때문인데요? 사고라도 당하셨나요?"

성태민의 말에 진주가 기함했다.

"아니요."

"그럼요?"

"잘 모르겠어요."

잘 모르겠다니. 작년 공모전 일이니 1년 전 사망한 사람이다. 사인은 한참 전에 나왔을 터였다.

"자살인 줄 알았는데 자살이 아닌 거 같아요. 정말 이상하거든요. 정말이지…… 너무 이상해요."

성태민의 시선은 허공을 향해 있었다. 어느덧 그는 진주의 존재도 잊은 채 혼잣말을 중얼거렸다.

"그 작가님이, 아무래도 소설 속 살인하고 똑같은 방법으로 사망하신 것 같아요."

성태민은 얼마 전 그의 죽음을 알게 된 경위를 들려주었다.


지난 토요일, 성태민은 모처럼 한가로운 주말을 맞이해 누나 성태경의 집을 방문했다. 누나, 매형과 함께한 자리에서 오가는 대화들은 뻔했다. 결혼 독촉, 몸 챙기면서 일하라는 잔소리. 누나와 매형 모두 미스터리 소설 애독자였기에 화제는 최근 출간된 소설로 이어졌다.

성태민은 지난해 추미스 공모전 대상작이었던 《밤 산책》의 일화를 들려주었다. 작가와의 연락 두절로 인해 수상하지 못한 비운의 작품. 누나와 매형은 흥미를 드러내며 어떤 소설이었는지를 물었다. 성태민은 비밀 엄수를 약속받곤 소설의 자세한 내용을 언급했다.

이야기를 들은 성태경은 고개를 갸웃거렸다.

"네 번째 희생자가 어떻게 죽었다고? 자세히 좀 얘기해봐."

성태경은 《밤 산책》에 등장하는 일곱 건의 연쇄살인 중 그다지 임팩트가 없던 네 번째 살인에 대해 물었다. 소설 속 네 번째 희생자는 사건을 추적하다가 결정적인 단서를 발견한 기자였다. 필요에 의한 우발적 살인이었기에 그는 연쇄살인범의 희생자 타입에서 한참 벗어날 뿐만 아니라 살해 수법도 기존과 달랐다.

"자신의 집 방문에 비닐 끈으로 목을 매달았는데 그 방식이 특이했어. 먼저 방문의 안쪽 문손잡이에 줄을 묶고 문 위쪽으로 넘겨 반대편 방문 바깥에서 목을 맸거든. 발은 완전히 땅에 닿아 있었고. 소설 속에서 경찰들은 자살로 판단했는데, 이야기 진행상 나중에 자살로 위장한 타살이라는 게 밝혀지겠지."

성태민의 설명을 듣고도 성태경은 계속 생각에 잠겨 있었다.

"그거 흔한 자살 방식이야?"

"흔하진 않지. 그렇다고 또 엄청나게 기이한 자살 방식은 아니야. 방 문고리에 목을 매고 자살하는 경우도 있으니까. 오히려 그 죽음에서 이상했던 건 피해자의 옷차림이야."

"피해자의 옷차림이 왜?"

"장례식 복장이었거든. 검은 정장 차림에 검은 넥타이를 매고 검은 양말까지 신고 있었어. 노트북에는 '장례식 가는 날'이라는 제목의 시가 쓰여 있었고. 소설 속 피해자의 직업은 기자지만 젊은 시절에 시를 썼던 사람이거든. 자살하기 전 어떤 사람들은 몸을 정갈하게도 한다지만 장례식 복장을 하는 경우는 없잖아. 마치 자신의 장례식에 자기가 참석하는 것처럼."

"정말이야? 장례식 복장이었어?"

성태민의 묘사에 성태경은 거의 소리를 지르듯 외쳐 물었다.

"왜 그렇게 소리를 질러?"

"나, 그렇게 죽은 사람을 또 알아."

성태경은 1년 전 동네에서 발생한 자살 사건에 대해 얘기해주었다.

효령 아파트 사거리에 위치한 우성 세탁소 골목은 오래된 다가구주택이 즐비한 곳이었다. 성태경은 여느 때처럼 우성 세탁소에 들른 참이었다. 골목길에서 시끌벅적한 소리가 들리자 그녀는 골목 안을 들여다보았다.

좁은 길목이 구급차, 경찰차와 구경 나온 주민들로 소란스러웠다. 무슨 사건이라도 났나 싶어 그녀는 구경꾼의 무리에 합류했다. 그리고 동네 주민으로부터 다가구주택 B201호에 살고 있던 50대 남자가 목을 맸다는 이야기를 들은 것이다.

성태경은 팔에 돋아난 소름을 쓸어내리며 말했다.

"그 아줌마가 희한하게 목을 맸다며 설명해준 방식이 바로 네가 얘기한 방식과 같았어. 설마 그 소설을 읽고 흉내 내서 자살한 걸까?"

"무슨 소리야? 그 소설은 발간된 적조차 없는데. 소설 내용을 알고 있는 건 우리 출판사 추미스팀 직원들과 소설가 본인뿐이야."

"정말이야? 그럼 그 남자는 어떻게 그런 방식으로 자살한 거지?"

그때 설마 하는 가능성이 성태민의 머리를 치고 지나갔다.

"누나, 자살한 남자 이름이 뭐야?"

성태민이 다급하게 물었다.

"뭐였지? 뭐였더라?"

"혹시 김중……"

"맞아! 김중호라는 이름이었어."


"김중호?"

성태민의 마지막 말에 진주는 입을 쩍 하니 벌렸다.

"저도 누나한테서 그 이름을 듣고 기절하는 줄 알았어요. 흔한 이름이지만 소설가였다는 얘길 듣고는 동일 인물이 확실하구나 싶더라고요."

"그러면 지금 팀장님 말씀은 김중호 씨가 자기가 쓴 소설 속 살인과 똑같은 모습으로 죽었다, 이 말인가요?"

"처음엔 저도 기가 막힌 우연이 아닌가 싶었어요. 그런데 아시잖아요. 어떻게 이런 게 우연이겠어요?"

그날 성태민은 곧장 파주에 위치한 출판사로 향했다. 지하 창고 캐비닛에《밤 산책》의 출력본이 한 부 남아 있었다. 김중호와 연락이 닿을 때를 대비해 보관해둔 것이었다. 그는 원고를 읽고 또 읽었다.

"김중호 작가님의 자살과《밤 산책》의 네 번째 살인은 믿을 수 없을 만큼 똑같았어요."

사실을 확인한 성태민은 즉시 성태경의 집으로 돌아갔다. 그러고는 성태경으로부터 동네 사람들을 소개받았다. 세탁소 주인, 다가구 주택 거주민 등으로부터 전해 들은 이야기를 조합한 결과, 김중호 자살 사건의 개요는 이러했다.

김중호, 53세, 미혼, 소설가. 그는 오랫동안 형의 만둣집에서 일하다 5년 전부터 본격적으로 소설가의 길을 걷기 시작했다. 김중호는 집 안에만 틀어박혀 오로지 집필에만 몰두했다.

하지만 출간된 두 편의 단편은 빛을 보지 못한 채 사장되었고, 출간하지 못한 원고들만 쌓여갔다. 모아두었던 돈이 바닥나자 그는 생활고에 시달리기 시작했다. 때마침 김중호의 생활비를 대주던 형도 만둣집을 접게 되면서 더 이상 그를 도와주지 못하게 된다.

이 사실을 비관한 김중호는 지난해 4월 14일 오후 2시경 자신의 집 거실, 안방 문 바깥쪽에서 목을 맨다. 안쪽 문손잡이에 비닐 끈을 묶은 뒤 문 위쪽으로 넘겨 바깥쪽 문짝으로 늘어뜨린 다음 목을 맨 것이다.

그의 시신은 엉덩이가 바닥에서 50센티미터 정도 떨어져 있고 다리가 비스듬히 바닥에 닿은 채 발견되었다. 문은 굳게 닫혀 있었으며 비닐 끈은 자살을 위해 구입한 듯 새것으로 보였다. 한 가지 특이점은 자살 당시 그의 옷차림이었다. 마치 장례식장에라도 참석하는 듯 검은 정장에 검은 넥타이 차림이었다.

시신을 발견한 건 그의 형이었다. 저녁 먹으러 오기로 했던 동생이 나타나지 않자 휴대전화로 연락을 시도했고, 끝내 받지 않자 집으로 찾아왔다가 시체를 발견한 것이다. 시반과 사후경직 정도, 직장 내 온도로 보아 그의 사망 시각은 오후 2시경으로 추정되었다.

외부 침입 흔적이 없다는 점, 목에 선명한 브이자 흔, 다른 외상이 없다는 점 때문에 경찰은 자살로 사건을 종결했다. 유일한 혈육이었던 그의 형, 김중만은 별다른 이의 제기 없이 시신을 화장했다.

성태민이 긴 이야기를 마치자 진주가 물었다.

"소설 속 네 번째 살인과 김중호 작가님의 죽음 간 유사점은 목매단 방식과 장례식 복장뿐인가요?"

"네. 물론 생각하시기에 따라 별거 아닌 유사점일 수도 있죠. 하지만 어떤 사람이 장례식 복장을 하고 똑같은 방식으로 목을 매는 건 일반적이진 않다고 생각해요."

진주 역시 비슷한 생각이었다. 자신의 소설 속 살인과 똑같은 방식으로 죽음을 맞이한 소설가. 수상한 냄새가 났다.

"별거 아닌 유사점이라고 생각하지 않아요. 충분히 의심할 만하죠.

그래서 팀장님은 김중호 작가님이……. 소설 속 기자처럼 살해당했다고 생각하시는 건가요?"

진주의 말에 폭탄이 투하된 듯 둘 사이에 정적이 내렸다. 성태민은 저 멀리 허공 속으로 던졌던 시선을 거두곤 진주를 바라봤다. 이윽고 그의 목울대가 꿀렁거렸다.

"어쩌면……. 아니, 김중호 작가님은 살해당한 게 분명해요."


김중호가 살해당했다 하더라도 진주가 할 수 있는 일은 없었다. 벌써 1년이 지난 일이었다. 경찰이 자살로 결론 내렸기에 증거 또한 남아 있을 리 없었다. 김중만이 김중호의 시신을 화장한 것도 오래전 일이었다. 아무리 충격적인 일이라 하더라도 남의 일은 남의 일일 뿐. 처음의 충격도 시간이 지날수록 미미해졌다.

진주는 김중호에 대한 생각을 접어둔 채 집으로 발길을 돌렸다. 지하철과 버스를 번갈아 타고 집으로 가는 길은 험난했지만 입가에서는 삐죽 웃음이 새어 나왔다. 김중호에 대한 생각을 머릿속에서 지우자 당선의 기쁨이 그 자리를 대신했다. 지난 10년. 얼마나 힘들고 고된 길이었던가. 식구들의 노골적인 무시와 무자비한 핍박. 그 속에서 오롯이 한 떨기 꽃처럼 재능을 피워낸 스스로가 뿌듯하고 대견했다.

진주는 서촌역에서 내린 다음 마을버스를 타기 위해 한일 아파트 방향의 오르막길을 올랐다. 어느덧 계절은 봄의 정점을 향하고 있었다. 꽃 향기를 실은 바람이 살랑 불어왔다. 사방팔방이 아름다웠다.

그때 휴대전화가 부르르 진동했다. 희례에게서 걸려온 전화였다. 백 프로의 확률로 심부름 전화일 게 뻔했지만 진주는 넓은 아량으로 전화를 받았다.

"왜?"

[어디야, 작가 양반?]

작가라는 말에 진주는 코 평수를 넓혔다. 코가 벌름거리고 입꼬리가 하늘 높은 줄 모르고 치솟았다.

"출판사 팀장님하고 미팅 끝나고 집에 가는 중. 좀 전에 지하철에서 내렸어."

[잠깐 은행으로 와. 장미 씨가 뭘 좀 주셨는데 집에 갖다 놔, 백 작가.]

대답할 새도 없이 전화가 끊겼다. 진주는 인상을 팍 찌푸렸다. 작가 운운할 땐 언제고 또 심부름이다. 하여간 이놈의 집구석에서는 작가에 대한 존중을 찾아보려야 찾아볼 수가 없었다.

돈만 많이 벌어봐라. 칼같이 인연을 끊어버릴 테다. 진주는 툴툴거리며 오르막길을 올라 신일 은행으로 발걸음을 옮겼다.

오후 3시 58분. 영업 종료가 임박한 서촌동 지점은 한산하기 이를 데 없었다. 대부분의 은행 직원들은 셔터를 내리기 직전인 출입문을 초조하게 쳐다보고 있었다. 진주가 출입문으로 들어서자 깊은 탄식과 함께 '어서 오십시오'라는 인사말이 들려왔다. 진주는 쭈뼛거리며 현주를 찾았다. 현주는 보이지 않았다. 어쩔 수 없이 가까운 카운터의 직원에게 다가갔다.

"VIP실이 어딘가요?"

직원은 냉큼 VIP실을 가리켰다. 문 닫기 직전에 침입한 고객을 파리처럼 내쫓는 손짓이었다. 진주는 VIP실로 다가갔다.

유리문이 빠끔히 열려 있었다. 진주가 문손잡이를 잡아당기기도 전 웃음소리가 흘러나왔다. 진주가 선 위치에서는 사람들의 뒤통수만 보였지만 금세 목소리의 주인을 알아차렸다.

"어이구, 그런 말 마세요. 길거리를 쏘다녀봐요. 발에 채는 게 그깟 재능 가진 사람들인데. 10년 동안 방구석에 처박혀서 글만 썼는데 장려상 하나 못 타면 그게 인간인가? 뭘 그런 걸 가지고."

카랑카랑한 목소리. 희례였다. 공모전 당선 사실을 알렸을 때도 그녀는 별다른 반응을 보이지 않았다. "어휴, 징한 년. 이제 겨우 제 밥벌이하겠구먼." 그녀가 내뱉은 유일한 말이었다.

"그대, 그게 무슨 말이야? 10년 동안 자기 확신을 갖고 흔들림 없이 정진하는 게 얼마나 대단한 일인데. 오늘 집에 가면 고기라도 구워줘. 그간 아주 수고했다고."

"뭘 잘했다고 고기예요? 내가 저 입에 들어갈 밥반찬 해다 바친 게 꼬박 몇 년인데. 받아도 내가 받아야죠! 제 제일 큰 걱정이 뭔 줄 아세요? 바로 저년 글 쓴다 어쩐다 하면서 세월 다 흘려보내고 돈 없이 저 혼자 늙어 죽을까 봐. 그게 제일 걱정이에요. 어휴, 내 팔자야. 남편 복 없으면 자식 복이라도 있는가. 어째 하나같이 다들 그 모양인지."

희례의 넋두리가 계속됐다. 진주는 주춤거리며 뒷걸음질로 물러섰다. 그러고는 도망치듯 은행을 빠져나왔다.

집으로 가는 내내 발걸음은 무게 추를 매단 듯 무거웠다. 마음이 끝없이 침잠했다. 반박할 수 없게도 희례의 말은 모두 사실이었다. 10년 동안 올인해서 얻은 결과가 무엇이냐. 출판사 공모전 장려상이었다. 그것도 상금 한 푼 없이 출판 기회를 얻은 것뿐. 남들은 포기할 용기라도 있던데 자신에게는 그마저도 없었다.

미래는 뿌연 안개처럼 불투명하기만 했다. 작품을 출간하면 돈을 벌 수 있을까. 출판사의 마케팅 없이는 하루아침에 사장될지도 몰랐다. 출간 즉시 베스트셀러에 오르고 영화, 드라마 판권이 팔리는 건 남의 이야기일 뿐이었다.

과연 내게 재능이라는 게 있을까. 근본적인 물음이 가슴을 치고 올라왔다. 회의감이 고개를 들었다. 번뜩이는 아이디어, 치밀한 구성력, 천부적인 필력이 없다는 건 진작 깨달은 바다. 자신에게는 지구력과 노력이라는 재능마저 없었다. 지난 10년의 세월 동안 죽도록 열심히 달려왔느냐고 묻는다면, 과연 그렇다고 자신 있게 얘기할 수 있을까.

문득 김중호가 떠올랐다. 늦은 나이, 미혼, 사장된 두 개의 단편, 출간하지 못한 채 쌓여만 가는 원고, 빈약한 인간관계, 고립된 사회생활, 생활고. 어쩌면 그의 말로가 바로 자신의 미래가 아닐까. 단칸방에서 외로움과 좌절, 생활고에 시달리다 스스로 목을 매고야 마는......

진주는 점점 몸이 쪼그라드는 느낌이었다. 먼지처럼 바스러질 것만 같았다. 이런 식으로 끊임없이 자학하다 자기혐오의 굴 안으로 숨어버리는 게 진주가 늘 하는 짓이었다. 차라리 영영 사라져버렸으면......

아니야. 진주는 자기혐오의 굴속으로 빨려 들어가기 전 가까스로 정신을 차렸다. 그런 건 자신의 미래가 아니다. 더불어 김중호 역시 자살한 게 아닐지도 모른다. 성태민도 말하지 않았는가. 김중호는 살해당한 걸지도 모른다고.

그는 어떤 마음이었을까. 김중호에 대한 생각이 기어코 꾸역꾸역 몰려와 머릿속을 차지했다. 김중호에게 자꾸만 자신의 모습이 겹쳐 보였다. 불현듯 그의 죽음이 자살이 아니라는 걸 증명하고 싶은 마음이 솟구쳤다.

때마침 할 일도 없었다. 진주가 목표로 하는 다음 공모전은 마감이 6개월 뒤였다. 그 공모전에 제출할 작품은 이미 구상이 끝났다. 자세한 시놉시스도 작성해두었기에 얼마간의 여유가 있었다. 그의 죽음이 자살인지, 타살인지만이라도 확인하고 싶었다.

진주는 결심을 굳히며 현관문을 열었다. 신의 계시인 듯 도움을 줄 만한 인간 하나가 뒹굴고 있었다. 하품을 쩍 하며 사타구니를 벅벅 긁는 것이 지루해 미치겠다는 기색이었다. 진주는 현호에게 다가갔다.

"요즘 할 일 없지?"

"나 바쁜 거 안 보여?"

현호가 서둘러 리모컨을 집어 들었다. 귀찮은 심부름이나 치맥을 하자는 성가신 제안이라 생각하는 듯했다.

"웃기고 있네. 심부름도, 치맥 하자는 소리도 아니니까 안심해."

진주는 현호의 손에서 리모컨을 쳐냈다.

"그럼 뭔데?"

"요즘 내가 구상하고 있는 이야기인데, 형사 된 입장에서 흥미로운지 어떤지 들어봐달라고."

현호는 금세 심드렁해했다. 진주는 현호의 반응에는 아랑곳하지 않고 김중호의 이야기를 처음부터 끝까지 들려줬다. 관심 없던 현호도 이야기가 진행될수록 흥미를 보였다. 특히 클라이맥스, 성태경 이야기 속 자살자의 이름이 김중호라는 게 드러나는 대목에서는 '오'하고 감탄사를 지르기도 했다.

"다음 작품 내용이야? 괜찮은데? 이제껏 들은 것 중에 제일 낫다."

현호가 물개 박수를 쳤다. 진주는 씁쓸해졌다.《컬러풀 미스터리》의 줄거리를 들려줬을 때도 유치하다는 평을 남긴 현호였다.

"괜찮지?"

"그다음 내용 엄청 궁금해. 반전도 있어?"

"당연하지. 반전이 뭔 줄 알아?"

"뭔데?"

"지금까지 한 이야기가 실화라는 거."

현호는 눈알이 튀어나올 만큼 눈을 부릅떴다. 역시 반전의 묘미는 바로 이것이다. 사람들이 기대만큼 놀라주는 것.

"거짓말."

"진짜야. 오늘 한울 출판사 추미스팀 팀장님한테 들은 얘기야. 어때? 입질이 좀 와?"

진주는 현호의 표정을 살폈다. 현호는 사타구니를 벅벅 긁던 손으로 턱을 매만지며 생각에 잠겨 들었다. 심드렁한 표정 속 숨길 수 없는 흥미로움이 눈에 서렸다.

"이 사건 파보려고?"

"이렇게 수상한 사건이 있는데 그냥 두고 볼 수만은 없잖아. 그리고 너도 알다시피 내 직업이 뭐니? 미스터리 소설 작가잖아. 당연히 이런 사건에 흥미가 가지."

진주는 일부러 대수롭지 않은 말투를 꾸며냈다. 김중호한테서 자신의 미래가 보였다는 말은 죽었다 깨도 하고 싶지 않았다.

"그래서 이 사건 조사에 날 끼워 넣으려고 하는 이유는 뭐야?"

눈치 빠른 놈.

"자살인지, 타살인지부터 확인하고 싶어서."

성태민의 주장대로 소설 속 살인과 실제 김중호의 죽음에는 많은 유사점이 있었다. 하지만 그것은 성태민으로부터 전해 들은 이야기에 불과했다. 그의 머릿속에는 이미 '두 사건은 유사하다'라는 프레임이 있었다. 그는 소설과 실제 사건의 모든 단서들을 그 프레임에 맞춰 해석했는지도 모른다.

김중호의 죽음이 진짜 자살이라면 수사할 이유조차 없다. 가장 먼저 해야 할 일은 타살로 의심할 만한 정황이 있는지 알아보는 것이었다.

"어떻게? 1년 전 자살로 종결된 사건이야. 김중호 시신은 이미 화장됐고, 사건 현장은 오염됐을 거고, 단서도 다 사라졌을 텐데? 목격자 기억도 변질됐을 거고."

"경찰 수사 기록이 있잖아."

"그러니까 수사 기록을 어떻게……."

현호는 말을 멈추고 단호하게 고개를 저었다.

"안 돼, 절대 안 돼. 요새 하 선배가 나한테 얼마나 날을 세우는데."

"그래도 한번 부탁이나 해봐. 들어줄지도 모르잖아."

진주는 직접 종철에게 달려가 사정하고 싶은 심정이었다. 한참 실랑이가 오갔다. 단호하던 현호도 점차 태도를 누그러뜨렸다.

"알았어, 알았으니까 이제 그만해. 하 선배한테 말이라도 해볼게."

만족스러운 대답에 진주는 한껏 웃음을 지었다. 지금 당장 종철에게 연락하면 안 되느냐고 물으려는데 부산스럽게 현관문이 열렸다. 현주와 희례가 나란히 집으로 들어왔다.

"넌 은행에는 안 오고 여기서 뭐 하는 거니?"

희례는 진주를 발견하고 대번에 눈살을 찌푸렸다. 진주는 슬쩍 희

례의 손을 쳐다봤다. 장미가 무언가를 줬다고 말했지만 희례의 손에
들린 것은 자그마한 손가방뿐이었다.

"깜빡했어."

"어이구, 저 화상."

여지없이 구박하는 말이 튀어나왔다. 진주는 안방으로 걸어갔다.
희례와 말을 섞어봐야 좋은 소리가 나올 거 같지 않았다.

"엄마, 오늘 저녁 반찬은 뭐야?"

등 뒤에서 현호가 묻는 소리가 들렸다. 진주는 문손잡이를 잡은 채
발걸음을 멈췄다.

"뭐긴 뭐야? 냄비 안 보여? 곰국이지."

쳇, 고기는 무슨 고기. 기대도 안 했다. 진주는 부서지도록 방문을
세게 닫았다.

어스름하게 땅거미가 질 무렵, 현호는 서촌 경찰서 맞은편에 차를
세우고 차창 너머를 바라봤다. 약속 시간이 30분이 지나도록 종철은
모습을 드러내지 않았다. 하루 일과를 마친 직장인들만이 종종걸음
으로 퇴근하고 있었다.

떡밥이 부족했나. 충분히 던졌다 생각했는데. 그때 길 건너편에서
한 남자가 걸어왔다. 작달막한 키, 딴딴하고 다부진 체구. 종철이었다.
그는 초짜 스파이처럼 두리번거리더니 현호의 차를 향해 돌진해 왔
다. 조수석 문을 열고 잽싸게 올라타는 몸짓이 살찐 날다람쥐 같았다.

종철은 차 문을 닫고 손부채를 펄럭거렸다. 4월의 열기도 버거워
하는 그는 여름이면 사골 국물 같은 땀을 뻘뻘 흘리곤 했다. 연신 부
채질을 하면서도 꽉 여민 옷깃을 풀지 않았다.

"갖고 왔어요?"

현호가 종철의 옷깃을 들춰보며 물었다.

"어허, 엉큼하게 어딜 봐? 이 자식이."

"에혜, 거 좀 봅시다. 왜 이렇게 사람 속을 태우고 그러시나."

"이 자식은 왜 이렇게 갈수록 능글맞아져?"

종철은 주위를 휙휙 둘러보더니 옷 속에 숨겨둔 수사 서류를 보물 꾸러미 풀듯이 꺼내놓았다.

"이번이 진짜 마지막이야, 알지?"

"네, 네."

현호는 수사 서류를 팔랑팔랑 넘기며 건성으로 대답했다.

"지금이 쌍팔년도도 아니고. 알면서 왜 그래?"

"누가 관심이나 두겠어요? 1년 전 자살로 종결된 변사 사건인데."

"그러니까! 1년 전 자살로 종결된, 남의 관할서 사건이 왜 그렇게 궁금한 건데?"

현호는 수사 서류를 읽는 데만 몰두했다. 구시렁거리던 종철은 입을 다물고 현호가 수사 서류를 읽도록 내버려두었다. 테이크아웃한 커피 컵이 바닥을 드러낼 때쯤 현호가 마지막 장을 덮었다.

"이 사건 담당 형사들 좀 만나볼 수 있어요?"

"드디어 미친 거냐. 내가 한 말 벌써 잊은 거야? 백 경위님, 너 지금 정직 중이세요. 말년 병장 제대 전날처럼 떨어지는 가랑잎에도 몸 사리라고 했습니까, 안 했습니까?"

"이미 끈 떨어진 지 오랜데 몸 사려봤자 뭐 하겠어요?"

"둘 다 이미 다른 데로 갔어. 그리고 종결된 사건 들쑤시고 다니는 걸 누가 좋아해?"

종철은 수사 서류를 넘겨줬지만 다른 부분은 도통 협조하려 들지 않았다. 당연한 일이었다. 그는 현호의 의심을 봉쇄하기 위한 말들을 계속했다.

"그 사건에 왜 흥미가 생겼는지 모르겠지만 자살인 게 명확한 사건이야. 캐도 나올 게 없다고. 봐서 알겠지만 의심할 여지가 없어. 현관문도 제대로 잠겨 있었고, 노트북에 유서까지 있었어. 물론 노트북에서는 사망자 김중호의 지문 외에는 검출되지 않았고, 지문을 닦은 흔적도 없었어."

"그렇긴 한데……."

"무엇보다 자살이라는 가장 큰 증거는 검시 결과를 봐. 알잖아? 목 졸린 시신의 경우, 자살과 타살의 차이점이 분명한 거."

종철은 검시보고서를 찾아 펼쳤다. 김중호의 시신을 여러 각도에서 찍은 사진이 첨부되어 있었다. 검시 결과에는 '목에 뚜렷한 브이자 모양의 삭흔이 존재한다'고 명시되어 있었다. 사진상 삭흔은 눈으로 식별 가능했다.

끈으로 목이 졸려 죽은 경우, 자살과 타살의 차이점은 비교적 명확했다. 목매달아 사망한 경우, 삭흔은 턱 아래쪽에서 시작해 귀 아래까지 비스듬히 위쪽으로 향하며 브이자 모양을 만들어낸다. 목을 매달아 자신의 체중에 의해 사망한 경우에 나타나는 자국이다. 이 경우 끈이 살갗을 파고든 당시 사망자는 살아 있기에 피하출혈이라는 생활반응도 발견된다.

반면 타인에 의해 끈으로 목이 졸린 경우에는 브이자 흔이 아니라 일자 흔이 남기 마련이다. 각막에 점상 출혈도 더 분명하게 생긴다. 그래서 끈으로 목을 졸라 죽인 다음 자살로 꾸미기 위해 목을 매달아도 이러한 차이점으로 그것이 위장임을 판별할 수 있다. 검시 결과는 김중호가 살아 있는 상태에서 목을 매 사망에 이르렀다는 사실을 확실히 증명해줄 뿐이었다.

현호는 수사 서류를 뒤적거리기만 했다. 오류를 발견해내고 말리라는 눈초리였다.

"이만 간다."

"가세요. 다음에 우영이랑 바둑이네에서 한잔해요."

현호는 수사 서류에서 눈도 떼지 않고 말했다. 종철은 뒤도 안 돌아보고 내릴 듯하더니 잠시 망설였다.

"앞으로 뭐 할 건데?"

"목격자들 만나러 가보려고요. 여기 보세요, 김중호 씨 사망 30분 전쯤 집 안에서 얘기 소리가 들렸다잖아요."

"그다음은 안 보이냐? 김중호는 종종 집에서 자기가 쓴 글을 직접 읽어봤다잖아."

"선배 머릿속에 자살이라는 생각이 딱 박혀 있기 때문에 그런 증거밖에 안 보이는 거겠죠."

"넌 안 그러냐?"

"하여튼 의혹이 생겼으니 알아봐야죠. 진짜 자살인지, 아니면 타살인지."

망설이던 종철은 끝내 문손잡이를 놓고 안전벨트를 매고야 말았다. 어머니가 그러셨던가. 나무껍질처럼 단단한 외모와는 달리 연한 순두부처럼 무른 마음 때문에 언젠가 큰일을 당할 거라고. 등 뒤에 악귀 같은 게 들러붙었으니 모질게 마음을 먹어야 한다고. 어머니, 하늘에서 잘 지켜보고 계신가요? 네, 맞습니다. 언젠가 이 자식 때문에 비명횡사할 거 같아요.

"안 내려요?"

안전벨트를 꾹 쥐고 생각에 빠진 종철에게 현호가 물었다.

"가자."

"같이 가시게요?"

"너 증도 없잖아. 수사는 어떻게 하려고?"

현호는 헤실헤실 웃으며 시동을 걸었다.


김중호의 동네는 안양시 북서쪽 귀퉁이에 자리하고 있었다. 둘은 효령 아파트 사거리에 위치한 우성 세탁소 골목에 도착했다. 오래된 다가구주택이 밀집한 곳이었다. 길가에는 쓰레기와 공사 자재들이 뒤섞여 방치되어 있고 굵은 전선이 공중에서 실타래처럼 얽히고설켜 있는 동네였다.

현호와 종철은 골목 끝에서 두 번째 건물 앞에 섰다. 당장 무너져도 이상하지 않을 만큼 낡은 건물이었다. 이 건물 B201호가 김중호가 거주하던 곳이었다. 두 사람은 열려 있는 대문 안으로 들어갔다. 건물 밖 계단을 따라 반 층을 내려가니 철제 현관문들이 일정한 간격으로 늘어서 있었다. 제일 바깥에서부터 안쪽까지 차례대로 1, 2, 3, 4호였다. 복도에는 먼지 덩어리, 쓰레기, 깨진 화분들이 즐비했다. 현호는 B202호 초인종을 눌렀다.

"누구세요?"

여자의 불안한 목소리가 들려왔다.

"안녕하세요, 서촌 경찰서에서 나온 하종철 형사입니다. 몇 가지 여쭤볼 게 있어서 찾아왔습니다."

"없어요."

"네?"

"우리 성재 집에 없다고요. 어디 있는지 몰라요. 모른다고 몇 번을 말해요? 나도 걔 본 지 5년이 넘었다고요!"

여자가 빽 소리를 질렀다. 상황을 얼추 짐작한 종철은 부드러운 목소리로 여자를 달랬다.

"성재 씨가 누군지는 저희도 모르고요. 저희는 1년 전 옆집에 살던 김중호 씨 때문에 찾아왔는데요. 잠깐 얘기 좀 나눌 수 있을까요?"

현관문 안에서 머뭇거리는 기색이 느껴졌다. 이윽고 문이 열렸다. 문틈 사이로 50대 중반의 여성이 얼굴을 내밀었다. 삐쩍 마른 데다 퀭한 눈빛이 아픈 사람처럼 보였다.

"1년 전 사망한 김중호 씨 아십니까?"

종철이 경찰 공무원증을 보여주며 물었다.

"……네."

"잘 알고 지내던 사이였나요?"

"5년이나 옆집에 살았으니까요. 오다가다 마주치면서 말을 섞기도 했고."

"그러면 김중호 씨에 대해 잘 아셨겠네요. 어떤 사람이었습니까?"

"조용하고 점잖은 사람이었어요. 말수도 없고, 집 밖으로 잘 나가는 것 같지도 않았어요. 이웃한테 폐 한 번 안 끼치고 있는 듯 없는 듯 살던 사람이었어요."

고양이처럼 날을 세우던 여자도 차차 경계심을 풀고 이야기를 늘어놓았다. 여자는 자신을 도박에 미친 아들 하나, 게임에 미친 아들 하나 때문에 패가망신한 정명심이라 소개했다. 정명심은 김중호와 제법 교류를 나눈 사이였다.

"그 집에 사람이 찾아오는 건 한 번도 못 봤죠. 형 빼고는요. 형이라는 사람이 집 열쇠를 가지고 들락날락하긴 했어요."

잠자코 듣고만 있던 현호는 눈을 가늘게 떴다. 형, 김중만은 김중호가 죽은 뒤 이의 제기 없이 시신을 화장했다. 동생의 죽음이 의심스러울 법도 한데 부검도 요청하지 않고 기다렸다는 듯이 화장하다니. 수상한 행동이었다.

더욱이 그는 김중호의 집 열쇠까지 갖고 있었다. 그에게 동생을 살해하고 자살로 위장할 기회는 충분히 있었을 터였다.

"그렇군요. 한 가지만 더 여쭤볼게요. 김중호 씨가 사망한 날, 그러니까 정확히 작년 4월 14일 오후 2시경 옆방에서 말소리를 들었다고 진술하셨는데 사실입니까?"

"네, 똑똑히 기억해요. 그때 형사님들이 찾아오셔서 몇 번이나 물어보셨으니까요. 말소리를 들었죠."

당시 정명심은 두부와 담배를 사 오던 길이었다. 복도에서 담배를 길게 한 모금 빨아들이는데 B201호에서 말소리가 들렸다. 김중호의 목소리였다.

"누군가와 다투는 소리였습니까?"

"그것까진 모르겠어요. 저한테는 김중호 씨 목소리밖에 안 들렸으니까. 그 사람 가끔 자기가 쓴 글을 중얼중얼 읽으면서 집 안을 돌아다니곤 했어요. 짐작하시겠지만 여기 벽이 보통 얇은 게 아니거든요."

현호는 기운이 빠졌다. 새로운 정보를 기대했건만 모두 수사 기록에 있는 내용이었다.

"혹시 그즈음 김중호 씨한테 이상한 점은 없었나요? 유독 우울해

보였다든가, 생활 패턴이 달라졌다든가."

현호가 대화 사이에 끼어들었다. 정명심은 곰곰이 생각하더니 입을 열었다.

"1년 전 형사님들한테도 말씀드렸던 건데……. 죽기 전날이었을 거예요. 집 안 청소를 싹 했는지 복도에 쓰레기봉투가 잔뜩 나와 있더라고요. 저한테 그릇 같은 것도 나눠줬고요. 그래서 물었죠, 이사 가냐고. 그랬더니 그건 아니라고 대답하더라고요."

현호는 실망감을 감출 길이 없었다. 수사 서류에도 김중호가 자살 전 방 청소 등 주변 정리를 한 정황이 포착된다는 내용이 기록돼 있었다.

이런 현호의 마음은 아랑곳하지 않고 정명심은 뒷말을 이었다.

"형사님들은 자살하려는 사람이 종종 그런다고 하던데. 전 그때 그런 느낌은 전혀 못 받았거든요. 새 출발 하려는 갑네, 이렇게 얘기했더니 멋쩍게 웃고 들어가더라고요."

현호는 귀를 바짝 세웠다. 집 안 청소는 신변 정리로 볼 수 있지만 새 출발을 앞둔 행위로도 볼 수 있었다. 1년 전 형사들은 이미 김중호의 죽음을 자살로 결론 내렸기에 신변 정리로 받아들인 것이고.

"그리고 별 쓸모없는 얘기일지도 모르는데, 그날 김중호 씨가 엄청 피곤해 보이더라고요. 눈 밑도 거무죽죽하고 눈빛도 퀭한 게. 안 그래도 작고 마른 사람인데 살도 더 빠진 것 같았고요. 물어보니까 며칠 동안 잠을 못 잤다고 하더라고요."

정명심은 이 말을 끝으로 이야기를 마무리 지었다. 이후 몇 가지 질문을 추가로 던졌지만 유의미한 답변은 들을 수 없었다. 현호와 종철은 감사하다는 인사를 남기곤 다가구주택을 빠져나왔다.

"난 아무리 봐도 자살 같은데."

현주가 심드렁하게 말했다. 현호가 목청껏 김중호 사건에 관해 설명하는 동안에도 연신 휴대전화에 코를 박은 채였다.

"왜? 수상하잖아. 말이 돼? 자기 소설 속 살인하고 똑같은 방식으로 죽었다는 게. 그리고 정명심 씨도 그랬잖아. 죽을 사람 같아 보이지 않았다고. 오히려 새 출발을 하려는 사람처럼 보였다고."

현호가 반박하거나 말거나 현주는 메신저 삼매경에 홀딱 빠져 있었다. 눈매는 사르르 풀려 있고 헤벌쭉 벌어진 입가에는 웃음이 오글오글 고여 있었다.

"좋냐?"

"뭔 소리?"

"아주 연애하는 기분이지?"

"뭔 소리냐고?"

"매형이랑."

현주는 한껏 입을 벌리곤 현호를 돌아봤다. 마침내 원하던 이목이 집중되자 현호는 만족스럽게 웃었다.

"아차차, 나한테는 전 매형만 세 명이었지? 원한다면 정확히 어떤 매형인지도 말해줄 수 있어."

"너……. 미친 거냐?"

"도대체 뭔 얘기를 하기에 아침부터 내내 휴대전화만 쳐다보고 있는 건데?"

현주가 손아귀에 힘을 푼 순간, 현호가 먹이를 발견한 독수리처럼 휴대전화를 낚아챘다. 뒤늦게 정신 차린 현주는 휴대전화를 빼앗아 보려 발꿈치를 들썩였다.

"오호, 이게 뭐야? 알아쓩? 알았어도 아닌 알아쓩? 왜 소름 끼치게 콧소리를 내고 그러셨을까. 이건 또 뭐야? 날씨 얘긴 왜 한대? 커튼 걷으면 바로 보이는 게 날씬데. 둘이서 쇼하고 있네."

"너 오늘 죽고 싶지? 야, 내놔! 안 내놔? 주둥아리 가로세로 쫙 찢어버리기 전에 내놔!"

"싫은데? 이러나저러나 맞아 죽을 거. 궁금한 거 없는 귀신은 나중에 때깔이라도 곱겠지."

그렇게 현호가 하늘 높은 줄 모르고 휴대전화를 머리 위로 치켜올린 순간이었다. 2회전 반을 돌고 한껏 가속도 붙은 현주의 발이 현호의 뒤통수를 가격했다. 수박 깨지는 소리가 나며 현호는 거실 바닥에 무참히 꼬꾸라졌다. 현주는 긴 다리로 성큼성큼 다가와 멱살을 쥐어 잡았다.

"어떻게 죽을래? 맞아 죽을래? 얻어터져 죽을래? 밟혀 죽을래?"

"캑……. 누, 누나. 이것 좀 놔. 이러다 진짜 나 죽어!"

"그래, 목 졸려 죽자. 죽어!"

현주는 두 손으로 현호의 목을 움켜잡았다.

"엄마하고 큰누나한테 다 이른다. 차 매형이랑 연애질한다고!"

일순 현주의 손아귀에서 힘이 풀렸다. 현호는 캑캑거리며 목을 가다듬었다.

"얼마나 귀찮아질지 상상이 가지? 그러니까 이쯤에서 합의 보자고. 엄마한테 시달리고 싶지 않으면."

현주는 치켜든 주먹을 부들부들 떨었다. 현호의 머리통을 막 갈기려던 주먹이었다.

"오호, 반응 보니 진짜 쩔리나 보네? 별거 아니었으면 이미 내 목을 조르고도 남았겠지."

현호는 구겨진 옷을 펴며 얄밉게 웃어 보였다. 이 싸움의 승자는 가려진 셈이었다.

"엄마한테는 입 다물어."

현주가 눈을 부라렸다.

"누나도 협조 좀 해야 할걸?"

말하는 본새가 밉살스럽기 그지없었다.

"알았어. 자, 앉아서 들을 테니까 얘기 시작해."

"그전에…… 누나, 배고프지 않아? 라면부터 먹자."

끓여 오라는 소리나 다름없었다. 현주는 쌍욕을 삼키며 부엌으로 향했다.

한편 진주는 안방 앉은뱅이책상에 앉아 메신저를 하는 중이었다. 최상의 집중력과 몰입도를 위해 귀마개까지 단단히 한 채였다. 책상에는 수사기록지가 펼쳐져 있고, 손가락은 종횡무진 키보드를 활보했다.

[미라 : 아무리 봐도 자살인데. 타살일 수가 없어.]

긴 이야기를 늘어놓았건만 미라는 힘 빠지는 결론을 내놓았다.

[미라 : 다른 건 차치하고서라도 김중호 목에 남은 브이자 흔은 어떡할 건데?]

미라의 주장에 틀린 부분은 없었다. 선명한 브이자 흔은 김중호가 살아 있는 상태에서 목을 매어 숨졌다는 사실을 분명하게 뒷받침했다.

[장호 : 미라 누나 말이 맞긴 한데……. 브이자 흔은 말 그대로 김중호가 살아 있는 상태에서 목을 맸다는 것만 뜻하잖아. 자의에 의해

목을 맸는지, 타의에 의해 목을 맸는지까지 판단할 수는 없지.]

[진주 : 그렇지?]

[장호 : 강압이나 협박에 의해 목을 맸을 수도 있잖아.]

[미라 : 그럼 범인이 김중호가 스스로 목을 매도록 어떤 방법을 썼다는 말이야? 예를 들어 최면 같은?]

최면? 솔깃한 가설이었지만 진주는 고개를 저었다. 잊어서는 안 되는 사실이 있었다.

[진주 : 김중호는 소설 속 살인과 같은 방식으로 죽었어. 소설 속 살인 방식이 최면은 아닐 거야.]

미라와 장호는 침묵으로 진주의 의견에 동의했다.

[장호 : 협박? 감금? 폭행? 이런 건 어때? 김중호한테는 형이 유일한 가족이었다며. 범인이 자살하지 않으면 형을 죽이겠다고 협박한 거지.]

[미라 : 웃기시네. 너라면 그런 말을 듣고 목을 매겠어?]

장호의 가설이 성립하려면 김중만은 몹시 위급한 상황에 처한 적이 있어야 한다. 범인이 김중만의 목에 칼을 들이댄 정도. 그 정도가 아니라면 김중호가 범인의 말만 믿고 스스로 목을 매진 않았을 것이다. 당연히 수사 서류 속 김중만의 진술에는 그런 언급이 전혀 없었다.

[진주 : 그럼 어떤 방법으로 김중호가 스스로 목을 매게 한 걸까.]

김중호가 스스로 목을 매게 한 방법.

진주는 그것이 바로 《밤 산책》 속 트릭일 거라 생각했다. 현재로서는 어떤 방법일지 짐작조차 되지 않았다.

[미라 : 그런데 말이야. 김중호의 죽음이 타살이라는 전제하에 다짜고짜 범인부터 찾으려고 하니 일이 진행이 안 되는 것 같아. 그보

다는 김중호의 소설《밤 산책》에서부터 시작해보는 건 어떨까?]

[진주 : 무슨 뜻이야?]

[미라 : 김중호는 소설 속 살인과 똑같은 방식으로 살해당했다며. 그럼 소설 마지막 부분에 범인뿐 아니라 살해 방법이 나와 있겠지?]

[진주 : 그렇지.]

[미라 : 그럼 범인은《밤 산책》을 끝까지 읽고 그 트릭을 이용해서 김중호를 살해한 거란 뜻이잖아.]

진주의 머릿속에 전구가 켜진 듯 불이 번쩍 들어왔다. 미스터리 소설은 마지막 부분에 범인, 동기, 범행 방법 등이 밝혀진다. 탐정이 관련 인물들을 둥그렇게 모아놓고 '범인은 이 안에 있어!'라고 외치는 건 유명한 클리셰가 아닌가.

[장호 : 일리 있네.]

장호마저 동의했지만 문제점이 하나 있었다.

[진주 : 그런데 성태민 팀장님은《밤 산책》에 마지막 부분이 없다고 했어. 범인과 트릭이 밝혀지는 부분 말이야. 극적인 효과를 위해 김중호 씨가 일부러 제출 안 한 거 같다고 하시더라고. 결론이 궁금하다면 뽑아달라고 원고 마지막에 적혀 있었대.]

[미라 : 어쨌든 원고 뒷부분은 있다는 말이잖아. 그러니까 수사 서류 뒤적거리면서 자살이냐, 타살이냐 고민할 바에는 누가《밤 산책》을 끝까지 읽었는지 조사하는 게 더 나을 거 같다는 소리야.]

누가《밤 산책》을 끝까지 읽었을까. 솔깃한 이야기였다.

[장호 : 공모전에 응모할 정도로 중요한 원고였으니 분명 아주 가까운 사람한테만 보여줬겠지. 김중호와 그만큼 가깝게 지낸 사람은 모두 수사 서류 속에 있을 테고.]

[미라 : 그러니까 성태민 팀장님께 부탁해서《밤 산책》부터 읽어
봐.]

《밤 산책》을 끝까지 읽은 사람을 찾아라. 미라로부터 새로운 미션
이 떨어졌다.

[진주 : 오호, 그럴듯한데? 언니, 진짜 고마워. 답답한 와중에 새로
운 활로를 찾은 거 같아.]

[미라 : 흐흐, 그래? 그럼 나중에 한턱내.]

[진주 : 말 나온 김에 하는 얘긴데…… 우리 진짜 오프라인 모임 안
할래?]

진주는 이 두 사람과 마찬가지로 나무랄 데 없이 완벽한 은둔자였
다. 그러나 한 번쯤은 두려움을 극복해보고 싶었다. 가족 외 유일한
인간관계. 진주는 이제 슬슬 이들을 현실의 인간관계에 편입하고 싶
었다.

[진주 : 왜 다들 말이 없어? 내가 쏜다니까!]

미라와 장호는 대답을 주저했다.

[진주 : 이럴 거야? 완전 섭섭해.]

[미라 : 그, 그게 아니라…….]

[장호 : 진주 누나, 그러지 말고…….]

[진주 : 됐어. 이번에는 강제 사항이야. '미스터리夜!' 3대 회장으로
서 말하는 거니까 이번 주 토요일 강남역 9번 출구 스타벅스에서 집
합하는 걸로 해.]

진주는 대답도 듣지 않고 메신저를 종료했다.

이 얼마 만의 만남인가. '미스터리夜!' 모임을 결성하고 2년이 흘
렀다. 그들로부터 수사에 도움을 얻고자 하는 목적보다 그들을 직접

만나보고 싶은 마음이 더욱 컸다. 그들을 만나기 전《밤 산책》부터 읽어봐야겠다고 생각하며 진주는 자리에서 일어났다.


진주는《밤 산책》원고를 조심스럽게 받아 들었다. 성태민은 몇 번이나 유출에 주의해달라고 당부했다. 파주에서 서촌동까지 대장정을 마친 진주는 집에 도착하자마자 소파로 풀썩 뛰어들었다.

"진짜 받아 왔네. 누난 이 사건에 왜 이렇게 열성이야?"

"읽어봐."

진주는 대답 대신 현호에게 원고 한 뭉텅이를 건넸다.

"누난 읽어봤어?"

"오는 내내. 내가 왜 집까지 오는 데 세 시간이나 걸렸겠어?"

"어땠는데?"

"일단 읽어보라고."

현호는 원고 첫 장을 넘겼다. 그렇게 꼬박 세 시간. 사르륵. 여러 장의 종이가 깃털처럼 나풀거리며 바닥으로 떨어졌다. 현호의 손에서 떨어진 원고였다. 현호는 무릎을 털썩 꿇으며 새빨개진 얼굴로 절규했다.

"말이 돼? 말이 되냐고! 여기서 끝이라니!"

진주도 상기된 얼굴이었다. 그녀 역시 현호와 함께 원고를 두 번째로 읽은 참이었다.

"그러게. 어떻게 이런 이야기를 여기서 딱 끊는 거냐고. 김중호도 꽤나 절박했나 봐. 아니면 자신 있었거나. 그러니 결말을 보고 싶으면 뽑아달라고 한 거 아니겠어?"

"연쇄살인범은 누굴까? 도대체 어떤 방법으로 사람들을 죽인 거지? 그리고 왜 죽인 거고! 정체가 사이코패스는 아닐 거 같은데."

현호는 초조해하며 손톱을 잘근잘근 씹었다. 김중호의 소설《밤 산책》은 정말이지 너무너무 재미있었다. 현호는 일곱 건의 연쇄살인을 저지른 범인의 정체와 동기, 범행 방법이 궁금해 숨이 꼴딱꼴딱 넘어갈 지경이었다. 딴 게 고문이냐. 이런 게 고문이지.

"누나는 범인을 알 것 같아?"

현호가 다리를 달달 떨며 물었다. 미스터리 소설가인 진주라면 트릭을 짐작할지도 모른다. 궁금증을 해소하지 않으면 오늘 밤 허옇게 뜬눈으로 날밤을 새울 것 같았다.

"아니, 전혀. 감도 안 와."

"누나도 별수 없네. 미스터리 소설가 맞아?"

"실제 사건이 아니라 소설이잖아."

"뭐가 다른데?"

"무식한 소리 한다, 형사라는 놈이. 많이 다르지. 작가가 독자와 공정한 게임을 하려 했는지부터가 의문이니까."

"그게 무슨 말이야?"

"밴 다인이라는 미국의 유명한 소설가가 추리소설 작법에 관한 스무 가지 원칙을 발표한 적이 있어. 미스터리를 해결하는 데 있어 독자와 탐정에게 동등한 기회가 주어져야 한다, 작중 범인이 독자를 속이는 기술을 사용하면 안 된다, 범죄의 수수께끼는 점이나 심령술, 최면술 등이 아닌 엄격한 자연법칙에 따라 풀려야 한다……. 스무 개나 된다 생각할지 모르지만 큰 틀에서 보면 그 원칙들은 모두 한 가지를 위한 거야."

"그 한 가지가 뭔데?"

"공정한 게임. 즉 작가와 독자는 미스터리를 풀 때 공정한 단서를 가지고 게임에 임해야 한다는 거지."

현호가 여전히 이해하지 못하자 진주는 부가적인 설명을 곁들였다. 자신의 전문 분야가 나오자 진주는 한껏 콧대를 세웠다.

"한 가지 예로 소설 속에 알리바이 트릭이 등장한다고 쳐봐. 그런데 아무 언급도 없던 주요 용의자의 쌍둥이를 소설 말미에 갑자기 등장시켜 '이것이 트릭이다'라고 하는 건 공정치 못한 게임인 거야. 정보를 감추어 독자에게 페널티를 준 거니까."

"그럼 뭐야.《밤 산책》은 왜 갖고 온 거야? 트릭을 파헤치려고 갖고 온 거 아니었어?"

현호가 성질을 냈다. 긴 시간을 투자해 소설을 읽었는데도 트릭은 커녕 범인조차 알 수 없자 짜증이 치솟은 것이다. 볼일을 보고 뒤를 닦지 않은 것만큼, 똥을 싸다 끊고 나온 것만큼 찝찝했다.

"그런 건 아냐. 김중호가 소설 속에서 공정한 단서를 주었는지 알 수 없다고 했잖아. 게다가 소설 속 살인과 실제 김중호의 죽음이 같은 방식으로 이루어졌다 하더라도 디테일한 부분은 다를 수 있어. 범인이《밤 산책》을 끝까지 보고 그 트릭을 이용해서 김중호를 살해하는 건 가능하지만, 역으로 디테일한 부분에서 단서를 찾아 추론을 통해 트릭을 파악하는 건 힘들지 않을까 싶어."

"그럼 원고는 왜 갖고 온 건데? 왜 완결도 안 된 이만 걸 읽게 해서 사람 기분을 찝찝하게 만드는 거냐고!"

"그, 그냥. 어떤 작품인지 궁금하기도 하고 혹시 단서라도 찾을 수 있을까 해서. 범인은《밤 산책》을 끝까지 다 읽은 사람일 테니."

진주는 '미스터리夜!' 멤버들과 주고받은 이야기를 들려주었다. 현호는 턱을 긁적거리며 생각에 빠져들었다.

"《밤 산책》을 끝까지 다 읽은 사람이 범인이라……. 중요한 원고였으니 아주 가깝고 믿을 만한 사람한테만 보여줬겠지?"

"그렇겠지. 자신의 친형, 김중만 같은."

진주가 수사 서류의 한 부분을 가리켰다.

김중호의 형이자 유일한 혈육, 김중만. 참고인 진술 조서에 첫 번째로 등장하는 인물. 둘은 어린 나이에 부모를 잃고 김중만의 결혼 전까지 줄곧 함께 살았다. 이후로는 인근에 떨어져 살면서도 일주일에 한두 번씩 저녁을 함께할 만큼 우애가 깊은 형제였다.

"김중만은 동생의 꿈을 응원했다. 김중호가 소설 집필에 집중할 수 있도록 생활비도 대주고. 하지만 운영하던 만둣집이 망하고 난 뒤로는 원조는커녕 김중만도 생활고에 시달리기 시작했어."

진주는 수사 서류 내용과 성태민으로부터 전해 들은 이야기를 종합해서 설명했다. 현호도 종철과의 수사를 통해 익히 알고 있던 정보였다.

"게다가 김중만은 김중호의 시신을 제일 먼저 발견한 사람이야. 동생의 죽음이 의심스러울 법도 한데, 부검조차 의뢰하지 않고 곧바로 시신을 화장했어."

"왜 그런 걸까?"

"둘 사이에 금전적인 문제가 생긴 걸지도 모르지. 돈은 가족도 남보다 못한 관계로 만들어버리잖아."

"그러다 김중만이 김중호의 소설 내용을 떠올려 같은 방식으로 동생을 살해한 거고?"

"김중호가 공모전에 당선됐다는 사실은 까마득히 모른 채로. 김중호의 보험금 수익자가 김중만인지부터 알아봐야겠어."

두 사람은 짜고 맞춘 듯 척척 말을 주고받았다. 상상의 날개가 펄럭펄럭 커다란 날갯짓을 했다.

"그런데 수사 서류에는 보험금에 대한 언급이 전혀 없지 않았어? 김중호의 죽음으로 김중만이 금전적인 이득을 얻었다면 분명 조사가 이뤄졌을 텐데."

현호가 처음으로 반대되는 의견을 제시했다.

"경찰은 처음부터 타살이란 생각은 아예 하지도 않았어. 부검도 않고 수사도 형식적이었잖아. 그러니 김중만의 동기에 대해서도 조사해보지 않았겠지."

두 사람은 각자 생각에 잠겼다. 어느 정도 의견이 일치되고 있었다.

"누나 말이 맞아. 일리 있는 말이야."

"그럼 이제 이 가설이 얼마나 타당성이 있는지 확인해보자고."

진주가 자리에서 일어났다.

"어떻게?"

"김중만을 만나봐야지."

진주는 안 일어서고 뭐 하느냐는 눈빛으로 궁둥이가 무거운 현호를 재촉했다. 현호는 용을 쓰며 몸을 일으켰다. 막 집을 나가려는데 문득 진주의 시선이 거실 바닥에 흩어진 수사 서류에 머물렀다.

"빨리 나가자며?"

현호의 말에도 진주는 대답 없이 수사 서류의 한 페이지만을 뚫어져라 쳐다봤다.

"뭐 해? 안 가고?"

"처음 봤을 땐 몰랐는데 말이지. 김중호 씨 집 구조……. 독특하네."

진주는 김중호의 집 내부, 현장 사진이 실린 페이지를 집어 들었다.

"뭐가 특이한데?"

"보통 방문은 안쪽으로 열리지 않아? 우리 집도 그렇잖아. 그런데 이것 봐. 김중호 씨 집 안방은 바깥쪽으로 문이 열리게끔 되어 있어."

현호는 진주의 어깨너머로 수사 서류를 넘겨봤다. 진주의 말대로 김중호의 집 안방 문은 바깥쪽, 즉 거실 쪽으로 열리게끔 되어 있었다. 더욱이 거실 소파에 가로막혀 문은 고작 90도밖에 열리지 않았다.

"잘못 달았나 보네. 경첩을 반대 방향에다가 달아놓은 거지."

현호는 대수롭지 않게 대답하곤 현관을 빠져나갔다. 진주는 의문을 말끔하게 해소하지 못한 채 페이지를 주머니에 쑤셔 넣고 현호의 뒤를 따랐다.


김중만은 분식을 파는 프랜차이즈에서 주방장으로 일하고 있었다. 그는 예고 없이 찾아온 손님을 의아해하면서도 정중하게 맞이했다.

"편집자 선생님 의뢰로 중호 사건을 조사하신다고요?"

진주는 그에게 김중호의 죽음이 소설 속 살인과 유사하다는 말은 할 수 없었다. 그리하여 면피용으로 꺼내 든 이름이 성태민이었다.

"동생분 죽음이 의심스럽다며 조사해달라고 하셨어요. 김중만 씨는 당시 동생분 죽음에 의혹이 없으셨나요?"

"네, 그렇습니다."

김중만의 망설임 없는 대답에 진주는 기운이 빠졌다.

"단호하시네요. 동생분 사망 당시 복장이 일반적이진 않았는데. 정말 의심하는 마음이 전혀 없었습니까?"

김중만은 진주와 현호의 생각을 알아챈 듯 헛웃음을 터뜨렸다.

"의심…… 맞습니다. 장례식 복장이라니 의심할 법하죠. 그런데 말이죠, 형사님. 그거 아세요? 의심하기에는…… 제가 동생의 삶을 너무 잘 알더라고요. 얼마나 힘든 삶을 살았는지."

가게 앞 벤치에 앉은 김중만은 허탈하게 허공을 바라봤다.

온기를 품은 바람이 살랑 불어오는 따스한 봄날의 오후. 시끌벅적한 거리의 소음에도 그가 앉은 주변만은 소슬한 정적이 흐르는 듯했다. 비쩍 마른 몸에 구부정한 어깨, 주름진 새까만 얼굴, 움푹 팬 뺨. 50대 중반의 그는 본래 나이보다 훨씬 늙어 보였다.

"처음에는 믿기지 않았죠. 자살이라니. 소심하고 예민한 성격이지만 소설가가 될 거라는 꿈과 희망을 품고 살던 애였어요. 공모전 결과에 낙담하고 극단적인 선택을 한 거라면 몰라도, 공모전 결과도 나오지 않았는데 자살이라니. 믿기 어려운 일이었죠."

"그런데 왜 자살이라 확신하게 되신 거죠?"

주름진 손을 매만지던 김중만의 눈가가 촉촉하게 젖어 들었다.

"선생님들은 가족에 대해 얼마나 잘 아신다고 생각하세요?"

김중만의 질문에 진주와 현호는 서로를 쳐다봤다.

방구석 쩌리, 은둔자, 10년 차 백수, 염치를 팔아치운 뻔뻔한 지질이, 찐따, 아웃사이더.

저 혼자 정상인 줄 아는 비정상인, 뻔뻔한 능구렁이, 30년 차 모태솔로, 이기적 개인주의자, 까탈스러운 결벽주의자.

자동으로 연상되는 몇몇 단어들에 두 사람은 머쓱하게 서로의 눈길을 피했다.

"괜찮은 줄 알았어요, 괜찮다고 그래서. 동생이 죽고, 알면 알수록 힘든 삶을 살았더군요. 몰랐는데 말이죠, 우리나라에서 글쟁이로 산다는 게 보통 힘든 일이 아니더라고요. 동생은 5년 동안 하루도 빠짐없이 글을 썼어요. 하루 열 시간씩. 하지만 소설로는 최소한의 생계비도 벌기 힘들더군요."

김중만은 까칠한 얼굴을 쓸어내리며 말을 이었다.

"선생님, 우리나라에서 소득이 가장 낮은 직업이 뭔 줄 아세요? 시인이래요. 물론 소설가도 소득이 낮기로는 열 손가락 안에 들고요. 소설가의 연평균 소득이 1500만 원 정도더군요. 전체 평균이 4100만 원가량인데 말이죠. 상위 몇 프로인 유명 소설가의 수입도 포함되어 있을 테니, 그 사람들을 제외한다면 대다수 소설가들의 소득은 이보다 훨씬 더 낮을 거예요. 예전이었다면 눈길도 안 주고 지나쳤을 기사였어요. 그런데 말이죠. 이 기사를 우연히 접한 날 저는 가슴을 치고 울었답니다. 소득순으로 나열된 표 가장 아래에서, 그 밑바닥에서 제 동생이 신음하고 있는 것 같아서요."

김중만은 그날 일이 떠오르기라도 하는지 얄팍한 손목을 들어 가슴을 쳤다.

"그래도 동생은 행복하다고 했어요. 제 가게에서 일하며 돈 벌 때보다 훨씬 만족한다고 했어요. 원하던 글을 맘껏 쓸 수 있어서, 꿈꿀 수 있는 미래가 있어서 행복하다고. 전 바보같이, 정말 바보같이 그 말을 믿어버렸어요. 아니, 어쩌면 믿고 싶었던 건지도 몰라요."

"……."

"동생이 죽고 난 후에야 비로소 깨달았죠. 그 말을 하던 동생의 목소리가 얼마나 지쳐 있었는지, 얼마나 절망으로 가득했는지 말이에요. 보고 싶은 것만 보고, 믿고 싶은 것만 믿었던 당시의 제 눈엔 보이지 않던 것들이었어요. 동생은 알았던 거예요. 괜찮다고 말하면서도 제가 동생을 얼마나 짐처럼 여겼는지를."

텅 빈 그의 눈동자에서는 한 점의 거짓도 찾아볼 수 없었다. 동생을 향한 애절한 그리움도, 아득한 상실감과 가슴이 찢긴 듯한 고통도 꾸며낸 감정으로 보이지 않았다. 진주는 차마 김중만 앞에서 보험금 운운하는 말을 꺼낼 수가 없었다. 찢어지고 너덜너덜해진 가슴에 더 이상 상처를 입히고 싶지 않았다. 대신 현호가 방문의 목적을 잊지 않고 조심스럽게 질문을 던졌다.

"그래도 항간에 소문이 있었을 텐데요. 보험금을 노린 타살이라느니 하면서요."

진주는 김중만이 화를 내며 자리를 뜰지도 모른다 생각했다. 하지만 그는 맥 빠진 웃음만 터뜨렸다. 그동안 이런 유의 소문에 시달린 듯했다.

"한동안 동네에 동생의 죽음이 자살이 아니라 타살이라는 소문이 돌았어요. 여러 가지 낭설 중에 제가 보험금을 노리고 중호를 죽였다는 이야기도 있더군요. 정말 기가 막힐 노릇이죠. 하지만 맹세코 전 한 푼도 받지 못했어요. 생활고 때문에 보험비를 낼 수가 없어 해약된 지도 오래고요. 정 의심스러우면 보험사에 확인하셔도 좋아요."

결정타였다. 이로써 김중만은 용의 선상에서 완벽하게 벗어나게 되었다. 김중호가 죽어도 아무런 이득이 없으니 그에게는 동생을 죽일 만한 동기가 없었다.

"알겠습니다. 확인 감사드립니다. 그리고 죄송하지만 한 가지만 더 물을게요. 혹시 김중호 씨의 소설을 읽어본 적이 있나요?"

"아니요. 하나라도 읽어볼 걸 그랬어요. 원고를 다 쓰면 꼭 제게 보여주곤 했는데 바쁘다는 핑계로 읽지 못했거든요. 중호는 실망했지만 절 탓하진 않았어요. 잠도 제대로 못 자는 제 처지를 이해했으니까요. 그런데 이제 와서 그게 참 한으로 맺히네요. 이럴 줄 알았으면 읽어볼걸 그랬어요. 다 읽고 재밌었다, 넌 정말 재능이 있다고 한마디라도 해줄걸 그랬네요."

김중만의 눈에 눈물이 맺혔다.

학원 가기 싫다고 툴툴대지 말걸, 또 생선이냐며 반찬 투정하지 말걸, 눈 마주치면서 다녀오겠다고 인사할걸, 그리고 사랑한다 말할걸. 사랑한다 말할걸……. 사는 동안 사랑하는 이에게 충실하지 못했던 기억은 깊은 회한을 남긴다.

진주는 목구멍까지 치밀어 오르는 감정을 눌러 참았다.

"혹시 김중호 씨한테 소설을 보여줄 친구나 지인이 있었나요?"

진주의 질문에 김중만은 잠시 생각을 더듬다가 입을 열었다.

"그렇게 말씀하시니 떠오르는 사람이 있긴 한데."

"누구요?"

"3년 전쯤 중호가 자기 글을 봐주시는 선생님이 있다고 했거든요. 그 후로 얘기한 적은 없지만 물어보시니 그 사람이 떠오르네요."

"그분 성함이나 연락처를 알고 계십니까?"

김중만은 안타깝다는 듯 머리를 좌우로 느릿하게 흔들었다.

"죄송합니다. 그냥 유명한 미스터리 소설가라고 했던 것만 기억나요."


집 안에는 답답한 침묵이 흘렀다. 진주와 현호는 라면 냄비를 사이에 두고 면발만 뒤적거렸다.

"어때 보였어? 김중만이라는 사람."

진주가 물었다.

"안돼 보이던데."

"그런 거 말고 범인 같아 보였냐고. 형사의 직감으로."

"아니."

다분히 감성적인 결론이었지만 진주도 수긍했다. 그가 보인 눈물, 애절한 마음은 모두 진실 같았다. 김중만은 일평생 만두를 빚으며 살아온 남자다. 그런 사람이 자신과 현호가 깜빡 속을 정도로 거짓 연기를 해낼 수 있을 리가 없었다. 《밤 산책》을 읽었을 거라 의심되던 유력 용의자가 사라지자 막막한 기분이었다.

"이래서야 다시 원점이잖아. 김중호한테 형 말고 《밤 산책》을 보여 줄 만큼 가까운 사람은 없었던 것 같은데. 그 선생이라는 사람도 누군지 알 수가 없고."

현호는 갑갑한 마음에 라면을 먹다 말고 수사 서류를 들췄다. 몇 번이나 읽어 외울 지경인 서류들이 거실 바닥에 펼쳐져 있었다. 5년 동안 두문불출하며 글만 썼다는 김중호에게는 친한 친구도, 이웃도 없었다.

그때 현주가 부엌에서 나오며 두 사람의 대화에 끼어들었다.

"둘 다 무슨 소리야? 《밤 산책》을 본 사람이 있잖아."

진주는 눈썹을 씰룩이며 의아해했다. 현주는 진주와 현호 사이에 자리를 잡더니 신들린 젓가락질로 면발을 들어 올렸다.

"누구?"

"그 편집자라는 사람. 성태민 씨."

현주의 대답에 진주는 콧방귀를 뀌었다.

"말도 안 돼! 팀장님은 김중호의 죽음을 타살로 처음 의심한 사람이야."

"그 사람 뭘 믿고 이래? 거짓말했을 수도 있잖아."

"팀장님이 왜? 이유가 없잖아."

"그건 나중에 알아내도 될 일이고, 팩트만 보자고. 지금 상황에서
《밤 산책》을 읽은 건 성태민밖에 없어."

"팀장님은 소설을 끝까지 보지도 못했어. 원고 뒷부분이 없잖아.
김중호 씨가 공모전에 응모할 때 극적 효과를 위해 뒷부분은 제출 안
했다고 몇 번을 말해?"

"그건 그 사람의 말일 뿐이고. 둘 다 서술 트릭이 뭔지 알지?"

현주가 젓가락을 내려놓으며 가슴을 폈다. 단 몇 번의 젓가락질
일 뿐이었는데 세 개를 끓인 라면은 단숨에 바닥을 보이고 있었다.

"아니, 그게 뭔데?"

현호가 물었다.

"화자를 이용해 작가가 독자를 직접적으로 속이려는 트릭이야."

진주가 현주 대신 입을 열었다. 현주는 진주에게 설명을 맡긴 채
냄비를 들어 국물을 꿀떡꿀떡 마셨다.

"추리소설에서 흔히 사용되는 알리바이 트릭, 밀실 트릭, 흉기 증
발 트릭, 사망 시각 조작 트릭 같은 건 범인이 작중 인물을 속이려는
거지만, 서술 트릭은 작가가 독자를 속이려는 거야. 보통 소설을 읽
을 때 일인칭이든, 삼인칭이든 독자는 이야기를 전달하는 화자를 신
뢰하기 마련이거든. 하지만 정신병이 있거나 나이 어린 인물을 내세
워서 화자를 믿지 못하게 만들어버리거나, 화자에게 편견이나 제한
된 상황을 볼 수밖에 없는 환경을 부여해 독자들이 화자를 오해하게
끔 서술하도록 하는 게 바로 서술 트릭이지. 즉 화자에 대한 독자들

의 신뢰를 역이용하는 거야. 독자의 편견을 이용해 인물, 시간, 공간에 대해 모호하게 서술해 독자가 오인하게 만드는 방법도 있고. 요즘에야 아주 흔한 트릭인데, 난 처음 애거서 크리스티의 소설을 읽었을 때 책을 집어던질 정도로 놀랐어."

"그런데 그 서술 트릭하고 성태민 씨하고는 무슨 상관인 건데?"

"현주는 지금 우리도 비슷한 오류를 범하고 있는 건 아닌가 하는 거지. 만약 이야기를 전달한 화자, 즉 성태민을 신뢰할 수 없다면? 물론 이 경우에는 작가도, 화자도 성태민이 되겠지만."

"어떤 부분에서?"

"만약 김중호가 응모한 원고가 끝까지 있었고, 성태민이 김중호의 소설을 다 읽었다면 말이야. 성태민도 용의자로 의심할 수 있지 않겠어?"

텅 빈 냄비를 내려놓으며 현주가 성태민 의심설에 쐐기를 박았다. 현호는 현주의 말이 어느 정도 일리가 있다 생각했다. 그러나 성태민에게는 그런 거짓말을 할 이유뿐 아니라, 김중호를 죽일 만한 동기는 더더욱 없었다.

"그럼 성태민은 왜 큰누나한테 김중호 씨 죽음이 타살일지도 모른다는 얘길 꺼낸 거야? 그냥 두면 될 일인데, 왜 굳이 얘기를 꺼내 긁어 부스럼을 만들었느냐고."

"그건 너희가 알아내야 할 부분이고."

현주는 엉뚱한 가설을 던져놓고 마무리는 뒷심 없는 작가처럼 냅다 던져버렸다.

"그리고 누나들은 왜 머리 복잡하게 서술 트릭이니 화자니 그딴 어려운 말을 쓰는 거야? 그냥 성태민이 거짓말한 걸지도 모른다고 얘기하면 될걸."

진주와 현주는 흠칫하면서 말없이 냄비 속으로 머리를 처박았다. 물론 진주는 텅 빈 냄비를 알아채고 현주를 노려보며 젓가락을 집어던졌다.


"절 의심하는 겁니까?"

성태민이 허탈하게 웃었다. 눈치가 빠른 사람이었다.《밤 산책》원고가 정말 거기까지냐고 묻자 그는 진주의 의도를 바로 알아차렸다.

"원고는 범인이 밝혀지기 직전까지였어요. 우리 팀원들한테 물어보시면 알 거예요. 저보다 먼저《밤 산책》을 읽었으니까요."

성태민은 즉시 내선 전화로 추미스팀 직원 몇 명을 호출해 진술하게 했다. 영문도 모른 채 팀장실에 들어온 직원들의 이야기는 성태민의 것과 일치했다. 진주는 얼굴을 벌겋게 물들이며 사과했다.

"죄송해요, 팀장님. 진짜 의심한 건 아니었어요."

"아닙니다. 백 작가님이 어떤 마음인지 저도 아니까. 파주까지 오신 게 설마 이것 때문이었어요? 전화로 그냥 물어보시지."

성태민이 허허 웃으며 자리에 앉자 진주도 손님용 의자에 엉덩이를 붙였다.

"그런데《밤 산책》을 끝까지 읽은 사람이 범인 같다고요?"

직원이 차를 내오자 성태민이 화제를 돌렸다.

"네. 그래서 김중만 씨도 찾아가 봤지만, 김중호 작가님의 소설은 본 적도 없다고 하시더라고요. 혹시 김중호 작가님의 노트북에 소설이 저장되어 있을지도 모르는데, 그건 물어보지도 못했어요."

진주의 말에 차를 마시던 성태민이 멈칫했다. 진주가 쳐다보자 성태민은 머쓱하게 입을 열었다.

"저……. 사실 제가 김중만 씨를 찾아간 적이 있었어요."

"네?"

"노트북에 완고가 저장되어 있으면 김중만 씨와 얘기해서 《밤 산책》을 출간하려 했거든요. 그런데 김중만 씨는 1년 전 김중호 작가님이 죽자마자 노트북을 기부했더라고요. 갖고 있기엔 가슴이 아프고, 유품이라 함부로 처리하고 싶지 않단 이유였어요. 그래서 노트북을 기부했다는 곳도 찾아갔죠."

"찾으셨나요?"

진주는 자그마한 희망이라도 붙들고 싶었지만 성태민은 씁쓸하게 고개를 저었다.

"아니요. 고장이 나서 오래전에 폐기했대요. 워낙 오래된 노트북이라……."

성태민의 이야기를 들으며 진주는 또다시 기분이 찜찜해졌다. 김중호가 죽자마자 이의 없이 시신을 화장하고 노트북을 기부한 김중만. 《밤 산책》에 과한 집착을 보이는 성태민. 과연 두 사람은 결백할까.

"왜 그렇게까지 하신 거예요? 아무리 《밤 산책》이 좋은 작품이라도 과한 행동처럼 느껴져서요. 보통 정성이 아니잖아요. 친한 친구가 죽었더라도 이렇게까지 하지 않을 텐데."

당황한 듯 성태민의 수더분한 얼굴이 붉어졌다. 말 꺼내길 주저하더니 이내 입술을 열었다.

"처음엔 단순한 호기심과 팬심이었죠. 《밤 산책》을 읽고 김중호 작가님께 완전히 빠져버렸으니까요. 저도 이렇게까지 할 생각은 아니었어요. 하지만 사정을 듣고는 뭐랄까, 마음이 좋지 않았어요."

"불쌍하단 생각이 들었어요?"

"……그분이 꼭 저 같았거든요. 혈육이라고는 형제뿐이고, 가진 건 소설에 대한 열정뿐이라는 점이요."

성태민은 뒷머리를 벅벅 긁으며 객쩍게 말을 이어갔다.

"사실 저도 소싯적엔 글 좀 썼더랬죠. 대학 때 작은 문학상을 받고 제가 정말 재능이 있는 줄 알았어요. 그런데 말이죠. 세상엔 재능 있는 사람들이 너무 많더라고요. 이건 나밖에 생각 못 했을 거라 장담한 소재들이 얼마 안 가 소설이나 드라마로 쏟아져 나오고, 혼신의 힘을 다해 썼던 소설들이 줄줄이 공모전에 낙방하면서 회의감이 들더군요. 기발한 아이디어나 필력이 없으면 끈기라도 있어야 하는데……. 유감스럽게도 저에겐 꾸준함이라는 재능조차 없었어요."

"그래서 결국 소설가의 꿈을 접으신 건가요?" "네, 소설가의 길을 포기하고 취직을 했어요. 그래서 꿈을 포기하지 않았던 김중호 작가님의 죽음이 더 안타까웠는지도 몰라요.《밤 산책》은 진심으로 대단한 소설이거든요. 그 소설이 많은 사랑을 받을 수 있도록 도와주고 싶었어요."

성태민은 다정하고 사려 깊은 사람이었다. 그가 선택하는 단어와 조심스러운 말투에서 상냥함이 묻어났다. 금세 둘 사이에 공감대가 형성됐다. 작가 지망생이라면 누구든지 한 번쯤은 고민했을 문제였다. 진주는 가슴이 먹먹해지는 걸 느끼며 자신에게 전달된 성태민의 진심이 거짓이 아닐 거라 확신했다.

"그럼 이제 어쩌실 건가요?"

성태민이 물었다.

"모르겠어요."

현주의 가설은 '성태민이 《밤 산책》을 가로채기 위해 김중호를 죽였다'는 것이었지만 생각해보면 얼토당토않았다. 같이 공모전을 심사했던 이들이 모를 리 없었다.

"가봐야겠네요."

진주는 시간을 확인하곤 자리에서 일어났다. 약속도 없이 찾아온 주제에 더 이상 시간을 빼앗을 순 없었다. 인사를 하고 팀장실을 빠져나가려는데 성태민이 무언가 떠올랐다는 듯 '아' 하는 소리를 냈다.

"갑자기 생각난 건데요. 같이 심사했던 우리 팀원 중 하나가 이런 말을 했어요."

"무슨 말이요?"

"김중호 작가가 어떤 작가의 집필 스타일에 영향을 많이 받은 것 같다고요."

설마 표절을 말하는 걸까. 진주는 김중호에게 선생님이 있었다는 이야기를 떠올렸다. 김중호는 5년 동안 소설 집필에만 몰두했다. 두 편의 짧은 글을 내놓았지만 이후 단 한 권도 출간하지 못했다. 그의 노트북 속에는 미출간된 원고들만 가득히 쌓여갔을 것이다. 하지만 《밤 산책》은 진심으로 감탄이 나올 만큼 대단한 작품이었다. 김중호는 어떻게 갑자기 이런 대작을 쓰게 된 걸까? 어쩌면 출간되지 못한 수많은 원고들 역시 《밤 산책》에 버금가는 수작들이 아니었을까? 그 원고들은 어디로 간 걸까?

진주가 황급하게 물었다.

"그게 누구죠?"

"남광회 작가요."

"혹시 그분 연락처를 알고 계세요?"

"아니요. 우리 출판사와는 연이 닿지 않았어요. 그분은 첫 작품부터 계속 부엉이 출판사와만 일했으니까요. 댁이 성북동 어디였던 것만 기억해요."

진주는 한울 출판사를 빠져나왔다. 출판사 이면도로에 현호의 차가 정차해 있었다. 차 안에서는 현주와 현호가 진주를 기다리고 있었다. 진주가 뒷자리에 올라타자 운전석과 조수석에 앉아 있던 두 사람이 냉큼 뒤돌았다.

"뭐래, 뭐래? 빨리 얘기해봐."

진주는 성태민과 나눈 대화를 세세하게 털어놓았다.

"누나는 그 남광회라는 사람 알아?"

"당연히 알지. 요즘 제일 잘나가는 미스터리 소설가인데. 근데 말이야, 이거 진짜 재밌네."

"왜?"

"그 남광회 작가 말이야. 7년 전쯤 혜성같이 등장해 상도 받고 그랬는데 한동안 슬럼프를 겪었거든. 그리고 3년 전 분위기를 확 바꿔 책을 낸 후 다시 승승장구하기 시작했고. 그런데 참 우연히도 그 시기가 김중호 작가를 만난 시기와 겹친단 말이지."

진주는 김중만의 진술을 떠올렸다. "3년 전쯤 중호가 자기 글을 봐주시는 선생님이 있다고 했거든요. 그 후로 얘기한 적은 없지만 물어보시니 그 사람이 떠오르네요." 그러자 '어쩌면……' 이라고 여겼던 가설이 구체적인 형태를 갖춰가기 시작했다.

"설마 남광회가 김중호의 글을 빼앗았다고 생각하는 거야?"

"지금은 가설일 뿐이야. 자세한 건 남광회 작가를 만나봐야 알겠지.”

진주가 말을 마치자 현주가 냉큼 몸을 바로 돌렸다.

“당장 만나러 가자 이 말이지?”

핸들은 운전석에 앉은 현주 차지였다. 시동을 거는 모양새가 전투적이었다. 차는 곧장 이면도로를 빠져나갔다. 이후로는 광란의 레이싱이었다. 현주는 육아 스트레스를 운전으로 풀어보려는 듯 모처럼 실력을 맘껏 발휘했다.

“어, 어디 가는데?”

손잡이를 목숨 줄처럼 붙든 진주가 소리쳤다.

“성북동에 가야 할 거 아냐? 남광회 만나러. 부엉인지 뻐꾸긴지 하는 출판사 전화번호나 대봐.”

“아, 알았어. 누난 제발 앞이나 봐!”

현호는 손잡이를 단단하게 쥔 채로 전화를 몇 통 돌렸다. 곧 부엉이 출판사의 남광회 담당 편집자와 연락이 닿았다.

“주소가 잘못 적힌 것 같아서요. 작가님도, 보내신 분도 전화를 안 받으셔서 여기 적힌 사무실 번호로 연락드렸어요. 이거 전복이라 배달 늦어지면 하루 이틀 새에 상할 텐데.”

현호는 능청스럽게 퀵 배달원 흉내를 냈다.

“성북동 58-1번지요? 알겠습니다. 바로 배달해드릴게요. 바로바로 빠른바로 퀵이었습니다!”

현주와 현호는 손발이 척척 맞았다. 순식간에 일이 진행되자 진주는 넋을 빼고 상황을 관망하는 수밖에 없었다.

이윽고 차는 성북동 한적한 주택가에 도착했다. 현주는 번지수를 확인한 뒤 차를 세웠다. 현호는 차 안에서 기다리기로 하고, 현주와 진주는 차에서 내려 대문으로 걸어갔다.

"잠깐만. 이제 어쩌려고? 다짜고짜 김중호를 아냐고, 죽었냐고 물어볼 거야? 적어도 어떻게 해야 할지 얘기라도……."

"다 생각이 있으니까, 장단이나 잘 맞춰."

현주는 진주의 말을 잘라먹으며 초인종을 눌렀다.

[누구세요?]

인터폰으로 중년 여자의 목소리가 흘러나왔다.

"안녕하세요. 문학일보 기자 백현주입니다. 오늘 작가님 인터뷰가 있어서 찾아왔는데요."

현주의 뻔뻔스러운 태도에 진주는 기함했다.

"들키면 어쩌려고?"

현주는 대답 대신 휴대전화를 꺼내 보였다. 휴대전화에는 신작 홍보 관련으로 각종 매체와 인터뷰한 남광회의 기사가 주르륵 나열되어 있었다. 인터뷰는 거의 남광회의 집에서 한 것 같았다.

"약속을 했는지 갸우뚱하겠지만 언론사 인터뷰라면 뭐든 좋다 할 거야."

과연 현주의 말대로 대문이 열렸다. 진주는 주춤대며 어찌할 바를 몰라 했지만 현주는 주저 없이 발을 들여놓았다. 진주는 안절부절못하며 현주의 뒤를 쫓았다. 아주머니 한 분이 마당을 가로질러 와 두 사람을 집 안으로 안내했다.

현주는 곁눈질로 집 내부를 살폈다. 전체적으로 고급스럽고 우아한 분위기가 물씬 풍겼다. 인테리어 자재나 가구, 소품들은 고풍스러워 보였지만 반질반질한 새것의 냄새가 났다. 자신의 부와 명예를 오래된 것처럼 위장하고 싶어 하는 졸부 근성이 느껴졌다.

현주와 진주는 거실 소파에 앉았다. 30분이 지나고 한 시간이 지나도록 남광회는 나타나지 않았다. 도우미 아주머니는 미안해하며 유자차와 대추차를 차례대로 내왔다. 한참 뒤 기골이 장대하고 백발이 성성한 중년 남자가 모습을 드러냈다.

"아이고, 기자님. 그간 안녕하셨습니까?"

남광회의 목소리가 쩌렁쩌렁 울려 퍼졌다. 번들번들 기름기가 낀 얼굴에는 과한 웃음이 만면했다. 성성한 백발은 권위를 위해 일부러 염색한 듯 보였다.

"작가님도 그간 별일 없으셨죠? 그새 얼굴이 더 좋아지셨네요."

현주도 능청을 떨며 말을 받았다. 두 사람은 한동안 안부 인사를 주고받았다. 진주만이 꿔다놓은 보릿자루처럼 어색한 웃음을 흘렸다. 현주는 인터넷으로 알아두었던 정보를 바탕으로 신작에 대한 인터뷰를 시작했다. 한동안 무난한 질문과 답변이 오갔다.

"작가님의 소설에는 수많은 직업군이 등장하는데, 엄청난 취재가 필요하셨겠습니다."

노트와 펜을 쥔 채 남광회와 마주한 현주는 제법 그럴듯한 기자처럼 보였다.

"흔히 사람들은 소설가를 공상만 일삼는 직업이라 생각하곤 합니다. 하지만 작가에게 취재와 자료 조사는 필수죠. 그러지 않으면 생생하고 역동적인 소설을 써낼 수가 없어요. 현장에서 직접 경험한 특유의 에너지가 소설 속에 고스란히 반영되거든요. 게다가 요즘은 인터넷에 다양한 정보가 공개되어 있어서 취재 없이 소설을 쓰는 건 불가능해요. 독자들이 진짜인지, 가짜인지 금방 확인할 수 있거든요."

"어느 방송사 인터뷰를 보니, 취재와 자료 조사뿐 아니라 소설 속에 등장하는 트릭도 주위에서 소재를 얻어 직접 실현 가능한지 실험해보신다고 하셨더군요. 그게 사실입니까?"

"사실입니다. 물론 모든 트릭이 실현 가능성이라는 조건을 충족해야 하는 건 아닙니다. 이론적으로 가능하고 논리적인 설명이 가능하면, 독자들은 작가가 창조한 세계 속에서 그 트릭을 납득하죠. 하지만 전 실현 가능한 트릭이 작품에 엄청난 생동감을 불어넣어준다고 생각합니다. 그래서 실험을 해보는 거죠. 그러다 보니 낯선 분야의 트릭이나 과한 공작이 필요한 트릭은 피하게 되고, 제 주변 환경 속에서 트릭을 찾게 되더군요. 혹자는 스케일이 작다고 폄하하기도 하지만, 팬들은 리얼리티가 있다고 좋아합니다. 하하."

"작년에 발표하신《모든 밤을 기억하는 그대에게》에 등장하는 트릭도 직접 해보신 건가요?"

"물론이죠. 처음부터 끝까지 제가 실험해보지 않은 건 없습니다."

현주의 입꼬리가 날렵하게 올라갔다. 남광회는 스스로의 이야기에 심취해 있었다. 이제 슬슬 미끼를 던져야 할 타이밍이었다.

"다음 질문을 드리겠습니다. 한 작가가 안타깝게 사망한 일이 있었죠. 예술계 종사자들이 최소한의 수입도 보장받지 못해 생활고에 시달리다 이런 비극적인 죽음을 맞이하는 경우가 왕왕 있는데요. 어떻게 생각하십니까?"

남광회의 눈에 일순 번뜩이는 빛이 나타났다 사라졌다.

"맞습니다. 그런 일이 있었죠. 분명 사회 각 분야의 균형적인 발달을 위해서는 예술인에게도 최소한의 소득을 보장하는 일이 필요합니다. 그런 사회 안전망이 확보되지 못했다는 점이 참 안타깝네요. 하지만 저는 사회 시스템적인 문제보다 개인의 문제가 더 크다고 봐요.

세상에는 아르바이트나 투잡으로 생계를 영위하면서 소설가의 꿈을 포기하지 않는 사람도 많거든요. 안타깝긴 하지만 그분에게 좀 더 강인한 정신력이 있었다면 그렇게 아까운 생을 포기하지 않았을 텐데…… 그런 아쉬움이 남습니다."

"네? 무슨 말씀이신지……."

현주는 무슨 소리냐는 얼굴로 천연덕스럽게 말을 이었다.

"작가님께서 착각하신 것 같네요. 자살이라고 말한 적 없는데. 저는 한 작가가 지하 방에서 전기세, 가스비 낼 돈도 없이 무일푼으로 지내다 지병 때문에 사망한 일을 말씀드린 건데요?"

남광회의 얼굴에 '아차' 하는 표정이 스쳤다. 진주는 붉으락푸르락 색깔이 요동치는 남광회의 얼굴을 보며 웃음을 참았다. 현주가 이토록 잘 해낼 줄이야. 감탄이 나왔다. 남광회가 스스로 김중호 죽음과의 연관성을 드러내도록 한 유도신문이었다.

"그, 그런 일도 있었죠."

남광회는 평정심을 되찾으며 조금 전 상황을 무마하려 했다.

"작가님께서는 자살한 다른 작가도 알고 계시나 봅니다."

현주가 눈을 빛내며 한번 더 남광회를 몰아붙였다. 김중호의 자살은 한 번도 언론에 노출된 적이 없다. 그런데 남광회는 출판사도 다른 무명작가의 죽음을 알고 있는 것이다. '비극적 죽음'이라고 말했을 뿐 '자살'은 언급한 적도 없는데.

"아뇨. 그저 비극적인 죽음이라고 해서 자살을 떠올렸을 뿐입니다."

"아, 그러고 보니 자살한 소설가도 있군요. 김중호 씨라고요. 혹시 아시는 분입니까?"

그제야 남광회는 현주의 꿍꿍이를 알아챘다. 그는 시뻘겋게 달아오른 얼굴로 거센 호흡을 몰아쉬었다.

"이봐, 당신. 기자 맞아?"

단박에 말이 짧아졌다.

"아니, 작가님. 갑자기 왜 이러시는 거죠?"

"무슨 꿍꿍이로 쥐새끼처럼 내 집에 들어온 거야? 나가, 당장 나가라고!"

남광회는 거센 아귀힘으로 현주의 팔을 잡아끌었다. 힘이 얼마나 장사인지 현주조차 종잇장처럼 그의 힘에 이끌려 휘청거릴 정도였다.

"이거 놓으세요. 나갈 겁니다."

"아줌마, 이 사람들 당장 쫓아내요. 이런 잡상인들한테 왜 문을 열어준 거야? 아줌마 잘리고 싶어?"

애꿎은 화살이 도우미 아주머니에게로 향했다. 아주머니는 연신 머리를 조아리며 불안한 새처럼 몸을 떨었다. 현주와 진주는 떠밀리듯 현관 밖으로 쫓겨났다. 도우미 아주머니도 두 사람을 배웅하기 위해 뒤따라 나왔다.

"죄송합니다."

"괜찮습니다. 괜한 불똥이 아주머니께 튄 거 같아서…… 저희가 죄송하네요."

"원래 이렇게 화를 잘 내시는 양반이 아닌데, 왜 이렇게 변하신 건지."

진주는 도우미 아주머니의 말을 놓치지 않았다.

"특별한 계기라도 있었나요?"

"아니요, 계기는요. 그냥 작년부터 좀 예민해지셨어요."

"왜요? 작년에 작가님께 안 좋은 일이 있었나요? 사고를 당했다든지, 가까운 누군가를 잃었다든지."

"맞아요. 원래 사람이 안 좋은 일을 당하면 순식간에 변하기도 하잖아요."

현주도 진주의 말을 거들었다.

"별다른 일은 없었는데……. 사고라고 하니 떠오르는 일이 있네요. 작가님께서 아주 사색이 되어 들어오신 날이 있었어요. 한동안 방 안에만 틀어박혀 식사도 않고 꼼짝하지 않으시더니 그날 이후로 영 딴사람이 되셨어요."

"정확히 언제쯤인데요?"

진주가 다급하게 물었다. 바로 이것이다. 남광회가 돌변한 계기. 일반적인 사람이라면 살인을 저지르고 멀쩡하게 전과 같이 살아갈수 있을 리 없다. 어떤 방식으로든지 삶에 변화가 있었을 것이다.

"작년 봄이었던 건 기억하는데 가물가물하네요. 그냥 몸이 아프다며, 팔을 다치셨는지 그릇이나 수저도 제대로 잡지 못하셨어요."

이후 몇 가지 질문을 추가했지만 더 이상의 소득은 없었다. 두 사람은 아주머니에게 고맙다는 인사를 건네고 집을 나왔다.

돌아오는 길에 진주, 현주, 현호는 서점에서 남광회의 최근 소설을 구입했다. 그리고 집에 도착하자마자 저마다 편한 장소에서 책을 읽기 시작했다. 다 읽는 데 꼬박 하루라는 시간이 걸렸다.

"비슷해. 비슷해도 너무 비슷해."

새벽빛이 밝아올 무렵, 진주가 마지막 장을 덮으며 말했다. 김중호가 처음 출간했던 단편 두 개는 그의 집필 스타일이 자리 잡기 전 쓴 것들이었다. 하지만 《밤 산책》과 남광회의 최근 작품들 사이에는 상당한 유사성이 존재했다.

"나도 공감. 주제 의식이랄까, 자주 쓰는 문체와 표현들이랄까, 전개 방식이랄까 하는 것들이 지나치게 유사해. 같은 사람이 쓴 것처럼."

현호도 진주의 말에 동의했다.

"그렇다면 가능성은 둘 중 하나야. 김중호가 남광회의 작품을 흉내 냈든가, 아니면 남광회가 김중호의 작품을 훔쳐 갔든가."

현주도 의견을 보탰다.

"당연히 남광회가 김중호의 작품을 가로챈 거겠지. 그렇지 않으면 김중호가 죽을 이유가 없잖아. 반대의 경우라면 남광회가 진작 신인인 김중호를 상대로 고소했을 테고."

진주는 생각을 정리했다. 아마도 남광회가 김중호의 작품을 가로챈 건 3년 전부터였을 것이다. 김중호가 3년 동안 남광회를 고소하지 않은 걸로 봐선 작품을 뺏긴 게 아니라, 대필을 했다고 보는 게 설득력이 있었다. 그렇다면 3년 전부터 남광회의 집필 스타일이 확연히 달라진 게 이해가 갔다. 대필이라니. 과연 글도 쓰지 않는 작가를 작가라 칭할 수 있을까.

진주의 머릿속에 '용의자 남광회'라는 글자가 선명하게 새겨졌다. 현재로서 김중호를 죽일 만한 동기를 가진 유일한 사람이었다. 추측건대 둘 사이가 틀어진 건 김중호가 남광회로부터 독립을 선언하고 자기 이름으로 공모전에 응모했기 때문일 것이다. 화가 난 남광회는 김중호를 죽이고자 마음을 먹고 그가 쓴 소설 속 살인 방식을 떠올렸을지도 모른다.

김중호의 트릭은 대부분 주변 환경 속에서 찾은 간단한 도구를 이용하거나 인간 심리의 허를 찌르는 방식으로 구성되어 있었다. 또한 직접 실험해볼 수 있을 정도로 실현 가능성이 높았다. 그랬기에 남광회는 소설 속 살인 방식대로 김중호를 죽이고 자살로 위장할 수 있었던 것이다.

하지만 이 모든 것은 진주의 상상일 뿐, 증거는 없었다.

\* \* \*

약속한 토요일이 다가왔다.

진주는 설레는 마음으로 집을 나섰다. 따뜻한 봄바람에 짧은 머리칼이 흩날렸다. 가족 외의 사람을 집 밖에서 만나는 게 얼마 만인지. 10년간의 '망생이' 생활이 남긴 건 역류성 식도염과 단절된 인간관계뿐이었다. 학창 시절 친구도, 대학 친구도 모두 연락이 끊긴 지 오래였다. 번화가를 거닐고, SNS에서 유명세를 탄 카페에 가고. 그렇게 남몰래 꿈꿨던 일들을 미라, 장호와 할 수 있지 않을까. 진주는 기대감으로 가슴이 부풀었다.

약속 시간보다 이르게 도착한 진주는 스타벅스에 자리를 잡고 사람들을 둘러보았다. 저들 눈에도 자신이 누군가를 기다리는 사람처럼 보일까? 절로 미소가 지어지고 마음이 흐뭇했다. 진주는 가방에서 수사 자료와 《밤 산책》 원고를 꺼냈다. 미라와 장호가 도착하기 전까지 짬을 내어 살펴볼 작정이었다.

시간이 얼마나 흘렀을까. 진주는 굽은 어깨를 펴고 기지개를 켰다. 정신없이 몰두하느라 시간 가는 줄 몰랐다. 그새 약속 시간이 30분이나 지나 있었다. 진주는 고개를 쭉 빼고 카페 내부를 훑어봤다.

대부분의 사람들은 일행과 함께 있거나 공부에 열중하고 있었다. 홀로 앉아 누군가를 기다리는 듯 보이는 이는 40대 중반의 통통한 남자와 20대 초반의 커트 머리 여자뿐이었다.

아직 안 온 건가. 진주는 잠시 더 기다려볼까 갈등하다 휴대전화를 집어 들었다. 미라와 장호가 누구더냐. 자신 못지않은 은둔자들이다. 분명 머쓱하고 부끄러운 마음에 약속 장소 근처를 배회하고 있을지도 몰랐다.

진주는 미라에게 전화를 걸었다. 전화 통화를 하는 것조차 처음이었다. 통화 연결음이 울려 퍼지자 심장이 통통 경쾌하게 뛰었다. 혹시 이미 카페 안에 있는 건 아닐까. 진주가 주위를 살피는 동시에 40대 통통남의 휴대전화가 진동했다.

뭐지, 이 불안하게 맞아떨어지는 타이밍은.

머뭇거리던 통통남이 전화를 받았다.

[여보세요.]

진주는 통통남을 쳐다봤다.

"미라 언니?"

통통남은 쑥스러워하며 쭈뼛쭈뼛 진주에게로 다가왔다.

"진주, 맞지?"

진주는 턱이 빠질 듯 입을 벌리며 남자를 쳐다봤다. 보통 키에 보통 체격, 평범한 외모의 남자였다. 그는 머리끝부터 발끝까지 명품으로 치장하고 있었다. 돈 냄새가 풍기다 못해 넘쳐흘렀다.

"누구……세요?"

"나 미라야. 최미라."

이럴 수가. 오만 가지 생각이 머리를 스쳤다. 진주는 갖은 경우의 수를 떠올렸다. 설마 미라가 생물학적 성별을 잘못 가지고 태어난 사람인 걸까. 성 정체성의 혼란 한가운데에 있는 사람인 걸까.

"놀랐지? 미안해, 진주야. 내가 이래서 나오고 싶지 않았는데. 더 이상 널 속이기도 미안하고……."

진주는 뒤통수를 얻어맞은 충격에 할 말을 잃었다. 하지만 놀라움은 이게 끝이 아니었다. 진주와 미라의 만남을 지켜보고 있던 20대 초반의 커트 머리 여자가 쭈뼛거리며 다가왔다.

"안녕하세요."

여자는 뱀처럼 몸을 배배 꼬며 인사말을 던졌다. 진주와 미라는 슬로모션처럼 고개를 돌렸다.

"저 장호예요. 이장호."

진주는 또 한번 턱이 빠질 듯 입을 벌렸다. 연이어 얻어맞은 뒤통수가 얼얼하다 못해 시큰거렸다. 반면 미라라고 주장하는 남자는 곧바로 무언가를 이해한 듯 보였다.

세 사람은 테이블에 앉아 넋 나간 표정으로 서로를 쳐다보기만 했다. 누구도 선뜻 입을 열지 못했다.

"어떻게 된 거야? 두 사람. 왜 미라 언니는…… 이렇고, 장호는 저런 건데?"

미라와 장호, 아니 미라와 장호로 추정되는 두 사람은 분주하게 눈알만 굴려댔다. 그제야 진주는 두 사람의 성 정체성이 문제가 아니라는 걸 깨달았다. 이 두 사람에게 자신이 속은 것이다. 아주 감쪽같이, 무려 2년 동안.

진주는 자리를 박차고 일어났다.

"잠깐만, 진주야. 얘기 좀 들어줘."

"진주 누나, 이대로 가시면 어떻게 해요."

미라와 장호인 것 같은 두 사람은 다급하게 진주의 팔을 붙잡았다. 진주는 멈춰 선 채 눈을 꾹 감았다. 떡방아를 찧는 듯 머릿속이 쿵쿵 울렸다. 지금 이 언니 같은 말투를 쓰는 40대 남자가 미라고, 말끝을 묘하게 늘어뜨리는 20대 여자가 장호란다.

미쳐버리겠네. 유일무이했으며 나름 소중하게 일궈온 인간관계가 박살이 났다. 냉정하게 돌아서고 싶었으나 2년간의 세월이 진주의 발목을 붙들었다. 미라와 장호 덕분에 버텨낼 수 있었던 수많은 시간들이 눈앞에 스쳤다.

"설명해, 당장."

미라와 장호는 눈치를 보며 말문을 열었다.

성별이 바뀌게 된 사연은 간단했다. 나이 많은 40대 남자라고 스터디에서 번번이 퇴짜 맞은 미라. 나이 어린 20대 여자라고 스터디에서 번번이 무시당한 장호. 두 사람은 작가 지망생 카페에서 온라인 스터디 모임 글을 발견한다. 온라인 모임이기에 성별을 속여도 무방할 거라 예상한 두 사람. 그러나 예상치 못하게 '미스터리夜!'는 점점 활성화되어가는데……. 사실대로 털어놔야겠다 싶었지만 타이밍을 놓쳤단다.

"잃고 싶지 않았어, 이 모임. 알잖아. 이 모임이 나한테 어떤 의미인지."

미라는 즙을 짜내듯 눈물을 짜냈다.

"저도요. 빨리 누나, 아니 오빠, 아니 언니들한테 털어놓고 싶었는데 기회가 없었어요."

장호도 몸을 움츠렸다. 진주는 콧김을 내뿜으며 두 사람의 면면을 요리조리 살폈다. 속은 것이 분하나 화를 내봐야 무슨 소용이랴. 그들의 성별이 다시 바뀔 리 만무했다.

"두 사람, 성별 말고 다른 거 속인 건 없어?"

"없어."

미라와 장호가 동시에 대답했다.

"사실 내 본래 이름은 최⋯⋯."

"그만! 됐어. 안 들을래."

미라가 본명을 꺼내려 했지만 진주가 말을 막았다.

"안 그래도 헷갈리는데 그냥 미라 언니는 미라 언니로, 장호는 장호로 가자."

죄지은 두 사람은 반론도 하지 못하고 결정을 수용했다. 상황은 정리됐지만 껄끄러운 침묵이 흘렀다. 미라는 커피와 케이크를 한 아름 사 왔다. 그럼에도 세 사람은 말없이 잔에 코만 박고 있었다.

"근데 이건 뭐야?"

어색한 분위기를 탈피하고자 미라가 테이블에 펼쳐진 종이를 보며 물었다. 진주는 대외비 서류들을 수습하려다 손길을 멈췄다. 이런 기분으로 번화가를 거닐거나 핫 플레이스에 가는 건 물 건너간 일이고. 어찌 됐건 미라와 장호도 미스터리 소설가 지망생들이 아닌가. 어쩌면 두 사람이 새로운 시각으로 사건의 단서를 발견할 수 있을지도 몰랐다.

진주는 비밀 엄수를 약속받고 수사 서류와 《밤 산책》 원고를 보여 줬다. 김중호가 남광회의 대필 작가일지도 모른다는 말에 미라와 장호는 광분했다.

"그래서 언⋯⋯. 아니, 누나는 남광회가 김중호를 어떻게 죽였는지 알아내려고 하는 거예요?"

장호가 물었다.

"너무 안됐잖아. 그렇게 간절했는데, 데뷔가 바로 코앞이었는데."

미라와 장호는 침묵으로 진주의 말에 공감했다. 김중호가 얼마나 큰 외로움과 고통 속에 허덕였을지, 얼마나 간절했을지 지망생인 세 사람은 충분히 이해할 수 있었다.

"남광회, 이런 개새! 내가 이제껏 그 발바리 잡놈이 훔친 글을 그렇게 열심히 읽었단 말이야?"

"절대 용서 못 해. 남광회 그 개자식 꼭 잡아야죠."

힘없는 작가 지망생들은 남광회에 대한 분노를 쏟아냈다. 하지만 그뿐, 어떻게 잡아야 할지에 대해서는 뚜렷한 방법을 제시하지 못했다. 범인을 잡는 건 의협심과 열정만으로 가능하지 않았다.

진주는 테이블에 턱을 괴고 수사 서류를 뒤적거렸다. 미라와 장호는 《밤 산책》 원고를 휙휙 넘겨보았다. 그렇게 세 사람은 해가 저물도록 카페에서 꼼짝도 하지 않았다. 행여나 놓친 부분이 있을까, 같은 부분을 읽고 또 읽었다. 미라는 몇 번이나 음료와 요깃거리를 사다 날랐다.

밤이 되자 카페가 한산해졌다. 진주는 서류에서 눈을 떼고 뻐근한 어깨를 돌렸다. 시간은 저녁 9시를 향하고 있었다. 새로운 단서는 여태껏 발견되지 않았다. 이렇게 무작정 서류만 파고든다고 새로운 단서를 발견할 수 있을까. 회의감이 몰려드는 찰나, 진주의 눈에 수사기록지와 《밤 산책》 원고가 동시에 들어왔다.

"왜 그래? 단서라도 발견했어?"

미라가 물었다. 진주는 말없이 기록지와 원고를 번갈아 보기만 했다. 수사기록지에는 김중호의 집 거실을 각기 다른 각도에서 촬영한 현장 사진이 첨부되어 있었다. 《밤 산책》 원고에는 네 번째 피해자의 집 거실에 대한 묘사가 나와 있었다.

여섯 평 남짓한 거실이었다. 현관문을 열면 정면으로 베란다가 보이고 오른쪽으로는 안방이, 왼쪽으로는 화장실이 위치해 있었다. 오른쪽 벽면에는 커다란 책장 두 개가 나란히 세워져 있었고, 그 앞에 사람이 설 만한 공간을 둔 채 빛바랜 3인용 검정 소파가 놓여 있었다. 맞은편 벽면에는 수납장과 텔레비전이 있었다.

진주는 사진에서 눈을 떼지 않고 말했다.

"심하다 싶을 정도로 똑같지 않아? 《밤 산책》 속 살인 현장과 김중호 씨의 집 말이야. 거실 수납장 모서리가 부서졌다는 디테일까지 일치해. 김중호 씨는 《밤 산책》을 쓸 때 자기 집 거실에 앉아 트릭을 구상했던 것 같아."

무언가 손에 잡힐 듯 잡히지 않았다. 거실 사진과 소설 속 묘사를 번갈아 보는 동안 위화감만 뚜렷해졌다. 분명히 단서는 《밤 산책》에 있을 텐데. 그때 진주의 시선이 소설 속 한 문단에 머물렀다.

목을 매달고 심하게 몸부림을 쳤는지 안방 문 위쪽에는 비닐 끈으로 강하게 쓸린 자국이 두세 줄 나 있었다.

"어, 언니! 장호야! 이거 이상하지 않아?"

"응? 뭐가?"

"문 위쪽에 비닐 끈으로 강하게 쓸린 자국이 두세 줄 나 있다잖아. 목을 맸다면 이미 체중이 실린 상태인데 몸부림을 쳤다고 비닐 끈이 자리를 이동할 정도로 쓸릴까? 이건 마치 누가 비닐 끈을 잡아당겨서 쓸린 것 같은……."

순간 벼락을 맞은 듯한 충격에 진주는 입을 다물었다. 뒤이어 이전에 품었던 의문이 떠올랐다. "보통 방문은 안쪽으로 열리지 않아? 우리 집도 그렇잖아. 그런데 이것 봐. 김중호 씨 집 안방은 바깥쪽으로 문이 열리게끔 되어 있어."

진주는 떨리는 손으로 거실 사진 속 소파를 가리켰다.

"만약에 김중호 씨가 살해당할 당시 이 소파 끝에 누워 있었다면 어땠을까?"

"소파에 누워 있었다니요?"

"사진을 보라고. 소파 제일 끝자리, 안방 문 쪽에 가까운 자리만 움푹 들어가 있어. 김중호 씨가 주로 이 자리에 앉았다는 거야."

진주는 소파 끝자리에서 맞은편 텔레비전까지 손가락으로 죽 일직선을 그렸다.

"텔레비전 때문에?"

소파가 3인용이라고 해도 김중호는 텔레비전을 보기 편한 이 끝자리에 주로 앉았을 것이다.

진주의 머릿속에 그날의 상황이 세세하게 그려지기 시작했다. 소파 끝자리에 누워 잠을 자던 김중호. 누군가 다가와 비닐 끈으로 만든 고리를 그의 목에 건다. 그다음 안방 문을 90도로 열어 바깥쪽 문짝이 소파 바로 옆에 오도록 한다. 그리고 비닐 끈을 문 위쪽으로 넘긴 다음 강한 힘으로 단숨에 잡아당긴다.

갑작스럽게 목이 졸리자 김중호는 발버둥을 치지만 양말을 신고 있는 데다가 가죽 소파라 자꾸만 발이 미끄러진다. 이윽고 발버둥을 치던 김중호가 늘어지자 남자는 잡아당기던 비닐 끈을 안쪽 문손잡이에 묶는다. 마지막으로 김중호의 시신을 문 앞으로 옮긴 뒤 안방 문을 굳게 닫은 것이다.

"장례식 복장이라는 독특한 차림새도 장치였을 거야. 자살로 보이게 하려는 목적과 양말을 신게 하려는 목적 둘 다 있었겠지. 트릭을 실험해보자, 혹은 친한 누군가의 장례식에 같이 가자는 말로 김중호 씨를 꼬드겼을 거야. 두 사람은 갑을 관계였으니 남광회에게는 어려운 일도 아니었을 테고."

진주의 말에 미라가 고개를 주억거리며 의견을 보탰다.

"맞아. 게다가 옆집 사는 정명심의 말에 의하면 죽기 전날 김중호 씨가 엄청 피곤해 보였다면서. 며칠 동안 잠을 못 잤다고. 전부 남광회가 꾸민 짓일 거야. 무리하게 일을 시켜 잠을 못 자도록 했겠지. 오후 2시면 점심 먹고 졸음이 몰려올 시간이잖아. 약을 쓸 필요도 없이 김중호는 소파에서 잠시 눈을 붙였을 거야. 남광회는 그 틈을 노려 김중호의 목에 비닐 끈으로 만든 고리를 건 거고. 김중호는 키도 작고 체격도 왜소했으니, 기골이 장대하고 풍채가 큰 남광회는 쉽게 끈을 잡아당길 수 있었을 거야."

"좋아, 좋아. 근데 아직도 상상에 불과해. 증거가 필요하다고."

진주의 말에 잠자코 듣기만 하던 장호가 입을 열었다.

"혹시 김중호의 목을 맨 비닐 끈에 뭔가 남아 있지 않을까요?"

진주와 미라의 눈길이 동시에 장호를 향했다.

"범인은 비닐 끈을 문 위쪽으로 넘겨 반대편 손잡이에 묶은 뒤 문을 닫아야 했어요. 빨랫줄이나 두꺼운 줄이면 문에 끼어 닫을 수 없으니 비닐 끈을 사용할 수밖에 없었던 거죠. 하지만 장갑을 낀 채 비닐 끈을 묶고 자를 수 있었을까요?"

"그럼 장호 너는 범인이 맨손으로 비닐 끈을 만졌기 때문에 지문이 남아 있을 거라 생각하는 거야?"

미라가 물었다.

"남광회가 맨손으로 만진 건 확실해요. 그 집 도우미 아주머니가 그랬잖아요. 작년에 남광회가 팔을 다쳐 아무것도 잡지 못했다고. 실은 팔을 다친 게 아니라 손바닥을 다쳤을 거예요. 김중호의 체중이 실린 비닐 끈을 맨손으로 잡아당겼다가 끈에 쓸려 상처가 났을 테니까. 당연히 이걸 들키면 안 되니 도우미 아주머니에게는 팔이 아프다는 둥 변명을 했던 거고요."

"하지만 아무리 맨손으로 만졌더라도 지문이 남진 않았을걸. 비닐 끈은 지문이 남을 만한 소재도 아니고 그만한 면적도 없으니까."

미라가 장호 말에 반대되는 의견을 내세웠다.

"아뇨, 내 말은 비닐 끈에 DNA가 남았을지도 모른다는 말이에요."

진주는 캄캄한 동굴 속을 헤매다 출구를 찾은 느낌이었다. 미라는 탄식을 터뜨리며 장호의 말을 받아 설명을 이어갔다.

"맞아! DNA는 지문과 같은 간접증거지만 다른 면이 있어. 바로 대조군이 있어야 한다는 점이지. 범죄 현장에서 지문을 발견하면 지문 자동 검색 시스템을 통해 신원을 바로 확인할 수 있지만 DNA는 그렇지 못하잖아? 그렇기 때문에 DNA는 DNA를 대조할 수 있는 유력한 용의자가 있을 때 효과를 볼 수 있는 증거야. 만약 경찰이 비닐 끈에서 DNA를 발견했다 하더라도 누구의 DNA인지 알아내기는 어려위. 남광회는 이 사실을 알고 있었고, 김중호와의 관계를 들키지 않을 자신도 있었을 거야. 그리고 무엇보다 타살로 의심받지 않을 자신이 있었기 때문에 비닐 끈을 맨손으로 만져도 괜찮다고 생각했을 게 분명해."

"그럼 남광회에게 동기가 있다는 것만 밝혀내면, 영장을 청구해 비닐 끈에 남겨진 DNA와 남광회의 DNA를 비교할 수 있겠네."

그러나 여전히 큰 문제가 존재했다. 무려 1년 전 사건이다. 수사는 자살로 종결됐으니 증거 물품이 남아 있을 리 없었다. 경찰도 오래전에 종결된 사건을 다시 파헤치는 데 협조하지 않을 테고.

장호가 이 문제를 들먹이자 진주는 음산하고 자신만만한 웃음을 지었다. 진주의 시선이 김중호의 방에서 발견된 유류물 목록 중 하나에 닿아 있었다. 자살을 위해 새롭게 구입한 것으로 추정되는 비닐 끈 뭉치.

"걱정 마. 남광회가 스스로 범인이라는 걸 밝히도록 할 거니까."


성북동의 한적한 주택가. 연이은 초인종 소리가 잠잠해지자 인터폰으로 목소리가 흘러나왔다.

[누구세요?]

"아주머니를 뵈려고 왔어요. 여쭤보고 싶은 게 있어서요."

진주가 인터폰 스피커에 대고 말했다. 인터폰 너머에서는 대답이 없었다. 그렇다고 인터폰을 끊어버리지도 않았다. 그날 도우미 아주머니는 남광회로부터 대차게 혼이 났을 터. 외부인 출입 관련해서 주의를 받았으니 선뜻 문을 열어주기 꺼림칙할 것이다.

그럼에도 진주는 도우미 아주머니가 나올 거라 생각했다. 그녀는 작년에 남광회에게 일어난 일을 줄곧 궁금하게 여겼다. 지금까지 자세하게 기억하고 있다는 건 마음에 두고 있는 일이라는 뜻이었다. 남광회가 사색이 된 얼굴로 돌아와 한동안 방에만 틀어박혀 끙끙 앓았으니, 본인에게 직접 물어볼 수도 없고 호기심만 커졌을 테다. 그런데 1년이 지난 시점에 기자라는 사람이 나타나 그 일에 관심을 보이고 남광회는 크게 화를 냈으니, 지금쯤 그녀의 호기심은 얼마만큼 커졌을까?

마당을 가로질러 오는 사뿐한 발걸음 소리가 들렸다. 이내 아주머니가 대문 사이로 얼굴을 내밀었다.

"나와주셔서 감사합니다."

인사도 받기 전, 그녀는 대문을 닫은 뒤 진주의 손을 잡아끌었다.

"저쪽 골목으로 가서 얘기해요. 작가님이 알면 안 좋아하실 테니."

그녀는 자리를 옮겨서도 연신 두리번거리며 불안해했다. 주어진 시간이 길지 않았다. 진주는 휴대전화 녹음 기능을 켜고 본론을 입에 올렸다.

"저번에 말씀하셨던 부분이요. 좀 더 여쭤보고 싶은데……. 혹시 더 생각나는 건 없으신지 해서요."

도우미 아주머니, 노정심은 우물쭈물하며 대답을 주저했다. 호기심과 직장에서 잘릴 위험 사이에서 저울질을 하는 모양이었다. 진주는 봉투를 꺼내 노정심에게 쥐여주었다. 단단하던 눈매가 사르르 풀렸다. 그제야 무게 추가 한쪽으로 기우는 것 같았다.

"사실 팔 아프다는 핑계가 거짓말이라는 건 진즉 알았죠. 혼자서는 아무것도 못 하는 양반이 손수 약국에서 연고를 사 와 방에서 몰래 바르는 걸 저한테 딱 들켰으니. 그때 봤어요. 양 손바닥에 긴 자국 같은 게 시뻘겋게 나 있더라고요. 어디 쓸리기라도 한 건지. 약 바르면서 아파하던 게 언뜻 기억나네요."

"그렇군요. 감사합니다. 어쩌면 DNA가 남았을지도 모르겠네. 이거 정말 김중호 씨 형, 김중만 씨 집에 가봐야 하는 거 아냐? 지금 안양까지 가려면 얼마나 걸리려나."

진주는 DNA와 김중만 씨 집 운운하는 소리를 일부러 혼잣말처럼 흘렸다. 현주가 본다면 혀를 찰 연기였지만 진주로서는 최선이었다.

"네? 그게 무슨 말씀이세요?"

"아닙니다. 혼잣말이었어요. 그럼 전 이만 가보겠습니다. 협조 감사했습니다."

눈에 궁금증을 주렁주렁 매단 노정심을 뒤로하고, 진주는 표표히 언덕길을 내려갔다. 호기심 많고 입이 싼 그녀. 이후 노정심의 행보는 예상 가능했다. 그녀는 쪼르르 남광회에게 달려가 조금 전 만남에 대해 털어놓을 게 뻔했다. 그리고 자신에게 쉽게 입을 열었던 것처럼 남광회에게도 쉽게 입을 열 것이다.

늦은 저녁, 어느덧 해는 붉은 띠를 두르며 저물고 있었다. 진주는 지하철과 버스를 번갈아 타고 집으로 향했다. 평일 퇴근 시간 무렵이라 서울 시내는 꽉 막혔다. 도저히 약속 시간에 맞출 수 없을 것 같았다. 진주는 현주에게 전화를 걸었다.

[아, 뭐냐고. 왜 이렇게 안 와?]

"미쳤나 봐, 꽉꽉 막혀서 버스가 아예 섰어. 집에 들렀다 가면 너무 늦을 거 같고. 너랑 현호 먼저 출발해. 난 바로 김중만 씨 집으로 갈게."

전화를 끊고서도 버스는 엉금엉금 거북이걸음을 했다. 안양역에 도착한 진주는 택시를 잡아탔다. 어느새 깜깜한 밤이었다.

김중만이 사는 곳은 안양 중심가에서 한참이나 떨어진 외곽 지역이었다. 논밭이 펼쳐진 벌판에 컨테이너 창고와 비닐하우스가 드문드문 자리하고 있었다. 택시는 도로에서 마을로 난 좁은 길로 접어들었다. 우거진 잡목을 따라 꼬불꼬불하게 난 비포장도로에는 가로등 불빛조차 없었다. 이윽고 출입구에 등이 켜진 주택 하나가 멀리 모습을 드러냈다. 택시는 컴컴한 길에 진주를 떨궈놓고 잽싸게 제 갈 길을 갔다. 진주는 괜스레 엄습하는 한기에 몸을 떨며 주택으로 향했다.

그때였다. 밤공기를 뒤흔드는 소리에 이어 뒤통수에 엄청난 충격이 느껴졌다. 진주는 바닥으로 꼬꾸라졌다. 눈앞에 불꽃이 튀고 머리가 흔들렸다. 전신을 휩쓰는 격통에 비명조차 나오지 않았다. 방심하고 있었다. 다가오는 발걸음조차 인식하지 못했다.

진주가 뒷머리를 감싸고 있으려니 괴한이 둔기를 번쩍 들어 올렸다. '휭' 둔기가 바람을 가르며 날아왔다. 진주는 가까스로 몸을 굴렸다. 정통으로 맞으면 뼈도 못 추릴 터. 아니나 다를까, 맨땅을 찍은 둔기가 쪼개지는 소리가 났다. 소리만으로도 괴한이 얼마나 온 힘을 다해 내리쳤는지 알 것 같았다.

"이러지 마요. 이런다고 죄가 없어질 줄……."

"닥쳐!"

괴한은 진주에게로 발 빠르게 달려왔다. 협상의 여지는 없었다.

진주는 몸을 일으켜 불 밝힌 주택 쪽으로 달리기 시작했다. 처음의 타격이 컸던지라 다리가 꼬이고 몸이 휘청거렸다. 뇌수가 흔들려 앞도 제대로 보이지 않았다. 땅을 짚으며 엉금엉금 기듯이 도망가는 사이, 괴한이 부서진 둔기를 내팽개치고 쫓아오는 소리가 들렸다. 그동안 여러 수사를 하며 많은 위기를 겪었다. 하지만 이렇게 직접적으로 목숨의 위협을 받은 적은 없었다. 남광회를 유인하기 위해 일부러 미끼를 던졌지만 설마 죽이려 들 줄이야.

이렇게 가는 건가. 정녕 이렇게? 《컬러풀 미스터리》출간도 못 했는데! 부끄러움과 오욕의 세월이 눈앞에 스쳤다. 죽음을 앞둔 지금, 가장 강렬한 감정은 오직 한 가지였다. 억울해! 억울해 죽겠어!

뒤통수를 가격당한 충격과 고통으로 정신이 가물가물했다. 그새 괴한은 바짝 다가와 있었다. 다리에 힘이 풀린 진주가 앞으로 꼬꾸라졌다. 괴한이 진주의 옷깃을 잡아채려는 순간이었다.

"야, 이 개자식아!"

현주의 고함소리가 한적한 외곽 동네에 쩌렁쩌렁하게 메아리쳤다. 진주는 꼬꾸라져 한 바퀴 나뒹굴면서 소리가 난 쪽을 바라보았다.

공기를 가르는 소리와 함께 깨끗한 한판 업어치기 기술이 펼쳐졌다. 현호는 날렵한 동작으로 몸을 낮춘 다음 남광회의 오른쪽 겨드랑이에 손을 걸고 가뿐하게 등에 업어 바닥에 메쳤다.

"으악!"

맨바닥에 내다 꽂힌 남광회가 고통에 몸부림쳤다.

"서, 선생님! 이게 대체 무슨 일이랍니까!"

멀리서 김중만이 허둥지둥 뛰어 내려왔다. 야밤의 소란에 무슨 일인지 내다본 모양이었다. 진주는 남광회를 가리키며 외쳤다.

"112로 신고해주세요. 저 사람이 김중호 씨를 죽인 범인이에요."

찢긴 이마에서 피 한 줄기가 주룩 흘러내렸다.


진주의 예상은 모두 맞아떨어졌다.

남광회는 노정심에게 진주와 무슨 대화를 나눴는지 득달같이 캐물었다. 노정심은 남광회로부터 두툼한 봉투를 받고 이야기를 털어놓았다. 남광회는 DNA, 김중만 씨 집 운운하던 진주의 혼잣말에 주목했다.

'대체 어디에 DNA가 남아 있다는 거지?' 경찰은 절대 재수사할 리 없었다. 그는 맨손으로 만졌던 것들을 떠올리기 위해 애썼다. 1년이 지나도 남아 있을 만한 것. '아' 하는 새된 소리와 함께 기억이 떠올랐다. 비닐 끈 뭉치.

남광회는 초조했다. 진주가 비닐 끈 뭉치에서 발견된 자신의 DNA와 노정심의 진술을 제시한다면 경찰의 의심을 살지도 몰랐다. 저 입 싼 아줌마는 돈 몇 푼 쥐여주고 살살 구슬리면 될 테지만 비닐 끈 뭉치에 남은 DNA는 손쓸 방도가 없었다. 만약 이를 바탕으로 경찰이 영장을 받아 대필 계약서까지 찾아낸다면, 꼼짝없이 범인으로 몰릴 게 빤했다.

정말 김중만이 그 쓸데없는 비닐 끈 뭉치를 아직도 가지고 있는 걸까. 동생이 죽을 때 사용한 물건을? 의구심이 일었지만 안일하게 생각할 때가 아니었다. 남광회는 김중만의 집에서 비닐 끈 뭉치를 빼돌리기로 마음먹었다. 여차하면 그를 협박해야 할지도 모르니 무기가 될 만한 골프채도 챙겼다.

남광회는 퇴근 시간대의 교통 정체를 고려해 심부름센터 오토바이로 김중만의 집까지 이동했다. 진주보다 빨리 김중만의 집에 도착해야 했다. 그리고 목적지에 도착했을 무렵 택시에서 내리는 진주를 발견한 것이다.

"소설가라는 사람이, 사회적 명성도 있는 사람이 어떻게 이럴 수 있지? 어떻게 이런 끔찍한 짓을 저지를 수 있는 거냐고."

현주가 말했다. 남광회는 순찰차로 끌려가고 있었다.

"악한 마음에는 직업도, 사회적 위치도 상관없는 거니까. 나만 없으면 김중호 씨 사건을 파헤칠 사람도 없을 거라 생각한 거지."

"그러니까 어떻게 그 해결 방법을 살인에서 찾을 수 있는 거냐고."

"김중호 씨 때도 살인으로 문제를 해결했던 사람이잖아. 그러니 다음 문제가 생겼을 때도 비슷한 생각을 하지 않았겠어? 아야, 살살 해주세요."

진주는 엄살을 떨며 이마에 거즈를 붙이는 구급대원에게 부탁했다. 신고한 지 5분도 채 되지 않아 경찰차와 구급차가 도착했다. 남광회는 특수폭행으로 긴급 체포되었으며, 곧 살인과 살인미수 등의 죄명이 추가될 예정이었다. 사건은 그렇게 마무리됐다.


며칠 뒤 진주는 한울 출판사 추미스팀 사무실을 방문했다. 그 자리에서 성태민에게 남광회의 범행 사실을 알렸다. 성태민은 진심으로 고마워했다.

"감사합니다. 김중호 작가님도 이제 편하게 눈감을 수 있을 거예요."

"아닙니다. 저야 할 일을 했을 뿐인데요."

훈훈한 분위기 속에서 만남은 파장을 맞이했다. 진주가 사무실을 나오려는데 성태민도 주섬주섬 나갈 준비를 하고 뒤따랐다.

"팀장님도 나가세요? 외부 미팅 있으세요?"

"아니, 저는…… 김중호 작가님 유해가 안치된 곳에 가보려고요."

진주는 민망해하며 어색하게 웃었다. 성태민은 진주의 마음을 눈치채고 황급히 손을 휘저었다.

"그런 얼굴 할 거 없습니다. 작품 계약할 때 항상 작가님들 얼굴을 뵙고 계약하는 쪽이라……. 좋은 소식을 직접 전해드리고 싶어서 그런 거니 부담 갖지 마세요."

"이왕 말 나온 김에 저도 같이 가면 안 될까요?"

성태민은 거듭 괜찮다 말했으나 진주는 주장을 굽히지 않았다. 두 사람은 함께 경기도 화성에 있는 추모 공원으로 향했다. 봉안실로 들어가자 김중호의 유골함과 사진이 보였다.

이렇게 생긴 사람이었구나. 까무잡잡한 피부에 짧게 자른 머리, 홀쭉하게 팬 뺨과 얇은 입술. 등산복을 입은 그는 환한 미소를 짓고 있었다.

사건을 조사하며 진주는 김중호의 이름을 백 번도 넘게 입에 올렸다. 김중호는 어쩌고, 김중호가 저쩌고. 하지만 그가 생명을 품었던 인간임을 구체적으로 인지한 적은 없었다. 불과 얼마 전까지만 해도 그는 살아 있는 사람이었다. 이렇게 밝게 웃고, 종일 글을 쓸 수 있는 것만으로도 행복해하며, 쉰이 넘은 나이에도 소설가라는 천진한 꿈을 꾸었다. 진주는 그에게 미안한 마음이 들었다.

성태민은 가슴이 북받쳐 오르는지 눈물을 글썽였다.

"안녕하세요, 형님. 제가 이렇게 불러도 될지 모르겠지만 살아 계셨으면 꼭 이렇게 불렀을 것 같아서 염치 불고하고 불러봅니다. 좋은 소식을 가지고 왔어요.《밤 산책》, 김중만 씨와 계약했습니다. 백진주 작가님이《밤 산책》완고를 찾아주셨거든요."

진주는 멋쩍게 웃었다.

남광회가 체포되던 날, 진주는 이런 생각을 했다. 정말《밤 산책》

완고는 이 세상에 존재하지 않는 것일까. 작가들에게 가장 큰 악몽은 다 쓴 글이 날아가는 경우다. 파일에 오류가 생기거나 노트북에 이상이 생겨 글이 사라졌을 때, 작가들은 죽음과도 같은 절망을 맛본다.

《밤 산책》은 김중호가 대필 작가 신분을 탈피하기 위해 자신의 영혼을 갈아 넣은 회심의 역작이다. 그런 원고를 과연 노트북에만 저장했을까? 미라, 장호는 대번에 부정했다. 백업을 해놨을 거라는 게 공통된 의견이었다.

진주는 즉시 김중만을 찾아갔다. 안타깝게도 김중호의 유품 속에는 USB가 없었다. 워낙 작은 물건이니 도중에 사라졌을 수도, 남광회가 빼돌린 걸 수도 있었다. 진주가 실망하며 돌아서는 순간, 번뜩 머리를 스치고 지나가는 것이 있었다. 노트북과 USB만으로는 불안했을지도 모른다. 특히 원고를 몇 번 날린 경험이 있는 작가라면. 혹시 클라우드에 파일 자동 업로드 기능을 설치해놓진 않았을까.

진주의 예상은 맞아떨어졌다. 클라우드에는 《밤 산책》 완고뿐 아니라 남광회와의 대필 계약서도 저장되어 있었다. 그렇게 찾은 원고는 무사히 성태민에게 전달되었다.

"만나면 하고 싶은 얘기가 참 많았는데. 대답이 없으니 무슨 말을 해야 할지 모르겠네요. 《밤 산책》을 어떻게 구상하게 됐는지, 차기작 집필 방향은 어떻게 되는지 묻고 싶은 게 참 많았는데."

고개를 떨군 성태민을 보며 진주는 두 사람이 함께하는 자리를 상상했다.

'형님, 도대체 왜 딱 거기까지 응모한 겁니까? 약 올리는 것도 아니고. 범인과 동기, 트릭을 밝히지 않고도 당선될 자신이 있었어요?'

'자신은 무슨, 발악이었어. 결말을 알고 싶다면 제발 절 뽑아주세요, 하는 절규였지. 작품상 정도 받을 줄 알았는데 대상이라니. 정말 생각도 못 했다고. 내가 그 전화를 받고 얼마나 울었는지 상상도 못 할 거야. 자네는 내 은인이야.'

'뽑힐 만했으니 뽑았죠. 출판사도 다 장사하는 곳입니다. 재미없는 작품에 배팅 안 한다고요. 상금에 선인세까지 하면 그게 얼만데. 저희도 다 그거 뽑아먹을 자신이 있어서 형님 작품에 상 준 겁니다. 그런데 말이죠. 형님, 다음 작품도 저희랑 하는 거 맞죠?'

그렇게 두 사람은 형, 동생 하면서 밤새 술잔을 기울였을까. 마주 앉아 아직도 가슴에 품은 귀한 꿈에 대해 얘기를 나누었을까.

"좋은 책 나올 수 있도록, 그리고 많은 사랑 받을 수 있도록 할게요. 형님의 꿈 이뤄드릴 테니 이제 천국에서…… 편히 쉬세요."

마지막 말을 끝으로 둘은 봉안실을 나왔다. 진주는 살아생전 서로를 몰랐던 김중호와 성태민이 사후에 나눈 우정이야말로 진짜가 아닐까 하는 생각이 들었다.

\* \* \*

며칠 동안 진주는 집필에만 몰두했다. 의욕과 의지가 마구 샘솟았다. 김중호가 그토록 염원하던 일. 게으름 피우고 빈둥대며 낭비한 세월이 미안해 김중호 앞에서 고개를 들 수가 없었다.

그러나 의욕 넘치던 집필 라이프는 일주일을 꽉 채우지 못했다. 그래, 사람이 너무 갑자기 변하면 죽는다더라. 진주는 서서히 생활을 변화시켜가자 결심하며 거실로 나왔다. 안방을 나오기 전 만화책을 이불로 덮어두는 것도 잊지 않았다.

"웬 고기반찬?"

돼지갈비, 육전, 소고기 미역국까지 오늘따라 반찬이 휘황찬란했다. 진주는 밥솥에서 고봉밥을 퍼 와 식탁에 앉았다. 육질이 야들야들한 게 냉동육 따위가 아니었다.

"너 요새 힘없다 그래서 엄마가 한 거잖아."

거실에서 빨래를 개던 현주가 대답했다. 진주는 입안에 한껏 쑤셔 넣었던 돼지갈비와 육전을 고스란히 뱉어냈다.

"이제 와서 이런다고 내가 맘 풀릴 줄 아나."

"뭔 말이야?"

"나 다 들었거든? 엄마가 은행에서 사람들한테 한 얘기. 발에 채는 게 그깟 재능 가진 사람들이라고. 10년 동안 방구석에 처박혀서 글만 썼는데 장려상 하나 못 타면 그게 인간이냐고 그랬잖아. 고기 사주란 말에는 뭘 잘했다고 고기를 해다 바치냐고 성까지 내고. 내가 못 들은 줄 알지?"

밥맛이 떨어진 진주는 고기반찬을 쓸어 반찬 통에 담았다. 그 모습을 가만히 지켜만 보던 현주는 눈살을 찌푸렸다.

"너 진짜 지질한 거 알아?"

현주의 날 선 음성이 안방으로 들어가려던 진주의 발목을 붙들었다.

"내가 뭐."

"너 맨날 현호한테 이기적 개인주의자라고 뭐라 하는데, 내가 볼 때는 네가 그래. 남들한테, 가족한테조차 눈곱만치도 관심 없지."

"왜 이래? 너까지 왜 시비야?"

"그럼 좀 알아줘야 할 거 아냐. 너 글 쓴다고 우리가 얼마나 설설 기었는지."

"누가 누구한테 설설 기었다고 그래?"

진주의 말에 현주가 벌떡 일어났다. 성큼성큼 긴 다리로 다가오는 것만으로도 진주는 위협을 느꼈다. 움찔한 진주가 뒷걸음치려는 찰나, 현주가 멈춰 섰다.

"알아주길 바란 건 아니지만 해도 해도 너무하네. 어떻게 몰라? 너 당선됐다고 엄마가 얼마나 사방팔방 자랑하고 다녔는데. 너랑 전화할 때마다 작가 양반, 작가 양반 그런 것도 다 자랑하고 싶어서잖아. 사람들 앞에서 괜히 너 깎아내린 건 민망해서 그런 거고. 엄마 방식 잘못됐다는 거 알아. 그래도…… 넌 그 맘 좀 알아줘야지."

"……."

"그리고 내 입으로 공치사하긴 참 뭐한데. 나도 너 공모전 마감일 임박했을 때는 우리 지우 일찍 재웠다. 네가 지우 우는 소리 때문에 집중 못 할까 봐. 현호도 강력 사건들 소스로 물어오고 그랬잖아. 어떻게 그걸 몰라줘?"

무슨 소리냐고, 거짓말하지 말라고 따지려던 진주는 입을 다물었다. 웃기시네, 언제 그랬다고? 언제, 언제…….

그래, 사실 다 알고 있었다. 식구들의 배려를 어떻게 모를 수가 있을까. 공모전 마감일이 임박했을 무렵 희례, 현주, 현호는 까치발을 하고 집 안을 돌아다녔다. 텔레비전 볼륨은 최하로, 방문은 살살, 대화는 금지. 희례는 일부러 늦은 시간까지 밤거리를 배회하며 집에 들어오지 않기도 했다.

"지우야. 얼른 자자, 응? 내일모레 이모 공모전 원고 다 쓸 때까지만. 우리가 도와줘야 하지 않겠냐." 안방 너머로 지우를 달래는 현주의 목소리가 나지막이 흘러나오기도 했다. "큰누나. 그럼 이 사건은 어때? 종철 선배한테 들은 얘긴데 노량진에서 무슨 사건이 있었냐면." 현호는 여기저기서 소스를 물어오기도 했다.

"에이 씨."

진주는 손등으로 거칠게 눈물을 닦았다. 왜일까. 왜 자꾸 가족에게는 위악을 떨게 될까.

서랍장에는 한울 출판사에서 받은 선인세 200만 원이 들어 있었다. 글 써서 번 돈을 척 내밀며 '엄마, 용돈 해'라고 말해보는 건 진주의 오랜 꿈이었다. 한 번쯤은 자랑스러운 자식이 되고 싶었다. 지질하고 찐따 같은 모습이 아니라, 번듯한 자식이 되어보고 싶었다. 엄마는 내 모습 그대로를 인정한다는 걸 알면서도. ……아, 그건 아닌가.

"넌 그런 말 좀…… 고기반찬 도로 담기 전에 말하지 그랬냐."

진주는 다시 밥을 퍼서 식탁에 앉았다. 현주는 혀를 차며 거실로 돌아가 빨래를 개기 시작했다.

"선인세 받은 거 엄마 갖다줘. 엄마 주려고 현금으로 찾아놓은 거 맞지?"

현주의 이야기를 들으며 진주는 퍽퍽 밥을 퍼서 입안으로 밀어 넣었다.

"엄마가 너 주려고 고기반찬 한 건 맞는데, 양심상 다 먹을 건 아니지?"

그러거나 말거나. 진주는 미역국에서 소고기만 건져 국그릇에 담았다.

점심을 해치운 진주는 현금 200만 원이 든 봉투를 가지고 집을 나섰다. 오후 2시. 점심시간이 지난 이 시각 희례의 행방은 눈에 보듯 훤했다. 한일 아파트 사거리 어딘가에서 장미를 비롯한 동네 아줌마들과 회동 중일 터였다.

진주는 한일 아파트 사거리로 걸어가며 할 말을 연습했다. '별거 아냐. 선인세 200만 원. 엄마 용돈이나 해.' 대수롭지 않게 봉투를 건네는 게 좋을까. '엄마, 그동안 고생 많았어. 다음엔 더 많이 갖다줄게.' 낯간지러운 말도 덧붙여야 할까.

"절대 못 해. 안 해."

진주는 몸을 떨며 팔에 돋은 소름을 쓸어내렸다.

신일 은행 서촌동 지점 VIP실로 들어가자 장미와 고경숙이 알은척을 해왔다.

"어머나, 백 작가! 여긴 어쩐 일이야?"

장미가 호들갑을 떨었다. 민망해하는 진주를 앞에 두고 은행 손님들에게 공모전에 당선된 잘나가는 작가라고 추켜세우기까지 했다.

"아, 아니에요. 이제 막 공모전에 당선된 것뿐인데."

"앞으로 반질반질하게 닦인 탄탄대로가 펼쳐진 거잖아! 금방 유명작가 될 거야. 다들 사인 안 받고 뭐 해요? 얼른들 받아봐요."

진주는 손님들에게 종이를 나눠주려는 장미를 가까스로 말렸다.

"혹시 오늘 저희 엄마 안 만나셨어요? 엄마 찾으러 왔는데."

"희례 씨? 방금까지 여기 있다 어떤 여자분하고 나갔는데?"

"어떤 여자분이요?"

"누구더라?"

그때 고경숙이 대화에 끼어들었다.

"조경주 씨요. 요 앞 술집 주인장 상만 씨 와이프."

"상만 씨 결혼하셨어요?"

고경숙의 말에 진주는 소스라치게 놀랐다. VIP실 대기 고객들도 술렁거렸다.

"백 작가도 놀랐지? 하여간 희례 씨랑 상만 씨 와이프랑 요래조래 눈치를 주고받더니 시차를 두고 나가더라고. 나 참, 그렇게 나가면 둘이 만나려는 건지 누가 몰라? 우리한테 미안했나? 우리가 새 친구 사귄다고 섭섭해할 나이는 아니지."

고경숙은 섭섭해하며 희례와 경주가 향한 곳을 가리켰다. 길 건너편이었다.

진주는 은행을 나와 횡단보도를 건너 술집으로 걸어갔다. 아직 영업시간은 아니었지만 두 사람이 그곳에 있을 것 같다는 막연한 예감이 들었다. 어디에 있는 거지. 대로변을 두리번거리던 진주는 술집 뒤편으로 향했다. 골목 모퉁이를 막 돌아선 순간, 말소리가 들렸다.

"원하는 게 뭐야?"

낮게 뇌까리는 희례의 목소리가 들렸다. 한 번도 들어보지 못했던 말투와 목소리였다. 진주는 자신도 모르게 모퉁이에 몸을 숨겼다. 희례와 경주는 대치하듯 마주 보고 선 채 서로를 노려보고 있었다.

경주가 목소리를 잔뜩 낮춘 터라 무슨 말을 하는지 진주의 귀에는 들리지 않았다.

"나도 찾고 있어! 나도 평생을 찾아 헤맸다고! 생사라도 알고 싶은 마음은 똑같아."

희례는 격렬한 감정에 휩싸인 듯 소리를 내질렀다. 무슨 일 때문인 걸까. 그보다 두 사람이 아는 사이였다는 사실이 놀라웠다. 진주는 기억을 더듬어 경주를 본 적 있는지 떠올리려 애썼다. 도통 생각나지 않는 얼굴이었다. 저렇게 원수인 양 대하는 걸 보면 악연도 보통 악연이 아니라는 건데. 언제 적 인연인 걸까.

경주는 희례에게 또 한 차례 낮은 목소리로 중얼거렸다. 진주는 속이 답답했다. 경주의 목소리가 들리지 않아 두 사람의 대화를 짐작할 수 없었다.

"그게 무슨 말이야? 내가 설마 살인이라도 저질렀다고 생각하는 거야?"

그때 희례가 날카롭게 소리쳤다. 희례는 시뻘겋게 달아오른 얼굴로 가슴을 들썩였다. 당장이라도 경주를 후려치고 머리를 쥐어뜯을 것 같은 험상한 눈빛이었다.

"이제 본색을 드러내네. 그래, 그때 내가 봤던 눈빛이 딱 이랬거든. 누구 하나 죽일 거 같은 눈빛."

경주도 언성을 높였다. 살인이라는 말에 진주는 가슴이 덜컹 내려앉았다. 대화 내용이 심상치 않게 흘러갔다. 희례는 경주에게 조소를 날렸다.

"너 미쳤구나? 기껏 한다는 생각이 그거야?"

"아니면 설명이 안 되거든. 언니가 그때 그렇게 사라진 이유. 자식들, 동네 사람들에게 진짜 신분을 숨긴 이유. 죽은 언니 남편은 알고 있었어?"

경주의 도발에 희례의 눈에서 불꽃이 타올랐다. 더 이상 참을 수 없는지 분노에 휩싸인 전신이 경련했다.

"그럼 다 까발려버리지, 왜 날 불러내 이딴 소릴 지껄이는 건데? 차라리 솔직히 말하지그래. 돈이 필요하다고."

경주는 대답하지 않았다. 희례는 핸드백 속에서 봉투를 꺼냈다.

"가져. 내가 가진 전부야. 그리고 그 입, 영원히 다물어. 아니면 내가 다물게 해줄 테니까."

희례가 봉투를 하늘 높이 집어던졌다. 봉투에서 빠져나온 5만 원 권 지폐가 공중으로 펄럭펄럭 흩날렸다. 바람에 실려 날아온 지폐 하나가 진주의 발치에 내려앉았다.

진주는 영화같이 비현실적인 장면을 넋 놓고 쳐다봤다. 심장 박동이 가파르게 상승했다. 봐서는 안 될 장면을 목격한 것 같았다.

# 장미 맨션의
# 목격자들

어둠이 짙게 내려앉은 밤. 하이힐 소리가 서늘한 밤공기를 울렸다. 여자는 코트 깃을 여미며 집으로 향하는 발걸음을 서둘렀다. 밤 11시 45분. 마음이 초조했다.

올가을부터 여자가 맡은 미대 입시반은 밤 11시까지 운영되었다. 뒷정리 뒤 학원 문을 잠그고 나오면 11시 반이 훌쩍 넘곤 했다. 이 시간 퇴근이 특별한 일도 아닌데 여자는 불안감을 떨칠 수 없었다.

이유는 스스로도 잘 알고 있었다. '그 일' 때문이었다. 여자는 머릿속에서 '그 일'을 몰아내곤 걸음에 속력을 냈다. 얼음장같이 차가운 바람이 옷깃을 파고들었다. 동네 언덕길은 스산하기 짝이 없었다.

회백색 다세대주택을 끼고 오른쪽 골목길로 접어드는데 문득 멀리서 발소리가 들렸다. 잘못 들은 줄 알았건만 소리는 점점 더 분명하게 들려왔다. 여자는 날뛰는 심장을 억누르며 귀를 기울였다.

남자의 구둣발 소리였다. 그다지 멀지 않은 곳에서 들려오고 있었다. 언제부터 뒤따라왔을까. 사납게 요동치는 심장 소리 때문에 귀가 먹먹했다. 여자는 조금 더 속력을 내어 걸었다. 그러자 꼭 그만큼 남자의 구둣발 소리도 빨라졌다. 뒤따르는 소리는 점점 가까워졌지만 절대 앞서가진 않았다. 일정한 간격을 유지한 채 빈틈과 기회를 노리며 반경을 좁혀왔다.

날 따라오는 게 분명해. 등줄기로 식은땀이 흘렀다. 코트 깃을 움켜쥔 손이 떨렸다. 언덕길은 인적 없이 고요하기만 했다. 휘몰아치는 바람에 메마른 낙엽들이 바닥을 뒹구는 소리만이 적막을 갈랐다.

그때 찢어지는 듯한 소음이 울려 퍼졌다. 여자는 하마터면 비명을 터뜨릴 뻔했다. 간신히 정신을 차리고 소리의 진원지를 확인했다. 자신의 코트 속에서 울리는 휴대전화 소리였다. 여자는 장갑 낀 손으로 폴더 폰을 열었다. 발신자를 확인하곤 두 눈을 둥그렇게 떴다.

유경환? 이상하다. 착각한 건가. 여자는 단조로운 멜로디가 흘러나오는 폴더 폰을 쥔 채 입술을 깨물었다. 고민할 필요도 없었다. 결심을 굳히곤 뒤를 돌아봤다. 긴 코트 자락을 휘날리며 남자가 걸어오고 있었다. 새카만 어둠에 휩싸여 얼굴은 보이지 않았다.

여자는 여전히 울려대는 휴대전화를 쳐다보다 통화 버튼을 눌렀다. 착각이 아니라면 확인해봐야 했다.

"여보세요."

[하…… 드디어 받아줬구나.]

수화기 너머로 한숨소리가 뒤이어졌다.

"나 할 말 없어."

흘낏 다시 뒤돌아보자 남자와의 거리가 한층 가까워져 있었다.

[전부 다 오해야. 그 장면 하나만 보고 이렇게 단정 지을 거야?]

"오해? 어떻게 그게 오해야? 내가 이 두 눈으로 똑똑히 봤는데."

[내가 다 설명할 수 있어! 그러니까 내 말 좀 들어줘.]

어설픈 핑계 따위는 듣고 싶지 않았다. 착각이라는 걸 확인했으니 더 이상 통화할 이유도 없었다. 때마침 지척에서 어둠에 휩싸인 건물이 모습을 드러냈다. 여자는 폴더 폰을 탁 소리가 나게 닫곤 코트 주머니 속에 집어넣었다.

뒤따르는 구둣발 소리는 여전했으나 아까만큼 두렵진 않았다. 여자는 붉은 건물의 불투명한 출입문으로 걸어갔다. 출입구 위 '장미 맨션'이라는 글자가 어둠 속에 어렴풋이 드러났다.

남자의 구둣발 소리가 장미 맨션을 지나쳐 점점 멀어졌다. 여자는 안도의 한숨을 내쉬며 출입문을 지나 계단을 반 층 올랐다. 오른쪽에 위치한 1호가 여자가 살고 있는 곳이었다.

1층의 센서 등은 언제부턴가 고장이 났다. 여자는 암흑 속에서 현관문 비밀번호를 눌렀다. 이내 경쾌한 소리가 나며 현관문이 열렸다.

현관으로 들어서자 긴장감이 순식간에 녹아내렸다. 여자는 신발장을 짚은 채 부츠를 벗기 위해 고개를 숙였다. 순간 서늘한 기운이 등 뒤를 덮쳤다. 현관문이 채 닫히기도 전 문틈 사이로 장갑 낀 손이 불쑥 튀어나왔다.

뒤돌아본 여자의 얼굴이 공포로 뒤덮였다. 비명을 지르기도 전, 남자의 손이 여자의 입을 틀어막았다. 머리에 강한 충격을 느끼며 여자는 정신을 잃었다.

\* \* \*

오후 4시. 점심과 저녁 식사 사이, 간식에 저절로 손이 가는 시간.

진주, 현주, 현호는 양푼에 각종 나물을 넣고 비빔밥을 비볐다. 현주는 비빔밥을 숟가락으로 크게 떠 한입에 넣었다. 참기름의 고소함과 고추장의 매콤함이 어우러져 꿀맛이었다.

"진짜 이상하지? 분명 엄마랑 조경주 씨랑 서로 아는 사이일 텐데 말이지."

숟가락질을 서두르며 현호가 말을 꺼냈다. 세 남매는 희례와 경주에 대해 자신들이 알고 있는 정보를 나눈 참이었다. 현주는 민호와 함께 술집에서 목격한 바를, 진주는 술집 뒷골목에서 훔쳐본 바를 털어놨다.

"아는 사이라면 언제 적 아는 사이였을까? 언니도, 현호도 조경주 씨 본 적 없지?"

"당연히 없지."

진주와 현호는 동시에 대답했다. 세 사람 다 기억하지 못한다면 적어도 30년 이전의 인연이라는 뜻이었다.

"고향 동생일까? 조경주 씨가 엄마보다 열 살 어리다고 했지?"

현주의 묻는 말에 진주가 그렇다고 대답했다. 현주는 밥을 우물거리며 생각에 잠겨 들었다. 서울에서 30여 년 만에 고향 사람을 만난다면 반가워만 하기에도 바쁠 것이다. 그런데 희례와 경주는 서로를 알아보고 경악을 금치 못했다. 경멸, 혼란, 놀라움이 뒤섞인 감정도 감추지 못했다.

대부분의 감정은 세월 앞에서 힘을 잃는다. 과거는 으레 미화되기 마련이라 질투, 미움, 짜증 등 소소하게 부정적인 감정들은 퇴색되고 만다. 하지만 희례와 경주는 시간조차 희석하지 못한 생생한 감정을 내보였다.

둘 사이에 무슨 일이 있었던 걸까.

"누나는 엄마랑 조경주 씨가 과거에 원한이라도 있었다고 생각하는 거야?"

"정황상 그렇게 생각할 수밖에 없잖아. 게다가 언니가 본 대로라면 …… 엄마는 조경주 씨한테 협박당하고 있는지도 몰라."

현주의 대답에 진주와 현호는 수저를 내려놓았다. 물론 양푼은 이미 깨끗하게 비워져 계속 들고 있을 이유도 없었지만.

"뭐야, 얘기가 왜 이렇게 이상하게 돌아가? 엄마가 조경주 씨한테 협박당할 일이 뭐가 있겠어? 우리 엄마처럼 평범한 사람이."

현호의 말에 진주와 현주는 쉽사리 동의하지 못했다. 과연 엄마는 평범한 사람일까. 동일한 의문이 두 사람의 머릿속에 동시에 떠올랐다.

"근데 말이야. 너희 한 번도 이상하다고 생각해본 적 없어?"

진주가 곁가지로 뻗어져 나간 다른 의문을 꺼냈다.

"뭐가?"

현주가 물었다.

"엄마 말이야. 외가 쪽은 친척은커녕 할아버지, 할머니도 안 계셔. 어릴 적 친구도 없고. 엄마 과거에 대해 현주 너 아는 거 있어?"

"왜 몰라? 엄마 고향이 부산이잖아."

"부산 어디?"

현주는 대답하지 못했다.

"현호 넌 엄마 출신 학교 알고 있어?"

"동아대 영문과였던 거 같은데."

"중학교는? 고등학교는?"

현호도 대답을 주저했다. 희례에게는 결혼 이전의 사진이 없었다. 결혼 이전의 삶은 존재하지 않는 것처럼 보였다. 엄마는 어떤 비밀을 홀로 간직하고 있는 걸까.

"엄마가 과거에 조경주 씨와 어떤 관계였는지 알 순 없지만 엄마의 과거에 비밀이 있다는 건 확실해. 그때…… 20년 전 일도 괜히 일어난 게 아니야. 아니, 20년 전 사건은 엄마의 비밀과 어떤 식으로든 연관되어 있는 게 분명해."

진주가 20년 전 사건 얘기를 꺼내자 현주와 현호의 얼굴이 굳었다. 20년 전, 아버지 승광의 죽음과 관련된 그 사건은 이후 한 번도 언급된 적 없었다. 금기, 불문율 그리고 상처를 건드리지 않으려는 자기방어적 행위.

"20년 전 사건, 다시 파보는 거 어때?"

"장미 맨션 사건? 그건 이미 해결했잖아."

현주가 대답했다. 진주의 제안이 내키지 않는지 말투가 뾰족했다.

"그 무렵에 아빠 진짜 이상했어. 장미 맨션 사건에 다른 사건을 겹쳐 보는 것 같기도 했어."

현주의 얼굴이 굳었다. 현호는 한숨을 내쉬었다. 그만큼 20년 전 사건은 세 남매의 가슴에 깊은 상흔으로 자리 잡고 있었다.

"그래서 아빠가 그 사건 때문에 돌아가신 거라 생각해? 아빠 일 …… 그거 사고였어. 이젠 인정 좀 하자."

"타살이라고 생각 안 해. 나도 이젠 미련 버렸어. 그냥…… 그때 아빠가 장미 맨션 사건에 어떤 사건을 겹쳐 봤는지 궁금해서 그래."

"20년이나 지난 일이야. 이제 와서 뭘 어쩌자고."

"한번 가보자, 그 동네. 뭐 하나라도 생각날지 모르잖아. 혹시 아직 살고 있는 사람이 있을 수도 있고."

침묵이 흘렀다. 섣불리 결단할 수 없는 일이었다. 20년 전 그 사건. 사람은 누구나 시간이 흘러도 지워지지 않는 상처를 하나씩 안고 살기 마련이다. 세 남매에게는 아버지 승광의 죽음이 그런 상처였다. 왜 한 번도 물어보지 않았을까. 왜 돌아서는 뒷모습을 붙잡지 않았을까. 왜 사랑한다 말하지 못했을까. 후회와 회한으로 얼룩진 상처.

현주와 현호는 가타부타 않고 덤덤히 빈 식기를 치웠다. 마음에는 폭풍우가 몰아쳤다.


진주의 목구멍으로 깔딱깔딱 숨이 넘어갔다. 눈앞이 하얗게 탈색되는가 하면 식은땀이 등 뒤를 척척하게 적셨다.

"정신 차려. 숨 크게 들이마시고, 내쉬고."

현호의 목소리도 제대로 들리지 않았다. 침착하려 했지만 운전대를 쥔 손이 무참히 떨려왔다.

"시동 걸기 전 브레이크를 먼저 밟아야지."

"브, 브레이크? 브레이크가 뭐더라."

진주는 속으로 해도 될 말을 소리 내어 말하고 말았다. 현호의 얼굴이 흙빛으로 물들었다. 밀폐된 공간에서 현호가 침 삼키는 소리가 또렷하게 공명했다. 진주는 조수석 문을 열고 내리려는 현호를 붙들었다.

"하하, 농담도 못 하냐?"

"누난 이게 웃기냐?"

"야, 내가 설마 브레이크랑 액셀도 구분 못 하겠어? 한때 운전했던 여자야, 나. 걱정 마."

그러면 뭐 하겠는가. 무려 12년 전 일인데.

오래전 칠전팔기 끝에 당당하게 운전면허증을 거머쥔 진주는 한 달도 못 돼 사고를 일으켰다. 비몽사몽간에 액셀과 브레이크를 헷갈렸던 것이다. 전봇대를 들이박아 엔진까지 날려 먹은 진주는 그날 이후 운전이라면 질색을 했다. 그간 고시원과 집에만 틀어박혀 있었으니 운전할 일이 없었던 건 당연지사. 하지만 무슨 늦바람이 불었는지 —아마도 한울 출판사에서 제공하는 작업실 때문일 터—진주는 현호의 10년 된 낡은 소나타를 보며 입맛을 다셨다.

나도 운전이나 배워볼까. 진주의 말에 반응해준 것부터가 문제였다. 듣고 흘려 넘겼어도 좋을 말에 왜 그렇게 진지하게 반응한 걸까. 현호는 운전 연수를 해주겠다고 말한 스스로의 뒤통수를 후려치고 싶었다.

"정신 똑바로 차려. 보행자에게 자동차는 흉기나 다름없어. 누나는 지금 장전된 총을 가지고 도로로 나가는 거나 다름없다고. 목적지까지 가는 데 몇 시간이 걸려도 상관없어. 남한테 폐만 끼치지 말고 돌아오자고."

"그래."

진주가 영혼이 털린 목소리로 대답했다.

"누구에게나 다 처음은 있는 법이야. 지금 도로를 쌩쌩 달리는 운전자들도 처음부터 잘했는지 알아? 아니야. 다들 겁먹고 운전대 잡은 경험이 있다고. 그러니까 너무 긴장하지 마. 남들 다 하는 거야."

진주 눈에 너무 긴장하지 말아야 할 사람은 현호 같았다. 진주는 몇 번이나 연습했던 대로 브레이크를 밟고 시동을 걸었다. 기어를 드라이브에 놓고 브레이크에서 슬쩍 발을 떼자 자동차가 굴러가기 시작했다.

"으악!"

진주가 냅다 브레이크를 밟았다. 진주와 현호의 몸이 격하게 출렁거렸다. 두 사람에게서 동시에 '끙' 신음이 흘러나왔다. 현호는 침을 삼키곤 눈가를 떨었다. 당장이라도 탈주하고 싶은 마음이 굴뚝같았으나 이 시한폭탄을 홀로 도로로 내보낼 순 없었다. 진주가 문제가 아니었다. 지켜야 할 건 소나타다. 이대로 사고를 냈다가는 영면하게 될지도 모를 일이었다.

"후, 운전이 원래 이렇게 쫄깃한 건가?"

현호는 좌우로 목을 꺾고 손목을 털며 전의를 다졌다. 오랜만에 투지를 불태우는 도전 과제가 주어진 셈이었다.

"자, 다시. 브레이크에서 발을 아주 살짝 떼봐. 지금 액셀은 머릿속에서 지워버려. 무조건 브레이크만 밟아. 그렇지. 부드럽게!"

진주가 브레이크에서 발을 떼자 구식 소나타가 엉금엉금 언덕길을 내려갔다. 동네 이면도로에 들어서서도 진주는 브레이크에서 발을 떼지 못했다.

"액셀 좀 밟아. 차가 앞으로 나가질 않잖아."

다른 차들이 경적을 울리며 진주를 앞질러 갔다.

"언제는 액셀은 머릿속에서 지우라며!"

진주는 액셀과 브레이크를 격하게 밟아대며 앞차만 졸졸 쫓아갔다. 앞차는 이면도로를 빠져나가 시내로 향하는 차도에 들어섰다. 진주는 앞차를 따라 잽싸게 우회전에 성공하곤 차도로 무사히 진입했다.

"어어, 누나. 어디로 가는 거야?"

잠시 휴대전화에 한눈을 팔던 현호가 소리쳤다.

"모, 몰라. 왜 여기로 왔지?"

그제야 진주는 당황했다. 정신을 차려보니 차도 한가운데였다. 주위를 둘러볼 엄두조차 나지 않았다. 졸졸 쫓아갔던 앞차는 속도를 내며 빠르게 멀어졌다. 진주의 양옆으로 차들이 쌩쌩 지나갔다. 어떻게든 유턴 차선으로 끼어들고 싶었지만 언감생심 꿈같은 일이었다.

"누나, 지금 못 끼어들면 우리 부산 가는 거야."

현호의 말에 진주가 깜빡이를 켜며 차체를 왼쪽 차선에 갖다 붙였다. 이해심, 배려심과 더불어 시간도 많은 눈먼 운전자가 양보해주길 바랐다. 그러나 누군가에게는 깜빡이 신호가 링 위의 깝죽거리는 도전장으로 해석되는 법. 왼쪽 차선의 뒤차는 진주의 깜빡이 신호를 보고 맹렬하게 달려왔다.

"어, 어떻게 해?"

"어떻게 하긴 어떻게 해? 무조건 직진! 차 없을 때까지."

현호가 손잡이를 단단하게 붙들며 소리쳤다. 신호를 따라가다 멈춰 서기를 반복하며 차는 직진했다. 진주는 시선을 앞쪽에만 고정했다. 차량의 흐름을 파악하며 기회를 살피던 현호의 눈에 방향을 알리는 표지판이 보였다. 좌회전 고애동. 때마침 직진 차선이 좌회전 차선으로 바뀌었다. 진주는 신호를 보고 멈춰 섰다.

"어떻게 해?"

"좌회전해야지, 뭐."

신호가 들어오자 진주는 좌회전을 했다. 그리고 마음이 이끄는 대로 운전대를 놀렸다. 차는 서서히 익숙한 풍경 속으로 접어들었다. 초등학교, 시장 골목, 은행, 미용실, 서점, 제과점.

현호는 차창 밖으로 스쳐 가는 풍경을 망연히 바라봤다. 정말이지, 이 동네는 변한 게 없었다. 멀지도 않건만 지난 20년 동안 한 번도 이 동네에 찾아올 생각을 하지 못했다. 당연한 일이었다. 이곳을 떠나오며 묻은 추억과 상처들. 가슴을 아프게 할퀴는 죽음 둘.

"우회전해."

현호의 지시에 따라 차는 추억이 깃든 골목으로 들어섰다. 다세대 주택과 빌라가 밀집한 동네. 낡은 벽돌담이 둘러싼 단독주택 앞에 차가 멈췄다.

"오랜만이네."

고애동 36-10번지. 페인트칠이 벗겨진 대문, 금 가고 색 바랜 콘크리트 건물, 잡초가 무성한 채 방치된 화단. 현호의 눈앞으로 열여섯 살, 열네 살, 열 살 아이들이 대문을 나서는 모습이 아른거렸다.

"일부러 온 거야, 여기? 운전 연수 핑계 대고?"

"안 그랬으면 네가 여길 따라왔을까. 아이고, 허리야. 나 이제 운전 못 하겠다. 집에 갈 때는 네가 해."

진주는 허리를 통통 두드리며 차에서 내렸다. 현호의 시선이 저 멀리 언덕에 위치한 붉은색 건물로 향했다. 빌라 출입구에는 '장미 맨션'이라는 이름이 적혀 있었다.

"와, 장미 맨션도 그대로네. 이 동네는 어떻게 변한 게 없냐."

"그러게. 누가 그러더라? 진짜 좋은 동네는 예전이나 지금이나 변함없는 동네라고."

"얼씨구, 누가 그래? 이런 변두리 동네가? 재개발하고 집값 쫙쫙 오르는 동네가 좋은 동네지. 근데 누나 진심이야? 그 사건 다시 살펴

보자는 거."

"진심이야. 너도 기억하잖아. 그때쯤 엄마도, 아빠도 진짜 이상했어."

진주가 말을 이어가려는 찰나, 장미 맨션의 출입문이 열리며 중년 남자가 나왔다. 현호는 허리를 바짝 세웠다. 혹시나 싶어 얼굴을 유심히 살폈지만 모르는 사람이었다. 무려 20년이나 지난 일이다. 당시의 주민들은 각자의 삶을 따라 동네를 떠났을 터였다.

장미 맨션 그리고 목격자들. 장미 맨션에서 발생한 살인 사건은 가족 수사단의 마지막 사건이었다. 이 사건을 해결한 날, 아버지는 낯선 동네 주점 2층 계단에서 미끄러져 사망했다. 누구도 아버지가 왜 거길 갔는지, 누구와 함께 있었는지 알지 못했다.

다시 떠올리기 힘들 만큼 아픈 사건. 현호의 눈앞으로 오래전 안타깝게 숨을 거둔 여자가 생긋 웃으며 지나갔다. 사건의 발단은 한 여자의 죽음이었다.

\* \* \*

20년 전. 아침을 깨우는 고약한 소리가 집 안 가득 울려 퍼졌다.

"이것들이 해가 낯짝을 쳐든 지가 언젠데 아직도 자고 있어?"

뒤이어진 쾅쾅, 국자로 문짝을 두드려대는 소리. 아침잠 많은 세 남매를 깨우는 흔한 레퍼토리였다.

"백진주, 백현주, 백현호. 일어나!"

'쿵쿵' 성난 발소리가 이어졌다. 점령지에 들어서는 개선장군처럼 희례는 주저 없이 진주, 현주의 방문을 활짝 열어젖혔다. 오른쪽, 왼쪽 벽면에 붙은 두 개의 침대에서 열여섯 살 진주와 열네 살 현주가 애벌레 꼬치처럼 이불을 돌돌 말고 있었다. 초록색 테이프로 중앙에 선을 그어놓은 방은 오른쪽, 왼쪽 주인의 성향에 따라 전혀 다른 분위기를 뿜어냈다.

"안 일어나? 이것들이 진짜!"

희례가 두 딸의 이불을 홱 걷어냈다. 한겨울 차갑게 식은 공기가 두 사람의 잠옷 사이를 파고들었다.

"엄마, 5분만……."

"나도 5분만……."

두 사람은 엄습하는 한기에 굼벵이처럼 몸을 말면서도 애타게 5분만을 외쳤다. 모름지기 두툼한 겨울 이불 아래에서의 아침잠은 꿀보다 달콤한 법. 그러나 곧 죽어도 '식구는 밥을 같이 먹는 사람이다'를 주창하는 오희례 여사 앞에서는 씨알도 안 먹힐 소리였다.

"자꾸 이래 봐. 당장 컴퓨터 거실로 빼버릴 거야."

희례는 늦잠의 원인을 컴퓨터에서 찾았다. 요즘 진주는 게임을, 현주는 인터넷 채팅을 하느라 충혈된 눈으로 밤을 지새우곤 했다. 아니나 다를까, 약점을 쥐고 흔들자 두 아이는 부스스 침대에서 일어났다.

"빨리 씻고 나와. 국 올렸으니까."

희례의 말에 진주와 현주는 언제 게으름을 부렸느냐는 듯 화장실로 달려갔다. 먼저 화장실을 차지하기 위해서였다. 언제나처럼 진주는 현주의 긴 다리를 따라잡지 못했다. 아니, 화장실 앞에 먼저 도착했는데도 현주의 어깨빵에 무참하게 밀려 나동그라졌다.

"오늘은 내가 먼저 씻는 날이잖아!"

화장실 문이 잠기자 진주가 소리를 지르며 문을 두드렸다. 현주는 바쁜 아침마다 하나뿐인 화장실에서 세월아, 네월아 시간을 보내기 일쑤였다. 씻는 데 남들보다 배가 넘는 시간이 걸렸다.

"백현호! 넌 안 일어나?"

희례가 국자로 현호의 방문을 후려갈기려는 찰나, 현호가 하품을 쩍쩍대며 방에서 기어 나왔다. 잠옷이 아닌 어제 옷차림 그대로였다. 밤늦도록 동네 아이들과 축구공을 차고 놀다 그대로 침대에 누운 것이다.

"너 또 옷 안 갈아입었어? 내가 진짜 못 살아!"

희례는 두툼한 손바닥으로 현호의 등짝을 스매싱했다.

"아, 엄마 아파! 미안……. 깜빡했어."

"깜빡할 게 따로 있지! 더러워 죽겠네. 하여간 이건 나중에 누구랑 같이 살려나 몰라."

희례는 발소리를 요란하게 내며 부엌으로 돌아갔다. 한바탕 소란에도 승광은 부엌에서 된장찌개 간을 맞추는 데 정성을 다하고 있었다. 식탁에는 그가 차려놓은 깍두기와 파김치, 김치전과 계란말이가 한 상 가득했다.

"당신이 맛 좀 볼래?"

승광은 찌개를 한술 떠 호호 입김을 불어 식힌 다음 희례의 입에 넣어주었다. 구수하면서도 얼큰한 맛이 일품이었다. 오래전부터 식사를 번갈아 준비한 터라 승광의 음식 솜씨는 희례 못지않았다.

"음, 딱 좋네."

희례는 칭찬을 아끼지 않았다. 승광에게만큼은 나긋하고 상냥한 아내이고 싶었다.

비쩍 마른 체형에 각진 턱과 매부리코, 덥수룩한 머리. 촌티가 풀풀 흐르는 차림새에 느릿한 말투. 보건소 의사이기도 한 승광은 촌스럽지만 우직한 사람이었다. 성실한 의사, 믿음직한 남편, 다정한 아빠. 희례는 단 한 번도 승광과의 결혼을 후회해본 적이 없었다. 자신의 복은 죄다 남편을 만나는 데 쓰였다고 종종 생각하곤 했다. 결혼생활 18년 차. 뜨겁게 타오르던 열정은 사그라든 지 오래지만 둘 사이에는 군건한 신뢰가 자리하고 있었다.

아침 식사가 차려지자 세 남매가 어기적거리며 다가왔다. 수저를 든 면면마다 아침잠이 주렁주렁 매달려 있었다. 자식들이 한 술, 두 술 밥을 뜨는 걸 확인한 후 희례는 냄비를 팔팔 끓이기 시작했다. 고약한 냄새가 집 안 가득 진동했다.

"윽. 뭐야, 이 냄새는?"

"아우, 지독해. 썩은 양말이라도 끓여?"

"엄마, 우리 코 막아 죽이려고 작정한 거지?"

세 남매가 나란히 코를 부여잡았다. 희례는 들은 체도 않고 정체불명의 국 한 사발을 승광 앞에 내려놓았다.

"아빠 거야. 너희는 탐내지 마."

"사약이야? 아빠 죽이려고?"

현주의 말을 귓등으로 들으며 희례는 사발을 승광의 입가에 가져다 댔다.

"여보……"

승광이 호소하는 눈길로 희례를 쳐다봤다.

"한 번에 쭉 마셔. 몸에 좋은 거야. 쭉쭉, 응?"

"요즘 별로였구나."

"참, 애들 듣는데 별소릴 다 해. 기력이 쇠한 거 같긴 하더라."

세 남매는 밥맛이 떨어진 얼굴로 부모의 기이한 애정 행각을 쳐다봤다. 평소와 다를 것 없는 세 남매 집의 아침 풍경이었다.

고애동 주택가에 요란한 사이렌 소리가 울려 퍼졌다. 장미 맨션 앞은 구급차, 경찰차와 몰려드는 동네 주민들로 혼잡스러웠다. 제복 경찰들이 가까스로 구경꾼을 막아내고 있었다.

"뭔 일이래?"

현주가 인파 속을 파고들었다. 상연과 함께 쭈쭈바를 물고 집으로 돌아오던 길이었다. 둘은 집에서 만화책이나 볼 생각이었지만 이런 흥밋거리 또한 놓칠 순 없었다.

"부부 싸움이라도 났나 보지, 뭐."

상연이 대수롭지 않게 대꾸했다.

"여기 장미 맨션이잖아. 죄다 혼자 사는 사람들뿐이라고."

"혼자 살아? 왜 혼자 살지? 진짜 이상한 사람들이네."

상연이 고개를 갸웃거리는데, 인파를 헤치고 남자아이 하나가 얼굴을 쏙 내밀었다. 현호였다. 진주도 제자리에서 폴짝폴짝 뛰어오르며 사람들 머리통 사이로 상황을 구경하고 있었다.

"언니, 오늘 학원 안 갔어? 일찍 왔네? 나 오늘 언니네 집 가도 되지? 《꽃보다 남자》 30권 나온 거 알아? 그거 제일 먼저 빌려 왔지롱."

진주를 발견한 상연이 친근하게 팔짱을 꼈다.

"우리 집에 놀러 가는 걸 왜 백진주한테 물어? 야, 그리고 그거 내가 빌린 거잖아!"

현주가 입을 삐쭉 내밀었다. 상연이 제멋대로 제 언니인 양 구는 것이 마뜩잖았다. 그때 장미 맨션 출입구로 구급대원들이 방수 천이

덮인 들것을 들고나왔다. 구경꾼들은 안타까운 탄식을 흘렸다.

"세상에……. 또야? 이번이 세 번째 아닌가?"

"장미 맨션 1호에 살던 아가씨 맞지? 저기 시장 앞 한마음 미술 학원 선생이잖아."

"경찰은 여태껏 뭘 하는 거야? 어디 무서워서 이 동네 살겠어?"

지난 두 달간 고애동 일대는 부녀자 연쇄살인 사건으로 떠들썩했다. 첫 번째 희생자는 미용실을 운영하던 30대 초반의 손혜정, 두 번째 희생자는 인명 고등학교 3학년 이가을. 그리고 채 사흘도 지나지 않아 세 번째 희생자가 발생한 것이다.

아주머니들의 수다를 엿듣던 현주가 헉 소리를 내며 입을 막았다.

"왜 그래? 아는 사람이야?"

상연이 물었으나 현주는 대답 없이 진주와 현호를 쳐다봤다. 두 사람도 충격을 받은 얼굴이었다. 첫 번째, 두 번째 희생자와는 달리 세 번째 희생자인 전하영은 세 남매와 친분이 있는 사이였다.

"안녕, 애들아!" 짧은 단발머리에 통통한 체구, 선한 눈매에 살짝 드러난 덧니. 전하영은 명랑하고 활기찬 사람이었다. 인사성이 밝아 동네 주민들에게 늘 먼저 인사를 건넸다. 동네 마당발인 희례는 혼자 사는 그녀를 종종 집에 초대하기도 했다.

불과 며칠 전 얼굴을 맞대고 함께 식사하던 사람이었다. 예고 없이 들이닥친 비극에 세 아이는 충격을 가늠할 길이 없었다.

"얘들이 이 숭한 데서 뭘 하는 거야? 빽빽빽! 당장 집으로 들어오지 못해?"

구경꾼 속에서 아이들을 발견한 희례가 다가오며 소리쳤다. 그녀는 진주와 현주의 등짝을 갈기고 현호의 귀를 잡아당겼다. 다른 엄마들도 저마다 제 아이를 데리고 발 빠르게 흩어졌다. 세 남매는 눈물을 찔끔거리며 집으로 돌아갈 수밖에 없었다.

며칠째 저녁 식사 자리는 침울했다. 성의껏 차려진 저녁상에 식기가 달그락거리는 소리만이 울려 퍼졌다.

"장미 맨션 1호에 살던 선생이 죽었다며?"

승광이 묻자 아이들은 수저를 내려놓고 침통해했다. 모두 골목길에서 반갑게 인사하거나 군것질거리를 얻어먹은 기억이 있었다.

"그러게. 이 동네에서 왜 자꾸 이런 흉한 일이 벌어지는지. 앞에 두 사건하고 범행 수법이 똑같대. 둔기로 머리를 내려쳐서……."

희례는 세 아이의 안색을 살피며 말끝을 흐렸다.

"언제 그런 일이 벌어졌대?"

"25일 자정쯤. 흉악범이 미술 학원 선생 뒤를 졸졸 쫓아서 집까지 간 거 같다고."

희례와 승광의 대화를 듣고만 있던 진주가 끝내 눈물을 터뜨렸다. 교회 헌금함 도둑 잡기, 맛나 슈퍼 할머니 첫사랑 찾기, 고애 중학교 3학년 4반 교실 귀신 소동 등, 지난 2년간 가족 수사단이 뛰어든 사건은 누군가의 생명과는 관계없는 일이었다. 실제 흉악 범죄를 맞닥뜨리자 아이들은 겁을 먹고 두려움에 휩싸였다.

"저번 주말에 맛나 슈퍼에서 만났을 때, 나한테 과자도 사줬어."

"나한텐 미술 학원에 그림 배우러 오라고 했는데……."

"도대체 누구야? 누가 하영 누나한테 나쁜 짓 한 거냐고!"

결국 승광과 희례는 상을 물렸다. 승광은 안방에서 스크랩북을 가지고 나왔다. 스크랩북에는 고애동 연쇄살인 사건에 대한 기사가 가득했다. 승광과 희례가 아이들 몰래 조사한 내용이었다.

"이 양반이……. 아직 애들인데 이런 걸 보여주면 어쩌자고 그래?"

희례가 핀잔을 줬지만 승광은 조용한 말투로 사건 내용을 읊었다.

"경찰은 연쇄살인범의 소행으로 추정 중이야. 수법이 똑같거든. 범인은 혼자 사는 여자들을 노렸어. 늦은 밤, 그러니까 밤 11시에서 새벽 1시 사이 여자들의 뒤를 쫓아 집 안으로 들어간 다음, 단숨에 여자들을 제압하고 망치로 머리를 가격했지. 가격 횟수도 비슷해. 다섯 번에서 여덟 번. 매우 침착하고 정확하게 급소를 노렸어. 완력이 좋고 차분한 사람이야. 이런 이유 때문에 경찰은 동일인에 의한 범행으로 추정하고 있어."

아이들은 더없이 진지하게 승광의 말을 경청했다. 앞으로 이 사건을 파헤치게 될 거라고 본능적으로 느꼈으리라. 희례는 여전히 내켜하지 않았으나 승광은 아이들이 사건을 조사하고 진실을 알아가는 과정 속에서 상처를 치유할 수 있을 거라 여겼다.

아이들은 스크랩북 속 기사를 꼼꼼하게 읽기 시작했다. 승광은 피해자에 대한 정보를 알려주었다.

"첫 번째 피해자는 32세 손혜정. 시장 입구에서 하니 헤어 숍을 운영했어. 5년 전에 결혼했다 2년 전에 이혼했고 아이는 없지. 평소 귀가 시간은 밤 10시에서 11시. 미용실 앞에 있는 포장마차에서 저녁 겸 한잔하고 집에 들어가는 게 습관이었어."

"두 번째 피해자는요?"

현주가 물었다.

"19세 이가을. 인명 고등학교 3학년 학생이었지. 반지하 방에 혼자 살고 있었어. 야자 때문에 평소 귀가 시간은 자정 언저리. 범인은 손혜정과 이가을의 귀가 시간을 알고 있었던 걸로 추정돼."

"면식범의 소행일까요? 첫 번째 피해자와 두 번째 피해자의 귀가 시간을 알고 있었으니."

수많은 미스터리 소설을 탐독한 진주는 면식범이라는 단어 정도는 알고 있었다.

"글쎄. 귀가 시간 정도야 며칠 졸졸 따라다니다 보면 알 수 있으니……. 그보다는 범인이 왜 이런 살인을 저질렀는가 하는 게 문제야."

"경찰은 연쇄살인범 짓이라잖아요. 범인은 사이코패스일까요?"

진주의 말에 승광은 모르겠다는 듯 어깨를 한번 으쓱했다.

"그럴지도. 아직까진 희생자들의 공통점이 뭔지 전혀 짐작되지 않아. 세 여자는 나이, 외모, 가정환경이 판이했으니까. 하지만 드러나지 않은 공통점이 있겠지."

침묵이 내려앉았다. 모두 스크랩북을 쳐다보거나 저마다 생각에 빠져 있었다. 텔레비전에서 흘러나오는 뉴스 소리만이 적막 속에 울려 퍼졌다.


25일 자정, 서울 고애동 빌라에서 29세 전 모 양이 양손을 결박당한 채 둔기에 맞아 살해되었습니다. 고애동에서 여성이 자신의 집 안에서 살해된 것은 이번이 세 번째인데요. 범행 수법으로 보아 동일범으로 추정되지만 용의자를 특정할 만한 물증이나 목격자 확보에 어려움을 겪고 있어 사건이 장기화될 조짐을 보이고 있습니다.


"목격자가…… 없다고?"

침묵을 가르며 희례가 입을 열었다. 모두의 가슴에 동일한 의문이 피어났다.

"이상하네. 거긴 별로 큰 빌라도 아니고, 집들도 다닥다닥 붙어 있는데?"

승광의 말대로 장미 맨션은 폭이 좁고 긴 형태의 건물이었다. 집들이 왼편과 오른편으로 나뉘어 있긴 하지만 그다지 먼 거리는 아니었다.

밤 12시. 대부분 집에 있을 시간. 장미 맨션 사람들은 정말 아무것도 보지 못하고 듣지 못한 걸까. 모두가 생각에 골몰하고 있는데, 현호가 입을 열었다.

"그때도 장미 맨션 사람들은 아무도 없었어요."

식구들의 시선이 현호에게 집중됐다.

"경찰차랑 구급차 도착하고 사람들 막 몰려오고 할 때요. 장미 맨션 사람들은 아무도 없었어요."

현호는 확실히 기억했다. 같은 빌라 안에서 살인 사건이라는 큰 소동이 벌어졌다. 그런데도 장미 맨션 사람들은 누구 하나 내다보지 않았다.

마치 이미 알고 있었던 것처럼.

"정말이니?"

희례가 다급하게 물었다. 현호는 그렇다고 대답했다.

"목격자라……."

승광은 턱을 긁적이며 생각에 빠져들었다. 모두가 같은 생각을 했다. 장미 맨션 사람들은 정말 아무것도 보지 못한 걸까. 아무래도 수상한 냄새가 났다.

장미 맨션에는 총 여섯 가구가 있었다. 1층에 1호와 2호, 2층에 3호와 4호, 3층에 5호와 6호. 1호 전하영은 사망했고, 2호에는 계약직 은행원 박성아가, 3호에는 인명 고등학교 3학년생 강민정이, 4호에는 한성 물산 직원 권호겸이, 5호에는 보험회사 영업 직원 최길락이 살고 있었으며 6호는 공실이었다.

박성아, 강민정, 권호겸, 최길락. 이들은 과연 아무것도 듣지 못한 걸까. 이 네 명을 만나볼 필요가 있었다.


뒤가 구린 사람들은 한결같이 같은 소리를 한다. 기업인 비자금 수사와 청문회의 만능 치트 키, '기억이 나지 않습니다' 혹은 '모르겠는데요'. 머릿속에 지우개라도 든 건지, 단체로 기억상실증에라도 걸린 건지 그들은 편의대로 기억을 망각의 영역으로 밀어 넣곤 한다.

장미 맨션 사람들도 입을 맞춘 듯 똑같은 소리만 읊어댔다.

희례는 2호 박성아를 만나기 위해 은행을 찾아갔다. 은행은 시장 골목 어귀에 있었다. 때마침 점심시간. 희례는 자리 비움 팻말을 올리고 은행을 나서는 박성아를 붙들었다. 박성아는 낯빛이 어두웠다. 마르고 가는 체형이건만 그새 살이 더 내린 건지 얼굴이 홀쭉했다.

"무서워요. 같은 빌라 안에서, 더욱이 바로 앞집에서 살인 사건이 벌어지다니. 무슨 소리 못 들었냐고요? 아, 그러고 보니 자정쯤? 윗집에서 현관문이 열렸다 닫히는 소리를 들었어요. 아뇨, 3호인지, 4호인지는 모르겠어요. 죄송해요. 그 외에는 정말 아무것도 못 들었어요. 정말이에요. 더 이상 드릴 말씀이 없네요. 그만 가주세요."

3호 강민정을 담당한 건 진주였다. 전교 1, 2등을 다투는 강민정은 해도 뜨기 전 등교를 서둘렀다. 진주는 등굣길 강민정을 뒤쫓았다. 강민정은 집요하게 물고 늘어지는 진주에게 악다구니를 썼다.

"왜 이렇게 사람을 귀찮게 해? 밤 12시에는 당연히 공부 중이었어.

아무 소리도 못 들었다고! 무슨 공부를 했냐고? 그걸 내가 지금까지 어떻게 기억해?"

승광은 4호 권호겸의 회사를 찾아갔다. 한성 물산 인사부에 근무하는 권호겸은 로비에서 그를 맞이했다. 여상한 표정이었으나 짐짓 눈동자가 불안했다. 팔짱을 껴 방어적 자세를 취하거나 초조한 듯 연거푸 물을 들이켜기도 했다.

"10분밖에 시간을 못 드리겠네요. 요즘 많이 바빠서요. 정말 끔찍한 사건이죠. 전 1호에 누가 사는지도 몰랐어요. 젊은 여성분이 산다는 것도 뉴스를 보고 알았어요. 사건이 벌어졌던 날은 새벽 1시 가까워서 집에 들어갔고요. 그런 일이 벌어진 줄은 꿈에도 몰랐다니까요."

현주는 장미 맨션 앞에서 5호 최길락을 만났다. 쓰레기를 버리러 나온 그는 넋이 빠진 얼굴로 담배를 꺼내 물었다. 가족을 필리핀으로 보낸 그에게는 현주와 같은 나이의 딸이 있었다.

"못 들었지, 아무것도. 자고 있었거든. 내가 잠만 들었다 하면 누가 업어가도 모를 만큼 쿨쿨 잔다니까, 하하. 아이고, 내가 이럴 때가 아니지. 해외 출장 갈 준비해야 하는데."

이튿날 식구들은 거실에 모여 각자가 조사한 바를 얘기했다. 희례가 제일 먼저 분통을 터뜨렸다.

"아니, 왜 다들 거짓말을 하는 거야?"

박성아의 진술은 거짓이었다. 윗집 현관문 소리는 들었으면서, 앞집 소리는 듣지 못했다는 건 말이 되지 않았다. 전하영은 집 안에서 망치로 머리를 가격당해 살해됐다. 몸싸움도 있고 비명도 질렀을 터. 앞집에 사는 박성아가 듣지 못했을 리 없었다.

"강민정 언니 말도 마찬가지야. 완전 새빨간 거짓말."

진주도 화가 난 듯 눈썹을 씰룩였다. 살인 사건이 일어났던 밤이다. 그런 특별한 날 무슨 공부를 했는지 기억 못 한다고? 더구나 강민정은 전교 1, 2등을 다툴 만큼 머리가 뛰어났다.

"권호겸도 수상해."

다음 타자는 승광이었다. 장미 맨션 우편함에는 주민들의 이름이 커다랗게 적혀 있었다. 권호겸이 전하영의 이름을 못 봤을 리 없었다. 젊은 여자가 사는 줄도 몰랐다며 지나치게 거리를 두는 태도가 의심스러웠다.

"최길락 아저씨는 해외 출장을 갔어요. 보험회사 영업 직원으로 알고 있는데 해외에 출장을 갈 일이 뭐가 있을까요?"

현주에게는 해외 출장이라는 말이 핑곗거리로밖에 보이지 않았다. 살인 사건에 대해 진술하면서 웃음을 터뜨린 것도 수상했고 사건 발생 직후 해외로 나간 것도 도망치는 모양새에 가까웠다.

한동안 거실에는 침묵만 가득했다. 분명한 사실은 한 가지뿐이었다. 네 사람은 각자, 감추고 있는 사실이 있었다.


장미 맨션 3층. 현호는 툴툴거리며 계단을 올랐다. 이런 건 꼭 자신의 몫이다. 현주는 1층에서 현호가 3층에 다다르기만을 기다리고 있었다. 카랑카랑한 현주의 목소리가 건물 안에 메아리쳐 울렸다.

"백현호! 다 올라갔어?"

"그렇게 소리 안 질러도 돼. 다 들리니까."

현호는 평소 목소리대로 말하며 공실인 6호의 현관문을 열었다. 비밀번호는 희례로부터 전달받은 것이었다. 동네 마당발인 희례는 부동산 양 씨와 둘도 없는 친구 사이였다. 현호는 6호 안으로 들어가며 내부를 살폈다. 열두 평 남짓한 공간. 거실과 부엌이 이어진 구조에 작은 방 하나가 딸려 있었다. 침실로 사용할 만한 방이었다. 현호는 방으로 들어간 다음 문을 닫았다.

"진짜 다 들려?"

바닥과 벽을 타고 현주의 목소리가 왕왕 울려 퍼졌다.

"다 들린다니까."

현호는 짜증스럽게 대답했다.

오늘 두 사람은 간단한 실험을 하기 위해 장미 맨션을 찾아왔다. 과연 장미 맨션 사람들은 아무것도 듣지 못한 걸까. 조금 전 대화로도 충분했지만, 둘은 진주가 시킨 대로 다양한 실험을 했다.

실험을 마친 두 사람은 장미 맨션을 빠져나와 기다리고 있던 진주와 합류했다. 현주는 진주에게 실험 결과를 알려주었다. 결론은 예상한 대로였다. 전하영이 비명을 질렀다면 못 들었을 리 없다는 것.

"언니, 그럼 하영 언니가 비명을 지르지 않았던 걸까?"

현주가 물었다. 세 사람은 장미 맨션의 대각선에 위치한 더 케이크 하우스로 발걸음을 옮기는 중이었다.

"정말 일격에 당했다면 비명을 못 질렀을 수도 있지. 범인이 입을 틀어막았을 수도 있고."

"뉴스에서는 하영 언니가 저항했다고 했어. 손톱 아래에서 섬유 같은 것도 나왔다잖아. 그렇게 저항했는데 소리를 안 질렀다는 건 말이 안 돼."

"그럼 네 말은 장미 맨션 사람들이 하영 언니의 비명을 듣고도 모른 체했다는 거야?"

한두 사람도 아니고 네 사람이 전부. 진주는 뒷말을 삼켰다. 도무지 이해하기 힘들었다. 장미 맨션 사람들은 무얼 감추고 있는 걸까.

최길락은 해외 출장을 핑계로 어디론가 사라져 모습을 드러내지 않았다. 박성아와 강민정, 권호겸은 상대조차 해주지 않았다. 친화력이라면 남부러울 것 없는 희례가 슬며시 말을 걸어보았지만 세 사람 다 굳은 얼굴로 피하기만 할 뿐이었다.

계속 장미 맨션 사람들만 물고 늘어질 순 없는 노릇. 진주는 다른 목격자를 찾기로 했다. 그런 진주의 레이더망에 들어온 게 장미 맨션의 대각선에 위치한 더 케이크 하우스였다.

파스텔 톤 외관의 더 케이크 하우스가 처음 들어설 무렵, 동네 사람들은 주택가 한가운데에 생겨난 케이크 가게를 걱정했다. 유동 인구도 없는 위치에 장사가 잘될 턱이 없었다. 그러나 더 케이크 하우스는 입소문을 바탕으로 동네 장사를 해나갔다. 1년이 지난 지금은 동네 사랑방 역할을 톡톡히 해내고 있었다.

세 남매는 더 케이크 하우스 안으로 들어갔다. 문에 매달린 종이 영롱한 소리를 내며 손님을 반겼다.

"너희 왔구나."

가게 주인 강주희가 알은척을 했다. 30대 초반인 그녀는 커트 머리에 눈웃음이 매력적인 여자였다. 간드러진 목소리에 애교도 많았다.

"오렌지 주스 두 잔, 자몽 주스 한 잔하고요. 치즈 케이크, 고구마 케이크 주문할게요."

진주가 쭈뼛거리는 동안 현주가 능숙하게 주문을 했다. 현주는 이 집 단골이었다. 하교 후 상연과 종종 들러 아기자기한 케이크를 나눠 먹곤 했다. 곧 강주희가 음료와 케이크를 내왔다. 강주희가 자리를 뜨기 전 현주가 그녀에게 말을 붙였다. 다행히 가게가 한산한지라 강주희는 아이들의 테이블에 눌러앉았다.

"언니도 배고프시죠? 같이 드세요."

현주가 싱긋 웃으며 강주희에게 케이크 접시를 밀어줬다. 현호는 케이크를 찍으려던 포크가 빗나가자 심통 난 얼굴을 했다.

"그럴까?"

강주희는 케이크로 부지런히 손을 놀리며 입을 열었다.

"그날 밤 몇 시에 문을 닫았냐고? 평소랑 똑같았지. 밤 12시쯤. 말하고 나니 오싹하다. 그 시각 범인은 장미 맨션 안에 있었다는 거니까. 그것 때문에 경찰이 얼마나 찾아왔는지…… 말도 마."

"엄청 시달리셨나 봐요."

"아니! 무슨 소리야. 매상 엄청 올랐지. 경찰 아저씨들이 맛있다고 케이크도 사 가고 소문도 내준다고 그랬어."

강주희가 애교스러운 눈웃음을 지었다.

"하영 언니도 여기 단골이었어요?"

진주가 물었다.

"당연하지. 이 근방에 우리 집 단골 아닌 사람이 어디 있어? 바로 대각선 맞은편에 있으니 학원 출근하기 전에 항상 들러서 커피 한 잔 테이크아웃해서 가곤 했어. 참 밝은 사람이었는데……."

"혹시 하영 언니가 죽기 전, 평소와 달라 보였던 점은 없었어요?"

"너희 재밌다. 형사 아저씨들하고 똑같은 걸 물어보네? 죽기 전 며칠간 좀 우울해 보이기는 했어. 잠을 못 자는지 눈도 퀭하고 피부도 퍼석해 보이고. 그런데 결과적으로 하영 씨가 죽어서 내가 그렇게 기억하고 있는 건지, 아니면 실제 그랬던 건지 구분이 안 돼. 그때 몇 마디 말이라도 걸어볼걸."

"그날 수상한 사람은 못 보셨고요?"

"전혀. 대신 문 닫을 때쯤 4호 남자분이 맨션 앞에서 통화 중인 건 봤지. 귀가하는 길이었는지 정장 차림에 서류 가방을 든 채로 심각하게 통화하더라고. 회사 일 같았는데⋯⋯. 셔터 내리고 언덕길 내려갈 때까지도 계속 통화 중이었어. 뭔가를 봤다면 그 4호 남자분이 보지 않았을까?"

전하영을 죽인 범인이 빌라를 빠져나오는 장면 같은 거. 강주희의 뒷말에 진주와 현주는 눈짓을 주고받았다.

진주는 주어진 단서들을 정리했다. 권호겸은 그날 새벽 1시가 가까워 집에 들어갔다고 진술했다. 생각해보면 참으로 교묘한 말이었다. 강주희가 목격한 바에 따르면 권호겸은 밤 12시경 장미 맨션 앞에 도착했다. 그러곤 통화를 하느라 잠시 그 앞을 서성거렸다. 통화가 끝난 후 최종적으로 집에 들어간 시간이 새벽 1시경이라는 말이었다.

시간도 애매했다. 새벽 1시에 가까운 시간은 12시 40분도, 50분도 될 수 있었다. 즉 권호겸은 밤 12시부터 새벽 1시 사이에 빌라 앞에 있었다는 뜻이 된다.

권호겸은 왜 그런 모호한 말로 속이려 든 것일까.

모두가 수상했지만 가장 먼저 만나봐야 할 사람은 권호겸이었다. 만족스러운 답변을 들은 세 남매는 깍듯이 인사를 하고 더 케이크 하우스를 나왔다. 강주희 때문에 케이크를 양껏 먹지 못한 현호만이 퉁퉁 부은 얼굴이었다.


권호겸. 한성 물산 인사부 과장. 장미 맨션 4호 거주민.

열네 살, 열여섯 살 중학생에게 30대 초반의 남자는 까마득한 아저씨일 뿐이다. 그 아무리 멀쩡한 허우대라 할지라도. 진주와 현주의 '아저씨'라는 호칭에 권호겸은 인상부터 찡그렸다. 이른 출근길, 권호겸은 앞을 가로막은 여자아이 둘을 의아한 눈초리로 쳐다봤다.

"거짓말하셨던데요."

진주의 말에 권호겸은 또 한번 미간을 깊게 찌푸렸다.

"무슨 말이냐? 그게."

"장미 맨션 앞에 도착한 건 밤 12시쯤이셨잖아요. 그리고 12시 40~50분쯤 집으로 들어가셨고요."

권호겸은 어이없어 하며 진주와 현주를 향해 손을 저었다.

"귀찮게 하지 말고, 가라. 아저씨 어제도 야근해서 지금 되게 까칠하거든? 안 그래도 요 며칠 경찰한테 시달려서 짜증 나 죽겠는데."

권호겸의 이런 식의 반응은 애초부터 예상했던 바였다.

"경찰한테 하신 얘기, 저희한테도 해주세요. 그러면 귀찮게 안 할게요."

"내가 너희한테 그런 얘길 왜 해야 하는데? 너희가 뭐라고. 어디서 이상한 거 보고 같잖은 탐정 흉내라도 내고 싶은 모양인데. 상대해 줄 시간 없으니까 좋은 말로 할 때 얼른 꺼져라, 응?"

권호겸은 싸늘하게 말을 내뱉곤 출근길을 서둘렀다. 아직 해도 뜨지 않은 시각. 골목길에는 인적이 드물었다. 진주와 현주는 권호겸의 경고를 무시하며 뒤를 졸졸 쫓았다.

"하영 언니가 불쌍해. 저런 아저씨가 윗집에 살다니."

"세상 차가운 남자네. 분명히 인기도 없을 거야. 그러니까 아저씨가 되도록 여태껏 결혼도 못 했지."

"저렇게 못되게 굴면 노총각으로 늙어 죽을 거야."

일부러 들으라는 듯 크게 종알거리는 소리에 권호겸은 심기가 불편했다. 언덕을 내려와 큰길로 접어들 때까지 두 사람의 담화는 계속됐다.

"현호도 언젠가 저런 아저씨가 되겠지. 근데 아저씨가 되면 다 저렇게 못돼지는 걸까?"

"야, 너희 그만 안 할래?"

인내심이 바닥난 권호겸은 버럭 소리를 지르고 말았다. 진주와 현주는 두 손으로 입을 막곤 울먹이는 척했다. 호통에 놀란 가련한 중학생을 연기했으나 손으로 가린 입가는 비죽거리고 있었다. 거리를 지나던 사람들이 흘낏거렸다. 권호겸은 지끈거리는 관자놀이를 누르며 분노를 잠재웠다.

"이리 따라와."

진주와 현주는 히죽거리며 권호겸을 따라갔다. 세 사람은 한적한 건물 사잇길에 멈춰 섰다.

"딱 10분 줄게."

"하영 언니가 죽은 날, 아저씨가 맨션 앞에서 뭘 보고 들었는지 솔직하게 얘기해줘요."

진주의 말에 권호겸은 신경질적으로 대답했다.

"너희 말대로야. 난 밤 12시쯤 빌라 앞에 도착했어. 그런데 통화가 계속 길어졌어. 너희는 말해도 못 알아듣겠지만 직원 징계 문제로 직속 상사와 의견이 달라 입씨름하고 있었거든. 오늘 열릴 인사 위원회에 회부되어야 할 사안이라 늦게까지 의견을 조율했던 거고. 통화 중에 케이크 가게 주인이 문 닫고 내려가는 걸 봤어. 난 그러고도 잠시 더 통화하다 집으로 올라갔고."

"통화 중에 수상한 사람은 못 보셨어요?"

"못 봤어. 정말이야."

권호겸은 단호했다.

"아저씨는 밤 12시쯤 빌라 앞에 도착해서 잠시 통화를 하고 새벽 1시가 가까운 시간에 집으로 올라가셨다는 거네요."

"맞아."

"그러면 통화 끝내고 집에 들어가기 전까지 어디서 뭘 하셨어요?"

진주의 추궁에 권호겸은 허가 찔린 얼굴이었다.

"그 늦은 밤에 40~50분이나 통화하진 않으셨을 거 같아서요. 아저씨도 잠시 더 통화했다고 하셨잖아요. 통화는 12시 10~20분 사이에 끝났을 테고. 집에 들어가기 전까지 어디서 뭘 하셨어요?"

"몰라. 늦은 밤이고 피곤했어. 정확한 시간 따위를 어떻게 기억해?"

권호겸은 더 이상 진주와 현주를 어린애 취급할 수 없었다. 두 사람은 찌를 듯한 눈빛으로 권호겸을 쏘아봤다. 권호겸은 잠시나마 당황했던 표정을 갈무리하곤 말을 이었다.

"그러고 보니 통화하다가 2층 복도 불이 켜지는 걸 봤어."

진주는 귀를 쫑긋했다.

"1층 센서 등은 고장 났지만 2층하고 3층 센서 등은 정상적으로 작동하거든. 2층 복도 불이 켜졌다는 건 3호 사는 여자애가 나왔다는 뜻이지."

진주는 희례로부터 전해 들은 박성아의 진술을 떠올렸다. "아, 그러고 보니 자정쯤? 윗집에서 현관문이 열렸다 닫히는 소리를 들었어요. 아뇨, 3호인지, 4호인지는 모르겠어요. 죄송해요. 그 외에는 정말

*아무것도 못 들었어요."*

현관문을 열었던 건 강민정이었다. 즉 공부에 집중하느라 아무 소리도 듣지 못했다는 말은 완전한 거짓말이었다. 권호겸은 주의를 딴데로 돌리기 위해 강민정을 들먹거린 게 분명했다. 그의 의도를 알면서도 진주는 넘어가 줄 수밖에 없었다. 이대로라면 권호겸은 절대 입을 열지 않을 것이다. 박성아와 강민정도 마찬가지였다. 그들의 입을 열게 할 확실한 증거가 필요했다.

진주와 현주는 권호겸에게 고맙다고 인사했다. 권호겸은 다신 마주치지 말자는 말로 인사를 대신했다. 진주와 현주는 다음에 우리 집에 밥 먹으러 오라며 살갑게 손을 흔들었다.


진주는 수업이 끝나자마자 쏜살같이 집으로 달려왔다. 권호겸과 만난 얘기를 털어놓고 싶어 수업 내내 엉덩이가 들썩거렸다. 승광과 희례를 외쳐 부르며 집으로 들어왔지만 맞이해주는 이가 없었다.

아무도 없나? 진주는 가방을 거실 소파에 던져놓고 안방으로 향했다. 열린 문틈 사이로 침대에 앉은 승광의 모습이 보였다. 진주는 아빠를 부르려다 입을 다물었다. 승광은 사진 한 장을 심상치 않은 눈길로 응시하고 있었다. 처음 보는, 무척이나 생경한 표정이었다.

무슨 표정이라고 해야 할까. 화가 난 것 같기도 하고 결심이 선 것 같기도 했다. 아직 인생 경험이 부족한 진주는 승광이 내보인 표정의 의미를 이해하지 못했다. 그저 처음 보는 이상한 얼굴이라고만 생각했다.

승광은 사진을 접어 지갑에 넣었다. 그러고는 안방을 나오려다 문가에 선 진주를 발견했다. 대번에 승광의 표정이 달라졌다. 진주가 익히 아는 아빠의 얼굴이었다.

"무슨 사진이었어요?"

"응? 사진이라니……."

"아까 아빠가 보던 사진이요."

승광은 당황해했다.

"아……. 별거 아니야. 그냥 옛날 사진."

"누구 옛날 사진이요?"

"엄마, 그리고 엄마 친구."

진주는 고개를 갸우뚱거렸다. 엄마와 엄마 친구의 사진? 그런데
왜 아빠는…….

"왜 그렇게 이상한 표정을 지었어요?"

"어떻게 이상했는데?"

"화난 거 같았어요."

승광은 바람 빠진 웃음소리를 내며 진주의 머리를 쓰다듬었다.

"맞아. 조금 화가 났어."

"왜요?"

"감쪽같이 속은 거 같아서."

"누구한테요?"

또다시 생경한 표정이 승광의 얼굴에 떠올랐다. 이번에는 슬퍼 보
였다.

"아무것도 아니야. 다 사정이 있겠지. 그럴 만한 사정이 있었을 거
야."

승광은 마치 혼잣말을 하는 것 같았다. 홀로 상념에 젖어든 표정을
보니 더 캐물을 수가 없었다.

진주는 이후 오랫동안 이 사실을 후회했다. 물어볼걸. 엄마의 어떤 친구인지, 아빠가 누구한테 속은 건지. 왜 그렇게 슬픈 얼굴을 하고 있었는지. 뭐 하나라도 물어볼걸. 아직 어렸던 진주는 그저 그 상황이 불편하고 낯설다는 생각만을 했다.

저녁 식사 시간이 가까워지자 식구들이 하나둘씩 집으로 돌아왔다. 오늘의 하이라이트는 경찰 수사와 관련하여 희례가 얻어온 소식이었다.

"잡혔대. 하영 씨 죽인 범인."

식구들은 모두 놀라며 눈을 휘둥그레 떴다.

"아직 참고인 신분이지만, 경찰은 유력 용의자로 의심하고 있는 거 같더라고."

"누군데요, 그 사람이?"

진주가 물었다. 사건이 예상 외로 빨리 해결되자 기쁘면서도 얼떨떨했다. 그동안 사건 해결을 위해 고생한 것과 무관하게 다행이란 생각부터 들었다.

"전하영의 남자친구 유경환. 고애 경찰서 민 형사 와이프가 유성 아파트 상가에서 떡집 하는 거 알지? 그 와이프한테서 들었는데……."

희례가 들려준 이야기의 개요는 이러했다.

경찰은 전하영과 유경환이 사건 발생 이틀 전 크게 다퉜다는 사실에 주목했다. 전하영의 직장인 한마음 미술 학원 앞에서 벌어진 싸움이었기에 학생들 상당수가 이를 목격했다. 경찰은 참고인 신분으로 유경환을 경찰서로 불렀다. 유경환은 연인 사이의 흔한 다툼이라며 의심을 일축했다. 하지만 경찰은 유경환이 사건 당일에 알리바이가 없으며, 사건 다음날 서울을 벗어난 사실을 들먹였다.

"전 하영이가 죽은 줄도 몰랐어요. 냉전 상태라 계속 연락을 안 하고 있었다니까요. 전 예정대로 부천에 계신 부모님 댁에 갔던 것뿐이라고요."

유경환은 문화센터 수영 강사로 비교적 시간이 자유로운 축이었다.

"부모님 댁에 간 건데 사건 다음날, 호텔 결제 내역이 있는 건 뭐지?"

민 형사의 말에 유경환은 허를 찔린 얼굴이었다.

"그, 그건……."

"사실대로 얘기 안 해?"

민 형사가 테이블을 내려치자 유경환은 머리를 쥐어뜯으며 소리쳤다.

"연쇄살인범 짓이라면서요! 저한테 왜 이러시는 거예요?"

"사건 당일 알리바이도 없고, 사건 다음날 강원도 정선에 갔으면서 부모님 댁에 갔다고 거짓말하고, 살해 동기도 있고. 이래도 네가 범인이 아니야?"

"사, 사건이 일어난 날 밤엔 자고 있었어요. 정말이에요. 강원도 정선은 제 수영 수업 수강생 이지혜 씨하고 같이 갔어요."

"그런데 왜 거짓말했어?"

"다짜고짜 의심부터 하셨잖아요. 바람피우는 걸 들킨다면 의심받을 거라 생각했어요. 이지혜 씨가 유부녀이기도 하고……." "사건 당일 밤에 자고 있었던 걸 확인해줄 사람은?"

"혼자 자고 있었는데 그걸 누가 확인해줘요! 연쇄살인범은 안 잡고 저한테 왜 이러시는 거냐고요!"

유경환은 억울해하며 결백을 주장했다.

희례는 이야기를 마무리하며 추가적인 정보를 덧붙였다.

"하영 씨는 망치로 머리를 얻어맞고서도 격렬하게 저항했대. 집에 들어오자마자 당한 건지 코트를 입은 채였는데, 코트 단추가 떨어지고 옷감이 뜯기고 스타킹이 찢어지고 발바닥이 까매질 정도로 범인과 몸싸움을 한 거 같다고 하더라고. 근데 안타깝게도 손톱 아래에서 범인의 DNA는 발견되지 않았대."

범인은 화장실에서 피 묻은 옷을 갈아입었다. 혈흔과 족적마저 말끔하게 지웠다. 모자를 쓰고, 마스크를 하고, 장갑까지 낀 덕에 방 안에서는 털끝 하나 나오지 않았다.

"의심할 여지 없이 완벽한 계획범죄군."

"유경환이 범인일까? 경찰 말대로 알리바이도 없고, 거짓말한 것도 수상하고, 살해 동기도 있잖아."

승광과 희례가 말을 주고받았다.

"세 번째 사건에 대해서는 말이죠."

그때 진주가 두 사람의 대화에 끼어들었다. 식구들은 고개를 들어 그녀를 쳐다봤다. 진주는 어깨를 한번 으쓱하고는 말을 계속했다.

"세 사건 모두 범행 수법이 동일하기 때문에 동일인에 의한 범죄로 추정된다면서요. 하영 언니 죽음만 놓고 본다면 유경환이 제일 의심스럽지만 첫 번째, 두 번째 사건과는 아무 관련도 없어 보이는데요?"

경찰도 가장 골머리를 썩이고 있는 부분이라 들었다. 알리바이는 모호할지언정 유경환은 첫 번째, 두 번째 사건과 연관성이 없었다.

"그래서 말인데요. 어쩌면 이 세 번째 사건은 첫 번째, 두 번째 사건과 동떨어진 별개의 사건이 아닐까요?"

"모방 범죄?"

희례의 말에 진주는 고개를 주억거렸다.

"연쇄살인이라고 판단한 건 범행 수법 때문이잖아요. 지문도, DNA도, 족적도…… 물증 나온 게 아무것도 없다면서요. 경찰이 너무 섣불리 연쇄살인이라 단정 짓고 수사를 진행한 건지도 몰라요. 범행 수법이야 널린 게 신문 기사인데, 유경환이 그걸 보고 비슷하게 흉내 내어 여자친구인 하영 언니를 살해하고 연쇄살인범에게 뒤집어씌운 걸지도 모르잖아요."

"……."

"게다가 첫 번째 살인과 두 번째 살인의 시간 텀이 두 달 정도인 데 반해, 두 번째 살인과 세 번째 살인의 시간 텀은 사흘밖에 되지 않아요. 연쇄살인범의 짓이라고 하기엔 냉각기가 너무 짧지 않아요?"

"하지만 세 사건의 범인이 모두 동일인이라는 가정도 완전히 배제할 순 없어. 유경환이 누명을 쓴 거고, 실제 세 번의 살인을 저지른 범인이 따로 있을 수도 있잖아."

이번에는 현주가 진주의 의견에 반대하고 나섰다. 현호가 약과를 먹으며 상황을 구경하는 동안 희례, 진주, 현주 사이에 설왕설래가 오갔다. 세 사람은 한동안 반박과 재반박을 거듭했지만 승광만은 입을 다문 채 골똘히 생각에 빠져 있었다.

"당신은 무슨 생각을 그렇게 해? 당신도 말 좀 해봐. 그러고 있지만 말고."

희례가 승광의 어깨를 흔들었다.

"아, 미안. 다른 생각을 좀 하느라. 그런데 아까 전하영 씨 시신 상태가 어땠다고 했지?"

정신을 차리고도 승광은 영 엉뚱한 소리를 했다.

"이이는 참, 아까 제대로 안 듣고 왜 끔찍한 얘길 두 번 하게 만들어? 뒤통수를 먼저 망치로 가격당하고……."

"아니, 그거 말고. 코트 어쩌고 한 부분 말이야."

"망치로 머리를 얻어맞고서도 저항이 제법 심했다고. 코트를 입은 채였는데 코트 단추가 떨어지고 옷감과 스타킹도 죄다 찢어지고 발바닥이 새카매질 정도로 몸싸움을 했대. 근데 손톱 아래에서 범인의 DNA는……."

"확실한 정보야?"

승광은 또 한번 희례의 말을 끊었다.

"그럼. 민 형사 와이프가 사건 파일을 몰래 봤다던데. 사진이랑 적혀 있는 글 몽땅."

"이거 정말 이상한데."

승광은 마치 수수께끼같이 알쏭달쏭한 말을 했다.

"아우, 답답해! 얘길 해봐요. 뭐가 이상한지."

기어코 희례의 입에서 고함이 터져 나왔다.

"지금은 의심 단계야. 확실해지면 얘기할게. 그보다 당신 얘길 들으니까 더더욱 장미 맨션 사람들이 무언가를 감추고 있다는 확신이 들어. 그 사람들 겁먹은 것처럼 보이지 않아?"

"겁먹었다고?"

"그 사람들이?"

진주와 현주가 메들리처럼 말을 이었다.

진주는 머릿속으로 장미 맨션 사람들의 모습을 떠올렸다. 퀭한 얼굴에 불안한 눈빛을 보내던 박성아. 짜증을 내고 바락바락 악을 써대던 강민정. 팔짱을 끼며 방어적인 자세를 취하던 권호겸. 도망치듯 어디론가 사라져버린 최길락.

모두 지나치게 화를 내며 거짓말을 하고 있었다. 겁먹은 사람들의 특징이었다. 도대체 무엇 때문에? 식구들은 서로의 얼굴을 쳐다봤지만, 답을 구할 수 있을 리 만무했다.


요즘 들어 승광이 이상하다. 희례는 현관에서 구두를 신는 승광을 의심스러운 눈초리로 쳐다봤다.

"왜 그렇게 쳐다봐?"

승광이 구둣주걱을 내려놓고 상체를 일으켰다.

"당신 요즘 나한테 숨기는 거 있지?"

"숨기기는. 내가 당신한테 숨길 게 뭐가 있어? 그리고 당신한테 뭘 숨긴다고 숨겨져? 우리 오희례 여사가 어떤 사람인데."

승광은 너스레를 떨었지만 부자연스러운 말투를 완전히 숨길 수는 없었다.

"바람이라도 났어?"

"생사람 잡지 마. 당신 말고 여자 손이라고는 잡아본 적도 없는데."

"내 손에 걸리기만 해봐. 둘 다 아주 아작을 내놓을 테니."

"쓸데없는 걱정은 하지도 마."

"그런데 요새 왜 그래? 정신을 어디 빼놓은 것마냥 하루 종일 멍한 얼굴이잖아."

"내가 그랬나? 피곤해서 그런가 봐. 보건소 일도 바쁘고, 살인 사건 조사도 해야 하고."

승광은 말끝을 흐리며 머리를 긁적거렸다. 희례는 집요한 눈길로 승광을 탐색했다. 그는 점잖고 말수가 적은 사람이었다. 신중하고 진지한 성격 덕에 말 한마디조차 함부로 내뱉지 않았다. 말에 깃든 무게를 아는 남자였다. 캐물어 봤자 입도 뻥긋 안 하겠지. 무엇이든 속으로 삭이는 게 익숙한 사람이니. 함께 살아온 세월이 자그마치 18년이다. 몰아붙여 봤자 서로 감정만 상한다는 걸 체득했기에 희례는 말없이 그를 배웅했다.

"잘 다녀와."

"당신은 오늘 뭐 할 거야?"

"유경환을 만날까 싶어."

"안 돼. 위험해."

"괜찮아. 핑곗거리 있으니까 의심은 안 할 거야."

"그럼 조심히 다녀와. 전화하고."

대화를 끝내고도 승광은 희례를 가만히 쳐다보기만 했다.

"왜? 내 얼굴에 뭐 묻었어?"

"나 오늘 좀 늦을 거야. 약속 있거든."

"누구랑?"

"……친구."

잠깐의 망설임 끝에 나온 대답이라 희례는 눈을 새초롬하게 떴다.

"친구 누구?"

"당신은 모르는 친구야."

"당신 친구 중에 내가 모르는 사람이 어디 있어?"

"옛날…… 부산 살 때 친구."

승광의 대답에 희례는 입을 닫았다. 이름이 뭐냐는 질문이 목구멍까지 차올랐다. 그러다 말을 내뱉는 대신 어색한 웃음만 지었다. 지금까지 아무 일 없었다는 듯 잘 살아왔다. 괜한 질문을 해서 긁어 부스럼을 만들 필요는 없었다.

"진짜 바람피우는 거 아니지?"

희례는 살짝 떨려오는 주먹을 몰래 움켜쥐며 장난기 어린 말을 던졌다.

"실없는 소리 하긴. 유경환한테는 조심히 다녀와."

승광은 인사한 다음 언덕길을 내려갔다. 희례는 승광의 뒷모습이 사라질 때까지 자리를 뜨지 않았다. 설마 그때 일을 알아차린 건 아니겠지. 의문과 두려움이 가슴속에 차올랐다. 아니야, 그럴 리 없어. 희례는 마음속에 번지는 불안을 잠재우며 집으로 들어갔다. 신경을 다른 곳으로 돌려야 했다.

오늘은 유경환을 만나기 위해 문화센터에서 수영 강습을 들을 예정이었다. 지금부터 바지런히 준비해야 늦지 않을 터였다.

희례는 부동산 양 씨와 함께 고애 문화센터로 향했다. 유경환은 아침 10시 수업을 담당하고 있었다. 원피스 수영복 밖으로 비죽 튀어나온 살들이 여간 거슬리는 게 아니었다. 다행히 수강생 모두 같은 처지였기에 희례는 본래 목적을 상기하며 수영장으로 들어갔다.

유경환은 키도 크고 체격도 건장했다. 그다지 잘생긴 얼굴은 아니었지만 수강생들은 탄탄한 그의 몸을 흘낏대느라 여념이 없었다.

"아주 곱네, 고와."

양 씨도 웃음을 흘리며 유경환에게서 시선을 떼지 못했다.

"안 한 운동이 없더라고, 우리 유 선생. 유도에 합기도에 수영에 …… 아주 만능 스포츠맨이야."

양 씨는 희례의 어깨를 찰싹찰싹 때리며 흐뭇해했다. 시간이 되자 유경환은 박수를 쳐 수강생들의 이목을 집중시켰다.

"어머님들, 준비운동부터 할게요."

유경환의 목소리가 수영장 안에 메아리쳤다. 희례는 팔꿈치로 양 씨의 옆구리를 찔렀다.

"양 씨, 유 선생 목소리가 좀 특이하네."

단순히 허스키하다고 표현할 수만은 없는 목소리였다. 목구멍을 쇠로 긁는 것 같은 소리였다.

"그렇지? 어렸을 때 무슨 사고를 당했대. 그런데 섹시하다고 좋아하는 아줌마들도 많아."

"근데 유 선생 얼마 전에 경찰서로 불려가지 않았어? 살인 사건 때문이라던데."

"용의자도 아니고 참고인 자격으로 간 거라던데, 뭘. 죄가 없으니 경찰이 금방 풀어줬겠지."

양 씨는 '하나, 둘' 구호를 외치며 준비운동을 따라 하기에 바빴다. 물장구 수준의 수업이 끝나자 수강생들은 유경환을 빙 둘러쌌다. 여러 가지 질문과 대답이 오갔다. 희례는 수강생들이 흩어지기를 기다리다 휴게실로 향하는 그의 뒤를 쫓았다. 수영을 본격적으로 배우고 싶다는 말에 그는 친절하게 상담에 응해주었다. 싹싹하고 예의 바른 청년이었다. 대화가 마무리될 때쯤 희례는 은근슬쩍 본론을 꺼냈다.

"그런데 유 선생님, 괜찮으세요? 여자친구분이 안 좋은 일을 당했단 얘길 들었는데."

유경환의 얼굴이 급속도로 어두워졌다.

"다 제 탓이에요. 아무리 싸웠다고 해도 그냥 내버려두는 게 아니었는데. 이 동네에서 살인 사건이 연이어 벌어졌다는 걸 알면서도 하영이를 혼자 뒀어요. 하영이가 숨이 끊어지는 동안 전 잠이나 잤다는 생각을 하면…… 정말이지 견디기가 힘들어요."

유경환은 고개를 푹 숙인 채 손등으로 눈물을 훔쳐냈다. 진심 어린 후회와 자책이 전해졌다. 희례는 이 청년이 자신의 여자친구를 무참히 살해했으리라 생각되지 않았다. 바람을 피웠을지언정 살인을 저지를 만한 사람처럼 보이진 않았다.

유경환은 아닌 것 같은데. 정말 세 여자를 죽인 진범은 따로 있는 걸까.

"죽기 전 하영 씨는 어때 보였어요?"

"네?"

"누가 쫓아온다고 하거나 불안해한다거나 그런 건 없었어요?"

유경환은 손깍지를 꼈다 풀며 생각을 떠올리려 애썼다. 희례의 말이 지난 기억을 상기시키기라도 한 걸까. 그는 무언가 번뜩 떠오른 얼굴을 했다.

"아……. 그러고 보니 사흘 전쯤 그런 말을 했던 것도 같아요. 누가 쫓아온다고. 부쩍 불안해했어요."

"왜요? 뭐 때문에요?"

"그것까진 모르겠어요. 물어볼 생각도 못했네요."

희례가 캐물어도 유경환은 이유를 생각해내지 못했다. 그는 훌쩍이며 스스로를 자책하기만 했다. 이후로는 상관없는 대화들만 이어졌다. 희례는 위로의 말을 끝으로 휴게실을 나왔다. 혹시나 하는 마음에 모퉁이에 숨어서 유경환을 훔쳐봤다.

거짓 진술 후에 몰래 웃는 건 탐정 영화의 흔한 클리셰가 아닌가. 그러나 유경환은 그 자리에 앉아 멍하니 바닥만 내려다봤다. 이따금 손등으로 눈물을 훔쳐내기도 했다. 진심으로 슬퍼하는 것 같았다. 희례는 유경환에 대한 의심을 말끔하게 떨치며 수영장을 빠져나왔다.

담벼락을 향해 힘껏 찼던 축구공이 데굴데굴 굴러왔다. 현호는 오른발로 축구공을 받고 장미 맨션 출입구 쪽으로 시선을 던졌다. 초로의 여인이 상자를 들고나오고 있었다. 두 손 가득 끌어안았으나 그녀에겐 버거워 보였다. 벌써 세 번째. 현호는 여인이 쓰레기장을 오가는 걸 목격했다. 지금 그녀가 들고 있는 상자 안에도 버릴 것이 가득 담겨 있을 터였다.

머뭇대던 현호는 축구공을 차버리고 냉큼 달려갔다. 더 이상 모른 체할 수 없었다.

"이리 주세요."

현호가 상자를 받아들었다. 현호에게도 버거운 크기이긴 매한가지였다.

"고맙구나."

초로의 여인은 팔을 두드리며 씁쓸한 미소를 지었다.

현호는 하교 후 골목에서 축구공을 차며 장미 맨션 사람들의 동태를 살필 셈이었다. 그러다가 한 여인이 장미 맨션 1호로 들어가는 걸 목격했다. 물건을 정리하는 소리, 작은 흐느낌이 현관문 밖으로 새어나왔다. 현호는 그 여인이 전하영의 어머니라는 걸 알아차렸다. 아니, 실은 처음 보는 순간부터 알았다. 선한 눈매, 자그마한 코. 전하영은 어머니의 외모를 쏙 빼닮아 있었다. 여인의 낯빛은 거무죽죽했다. 생명을 모두 소진한 것처럼 생기가 없었다. 영혼이 갈가리 찢긴 것 같기도 하고, 이미 죽은 사람 같기도 했다. 단순히 비통하다는 말로 표현할 수 없는 얼굴이었다.

현호는 전하영의 어머니를 따라 1호 안으로 들어갔다.

"고맙다. 아주 착한 아이네."

"도와드릴게요. 혼자 힘드시잖아요."

현호는 걸레를 집어 들었다. 살인범과 경찰들이 휩쓸고 지나간 집 안은 난장판이었다. 딸의 죽음도, 황폐화된 집 안도, 남겨진 것들을 오롯이 감당해야 할 사람은 그녀뿐이었다.

"우리 하영이랑 아는 사이니?"

"저 아랫집에 살아요. 하영 누나랑은 동네에서 가끔 만났어요."

"하영이가 널 아주 귀여워했겠구나."

전하영의 모친, 숙향은 현호의 머리를 쓰다듬으며 눈시울을 붉혔다. 현호는 뭐라고 대답해야 할지를 몰랐다. 고작 열 살이지만 그녀에게 닥친 슬픔이 자신은 상상도 못 할 영역일 거라는 걸 알고 있었다. 우물우물 말이 들끓었지만 소리가 되어 입 밖으로 나오지 못했다. 대신 현호는 방바닥을 야물게 쓸고 닦았다. 집에서 늘 하던 일이라 평수 작은 집 안을 청소하는 건 어려운 일도 아니었다.

"이럴 줄 알았으면 물어볼걸 그랬어."

청소가 끝나자 숙향은 벽에 기대며 혼잣말을 했다. 현호는 따뜻한 물을 건네며 그녀의 옆에 엉덩이를 붙였다.

"경찰한테도 한 얘기지만 하영이가 죽기 사흘 전에 나한테 이상한 말을 했거든."

그녀는 반응을 얻고자 이야기를 털어놓는 것이 아니었다. 고작 열 살 아이가 무엇을 알겠는가. 그저 아이를 상대로 넋두리나 늘어놓고 싶은 심정이었다.

사건이 발생하기 사흘 전, 밤 11시 40분. 숙향은 하영으로부터 전화를 받았다.

[엄마, 자고 있었지? 미안. 엄마 목소리 듣고 싶어서.]

평소 하영은 숙향에게 자주 전화를 거는 살가운 딸이었다. 하지만 이렇게 늦은 시간에 전화가 걸려오는 경우는 흔치 않았다. 하영은 숙향이 저녁이면 일찍 잠자리에 든다는 걸 알고 있었다.

"아냐, 괜찮아. 전화 끊고 다시 자면 돼. 그런데 무슨 일 있어? 오늘 수업 일찍 끝나는 날 아니었어? 왜 이렇게 늦게 집에 가는 거야?"

[응, 오늘 수업은 일찍 끝났는데……. 중등 반에 김아랑 알지? 개가 할머니랑 단둘이 사는데 자꾸 결석을 해서 찾아가 봤지.]

김아랑. 하영이 각별히 신경을 쓰는 터라 숙향도 익히 알고 있는 아이였다. 김아랑은 초등 반부터 꾸준하게 한마음 미술 학원에 다녔다. 어려운 가정환경 속에서도 미대에 가겠다는 꿈을 키웠으나 최근 불량 학생들과 어울려 다니는 바람에 할머니의 속을 썩이고 있었다.

"별일 없대?"

[학원이라도 잘 나오라고 일러뒀지. 나중에 후회할지도 모르는데 아깝잖아. 실력도 있는 앤데.]

"잘했다. 역시 우리 딸이네."

숙향은 수고했다 말하며 슬슬 통화를 종료하려 했다. 그런데 일순 하영이 목소리를 낮췄다.

[있잖아, 엄마…….]

하영의 목소리가 떨렸다. 설핏 두려움이 느껴지기도 했다. 숙향은 잠기운을 털어내며 휴대전화에 바짝 귀를 기울였다.

"왜? 무슨 일 있어?"

[나 이상한 걸 봤어…….]

"무슨 이상한 거?"

[아, 아냐. 확실하지 않아서 말 못 해. 나중에 확인하면 말할게.]

하영은 두서없이 말을 늘어놓다 전화를 끊었다.

숙향은 끊긴 휴대전화를 쳐다보다 다시 침대에 누웠다. 딸아이의 상태가 심상치 않아 보였지만 대수롭지 않게 여겼다. 나중에 얘기해 주겠지. 숙향은 신경을 끊고 잠을 청했다.

얘기를 들을 기회는 두 번 다시 오지 않았다. 하영이 무슨 이상한 걸 봤는지, 무엇이 확실하지 않다는 건지, 무엇보다 왜 두려워하는지 물을 기회는 영영 사라지고 말았다.

현호는 숙향이 장미 맨션 1호를 마저 정리할 때까지 곁에서 도왔다. 그리고 집으로 돌아와 희례에게 숙향과 나눈 대화를 털어놓았다.

"분명히 그렇게 말했대? 이상한 걸 봤지만 확실하지 않다고, 나중에 확인하면 말하겠다고?"

현호는 그렇다고 대답했다. 희례는 그 즉시 현호를 데리고 한마음 미술 학원으로 달려갔다. 김아랑을 만나볼 생각이었다. 세 치 혀를 놀려 원장 선생으로부터 김아랑의 주소를 얻어내는 건 어려운 일도 아니었다.

김아랑의 집은 시장을 지나 고애 초등학교로 향하는 길목에 위치해 있었다. 그곳은 오래된 빌라들이 빽빽하게 들어선 골목이었다. 저렴한 집값 때문에 형편이 어려운 사람들이 주로 거주하는 곳이었다.

희례는 주소를 확인하며 골목 안으로 들어섰다. 연식이 오래된 다가구주택 1층이 김아랑의 집이었다. 희례는 김아랑에게 찾아온 사정을 설명했다.

"맞아요. 선생님이 돌아가시기 사흘 전에 저희 집에 오셨어요."

김아랑은 인명 중학교 2학년생이었다. 그녀는 가깝게 지내던 학원 선생의 갑작스러운 죽음에 큰 충격을 받은 것 같았다.

"학원 빠지지 말라고, 재능 있으니까 썩히지 말라고 그렇게 말씀하셨는데……. 저희 집에 오셨다가 가신 이후로 그렇게 될 줄은 상상도 못 했어요. 그때가 마지막인 줄 알았다면 선생님 말 잘 듣는 건데."

그녀는 전하영을 떠올리며 눈물을 글썽거렸다. 희례는 김아랑을 위로했다.

"아랑 학생, 한 가지만 물어볼게요. 그날 선생님이 몇 시쯤 집에 찾아오셨나요?"

"밤 9시 반쯤이라고 들었어요."

"몇 시쯤 자리를 떴고요?"

"밤 11시 20분쯤이요."

"꽤 오래 계셨네요. 면담이 길었나 봐요?"

"제가 선생님하고 약속이 있었는데도 늦게 들어와서……."

김아랑은 미안함과 죄책감 때문에 고개를 들지 못했다. 희례는 김아랑의 잘못이 아니라는 뜻으로 잡은 손을 다독였다.

"혹시 그날 선생님이 불안하거나 초조해 보이진 않았나요?"

"아니요, 전혀요. 평상시와 똑같았어요. 늦은 시간이라 조심해서 들어가시라는 말에도 괜찮다고, 걱정하지 말라고 웃으셨는데."

평소와 다름없었다? 하지만 숙향은 전하영이 김아랑의 집에서 돌아오는 길, 자신과 통화하며 무척이나 불안해했다고 말했다. 어떻게 된 일일까.

그렇다면 이유는 한 가지뿐이다. 그날 밤 11시 20분에서 40분 사이, 즉 김아랑의 집을 나와 숙향에게 전화를 걸기까지 집으로 걸어오는 동안 무슨 일이 발생했다는 뜻이 된다.

어느덧 해가 저물었다. 희례는 김아랑에게 인사를 하고 다가구주택의 좁은 계단을 내려갔다. 그때 지하로 향하는 계단 입구에 놓인 꽃다발이 눈에 띄었다. 한두 개가 아니었다. 백합, 국화 등이 시린 바람을 맞으며 겹겹이 쌓여 있었다.

"아랑 학생, 저건 뭐예요?"

"얼마나 흔한 일일까요?"

김아랑은 대답 대신 엉뚱한 질문을 했다.

"응?"

"주변에서 살해당하는 사람이 연이어 나오는 일이요. 얼마 전 이 건물 반지하 방에 살던 가을 언니가 살해됐어요. 그리고 사흘 후에 전하영 선생님이 죽었죠. 왜 제 주위에선 나쁜 일만 생기는 거죠? 제가 불행을 몰고 다니기라도 하는 걸까요? 이 모든 게 우연일까요?"

김아랑은 또다시 눈물을 글썽거리며 입술을 깨물었다. 두 번째 희생자 이가을은 김아랑의 아랫집에 살았다. 세 번째 희생자 전하영은 김아랑의 미술 학원 선생이었다. 김아랑을 둘러싼 희생자들. 과연 우연일까.

희례의 머릿속에 여러 가지 생각들이 들끓었다. 생각의 파편들을 연결해줄 고리가 눈앞에 아른거렸다. 그 순간 팟, 하고 불이 켜지듯 한 가지 생각이 떠올랐다. 이내 여러 의문들에 대한 해답이 눈앞에 드러났다.

"엄마, 왜 그래?"

희례는 현호의 손을 쥔 채 감전된 듯 몸을 떨었다.

"알 거 같아."

"뭘?"

충격과 함께 슬픔이 몰려왔다. 전하영의 죽음이 안타까웠다. 그녀는 단지 잘못된 시간에, 잘못된 장소에 있었던 것뿐인데.

일반적으로 살인의 동기는 대개 세 가지로 귀결된다. 돈과 치정 그리고 원한. 물론 사이코패스 살인마들은 유희나 권력 과시 차원에서 살인을 저지르기도 한다. 그간 희례는 다른 가능성을 미처 생각하지 못했다. 의외로 살인은 철저히 필요에 의해 자행되기도 한다. 특히 지금처럼 연속적인 경우에는.

누군가의 입을 다물게 하기 위해서. 목격자나 비밀을 알고 있는 사람을 처리하기 위해서. 아마도 전하영은…….

"아랑 학생이 불행을 몰고 다니는 게 아니야."

"네?"

"모든 게 우연이 아니라고."

어쩌면 필연적일지도 모를 불운한 사고였다. 이곳에서 전하영은 연쇄살인범의 두 번째 살인을 목격했던 것이다.


그날 저녁, 희례는 진주와 현주에게 자신이 알아낸 바를 털어놨다. 세 사람은 손을 잡고 발을 구르며 기뻐했다. 사건 해결을 눈앞에 둔 것만 같았다. 전하영의 억울한 죽음은 여전히 안타까웠지만 범인을 잡게 되어 다행이었다. 하늘에 있는 전하영에게 작은 위안이라도 되길 바랐다.

밤 11시. 모두가 잠자리에 들자 집 안에는 으스스한 적막만이 흘렀다. 현주는 이불을 뒤집어쓰고 인터넷 채팅을 하느라 여념이 없었다. 키보드 소리에 몸을 뒤척이던 진주는 어느새 깊은 잠에 빠져 있었다. 현주는 소리를 죽여가며 스카이러브 채팅 창에 대화를 입력했다. 상대는 인명 고등학교 축구부 주전. 현주가 한창 빠져 있는 상대였다.

얼마나 오랫동안 키보드를 두들겨댔을까. 요의를 느낀 현주는 조심스레 방문을 열었다. 이 시간까지 안 자고 있는 걸 들킨다면 희례에게 등짝을 얻어맞을지도 몰랐다. 화장실에서 볼일을 보고 방으로 되돌아오는데, 열린 안방 문 사이로 말소리가 들렸다. 현주는 저도 모르게 안방 앞에서 귀를 기울였다.

"……그래서 당신이 원하는 게 뭐야."

흘러나오는 희례의 목소리가 섬뜩했다. 뒤이어 승광이 한참 동안 얘기했지만 목소리를 심히 낮춘 터라 알아듣기 어려웠다.

"진실? 지금까지 내가 당신을 속였다고 생각하는 거야?"

이번에도 희례의 목소리가 앙칼지게 들렸다.

"그 사람이 원하는 건 하나였어. 말자를 만나고 싶대. 당신은 알고 있잖아."

승광의 목소리는 비통했다.

"몰라. 난 몰라. 죽은 지 오래된 사람이야."

"희례야, 그 사람은 생사만이라도 알고 싶어 해. 당신이 정말 그 일과 연관돼 있다면 얘기라도 해줘. 우린 가족이야. 난 네가 벌인 일 절대 비난하지 않을……."

"그만해!"

"말자……."

"그만하라고! 그 이름은 꺼내지도 마!"

두 사람의 대화를 듣는 내내 현주의 심장이 날뛰었다. 대화 내용을 짐작조차 못 하면서도 불안감이 가슴속에 들불처럼 번졌다. 엄마, 아빠의 저런 모습은 처음이었다.

무슨 일 때문에 싸우는 걸까. 말자라는 사람은 누구일까. 비난받을 짓? 엄마는 말자라는 사람의 죽음과 관련이 있는 걸까. 엄마가……. 범죄를 저지른 걸까.

그 연령대 아이들이 으레 그러하듯 현주는 불온한 상상력을 발휘했다. 엄마가 범죄와 연루되었을지 모른다고 생각하자 눈물이 왈칵 솟았다. 그때 승광이 안방에서 나왔다. 그는 현주를 발견하고 놀라더니 '쉿' 사인을 보냈다.

현주는 승광을 따라 마당으로 나왔다. 희례는 이미 잠자리에 든 후였다. 승광은 희례가 들을세라 살며시 현관문을 닫았다. 고추, 깻잎, 상추 등 텃밭이 소박하게 일궈진 마당으로 세찬 바람이 불어왔다. 현주가 몸을 떨자 승광은 손바닥을 마찰한 열로 현주의 팔을 쓸어주었다.

"어디서부터 들었어?"

"그냥……."

"엄마, 아빠 얘기 듣고 기분이 이상했구나?"

현주는 우물쭈물하며 대답하지 못했다. 참 이상한 밤이었다. 창문을 두드리는 바람 소리도, 흔들리는 나뭇가지 소리도, 아빠의 숨소리도 여전한데 낯설었다. 그저 영문을 알 수 없는 두려움만이 가슴속에서 꿈틀거렸다.

"무슨 얘길 한 거예요?"

대답을 듣고자 건넨 말은 아니었다. 승광은 하늘을 올려다보며 혼잣말을 중얼거렸다.

"……엄마는 무서운 거야."

"네?"

"아빤 변하지 않을 자신이 있는데, 엄마는 아빠를 못 믿겠나 봐."

수수께끼 같은 말은 계속 이어졌다.

"아빠는 용기 내서 엄마 옛날 친구를 한번 더 만나볼 생각이야. 그리고 어디에서부터 뭐가 잘못됐는지 하나씩 알아보려고. 아주…….
아주 많이 힘들고 스스로에게 실망하겠지만."

승광은 시선을 들어 암청색 하늘에 오도카니 뜬 달을 바라봤다. 현주는 묻는 것을 포기했다. 알아들을 수 없는 말투성이였다. 그저 이대로 승광과 함께하는 밤 시간의 오붓함을 누리고 싶었다. 그새 마음을 잠식했던 정체 모를 두려움과 불안감이 씻은 듯 사라졌다.

"엄마 옛날 친구는 언제 만나러 가실 건데요?"

"빨리 만날수록 좋겠지? 이번 주에는 만나야 하지 않을까?"

현주는 두고두고 이날 승광과 나눈 대화를 곱씹었다. 말자는 누구일까. 엄마는 말자라는 사람의 죽음과 관련이 있는 걸까. 아빠는, 아빠는 어떤 마음이었던 걸까.

오랫동안 아빠의 말속에 숨은 의미를 헤아려보려 발버둥 쳤다. 아빠의 눈빛과 표정 속에 깃든 감정을 떠올려보려 애썼다. 하지만 아무것도 유추해낼 수 없었다. 그저 그날 승광과 같이 올려다봤던 둥근 달만이 아련하게 떠올랐다.


동네를 떠들썩하게 했던 살인 사건도 시간이 흐르자 사람들의 관심에서 멀어졌다. 사람들은 외부로 향했던 관심을 거둬들였다. 자신에게 닥친 불행이 아닌 한 카드 결제액, 자녀 교육 등 먹고사는 문제가 더 중요했다. 하지만 여전히 관심의 끈을 놓지 못하는 사람도 있었다.

희례는 얼어붙은 손에 입김을 불어넣으며 오송 빌라에서 시선을 떼지 못했다. 그녀는 며칠째 유경환의 동태를 살피고 있었다. 지금쯤 나올 때가 됐는데. 유경환은 칸트도 울고 갈 만큼 규칙적인 생활을 했다. 아침 9시는 그가 문화센터로 출근하기 위해 집을 나서는 시간이었다. 아니나 다를까, 유경환이 빌라에서 나왔다.

희례는 골목 사이에 몸을 숨기고 멀어지는 그의 뒷모습을 주시했다. 그러고는 20여 분을 더 기다린 뒤 빌라 안으로 들어갔다. 유경환의 집은 오송 빌라 202호였다.

지금부터 시작이다. 희례는 심호흡을 한 뒤 유경환에게 전화를 걸었다.

"유 선생, 나 오희례예요."

[오 여사님. 아침부터 어쩐 일이세요?]

"내가 생각해보니 글쎄, 어제 유 선생 집에 지갑을 놓고 왔더라고. 나 지금 유 선생 집 앞이야."

어제 희례는 부동산 양 씨와 함께 유경환의 집을 방문했다. 덫을 설치하기 위해서였다. 유경환은 당황해하면서 흔쾌히 두 사람을 집 안으로 들여보냈다. 몇 차례 거절하던 홍삼 진액도 멋쩍게 웃으며 받아들었다. 그사이 희례는 쓰레기통 아래 지갑을 던져놓았다.

[저 지금 문화센터에 도착했는데, 어쩌죠?]

희례는 유경환이 수업 한 시간 전 센터에 도착한다는 사실을 이미 알고 있었다.

"어쩌지? 나도 오늘 중요한 볼일이 있는데."

[그럼 제가 비밀번호를 가르쳐드릴 테니 들어가서 지갑 갖고 나오실래요?]

유경환의 제안에 오히려 당황한 건 희례였다. 뭐가 이렇게 쉬워? 동시에 이유를 깨닫곤 아차 싶은 마음이 들었다. 집 안에 아무것도 없으니 자신이 있는 거다. 유경환은 비밀번호를 알려준 뒤 전화를 끊었다. 희례는 실망하면서도 혹시나 하는 반편짜리 희망을 품고 집 안으로 들어갔다.

전형적인 남자 혼자 사는 집이었다. 여기저기 물건이 널려 있어 너저분하기 짝이 없었다. 정리 정돈은커녕 최근 들어 청소한 흔적조차 없었다. 희례는 서둘러 집 안을 뒤졌다. 책상 서랍, 책장, 옷장, 세면대 수납장……. 물건이 들어갈 만한 공간은 몽땅 뒤졌지만 특별히 눈에 띄는 건 없었다.

그때 희례의 휴대전화가 울렸다. 진주였다.

[찾았어?]

진주는 희례의 계획을 알고 있었다. 유경환의 집에 피해자의 물건이 있을지도 모른다는 추측을 내놓은 게 진주였다. 유희 차원에서 연쇄살인을 저지르는 살인마의 경우, 당시의 쾌감을 재차 느끼기 위해 피해자의 물건을 기념품처럼 보관하기도 한다. '유경환은 손혜정과 이가을을 죽였어. 둘 다 유경환의 집을 기준으로 걸어서 20분 거리 이내에 살았지. 이가을을 죽인 날, 유경환은 그녀의 집을 빠져나오다가 전하영과 마주쳤을 거야.'

전하영은 몹시 의아했을 것이다. 유경환이 왜 여기 있는 거지? 그러다가 검정 모자에 검정 점퍼, 마스크까지 한 그의 차림새가 의심스러웠을지도 모른다. 하지만 전하영은 엄마에게조차 이 의심을 털어놓지 못했다. 두 사람은 결혼까지 약속한 사이였다. 엉뚱한 오해라면 몰아닥칠 후폭풍이 염려됐을 터. 혼자 의심만 키우던 전하영은 무언가를 확인하려 하지 않았을까?

그래서 자신의 엄마에게 이런 말을 했던 거다. *"확실하지 않아서 말 못 해. 나중에 확인하면 말할게."* 마침내 그 사실을 확인한 전하영은 유경환에게 잔인하게 살해당했을 테고.

"아니, 죄다 뒤졌는데 아무것도 없어. 유경환도 거리낄 게 없으니 나한테 비밀번호를 알려준 거겠지."

[증거물을 몽땅 버렸나 보네. 아무래도 하영 언니가 죽은 다음날, 강원도 정선에 간 게 증거물을 버리러 간 거 같아.]

그렇다면 집 안에 무엇 하나 남아 있을 리 없었다. 희례는 좀처럼 발걸음이 떨어지지 않았다. 하지만 언제까지 그 집에 머물 수는 없는 노릇이었다. 희례는 아쉬움을 뒤로한 채 유경환의 집을 빠져나왔다.

이제 어떻게 해야 하나. 범인이 눈앞에 있는데 증거가 없었다. 전하영을 떠올리자니 초조해 속만 새까맣게 타들어 갔다. 희례는 유경환의 빌라 앞을 서성이며 결정을 내렸다. 어쩔 수 없었다. 이제 방법은 하나뿐이다. 플랜 A가 어그러졌으니 플랜 B로 가야만 했다. 내키지 않는 방법이지만 또다시 그 사람들에게 손을 내밀 수밖에 없었다.

"당신 괜찮아?"

희례가 물었다. 더 케이크 하우스. 강주희마저 자리를 비운 가게에는 희례와 승광뿐이었다. 가게 문에는 'Closed' 팻말이 걸려 있었다. 가게 안으로 들어올 수 있는 사람은 초대받은 이들뿐이었다.

초대장을 받은 이들이 과연 나타날까. 그러나 희례는 그들의 등장 여부보다 승광의 안색이 더 마음에 걸렸다. 어젯밤 희례로부터 전하영 사건의 전말을 들은 승광은 경악했다. 그는 심하게 충격을 받은 얼굴로 허공 속으로 시선을 던졌다. 손깍지를 낀 손은 뼈마디가 하얗게 불거져 있었다. 희례가 이야기를 털어놓는 동안 승광은 두서없이 주먹을 움켜쥐거나 긴 한숨을 내쉬었다. 왜 이토록 충격을 받은 것일까. 비단 그는 전하영의 죽음과 연쇄살인 사건의 전말에만 충격을 받은 것이 아니었다. 그 이면에는 다른 이유가 도사리고 있는 것이 분명했다.

"괜찮냐고."

희례가 한번 더 묻자 퍼뜩 정신을 차린 승광이 멋쩍게 웃었다. 곧 장미 맨션 사람들이 하나둘 가게로 들이닥칠 터였다. 언제까지 이유도 알 수 없는 일에 넋을 빼고 있을 순 없었다.

잠시 후 가게 문에 매달린 종이 손님들의 출입을 알렸다. 2호 박성아, 3호 강민정, 4호 권호겸, 5호 최길락이 몇 분의 간격을 두고 나타났다. 네 사람은 모두 얼굴이 핼쑥했다. 초췌하다 못해 괴로워 보였다.

희례는 장미 맨션 사람들이 그간 겪었을 고통이 안타까웠다. 번번이 두려움에 굴복했을 테지만 간절하게 말하고 싶었을 것이다. 장미 맨션 사람들은 테이블에 띄엄띄엄 앉으면서 서로를 의아하게 바라봤다. 그 행동에 희례는 자신의 추측이 맞았다는 걸 알아차렸다.

"고마워요, 이렇게 다 나와주셔서. 오늘 여러분에게 이리로 나와 달라고 한 건 1호에 살던…… 전하영 씨 살인 사건 때문이에요."

전하영의 이름만 언급했을 뿐인데 박성아와 강민정의 눈시울이 붉어졌다. 권호겸과 최길락은 괴로워하며 마른 얼굴을 쓸어내렸다.

"25일 자정 무렵 전하영 씨는 자신의 집인 장미 맨션 1호에서 살해당했어요. 둔기로 머리를 다섯 차례나 얻어맞고 사망했죠. 전하영 씨는 격렬하게 저항했어요. 손톱 아래에서는 미세섬유가 나왔고 시신에서 다수의 방어흔이 발견됐거든요."

박성아와 강민정은 온몸을 바들바들 떨었다. 두려움 때문일까, 미안함 때문일까. 희례는 목이 메었지만 감정을 다스리며 말을 이었다.

"전하영 씨는 아마 소리를 질렀을 거예요. 살려달라고, 신고해달라고 이웃에게 도움을 요청했을 거예요."

"전 아무것도 못 들었어요. 왜 자꾸 애먼 사람을 괴롭히는 겁니까?"

권호겸이 일어나며 소리쳤다.

"증거가 있어요. 당신들이 전하영 씨의 비명을 들었다는."

희례가 냉정한 말투로 단언했다.

"무, 무슨 증거요?"

최길락이 불안하게 눈동자를 굴리며 물었다.

"범인은 이전 두 번의 살인과는 달리 한 가지 실수를 했어요."

희례의 말에 장미 맨션 사람들의 얼굴에서 핏기가 가셨다.

"범행이 일어나는 중간에 전하영 씨가 범인에게서 도망쳐 나왔거든요. 맨발로요."

정확히 말하자면 맨발은 아니었다. 스타킹을 신은 발로 뛰쳐나왔다고 해야 맞는 말일 것이다. 전하영은 현관에서 부츠를 벗는 동안 범인에게 머리를 가격당했다. 집 안으로 끌려 들어가 몸싸움을 하던 도중 뛰쳐나왔으니 신발을 신을 여유 따윈 없었다.

"집에 들어오자마자 당한 건지 코트를 입은 채였는데, 코트 단추가 떨어지고 옷감이 뜯기고 스타킹이 찢어지고 발바닥이 까매질 정도로 범인과 몸싸움을 한 거 같다고 하더라고." 승광이 처음 의문을 품은 지점이었다. 왜 발바닥이 까맸을까. 밖으로 뛰쳐나왔기 때문이었다. 현관문을 열고 도망쳐 나온 전하영은 살려달라고 비명을 질렀다. 어쩌면 위층으로 올라갔을지도 모른다.

"범인은 왜 실수를 했을까요? 범행 중간에 신경이 팔릴 일이 있었거나 순간적으로 힘에 부쳤거나 아니면 마음이 약해졌던 거죠."

"후, 후자라면 범인이 면식범이라는 뜻인가요?"

최길락이 물었다.

"맞아요. 범인은 전하영 씨와 매우 가까운 사이였거든요. ……전하영 씨는 간신히 범인에게서 도망쳐 나와 도움을 요청했지만 다시 범인에게 잡혀 집 안으로 끌려 들어갔어요."

가게 안에는 무거운 침묵이 내려앉았다. 박성아와 강민정은 두 눈이 붓도록 눈물을 흘렸다. 권호겸과 최길락은 침통해하며 고개를 들지 못했다.

"1964년 미국에서 발생한 키티 제노비스 사건에 대해 아시나요?"

희례의 질문에 장미 맨션 사람들은 고개를 저었다.

"그 사건의 전말에 대해 여러 가지 말들이 오가지만…… 어쨌든 심리학 용어까지 생길 정도로 사회적으로 큰 파장을 일으켰던 사건이에요. 1964년 미국에서 새벽녘 한 여자가 강도를 만나 칼에 찔렸어요. 그 여자의 이름이 키티 제노비스죠. 칼에 찔린 제노비스는 큰 소리로 구조를 요청했어요. 하지만 아무도 도와주지 않았죠. 남자는 제노비스를 칼로 난자하고 또 난자했어요. 제노비스는 계속 소리를 질렀지만 누구도 도와주는 사람이 없었어요. 남자는 도망갔다 나타나기를 반복하며 제노비스를 칼로 찌르고 강간했어요. 무려 40여 분 동안요."

싸늘한 공기가 흘렀다. 그들의 머릿속에서 키티 제노비스는 어떤 얼굴을 하고 있을까. 희례는 장미 맨션 사람들의 면면을 응시했다.

"목격자는 총 서른여섯 명. 그들은 사건을 목격하고도 아무도 신고 하지 않았죠. 이 사건 때문에 '방관자 효과'라는 심리학 용어가 생겨 났어요. 주위에 사람이 많을수록 곤경에 처한 사람을 돕지 않게 되는 현상을 뜻하는 말이에요. 어디선가 들어본 얘기 아닌가요?"

"……그만하세요, 이제."

권호겸의 말에 박성아와 강민정이 무너졌다. 두 사람은 바닥에 주 저앉아 큰 소리로 울기 시작했다. 권호겸과 최길락도 머리카락을 움 켜쥐거나 두 손으로 얼굴을 감쌌다.

희례와 승광은 한 발자국 떨어져 그들이 고통스럽게 무너지는 장 면을 지켜봤다. 누군가를 돕는 것은 쉽지 않은 일이다. 결국 자신과는 상관없는 타인의 일이기 때문이다.

"신고라도 하고 싶었어요."

두 손으로 얼굴을 감싸고 있던 최길락이 마른세수를 하며 입을 열 었다. 박성아와 강민정도 울음을 멈추고 떠듬떠듬 이야기에 살을 보 탰다.

그날 자정 무렵, 세 사람은 어디선가 작은 비명소리를 들었다. 최 길락은 잘못 들은 거라 생각했다. 박성아와 강민정은 누군가 바퀴벌 레라도 발견한 모양이라고 여겼다. 하지만 이내 현관문이 열리는 소 리가 나더니 커다란 비명소리가 빌라 전체에 울려 퍼졌다.

강민정은 총알처럼 튀어나와 현관문을 열었다. 고개를 빼꼼 내밀어 아래를 내다보는데 1호에서 전하영이 뛰쳐나오고 남자의 손이 전하영의 머리채를 휘어잡는 모습이 보였다. 강민정은 남자가 전하영을 따라 나오기 전 서둘러 문을 닫았다. 현관문 자물쇠를 걸고 주저앉아 몸서리치기만 했다.

"1호 아가씨…… 밖으로 못 나가고 위로 올라오려고 했던 거 같았어요."

최길락은 휴대전화를 집어 들었다. 아래층에서 정확히 무슨 일이 벌어지고 있는지 알 수가 없어 섣불리 신고 전화를 할 수가 없었다. 단순한 치정 싸움일지도, 장난일지도 모른다고 합리화하며 불안감을 달랬다.

에이, 설마. 내가 아니더라도 누군가는 신고하겠지.

이런 마음으로 세 사람은 전부 신고를 망설였다. 그동안 전하영은 비명을 지르며 계단을 엉금엉금 올랐다. 범인은 그런 전하영의 머리채를 잡아당겨 그녀를 집 안으로 끌고 들어갔다.

"그러고는 '퍽' 하는 소리가 나더니 비명소리가 끊겼어요."

그제야 최길락은 심상치 않은 일이 발생했다고 생각했다. 박성아와 강민정은 압도하는 공포에 완전히 얼어붙었다. 최길락이 휴대전화로 112에 신고 전화를 하려는데 목소리가 들렸다.

"경찰한테 신고하는 순간 넌 죽은 목숨이야. 입만 뻥긋해봐. 언제든 찾아와서 배때기에 칼을 꽂아 넣을 테니."

독특한 목소리였다. 마치 쇠로 목구멍을 긁어대는 것 같았다. 신고를 하면 죽이겠다는 협박에 최길락은 휴대전화를 껐다. 박성아와 강민정은 까무러칠 것 같은 정신을 간신히 붙들곤 두려움에 몸을 떨기만 했다.

"죄송해요……."

"미안해요, 1호 언니……."

박성아와 강민정이 하염없이 눈물을 흘렸다.

"막연히 나 혼자 들었구나, 나한테 하는 협박이구나 생각했어요."

최길락이 말했다. 장미 맨션은 모두 일인 가구였다. 이웃 간의 교류 또한 없었다. 그 때문에 유경환의 협박이 자신만을 향한 것이라 여긴 것이다. 박성아와 강민정도 최길락의 말에 동의하듯 머리를 크게 끄덕였다.

"그럼 권호겸 씨는 장미 맨션 밖에서 범인을 보셨나요?"

권호겸은 괴롭게 고개를 저었다.

"아뇨. 계단을 반 층 올라야 1층이라, 범인의 다리밖에 보이지 않았어요. 1층 센서 등까지 나가 앞을 바라보고 있는지, 뒤돌아 있는지 분간하기 힘들었어요. 그래서 저 역시 범인이 저한테 하는 협박이라 생각했고요. 전화를 끊고 한참 동안 동네를 빙 돌기만…… 했네요."

희례는 장미 맨션 사람들이 감정을 추스를 때까지 기다렸다. 승광은 미리 준비해둔 따뜻한 차를 건넸다.

"진술할게요, 경찰서에서요."

권호겸이 말했다. 박성아, 강민정, 최길락도 함께하겠다고 나섰다.

"얼굴은 보지 못했지만 목소리로 범인을 가려낼 수 있을 거예요. 한두 사람도 아니고 네 사람의 진술이 일치하면…… 증거가 될 수 있지 않을까요?"

어느새 박성아와 강민정은 손을 맞잡고 있었다. 최길락 역시 단단하게 여문 얼굴로 권호겸의 어깨를 두드렸다. 개인은 약하지만 집단은 강하다. 혼자가 아니라는 사실을 깨달은 장미 맨션 사람들은 전하영을 위해 맞서 싸울 준비가 된 듯 보였다. 희례와 승광은 마주 보며 빙긋 웃었다. 이제 앞으로의 일은 경찰이 해결해줄 것이다.

희례는 전하영을 떠올렸다. *"감사합니다, 아주머니!"* 짧은 단발머리에 통통한 체구, 선한 눈매에 살짝 드러난 덧니. 명랑하고 활기찬 전하영의 인사가 귓가에 들리는 듯했다. 너무 일찍 떠난 안타까운 사람. 누군가의 악의로 희생된 아까운 생명. 희례는 이로써 전하영의 넋이 조금이라도 위로를 받았으면 싶었다.


"당신 정말 멋졌어."

더 케이크 하우스에서 나오는 길. 승광은 희례를 추켜세웠다. 희례는 그의 칭찬에 민망하면서도 뿌듯한 마음을 숨길 수 없었다. 어느덧 해가 저물어 사위는 어둠에 잠겨 있었다. 오늘 저녁은 사건을 해결한 기념으로 고기라도 구울 참이었다. 아이들이 목 빼고 기다릴 걸 생각하니 절로 발걸음이 빨라졌다.

"오늘 삼겹살이나 먹을까?"

희례의 말에 승광은 난처해했다.

"오늘은 힘들 것 같은데. 나 약속이 있어서."

"뭐야, 또 무슨 약속인데?"

"확인할 게 좀 있어서."

"요즘 당신 정말 수상해. 이 사건 때문이 아닌 것 같아. 이런 날 꼭 약속 같은 걸 잡았어야 했어?"

승광은 여전히 미안해하면서도 제대로 된 답변은 해주지 않았다. 대신 희례를 물끄러미 바라봤다. 씁쓸하면서도 결단 어린 미소가 입가에 걸렸다.

"만약에 말이지. 내가 다 알고 있다면 어쩔래?"

"뭐?"

"나 그때 일 알고 싶어. 당신한테 무슨 일이 있었는지……."

"그만하랬지? 몇 번이나 말해? 그게 당신 일이야? 내 일이야, 내일. 내가 싫다는데 왜 자꾸 당신이 들쑤시고 다니는 건데?"

"그게 아니라……."

"역시 당신, 나 못 받아들이는 거지?"

"뭐?"

"말로만 그럴 뿐, 진짜 받아들인 거 아니잖아. 그러니까 자꾸 이렇게 다 끝난 예전 일에 집착하는 거잖아."

"왜 말을 그렇게 해? 당신이 편해졌으면 하는 마음 때문이잖아. 그리고 그게 어떻게 다 끝난 일이야? 아직 시신도 못 찾았는데."

집 앞에 다다른 희례는 승광을 노려보다 홱 대문 안으로 들어갔다.

"하여튼 나 오늘 좀 늦어."

승광이 희례의 등에 대고 소리쳤다.

"늦든가 말든가."

현관문이 열리고 진주와 현주가 냉큼 달려오는 소리가 들렸다. 희례는 득달같이 달려드는 아이들로부터 질문 세례를 받으며 집으로 들어갔다.

신은 야속했다. 왜 마지막이라는 사실을 알려주지 않은 걸까. 마지막인 줄 알았다면, 한번 더 눈을 마주하는 건데. 세상에서 가장 환한 웃음을 보여주는 건데. 당신을 가장 사랑한다 말해주는 건데. 삐뚜름한 대꾸가 마지막 인사였다. 통통 부어터진 얼굴이 마지막 모습이었다.

승광은 그 모습을 잠시 지켜보다 발걸음을 돌렸다. 희례가 반대한다 할지라도 계속해야만 하는 일이었다. 캄캄한 언덕길을 내려가는데, 저만치 아래에서 현호가 올라오고 있었다. 비닐봉지를 달랑이는 걸 보니 누나들 심부름을 다녀오는 모양이었다.

"어, 아빠. 어디 가세요?"

"친구 만나러 간다."

"어떤 친구요?"

"음, 아빠랑 같은 생각을 하는 친구."

"그럼 조심히 다녀오세요."

현호는 승광에게 인사를 하곤 언덕길을 올랐다. 뒤돌아보자 어둠 속으로 승광의 뒷모습이 차츰 흐려졌다.

왜일까. 문득 이상한 충동이 일어 현호는 승광에게로 달려갔다. 그러고는 그의 옆에 서서 보조를 맞췄다. 집과는 정반대, 지하철역으로 내려가는 방향이었다.

"늦었다고 누나들한테 혼날 텐데."

승광이 현호의 기특한 속내를 알아채곤 머리를 쓰다듬었다.

"하루 이틀도 아닌데요, 뭘."

승광은 한없이 어려 보이던 아들이 언제 이렇게 큰 건지 대견했다.

그것이 마지막이었다. 그날 밤 11시 무렵. 승광은 멀리 떨어진 낯선 동네 주점 계단에서 사망한 채 발견됐다. 경찰은 만취한 승광이 발을 헛디뎌 계단에서 굴러떨어진 것으로 추측했다. 그가 주점에서 어떤 친구를 만났는지는 끝내 알아내지 못했다.

* * *

20년 전 사건을 파헤쳐보겠다는 야심 찬 포부는 동네를 한번 둘러보는 것만으로 금세 사라졌다. 20년이라는 세월이 그토록 긴 시간인 걸까.

동네는 변한 게 없었지만 사람들은 달라져 있었다. 부동산 양 씨도, 맛나 슈퍼 할머니도, 신영광 교회 목사님도 고애동에 살지 않았다. 전과 다름없는 풍경 사이로 낯선 사람들이 동네 곳곳을 메우고 있었다.

시장을 지나 고애 초등학교로 향하는 길목, 오래된 빌라들이 늘어서 있던 골목에는 재개발 플래카드가 걸려 있었다. 사람들뿐 아니라 이 동네에도 차츰 변화의 바람이 불 모양이었다. 진주와 현호는 당연하다 생각하면서도 섭섭하고 씁쓸한 마음이 들었다. 그 시절의 추억한 토막을 도둑맞은 것 같은 기분이었다.

학교를 나와 시장을 통과해 집까지 이어지던 하굣길, 숨바꼭질에 안성맞춤이던 구불구불한 골목길, 엄마를 비롯해 동네 아주머니들이 마실 가듯 찾아가던 시장 길. 동네 곳곳, 길목 사이사이마다 추억이 깃들지 않은 곳이 없었다. 아무리 쉴 새 없이 변하는 서울이라 하더라도, 언제든 찾아가면 변함없는 모습으로 맞이해줄 마음의 고향을 기대하고 있는지도 몰랐다.

돌아오는 길에는 현호가 운전대를 잡았다. 10년 된 소나타는 무지개 빌라 앞에 무사히 도착했다. 고애동까지 긴 여정을 마치고 돌아온 진주와 현호는 술집으로 향했다. 한바탕 추억 여행을 하고 온 터라 얄궂은 기분이 들었다.

두 사람은 테이블에 자리를 잡고 어묵탕과 소주를 주문했다. 진주는 주문을 하면서도 바지런히 가게 일을 돕고 있는 경주를 곁눈질로 살폈다. 나이는 어림잡아 50대 초반. 한상만보다 대여섯 살 정도 많아 보였다. 작은 키에 호리호리한 체형, 길게 쭉 찢어진 눈매가 얄팍한 인상을 풍겼다. 말투에는 경상도 사투리가 남아 있었다.

"뭘 그렇게 봐?"

현호가 물었다. 진주는 술집에 들어선 순간부터 집요하게 경주를 관찰하고 있었다.

"믿기지가 않아서. 저렇게 평범해 보이는 아줌마가 우리 엄마를 협박했다는 게."

"난 조경주 씨가 우리 엄마를 협박한 것보다, 우리 엄마한테 협박당할 만한 과거가 있다는 게 더 놀라운데."

현호가 완두콩을 씹으며 말했다. 진주는 경주에게서 시선을 떼곤 자세를 고쳐 앉았다.

"엄만 뭘 숨기고 있는 걸까?"

"나도 생각 안 해본 건 아닌데. 누나들이 목격한 바대로라면, 과거에 살인 비스름한 일이 발생했고, 엄마가 거기에 관련되어 있고, 조경주 씨는 엄마와 관련된 무언가를 목격했고, 엄마는 사건 발생 이후 신분 세탁을 하고 사라졌다는 거겠지. 그리고 조경주 씨는 그날 일로 엄마를 협박하는 거고."

진주는 경주의 말을 똑똑히 기억했다. "언니가 그때 그렇게 사라진 이유. 자식들, 동네 사람들에게 진짜 신분을 숨긴 이유. 죽은 언니 남편은 알고 있었어?" 그리고 희례의 말도 분명히 기억했다. "그게 무슨 말이야? 내가 설마 살인이라도 저질렀다고 생각하는 거야?"

현호의 말이 옳았다. 대화를 통해 유추할 수 있는 이야기는 과거 범죄에 엄마가 연관되어 있고, 경주가 현장을 목격했다는 것이었다.

그 외에는 둘의 대화를 달리 설명할 길이 없어 보였다.

진주는 소주를 한입에 털어 넣고 긴 한숨을 내쉬었다.

"우리 엄마가 범죄자라고?"

현호도 답답한 마음에 소주만 들이켰다.

"그래도 현호야, 살인은 아니겠지? 우리 엄마가 살인이라니 말도 안 되잖아. 우리 엄마처럼 평범한 대한민국 아줌마가 어디 있다고. 무슨 오해가 있었던 게 아닐까? 아니면 엄마의 살인이 정당한 복수였을 수도 있고."

진주는 차기작을 구상하듯 상상력과 창의력을 발휘했다. 하지만 범죄자였던 희례가 신분 세탁을 했다는 사실은 도무지 믿어주기가 어려웠다.

두 사람은 잔을 '챙' 맞부딪치고 한입에 소주를 털어 넣었다. 두 사람의 머릿속에 작은 키, 뚱뚱한 체구에 머리 뽕을 한껏 띄운 오희례 여사의 모습이 떠올랐다. 동시에 술집 미닫이문이 열렸다. 진주와 현호가 떠올린 모습 그대로의 희례가 눈앞에 나타났다.

"어, 엄마!"

진주와 현호는 불온한 생각을 들킨 듯 화들짝 자리에서 일어났다. 희례는 장미와 고경숙에게 이끌려 못마땅한 걸음을 한 듯싶었다. 장미와 고경숙은 희례의 팔을 양쪽에서 단단히 붙들고 술집 안으로 억지 걸음을 시키고 있었다.

"그대, 자꾸 이러면 내가 섭섭하지. 한잔 쏜다는데. 상만 씨, 우리 왔어."

장미의 명랑한 목소리가 카랑카랑하게 울려 퍼졌다.

"그러게요. 이게 얼마 만이에요, 우리 셋이 뭉친 게. 그러지 말고 얼른 들어가요."

고경숙이 희례의 걸음을 재촉했다.

"난 오늘 안 땡긴다니까. 진짜 이 사람들이 왜 이래."

희례는 퉁퉁 부은 얼굴로 반항했지만 끝내 가게 안으로 들어왔다. 세 사람은 진주와 현호를 발견하더니 알은척만 하곤 바 테이블로 다가갔다. 찡긋 윙크하는 장미의 모습에서 그들이 희례와 경주 사이를 화해시키고자 계획한 일이라는 걸 알 수 있었다.

"여기 해물파전하고 순대볶음, 막걸리 하나."

장미가 시원스러운 목소리로 주문했다. 주방에서 나오던 경주는 희례를 보곤 다시 안으로 들어갔다. 목적을 가지고 희례를 술집으로 데리고 온 고경숙은 속이 탔다. 하지만 장미는 단호하게 고개를 저으며 안절부절못하는 고경숙을 말렸다. 서둘러서 좋을 건 없거니와 저녁 시간은 길고 길었다.

곧 이 집의 별미인 해물파전과 순대볶음이 고소하고 기름진 냄새를 풍기며 나왔다. 장미와 고경숙은 본래의 목적도 잊고 한상만과 주거니 받거니 하며 술잔을 비웠다.

"그런데 상만 씨는 경주 씨하고 어떻게 만났어? 경주 씨가 연상 맞지?"

고경숙이 한상만에게 술을 따라주며 물었다.

"네, 맞아요. 와이프가 저보다 여섯 살 연상이죠."

"어머, 성숙미에 홀라당 넘어간 거구나!"

장미와 고경숙이 웃음을 터뜨렸다. 희례만이 동떨어진 분위기 속에서 술을 홀짝였다.

"그런 셈이죠. 요리 배우겠다고 혼자 서울 올라와서 아등바등 살

때 옆집에 살았었어요. 경주 씨가 옆방 누나였던 셈이죠."

"어머!"

"웬일이니, 웬일이니."

장미와 고경숙에게서 요란한 반응이 터져 나왔다. 한상만과 경주는 쑥스러운 듯 서로 눈도 마주치지 못하고 괜스레 부산을 떨었다.

"나 물 좀 주세요, 따뜻한 걸로."

그때 희례가 빈 물잔을 들어 보이며 말했다. 가까운 거리에 경주가 서 있었다. 한상만은 다른 손님에게 주문을 받으러 가는 와중이었다. 희례는 딱히 경주에게 부탁할 생각은 아니었기에 머쓱한 표정을 지었다. 머뭇대던 경주는 희례의 잔을 가지고 주방으로 들어갔다. 별것 아닌 행동에도 둘 사이에는 긴장감이 흘렀다. 이내 경주가 주방에서 나와 희례 앞에 잔을 올려놨다.

"근데 두 사람은 원래부터 아는 사이인가?"

때를 놓치지 않고 장미가 둘 사이에 끼어들었다. 희례는 대답 없이 물을 들이켜다 인상을 쓰며 잔을 내려놓았다.

"잠깐."

희례가 부르는 소리에 경주가 돌아봤다.

"분명히 따뜻한 걸로 갖다 달라고 했던 거 같은데."

희례의 물잔에서는 뜨거운 김이 펄펄 피어오르고 있었다.

"따뜻한 걸로 드렸는데요?"

"이게 따뜻한 건가? 뜨거운 거지. 물 마시다 입천장 데어 죽으라는 거야, 뭐야?"

살벌하게 쏟아진 희례의 말에 일순 분위기가 경직됐다. 장미와 고경숙은 눈을 질끈 감으며 계획이 거나하게 틀어졌다는 걸 깨달았다.

경주는 낯을 붉히며 화를 참았다.

"다시 가져올게요."

경주는 물잔을 낚아채곤 다시 주방으로 들어갔다.

"희례 씨, 왜 그래? 그대답지 않게."

"그러니까요. 두 분 아는 사이 아니었어요? 당분간 얼굴 보고 지내야 하는데, 상만 씨 생각해서라도 그러지 말지."

장미와 고경숙의 설득에도 희례는 아랑곳하지 않았다. 주방으로 사라진 경주의 뒷모습만 노려봤다. 이윽고 경주가 주방 밖으로 나왔다.

"드시죠."

경주는 물잔을 내려놓으며 형형한 눈빛으로 희례를 노려봤다. 모두의 시선을 느끼며 물을 들이켜던 희례는 재차 인상을 구겼다.

"귓구멍이 막힌 거야? 왜 사람 말을 못 알아들어? 내가 분명 따뜻한 물이라고 했잖아. 나 엿 먹이고 싶어? 그래서 일부러 미적지근하게 식은 물 가지고 온 거야?"

희례는 아까보다 더 목소리를 높였다. 이제 장미와 고경숙도, 진주와 현호도 물 따위가 문제가 아니라는 걸 짐작할 수 있었다.

아직 해결되지 않은 문제가 둘 사이에 남아 있는 거다. 순식간에 분위기가 험악해졌다. 이번에는 경주도 상황을 그냥 넘기지 않았다.

"그렇게 까탈스럽게 굴 거면 집에 가서 드시든가. 왜 남의 영업장에 와서 행패를 부려요?"

"이 여자 좀 보게. 물도 제대로 못 갖다주면서 무슨 영업을 하겠다고 그래? 내가 상만 씨 얼굴 봐서 참으려고 했는데 이거, 몹쓸 인간이네!"

"뭐라고? 다시 한번 말해봐. 몹쓸 인간? 그건 너지!"

"야, 이게 진짜 어디다 대고 반말이야? 너? 지금 너라 그랬니?"

사소한 일에 감정 한 방울이 첨가되자 돌연 몸싸움이 됐다. 희례와 경주는 목청껏 소리를 지르다 머리끄덩이를 붙들었다.

"조경주, 이거 안 놔? 네가 머리끄덩이를 왕창 쥐어 뜯겨봐야 정신을 차리지?"

"언니부터 놔! 내가 언니란 인간 뭘 믿고 먼저 머리를 놔? 거짓말이 한두 개였어야지!"

장미와 고경숙, 한상만뿐 아니라 진주와 현호까지 달려와 두 사람을 말렸다. 야물게 주먹을 움켜쥔 두 사람은 상대방의 머리카락을 한 뭉텅이 뽑고서야 멀찌감치 떨어졌다.

"내가 거짓말한 게 뭐 있어?"

희례가 바락 소리를 질렀다.

"여기서 지금 얘기해? 진짜 그래도 좋아?"

경주도 가게 안이 쩌렁쩌렁 울릴 만큼 큰 소리로 외쳤다. 희례는 대답하지 않았다. 대신 찌를 듯한 눈빛으로 경주를 쏘아보더니 나가자고 손짓했다.

"나가서 얘기해."

"좋아. 그럼 내가 무서워서 벌벌 떨 줄 알고?"

머리는 산발하고 얼굴이 붉어진 두 사람은 차례로 술집을 빠져나갔다. 장미와 고경숙은 혀를 찼다. 한상만과 진주, 현호는 서로에게 미안해 어쩔 줄 몰라 했다.

"말려야 하는 거 아니에요?"

현호가 말했다.

"됐어. 어쩌면 저게 필요한 걸지도 몰라. 과거에 뭔 일이 있었는지 모르지만 죽어라 싸우다 보면 감정도 풀리겠지."

장미와 고경숙은 도로 제자리에 앉아 술잔을 들었다. 한상만은 손님들에게 일일이 죄송하다는 말과 함께 양해를 구했으며, 진주와 현호도 엉거주춤 자리로 돌아갔다.

"넌 그러고 어묵탕이 주둥이로 들어가? 가서 안 말려?"

진주는 태연하게 어묵탕을 뜨는 현호가 이해되지 않았다.

"아까 장미 씨 얘기 들었잖아. 일리가 있는 말 같아. 우리가 가서 말린다고 뭐가 되겠어?"

현호는 아무 일 없었다는 듯 소주를 들이켰다. 그러나 진주는 마냥 두 사람이 돌아오기만을 기다릴 수 없었다. 결국 자리를 박차고 일어나 술집을 빠져나왔다.

서촌동 번화가인 한일 아파트 사거리는 밤을 밝히는 불빛들로 반짝였다. 진주는 곧바로 술집 뒷골목으로 향했다. 저번에 희례와 경주가 뒷골목에서 다투고 있는 걸 목격한 터라, 이번에도 두 사람은 그곳에서 싸우든, 대화를 나누든 할 것 같았다.

그때였다. '퍽' 둔탁한 타격음에 뒤이어 여자의 비명이 찢어지게 울려 퍼졌다. 차량과 오토바이 소리, 거리의 소음에 파묻혔지만 분명 비명소리였다.

진주를 비롯해 몇몇 사람들이 일시에 주위를 둘러봤다. 진주는 소리의 출처를 찾아 헤맸다. 그리고 술집 뒷골목으로 뛰어가 모퉁이를 돈 순간이었다.

"어, 엄마!"

길바닥에는 경주로 추정되는 여자가 엎어져 있었다. 머리 주위로 피가 흥건했다. 하지만 그보다 진주를 경악하게 한 장면은 따로 있었다.

경주 옆에는 희례가 창백한 얼굴로 서 있었다. 그녀는 피 묻은 벽
돌을 들고 있었다.

# 독이 든
# 차가운 술

그런 날이 있다. 기름칠을 한 듯 유리컵이 손아귀에서 미끄러져 박살이 난 날. 날카로운 유리 조각을 치우다 손등에 상처가 난 날. 지하철에서 시비가 붙어 손목을 접질린 날. 출근길에 서두르다 넘어져 손바닥과 손날이 쓸린 날. 서고에서 서류를 찾다 박스에 손등을 찢은 날. 연이어 경고를 보내는 듯한 불길한 징조에 마음이 찝찝한 날.

그날이 꼭 그런 날이었다.

"이봐요, 지금 뭐 하시는 겁니까?"

"이 자식이 누구더러 소매치기범이래? 난 아니라고!"

지하철 안에서 시비가 붙었다. 거나하게 하품을 하며 피곤을 몰아내던 남자는 여자의 핸드백으로 향하는 소매치기범의 손목을 잡아챘다. 번잡한 출근 시간대를 틈탄 범행이었다. 그러나 소매치기범은 되레 무고한 시민을 범죄자 취급한다며 소란을 피웠다.

소매치기범은 고래고래 소리를 지르며 남자를 밀치고 멱살을 잡았다. 두 사람은 팽팽하게 맞붙었다. 서로 밀치는 와중에 접질린 모양인지 남자의 팔목이 욱신거렸다. 지하철 안에는 CCTV가 없었다. 지하철 경찰대에서 조사를 받았지만 시비를 가려낼 순 없었다. 덕분에 남자는 오명을 말끔하게 벗지 못한 채 회사로 향했다.

오전에 주요 회의가 있는 날이었다. 서두르던 남자는 계단에 발이 걸렸다. 정강이를 계단 모서리에 부딪히고 손바닥과 손날이 쓸렸다. 부장은 늦은 출근을 질책했다. 커피를 연거푸 마셔도 피곤이 떨어지지 않았다. 회의만으로 하루가 몽땅 지나갔다. 야근은 피할 수 없는 선택이었다. 서고에서는 서류를 찾다 박스에 손등을 찧고 말았다.

정말이지 악운이 우글우글 몰려온 것 같은 하루. 남자는 그날 하루가 어서 빨리 지나가기만을 바랐다.

밤 11시. 스산한 밤이었다. 먹구름이 드문드문 드리운 밤하늘에는 조각달이 부연 빛을 산란하고 있었다. 남자는 무거운 발걸음으로 한림동 좁은 언덕길을 올랐다. 오래된 단층 건물과 다세대주택이 빽빽하게 늘어선 골목은 밤이면 더욱 을씨년스러웠다. 언덕길 막다른 곳에 다다르자 군데군데 금이 가고 도색이 벗겨진 5층 빌라가 보였다. 남자의 목적지는 그 빌라 503호였다. 이 동네도 재개발 지역으로 선정됐다고 하던데. 이사할 수 있으려나. 보증금 천에 월세 40만 원짜리 방을 구하는 건 쉽지 않을 텐데.

남자는 빌라 안으로 들어가 계단을 올랐다. 빌라는 복도식이었고 각 층마다 1호에서 5호까지 다섯 가구가 있었다. 503호 앞에 선 남자는 가방에서 열쇠를 꺼내 자물쇠를 돌렸다. 그리고 번호 키의 비밀번호를 눌러 문을 열었다.

눅눅한 공기와 쉰내가 코를 찔렀다. 군데군데 커피 찌꺼기가 놓여 있었지만 습기 제거 효과는 미미했다. 자그마한 부엌이 달린 10평 남짓한 원룸은 황량했다. 가구 하나 없이 풀지 않은 상자 몇 개만 겹겹이 쌓여 있었다.

남자가 맨 위의 상자를 뒤적거려 티셔츠를 꺼내 갈아입었을 때였다. 초인종이 울렸다. 올 사람이 없는데. 머뭇거리는 사이 초인종이 두어 차례 연이어 울렸다. 방문자는 용무가 급한 모양이었다. 남자는 현관문을 열었다.

"누구세요?"

한 청년이 서 있었다. 뾰족한 턱, 길게 찢어진 눈, 얍실한 생김새에 호리호리한 체형. 대학생 정도로 짐작되는 청년이었다.

늦은 시간에 남의 집 초인종을 울린 건 차치하고서라도 남자는 청년을 보고 기겁했다. 청년의 몰골 때문이었다. 누구한테 흠씬 두들겨 맞은 듯 곤죽이 되어 있었다. 눈덩이와 광대가 불그죽죽하고 입술도 터진 상태였다. 목에는 시퍼런 흔적이 역력했다.

"저, 어……"

아픈 듯 인상을 찌푸리던 청년은 남자를 보고 놀란 표정을 지었다.

"이게 도대체 무슨 일…… 괜찮으세요?"

남자의 말에 무언가를 결심한 듯한 청년이 현관 안으로 발을 들여놓았다.

"잠시만요. 겨, 경찰에 신고해야죠. 휴대전화 가지고 올게요."

남자는 그를 현관에 세워둔 채 방 안으로 들어가려 했다.

"으, 으아악!"

그 순간 갑자기 청년이 자지러지듯 비명을 질렀다. 눈을 허옇게 까뒤집더니 제 목을 두 손으로 조르기 시작했다. 삽시간에 얼굴이 시뻘건 풍선처럼 부풀어 올랐다.

"이봐요, 왜 이래요? 정신 차려요!"

마치 귀신 들린 사람 같았다. 그의 목구멍 사이로 흘러나오는 괴성은 도무지 사람이 내뱉는 소리 같지 않았다. 뒤집어 깐 흰 눈동자에는 핏발이 서 있었다.

경찰 신고보다 사람을 살리는 게 먼저였다. 남자는 청년의 두 팔을 잡으며 그를 말려보려 했다. 그는 온몸을 달달 떨며 신들린 사람처럼 머리를 흔들었다. 쿵쿵, 벽에 온몸을 부딪치기도 했다. 그가 질러대는 고함소리에 귀청이 떨어져나갈 것 같았다. 남자가 당황하는 사이, 청년은 남자의 손을 떨쳐내고 집 밖으로 뛰쳐나갔다.

"사…… 살려주세요! 사, 사람 살려!"

그의 목소리가 밤공기 중에 또렷하게 울려 퍼졌다.

남자는 청년을 따라 복도로 나왔다. 비명소리를 듣고 이웃 주민들이 복도로 나와 있었다. 청년은 비틀거리며 이웃 주민에게 다가가 꼬꾸라졌다. 상황이 이상하게 돌아갔다. 이웃 주민들이 남자를 이상한 눈초리로 쳐다봤다.

"아, 아니 그게 아니라……."

남자가 해명의 말을 꺼내려던 참이었다.

"겨, 경찰에 시, 신고해주세요. 절 죽이려 했어요."

청년의 손가락이 남자를 가리켰다.

그의 눈에는 두려움이 가득했다. 조금 전 남자가 목격했던 귀신 들린 것 같은 모습은 온데간데없이 사라져 있었다.

* * *

  광림 종합병원 응급 병동.

  사이렌을 울리며 응급차가 도착했다. 구급대원들은 끙끙대는 환자를 서둘러 이송했다. 사람들은 저마다 불안하고 안타까운 마음으로 환자의 무사를 기원하고 있었다. 생사를 넘나드는 그 긴박함 사이로 희례의 새된 목소리가 울려 퍼졌다.

  "아니라니까요. 오해예요, 오해!"

  희례는 발을 동동거렸다. 억울하고 분한 마음에 해명의 말조차 나오지 않았다.

  "하여간 진주 이, 이, 제 어미도 팔아넘길 년! 어떻게 날 의심할 수가 있어!"

  "어머니, 진정하시고요. 이렇게 화내시면 심장에 안 좋습니다. 그리고 큰누님이 진짜 어머니를 의심한 건 아니잖습니까. 당 땡기시죠? 일단 이것부터 쭉 드시고."

  종철은 방방 뛰는 희례에게 종이컵을 내밀었다. 희례는 뜨거운 믹스 커피를 단숨에 들이켜고도 속이 풀리지 않았다. 종이컵을 우그러뜨려 진주에게 집어던졌다. 진주는 종이컵을 얻어맞고도 죄지은 사람처럼 고개만 조아리고 있었다.


  한일 아파트 사거리. 타격 소리와 함께 비명을 들은 진주는 냉큼 술집 뒷골목으로 달려갔다. 길바닥에는 머리를 얻어맞은 경주가 엎드려 있었고, 희례가 피 묻은 벽돌을 들고 서 있었다.

  '에구머니나, 이게 뭐람.' 희례는 황급하게 벽돌을 집어던졌다. 그 짧은 시간, 진주의 머릿속으로 오만 가지 생각이 스쳤다. 살인마의 얼굴을 한 엄마, 양심과 천륜 사이에서의 갈등, 살인자의 딸이라는 세간의 손가락질.

진주는 눈을 한번 꾹 감고는 신고 전화를 걸었다.

"살인 현장을 목격했어요. 범인은…… 으흑. 저, 저희 엄마예요."

희례는 뒷골목에서의 일을 떠올리며 진주의 등짝을 후려갈겼다.

"이 망할 년! 내가 너 때문에 못 살아, 못 산다고!"

"아우, 아파. 등짝 좀 그만 때려! 그 상황에서 어떻게 의심을 안 해? 나도 얼마나 괴로웠는데. 양심과 천륜 사이에서 얼마나 고민했는지 알아?"

진주도 참지 못하고 소리를 지르며 맞섰다. 결국 종철이 한번 더 나서서 상황을 정리해야 했다.

"네, 그럼요. 압니다, 잘 알죠. 큰누님께서도 얼마나 고심하셨겠습니까. 전부 다 이해합니다. 그러니 이제 두 분 다 진정하시고. 어머니, 그때 상황이 어땠는지 말씀 좀 해주시죠."

희례는 찢어 죽일 듯이 진주를 노려보다 시선을 거뒀다. 머리끄덩이라도 잡아 뜯고 싶었지만 응급실 앞에서 소란을 떨 수는 없는 일. 희례는 간신히 화를 누르고 말문을 열었다.

"술집에서 조경주 씨하고 말다툼을 좀 했네. 솔직히 말하자면 머리끄덩이 붙들고 한판 붙었지. 손님들한테 민폐라 둘이서 술집을 나와 뒷골목에서 마저 싸웠네. 그러고는 나 먼저 그 자리를 떴는데 갑자기 비명소리가 들리더라니까? 경주…… 조경주 씨가 쓰러진 걸 보고 무심코 벽돌을 집어 들었는데, 그 순간 저년이 날 딱 발견한 거고."

"그러니까 흉기를 잡긴 왜 잡아? 현장에서 그러고 있는데 내가 어떻게 의심을 안 해?"

진주가 틈을 타 끼어들자 종철은 또 한번 두 사람 사이를 중재했다.

"그 골목에서 누군가 나오는 건 못 보셨습니까?"

"글쎄, 생각이 잘······."

진주가 비명소리를 듣고 술집 뒷골목까지 가는 데 걸린 시간은 대략 20여 초. 희례가 뒷골목과 더 가까운 곳에 있었다면 가능할 법한 이야기였다. 다만 한 가지 의문점이 존재했다.

"그런데 두 분은 왜 가게 안에서 싸우다가 밖으로 나가서까지 싸우신 겁니까?"

종철이 물었다. 거리낌 없이 이야기를 털어놓던 희례도 이번에는 방어적인 자세를 취했다.

"밖에서 싸우면 안 되는 법이라도 있나. 하 형사님, 참 질문 이상하게 하시네."

희례는 되레 큰소리를 쳤지만, 진주는 작은 눈을 치켜뜨며 의심을 키웠다. 분명 술집에서 희례와 경주의 싸움은 과한 면이 있었다. 뜨거운 물을 둘러싼 다툼이 그렇게까지 크게 번질 이유는 없었다. 두 사람은 뜨거운 물이 아니라 과거의 일 때문에 감정의 골이 깊어진 것 같았다. 또한 술집 안 손님들 앞에서 들춰내서는 안 될 과거가 있기에 가게 밖에서 말다툼을 벌인 거고.

희례의 과거에 대한 의문이 점차 눈덩이처럼 불어났다.

"그러면 어머님은 조경주 씨와 아는 사이신가요?"

종철이 다음 질문을 했다.

"아는 사이긴 무슨. 상만 씨 와이프래서 아, 그런가 보다 한 거지.

애들 데리고 말레이시아에 있다더라고. 1년에 한두 번씩 한국에 오고. 내가 아는 건 그게 다일세. 그것도 죄다 소문으로 들은 거고."

사건 현장에는 CCTV도, 주정차 차량도 없었다. 그만큼 최초 목격자인 희례의 진술이 갖는 중요성은 막대했다. 종철도 희례의 진술에 의존해 수사를 진행할 수밖에 없었다. 그러나 희례의 진술은 어색하고 부자연스러웠다. 무언가를 감추려는 태도가 역력했다.

이를 어째야 하나. 최초 목격자이자 유력 용의자가 현호의 어머니라니. 퍽이나 껄끄러운 상황이었다. 이를 증명하듯 현호는 똥개마냥 종철의 곁에서 낑낑대고 있었다.

그때 응급 병동 출입문이 열리며 한상만이 나왔다. 희례를 비롯해 진주, 현호, 종철의 시선이 일시에 그에게로 쏠렸다. 모두의 얼굴이 죄책감으로 얼룩졌다. 그제야 지금 이 순간 생사를 오가며 사투를 벌이고 있는 사람이 있다는 사실이 떠올랐다. 한상만이 다가와 진주의 손을 잡았다.

"감사합니다. 제 와이프 발견하고 신고 전화를 해주셨다고 들었습니다. 덕분에 지금 수술에 들어갔습니다. 이제부터는 저 사람의 의지에 기대봐야죠."

희례와 진주는 눈물을 찔끔거리며 한상만의 두툼한 손등을 두드렸다. 범인을 잡는 것보다, 누군가를 의심하는 것보다 지금은 경주의 회복을 바라는 게 가장 우선한 일이었다.


여덟 시간의 대수술 끝에 경주는 중환자실로 옮겨졌다. 좋은 소식과 나쁜 소식이 연달아 날아들었다. 수술은 성공적이었지만 경주는 여전히 의식불명 상태였다.

서촌 경찰서 강력1팀은 본격적인 수사를 개시했다. 밤이지만 번화가 바로 뒷골목에서 벌어진 강력 범죄였다. 목격자가 없을 수 없다는 판단에 종철과 우영은 술집 인근을 샅샅이 돌며 탐문 수사를 벌였다. 그러나 누구 하나 수상한 이를 목격했다는 사람이 없었다. 사건 현장에는 경주의 핸드백이 고스란히 남아 있었다. 금품을 목적으로 한 우발적 사건은 아니라는 뜻이었다. 원한에 의한 범죄일까. 종철과 우영은 경주의 주변을 조사하기 시작했다.

　1970년, 부산 우안동 출생. 경주는 줄곧 부산에서 거주하다 서울에 있는 대학으로 진학했다. 이후 장난감 제조 회사에서 근무하다 한상만과 결혼했다. 두 아이와 함께 말레이시아로 이주한 건 5년 전이었다. 말레이시아로 떠나기 전까지 경주는 전업주부였다. 돈 문제, 치정 문제는커녕 두 아이 뒷바라지를 하느라 어울려 지내는 사람도 몇 없었다. 학업 정보를 교환하는 학부모들과 드문드문 교류할 뿐이었다.

　누가 그녀에게 원한을 품은 걸까. 종철과 우영의 고민은 깊어져만 갔다. 한편 두 형사와 같은 고민을 하는 사람이 솔마루 언덕에도 있었다.

　이른 아침, 사람들이 부산스럽게 하루의 시작을 준비하는 시각. 현주와 현호는 동네 한가운데에 위치한 놀이터에서 은우의 그네를 밀어주고 있었다. 현호의 얼굴은 부족한 잠으로 퉁퉁 부어올라 있었다. 하지만 어디 아이들이 잠이 부족한 어른의 형편을 생각하겠는가. 그러거나 말거나, 은우는 깃털처럼 가벼운 몸짓으로 그네를 타는 데 여념이 없었다.

　"더 세게! 삼촌, 더 세게 밀어달라고!"

"밀고 있잖아."

"그렇게 대충 말고! 더 열심히, 더 세게 밀어달라고! 삼촌은 왜 그렇게 힘이 없어? 우리 아빠는 힘센데."

이 자식이. 현호의 이마에 실금이 갔다. 지난밤 종철과 거하게 한잔한 현호는 세 시간도 자지 못한 상태였다. 현주는 이런 사정은 가뿐하게 무시하며 꼭두새벽부터 현호를 깨웠다. 아침 일찍 은우의 전화를 받은 탓이었다.

"은우가 삼촌도 보고 싶대." 현호를 움직이게 하는 마법 같은 한마디 말이었다. 그는 천근만근 늘어지는 무거운 몸을 이끌고 놀이터로 향했다. 은우는 현호를 보자마자 웃음부터 터뜨렸다.

"삼촌 눈 뭐야? 거북이 눈 같아."

그 명랑한 말이 현호의 가슴에 생채기를 냈다.

현주는 그네 밀어주는 일은 현호에게 맡긴 채 은우에게 연신 질문을 퍼부었다.

"아빠 어제 집에 안 들어왔어?"

"응. 일 많아서 못 들어온다고 할머니가 그랬어."

"아빠는 어디서 잤대? 할머니가 얘기 안 해줬어?"

"안 물어봤는데? 물어볼까?"

"아, 아냐. 됐어."

현주는 쯧쯧 혀를 차는 현호의 반응을 무시하며 어색하게 웃었다. 이상했다. 이상하게 불안감이 가시지 않았다. 어젯밤부터 민호와 연락이 닿지 않았다.

「민호 : 주말에 은우, 지우 데리고 바람이나 쐬러 갈까? 요즘 날씨도 좋잖아.」

「현주 : 어디? 하긴 요즘 날씨 진짜 좋더라.」

「민호 : 아, 미안. 답변 늦었지? 갑자기 팀장이 일 던져주는 바람에 졸지에 야근하게 생겼어. 어디 가면 좋을지 생각해보자.」

「현주 : 고생 많네. 요즘 계속 바빠 보여.」

「민호 : 미안, 답변 또 늦었다. 이제 퇴근하는 길. 배터리 간당간당해서 끊길 거 같아. 집에 가서 연락할게.」


이 메시지가 마지막이었다. 늦도록 민호에게서는 연락이 오지 않았다. 현주는 서운함을 안고 잠자리에 들었다. 그런데 아침 일찍 은우로부터 전화를 받고, 민호가 아예 들어오지 않았다는 얘길 듣자 불안해진 것이다.

많이 바쁜가. 회사에서 밤을 새운 건가. 아니면, 설마 여자라도 생긴 걸까. 1번 가능성을 믿고 싶었지만 여자로서의 본능이 자꾸만 2번을 의심케 했다. 그러자 이제껏 홀로 품어왔던, 다른 가능성을 기대했던 마음이 초라하고 비참해졌다.

세 번째 남편인 송지석과 이혼하고 적적했기 때문이 아니었다. 경제적으로 누군가에게 기대고 싶은 마음 때문도 아니었다. 지난 오해를 해소하고 나니 평생 진짜 사랑했던 사람은 민호뿐이었구나, 하는 사실을 깨달았기 때문이었다. 재결합을 바라지는 않았다. 그저 지금처럼 좋은 관계를 유지하고 싶었는데. 그게 혼자만의 생각임이 드러나자 서운해진 것이다.

"은우야, 요즘 아빠 어때 보여? 일 때문에 바빠 보여? 아니면 친구하고 자주 놀러 다니는 거 같아?"

그렇다고 마냥 우울한 추측만을 이어갈 순 없었다. 은우를 통해서나마 대답을 듣고 마음의 준비를 하고 싶었다. 하지만 은우의 생각은 달랐다. 엄마가 만나는 순간부터 아빠 얘기만 묻자 심통이 났다.

"엄마, 내가 요즘 피곤해."

은우는 현호에게 그만 밀라고 손짓해 보인 뒤 그네를 멈췄다. 생뚱 맞은 대답에 현주는 큰일인가 싶어 은우 앞에 무릎을 굽혀 시선을 맞췄다.

"왜? 무슨 일 있어?"

"귀찮아 죽겠어. 엄마랑 아빠, 할머니랑 할아버지 왜 다 나한테 묻는 거야? 궁금하면 직접 물어보면 되잖아. 엄마는 맨날 나한테 아빠 얘기하고. 아빠는 맨날 엄마 얘기하고. 할머니랑 할아버지는 아빠랑 엄마 얘기 물어보고. 다들 왜 그래?"

현주의 얼굴이 발갛게 익어가는데 '풋' 소리가 들렸다. 어느새 잠 기운을 떨친 현호가 킬킬대고 있었다.

"은우야, 삼촌이 왜 그런지 알려줄까?"

"왜 그런 건데?"

"이게 다 어른들이 솔직하지 못해서 그런 거야. 자기 마음은 알려주기 싫은데, 상대방 마음은 알고 싶고. 자기가 먼저 다가가긴 싫은데, 상대방이 먼저 다가왔으면 싶고. 그런 거지. 넌 아직 어려서 잘 모르겠지만 나중에 크고 연애를 하면 다 알게 되나니."

현호가 이치를 터득한 듯 근엄한 말투로 중얼거리자, 은우는 콧방귀를 뀌었다.

"뭔 소리야? 삼촌은 연애 한번 못 해봤으면서."

"너……. 이, 이 쥐방울만 한 게."

"나 여자친구 있거든? 같은 반 소혜. 우리 사귄 지 65일 됐어."

현호는 대차게 한 방 얻어맞은 듯 심장을 쥐어뜯었다. 그렇게 은우는 그토록 좋아하는 삼촌의 가슴에 커다란 좌절감을 안겼다.

시간이 지나자 놀이터에 아이들이 하나둘씩 나타났다. 유치원에 가기 전 잠시 들른 아이들이었다. 익숙한 얼굴을 발견한 은우는 그네에서 내려와 쪼르르 친구에게 달려갔다. 둘은 이내 손을 잡고 미끄럼틀을 탔다.

현주와 현호는 그 모습을 잠시 지켜보다 그네에 걸터앉았다. 민호의 외박 이야기를 전해 들은 현주는 낯빛이 좋지 않았다.

"매형 아마……."

"됐다."

현주가 현호의 말을 막았다.

"무슨 일이 있……."

"됐다고. 평생 연애 한번 못 해본 사람한테서 어쭙잖은 상담 받고 싶지 않거든?"

우씨, 아주 모자가 쌍으로. 울컥했지만 안타깝게도 반박할 말은 없었다.

"내 전남편 얘기 말고 딴 얘기나 해. 엄마 일은 어떻게 됐어?"

현주는 머릿속에서 민호에 대한 생각을 구석으로 몰아냈다. 민호 일 말고도 골머리를 충분히 썩이게 하는 일이 하나 더 있었다. 희례가 화제로 떠오르자 현호의 표정이 대번에 진지해졌다.

"종철 선배하고 우영이가 째빠지게 수사 중인데, 아직 용의자를 못 찾았나 봐. 조경주 씨 주변 조사하고 있고, 다른 가능성도 고려하고 있대. 조경주 씨가 깨어나야 뭐든 확실해질 텐데 아직 의식이 없나

봐."

주변 조사라. 결국 원한 관계를 조사한다는 말이었다.

"엄마가 누명을 벗기 위해서라도 빨리 깨어나야 할 텐데……."

현주가 혼잣말을 중얼거린 순간 휴대전화가 울렸다. 무심코 발신자를 확인한 현주는 심장이 쿵 내려앉았다. 민호였다. 그토록 기다리던 전화였지만 이상하리만큼 불길한 마음이 들었다.

현주는 통화 버튼을 눌렀다.

"여보세요."

휴대전화 너머로 다급한 말소리가 흘러나왔다.


한림 경찰서 앞에 택시 한 대가 급정거했다.

사람들은 이른 아침부터 경찰서를 찾은 실내복 차림의 여자를 흥미롭게 돌아봤다. 사기? 강도? 실종? 사람들의 시선을 뒤로한 채 현주는 경찰서로 급한 발걸음을 옮겼다. 면회 신청을 하고 유치인 면회실로 들어가는 동안 심장이 사납게 고동쳤다.

이윽고 투명한 아크릴 칸막이 너머로 민호가 모습을 드러냈다. 지난밤 한숨도 자지 못한 모양인지 눈이 퀭하고 얼굴이 초췌했다.

눈이 마주치자 현주는 심장 한쪽이 떨어져 나가는 것처럼 통증이 일었다.

"어떻게 된 거야."

현주가 묻자, 민호는 갈라진 입술을 달싹거리며 입을 열었다.

"은우랑 지우는 어쩌고."

"지금 애들이 문제야?"

현주는 바락 소리를 질렀다. 이럴 때마저 태연한 척하는 그가 야속했다.

"나 지금 쪽팔려 죽을 거 같아."

"그러게. 잘하는 짓이다."

속마음과 다르게 현주에게서 자꾸만 모난 말이 튀어나왔다.

"그래도 난 너하고 은우한테 부끄러울 만한 짓 한 적 없어."

"그럼 지금 왜 이러고 있는 건데, 어?"

"나도 모르겠다. 내가 왜 여기 있는 건지."

민호는 입술을 짓이기며 고개를 흔들었다.

언제나 크게만 보이던 사람. 바위처럼 단단해 보이던 사람. 그런 사람의 굽은 어깨와 넋 나간 얼굴을 보자 현주는 가슴이 찢어질 것만 같았다. 비록 악다구니를 쓰며 갈라선 사이라 할지라도 그는 언제까지나 강인한 사람으로 남아주길 바랐다.

"어떻게 된 일인지 말해."

현주는 무너지려는 마음을 다잡았다. 상심해 넋을 빼고 있을 여유가 없었다. 누구 하나라도 바짝 정신을 차려야 했다.

"변호사 오고 있어. 네가 신경 쓸 일……."

"당장 말하라고! 지금 오빠랑 실랑이하고 있을 시간 없어. 면회 시간 30분밖에 안 돼."

두 사람의 눈길이 팽팽하게 맞부딪쳤다. 현주는 물러설 생각이 없었다. 현주에게서 단호한 결단을 읽은 민호는 백기를 들고 입을 열었다. 그가 말한 어젯밤 사건의 내용은 대략 이러했다.

밤 11시경, 퇴근한 민호가 옷을 갈아입고 있는데 초인종 소리가 들렸다. 현관문을 열어보니, 옆집 청년이 문 앞에 서 있었다. 누구한테 흠씬 두들겨 맞았는지 곤죽이 된 몰골이었다. 민호가 무슨 일이냐고 묻자, 옆집 청년은 말없이 현관으로 들어왔다. 민호는 옆집 청년이 누군가에게 폭행을 당했다고 생각하고 경찰에 신고하려고 했다. 하지만 그 순간, 옆집 청년이 눈을 까뒤집고 비명을 질러대며 복도로 뛰쳐나갔다. 그는 민호가 자신을 죽이려 했다고 주장했다. 이웃 주민은 경찰에 신고를 했다. 민호는 긴급 체포되어 지구대에 대기하다 경찰서로 넘겨졌다. 당직 형사는 대뜸 민호를 폭행범 취급부터 했다. 첫마디가 '왜 그랬어요?'였다.

민호는 밤새 조사를 받았다. 청년은 '집 안으로 유인하더니 민호가 갑자기 폭력을 휘둘렀다'고 진술했다. 민호는 청년이 거짓말하는 거라 주장했지만 형사는 믿지 않았다. 청년의 말과 완전히 다르다며 몇 번이나 같은 얘기를 반복하게 했다.

대질신문 중에도 청년은 거짓말로 일관했다. 두려움에 몸을 떨며 거짓 눈물을 연기해냈다. 목격자의 진술도 민호에게 불리했다. 이웃 주민들은 입을 모아 청년이 민호의 집에서 뛰쳐나왔다고 주장했다.

상황이 명백했다. 청년의 얼굴에는 맞은 자국이, 목에는 액흔이 선명했다. 민호의 손에도 멍과 긁힌 자국이 나 있었다. 다른 부분은 청년의 거짓말이라고 주장할 수도 있다. 하지만 폭행 자국은? 설마 그것까지 그가 일부러 만들어냈다고 할 순 없을 것이다.

형사는 이 부분을 집중적으로 조사했다. 구체적으로 어떤 상황에서 어떤 폭력 행위가 일어났는지 묻고 또 물었다. 아침에 지하철에서 일어난 사건도 민호에게 불리하게 작용했다. 형사들은 그 사건을 쌍방 폭행으로 인식했다. 물적 증거는 없지만 목격자의 증언, 피해자 진술 등 모든 정황이 맞아떨어졌다.

현주는 머리에 새기듯 이야기를 경청했다. 중간중간 의문이 치솟았지만 일단 뒤로 미뤄두었다. 민호가 이야기를 마치자 현주는 그의 눈을 똑바로 쳐다보며 물었다.

"내 눈 쳐다봐. 진짜 안 그랬어?"

민호는 순간 울컥했지만 시선을 피하지 않으며 고개를 저었다.

"진짜 안 그랬어."

한때 살을 부대끼며 살았던 사람이다. 눈썹, 입가의 미세한 움직임만으로 몸이 아픈 건지, 기분이 나쁜 건지 구별해내곤 했다. 저 사람이 진실을 말하는 건지, 거짓을 말하는 건지 어떻게 모를 수가 있을까.

"안 믿어도……."

"믿어."

그는 진실을 말하고 있었다. 한동안 두 사람은 말없이 시선만 나눴다. 하고 싶은 말이 산더미 같았지만 쓸데없는 말을 주고받을 시간이 없었다. 현주는 시계를 보고 남은 시간을 가늠했다.

"지금부터 몇 가지 물을 테니까, 되도록 정확하게 대답해줘."

민호는 알겠다고 대답했다.

"그 집엔 왜 간 거야?"

해외 파견 근무를 마치고 한국으로 돌아온 민호는 방배동 본가에 머물고 있었다. 민호의 부모님이 은우를 돌봐주고 있었기 때문이었다. 어젯밤 퇴근한 민호가 향한 곳은 한림동에 위치한 빌라였다. 평소 행적과 달랐으니 경찰의 의심을 살 법했다.

"형균이 알지? 형균이 집이야. 우리 회사하고 가까워서 야근하고 바로 출근해야 할 때는 종종 거기서 자기도 하거든."

형균은 민호의 절친한 친구였다. 아버지 대신 빚을 갚느라 형편이 어렵다는 얘기를 종종 들은 적 있었다.

"빌라 복도에 CCTV는 없었어?"

"그 낡아빠진 빌라에 CCTV가 어디 있겠어? 출입구에 있는 것도 모형일 거야."

"그러면 그 피해자…… 라고 주장하는 오유민 씨는 만난 적 있어?"

"그날 처음 봤어. 내가 형균이 집에 간다고 해도 1~2주에 한 번 정도야. 그것도 야근하고 바로 출근해야 할 때만 갔는데 이웃들 마주칠 겨를이 어디 있었겠어? 옆집에 그런 사람이 사는 줄도 몰랐어."

"정말 그날 처음 본 거야?"

"맹세코. 난 그 남자 이름이 오유민이라는 것도 몰랐어."

"그 사람은 대체 오빠한테 왜 그런 거야?"

현주가 가장 근본적인 질문을 던졌다. 왜 오유민은 민호가 자신을 폭행하고 죽이려 한다 주장한 걸까. 이 문제를 해결하지 않고서는 민호의 누명을 벗길 방도가 없어 보였다.

"모르겠어, 진짜 모르겠어. 나도 그것 때문에 미칠 지경이야. 그 사람 팔은 잡은 적 있어. 그런데 맹세코 그 사람이 발작하기에 진정시키려고 잡은 거야."

현주는 발작이라는 단어가 귀에 거슬렸다. 의외로 당사자의 첫 느낌, 첫마디에 단서가 숨어 있는 경우가 많았다.

"당시 상황 좀 자세하게 설명해봐."

민호는 오유민의 상태를 자세히 설명했다. 곤죽이 된 얼굴, 부어오른 눈두덩과 광대, 찢어지고 피 맺힌 입술, 까뒤집힌 눈, 핏발 선 눈동자, 목에서 가르륵거리던 소리, 제 목을 졸라대던 손, 땡땡하게 부어오른 얼굴, 캑캑거리며 토해내던 밭은기침. 무슨 이상한 약이라도 먹은 걸까. 아니면 귀신이라도 들린 걸까. 도무지 정상적이라고 봐주기 힘든 상태였다.

현주는 당시 상황에 대해 계속 질문을 던졌고, 민호는 생각을 쥐어짜 내며 대답했다. 몇 가지 질문이 오가지도 않았는데 어느덧 면회 시간이 종료됐다. 헤어질 시간이 다가온 것이다.

"또 올게."

현주는 도무지 발걸음이 떨어지지 않았다.

"오지 마."

"맘에 없는 소리 한다."

"빈말하는 거 아니야, 진짜 오지 마."

"난 오빠 믿는데, 오빠도 나 믿지? 내가 꺼내줄게. 어떻게든 꺼내줄 테니까……. 이번에는 나 좀 믿어주라."

"현주야……."

민호는 작게 한숨을 내쉬다 고개를 끄덕였다. 현주가 무슨 일을 하려는지 짐작이 갔다. 말리고 싶었지만 말린다고 들을 인사도 아니었다. 이러려고 전화한 건 아닌데. 반면 단단하게 결심이 선 현주를 보자 안심이 되는 것도 사실이었다. 민호는 투명한 아크릴 벽에 붙어선 현주에게서 간신히 시선을 끊어냈다.

현주는 닫힌 문 너머로 사라진 민호의 뒷모습을 떠올리며 오래도록 발길을 돌리지 못했다.


두 다리가 의지와 상관없이 길거리를 배회했다. 팔다리가 줄에 매달린 것처럼 덜렁거렸다.

경찰서를 한참 벗어나고 나서야 마음이 무너져 내렸다. 현주는 홀러내리는 눈물을 손등으로 거칠게 훔쳤다. 원망하고 억울하다 외쳐봤자 달라지는 건 아무것도 없었다. 이럴 때일수록 정신을 차려야 했다. 마음을 다잡아야 했다.

현주는 버스를 타고 한림동에 도착했다. 좁은 언덕길을 올랐다. 민호의 말대로 언덕길 막다른 곳에 당장 무너져도 이상하지 않을 만큼 낡은 빌라 한 채가 자리하고 있었다. 본디 하늘색이었을 외벽은 먼지와 얼룩으로 잿빛에 가까웠다. 군데군데 금 가고 도색이 벗겨진 외관은 음산하기 이를 데 없었다.

현주는 빌라 출입구 유리문을 잡아당겼다. 저항감 없이 삐걱 문이 열렸다. 출입구를 비추는 CCTV가 있었다. 한눈에도 모형이라는 걸 알아볼 수 있었다. 빌라 안으로 들어가려는데, 언덕길 아래 주차된 차 한 대가 보였다. 이 동네에서 보기 드물게 깨끗한 차였다. 비싼 차도 아니건만 먼지 하나 없이 반들반들한 외관 때문에 절로 시선이 갔다. 다른 차들은 다세대주택과 빌라 곳곳마다 욱여넣듯 주차되어 있었다.

현주는 차에서 시선을 떼고 빌라 안으로 들어갔다. 1층에서 5층까지 계단을 오르면서 내부를 둘러보았다. 민호가 언급했던 것만큼 지저분하진 않았다. 5층에 다다르자 오른쪽으로 501호, 502호, 왼쪽으로 503호, 504호, 505호 문짝이 일렬로 줄지어 있었다.

복도 너비는 1.5미터가량이고 시멘트 바닥이었다. 복도 맞은편으로 커다란 여닫이 창문이 있었다. 부옇게 얼룩진 창문을 열자 지저분한 건물 뒤편이 보였다. 별다를 게 없어 창문을 닫으려는 순간, 창틀 먼지에 손가락 모양으로 찍힌 자국이 눈에 띄었다. 일부러 낸 자국 같진 않았다.

무슨 자국이지? 창틀에는 먼지가 수북했다. 누군가 어떤 연유로 이곳을 만졌기 때문에 손가락이 닿은 부분만 먼지가 닦인 것이다. 그냥 지나칠 일은 아닌 것 같아 현주는 휴대전화로 사진을 찍었다.

드디어 503호, 형균의 집.

현관문은 가장자리 페인트가 벗겨진 회색이었다. 뚜껑을 덮는 번호 키가 달려 있고 그 위에 열쇠 잠금장치도 있었다. 잠금장치는 최근에 단 건지 깨끗했다. 현주는 비밀번호만 눌러 잠금을 해제했다.

집으로 들어가기 전 현주는 현관을 둘러봤다. 남자 두 사람이 선다면 꽉 찰 만큼 좁은 공간이었다. 벽이 튀어나온 구조 때문에 현관에 선 채로는 집 안을 볼 수 없었다. 현주는 신발을 벗고 바닥에 발을 디뎠다. 집은 횅했다. 구석에 쌓인 박스를 제외하고는 가구고 물건이랄게 없었다. 바닥에는 이불조차 깔려 있지 않았다. 이곳에 도착하기 전 형균과 전화로 나눈 대화가 떠올랐다. "*보여드리기가 민망한데. 바빠서 아직 짐도 못 풀었거든요. 가구고 뭐고 훔쳐 갈 거라곤 하나도 없어요.*"

형균의 말대로였다. 최소한의 생필품과 옷가지, 이불만이 아무렇게나 놓여 있었다. 현주는 살풍경한 방 한가운데 서서 생각에 잠겨들었다. 아무것도 없는 집이다. 이곳에서 왜 그런 일이 일어난 걸까. 대체 그는 왜 그랬을까. 의문이 점점 커졌지만 현주는 방문을 마무리했다. 이 집에 더 머문다고 답이 나올 리 없었다. 더군다나 이 빌라에 온 목적은 비단 사건 현장을 살펴보기 위해서만은 아니었다.

현주는 머리를 묶고 안경을 쓴 다음 501호 앞에 섰다. 초인종을 누르자 트레이닝복 차림에 머리가 덥수룩한 남자가 현관문을 열었다.

"누구세요?"

현주는 남자를 향해 반지갑을 빠르게 들어 올렸다 내렸다.

"자꾸 귀찮게 해드려 죄송합니다. 몇 가지 더 여쭤볼 게 있어서요."

남자는 노골적으로 귀찮아했다.

"그때 다 말씀드렸잖아요. 왜 물은 걸 묻고 또 묻고 하시는 겁니까? 거참, 여러모로 사람 귀찮게 하시네."

고맙게도 남자는 알아서 경찰이라 지레짐작해주었다. 경찰이라고 한 적은 없으니 굳이 따지자면 경찰 사칭은 아닌 셈이었다.

"죄송합니다. 다시 확인할 게 있어서요. 성함이……."

현주의 말에 501호 정진석은 당시 목격한 상황을 진술하기 시작했다. 투덜대는 태도와 달리 상세하고 장황한 설명이었다. 그의 설명은 대부분 민호의 것과 일치했다.

"그리고 순찰차에 타는 것까지 보고 난 뒤 집으로 돌아왔죠."

현주는 고개를 끄덕인 뒤 다음 질문을 던졌다.

"방음이 거의 안 된다고 하셨으니 옆집인 502호 오유민 씨 사정을 잘 아셨겠네요. 최근에 오유민 씨 생활에 달라진 점이 있나요? 출퇴근 패턴이 달라졌다든가, 새로운 사람이 찾아왔다든가 하는 아주 사소한 거라도 괜찮습니다."

정진석과 오유민은 동네 편의점을 거점으로 교류를 나눈 사이였다. 우연히 마주쳐 몇 번 함께 술을 마신 적도 있었다. 덕택에 정진석은 오유민에 대해 제법 세세한 부분까지 알고 있었다.

오유민의 나이는 스물세 살. 논현동 친한 형 옷 가게에서 일을 돕다 얼마 전 그만두었다고 한다. 반반한 얼굴에 뺀질뺀질한 성격, 세상만사 불만 많은 청년이라는 설명도 덧붙여졌다.

"그런데 말이죠, 최근에 걔 씀씀이가 커진 것 같았어요."

정진석이 사족처럼 덧붙인 말에 현주가 고개를 들어 반응했다.

"왜 그렇게 생각하시죠?"

"요 한 달 사이 쇼핑백을 한가득 들고 택시에서 내리는 걸 몇 번 봤거든요. 그리고 나한테도 쌀쌀맞아졌고요."

"자세히 말씀해주시죠."

"복도에서 담배를 피우고 있는데 걔가 나와서 담배 연기 들어오니 조심해달라고 소리치더라고요. 이제껏 한 번도 그런 적 없었는데. 그때 여자친구와 통화 중인 것 같았는데 휴대전화에 대고 이 거지 같은 데도 안녕이라고 했으니 다른 곳으로 이사할 예정이었던 것 같아요. 그러니 어디에서 돈이 생긴 게 분명하죠."

쌀쌀맞아진 상황에 대해 얘기해달라는 뜻은 아니었지만 현주는 딱히 정정하지 않았다. 돈이 생겼다라. 중요한 포인트였다. 옷 가게는 그만두었다고 했으니 돈 많은 여자라도 만난 걸까? 아니다. 정진석은 오유민이 여자친구와 통화하는 중이었다고 했다. 범죄의 동기는 대부분 돈, 원한 그리고 치정이다. 오유민의 씀씀이가 헤퍼진 이유를 알아봐야 했다.

고맙다는 인사를 하고 돌아서려는데 정진석이 혼잣말을 중얼거렸다.

"하여간 진짜 이상해, 저 503호. 굿이라도 해야 하는지, 원."

"왜요?"

듣는 사람도 없건만 정진석은 목소리를 낮췄다.

"실은 말이죠. 10년 전에 503호에서 살인 사건이 났었대요. 스무살 여자 대학생이 토막 난 채로 발견됐는데 아직도 범인을 못 찾았대요. 그 학생의 원혼이라도 머무는지 이후로 503호에 살던 사람들은 죄다 뒤끝이 좋지 못했어요."

정진석은 떠도는 소문들을 모조리 주워섬겼다.

학생의 토막 난 시체가 발견됐지만 사건은 결국 미제로 남게 되었다. 살인 현장이 되어버린 503호. 소문이 파다하게 퍼진지라 좀처럼 들어오려는 사람이 없었다. 결국 집주인은 시세보다 훨씬 싼값에 집을 내놓았고 한 일용직 근로자가 503호에 입주하게 되었다. 그런데 일주일 후 일용직 근로자가 수면 중 심장마비로 사망한 것이다.

불행은 여기서 끝이 아니었다. 다음 입주자의 부모님이 별안간 교통사고로 비명횡사하는가 하면 그다음 입주자는 계단을 굴러 다리가 부러지고 폐렴에 걸리는 등 503호 입주민의 비극이 연이었다. 사람들은 503호의 저주에 대해, 503호를 떠도는 원혼에 대해 이야기했다. 형균이 이사 오기 전까지 503호는 한동안 비어 있었다.

"이번에는 넘어가나 했는데……. 역시 저주는 피할 수가 없네요."

정진석이 안타깝다는 듯 혀를 찼다.

이야기를 듣는 내내 현주는 불협화음을 듣는 듯 위화감을 느꼈다. 그러나 그 위화감이 정확히 무엇에 기인한 건지 파악하기 어려웠다. 사족 같은 이야기였지만 주의 깊게 경청했다. 혹시라도 단서가 될 만한 내용이 있을지도 몰랐다. 현주는 정진석에게 고맙다는 말을 한 뒤 돌아섰다.

다음 목표는 504호였다. 초인종을 누르자 단발머리에 눈이 퀭한 여자가 나왔다. 504호 여자의 이름은 차민주. 인근 대학에 재학 중인 학생이었다.

"밤 11시쯤이었어요. '으악' 하는 남자 비명소리가 나더니 발소리가 들리더라고요. 큰일인가 싶어 현관문을 열어봤어요. 얼마나 무서웠는지······. 그런데 엄청 얻어맞은 거 같은 502호 남자가 503호에서 뛰어나오더라고요."

차민주의 진술을 듣던 현주는 고개를 갸웃거렸다.

"발소리라니요?"

"신발 신고 뛰어가는 소리요."

"확실해요?"

"그럼요."

현주의 심장이 요동을 쳤다. 이거야말로 민호가 거짓말하는 게 아니라는 결정적인 증거였다. 오유민은 경찰에 '집 안으로 유인하더니 민호가 갑자기 폭력을 휘둘렀다'고 진술했다. 하지만 차민주는 비명 소리에 뒤이어 신발 소리를 들었다고 주장했다.

두 사람의 진술이 일치하지 않았다. 죽도록 얻어맞고 목을 졸린 그 다급한 와중에 신발을 챙겨 신고 나왔을 리가 없었다. 한 치 앞을 볼 수 없는 어둠 속에 한 줄기 빛이 스며드는 느낌이었다. 신발 하나만으로 단정할 순 없지만 무게 추가 기울기 시작했다. 이 진술만으로 충분했지만 현주는 기세를 몰아 한 가지 질문을 더 던졌다.

"혹시 503호의 저주에 대해 들어본 적 있나요?"

차민주는 인상을 찌푸리며 몸을 움츠렸다.

"알죠, 당연히. 요즘 시대에 그런 게 어딨느냐고 우습게 생각하는 거 알아요. 그런데 막상 소문의 진원지가 바로 옆집이라고 생각해보세요. 그런 소문들 마냥 무시하기도 쉽지 않아요."

그녀는 두려운 듯 팔을 쓸어내리며 말을 덧붙였다.

"전부터 거기 좀 이상했어요. 밤중에 막 이상한 소리도 나고. 처음에 사람들이 거기 귀신 산다고 했을 때는 안 믿었는데······."

"누가 몰래 살았던 거 아닌가요? 503호는 오래 비어 있었다면서요?"

"그럴 리가요. 비밀번호를 어떻게 알고. 하여간 전 502호, 503호 남자 모두 귀신에 홀린 걸지도 모른다는 생각이 들었어요. 안 그러면 어떻게 생판 알지도 못하는 사람을 죽도록 패고 목을 조르겠어요?"

이 말을 끝으로 차민주는 문을 닫았다.


거실에는 요상한 긴장감이 흘렀다. 누구 한 사람 쉽사리 말을 뱉지 못했다.

"저주?"

침묵을 깬 건 현호였다. 저주, 미신, 외계인, 초능력 등 초자연현상을 부정하는 그답게 되묻는 말투가 삐뚜름했다.

"오호, 귀신?"

반면 세상의 모든 미스터리에 흥미를 느끼는 진주는 두 눈에 이채가 가득했다. 하지만 민호의 일을 한낱 흥밋거리로 취급한 게 미안했는지 곧장 현주의 눈치를 봤다.

"왜 둘 다 거기에 집중하는 거야? 중요한 건 그게 아니라니까. 대체 오유민이 왜 그런 거짓말을 했는지 이유를 밝혀내야지."

"난 저주나 귀신보다 발작이라는 말에 더 신경이 쓰이는데……. 혹시 오유민이 병에 걸린 게 아닐까? 마음의 병 같은 거."

현주가 원래 문제를 환기시켰지만 희례는 재차 어긋난 방향으로 화제를 돌렸다. 인내심이 한계에 다다른 현주는 자리에서 일어나 외쳤다.

"아냐, 아니라고! 귀신이고 저주고 발작이고 그런 건 지금부터 머리에서 싹 지워! 어휴, 얘기를 꺼낸 내가 잘못이지. 하여튼 지금부터는 여기에만 집중해. 오유민이 왜 그랬을까."

진주, 현호, 희례는 머쓱해하며 괜스레 목만 큼큼 가다듬었다. 오유민이 왜 그랬을까. 세 사람은 생각을 쥐어짜내기 위해 애썼다. 그 누구도 아닌 민호의 일이었다. 민호가 이대로 누명을 뒤집어쓰게 놔둘 순 없었다. 한참 만에 현호가 먼저 의견을 내놓았다.

"돈 때문이 아닐까. 501호 남자 이름이 뭐였더라? 아, 정진석. 그 사람이 그랬잖아. 오유민이 최근 씀씀이가 커진 것 같다고. 그래서 말인데, 매형한테 폭행, 살인미수 혐의를 덮어씌워놓고 돈을 뜯어내려고 작정한 거 아냐? 합의금 뜯어내려고 말이야."

돈, 모든 문제에는 돈이 얽혀 있기 마련이다. 뻔한 대답이지만 높은 확률을 지닌 대답이기도 했다. 하지만 진주가 현호의 주장에 반론을 제기했다.

"오유민이 제부한테 돈이 있는 줄 어떻게 알고? 두 사람은 그날 처음 본 사이라며. 그런 허름한 빌라 옆집에 사는 사람인데, 어떻게 돈 많은 줄 알고 일을 저질렀겠어? 돈이 목적이라면 다른 더 좋은 타깃을 택했겠지."

"매형을 이미 알고 있었던 걸지도 모르잖아. 돈이 많은 줄 알았던 거지!"

"그날 제부가 형균 씨 집에 간 건 백 프로 우연이었어. 오유민이 어떻게 알고 미리 그런 작업을 했겠어?"

현주도 진주의 말에 동의했다. 더불어 오유민이 민호를 형균으로 착각했거나 형균 대신 민호가 이사 온 거라 여겼을지도 모른다는 생각이 들었다. 오유민이 바보가 아닌 이상 돈이 목적이었다면 합의금 혹은 협박의 대가를 지불할 능력이 있는 사람을 대상으로 삼았을 것이다.

현주가 홀로 생각에 빠져 있는 동안에도 현호는 계속 자신의 주장을 이어갔다.

"어쩌면…… 돈이 있고 없고의 문제는 중요하지 않았을 수도 있어. 그보다 오유민한테는 쉽게 접근할 수 있고 성공 가능성이 높은, 그러니까 손쉬운 타깃을 선택하는 게 더 중요하지 않았을까? CCTV가 없는 빌라, 옆집 남자라는 조건은 이런 사기를 치기에 더없이 적절해 보이잖아."

"그래도 리스크가 너무 커. 무고죄로 처벌받을 수도 있고, 폭행 흔적도 남겨야 했으니까. 돈을 받을 수 있을지, 없을지 확실치도 않은데 이런 위험천만한 일을 벌였겠어?"

"아니면 오유민이 매형을 부자라고 짐작할 만한 일이라도 있었나?"

현호가 말끝을 흐렸지만 그 누구도 동의하지 않았다. 계속해서 진주와 현주는 돈이 목적일지도 모른다는 가설에 대해 반대되는 주장을 이어갔다. 시간이 지날수록 현호의 주장은 점점 힘을 잃어갔다.

"돈이 목적이었다면 오유민 쪽에서 지금까지 아무 연락이 없다는 것도 이해가 안 돼. 보통은 협상의 여지를 주기 위해서라도 먼저 접촉을 해오잖아."

진주는 마지막 말로 돈이 목적이 아니라는 결론에 쐐기를 박았다. 추가로 반박할 거리가 없는지 현호는 끙 소리를 내며 입을 다물었다.

"그럼 오유민은 왜 그랬을까? 저주나 귀신, 정신적 문제가 아니라면."

"당최 알 수가 없네. 정말 왜 그랬을까?"

"그러게 말이야. 왜 그런 거지?"

진주, 현호, 희례는 같은 질문을 혼잣말처럼 중얼거렸다. 좁은 거실에 답답한 공기가 맴돌았다. 모두 한순간 입을 다물자 침묵 속으로 텔레비전 뉴스 소리가 또렷하게 울려 퍼졌다.

한 국회의원의 차남이 긴급 체포되었다는 소식이었다. 세 사람의 시선이 일제히 텔레비전으로 향한 가운데 희례가 혀를 찼다.

"아이고, 못난 놈. 제 아비 얼굴에 먹칠을 하는구먼. 저거 평소에 원한을 가진 친구가 경찰한테 찌른 거라네."

그때 무슨 생각이 떠올랐는지 진주가 손뼉을 쳐 주의를 환기시켰다.

"혹시 형균 씨가 오유민한테 원한 살 만한 일을 한 건 아닐까? 옆집 살았으니 쓰레기 처리나 소음 같은 거 때문에 갈등이 생겼을 수도 있잖아. 원래 오유민은 형균 씨한테 복수하려 한 건데, 어쩌다가 일이 꼬여버린 거지."

"그래서 엉뚱하게 민호 오빠가 당한 거고?"

진주의 말이 일리 있다 생각했는지 현주가 옆에서 거들었다. 주차, 쓰레기, 층간 소음. 이웃 간 갈등은 종종 살인을 불러일으키기도 할 만큼 심각한 문제다. 순간적으로 욱하는 마음 때문에 이웃을 칼로 찔러 죽였다는 기사 역시 종종 나오지 않는가. 하지만 현호가 이 의견에 반론을 제시했다.

"글쎄, 그건 아니었을 거 같은데. 계단 통로를 사이에 두고 501호와 502호가 오른쪽에, 503호부터 505호까지 왼쪽에 있다며. 오유민 집인 502호하고 형균 씨 집인 503호는 호수가 붙어 있지만 실제로는 계단 통로만큼 떨어져 있잖아. 문제가 있었다면 501호 정진석하고 있었겠지."

현호는 좌중을 둘러보며 나머지 말을 이었다.

"게다가 우리가 자꾸 잊어버리는 사실이 있어. 오유민의 얼굴과 몸에 실제로 맞은 흔적이 있다는 점이야. 과연 오유민이 일부러 얼굴에 상처를 낼 만큼 형균 씨에게 뼈에 사무친 원한이 있을까? 형균 씨는 기억조차 못 하는데. 지금 오유민은 뭐랄까……, 이상하게 절박해 보여."

맞는 말이었다. 오유민은 단순히 거짓말을 하는 게 아니었다. 스스로 폭행당한 흔적을 남길 만큼 절실한 이유가 있는 것이다. 모두가 말없이 생각에 빠진 사이, 희례가 돌연 주먹으로 탁자를 내리쳤다.

"아무래도 안 되겠어. 내가 오유민을 직접 만나봐야겠어."

"오유민이 쉽게 입을 열겠어?"

진주가 말했다.

"너희라면 경계하겠지. 지금 독이든 뭐든 바짝 올라 있을 테니. 하지만 설마 나 같은 아줌마한테도 그러겠어?"

"그렇기야 한데……. 엄마, 진짜 할 수 있겠어? 혼자?"

현호가 못 미더워했다.

"장미 씨랑 같이 가면 되지, 뭐. 얘들이 왜 이래? 나 오희례야. 지우 유괴됐을 때도 범행 수법 내가 알아냈잖아. 너희는 가만히 있어. 내가 다 알아서 할 테니까. 그런데 지금 오유민은 어디에 있다고?"

불신이 가득한 눈빛으로 세 남매가 엄마를 바라봤다.

\* \* \*

'이거 참, 큰일이네. 왜 이렇게 예쁜 거야?'

장미는 손거울을 꺼내 얼굴을 요리조리 비춰보았다. 건강하게 혈색이 도는 뺨도, 맑고 선명한 눈동자도, 불그스름한 입술도 도무지 환자 같지 않았다. 눈부시게 아름다웠다.

이럴 땐 타고난 미모가 큰 방해 요소였다. 그러나 앞으로 해야 할 일을 위해서는 이 눈부신 미모도 잠시 가려줄 필요가 있는 법. 장미는 환자복 주머니에서 파우더를 꺼내 입술을 팡팡 두드렸다. 충혈된 눈을 연출하기 위해 손등으로 눈가도 마구 비볐다. 그녀가 젊은 시절 조기 퇴근을 위해 종종 사용하던 방법이었다.

앞머리까지 헝클고 손거울을 확인하니 어느새 초췌한 중년의 여자가 눈을 마주하고 있었다. 장미는 손거울을 집어넣고 반대편 주머니 안 휴대전화가 녹음 상태인지 확인했다. 완벽했다.

그때 병원 복도 저편에서 환자복을 입은 희례의 모습이 보였다. 희례는 엘리베이터 앞에 서서 층별 안내도를 쳐다보고 있었다. 장미는 희례에게 다가갔다. 희례의 시선이 중환자실이라는 글자에 머물렀다.

"어떻게, 한번 들렀다 가?"

장미가 희례의 어깨에 손을 얹으며 물었다. 덤덤한 체하던 게 무색하게도 장미는 병원에 들어선 순간부터 희례의 초조함을 알아차렸다.

"진짜 괜찮겠어?"

희례는 고개를 끄덕이곤 뒤돌아 병원 복도를 걸어갔다. 장미는 희례의 뒷모습을 쳐다보며 그 초조함의 원인을 생각했다. 깨어났으면 하는 바람일지, 깨어나지 않았으면 하는 바람일지. 아니다, 이런 생각은 금물이다. 어디 희례가 그럴 사람인가. 그녀의 결백을 의심할 순 없었다.

장미는 앞서 걷는 희례에게로 쪼르르 달려갔다. 조금 불편해진 분위기를 환기하고 싶었다. 무엇보다 자신들은 지대한 사명을 갖고 병원에 잠입했다. 과감하게 분홍색을 포기하고 변장까지 한 마당에 더 집중하고 몰두해야 했다.

희례는 생경한 눈빛으로 머리끝부터 발끝까지 장미를 훑어봤다.

"그대, 그런 식으로 쳐다보지 말라고. 나도 이상한 거 아니까."

"이상하진 않아요. 그냥 분홍색이 없는 장미 씨는 좀 어색하네요. 앙꼬 빠진 찐빵 같다고 해야 하나, 깔창 뺀 키 높이 신발 같다고 해야 하나."

"나도 알아. 머리 뽕 안 띄우고 미스코리아 나간 기분이야."

"요즘 머리 뽕 안 띄우는데."

"희례 씨도 머리 뽕 없이 외출한다 생각해봐. 얼마나 끔찍한지."

희례는 헬멧처럼 솟은 제 머리 뽕을 매만졌다. 평소보다 절반도 안 되는 높이라 안 그래도 자존심이 반쯤 낮아진 참이었다.

"끔찍하군요."

"걱정 마. 그래도 아주 없는 건 아니니까."

장미는 슬쩍 슬리퍼를 신은 발을 들어 보였다. 과연 흰색 바탕에 수놓인 핑크 하트가 존재감을 뽐내고 있었다.

두 사람은 서로에게 웃어 보인 후 605호실로 비척비척 느린 발걸음을 옮겼다. 병실로 들어가기 전 희례는 환자 명단을 확인했다. 여섯 개의 이름 중 장*웅이라는 이름이 연식이 좀 되어 보였다.

"어머머, 장 씨는 어디 갔대? 놀러 오라더니."

희례가 오유민의 옆 침대에 앉으며 말했다.

"어? 여기……."

장*웅으로 추정되는 남자가 손을 들려 하자 장미가 잽싸게 그를 막아섰다. 장미가 커튼까지 착착 치자 장*웅은 '읍읍' 소리를 내며 커튼 속으로 사라졌다.

"심심해 죽겠네."

오유민은 휴대전화만 쳐다볼 뿐 대꾸가 없었다.

"여기 아저씨들은 죄다 퇴원을 했나, 아니면 놀러 나갔나. 다들 자리에 없네."

희례가 한층 더 목소리를 키웠다. 커튼 속 인물들을 제외하고 병실에는 희례와 오유민 둘뿐이었다. 하지만 이번에도 오유민은 들은 체만 체했다.

"아이고, 그런데 총각은 어쩌다 얼굴을 그리 다쳤어? 상처만 없으면 아주 잘생긴 얼굴인데. 피부도 좋고 얼굴도 자그마하고. 그 뭣이야, 아이돌인 줄 알았네, 호호."

외모에 대한 언급 때문인지 오유민이 흘낏 희례를 곁눈질했다.

"오매, 아까운 거. 고운 백자에 실금 간 거 같네. 흉이라도 지면 어떻게 해."

"걱정 마세요. 흉 같은 거 안 질 테니."

드디어 오유민이 반응했다. 희례는 기회를 놓치지 않고 얼른 말꼬리를 붙들었다.

"어쩌다 다친 거야? 누구랑…… 싸운 건가?"

"아니거든요?"

휴대전화에서 시선을 뗀 오유민이 신경질적으로 쏘아붙였다.

"아유, 젊은 총각이 거참 사납기도 하지. 병원 동지 간에 좀 친하게 지내보려는 건데."

희례는 돌아앉는 척하며 유심히 오유민을 살폈다. 중요한 연락 중인지 휴대전화가 끊임없이 울렸다. 오유민은 잠시도 휴대전화를 내려놓지 못했다. 진동이 울린 순간 화들짝 놀라며 초조해하기도 했다.

날카로운 눈매, 얇은 입술, 뾰족한 턱. 확실히 잘생긴 얼굴이긴 하나 신경질적이고 사나워 보였다. 태도 역시 그러했다. 아무 정보 없이 그를 병실에서 처음 봤다면 범죄의 피해자라 짐작하지 못했을 것이다. 그만큼 인상이나 행동 어디에서도 공포나 두려움의 흔적은 찾아볼 수 없었다.

지나치게 편견을 품고 그를 대하는 것일까. 희례가 한번 더 말을 걸어보려 할 때 중년 여자가 병실로 들어왔다. 오래도록 험한 일을 해온 사람처럼 다부진 체격에 인상이 억세 보이는 여인이었다. 여인은 성큼성큼 다가와 오유민의 침대 앞에 섰다.

"손모가지 부러뜨리기 전에 내려놔. 어디서 처맞고 입원한 새끼가 그렇게 휴대전화질이야?"

음산한 목소리, 투박한 말투에서 강한 카리스마가 느껴졌다. 오유민은 기세에 밀려 슬그머니 손을 내렸다. 그러면서도 휴대전화가 구명줄이라도 되는 것마냥 손에서 떼지 않았다.

"왜 왔어? 괜찮다고 했잖아."

오유민이 툴툴거렸다. 예의상 하는 말이 아니라 진심 어린 짜증이 담겨 있었다.

"지랄하고 자빠졌네."

서로를 대하는 태도를 보아하니 여러 의미에서 서로가 끔찍한 모

526

자간 같았다.

"진짜 괜찮다니까. 이렇게 꼼짝없이 병실에 갇혀 있으려니 답답해 죽겠단 말이야. 나 집에 갈래, 어? 집에 가고 싶다고!"

"시끄러워! 입 안 다물어? 그 패거리 다 잡혀 들어간 것도 아니라면서. 차민호인가 뭐시기인가도 살인마 같은 놈이라며! 그런 놈한테 처맞고 가긴 어딜 가?"

패거리? 희례는 귀를 쫑긋 세웠다. 장미 역시 같은 반응인지 커튼이 흔들렸다.

"그럼 언제까지 여기 있으라고?"

"병원에서 얘기한 대로 2주간 입원해 있어."

"아, 진짜! 엄마 나 쫌……."

오유민은 희례를 의식했는지 말을 주저했다. 희례는 괜스레 환자복 위로 다리를 주무르며 텔레비전에 집중한 척했다.

"저, 저런 쳐 죽일 놈의 새끼! 감히 마누라도 없는 집에 여자를 끌어들여?"

"껍데기를 벗겨 끓는 물에 던져 넣어도 모자랄 새끼! 저놈이 그놈 아니야? 자기 딸이 회장 아들하고 결혼한다니까 내가 너 키운 아빠다 하면서 돈 내놓으라고 한 놈!"

어느새 장*웅과 함께 커튼을 빠져나온 장미가 합류했다.

"맞아, 맞아. 그래서 주인공이 돈다발 싸대기를 날렸잖아!"

오유민은 두 사람을 병실을 순회하며 노닥거리는 환자라 생각했는지 시선을 거뒀다.

"잔말 말고 엄마 말 들어."

"짜증 나 미치겠네. 잠깐 집에 다녀오는 것도 안 돼?"

"엄마가 갔다 올게. 뭐 필요한데, 어?"

오유민은 화를 참지 못하고 발을 구르더니 홱 돌아누웠다. 그의 엄마는 오유민의 그런 태도에 눈 하나 깜빡하지 않았다.

왜 저렇게 화를 내는 걸까. 과하다는 생각이 들었다. 대화 내용으로 짐작건대 둘은 몇 번이나 이런 실랑이를 한 모양이었다. 병원에 꼼짝 말고 입원해 있으라는 엄마 말에 왜 저리 사춘기 사내아이처럼 반기를 드는 건지 모를 일이었다.

그의 엄마가 병실을 나가자 오유민은 다시 휴대전화를 만지기 시작했다. 장미는 희례와 눈짓을 주고받은 후 오유민에게 슬그머니 말을 걸었다.

"어머니신가 보네? 총각이랑 전혀 안 닮았던데 친탁한 건가?"

오유민은 눈썹을 씰룩이며 장미를 노려보았다. 참견하지 말라는 서늘한 경고가 깃든 눈빛이었다. 물론 시선 하나에 굴할 한떨기장미가 아니었다.

"아까 어머니 말로는 패거리가 남았다던데……."

"신경 쓸 거 없잖아요."

"근데 차민호란 사람이 누구야? 총각이랑 이렇게 싸운 친군가?"

"진짜 이 아줌마들 웃긴 아줌마들이네. 왜 잘 알지도 못하는 사람이랑 엮어요? 참견 그만하라고요. 찾는 분 없으면 가시든가, 텔레비전이나 보시든가."

"아이고, 여차하면 한 대 치겠네……."

오유민의 사나운 기세에 장미는 말을 끝맺지도 못하고 입을 다물었다.

그 후로도 희례와 장미는 몇 차례 대화를 시도했다. 오유민은 단단한 벽을 세우고 틈 한번 주지 않았다. 그에게서 이상의 것을 캐내긴 어려울 것 같았다. 다만 한 가지 수확은 있었다. 오유민은 민호를 잘 알지도 못하는 사람이라 표현했다. 뿐만 아니라 민호의 이름이 나왔을 때, 그 어떤 감정적인 동요도 보이지 않았다. 그야말로 '잘 알지도 못하는 사람'이라는 표현이 더없이 적절해 보였다.

그런 사람한테 원한이 있을 리 없지.

슬슬 일어나야 할 때라고 판단한 희례와 장미는 침대에서 내려왔다. 두 사람은 요란하게 기지개를 켰다.

"사람도 없고 재미도 없고. 난 가봐야겠네."

장미가 먼저 병실을 나가고 희례가 뒤따르려던 참이었다. 돌연 눈앞에 단단한 가슴팍이 나타나 희례는 코를 세게 부딪히고 말았다.

"엄마야! 아우 죄송……."

"뭐야? 이 아줌마는."

희례는 욱신거리는 코를 감싸며 사과부터 했지만, 남자는 괜찮으냐고 묻지도 않았다. 크고 단단한 체형의 30대 남자였다. 그는 희례를 팔꿈치로 밀치며 병실로 들어섰다. 희례는 고개를 돌려 남자의 등판을 노려봤다. 쌍방 과실이면 서로 좋게 좋게 사과하며 넘기면 될 일이거늘. 일을 어렵게 만든다.

"어이, 거기 좀 서보시지? 나한테 할 말 없어요?"

희례의 말에 남자가 뒤돌았다. 얼굴에는 시건방이 가득했다.

"웃기네, 이 아줌마."

"부딪쳤으면 사과부터 하셔야죠."

"아줌마, 사람 짜증 나게 하지 말고 당신 갈 길이나 가라고."

희례는 머릿속 퓨즈가 끊기는 기분이었다.

"이놈 새끼가, 어디 배운 게 없어 반말부터 찍찍 갈기고 있어? 누군 반말을 못 해서 안 하는 줄 아나. 야, 이놈아. 부딪쳤으면 사과를 해야 할 거 아냐? 사과를! 사과하면 누가 입을 찢어버린다니?"

"이 미친 아줌마가 뭘 잘 못 먹었나?"

"뭐? 미친 아줌마? 야, 이 미친 새끼야!"

분위기가 험악해지자 오유민이 남자를 말렸다.

"형! 이상한 아줌마예요. 신경 쓰지 마세요."

"에이, 씨발. 재수가 없으려니까. 그런데 아직도 다 안 나았네."

남자가 오유민의 어깨에 손을 짚었다. 그 순간 오유민이 흠칫하며 몸을 움츠렸다. 희례는 오유민이 보인 반응과 그의 눈에 스친 두려움을 놓치지 않았다.

분명 남자의 손길에 겁먹었어. 무슨 사이일까. 친구 사이?

"하여간 너 앞으론 조심해!"

희례는 버럭 소리를 지르며 병실을 나왔다. 장미는 문에 귀를 대고 병실 안 동태를 살피고 있었다. 희례도 장미처럼 문에 귀를 바짝 갖다 댔다. 건수가 있을 것 같다는 예감이 들었다. 아니나 다를까, 오유민의 목소리가 들렸다.

"병준이 형, 미친 아줌마 때문에 기분 상했죠? 그런데 오늘 바쁘다고 하지 않았어요? 사업 구상 때문에 바쁘다고 하셨잖아요."

"내가 안 왔으면 싶었냐? 너 이 함병준일 졸로 보는 건 아니지?"

태도에서 두 사람의 관계를 유추해볼 수 있었다. 친구인 척하지만 두 사람은 명확한 상하 관계였다. 어떤 의미로든지 함병준이 오유민의 목줄을 쥐고 있는 것처럼 보였다.

"하하……. 무, 무슨 소리세요?"

"오유민, 언제쯤 가능하겠냐?"

"아……. 그, 그거요?"

'그거.' 희례와 장미는 눈짓을 주고받았다. 함병준의 사업에 필요한 그것. 함병준이 오유민에게 노골적으로 요구하는 그것. 그것이 무엇인지 정확한 이름으로 듣지 않아도 알 수 있었다. 돈 이외에 달리 뭐가 있으랴.

오호라, 오유민한테 돈 나올 건수가 있다 이거지? 함병준은 오유민에게 돈을 빌려줬거나 돈을 빼앗으려고 협박하는 것 같았다. 두 사람은 이후 목소리를 급격하게 낮췄다. 중얼거리는 소리 외에는 아무것도 들리지 않았다. 더 이상 쓸 만한 정보는 얻기 힘들 것 같았다.

희례와 장미는 귀를 떼고 병원 복도를 걸어 나왔다. 마지막으로 휴대전화 녹음 기능을 끄며 희례는 자식들에게 할 말을 정리했다. 오유민에게 돈 나올 구멍이 있다는 것, 민호에게 원한을 품을 만큼 격렬한 감정이 없다는 것 등이었다.

* * *

지금으로부터 20여 년 전. 현호가 누나들의 삶에 낙이었던 시절도 있었다. 어찌나 놀려먹는 재미가 쏠쏠한지 진주와 현주는 오매불망 현호의 귀가를 기다리곤 했다.

불 꺼진 방에 처키 인형 던져놓기, 피에로 가면을 쓰고 들이대기, 침대 안에 뱀 인형을 넣어두기. 현주의 방법은 과격했다. 진주가 선호하는 방식은 따로 있었다. 바로 늦은 밤, 현호를 억지로 잡아다놓고 무서운 이야기를 들려주는 것이었다. 이불을 뒤집어쓰고 손전등을

턱 아래 가져다 대며 흐느끼는 귀신 소리를 내면 어린 현호는 기겁하
며 자지러지곤 했다.

"아무리 생각해도 이상한 거야. 왜 맞은편 건물에 사는 여자는 밤
마다 춤을 추지? 그런데 그게 알고 보니!"

진주는 결정적인 순간 꼭 말을 멈추고 긴장감을 고조시켰다.

"알고 보니, 뭐?"

"여자가 춤을 추는 게 아니라 목맨 시신이 바람에 흔들리는 거였
던 거지!"

진주가 턱 아래 갖다 댄 손전등을 켰다 껐다 하며 음산하게 말했다.

"근데 누나, 방 안에서 목매단 시신이 어떻게 춤추는 걸로 착각될
만큼 흔들려? 암만 바람이 세게 불어도 성인 여자 몸무게라면 적어
도 45킬로 이상 나갈 텐데."

현호는 덤덤했다. 불과 몇 개월 전만 해도 무섭다고 이불에 오줌을
지렸건만. 이제는 고개를 빳빳이 쳐들며 따져 묻기까지 했다.

아아, 이 자식은 이제 너무 커져버렸구나. 진주는 쓸쓸함을 삼켰고
현호는 이후부터 저주, 미신, 외계인, 초능력 등 초자연현상이라면 질
색하게 됐다. 그 어떤 일도 과학적, 논리적으로 설명 가능하다는 게
그의 생각이었다.


진주는 자신이 어린 시절 현호에게 미친 영향은 생각조차 하지 못
하고 쉴 새 없이 귀신 이야기를 늘어놓는 중이었다. 두 사람은 비지
땀을 흘리며 한림동 골목길을 걷고 있었다.

"그뿐인 줄 알아? 90년대에 빨간 마스크 이야기가 전국을 휩쓸었
던 거 알지? 동네마다 버전이 다 달랐는데, 제일 유명한 버전은 이거

야. 빨간 마스크를 낀 입 찢어진 여자가 마주치는 사람에게 이렇게 물어. '나 예뻐?' 예쁘다고 대답하면 '너도 똑같이 만들어줄게' 하면서 입을 찢어버리고, 안 예쁘다고 하면 그냥 찢어버린대. 원래 이 이야기는 일본에서……. 야, 너 듣고 있어?"

"누나, 다 왔다."

현호는 진주의 말허리를 싹둑 자르며 골목 초입의 부동산을 가리켰다. 형균의 빌라까지는 좀 더 가야 하나 두 사람의 목적지는 이곳이었다.

한림중앙 부동산. 족히 몇십 년은 된 듯한 비주얼의 간판이 자태를 뽐내고 있었다. 동네의 터줏대감이라 해도 무방할 만큼 오래돼 보였다.

현호와 진주는 503호 괴담을 조사하기 위해 인근 부동산을 순방하는 참이었다. 그냥 흘려들어도 무방한 이야기지만 진주는 왠지 모르게 느낌이 좋지 않았다. 때때로 주요한 단서는 사소한 위화감에서 출발하는 경우가 많았다. 이 꺼림칙한 기분의 정체가 무엇인지 알아볼 필요가 있었다. 토막 살인 사건, 입주자의 연이은 불행, 귀신이 나온다는 소문. 어떤 연결 고리가 있을지도 몰랐다.

두 사람은 부동산으로 들어갔다. 안경을 낀 70대 어르신이 낡은 소파에 앉아 신문을 보고 있었다. 사장은 안경 너머로 두 사람을 쳐다봤다.

"월세?"

"네?"

"놀랄 거 없어. 이 나이쯤 되면 사람 얼굴만 봐도 왜 왔는지 알아차리는 법이니까."

사장은 유심히 둘을 관찰하더니 또 한번 촉을 발휘했다.

"부부?"

"아, 아뇨!"

현호와 진주는 세상 제일 끔찍한 오해에 질겁했다. 사장은 흔들리지 않고 추측을 이어갔다.

"부끄러워할 것 없어. 원래 다들 그렇게 시작하는 거야. 우리 때는 단칸방에서 시작 안 하는 부부가 없었지. 그래, 얼마짜리?"

월세를 찾는 것도, 부부도 아니었지만 굳이 모르는 사람에게 해명할 필요까진 없었다. 아니, 솔직히 말하자면 지나치게 확고한 사장의 말투에 기가 눌렸다. 사장은 온갖 싸구려 전세, 월세 물량을 줄줄이 풀어놓았다. 이만큼 싼 건 서울 땅에서 찾아볼 수 없다, 거저나 다름 없다고 자신 있게 외쳤다. 현호는 자신이 그렇게 가진 게 없어 보이는지 슬슬 기분이 상할 지경이었다.

"그리고 저기 언덕 끝 하늘 빌라 2층에 반전세 나온 거 하나 있고."

하늘 빌라? 회색이 아니었던가. 사장이 먼저 하늘 빌라를 언급하자 현호는 때를 놓치지 않았다.

"거긴 소문이 좀 안 좋던데. 귀신 나온다는 소리도 들리고요."

"그게 무슨 소린가?"

"에이, 저희도 다 알아보고 왔어요. 503호에 귀신 나타난다면서요. 10년 전 거기서 여대생 토막 살인 사건도 일어났고."

진주가 날름 끼어들어 설명을 덧붙였지만 사장은 더욱더 의아하다는 표정이었다.

"거기서 토막 살인이 났다니. 처음 듣는 얘긴데?"

뭐지? 저 간판은 페이크인가? 이 동네 유명 괴담도 모르고. 속았다는 생각에 현호는 부아가 치밀었다. 어쩌면 저 간판은 초짜 손님을 현혹하려는 치밀한 상술인지도 몰랐다.

"뭡니까? 사장님. 이 동네 잘 몰라요?"

"무슨 소리야? 내가 여기서 장사만 40년을 했는데!"

자존심에 금이 간 사장은 목에 핏대를 세웠다.

"그럼 어떻게 그 얘기를 몰라요? 이 동네에 파다한 얘기라던데."

"파다하기는! 누구한테 뭘 듣고 왔는지 모르겠지만 이 동네에 그런 흉한 사건은 없었어. 있었으면 내가 모를 리 없지!"

"사장님이야말로 무슨 소리세요? 제가 이 귀로 똑똑히 듣고 왔는데. 10년 전 여대생 토막 살인 사건! 그 원혼의 저주 때문에 503호 사람들한테 죄다 안 좋은 일이 벌어졌다고 하던데."

현호는 현주로부터 전해 들은 이야기를 사장에게 전달했다. 503호에 입주한 일용직 근로자가 수면 중 심장마비로 사망하고, 다음 입주자 부모님이 교통사고로 비명횡사하는가 하면, 또 다른 입주자는 계단에서 굴러 다리가 부러지고, 마지막 입주자는 폐렴에 걸렸다는 소문.

"허!"

사장은 기가 막힌 듯 코웃음을 쳤다.

"이래도 저희 얘기가 거짓말이라고 우기실래요? 사장님, 우리 양심적으로 삽시다. 그런 일이 벌어진 빌라를 어떻게 추천하실 수가 있어요? 아무 언급도 없이."

"그런 일이 없었으니까 내가 추천했지!"

사장은 억울해하며 서류 뭉치를 가지고 왔다.

"어디 보자. 10년 전 503호에 살던 정은혜 씨, 말짱하게 그다음 해에 이사 갔네? 그다음에 이사 온 홍명환 씨는 돈 잘 모아서 요 앞 다세대주택으로 옮겼고. 그리고 박종윤 씨는 결혼해서 암사동으로 이사했고……. 봐요, 이래도 토막 살인이니, 저주니 헛소리할 거요?"

사장은 서류철을 덮으며 여봐란듯한 얼굴을 했다. 진주와 현호는 머쓱하게 사장의 눈길을 피했다.

"귀신도요?"

"귀신 같은 소리 하고 자빠졌네. 세상에 그런 게 어딨어?"

사장은 혀를 찼다.

현호는 턱을 긁적이며 생각에 빠져들었다. 이 모든 게 헛소문이라는 건가. 도대체 왜? 누가 어떤 목적으로 그런 말도 안 되는 소문을 만들어냈단 말인가.

가짜 손님이라는 걸 알아챈 사장은 진주와 현호를 가게 밖으로 몰아냈다. 사장은 재수 없다며 소금까지 착착 뿌려댔다. 현호는 길거리에 멍하게 선 반면 진주의 입가에는 음침한 미소가 떠올랐다.

"이제야 알겠네."

"뭐가?"

"대학 때 내 졸업논문 제목이 뭐였는지 알아?"

진주는 난데없이 맥락에서 벗어난 얘기를 시작했다.

"뭐였는데?"

"향촌 사회 유지를 위한 귀신 설화의 기능."

현호는 진주의 논문이 이 사건과 어떤 연관성이 있는지 알 수가 없었다.

"〈전설의 고향〉 같은 귀신 설화들이 향촌 사회를 유지하는 데 기능적 역할을 한다고 주장하는 내용이야. 알고 보면 그런 이야기들이 꽤히 만들어지는 게 아니거든. 내부, 즉 향촌 사회를 공고히 하기 위해 외부의 적을 상정하고자 일종의 희생양, 스케이프 고트(scape goat) 차원에서 귀신 설화를 만들어내기도 하고, 교훈을 주고 규율의 중요성을 강조하기 위해 만들어내기도 해. 또는 천재지변이나 원인과 정체를 알 수 없는 자연현상들을 귀신의 탓으로 돌려 공동체가 와해되는 걸 막고 공포심을 완화하기 위해서 귀신 설화를 만들기도 하고."

사족이 길어지자 현호는 슬슬 지겨워졌다.

"그런데?"

"말이 길어졌지만 결론은 대부분의 귀신 이야기에는 만들어진 목적이 있다는 거야. 즉 503호의 저주가 만들어지고 퍼지게 된 이유도 있을 거란 거지."

진주는 503호에 관한 소문이 이번 사건과 관련이 있으리라 생각했다. 소문 이면에 핵심적 단서가 도사리고 있을지도 몰랐다. 냄새가 났다. 수상한 냄새가.

현호와 진주는 근처 공인중개사 사무실을 돌며 소문을 캐물었다. 진주의 예상과 다르지 않았다. 아주 오래된 것처럼 보이던 도시 괴담은 불과 두 달 전에 시작됐다.


"원한은 아닌 것 같은데."

희례가 휴대전화로 녹음한 파일 재생이 끝나자 현주가 중얼거렸다.

오유민은 민호의 이름을 듣고도 특별한 반응을 보이지 않았다. 왜 잘 알지도 못하는 사람과 엮느냐고 역정만 냈다. 원한도 아니면 무슨 이유 때문일까. 장난이라기엔 스케일이 너무도 엄청났다. 분명한 사실은 최근 오유민에게 돈 나올 구멍이 생겼다는 거였다.

그리고 그 남자, 함병준. 휴대전화 녹음으로는 알 수 없는 부분이지만 희례는 함병준이 어깨에 손을 올렸을 때 오유민이 몸을 움츠렸다고 말했다. 건수, 언제쯤 가능하겠느냐는 말로 보아 오유민은 함병준에게 돈을 빌렸을지도 모른다.

함병준이 돈을 갚지 않는 오유민을 폭행한 걸까. 그리고 오유민은 맞은 김에 에라 모르겠다, 하는 심정으로 화풀이해버리고자 민호에게 누명을 씌운 걸까. 현주는 속이 답답했다. 캄캄한 어둠 속에서 혼자 헤매는 느낌이었다.

현주는 마음을 다잡고 카페로 향하는 발걸음을 서둘렀다. 형균이 기다리고 있을 터였다. 시청역 일대는 오가는 사람들로 번잡했다. 뭐가 저리도 재밌는 걸까. 웃고 있는 사람들을 보니 가슴이 알싸해지며 이질적인 감정이 들었다.

"여기요, 제수씨!"

카페에 도착하자 형균이 손을 들어 위치를 알렸다. 보통 키에 보통 체격, 짧게 자른 머리에 까무잡잡한 피부. 처음 봤을 때처럼 개구쟁이 같은 인상의 남자였다.

박형균, 38세, 우정 제약 영업부 차장 그리고 민호의 가장 친한 친구. 민호와 형균은 어린 시절 같은 동네에서 자란 친구 사이였다. 아이엠에프 때 형균의 집이 망하며 가정환경이 생판 달라지긴 했지만 그 일로 우정이 훼손되진 않았다. 민호는 형균에게 대학 등록금을 빌려주는가 하면 술값 내는 것도 전담했다. 늘 즐겁고 쾌활한 사람. 현주는 자신과 민호의 결혼식 때 사회를 본 그를 이렇게 기억했다.

"현주 씨, 괜찮아요?"

그리 물어보는 형균의 얼굴도 초췌했다. 잠도 제대로 자지 못하는 것 같았다. 눈 밑이 퀭하고 입술은 메말라 있었다. 동병상련이 느껴지자 현주는 울컥 참았던 감정이 치밀었다.

"형균 씨야말로 괜찮으세요? 잠은 좀 주무셨어요? 그…… 집으로 돌아가신 건 맞죠?"

형균은 사건이 발생한 집으로 돌아가는 것조차 미안해했다. 현주는 형균에게 이제껏 조사한 내용을 털어놓았다. 이제부터는 형균의 협조가 절실했다.

"전 오유민이 함병준으로부터 폭행을 당했을 거라 생각해요. 맞은 김에 누군가에게 화풀이해버리고자 하다가 민호 오빠한테 불똥이 튄 거고요. 순간적으로 욱하는 마음에 시작한 일이 되돌릴 수 없는 상황으로 치달은 게 아닐까요?"

물론 이 가정으로는 오유민에게 돈 나올 구멍이 생긴 이유를 설명할 수 없었다. 하지만 지금으로서는 가장 유력한 가설처럼 보였다.

"폭행이요? 그 옆집 학생이? 하긴 그러고 보니 저번에 김치전을 가지고 저희 집에 찾아왔을 때도 손목 부근에……."

형균은 현주의 주장에 말을 덧붙이다 입을 다물었다. 까마득히 잊고 있던 몇 가지 사실이 수면 위로 튀어 오른 것이다.

"저번에 뭐요?"

"아, 어쩌면 저 원한을 샀을지도 몰라요."

형균이 얼떨떨하게 말했다. 현주는 화들짝 상체를 일으켰다.

"기억난 게 있어요?"


한 달 전이었다. 형균은 이른 새벽 그 집으로 이사를 했다. 6개월 단기 계약이고 재개발이 확정된 지역이라 언제 또 이사해야 할지 몰

랐지만 이것저것 가릴 처지가 아니었다. 이사 자체는 대단한 일이 아
니었다. 애초에 짐이라곤 상자 몇 개가 전부였다. 스타렉스를 빌려 싣
고 온 상자를 방구석에 밀어 넣고 쉬고 있으려니 초인종이 울렸다.
나가보니 웬 청년이 서 있었다.

"안녕하세요. 이사 오셨나 봐요. 오유민입니다. 옆집, 502호에 살아
요."

오유민은 붙임성 좋게 인사를 했다. 형균은 이사하면서 이런 환대
는 처음인지라 얼떨떨하게 대답했다. 그는 생글생글 웃으며 대화를
이어나갔다.

쓰레기는 어디에 버리는지, 세탁소와 과일 가게는 어디가 좋은지
등의 사소한 동네 정보와 밤에 고양이가 울어댄다는 둥, 집에 습기가
많이 찬다는 둥 하는 소소한 불평에 관한 것이었다. 이제껏 수도 없
이 떠돌이 생활을 했지만 이런 경우는 처음이었다.

대화는 점점 길어졌다. 형균은 현관에 어정쩡하게 서서 그의 이야
기를 듣고만 있었다.

"더 궁금한 점 있으세요?"

이 청년이 빌라의 반장 정도 되는 걸까?

"아뇨. 없습니다. 이미 충분히 다 말씀해주셔서 괜찮습니다."

"저, 시간 괜찮으시면 제가 잠깐 들어가서……."

그때 휴대전화가 울렸다. 열쇠 잠금장치를 달러 오기로 한 철물점
주인의 전화였다.

"죄송합니다. 제가 전화를 받아야 해서."

서둘러 휴대전화를 받는 바람에 의도치 않게 오유민의 눈앞에서
현관문이 닫혔다.

오유민과의 첫 만남 얘기를 들으며 현주는 미심쩍은 표정을 지었다.

"기분은 나빴겠네요. 친하게 지내자는 제스처 같은데. 그런데 고작 그 정도로 이렇게 깊은 원한을 품었을까요? 기분이야 나빴겠죠. 그래도 복수를 하기엔 너무 약한 동기……."

형균이 현주의 말을 잘랐다.

"이게 다가 아니란 말이죠. 한 가지가 떠오르니 갑자기 줄줄이 생각이 나네요."

형균은 오유민과의 두 번째, 세 번째 만남을 떠올렸다. 자신은 대수롭지 않게 생각했기 때문에 그 상황들을 단순한 마주침 정도로 여겼다. 하지만 입장을 바꿔본다면 이야기가 달라졌다. 자신의 태도가 불쾌함을 넘어 치욕으로 다가왔을 수도 있었다. 한편 현주의 흥미를 붙든 건 다른 대목이었다.

"잠깐만요. 한 달 전에 이사를 했다고요?"

"네, 한 달 전이요."

"그 중요한 걸 왜 지금 얘기한 거예요?"

"그게 왜 중요한가요?"

"그럼 한 달 전에는 누가 그 집에 살았나요? 형균 씨가 이사 오기 전에요."

"몇 달 동안 비어 있었고, 그전에는 시장 일 하던 아저씨가 혼자 살았다고 들었어요."

한 달 전 이사라……. 그러고 보니 정진석도 503호 괴담을 얘기하며 그 집이 한동안 비어 있었다고 말했다. 이런 중요한 사실을 잊고 있었다니. 현주는 속으로 혀를 찼다.

"여하튼 줄줄이 떠올랐다는 생각 좀 마저 얘기해주세요."

현주의 말에 형균은 오유민과의 두 번째, 세 번째 만남에 대해 이야기를 시작했다.

"이사하고 바로 다음날이었을 거예요."

초인종이 연이어 울렸다. 시간을 확인한 형균은 짜증스럽게 몸을 일으켰다. 저녁 7시. 잠든 지 10분도 채 지나지 않은 시간이었다. 모처럼 이르게 퇴근한 날이었다. 누가 단잠을 깨우는가 싶어 형균은 현관문을 거칠게 열었다.

"안녕하세요. 옆집이에요. 집에 계셨네요. 식사하셨어요?"

한 톤 높은 음성이 귀를 찔렀다. 오유민이 생글생글 웃는 낯으로 서 있었다.

"네, 먹었어요."

자다 깬 바람에 형균은 정신이 몽롱했다. 시큰둥한 반응은 아랑곳하지 않고 오유민이 접시를 건넸다.

"저녁을 조금 이르게 드시나 보다. 같이 먹을까 해서 김치전을 조금 만들었거든요."

이미 먹었다고 했건만, 이 거북하리만큼 살가운 태도는 뭐지. 형균은 당황스러운 기분으로 눈앞의 접시를 물끄러미 쳐다만 봤다.

"들어가서 같이 먹을까 하는데……."

오유민은 형균의 어깨너머로 고개를 삐쭉 내밀며 집 안을 들여다보는 시늉을 했다. 명백하게 초대해달라는 시그널이었다. 그러나 여전히 잠에 취해 있던 형균은 오유민의 시그널을 눈치채지 못했다.

"감사합니다. 잘 먹겠습니다."

오유민에게서 접시를 건네받은 형균은 냉큼 현관문을 닫았다. 그리고 접시를 부엌 선반에 올려놓고는 다시 몸을 뉘었다. 오유민이 현관문 앞에서 어떤 표정을 짓고 있을지 짐작도 못 할 일이었다.

그 후 일주일 동안 형균은 매일같이 야근을 했다. 할 일을 모두 끝낸 늦은 밤, 그는 좀비 같은 몰골로 집으로 향했다. 5층에 다다랐을 때 자신의 집 현관문 앞에 쪼그리고 앉은 누군가를 발견했다. 502호 청년, 오유민이었다. 얼굴이 가까워지자 지독한 술 냄새가 풍겼다. 형균은 오유민의 어깨를 흔들었다.

"이보세요. 오유민 씨."

그는 인사불성인지 끙끙거리며 몸을 뒤척이기만 했다.

"집으로 들어가셔야죠. 이봐요. 오유민 씨, 오유민 씨!"

몇 번 소리쳐 부르자 오유민이 눈을 게슴츠레하게 떴다.

"여기가 어디……."

"정신이 들어요? 일어날 수 있겠어요? 도와드릴게요."

"몸에 힘이 없어서 한 발자국도 못 걷겠어요."

"그래도 여기에 계속 있을 순 없잖습니까. 제 팔 잡으세요."

형균이 한쪽 팔을 내밀었지만 그는 꼼짝도 하지 않았다.

"목말라요."

"네?"

"물 한 잔만 주시면 안 돼요? 그러면 정신이 들 것도 같은데……."

이 말을 끝으로 오유민이 힘없이 늘어졌다.

"이봐요, 오유민 씨!"

어깨를 흔들고 큰 소리로 불러보아도 그는 깨어나지 않았다. 502호 앞으로 옮겨볼까 하는 생각도 들었지만 술 취한 사람을 그냥 바깥에 내버려둘 순 없었다. 망설이던 형균은 결국 신고 전화를 걸었다.

"여보세요. 경찰서죠? 여기······."

하지만 형균이 통화를 시작하기도 전 오유민이 일어났다. 그는 형균의 휴대전화를 빼앗아 종료 버튼을 눌렀다. 형균에게 도로 휴대전화를 건넬 때 그는 더 이상 인사불성으로 보이지 않았다.

"이제 괜찮은 거예요?"

느닷없이 멀쩡해진 모습에 형균은 당황했다. 오유민은 형균을 노려보다 싸늘하게 뒤돌아 자신의 집으로 걸어갔다. 빠르게 멀어지는 그의 뒷모습에는 어떤 흔들림도 없었다.


"아무래도······."

현주는 머릿속에 가득히 차오르는 생각을 모른 체할 수 없었다.

"오유민이 형균 씨한테 그런 쪽으로 관심이······."

"무슨 소리세요. 아닐걸요?"

"형균 씨가 눈치가 없는 건 아니고요? 딱 봐도 오유민이 그런 식의 호감을 표현한 거 같은데."

"오유민 씨 여자친구 있어요. 같이 있는 것도 몇 번이나 봤는데."

형균의 말에 현주는 살포시 생겨난 가설을 접었다. 마음을 거절당한 오유민이 복수 차원에서 일을 저질렀다는 가설이었다. 복수를 하려고 503호의 벨을 눌렀건만 막상 나온 사람은 다른 사람. 자신의 마음을 무참히 거절한 것도 모자라 말없이 이사했다는 생각에 홧김에 복수를 감행. 그러나 암만 생각해도 이 정도로 원한을 살 만한 일은 아닌 것 같았다.

"그럼 대체 오유민은 왜 그런 걸까요?"

현주는 사방이 막힌 답답한 공간을 맴도는 것 같았다. 곧 구속영장이 발부될 터였다. 이대로 민호가 누명을 쓰도록 내버려둘 순 없었다.

뭘까, 뭐가 이상한 걸까. 방금 형균의 이야기를 듣는 가운데 명백하게 위화감이 느껴졌다. 오유민의 행동에서 뭐가 이상한 걸까. 공통점. 그래, 공통점은 없을까? 모두 503호에서 벌어진 일이다. 오유민이 먼저 접근해왔다. 그리고……. 불현듯 깜깜하던 머릿속에 불이 켜졌다. 세 이야기의 공통점이 머릿속에 떠오른 것이다.

현주는 아, 하는 소리를 내며 의자에서 일어났다.

"현주 씨, 왜 그래요?"

"아, 알 것 같아요! 알 것 같다고요!"

형균의 이야기 속 공통점. "저, 시간 괜찮으시면 제가 잠깐 들어가서……." "같이 먹을까 해서 김치전을 조금 만들었거든요. 들어가서 같이 먹을까 하는데……." "물 한 잔만 주시면 안 돼요? 그러면 정신이 들 것도 같은데……." 오유민은 계속해서 형균의 집에 들어가고자 시도한 것이다. 대체 왜?

"열쇠 잠금장치는 이사하고 바로 단 건가요?"

현주가 다급하게 물었다.

"네. 철물점 사장님 불러서 바로 달았죠."

"언제요?"

"이사 당일이요."

"왜 그랬죠? 번호 키가 달려 있잖아요. 그걸로 충분했을 텐데요."

"그야 후미진 동네라 위험하니까요. 보안이 중요하잖아요."

"형균 씨는 30대 남자잖아요. 집엔 훔쳐 갈 물건 같은 것도 없어 보이던데."

순간 형균의 표정이 달라졌다. 경계의 눈빛이 서렸다. 형균은 고개를 창문 쪽으로 돌리고는 커피를 마셨다. 속내 혹은 감정을 감추려는 행동 같았다.

"그, 그냥 습관이에요. 어린 시절부터 받아온 교육의 여파 같은 거요."

대답하는 형균의 목울대가 꿀렁거렸다. 거짓말이라는 걸 알았지만 캐물어도 진실을 이야기해줄 것 같진 않았다.

"그렇다고 해두죠. 중요한 문제는 아니니까. 그러면 혹시 그동안 미행을 당했다든가, 날치기를 당했다든가 한 적은 없었어요?"

대신 현주는 다른 의문을 해소하기로 했다. 자신의 추측이 맞는다면 오유민은 다양한 시도를 했을 것이다.

"그런 적은 없었는데."

"집 앞에 이상한 물건이 놓여 있던 적은요?"

형균은 곰곰이 기억을 더듬었다. 그러자 또 한번 수면 아래에서 잠자고 있던 기억이 불쑥 깨어났다.

"그런 건 없고. 최근에 쓰레기가 많이 늘어난 느낌이었어요. 처음 이사 왔을 때는 안 그랬는데 어느샌가 과자 봉지나 담뱃갑 같은 것들이 복도 바닥이나 창틀에 버려져 있더라고요. 5층에서 담배 피우는 사람은 501호 남자뿐이라, 우연히 마주쳤을 때 주의해달라고 얘기했던 기억이 나네요."

"501호 남자는 뭐라 그러던가요?"

"자기는 담뱃갑 버린 적 없다고 발뺌하던데요?"

오호라, 과연. 현주는 속으로 빙고를 외쳤다.

오유민의 행동은 일관되게 하나의 목적을 향해 있었다. 형균과의 만남으로 대부분의 궁금증은 해소됐지만 가장 결정적인 의문이 남아 있었다.

도대체 뭐가 들어 있기에.

"고마워요. 덕분에 많은 걸 알았어요."

현주는 자리에서 일어났다. 형균은 이해할 수 없다는 얼굴이었다.

"형균 씨, 우리 민호 오빠랑 아직도 친구 맞죠?"

돌아서기 전 현주가 물었다.

"아직도라니요. 그 새끼랑은 끊고 싶어도 못 끊는 인연인데."

굳은 목소리에서 짙은 죄책감이 묻어났다.

"진작 돈을 받으셨어야죠."

"네?"

"그럼 애초부터 이런 일은 일어나지도 않았을 텐데."

벙 찐 얼굴의 형균을 내버려둔 채 현주는 카페를 빠져나갔다.


[엄마, 아빠는 언제 와?]

휴대전화 너머로 풀 죽은 은우의 목소리가 들렸다. 간혹 사람들은
일곱 살을 한없이 어린 나이라 말한다. 하지만 아무것도 모르는 소리.
일곱 살이면 알 거 다 아는 나이다. 특히 어른들의 부정적인 감정은
누구보다 기민하게 알아차리곤 한다.

"곧 갈 거야. 지금 아빠가 바쁜 일이 있어서."

현주는 아무렇지 않은 말투로 은우를 달랬다.

[그럼 엄마 보러 가도 돼?]

"오늘?"

[응.]

"은우야, 오늘은……."

[엄마도 안 돼?]

현주는 가슴 한구석이 욱신거리며 아려왔지만 마음을 단단히 부여잡았다. 슬퍼하고 마음 아파할 여유 따위는 사치였다.

"은우야, 조금만 더 기다려줘. 엄마가…… 아빠 꼭 구해낼 테니까."

무슨 뜻인지 알지도 못하면서 은우는 알겠다고 대답하곤 전화를 끊었다. 휴대전화 너머로 고개를 주억거렸을 은우의 모습이 선연했다.

어린 나이에 부모의 이혼을 고스란히 지켜본 아이. 나이답지 않게 조숙하고 참을성이 많았다. 마냥 어리광만 부릴 나이에 어른들의 눈치부터 살피곤 했다. 전부 다 내 탓이야. 현주는 눈물을 닦곤 바지런히 언덕길을 올랐다.

하루 종일 바쁘게 돌아다닌 터라 발바닥에 불이 날 것 같았다. 발걸음이 향한 곳은 신촌에 위치한 명성 대학교였다. 현주는 오유민의 여자친구, 홍주아를 만나러 온 참이었다. 오늘 홍주아는 K관 305호에서 마지막 수업이 있었다.

현주는 붉은 해가 어스름히 내려앉은 캠퍼스를 거닐었다. 삼삼오오 무리 지은 학생들이 재잘거리며 지나쳐 갔다. 현주는 K관 305호 강의실 뒷문에 섰다. 몇 분 지나지 않아 학생들이 우르르 자리에서 일어났다. 현주는 강의실을 빠져나오는 학생 하나를 붙들었다.

"혹시 홍주아 학생이 누군지 아세요?"

학생은 홍주아를 손으로 가리켰다. 그녀는 창가 자리에서 가방에 교재를 주섬주섬 주워 담고 있었다. 자그마한 체구에 맑고 깨끗한 인상을 가진 여자였다.

어깨를 움츠린 홍주아가 뒷문으로 빠져나왔다. 현주는 멀찍이 거리를 두며 K관을 나서는 홍주아를 뒤따랐다. 그녀는 겁먹은 고양이처럼 조용하고 기민하게 농구장 스탠드로 걸어갔다. 그러곤 잠시 상념에 잠겨 농구장을 바라보더니 삼각 김밥을 꺼내 입에 물었다.

"겁먹지 않아도 돼요. 간단히 몇 가지만 물으러 온 거니까."

현주의 말에 삼각 김밥을 먹던 홍주아가 캑캑거렸다. 두려움이 홍주아의 표정 속에 선연하게 드러났다.

"누구신데요?"

"그건 알 거 없고."

"형사님이세요?"

"그러면 대답이 달라지나?"

홍주아는 창백해진 얼굴로 바들바들 떨더니 냅다 달리기 시작했다. 어찌나 발이 빠른지 방심한 사이 순식간에 멀어졌다. 정신을 차린 현주는 홍주아의 뒤를 잽싸게 쫓았다. 홍주아는 작은 체구로 날다람쥐처럼 도망쳤다. 물론 달리기라면 현주도 만만치 않았다. 압도적으로 긴 다리로 무시무시하게 캠퍼스를 질주했다.

"거기 서! 도둑이야, 도둑! 제 지갑을 갖고 도망쳤어요!"

현주가 소리를 질렀다. 그러나 학생들은 구경만 할 뿐 누구 하나 나서지 않았다. 현주는 자신의 말이 적절치 못했다는 걸 깨달았다.

"저년 좀 잡아주세요! 내 남편이랑 바람난 년이라고요!"

여학생 하나가 홍주아의 발을 걸었다. 다른 남학생은 넘어진 홍주아의 등을 단단히 압박했다. 누구는 홍주아의 가방 고리를 붙들고, 누구는 팔을 벌려 앞을 막아섰다. 학생들은 합심하여 천하의 나쁜 년에게 응징을 가했다.

"여기 잡았으니까, 얼른 와요!"

현주는 차오르는 숨을 몰아쉬며 홍주아에게 다가갔다. 바닥을 데굴데굴 구른 홍주아는 벌겋게 핏발 선 눈을 치켜떴다.

"전 진짜 아무것도 모른다니까요!"

"내가 뭘 물을 줄 알고?"

도움을 준 학생들이 뿔뿔이 흩어지자 두 사람은 다시 농구장 벤치로 향했다. 현주는 내내 홍주아의 가방 고리를 단단히 붙들었다.

"왜 도망간 거예요?"

"……."

"홍주아 씨하고 관련된 거 아니에요. 홍주아 씨한테는 어떤 피해도 가지 않을 거예요."

"……."

"오유민 씨 병원에 입원한 거 알죠? 옆집 남자한테 맞았다고 주장하고 있어요. 거짓말이잖아요. 홍주아 씨는 오유민 씨가 왜 거짓말하는지 알고 있죠?"

홍주아는 고집스럽게 입을 다물었다. 현주도 예상한 바였다. 그녀는 쉬이 입을 열지 않을 것이다. 그러나 그녀가 끝까지 입을 열지 않는다는 건, 그녀 역시 공범이라는 뜻이었다. 결정타가 필요했다.

"홍주아 씨도 알고 있나 보네요. 503호 안에 뭐가 들었는지."

"나, 난…… 몰라요."

홍주아의 표정에 균열이 일었다. 동공이 흔들리고 입술이 떨렸다. 결정타를 입은 홍주아는 얼굴을 감싸곤 눈물을 떨궜다.

"유민이 그런 애 아니에요."

한동안 꺽꺽 소리 내어 울고 난 뒤 홍주아가 내뱉은 첫말이었다. 한숨이 나오는 레퍼토리였다.

"어떤 애가 아닌데요? 홍주아 씨 입으로 설명해봐요."

홍주아는 울먹거리며 눈물 없이 들을 수 없는 오유민의 기구하면서도 안타까운 사정을 털어놓기 시작했다. 같은 고향 출신이며 친구 소개로 만났고, 어려운 가정 형편 속에도 옷 가게에서 성실하게 일하며 패션 디자이너를 꿈꾸고, 자신에게도 다정한 남자친구라는 이야기까지. 현주에게는 하등 쓸모없는 잡소리였다.

"됐고. 혹시 최근 오유민 씨 생활에 달라진 점 있어요? 새롭게 만난 사람이 있다든가, 새로운 일을 시작하게 됐다든가."

홍주아는 처음에 주저했던 것과는 달리 시시콜콜한 이야기까지 끄집어냈다. 오유민이 한 달 전부터 조깅을 시작했다든가, 접촉 사고가 났다든가 하는 얘기들이었다. 대부분 관련 없어 보였지만 현주는 그녀의 이야기를 빠짐없이 경청했다.

"진짜 착한 앤데, 두 달 전부터 조금 이상해졌어요."

모처럼 쓸모 있는 이야기가 나오자 현주는 귀를 세웠다. 이제까지의 태도를 보아 짐작건대 홍주아는 오유민이 민호에게 누명을 씌우기로 계획한 일을 알고 있는 듯했다. 하지만 그가 왜 민호에게 누명을 씌우려 한 건지, 503호 안에 뭐가 있는지는 모르는 것 같았다.

현주는 이야기를 재촉했다.

"두 달 전이요? 그때 무슨 일이 있었는데요?"

"파티에 간다고 했어요. VIP 프라이빗 파티인가 뭔가 그런 거였어요. 거기 갔다 온 이후 뭐랄까, 유민이가 좀 이상해졌어요."

"어떻게 이상해졌는데요?"

"무슨 대단한 집 아들이 주최한 파티라고 하면서, 연예인도 오고 유명한 사람도 많이 온다고 신나 했거든요. 갔다 와서는 저한테 시시콜콜 얘기하며 자랑할 줄 알았는데 한마디도 안 하더라고요."

오유민은 허세와 허영이 심한 남자였다. 대단한 파티에 다녀왔다면 사실을 부풀려 떠들어댈 게 뻔했다. 그런 남자가 파티에서 있었던 일을 감추는 이유는 한 가지뿐이다. 파티에 다녀온 사실을 알리고 싶지 않은 거다.

"별로 재미가 없었는지……. 근데 이런 쓸데없는 얘기도 도움이 되는 거 맞아요?"

"당연하죠. 혹시 누가 주최한 파티인지 들은 건 없어요?"

홍주아는 잠시 생각하더니 아, 하고 기억을 떠올렸다. 홍주아가 내뱉은 이름은 현주가 예상했던 이름이었다. 심장이 두근두근 요동을 쳤다. 현주의 입가가 부드러운 곡선을 그렸다. 모든 것이 하나의 그림으로 완성되는 퍼즐처럼 딱딱 맞아떨어지고 있었다. 이제는 그 집에 얼마만큼이 남아 있는지가 문제였다.

"몇 명 정도가 모인 파티였는지 기억해요? 그 정도는 얘기했을 것 같은데."

"프라이빗 파티라 인원수가 그렇게 많지 않았던 걸로 기억해요. 50~60명 정도? 유민이가 그 정도로 소규모 파티인데 초청됐다고 좋아했으니까요."

빙고. 해답지가 제 발로 걸어 들어왔다. 50~60명 정도라. 그렇다면 딱 4 정도가 남았을 것이다.


현호는 병원 복도를 어슬렁거리며 귀를 후비적거렸다.

"걱정하지 말라니까. 나 못 믿어? 내가 누구야? 나 서촌 경찰서 강력1팀 에이스 백현호야. 내가 병실 앞을 지키고 있는데, 오유민이가 긴 어딜 가겠어?"

[잘 감시해. 수상한 거 있으면 바로 보고하고.]

현주의 잔소리가 이어졌다.

"걱정 말고, 누난 누나 할 일이나 해."

현호는 현주가 뒷말을 퍼부을세라 재빨리 전화를 끊었다.

605호 병실로 들어가자 장세웅이 현호에게 알은척을 해왔다. 장*웅은 장세웅이라는 이름을 되찾고 수사에 합류했다. 오래전에 상처하고 가게를 운영해오던 그는 과로로 쓰러져 입원한 차였다. 물론 장세웅이 수사에 합류한 이유는 단지 흥미를 느껴서만이 아니었다. 그는 틈만 나면 현호에게 장미의 신상을 물었다.

"삼촌."

현호는 멋쩍게 그를 삼촌이라 부르며 다가갔다. 차마 아버지라는 말은 입에 올릴 수 없었다. 흰 눈으로 슬쩍 살피자 오유민은 여전히 휴대전화에 코를 처박고 있었다.

"어, 어. 왔구나. 조카야."

이보다 더 어색할 수 없는 말투로 장세웅이 대답했다. 오유민은 손톱을 잘근잘근 깨물며 휴대전화만 쳐다봤다. 그의 어머니는 침대 머리맡에서 꾸벅꾸벅 조는 중이었다.

"엄마, 나 화장실 좀 갔다 올게."

오유민은 속삭여 말한 뒤 병실을 빠져나갔다. 비척비척 느린 발걸음이었다. 현호는 조용히 그를 뒤따랐다. 오유민이 복도를 지나 화장실로 들어갔다. 시간 텀을 두고 화장실로 들어간 현호는 소변을 보는 척 동태를 살폈다. 화장실 용변 부스는 총 세 개. 모두 문이 닫혀 있었다. 그중 하나에 오유민이 들어갔을 터였다.

이윽고 첫 번째 용변 부스가 열리며 환자복 차림의 30대 남자가 나왔다. 체격이 퉁퉁한 자로 오유민과는 확연히 다른 외형이었다. 현호는 세면대에서 손을 씻으며 시간을 끌었다.

큰일이라도 보는 건가. 잠시 뒤 두 번째 용변 부스에서 휙, 남자 하나가 나왔다. 검은 티셔츠에 검은 바지, 검은 모자까지 눌러쓴 남자였다.

오유민, 드디어 걸렸구나. 현호는 세 번째 용변 부스 문을 열어 비어 있다는 걸 확인한 뒤 오유민을 뒤쫓았다. 이토록 노골적인 감시에도 도주를 감행하다니 사정이 급박해진 모양이었다. 오유민은 엘리베이터를 지나쳐 비상계단으로 빠르게 걸어갔다.

"오유민, 거기 서라."

비상계단에 현호의 목소리가 낮게 울려 퍼졌다. 오유민은 움찔했지만 이내 속력을 내어 계단을 내려가기 시작했다. 운동화가 바닥을 치는 소리가 사방이 막힌 공간에 왕왕 메아리쳤다.

"거기 안 서?"

오유민이 계단 난간을 잡고 반 층을 뛰어넘었다. 이 새끼 봐라. 여유롭게 오유민의 도주를 관망하던 현호는 조급해졌다. 난간을 잡고 오유민처럼 반 층을 뛰어넘었다. 예상 외의 반격이 현호의 승부욕에 불을 붙였다. 호리호리한 체형에 얍실한 외모라 만만히 봤건만 도주 솜씨가 제법이었다. 두 사람은 비상계단을 정신없이 내려가며 쫓고 쫓기는 싸움을 벌였다.

마침내 1층에 도착했다. 현호는 턱 끝까지 숨이 찼다. 오유민은 잡힐 듯 말 듯 일정한 거리를 유지하며 도망을 갔다.

"거기 서! 오유민!"

오유민이 로비의 사람들 사이로 몸을 감췄다. 인파 속에서 오유민의 검은 모자가 나타났다 사라지기를 반복했다.

"오유민!"

현호는 사람들을 밀치며 오유민에게 다가가 그의 어깨를 잡아챘다. 멍청하긴. 여기서 도망갈 수 있을 거라⋯⋯. 오유민이 뒤를 돌아본 순간 현호는 그대로 얼어붙었다. 검은 티셔츠에 검은 바지, 검은 모자를 쓴 호리호리한 체형의 남자. 오유민이 아니었다.

"너 뭐야?"

현호가 그의 멱살을 붙잡았다. 눈앞이 캄캄했다.

"뭡니까?"

남자의 입 꼬리가 삐죽 올라갔다. 현호와 남자 주위로 사람들이 슬금슬금 몰려들었다.

"오유민, 어딨어? 네가 빼돌린 거지?"

첫 번째 칸에서 퉁퉁한 체격의 환자가 나왔다. 두 번째 칸에서는 이자가 나오고, 세 번째 칸에는 아무도 없었다. 대체 오유민은 어디에 있었던⋯⋯.

설마. 이렇게 멍청할 수가. 오유민은 두 번째 칸에 들어갔던 거다. 숨죽이고 있다가 자신이 세 번째 칸을 확인하고 검은 모자를 따라가길 기다렸겠지. 그리고 검은 모자와 추격전을 펼치는 동안 유유히 엘리베이터를 타고 도망친 것이다.

이 일을 오유민 혼자 벌일 순 없었을 터. 누군가 오유민을 감시한다는 걸 알아챈 함병준이 모든 공작을 펼친 게 틀림없었다. 현호는 검은 모자의 멱살을 거칠게 떼어놓았다. 속았다는 생각에 머리끝까지 분기가 차올랐다.

경비원이 도착하기 전 현호는 재빨리 병원을 빠져나왔다. 눈물이

나도록 쪽팔렸으나 가족에게 이 사실을 알려야 했다. 현호는 단체 채팅방에 글을 올렸다.

「놓쳤어, 오유민.」

메시지 옆의 숫자가 하나씩 줄어들수록 현호는 입이 말랐다. 잠시간 적막이 흘렀다. 차라리 누군가 욕이라도 해줬으면 싶은 순간, 욕설이 쏟아졌다.

「잘한다, 잘해. 왜 살아 있냐? 접시 물에 코 박고 뒈지지? 어휴, 누굴 탓해? 저걸 낳고 미역국을 처먹은 내가 뒈질 년이지.」

거침없이 막말을 쏟아내는 건 희례였다.

「야, 이 XXXX 할 XXXX 새끼야!」

쌍욕을 따발총처럼 퍼붓는 건 현주였다.

「역시 대단하셔. 서촌 경찰서 강력1팀 에이스 형사님. 에이스가 설마 그 먹는 에이스는 아니겠지?」

꽈배기 꼬듯 비꼬는 건 진주였다.
세 여자가 면박을 주는 소리가 끝나자 현호의 휴대전화가 울렸다. 메시지로 퍼부은 쌍욕이 모자랐던 걸까. 발신인은 현주였다.

"나도 잘못한 거 안다고."

현호가 주눅 든 목소리로 먼저 죄를 인정했다.

[됐어, 어떻게 보면 잘된 일이야. 작전을 바꿔야지. 함정을 팔 거야, 아주 깊고 깊게. 흐흐. 오유민이 제 죄를 스스로 드러내게끔. 내가 그 자식을 가만 놔둘 줄 알아? 감히 누구를 건드려? 잘못 건드렸다는 걸 뼈저리게 느끼게 해주겠어. 살려달라고 오줌을 질질 싸게 해주지.]

현주가 이를 부드득 갈았다. 하필 걸려도 현주에게 걸리다니. 현호는 오유민과 함병준에게 심심찮은 위로의 말을 전하고 싶었다.

[나 지금 503호야. 감 다 잡았는데, 오유민 이 새끼가 보통 똑똑하고 조심스러운 게 아니네? 이중, 삼중 함정을 파놨어. 그러니까 이제부터 네 역할이 중요해.]

"왜 또? 뭘 시키려고?"

[아직도 정신을 못 차렸지?]

벼락같은 현주의 음성이 귓가를 때렸다.

"아, 알았어. 이제 어떻게 하면 되는 건데?"

현주의 이야기를 들으며 현호는 경악했다. 현주가 명한 일은 범법행위나 다름없었다.


[안 돼, 절대 안 돼!]

종철은 극렬하게 저항했다.

"아, 형님. 이거 아주 큰 건이라니까요. 특진도 가능한 일이라고요."

[우리 관할서 사건도 아닌데, 특진은 무슨 놈의 특진?]

"제가 판 다 깔아놨는데, 공조수사 몰라요?"

고민이 깊은지 종철은 끙, 신음 소리만 냈다.

[너 진짜 확실한 거야?]

"확실합니다! 믿어주십쇼!"

[알았어, 기다려. 내가 알아볼 테니까.]

잠시 뒤 메시지로 현호가 부탁했던 오유민의 신용카드 사용 내역이 송부되어왔다. 여기서 어떻게든 단서를 찾아야 했다. 현호는 카드 사용 내역을 출력해서 펼쳐놓았다. 이리 보고 저리 보아도 수상해 보이는 건 없었다. 특이 사항으로는 두 달 전부터 카드 사용액이 급증했다는 점이었다.

당연했다. 오유민에게는 돈 나올 구멍이 있었으니. 커피숍, 편의점, 백화점 등에서 돈을 펑펑 써댄 정황이 드러났다. 호텔, 레스토랑 등 고급 음식점에서의 소비도 활발했다. 분명 뭔가가 있을 텐데……. 소비성 사용처가 줄줄이 나열된 가운데 문득 문구점에서 5600원을 결제한 내역이 눈에 띄었다. 이전과 이후로도 같은 문구점에서 결제한 내역은 없었다. 특수한 소비라는 뜻이었다.

5600원으로 뭘 샀을까. 사용일은 지금으로부터 정확히 두 달 전. 503호에 관한 소문이 시작될 무렵이었다. 이 시점부터 오유민이 모든 걸 계획했다고 한다면 허투루 넘길 수 없는 소비였다.

현호는 즉시 오유민이 물건을 샀던 문구점으로 향했다. 알바생은 두 달 전 오유민이 무얼 구입했는지 전혀 기억하지 못했다. CCTV 영상도 일주일 치만 보관되기에 그날의 녹화 영상은 남아 있지 않았다. 현호는 난감한 기분으로 문구점을 한 바퀴 빙 돌았다. 수천 가지의 물건 가운데 오유민이 무얼 샀는지 알아낼 방도가 없었다. 그러나 오유민을 놓친 걸 만회하기 위해서라도 반드시 알아내야 했다. 현호는 문구점을 뱅글뱅글 돌며 물건들의 가격을 확인했다. 직원은 오랜 시간 물건을 뒤적거리는 현호를 못마땅하게 쳐다봤다.

밤 10시, 직원이 현호에게 다가왔다.

"아직도 못 고르셨어요? 이제 문 닫을 시간인데."

"죄송합니다. 딱 10분만요."

직원은 한숨을 내쉬며 돌아섰다. 현호는 마음이 급격하게 초조해졌다. 오유민까지 놓친 상황. 5600원으로 무얼 구입했는지 알아내지 못한다면 그의 죄를 입증할 증거마저 사라질지 몰랐다. 다급해진 마음만큼 현호의 눈길이 부산하게 가판대를 훑었다. 그러다가 문득 낚싯줄 코너에 1000원이라 붙은 가격표가 보였다. 500원짜리 낚싯줄도 있었지만, 가장 먼저 보인 건 1000원짜리였다.

낚싯줄이다!

현주도 낚싯줄과 관련된 장치일 거라고 추측했다. 1000원이냐, 500원이냐 따질 만큼 금액이 중요한 상황은 아니었을 것이다. 만약 오유민이 1000원짜리 낚싯줄을 샀다면, 나머지 4600원으로 무얼 샀을까.

현호는 문구점을 한 바퀴 돌며 4600원짜리 상자나 용기가 있는지를 살폈다. 물론 오유민이 다른 무언가를 더 샀을 수도 있다. 단순히 4600원이라는 가격에 맞는 물건이 아니라, 그가 어떤 장치를 했는지도 추측해야 했다.

그때 현호의 발걸음이 주방 용기 코너에서 멈췄다.


조미료 보관 용기. 강한 자력을 이용한 자석 뚜껑으로 물이나 공기가 들어가지 않아요.

광고 문구를 보자 번개처럼 어떤 깨달음이 현호의 머리를 내리쳤다. 크기는 적당했다. 현호는 주먹만 한 용기의 뚜껑을 열어보았다. 광고 문구대로 자력이 강했다. 현호는 용기에 붙은 4600원이라는 가격표를 보며 미소를 떠었다. 그제야 오유민이 낚싯줄과 자석 뚜껑 용기로 어떤 공작을 했을지 알 것 같았다.

오케이. 모든 준비가 완료됐다. 이제 할 일은 오유민이 스스로 모습을 드러낼 때까지 기다리는 일뿐이었다.


새벽 1시, 만물이 달빛 아래 숨죽인 밤. 현주와 현호는 503호 부엌에 쪼그려 앉아 있었다. 오유민은 예상했던 시간이 지나도록 모습을 드러내지 않았다. 하지만 그에게도 주어진 시간은 얼마 되지 않을 터. 현주는 오늘 밤 오유민이 반드시 나타날 거라 확신했다.

현주는 손톱을 잘근잘근 깨물며 지난날을 떠올렸다. 의심의 시작은 '왜'였다. 오유민은 왜 민호에게 누명을 씌운 걸까. 처음 현주는 돈보다 원한이 이유일 거라 생각했다. 그러나 희례로부터 병실에서의 상황을 전해 듣고는 생각을 바꿀 수밖에 없었다. 돈 냄새를 맡았던 함병준과 돈 나올 구멍이 있는 것처럼 굴었던 오유민. 사건에서는 명백하게 돈 냄새가 났다. 여전히 오유민의 의도를 짐작하지 못하는 가운데, 한 가지 가설이 떠오른 건 형균을 만나고 난 이후였다.

한 달 전, 형균이 503호로 이사를 오고 난 이후 오유민으로부터 꾸준한 접근 시도가 있었다. 환영 인사 차원에서, 김치전을 나눠 먹자며, 물 한 잔만 얻어 마시자는 이유에서였다. 현주는 이 같은 일련의 행동 속에서 공통점을 찾았다.

오유민은 일관되게 형균의 집 안으로 들어가길 원하고 있었다. 착각했던 것이다. 돈 나올 구멍은 민호가 아니라 503호에 있었다. 503호가 비어 있는 동안 오유민은 그곳에 돈이 될 만한 걸 숨겨놓은 것이다.

복도 창틀에 손가락 자국이 있는 것도 이상했다. 창틀 부위를 만진 흔적이었다. 뒤늦게 무언가를 설치하지 않았을까 하는 생각이 들었다. 현주는 한번 더 하늘 빌라를 방문했다. 확인 결과, 창틀 높이는 우연찮게도 현관문 잠금장치와 비슷한 높이였다.

"참 누나도 대단해. 오유민이 복도 창틀에 몰카 설치한 걸 어떻게 알아낸 거야?"

현호가 하품으로 졸음을 쫓아내며 속삭였다.

"형균 씨가 그랬잖아. 최근에 빌라 안에 쓰레기가 많이 늘어난 느낌이라고. 처음 이사 왔을 때는 안 그랬는데 어느샌가 과자 봉지나 담뱃갑 같은 것들이 복도 창틀에 버려져 있었다고."

"그랬지."

"진짜 목적은 몰카를 숨긴 담뱃갑을 창틀에 올려놓는 거였고, 다른 쓰레기들은 위장이었을 거야. 그래야 창틀에 있는 담뱃갑에 위화감이 덜 들 테니까. 그러다 형균 씨가 몰카를 발견하기라도 하면? 아마 오유민은 상관없었을 거야. 그 몰카를 자신이 설치했다는 증거 따윈 없으니까."

"그런데 형균 씨 집에 들어가기 위해 취한 방법이나 몰카 설치까지, 오유민이 너무 성급했던 것 같지 않아? 천천히 친해졌으면 손쉽게 형균 씨 집에 들어갈 수 있었을 텐데. 왜 그렇게 무리수를 둔 걸까?"

"그만큼 시일이 촉박했겠지. 엄마가 그랬잖아. 병실에서 오유민의 휴대전화가 끊임없이 울렸다고. 누군가의 독촉을 받고 있었던 게 아닐까 싶어. 그래서 무리하더라도 최대한 빠른 방법을 생각한 거고."

"그래, 그래서 오유민이 형균 씨 집 현관문의 비밀번호를 알아냈다고 쳐. 그러면 목적대로 얌전히 형균 씨 집에 들어갈 일이지 왜 폭행, 살인미수라는 말도 안 되는 일을 꾸민 거야?"

"비밀번호만으로는 형균 씨의 집에 들어갈 수 없었으니까."

"왜?"

"잊었어? 형균 씨는 이사하자마자 현관문에 열쇠 잠금장치를 달았어. 비밀번호와 함께 열쇠도 가지고 있어야 침입이 가능했던 거지."

현호에게서 탄성 소리가 새어 나왔다.

형균은 이사 당일, 철물점 주인을 불러 열쇠 잠금장치를 달았다. 현주가 이유를 캐묻자 형균은 어린 시절부터 받아온 교육의 여파일 뿐이라며 말을 얼버무렸다.

사실 형균에게는 어린 시절, 강도가 집에 침입한 기억이 있었다. 그러나 현주에게 이런 사정을 털어놓는다면 민호가 또 보증금을 보태줄 테니 이사하라는 소리를 할까 봐 입을 다물고 있었던 것이다.

"오유민은 원래 형균 씨를 잘 구슬려서 그 집 안으로 들어가려고 계획했을 거야. 하지만 예상 외로 형균 씨는 틈이 없는 사람, 아니 둔한 사람이었어. 게다가 일 때문에 야근을 밥 먹듯이 하는지라 마주치기도 쉽지 않았고. 다급해진 오유민은 몰카를 설치해서 비밀번호를 알아냈어. 설마 열쇠까지 사용할까 싶었는데, 형균 씨는 잠금장치를 둘 다 사용했던 거지. 그러다가 누군가의 독촉이 심해지자 급한 마음에 극단적인 방법을 선택하게 된 거 아닐까?"

그제야 현호는 모든 상황이 조금씩 이해되기 시작했다.

"설마 오유민은 형균 씨가 유치장에 들어가 있는 동안 503호로 들어가려 한 거야?"

"맞아. 체포되는 와중에 열쇠로 문을 잠그진 않을 테니까. 게다가 긴급 체포되면 48시간, 운 좋게 구속되면 그 이상의 시간적 여유도 생기고."

"그런데 여기서 한 가지 생각지도 못한 일이 벌어졌구먼."

오유민의 엄마라는 존재였다. 오유민은 의심을 피하고자 차민호가 자신을 공격한 패거리 중 하나라 거짓말했다. 덕분에 오유민은 엄마의 감시 아래 병실에 갇혀 옴짝달싹 못 하는 신세가 되어버리고 만 것이다.

형균의 집에 얼른 들어가 봐야 하는데 갈 수 없었던 그는 속만 끓였다. 그래서 병실을 지키고 있던 엄마에게 그토록 집에 보내달라 애원했던 것이다.

"얼마나 애가 탔을까. 503호에 그런 꿀단지를 숨기고 있었으니."

아무리 그래도 애먼 사람에게 어떻게 누명을 씌울 생각을 했을까. 쓰레기 같은 놈. 현호가 욕설을 중얼거리며 저린 다리를 쭉 펼칠 때였다. 아래층에서 발소리가 들렸다.

"발소리 들었어?"

현주가 속삭이자 현호가 '쉿' 하는 사인을 보냈다. 현주는 벽에 바짝 기대 소리에 온 신경을 집중했다. 빌라 안에는 자동 센서 등이 없었다. 오로지 가까워지는 소리만으로 침입자의 움직임을 추측해야 했다. 사뿐한 발걸음, 규칙적인 움직임이 습한 공기를 울렸다. 5층 복도에 들어선 침입자는 망설임 없이 503호로 다가왔다.

딩동. 침입자가 벨을 울렸다. 503호 안에 사람이 있는지 확인하기 위한 목적일 터였다. 대답이 없자 한번 더 벨이 울렸다. 이후 자그마하게 비밀번호 누르는 소리가 들렸다.

그래, 애타게 기다려왔을 텐데. 쉽게 물러서진 않겠지. 현주의 심장이 터져 나갈 것처럼 요동쳤다. 긴장감으로 불규칙한 호흡이 흘러나왔다.

이내 바닥을 긁는 소리와 함께 현관문이 열렸다. 침입자는 불빛 하나 없는 캄캄한 어둠 속으로 발을 내디뎠다. 목적지는 분명했다. 화장실이었다. 침입자는 화장실로 발 빠르게 이동했다.

현주는 현호의 만류에도 불구하고 화장실로 조심스럽게 발걸음을 옮겼다. 새카만 어둠 속으로 화장실을 밝힌 불이 새어 나오고 있었다. 현주는 화장실 문을 벌컥 열었다. 그러고는 냅다 사진부터 찍어댔다.

찰각찰각. 플래시가 번쩍였다. 카메라 화면이 엉거주춤 변기를 붙들고 있던 오유민을 포착했다.

"누, 누구야!"

오유민은 기겁할 듯 놀라며 변기를 끌어안고 주저앉았다. 숨이 넘어갈 듯 헐떡이는 그를 보며 현주는 입을 열었다.

"없을걸요?"

"뭐, 뭐?"

"왜 모른 척을 하시나? 찾으러 온 거잖아요."

"이봐, 당신 누구야? 대체 무슨 말이야?"

"이거 찾으러 온 거 아니에요?"

현주는 오유민을 향해 손을 내밀어 보였다. 손바닥 위에는 비닐에 싸인 하얀 가루가 놓여 있었다.

"무슨 소리야? 난 몰라. 난 아니야. 그냥 사건 현장이 보고 싶어서 찾아왔을 뿐이라고!"

오유민은 계속해서 아니라고 발뺌하기만 했다. 현주는 얼굴에서 웃음을 거두고 싸늘한 말투로 말했다.

"오유민 씨, 이제 그만 인정하세요. 이거 때문에 멀쩡한 사람 범죄자로 만들려고 했잖아."

"거짓말 아니라고! 정말 그 사람이 여기서 날 죽이려고 했다니까!"

"거짓말 아니라고요? 그럼 설명해봐요. 그때 이 집이 어떤 상태였는지."

"복도를 지나고 있었는데 갑자기 503호 남자가 문을 열고 나와서 내 팔을 잡고 안으로 끌고 가⋯⋯."

현주가 오유민의 말을 끊었다.

"경찰서에서 앵무새처럼 반복한 레퍼토리 말고요. 이 집이 어떤 상태였는데요? 끌려 들어왔으면 알 거 아니에요?"

오유민은 찌를 듯한 눈빛으로 현주를 쏘아보기만 했다. 숨기려 했지만 낯빛에는 당황한 기색이 역력했다.

알 리가 없었다. 오유민은 한 번도 형균의 집에 들어와 보지 못했다. 그가 발을 들여놓은 곳은 고작 현관까지였다. 이 집은 구조상 튀어나온 벽 때문에 현관에서 안을 들여다볼 수 없었다.

"이 집 상태? 젊은 남자가 사는 집이야 뻔하지. 온갖 물건들이 지저분하게 널려 있었어."

오유민의 대답에 현주는 통쾌하게 웃음을 터뜨렸다.

"한번 볼래요? 이 집이 어떤 상태인지?"

현주가 거실 불을 켰다. 형광등 불빛 아래 상자 몇 개만 쌓인 살풍경한 방이 훤히 드러났다. 오유민은 입술을 깨물었다.

이 빌라에는 자동 센서 등이 없었다. 현관에도 불 켜는 스위치가 따로 있었다. 오유민은 깜깜한 어둠 속에서 화장실에 몰래 잠입해야 했다. 당연히 형균의 집이 어떤 상태인지 볼 수가 없었다.

"당신 때문에 멀쩡한 사람이 범죄자라는 오명을 쓰고 철창 신세를 질 뻔했어요. 그런데 그쪽은 일말의 죄책감도 못 느끼네요."

오유민은 볼을 씰룩이더니 눈물을 터뜨렸다. 현장을 들켜버린 데다 변명조차 먹히지 않자 태세를 전환한 것이다.

"어쩔 수 없었어요. 제발 한 번만 봐주세요. 저 원래 이런 사람 아니에요. 정말 어쩔 수 없었다고요."

"어쩔 수 없었다고요? 웃기지 말아요. 선택지는 무수하게 존재했어요. 차민호 씨에게 사실대로 말하고 화장실에 들어가는 방법도 있었고요, 경찰에 자수하는 방법도 있었어요. 그런데 그쪽이 택한 방법은 무고한 사람을 범죄자로 만드는 거였어요. 그것도 자신의 이득을 위해서요. 원래 이런 사람이 아니라고요? 아뇨. 그쪽은 원래 이런 사람이에요. 그쪽이 한 선택들이 모여 지금 당신이란 사람이 된 거거든요."

"흑……. 잘못했어요. 한 번만 봐주세요. 제발. 흑."

"아뇨. 전 경찰에 신고할 거예요. 왜인 줄 알아요? 정말 범죄에 희생당한 사람들을 위해서예요. 댁 같은 사람들 때문에 진짜 희생자들이 이상한 시선을 받으며 이중으로 고통당하면 안 되는 거잖아요. 그 사람들을 위해서라도 오유민 씨는 죄에 대한 대가를 받아야 해요."

오유민은 바닥에 엎드려 엉엉 소리 내어 울었다. 비로소 그의 울음 속에 진짜 후회가 묻어났다.

한림동 좁은 골목길에 사이렌 소리가 울려 퍼졌다.

하늘 빌라 주변으로 동네 주민들이 벌 떼처럼 몰려들었다. 광수대 마약반 형사들은 오유민을 경찰차에 태웠다. 현주를 안전하게 귀가 시킨 종철은 담배를 빼 물며 현호에게 다가왔다. 하얀 연기가 새까만 공기 속으로 사그라졌다. 현호는 담배를 피워본 적 없지만 사건 마무리 뒤에 피우는 담배의 맛을 알 것 같았다.

"넌 어째 정직 먹고 수사를 더 잘하는 거 같다."

종철이 마땅찮은 눈길을 보냈다. 말년 병장 제대 전날 어쩌고 할 줄 알았건만 이제 포기한 모양이었다.

"제대로 잡았어. 마약 4그램."

오유민이 503호에 꿀단지처럼 모셔둔 물건은 마약 4그램이었다. 오유민에게 비어 있는 옆집은 무언가를 숨기기에 적절한 장소였다. 가까이 있으면서도 자신의 거주지가 아닌 곳이었으니. 비어 있는 503호에 다른 이들이 접근하지 못하도록 토막 살인, 저주와 같은 괴담을 만들어 퍼뜨리기도 했다.

하지만 하룻밤 사이, 그것도 새벽에 형균이 도둑같이 이사해 오자 오유민은 당황했다. 더욱이 마약이 자신의 소유가 아니었으니 시간이 지날수록 극단적인 선택을 할 만큼 초조해졌다.

"대체 오유민은 그 마약을 어디에서 구한 거고, 넌 그걸 어떻게 알아낸 거야?"

"오유민이 503호에 뭔가를 숨겨놨을지도 모른다고 생각은 했지만 그게 뭔지 처음엔 짐작도 못 했죠. 그러다 거꾸로 생각해보자 싶더라고요. 오유민은 아무도 없는 텅 빈 집에 무언가를 감추기로 마음먹었다. 어떤 물건을 가지고 있었기에 이런 생각을 한 걸까?"

골똘히 고민하던 종철이 고개를 들고 외쳤다.

"작은 물건?"

"지폐 더미는 아닐 거고 부피가 아주 작은 물건이어야 한다는 생각이 들었죠. 보석류나 마약 같은. 그래서 작은누나가 오유민의 여자친구를 찾아갔고, 오유민이 임규태가 주최한 파티에 참석했다는 사실을 알아냈어요. 그제야 오유민이 무얼 숨겼는지 알 것 같더라고요."

종철의 머릿속에 임규태라는 이름 세 글자가 번뜩 떠올랐다. 요즘 한창 뉴스를 달구고 있는 화제의 인물이었다. 현호도 식구들과 함께 그에 관한 뉴스를 시청한 적이 있었다.


다음 소식입니다. 임경학 국회의원의 차남 임규태 씨가 필로폰 투약 혐의로 긴급 체포되었습니다. 임규태 씨는 해외에서 밀반입한 필로폰을 다른 사람들과 투약하다 적발되었습니다. 윤영식 기자입니다.

……필로폰 6그램을 국내로 들여왔고 이를 투약한 사실이 확인되었습니다. 경찰은 강남에 있는 임 씨의 자택을 수색했지만 필로폰은 발견되지 않았습니다.


뉴스를 보던 희례는 임규태가 아버지 이름에 먹칠한다며 혀를 차기도 했다.

"임규태라고 하면 설마, 이번에 필로폰 투약 혐의로 구속된 사람?"

"맞아요. 경찰은 임규태가 6그램의 필로폰을 중국으로부터 밀반입했다고 했어요. 하지만 임규태의 집에서는 아무것도 발견되지 않았죠. 그럼 대체 6그램은 어디로 사라진 걸까? 약간의 계산을 해보자고요"

"······."

"널리 알려진 필로폰 투약 방법은 세 가지예요. 콜라 같은 음료에 타 먹거나 증류수를 섞어 주사기에 넣거나 숟가락에 필로폰을 올리고 라이터나 램프로 가열해 증기로 만들어 흡입하는 쿠킹을 하거나. 그런데 어떤 방법이든 필로폰은 0.03그램 정도가 일인분이에요. 뭐, 나중에 0.05나 0.06그램으로 양을 늘리기도 하겠지만 일반적으로 0.03그램 정도가 일인분이죠."

"나도 알아, 인마. 그런데?"

"오유민이 참석한 파티에 초청된 사람이 50~60명 정도라고 했으니, 그중 필로폰을 안 한 사람과 더 많이 한 사람을 일인분으로 평균 낸다고 가정하면 얼추 2그램의 필로폰을 썼다는 계산이 나와요. 사라진 6그램의 필로폰 중 2그램이 그 파티에 사용된 거죠. 그럼 과연 나머지 4그램은 어디로 갔을까?"

"그걸 오유민이 가져갔단 말이야?"

"오유민이 훔친 건지, 아니면 임규태가 오유민에게 맡긴 건지 모르겠어요. 전 후자일 가능성이 더 높다고 봐요. 필로폰 4그램 정도면 1억이 조금 넘는 금액인데도 오유민은 큰돈이 생길 것처럼 굴었다고 하니까. 아마 경찰 수사를 예상한 임규태가 4그램의 마약을 맡긴 대가로 그보다 더 큰 돈을 약속한 게 아닐까 하는 생각이 들었어요."

이야기를 들으며 종철은 혀를 내둘렀다.

"게다가 오유민 꽤 똑똑하데요. 마약을 숨겨둔 장소에 아주 깜찍한 공작까지 해놨더라고요. 자칫하면 증거인 필로폰을 물에 쓸려 보낼 뻔했어요."

현주는 오유민보다 먼저 503호로 들어가 집 안 곳곳을 살폈다. 4

그램의 필로폰은 봉지에 담겨 있다 하더라도 부피가 매우 작을 것이다. 어디에 숨겼을까 고민하던 그녀의 눈에 문득 화장실 변기 물탱크가 보였다. 고전적이고 진부한 답안지이긴 하지만, 오유민의 머릿속도 일반인들과 크게 다르지 않을 것이다.

현주는 변기 물탱크 뚜껑을 냉큼 들어 올리려 했다. 그러자 뚜껑이 팽팽하게 당겨지는 느낌이 들었다. 장치가 되어 있었다. 현주는 뚜껑을 도로 내려놓고 가슴을 쓸어내렸다. 생각해보면 오유민은 두뇌 회전이 빠르고 행동이 기민한 사람이었다. 안전장치 없이 위험한 물건을 맡아둘 리 없었다. 다른 사람이 물탱크 뚜껑을 열면 필로폰이 물에 휩쓸리도록 조치를 취했을 게 분명했다.

현주는 변기 주변을 샅샅이 살폈다. 다른 특이점은 없었다. 막연히 줄을 이용한 장치가 아닐까 하는 생각만 들었다. 투시력이 없는 한 물탱크 속에 어떤 장치가 되어 있는지 알아내는 건 불가능했다.

과연 20대 남자가 할 수 있는 공작에는 어떤 게 있을까. 고민하던 현주는 현호에게 전화를 걸었다. "오유민 카드 사용 내역 확인해줘." 현호는 종철을 쥐어짜 오유민의 카드 사용 내역을 손에 넣었다. 그리고 5600원으로 낚싯줄과 자석 뚜껑 용기를 구입한 사실을 추측한 것이다.

현호는 그 즉시 503호로 향했다. 503호에서 현주가 기다리고 있었다. 두 사람은 화장실에서 물탱크 뚜껑을 조심스럽게 들어 올렸다. 1센티미터가량 들어 올렸을까. 걸리는 느낌이 손으로 전달됐다.

현호는 물탱크와 뚜껑 사이를 들여다보았다. 이리저리 살피자 뚜껑에 고정된 낚싯줄이 팽팽하게 당겨져 있는 게 언뜻 보였다. 현호는 가위로 낚싯줄을 잘라내고 뚜껑을 완전히 들어 바닥에 내려놓았다.

과연, 변기 물탱크 안에는 문구점에서 보았던 자석 뚜껑 용기가 잠겨 있었다.

"물탱크 뚜껑에 낚싯줄을 고정하고 자석 뚜껑을 묶었어요. 낚싯줄 길이를 아주 짧게 해서요. 물탱크 뚜껑을 1센티미터 이상 들어 올리 면 낚싯줄이 당겨져 자석 뚜껑이 자동으로 열리게 한 거예요."

"와, 잔머리 한번 기똥찬 인간이네."

"맞아요. 오유민은 신중하고 조심성이 많은 사람이었어요. 이중, 삼중으로 안전장치를 마련해놓았으니까요. 자신의 집이 아닌 비어 있는 503호에 필로폰을 숨겨놓은 것도 그렇고요. 설사 경찰이 503호 를 수색하더라도 물탱크 뚜껑을 들어 올리면 자석 뚜껑이 자동으로 열리면서 필로폰이 물에 녹아 증거가 인멸되도록 한 것도 그렇고요."

종철이 담배를 문 채로 손뼉을 치더니 현호의 머리를 헝클어뜨렸 다. 말년 병장 제대 전날 가랑잎 운운하던 소리도 꺼내지 않았다. 현 호는 그의 거친 손길이 실은 머리를 쓰다듬어주고 싶어 하는 간질간 질한 마음이라는 걸 알았다.

"아, 왜 이래요? 머리 망가지게."

"귀여워서 그런다, 인마. 새벽 2시가 넘어가는데 보여줄 사람이 어 딨다고."

종철이 킬킬거리는 와중, 익숙한 차 한 대가 도착하더니 육시열 팀 장과 우영이 차에서 내렸다. 우영은 '백 형사님!' 하고 반갑게 소리치 며 다가왔지만 육시열은 굳은 표정이었다.

"백 형사님, 진짜 멋지십니다. 어떻게 지원도 안 받고 마약……."

종철은 분위기 파악을 못 하는 우영의 입을 솥뚜껑 같은 손바닥으 로 덮었다.

육시열은 머쓱하게 인사하는 현호 앞에 섰다. 그는 무언가 말하려 입을 뻐끔거리다, 도리질을 치다, 끝내 하늘을 쳐다봤다. 이윽고 그의 입에서 긴 한숨이 흘러나왔다.

걱정도, 잔소리도, 가슴에 털도 많은 육시열 팀장. 한때는 현장에서 독사라고 불릴 만큼 집요하고 표독스러운 수사관이었으나 이젠 이빨 빠진 호랑이, 잔소리꾼이 다 되었다. 승진과 출세를 포기한 지 오래기에 사는 게 편했다. 그저 품 안의 새끼들이 큰 사고나 치지 않았으면 하는 바람뿐이었다.

그런데 제일 예쁘고 영특하던 새끼가 이토록 사고를 치고 돌아다닐 줄이야. 칭찬을 해야 하는 걸까, 발모가지라도 분질러놔야 하는 걸까. 육시열은 현호의 어깨를 두드리는 동시에 고개를 절레절레 흔들었다. 현호뿐 아니라 종철과 우영도 육시열의 복잡다단한 심정을 눈치챘다.

이윽고 육시열은 언덕길을 터벅터벅 내려가기 시작했다. 축 처진 어깨로 점점이 멀어지는 모습이 골고루 사고치는 새끼들 때문에 하루가 다르게 늙어가는 아버지의 뒷모습 같았다. 문득 육시열이 뒤돌았다.

"안 오냐, 새끼들아."

"네?"

"이런 날 한잔해야지."

현호는 냉큼 육시열에게 달려가 어깨를 부비며 애교를 떨었다.

"그러면 오늘 팀장님이 쏘시는 겁니까?"

우영도 신이 나서 외쳤다.

그렇게 서촌 경찰서 강력1팀은 팀장에게 달랑달랑 붙어 언덕길을

내려갔다. 사건을 해결하고도 빈손이었지만 술자리에서 나눌 대화만
큼은 가득했다.

* * *

한림 경찰서 앞에서 현주는 민호에게 두부를 내밀었다.

"이건 뭐야?"

"앞으로는 두부처럼 하얗게 사시라고요."

민호는 너털웃음을 터뜨리곤 두부를 베어 물었다. 죄를 지어서가
아니라, 다시는 억울한 누명을 쓰지 말라는 의미라는 걸 알고 있었다.
민호는 두부를 우물거리며 햇빛이 쏟아지는 거리를 쳐다봤다. 불과
며칠 만에 세상이 완전히 달라진 것 같았다.

유치장에 갇혀 있던 내내 분통만 터뜨린 건 아니었다. 미칠 듯한
분노와 억울함 속에서도 사랑하는 가족의 얼굴이 끊임없이 떠올랐
다. 우리 은우, 아빠 없이 어쩌고 있나. 은우가 자신을 찾고 있을 거란
생각이 들자 가슴이 찢어질 것 같았다. 부모님, 은우를 돌보는 것만
으로도 힘에 부치실 텐데 자식 옥바라지까지 시킬 순 없었다. 그리고
자꾸만 머릿속을 괴롭게 헤집는 얼굴 하나. "난 오빠 믿는데, 오빠도
나 믿지? 내가 꺼내줄게. 어떻게든 꺼내줄 테니까……. 이번에는 나
좀 믿어주라."

단호한 의지가 엿보이는 얼굴도, 굳건한 믿음을 드러내는 말들도
민호의 가슴을 후려쳤다. 그 순간에야 비로소 그간의 오해 따위는 하
나도 중요하지 않다는 생각이 들었다.

오해는 빌미에 불과했다. 그 시절, 자신과 현주는 둘 다 육아와 결

혼 생활에 지쳐 있었다. 모든 걸 상대의 탓으로 돌리고 싶어 했다. 이혼하자는 말도, 이혼으로 향하는 과정도, 이혼 후 외면했던 시간도 모두 자존심 싸움에 불과했다. 그 속에서 오롯이 상처받아야 했던 건 그 무엇보다 소중한 존재, 은우였다.

"현주야."

"어?"

"미안하다……."

예상치 못한 타이밍에 나온 사과에 현주는 당황했다. 언제나 태산처럼 듬직해 보이던 남자가 고개를 숙이고 있었다.

"갑자기 무슨 말이야."

"전부 다 내 잘못이야. 내가 정말…… 미안하다."

낮게 뇌까리는 음성에서 진심이 전해졌다. 현주의 눈가에 눈물이 맺혔다.

"나도 미안해……."

미안하다는 한마디가 뭐가 그리 어려웠을까. 원망, 분노, 울분을 한 번에 씻어내리는 그 좋은 말을, 왜 한 번도 하지 않았던 걸까.

"그리고 또 할 말 없어?"

현주가 눈물을 닦으며 장난스럽게 물었다.

"어?"

"고맙단 말은."

"아…… 고맙기도 하지. 너 아니었으면……."

상상도 하고 싶지 않은지 민호는 뒷말을 흘렸다. 눈부시게 환한 햇살이 쏟아지는 오후, 온기를 품은 봄바람이 살랑살랑 불어왔다. 그때 경찰서 입구에서 은우의 할아버지와 할머니가 은우를 데리고 나타났다.

"엄마! 아빠!"

은우는 활짝 웃으며 현주와 민호에게로 달려왔다. 아이의 미소는 어느 때보다 밝고 화사했다. 두 사람은 팔을 벌려 은우를 한껏 껴안 았다.


톡톡톡톡. 휴대전화 자판 소리에 현호는 신경이 바짝 곤두섰다. 저 놈의 소음 때문에 열심히 시청 중인 증권 뉴스가 귀에 들어오지 않았 다. 현주는 소파에 비스듬히 누워 킥킥대거나 쿡쿡거렸다. 누군가와 메신저를 하는 데 여념이 없었다.

"아, 진짜. 왜 이래?"

"뭐? 나도, 나도."

"음, 어쩔까."

오죽이나 몰두했는지 현주는 혼잣말로 리액션까지 하는 중이었다. 입은 또 얼마나 헤벌쭉 벌리고, 얼굴은 또 얼마나 흐물흐물 풀려 있 는지. 현호는 거울이라도 보여주고 싶은 심정이었다.

"방에 들어가서 하면 안 돼? 누난 텔레비전도 안 보잖아."

현호가 재차 얘기했지만 소용없었다. 현주는 아예 귓구멍이 틀어 막힌 것 같았다. '톡톡톡톡. 톡토로독톡.' 또 한번 거슬리는 소음이 신 경을 긁었다. 현호의 이마에 깊게 실금이 갔다. 도무지 참아줄 수가 없었다. 하여간 어느 커플이고 민폐가 아닌 커플이 없었다.

짜증이 머리끝까지 치솟은 현호는 현주에게서 휴대전화를 빼앗 았다. 현주는 허전해진 손아귀를 움켜쥐더니 현호의 머리를 후려갈 겼다.

"야, 안 내놔?"

"시끄럽다고 몇 번이나 말했어! 소리라도 줄이든가!"

"내 맘이지! 귓구멍을 틀어막고 있든가!"

현호는 부글부글 끓어오르는 화를 삭이며 한숨을 내쉬었다. 때를 놓치지 않고 현주는 현호에게서 휴대전화를 도로 낚아챘다.

'톡톡톡톡.' 또다시 거슬리는 소음이 이어졌다. 말해 뭐 하는가. 쇠귀에 경 읽기인데. 연애라도 하면 저 성질머리가 죽을지도 모른다고 생각했건만 착각이었다. 하긴 지난 세월을 되짚어봐도 현주가 연애 때문에 유순해진 적은 없었다.

현주와 싸워봐야 득보다 실이 크다는 건 진작 경험을 통해 체득한 바였다. 현호는 똥이 무서워서 피하냐, 더러워서 피하지라는 고전 명언을 떠올리며 운동화를 꿰어 신었다.

카페라도 갈까 생각하며 거리를 무람없이 걷고 있는데 휴대전화가 울렸다. 종철의 전화였다.

[조경주 씨, 깨어났다. 나 지금 병원이야.]

현호는 우뚝 발걸음을 멈췄다. 안도감이 드는 한편, 경주가 당시 상황을 어떻게 진술했을지 걱정도 됐다. 물론 엄마가 그런 짓을 할 리 없었다. 하지만 만에 하나라도, 정말 엄마가 사람을 벽돌로 내리친 거라면.

아냐, 그럴 리 없어.

"지금 갈게요."

현호는 전화를 끊고 재빨리 택시를 잡아탔다.


경주는 일반 병실로 옮겨 안정을 취하면서부터 더디게나마 건강을 회복하고 있었다. 종철은 현호와의 통화를 종료하곤 병실로 들어갔다.

"괜찮으십니까? 진술하기 힘드시면 내일 오겠습니다."

종철이 물었다.

"괜찮아요. 지금 할게요."

경주는 한상만의 도움을 받으며 상체를 일으켰다.

"누구한테 맞은 거 아니에요. 주위에 사람이 없었거든요. 벽돌은 위에서 떨어진 것 같았어요. 그 건물 옥상에 잔해 같은 게 많았거든요. 언제 한번 이런 사고가 날 줄 알았죠."

그녀는 쇠약해진 상태에서도 당시 상황을 차분하게 진술했다. 사고가 날 줄 알았다는 말에 한상만은 죄지은 사람처럼 고개를 들지 못했다.

사고라는 게 확실해지자 종철은 가슴을 쓸어내렸다. 경주가 무사히 깨어난 것도 다행이지만 희례가 누명을 벗게 된 것도 다행이었다.

"그런데 오희례 씨와는 그때 무슨 일로 다투셨던 겁니까?"

종철이 물었다. 사건의 진상은 규명됐지만, 만약의 가능성에 대비해서라도 세세한 부분을 알아둬야 할 성싶었다.

"……그냥요. 싸우면 안 되는 이유라도 있나요?"

경주의 대답이 뾰족했다. 희례도, 경주도 다툰 이유를 묻기만 하면 날카롭게 반응했다. 뜨거운 물 때문에 싸웠다는 말뿐이었다.

"아닙니다. 자세한 상황을 알아두려고 여쭤본 겁니다. 조경주 씨를 처음 발견한 사람이 오희례 씨인 건 들으셨죠?"

"오희례?"

경주는 코웃음을 쳤다. 그러다 수상하게 쳐다보는 종철의 눈길이 부담스러웠는지 뒤이어 감사하다는 말을 덧붙였다.

몇 가지 질문과 대답이 더 오갔다. 경주는 일관되게 사고라 주장했지만 무언가를 숨기는 듯한 태도였다.

종철은 병원을 빠져나오며 현호에게 전화를 걸었다. 경주 사건이 사고라고 알려주며 경주와 희례의 관계에 대해 물었다.

"조경주 씨하고 어머님, 전부터 아는 사이야?"

[아니라고 하는데…… 뭐, 아니라고 하니 아니겠죠.]

현호는 부정하면서도 명쾌하게 대답해주지 못했다.

"아무튼 사고라니까 이제 걱정 안 해도 돼. 어머님한테 염려 마시라고 전해줘."

[저 다 와 가요.]

"난 이제 엘리베이터 타는데."

[먼저 가세요. 선배 보러 가는 것도 아닌데.]

"알았다. 그럼 면회 잘하고 가."

종철이 떠난 지 얼마 되지 않아, 현호는 꽃다발을 들고 병원 앞에 도착했다. 엄마가 범인이 아니라는 건 이미 종철이 알려줬는데도 왜 이곳까지 온 걸까. 솔직히 말하자면, 그녀에게 묻고 싶은 말이 있었다. '우리 엄마하고 과거에 무슨 사이였어요?' 과연 이 말을 꺼내볼 수 있을까.

현호가 병실 문을 두드리려는데 안에서 말소리가 들렸다.

"일은 이렇게 마무리하는 걸로 하죠."

경주의 목소리였다.

"이렇게 마무리하는 걸로 하는 게 아니라, 일이……"

"언니 자식들은 알아요?"

경주가 희례의 말을 잘랐다. '자식들'이라는 말에 현호는 문에 귀를 바짝 갖다 댔다.

"뭘?"

"말자 말이에요. 굳이 내가 설명까지 해야 하나?"

희례가 대답이 없자 경주는 비웃음을 터뜨리며 말을 이었다.

"계속 이렇게 속이고 살았어요? 언니 과거 숨기고 살았냐고요."

"……."

"어릴 땐 몰랐지만 크고 나니 알겠더라고요. 내가 봤던 그 장면이 어떤 의미인지. 난 아직도 언니가 그 일에 관련되어 있다고 생각해요. 결백한 사람이라면 과거를 숨길 이유가 없겠죠."

"나한테 이러는 이유가 뭐야?"

"글쎄요. 언니가 알아서 잘 생각해봐요."

희례가 걸어 나오는 소리가 들렸다. 현호는 옆 병실로 몸을 숨겼다. 희례는 병실 문을 세게 닫은 뒤 험악하게 병원 복도를 걸어갔다.

말자라는 사람은 누구일까. 과거 엄마의 비밀은 무엇일까. 엄마는 말자라는 사람의 죽음과 관련이 있는 걸까. 무슨 잘못을 저지른 걸까. 현호는 멀어지는 희례의 뒷모습을 보며 20년 전 기억을 떠올렸다. 그때와 동일한 의문이 가슴속을 파고들었다.

그리고 며칠 뒤, 희례가 사라졌다.

# 엄마의
# 비밀

1980년 12월 25일.

황령산 줄기 끝자락이 드리워진 부산의 어느 동네. 새벽 3시가 훌쩍 넘은 시각, 교회 앞마당으로 성탄 찬양이 나지막이 흘러나왔다. 예배당 한구석에서는 새벽 송 연습을, 다른 한구석에서는 촛불 밝힌 등을 준비하느라 분주했다.

고요한 밤, 거룩한 밤, 어둠에 묻힌 밤. 성탄 찬양의 가사처럼 어둠과 고요가 내려앉은 시간. 모처럼의 통금 해제로 번화가뿐 아니라 구석진 동네에도 설레고 들뜬 분위기가 가득했다.

남자는 교회 앞마당에서 말간 밤하늘을 바라보았다. 코트도 걸치지 않은 채 스웨터에 털목도리만 두른 차림새였다. 추위로 얼어붙은 얼굴에는 수심이 가득했다.

'말도 안 돼. 아닐 거야. 냉정하게 생각하자.' 하늘에는 영광, 땅에는 평화가 깃든 날. 왜 하필 오늘 같은 날 그런 이야기를 들은 건지 마음이 참담했다. 남자가 내쉬는 한숨 소리에 맞춰 새하얀 입김이 공기 속으로 바스러졌다. 가슴에 서늘한 바람이 드는 듯했다.

때마침 예배당 목문이 양쪽으로 열렸다. 문 사이로 여자가 얼굴을 내밀었다. 오밀조밀한 이목구비가 단정하게 자리한 얼굴이었다. 망설이던 여자는 이내 종종걸음을 치며 앞마당으로 나왔다. 여자는 변소 담벼락에 기대고 선 남자에게 다가왔다.

"뭔데?"

신중한 몸짓에 비해 내뱉은 말투는 자못 퉁명스러웠다. 남자는 여자를 흘낏 쳐다본 후 시선을 돌렸다.

"저녁부터 와 이러는데. 말을 해야 알 거 아이가?"

여자의 재촉에도 남자는 입을 열지 않았다. 마음이 심란했다. 원래 성격대로라면 진즉 화를 내고 캐물었을 테지만 성급하게 굴고 싶지 않았다. 이토록 정리되지 않은 감정 상태로 말을 섞었다간 나중에 후회할지도 몰랐다.

"별일 아니야."

남자는 곱지 않은 한마디를 던지고는 돌아섰다. 혓바닥에 까끌까끌 바늘이 돋아난 듯했다. 여자는 지나치는 남자를 그냥 내버려두지 않았다.

"진짜 이럴 기가?"

여자가 남자의 팔을 잡아챘다. 갈매기 같은 여자의 눈썹이 삐죽 솟아올랐다. 여자의 눈빛을 보니 남자도 견디기 힘들었다. 남자는 여자의 손을 떨쳐냈다.

"나중에 얘기해. 지금은 그럴 기분 아니야."

"야, 니 진짜 너무한다. 그래 말하면 내 알았다, 하고 입 다물 줄 알았나?"

뱃속에서 들끓는 이 감정을 뭐라고 설명할 수 있을까. 그래, 배신감. 명백한 배신감이었다. 질투나 불안보다는 배신감에 가까웠다. 감정의 실체를 확인하자 배신감이 들불처럼 가슴속에 번졌다. 걷잡을 수 없이 휘몰아치는 감정에 눈앞이 새하얘졌다.

"그러면 한 가지만 물어보자."

남자는 돌아서던 발걸음을 멈추고 여자를 똑바로 바라봤다. 여자는 털실로 짠 빨간 목도리를 두르고 있었다. 남자가 목에 두른 것과 같은 것이었다.

"너 나한테 감추고 있는 거 없어?"

남자의 말에 여자는 미간을 찌푸리며 되물었다.

"뭐?"

"나한테 숨기는 거 없냐고 물었잖아."

"없는데?"

한 치의 망설임도 없이 여자에게서 부정하는 말이 튀어나왔다. 남자는 '하' 하고 짧은 한숨을 내쉬었다. 마음을 잠식하던 거센 분노가 머릿속을 하얗게 태웠다.

적어도 아주 잠깐은 생각해봐야 했다. 한 번쯤은 무얼 감춘다는 말인지, 왜 그렇게 생각하는지 되물어봐야 했다. 하지만 여자에게서는 아니라는 즉답이 튀어나왔다. 남자의 귓가에 그녀와의 미래를 위해 차곡차곡 쌓아 올린 성이 와르르 무너지는 소리가 들렸다.

"너라는 여자…… 진짜 대단하다."

남자는 손등의 뼈가 하얗게 불거지도록 주먹을 움켜쥐었다.

"니 아까부터 먼 소리 하는 긴데? 그래 말하면 내 우예 알아듣나? 똑바로 말을 해야 알아들을 거 아이가!"

"숨기는 거 없어? 정말 나한데 감추는 거 없냐고!"

"없다, 없다고! 몇 번이나 말해야 하는데!"

여자는 연신 부정했지만 당황한 눈빛마저 감출 수는 없었다. 꼬박 6개월 동안 매일같이 마주했던 눈동자다. 그 눈동자가 진실을 말하는지, 거짓을 말하는지 남자가 알아차리지 못할 이유가 없었다. 분노와 절망감이 남자를 한입에 집어삼켰다.

"갑자기 연고도 없는 부산에 뚝 떨어져서…… 믿을 건 너 하나였어……."

남자는 움켜쥔 주먹을 떨었다.

"그래서 그렇게 쉽게 눈이 뒤집혔나 보다, 너라는 여자한테……. 너한텐 내가 너무 쉬워 보였겠지. 서울에서 수배당해 여기까지 도망쳐온 범법자로 보였을 테니까."

"내는 진짜 니 무슨 말 하는지 한개도 몬 알아듣겠다."

"심심했어? 다른 남자랑 결혼하기 전에 한번 데리고 놀고 싶었어?"

남자의 마지막 말에 항변하려던 여자가 입을 다물었다. 상처받은 눈빛이 사방으로 흔들렸다. 눈가에 물기가 차올랐다. 여자는 입술을 깨물고는 손가락에서 실반지를 모질게 뺀 다음 바닥에 내동댕이쳤다. 얼어붙은 바닥에서 튀어 오른 반지가 변소 쪽으로 굴러갔다. 남자는 반지가 바닥 틈 사이로 사라지는 걸 지켜보면서도 미동조차 하지 않았다.

끔찍했다. 단 한순간에 모든 것이 산산조각 나버렸다. 남자도 실반지를 빼냈다. 보란 듯이 반지를 집어던졌다. 차가운 쇳소리와 함께 반지는 이내 어둠 속으로 사라졌다.

"개새끼."

여자의 차디찬 음성이 밤공기를 흔들었다. 남자는 대꾸하지 않았다.

"없었던 걸로 하자, 우리 결혼."

여자의 말에 남자가 고개를 번쩍 들었다.

"너…… 진심이야?"

"안 한다, 나랑. 결혼 같은 거."

여자가 돌아섰다. 남자의 눈에 불꽃이 튀었다. 남자는 전신을 불태우는 분노에 잠식되어갔다.

남자가 돌아선 여자의 어깨를 움켜쥘 찰나, 예배당에서 사람들이 한꺼번에 몰려나왔다. 새벽 송 행렬이었다. 저마다 촛불을 밝힌 등을 들고 있었다. 남자는 허공 속에 던져둔 손을 가까스로 거둬들였다.

"이 야밤에 뭣들 하노?"

"뭐 하기는 뭐 했겠나? 둘이서 찐하게 연애했겠지."

사람들은 키득거리며 대문으로 향했다. 여자는 남자에게 눈길 한 번 주지 않은 채 대열에 합류했다.

"니 장갑 안 꼈나. 이거 낄래?"

그때 여자의 몫까지 등을 두 개 들고 있던 청년이 장갑을 꺼냈다. 여자는 남자의 시선을 느끼면서 장갑을 건네받았다.

"갔다 오께. 니는 추운데 기도실에라도 들어가 있어라."

누군가 교회 대문가에 선 남자에게 말했다. 남자는 새벽 송 무리와 함께 점점이 멀어지는 여자의 뒷모습을 쳐다봤다. 문득 여자가 발걸음을 멈추고 남자를 돌아봤다.

"좋을 때다."

전도사는 피식 웃으며 여자를 놀렸다.

대체 왜 화가 난 거지. 그래도 반지를 던진 건 너무했나. 여자는 곰곰이 자신의 행동을 되짚어보며 아래로 기우는 등을 곧추세웠다.

찬 바람이 뺨과 귀를 아프게 그어댔다. 골목 어귀를 돌 때까지도 남자는 그 자리에 못 박힌 듯 서 있었다. 남자의 모습이 점점 새까만 어둠 속으로 빨려 들어갔다. 이내 암흑이 그의 모습을 완전히 집어삼켰다.

그것이 마지막이었다. 강산이 네 번쯤 바뀐 후, 사천 서포면 외구리 선산에서 빨간 털목도리에 목이 졸린 백골 시신이 발견됐다.

\* \* \*

"좋을 때다."

희례와 장미는 한일 아파트 벤치에 나란히 앉아 지나가는 커플을 흐뭇한 눈길로 바라봤다. 풋풋한 어린 커플은 장난을 치며 아파트 단지를 거닐고 있었다. 뭐가 그리 재미난지 두 사람은 서로를 밀었다 잡아당겼다 하며 웃음을 터뜨렸다.

"그러게 말이야. 본인들은 알려나? 자신들이 지금 얼마나 찬란한 시절을 보내고 있는지."

꽃향기가 바람에 흩날리고 짙푸른 수목이 그늘을 드리우는 5월의 끝자락. 희례와 장미의 가슴에도 만개한 꽃 같은 설렘이 진하게 스며들었다. 나이가 들었다고 어찌 싱숭생숭하지 않을까. 나이가 들었다고 어찌 사랑을 모를까. 매년 찾아오는 계절의 흐름은 똑같은데 저 홀로만 훌쩍 나이를 먹은 듯했다.

인생사 이 땅에 잠시 머물다 가는 소풍 같다지만 시간은 어찌나 빠른지. 눈 한번 깜빡이고 나니 예순이 훌쩍 넘어버렸다. 아등바등 잡아보려 했지만 시간은 손가락 사이로 빠져나가는 모래 같은 것. 어느덧 눈가에 자글자글한 주름도 원래 내 것인 양 익숙해져버렸다.

희례와 장미는 동병상련을 느끼며 커피를 한 모금 마셨다. 그 순간 두 사람이 앉은 벤치 앞으로 80대 노부부가 스쳐 지나갔다. 노부부는 다정하게 손을 맞잡은 채 느릿한 발걸음을 옮겼다. 아까와는 조금 다른 의미의 침묵이 내려앉았다.

"좋겠다. 함께 늙어갈 사람이 있어서."

희례가 씁쓸하게 혼잣말을 했다. 때를 놓치지 않고 장미는 희례의 말꼬리를 잡아챘다.

"그러니까 같이 가자니까."

"됐다니까 그러네."

"도대체 그대는 무슨 고민이 그렇게 많아. 내가 결혼을 하랬어, 연애를 하랬어? 그냥 좋은 친구처럼 한번 만나보라는 얘기잖아."

장미는 오유민 사건 이후 수사에 도움을 준 장세웅과 친구 사이가 됐다. 우정 이상, 사랑 이하의 관계라고 해야 할까. 두 사람은 자주 만나며 좋은 감정을 나누고 있었다.

장세웅은 강남에서 골프 숍을 운영하는 재력가였다. 젊은 나이에 상처한 후 아들, 딸 모두 결혼시키고 적적하던 와중이라고 했다. 통통한 얼굴과 체형만큼이나 마음이 넉넉한 사람. 자신이 썩 만족스러운 상대를 만났기 때문일까. 장미는 얼마 전부터 희례더러 장세웅의 친구를 만나보라 성화였다.

"됐어요, 이 나이에 무슨."

"어머, 희례 씨. 우리 나이가 어때서? 난 그런 말 정말 싫더라. 나이답지 않다는 말. 이 나이에는 이걸 해야 하고, 저 나이에는 저걸 해야 하고. 그런 걸 누가 정하는 건데? 언제 죽을지도 모르는 게 인생인데, 사는 데 정해진 순리가 어디 있어?"

장미는 분홍색 꽃잎 같은 입술을 오물거리며 소신을 밝혔다.

반 묶음을 한 금발 머리, 핫핑크색 카디건, 하얀 레이스 치마, 연분홍색 캔버스화. 오늘도 장미의 남다른 패션은 뭇사람의 시선을 강탈했다. 그러나 그녀는 조금도 신경 쓰지 않았다. '다른 사람들 눈치 보느라 좋아하는 일을 못 하는 것만큼 멍청한 짓은 없다'는 것이 그녀의 지론이었다.

희례는 그녀의 당당함과 자유로움을 존경하고 또 사랑했다. 자신의 인생을 되돌아봤을 때 장미만큼 자존감이 높은 사람은 본 적 없었다.

"자식들은…… 장미 씨가 장세웅 씨 만나는 거 알아요?"

"말했잖아. 자식들하고 절연했다고. 큰아들놈은 사업하는 족족 말아먹으면서도 제 아버지가 남긴 시골 상가 담보로 돈 빌려달라 지랄이고. 딸년은 명품 사대느라 카드 돌려 막기 하다 이혼하고. 막내아들놈은 도박에 미쳤고. 진작 제 아버지 유산 나눠주고 연 끊었어."

그럼에도 자식들은 틈만 나면 장미에게 돈을 달라 행패를 부렸다. 장미가 번호를 차단하자 집까지 찾아와 닦달하기도 했다. 장미는 꿈쩍도 하지 않았다. 오히려 접근 금지 명령으로 그들에게 대항했다.

"난 절대 돈 안 뺏길 거야. 우아하고 행복한 노후 생활을 할 거라고. 우리 신랑이 어떻게 남겨준 돈인데……."

장미는 일평생 자신을 진심으로 사랑해준 건 남편뿐이었다고 했다. 위암으로 남편이 사망하자 슬픔을 달랠 길이 없었던 장미는 한떨기장미로 이름을 개명하고 지금과 같은 패션을 고수하게 되었다.

"우리 신랑은 맨날 나더러 한 떨기 장미 같다 그랬어. 내가 꽃 중에서 장미를 제일 좋아하거든. 생일 때마다 아주 붉고 싱싱한 장미를 한 송이씩 사 왔지. 지금 생각해도 참 로맨틱한 사람이었어."

장미는 아련한 눈길로 하늘을 올려다봤다. 마치 그 속에서 남편의 얼굴을 찾아보려는 듯. 그 모습이 슬퍼 보여 희례는 화제를 전환했다.

"장미 씨 개명 전 이름은 뭐였어요?"

"비밀."

"에이, 우리 사이에 비밀은 무슨."

"안 돼. 내 이름은 희례같이 고급스러운 이름이 아니었거든."

순간 희례의 얼굴이 굳었다. 희례는 입을 금붕어처럼 뻐끔거리다 조개처럼 다물어버렸다.

"제 이름이 뭐……."

"오늘따라 먼저 떠난 우리 남편이 많이 생각나네."

"그러게요."

희례도 장미를 따라 하늘을 올려다봤다. 가을 하늘처럼 눈이 시리도록 청명한 하늘이었다. 그 속에 먼저 보낸 승광의 얼굴이 아른거렸다. 보건소에서 일하면서 어려운 이들 돕는 걸 좋아하던 사람. 호리호리하다 못해 말라비틀어진 체형에 각진 얼굴, 매부리코. 그럼에도 웃는 모습이 세상 가장 순수하던 사람. 아직도 기억 속 그 사람의 얼굴은 장년으로 남아 있는데, 자신만 홀로 훌쩍 늙어버린 듯했다.

"그러고 보니 희례 씨, 그대도 남편이 20년 전 사고로 세상을 먼저 떴다 그랬지?"

희례가 고개를 끄덕였다.

"어쩌다가?"

"술집 계단에서…… 떨어졌어요."

"에구, 이를 어째."

"괜찮다고 말하고 싶은데 괜찮지가 않네요. 벌써 20년이나 지난 일인데."

"당연하지. 사람들은 시간이 지나면 다 괜찮아지는 줄 아는데, 막상 겪어보라 그래. 시간이 지나도 아물지 않는 상처도 있는 법인데."

어떤 상처들은 세월이 흐르고 나이가 들수록 저 나름대로 바래고 모양을 바꿔가면서도 평생 함께해야만 한다. 그러다 눈감는 순간 수고했다며 어깨를 두드리고 떠나가는 그런 상처도 있다.

"여하튼 희례 씨를 보니 좋은 남편, 좋은 아빠였나 보네."

"그랬죠. 좋은 남편, 좋은 아빠였죠."

어찌 한마디 말로 설명할 수 있으랴. 그 사람을, 그 사람과 함께 지내온 세월을.

"두 사람은 어떻게 만났어? 혹시 첫사랑이었어?"

장미가 장난스러운 말투로 물었다. 돌아보니 두 눈을 반짝반짝 빛내며 대답을 기다리고 있었다.

"비밀이에요."

"뭐야, 무슨 대단한 사연이 있기에 비밀이라는 건데?"

"장미 씨도 개명 전 이름 얘기 안 해줬잖아요."

"뭐야, 뭐야. 그래도 얘기해줘. 어떻게 만났는데, 응?"

희례는 새파란 하늘로 시선을 던졌다. 그 사람과의 첫 만남. 이제는 너무 오랜 시간이 흘러 기억까지 바랜 그 시절. 그 사람과의 첫 만남이 어땠냐고?

특별했다, 아주 많이.

\* \* \*

1980년 6월.

칠흑 같은 어둠이 내려앉은 밤. 두 개의 그림자가 부산 우안동의
미로 같은 골목길을 올랐다. 다닥다닥 붙은 슬레이트 지붕의 단층집
들 사이로 좁은 길이 높은 지대를 향해 구불구불 이어져 있는 동네였
다. 집들은 페인트칠이 벗겨져 진회색의 우중충한 시멘트 벽을 그대
로 드러내고 있었다. 찌그러지고 변색된 갈색 알루미늄 문들도 건물
군데군데에 박혀 있었다.

태수는 십자가 불빛을 바라보며 골목 사이를 잰걸음으로 움직였
다. 그 뒤를 성준이 휘청이는 다리로 따랐다. 늦은 밤이라 동네가 쥐
죽은 듯 고요했다. 성준의 걸음이 느려지자 태수가 돌아보았다.

"니 괜안나?"

"괜찮아. 속이…… 좀 안 좋긴 하지만."

성준이 구역질을 참으며 대답했다. 실은 좀 전부터 눈앞이 핑핑 돌
았다. 태수를 기다리며 로얄 호텔 고갈비집 거리에서 거나하게 마신
탓이었다.

태수는 바지런히 산동네를 걷기만 했다. 이윽고 교회 불빛이 가까
워졌다. 둘은 교회 담장을 따라 걷다 야트막한 계단 몇 개를 올라 대
문 옆 쪽문으로 들어섰다. 앞마당의 시멘트 바닥을 가로질러 목문을
열자 예배당이 나왔다.

정병근 전도사는 장의자에 앉아 기도를 드리고 있었다. 문 열리는 소리에 그가 몸을 일으켰다. 20대 초반의 앳된 청년 둘이 병근에게로 다가왔다. 태수는 한 발 앞서나가며 병근에게 인사를 했다.

"며칠만 부탁드릴게예."

병근은 빙그레 웃었다. 태수의 계면쩍은 표정을 보니 며칠이 될지, 몇 달이 될지 장담할 수 없는 모양이었다. 병근은 눈길을 돌려 태수의 어깨너머로 성준을 쳐다봤다. 그는 귀와 목을 살짝 덮는 장발에 체크무늬 남방 차림이었다. 이목구비가 뚜렷하고 눈매가 시원한 미남이었다. 부산까지 오는 길이 험난했는지 지친 기색이었다.

성준은 병근과 눈을 마주하며 목 인사를 했다. 병근은 커다란 뿔테 안경을 쓴 동글동글한 인상이었다. 며칠 혹은 몇 주, 아니 그 이상의 시간 동안 신세를 지게 될 사람이었다. 부드러운 인상에 마음이 놓였지만 성준에겐 그보다 더 시급한 일이 있었다.

대체 화장실이 어디냐. 울렁거리던 속에서 급기야 토기가 치밀었다.

이런 사정을 까마득히 모르는 병근은 성준을 예배당 앞으로 안내했다. 자그마한 기도실이 보였다. 기도실 문을 열며 병근이 말했다.

"좁을 깁니다. 습기도 마이 차고."

"괜찮습니다."

성준은 헛구역질 때문에 어깨를 들썩거렸다.

"성도들한테는 배 타러 온 청년이라고 해둘게요."

"감사합니다."

"변소는 앞마당에 있고, 씻는 건 뒷마당 수돗가나 목사님 사택에서 해야 할 깁니다."

"괜찮습니다. 신경 쓰지 않으셔도 됩니다."

성준은 병근이 이제 그만 말을 마쳤으면 했다. 자칫하다간 예배당 마룻바닥에 거하게 쏟아낼 것만 같았다.

화장실, 화장실이 어디더라? 아, 앞마당에 변소!

"잠시만……."

"끼니는……."

성준과 병근이 각자의 볼일에 따라 동시에 말을 꺼낸 순간이었다. 젊은 여자 두 명이 예배당 안으로 들어왔다. 둘은 병근과 태수에게 알은척하더니 성준을 보고 누구냐는 얼굴을 해 보였다.

한 명은 웨이브 머리에 꽃무늬 블라우스와 베이지색 스커트를 입고 있었고, 다른 한 명은 똑 단발머리에 하늘색 셔츠와 남색 스커트를 입고 있었다. 베이지색 스커트가 화사한 미인이라면, 남색 스커트는 귀여운 인상이었다. 두 사람 다 키와 체구가 아담했다.

태수가 두 여자에게 물었다.

"집에 안 갔나? 왜 여직 교회에 있는데?"

"오늘은 내하고 말자하고 목사님 사택에서 자고 갈 기다. 아빠한테 허락도 받았다."

베이지색 스커트는 태수에게 대답하고는 성준에게로 시선을 돌렸다. 복숭앗빛 뺨이 발긋하게 물들며 싱그러운 미소가 번졌다. 그녀는 성준의 등을 시원하게 팡 때리며 호탕하게 인사를 했다.

"여가 서울서 온 박성준? 내는 오희례. 만나서 반가워요."

성준은 더 이상 참을 수가 없었다.

"욱, 욱. 웩……."

"엄마야!"

성준이 베이지색 스커트에 토사물을 쏟아냈다. 동시에 여자의 비명소리가 예배당 가득 울려 퍼졌다. 성준은 한 차례 토를 하고서도 비틀거리며 구역질을 했다.

희례의 안색이 희게 질렸다. 스커트 아래와 통굽 샌들까지 모두 토사물로 엉망이었다. 희례는 부들부들 떨며 성준의 등을 또 한번 내리쳤다.

"야, 이 미친넘아!"

"웩……."

성준에게서 한번 더 토사물이 뿜어져 나왔다.

말자는 목사 사택 작은방에 요와 이불을 깔았다. 벗어둔 옷을 가지런히 개켜두고 있으려니 희례가 방으로 들어왔다. 목욕을 마친 희례는 양 뺨이 붉게 달아올라 있었다.

"괜안나? 옷은?"

말자가 물었다.

"괜안타. 옷도 빨아서 널어놨다. 내일이면 마르겠지."

"진짜 웃기는 사람이다, 그자? 와 초면에 토는 하고 난리고. 서울서는 인사를 그래 하는 갑재."

"그래 말이다."

말자와 희례는 마주 보며 키득댔다. 고단한 하루를 보낸 두 사람은 요 위에 답삭 몸을 뉘었다.

"그 오빠야가 태수 오빠야가 서울서 데려온다 캤던 사람 맞재? 시위하다가 경찰에 수배됐다카던 사람."

"쉿! 입 다물어라. 그기는 니하고 내하고 병근 전도사님하고 태수만 아는 기다."

"맞나? 알았다. 조심하께."

"전도사님 말씀 들었재? 배 타러 온 사람이다. 니는 그르케만 알고 있어라."

희례가 목소리를 낮추자 말자도 괜스레 작은 어깨를 말았다. 자세한 사정은 모르지만 성준에 대한 이야기를 함부로 입에 올리면 안 될 것 같았다.

불을 껐지만 쉬이 잠이 오지 않았다. 정신이 말똥했다. 옆집 개가 컹컹 짖어대는 소리가 나지막이 들려왔다. 뒤척거리며 잠을 청해보려던 말자는 헛된 시도를 포기하고 희례에게 말을 걸었다.

"근데 서울 오빠야가 하는 짓은 그래도 쪼매 생긴 거 안 같나?"

희례는 '흥' 콧방귀를 뀌었다.

"니 눈이 발등에 달렸재. 잘생기기는 무슨."

"눈도 부리부리하고 코도 오뚝하고 어깨도 떡하니 넓은 기, 여서는 보기 힘든 얼굴 아이가?"

"말자 니 귓구멍 파고 단디 들어라. 남자는 상판대기가 전부가 아니란다. 그라고 그런 얼굴이 여자 속 뒈지게 썩힐 얼굴이다. 척하면 척이재."

"그래도……."

"이거 이거, 쪼매 수상한데."

일순 희례의 말투에 장난기가 어렸다. 희례는 어둠 속에서 눈을 새초롬하게 떴다.

"내 뭐가?"

"니 설마 그 인간한테 반했나?"

"어데! 내 무슨. 절대 아이다!"

"우리 말자, 벌써 그럴 나이가?"

"내는 그래 생긴 얼굴 딱 싫어한다!"

"진짜 수상한데."

"아이라니까! 진짜……. 우씨, 내 잘 끼다!"

돌아누운 말자를 보며 희례는 웃음을 삼켰다. 자매처럼 지내온 세월이 무려 5년이다. 말자의 성정은 기본적으로 솔직하고 순수했다. 무슨 마음이든 숨기질 못했다.

말자는 희례의 아버지 고향 친척 동생의 딸이었다. 한국전쟁 당시 가족들과 헤어진 희례의 아버지는 부산 대연동에 자리를 잡고 한의원을 개업했다. 먹고사는 문제가 시급했던 시절, 희례의 아버지는 한의원을 운영하며 돈과 명성을 얻었다. 하지만 일가친척 없이 홀몸이라는 사실을 늘 괴로워했다. 그러다가 사천에 고향 친척 동생이 어른들을 모시고 있다는 사실을 알게 되고 틈틈이 그와 교류를 해왔다. 그리고 5년 전 고향 친척 동생 내외가 죽자 혼자가 된 말자를 불러들여 가사 일을 하며 야학을 할 수 있게 도움을 준 것이다.

희례와 말자는 한집에서 자라며 자매처럼, 때로는 친구처럼 지내왔다. 근래 말자가 외모와 이성에 부쩍 관심이 많아졌다는 사실을 희례는 어렴풋이 눈치채고 있었다.

"알았다, 알았어. 퍼뜩 잠이나 자자."

희례가 장난스럽게 웃으며 말했다.

곧 곤한 숨소리가 들려왔다. 벌게진 얼굴로 씩씩대던 말자가 잠에 곯아떨어진 것이다. 희례는 홑이불을 말자의 목까지 끌어당겨주곤 몸을 바로 했다. 몇 번 뒤척거렸지만 잠은 오지 않았다. 시침 소리가 어느 때보다 명확하게 귓가에 울려 퍼졌다.

문득 오늘 밤의 황당한 사건이 생각났다. 덩달아 희게 질린 얼굴로 토사물을 쏟아내던 성준의 모습도. 큰 키와 넓은 어깨, 부리부리한 눈매, 오뚝한 코. 말자의 말대로 보기 드물게 잘생긴 청년이었다. 태수 말로는 동갑이라던데. 어느 학교 철학과라고 했던가.

희례와 태수는 어린 시절부터 한동네에서 자란 친구 사이였다. 그가 서울에서 대학생 하나를 데려온다는 이야기를 듣긴 했지만, 이런 식의 첫 만남이 될 줄은 상상조차 하지 못했다. 술은 왜 마셨을까, 아마 혼자 마셨겠지? 교회에 숨을 작정이었으면서 웬 술이람. 생각의 꼬리가 멈출 줄 모르고 이어졌다. 궁금증이 끊임없이 샘솟았다.

관심 있는 건 아니야. 아무렴, 언젠가는 떠날 사람이다. 친해져야 할 이유는 없었다. 태수의 부탁대로 끼니와 생활에 필요한 것들을 챙겨주기만 하면 될 일이었다. 희례는 밤이 깊어지도록 이부자리를 뒤척였다. 잠이 든 건 새벽이 밝아온 이후였다.


근 한 달 동안 탐색전이 이어졌다.

희례는 주말뿐 아니라 평일에도 교회에서 많은 시간을 보냈다. 그러나 성준은 좀처럼 희례와 가까워질 수가 없었다. 성준이 말 한번 붙이려 들면 희례는 쌩하니 자리를 뜨기 일쑤였다.

다른 청년들과는 조잘조잘 잘만 떠들어대면서 왜 유독 자신에게만 차가운 건지. 성준은 섭섭했다. 그럼에도 성준은 태수와 정병근 전도사로부터 틈틈이 희례에 관한 정보를 들을 수 있었다.

성준이 그동안 알아낸 사실은 다음과 같았다. 동아대 영문과 3학년생이며 집은 대연동이라는 것, 새침한 외모와는 달리 우직하게 교회 일에 열성을 다한다는 것. 고등부 선생과 성가대원으로 활동할 뿐 아니라 교회의 자잘한 행사를 물심양면으로 돕고 있다는 것.

처음 성준은 대연동 부잣집 여대생이 이런 산동네 교회에 다니는 게 이해되지 않았다. 하지만 1974년에 부임한 목사님이 그녀의 아버지가 부산 땅에서 자리 잡기까지 어떤 도움을 주었는지 듣고 나자 교회에 대한 그녀의 헌신도 이해가 되었다.

희례는 밝고 명랑했다. 누구에게나 친절하고 상냥했다. 단, 성준을 제외한다면 말이다. 그녀의 어머니는 교회 식당 살림을 도맡아 했고, 희례는 주말에는 교회에서 살다시피 했다. 때문에 성준은 주말 끼니를 희례에게 얻어먹을 수밖에 없었다. 희례는 철 쟁반에 밥, 반찬이 소담하게 담긴 식판을 들고 기도실 문을 두드렸다. 성준이 식판을 받아 들며 인사라도 할라치면 희례는 쌩하니 찬바람을 일으키며 돌아섰다.

하루는 용기를 낸 성준이 희례를 불러 세웠다. 고맙고 미안하다는 말을 전해봤지만 희례는 새초롬한 얼굴로 고개를 한번 까닥거릴 뿐이었다. 시간이 흐를수록 성준은 속이 탔다. 어느새 자신이 어떤 마음으로 희례를 신경 쓰는지 헷갈릴 지경이었다. 오기인지, 순수한 관심의 영역인지.

물론 관심의 정도를 따지자면 희례도 결코 성준에게 밀리지 않았다. 새침한 척, 관심 없는 척이 무색하게도 희례의 시선은 늘 '서울 대학생'을 향해 있었다.

교회로 오는 발걸음이 잦아졌다. 교회 옆에 사는 경애의 집에 놀러간다는 명목이었지만, 이전보다 훨씬 웃도는 빈도였다. 희례는 사찰집사 방에서 은밀하게 통화를 하는 모습에서, 기도실에 처박혀 책을 읽는 모습에서 그가 이전에 해왔고 향후 하려는 일을 조금씩 짐작할 뿐이었다.

"희례, 니 고마해라. 귀에 딱지가 앉을라 칸다."

같이 뜨개질을 하던 경애가 지겨워했다.

"내가 뭐?"

"니 아까부터 기도실 남자 얘기만 안 했나?"

"내가 은제?"

희례의 변명에 경애가 눈을 흘겼다. 뜨끔한 희례는 뜨개질에 열중하는 척했다. 그러고는 의식한 듯 자신의 오빠인 치형과 말자의 근황을 주섬주섬 늘어놓았다.

경애의 아버지는 부산항 7부두에서 석탄 하역 작업을 하는 우안동 토박이였다. 경애 본인도 대학에 진학하지 않은 채 미용 일을 배우고 있었다. 얼른 돈을 벌어 열 살 아래 동생 경주의 학업을 뒷바라지하는 게 경애의 소박한 꿈이었다. 경애는 희례, 태수와 어린 시절부터 교회에서 함께 자라왔으나 사는 형편이 조금 달랐다. 그럼에도 희례는 대학 친구들보다 경애에게서 훨씬 더 친밀함을 느꼈다.

"니 솔직히 말해봐라. 가한테 관심 있나?"

"어데? 무슨! 말도 안 되는 소리 하지 마라."

희례가 진저리를 쳤으나 경애는 콧방귀만 뀌었다.

"근데 그 남자, 진짜 배 타러 온 사람 맞는가 싶다."

"와?"

"얼굴도 희멀겋고, 손도 맨들한 게 평생 험한 일 한번 해본 사람 같지가 않다."

희례는 괜스레 가슴이 두근거렸다. 경애는 손끝이 야무진 만큼 영민하고 눈치도 빨랐다. 행여나 성준의 정체가 탄로 날까 봐 긴장됐다.

"아까 사찰 집사님 방에서 통화하는 거 들어보이까. 십이십이 무슨 반란 진상 알리야 칸다고 등사기로 뭐 찍는다 해싸튼데."

"뭐? 그기 언젠데?"

희례가 뜨개질거리를 내려놓고 소리쳐 물었다.

"놀래라. 아 떨어지겠다. 소리는 와 지르는데?"

"그기 언제냐고?"

"아까, 쫌 전에."

희례는 자리를 박차고 뛰쳐나갔다. 경애가 불렀지만 대답할 새도 없었다. 좁은 골목길에 희례의 다급한 발소리가 메아리쳤다. '와 여서도 조용히 있질 않는 기가.'

희례는 성준의 사정을 자세히 알진 못했다. 그가 학생 지도부 일원의 먼 친척 동생 인맥으로 태수를 소개받아 교회로 피신 와 있다는 것만 알고 있었다. 어떤 시위를 주동했는지, 어떤 유인물을 유포한 혐의를 받고 있는지, 혹시 계엄령과 국가보안법 위반 혐의를 받고 있는 건 아닌지. 그리고 이번에 잡히면 강제징집을 당해 군대로 끌려갈지, 치안본부 대공분실에 끌려갈지 희례는 짐작도 할 수 없었다.

희례의 머릿속에 불길한 생각들이 소용돌이쳤다. 얼마 전 주일예배 시간에 낯선 청년 몇 명이 예배에 참석한 걸 보고 의아하던 생각을 했었다. 낯선 청년들, 교회 등사기. 두 개의 조합만으로 그가 이곳에서 무슨 짓을 꾸밀지 짐작이 갔다.

교회에 도착한 희례는 곧장 사무실로 향했다. 사무실 문틈 사이로 불빛이 새어 나오고 있었다. 희례는 문을 활짝 열었다. 흐릿한 백열등 아래에서 성준이 등사지에 잉크 묻힌 롤러를 굴리고 있었다. 놀란 성준은 한껏 벌어진 입을 다물지 못했다.

"니 지금 뭐 하노."

롤러가 발아래로 툭 떨어졌다.

"그, 그게."

당황한 성준은 금붕어처럼 입만 뻐끔거렸다. 희례는 덜 마른 유인물 한 장을 들어 올렸다. 한 글자 한 글자 읽어가던 희례의 얼굴이 굳어졌다.

성준은 그녀가 종이를 찢으며 화를 낼 거라 생각했다. 여기까지 내려와 숨은 연유를 짐작하면서도 교회를 끌어들이는 일은 용납하지 않을 거라 생각했다.

희례는 종이를 내려놓은 뒤 성준에게 물었다.

"이거, 누가 와서 가져갈 긴데?"

성준은 대답하지 못했다.

희례는 눈앞이 캄캄해졌다. 설마 수배된 몸으로 이런 걸 들고 부산 시내를 나다니려 한 걸까. 성준이 대답하길 주저하자 희례는 마른 종이를 차곡차곡 쌓아 사각 책가방에 넣었다.

"뭐 하는 거야?"

"어데다 전해주면 되는데?"

"네가 이걸 왜 해?"

성준이 말리려 했지만 희례의 눈빛은 단호했다.

"내도 안다."

"어?"

"광주에서 먼 일이 있었는지, 지금 시국이 우째 돌아가는지."

"……."

"내 부산 사람이다. 작년에 수만 명 길거리로 뛰쳐나와 시위하던 그 도시 사람이란 말이다. 아무것도 모르는 사람맨키로 취급하지 마라. 이 정도는 도울 수 있으니까."

성준은 넋 놓고 있다 가방을 챙겨 돌아서는 희례를 뒤쫓아갔다.

"자, 잠깐만!"

그때 피곤한 기색이 역력한 남학생 하나가 예배당으로 들어왔다. 희례는 코웃음을 치며 성준과 남학생을 번갈아 쳐다봤다.

"지금 니 몰골이나 저치 몰골보다는 내가 훨씬 더 안 낫나?"

당황한 남학생은 어쩔 줄 몰라 하며 서 있기만 했다.

"경찰이 누굴 더 의심할 거 같은데? 나? 니? 아니면 저짝?"

얼떨떨하게 선 남자들을 내버려둔 채 희례는 교회를 빠져나왔다.

이후 비밀을 공유한 두 사람 사이에 야트막한 동지애가 생겼다. 솔직히 말하자면 두 사람 다 사랑에 빠질 핑곗거리를 찾고 있던 와중이었다. 성준에게는 희례에게 말을 걸 구실이 생겼다. 교회로 향하는 희례의 발걸음이 더욱 잦아졌다. 성준은 기도실에서 지지직거리는 라디오를 들으며 희례를 생각하는 날들이 많아졌다. 희례는 막연하게 뜨개질을 하던 목도리의 주인을 찾았다.

사랑에 빠지는 건 순식간이었다.


* * *


희례가 사라졌다. 무엇을 은유하기 위한 말이 아니다. 말 그대로 희례가 감쪽같이 사라졌다.

희례가 사라진 첫날, 세 남매는 그녀가 집에 들어오지 않았다는 사실조차 알아차리지 못했다. 진주는 한울 출판사에서 제공한 파주 작업실에서 밤을 지새웠다. 현주는 지우를 재우면서 같이 잠이 든 터라 옆자리가 비었는지조차 알지 못했다. 늦도록 영화를 보다 작은방에서 곯아떨어진 현호는 말할 것도 없었다.

다음날, 세 사람은 한 솥 가득한 곰국을 떠먹으며 무언가 허전하다는 생각을 했다. 하지만 그것이 희례의 부재와 관련되어 있으리라고는 생각지 못했다.

원래 엄마라는 존재가 그랬다. 필요에 의해 부재를 확인하게 되는 존재. 겨우 하루가 지났을 뿐인데 빨랫감이 산더미처럼 쌓였다. 아침마다 울려 퍼지던 청소기 소리도 자취를 감췄다.

"엄마는 어디 갔대?"

진주가 김치를 꺼내놓으며 물었다. 냉동고에 처박혀 존재조차 잊은 고등어를 떠올린 듯한 말투였다.

"몰라. 어디 간 거야? 지우 어린이집 데려다줘야 하는데."

현주가 곰국을 후루룩 마시며 대답했다.

"장미 씨하고 꽃구경 간 거 아니야? 5월도 다 갔다고 아쉬워하던데."

현호가 지우를 한 손으로 안아 든 채 다 마신 그릇을 내려놓으며 말했다.

"아, 그럼 말이라도 하고 가던가. 꼭 필요할 땐 없지."

현주의 말에 진주와 현호가 고개를 끄덕여 수긍했다. 세 남매는 엄마의 빈자리에 다소 불편함을 느낄 뿐이었다.

그렇게 또 하루가 흘렀다. 늦은 밤, 지우를 일찍 재운 세 사람은 치킨을 시켜놓고 텔레비전을 시청하고 있었다. 제일 크게 깔깔대며 웃어야 할 사람이 보이지 않자 진주가 물었다.

"엄마 왜 아직도 안 오지?"

희례는 전화도 받지 않았다. 휴대전화가 방전된 모양인지 전원이 꺼져 있었다. 휴대전화 충전을 노상 까먹는 희례에게는 흔한 일이었다.

"장미 씨랑 꽃구경 갔다며. 엄마가 애도 아닌데 어련히 알아서 올까."

현주가 대답했다. 일평생 엄마 걱정은 해본 적 없는 현주도 희례의 행방이 슬슬 궁금해지기 시작했다.

"엄마 장미 씨랑 꽃구경 갔대?"

그때 현호가 끼어들며 엉뚱한 소리를 했다.

"뭔 소리야. 네가 엄마 장미 씨랑 꽃구경 갔다며."

"누나야말로 뭔 소리야. 내가 언제 그런 말 했어?"

"네가 아침에 그랬잖아. 엄마 장미 씨랑 꽃구경 갔다고."

"꽃구경 간 거 아니냐고 누나들한테 물은 거지, 언제 내가 꽃구경 갔다고 얘기했는데?"

"야, 백현호. 너 대가리든, 혀든 똑바로 안 굴릴래? 네가 그랬잖아. 엄, 마, 꽃, 구, 경, 갔, 다, 고!"

"아, 그러니까 내가 언제 그랬냐고! 증거 있어? 증거 있냐고!"

둘 사이에 고성이 오갔다. 현주는 답답한지 제 가슴을 팡팡 두드려대더니 급기야 숟가락으로 현호의 머리를 내려쳤다. 현호가 반항하자 현주는 밥알을 튀겨가며 폭격기처럼 욕을 한 사발 퍼부었다.

사태를 진정시킨 건 진주였다.

"그럼 엄마는 어디 간 거래?"

현주와 현호는 씩씩대면서도 싸움을 멈췄다. 오희례 여사의 행방을 알아내는 일이 먼저였다. 장미에게 전화를 걸어볼까 싶었지만 늦은 시간이었다. 세 사람은 별일 없을 거라 생각하며 각자 잠자리에 들었다.

다음날, 세 사람은 장미에게 전화를 걸면서도 별다른 걱정을 하지 않았다. 오희례 여사의 일거수일투족이야 눈에 보듯 뻔했다. 장미든 혹은 그 누구와든 여행을 간 거라 믿어 의심치 않았다.

[희례 씨? 그제 오전에 아파트 벤치에서 커피 마시고 헤어진 게 단데? 꽃구경? 글쎄, 그런 말은 못 들은 거 같아. 아, 그러고 보니 헤어질 때 신일 은행 경숙 씨한테 볼일 있다고 했던 거 같네. 경숙 씨 알지? 고경숙. 신일 은행 VIP 창구 차장.]

현호는 전화를 끊고 누나들에게 이 사실을 알렸다. 희례의 다음 행방이 무사히 확인됐다. 역시나 쓸데없는 걱정이었다.

현주는 희례와 함께 꽃구경을 간 상대가 고경숙이라 생각했다. 잠깐, 그런데 고경숙이 휴가였던가.

"어쩔까? 신일 은행에 가봐?"

현호의 말에 진주와 현주는 썩 내키지 않아 했다. 진주는 사거리까지 내려가기 귀찮았고, 현주는 출근도 안 하는 날 은행에 가기 꺼려졌다. 하지만 때마침 휴지가 똑 떨어진 터라 모닝 마트에 가는 김에 들르는 셈 치기로 했다.

신일 은행 VIP실에 들어서자 고경숙이 세 사람을 맞이했다. 현주는 고경숙을 보고 어리둥절한 표정을 지었다. 고경숙은 휴가가 아니었던가.

"현주 씨는 쉬는 날 은행엔 어쩐 일이야? 난 휴가 때는 은행 근처로 발걸음하기도 싫던데."

"차장님, 혹시 그제 저희 엄마 만나셨어요?"

"만났지. 한 달 전쯤 희례 씨가 정기예금 든 게 하나 있는데 해약하러 왔더라고. 그거 한도 특판 금리로 나온 거라 해약하지 말라고 그렇게나 말렸는데……."

"그게 몇 시쯤이었어요?"

고경숙의 말이 길어지려는 것 같아 현주가 말을 끊었다. 그대로 두면 그녀의 말버릇대로 특판 금리의 역사까지 줄줄이 늘어놓을 판이었다.

"점심 먹기 바로 직전이었으니까 11시 40분쯤이었나 봐. 그러고는 급한 볼일이 있는 사람처럼 나갔어."

현주는 미간을 찌푸렸다. 희례는 장미나 고경숙과 꽃구경을 간 게 아니었다. 그럼 대체 누구와 꽃구경을 간 걸까. 그리고 정기예금은 왜 해약한 걸까. 아니, 애초에 희례는 꽃구경을 간 걸까. 희례가 꽃구경을 갔다는 발상은 누구한테서 나온 걸까. 현주는 이 모든 게 현호의 탓이라는 듯 야멸차게 쏘아봤다.

"어디 간다는 말은 없었어요? 가령 누구랑 꽃구경을 간다든가."

현호가 말을 끝마치기도 전 현주는 현호의 발을 짓밟았다. 여태 꽃구경 타령이나 하는 정신머리 없는 놈에게는 응징이 필요했다.

"음, 보자. 맞다! 술집에 간다 그랬어. 뭐라더라. 상만 씨한테 줄 게 있다고 했던 거 같은데."

술집 주인장, 한상만? 현주는 '허' 하는 바람 빠진 소리를 냈다. 이 아줌마는 사방팔방 동네를 휘젓고 다니다 대체 어디로 간 거야?

"누나, 엄마랑 술집 주인장이랑 그렇게 친한 사이였어? 둘이 꽃구경 갈 일이 뭐가 있대……."

진주와 현주는 아직도 꽃구경 타령인 현호를 한심하게 쳐다보다 은행을 나왔다.

세 사람은 은행 앞에서 또다시 희례에게 전화를 걸었다. 이틀째 희례의 휴대전화는 전원이 꺼져 있었다. 별일 아닐 거다, 아무 일 없을 거다 생각하면서도 자꾸만 불안감이 커져갔다.

"아직도 전화가 꺼져 있네."

진주의 휴대전화에는 부재중 열네 통이라는 숫자가 떠 있었다. 이만하면 실수로 휴대전화를 꺼놓은 게 아니었다. 일부러 꺼놓았거나 꺼놓을 수밖에 없는 상황인 것이다. 별일 아닐 거다. 꽃구경을 간 거다. 외면하던 불안한 상황이 현실로 닥치자 진주는 머릿속이 아득해졌다.

고경숙의 말에 의하면 희례는 실종 당시 거금을 손에 쥐고 있었다. 혹시 은행을 나오다가 강도라도 맞닥뜨린 걸까. 아니면 누군가의 협박 때문에 정기예금을 깬 걸까. 시종일관 여유로움을 연기하던 현주와 현호의 얼굴도 새파래졌다.

"어, 어쩌지?"

진주의 목소리가 떨렸다. '무슨 일 있는 거 아니야?'라고 말해버리면 엄마의 실종이라는 현실이 실체감을 가질까 봐 두려웠다.

"일단 술집부터 가보자. 엄마를 마지막으로 본 사람을 찾아야 할 거 아냐."

현주의 말에 세 사람은 부리나케 술집으로 달려갔다.

오전 11시. 술집은 문을 잠근 채 영업을 준비하고 있었다. 세 사람은 다급하게 문을 두드렸다. 한상만은 재료를 손질하다 다짜고짜 쏟아지는 질문들을 받아내야 했다.

"그제 오후 12시 반쯤 여기 들르셨어요. 전부터 파김치를 주겠다고 하셨는데, 어제 마침 시간이 났는지 갖고 오셨더라고요."

한상만의 대답에 세 사람은 노골적으로 실망했다.

"이후에 누구를 만나러 갔는지 아세요?"

"안색이나 말투는 평소와 같았어요?"

"쫓기는 듯한 기색은 없었어요?"

추궁과 취조가 반쯤 섞인 말들이 쏟아졌다. 주인장은 그런 세 남매를 보며 웃기만 했다.

"이후 다른 일정은 없는 것 같았어요. 안색이나 말투도 평소와 같았고요. 쫓기는 듯한 기색도 없었어요."

"그럼 대체 어디 간 거야!"

손톱을 물어뜯던 현주가 버럭 성질을 냈다. 이제 걱정은 분노의 단계로 들어서고 있었다.

진주는 상황이 우습다는 생각이 들었다. 무려 가족인데, 휴대전화가 꺼지자 행방조차 알 수가 없었다. 단서가 사라지자 진주와 현호는 넋을 놓았다. 가슴이 답답하게 조여들었다. 그때 한상만이 무언가를 기억해냈는지 아, 하는 소리를 냈다.

"그러고 보니 급하게 전화 한 통을 받고 가게를 뛰쳐나가셨어요."

"무슨 전화요?"

한상만이 목격한 상황은 다음과 같았다.

그제 오후 12시 반경, 희례는 파김치를 가지고 술집에 왔다. 맛 좀 보라며, 파김치를 제 입에도 넣고 한상만의 입에도 넣어줬다. 한상만이 맛있다며 엄지를 치켜세우자 희례는 만족스러워했다.

"음식 장사하는 사람이 먹는 게 왜 이렇게 부실해? 냉장고에 넣어놓고 두고두고 먹어."

"감사합니다. 문어 싱싱한 거 들어왔는데 이따 저녁때 들르세요."

"아냐, 됐어. 오늘 저녁에는······."

그때 희례의 휴대전화가 울렸다. 희례는 번호를 보고 고개를 갸웃거렸다. 받을까 말까 망설이더니 양해를 구하곤 전화를 받았다. 한상만은 희례가 편히 전화를 받을 수 있도록 파김치를 주방으로 가지고 갔다. 때문에 또렷하게 들려오는 한마디 말밖에 듣지 못했다.

"그, 그 사람의······ 시, 시신이 발견됐다고요?"

한상만으로부터 이야기를 전해 들은 세 남매는 똑같은 표정을 지었다.

"그 사람? 시신?"

내뱉는 말도 동일했다.

"네, 분명히 휴대전화에 대고 그렇게 말씀하셨어요. 전화를 끊고는 한동안 멍하니 있다가 헐레벌떡 가게를 나가시더라고요."

"그 외에 다른 거 들으신 건 없어요?"

"보자······. 가게를 나가기 전에 저한테 '상만 씨, 미안. 나 가봐야겠다. 고향에 가봐야 해'라고 인사한 기억이 있네요."

진주는 생각을 정리했다. 엄마의 고향이라면 부산이다. 정기예금을 해약한 돈을 쥐고 부산이라. 그것도 누군가의 시신을 찾았다는 전화를 받고. 하나부터 열까지 모두 심상치 않았다. 희례가 곤란한 일에 휘말려 든 것 같았다.

세 남매는 한상만에게 감사 인사를 하고 가게를 나왔다. 셋 다 막막한 기분이었다.

"이제 어떡하지?"

현주가 초조하게 말했다.

"어떡하긴 어떡해. 경찰에 실종 신고 해야지."

진주의 단호한 말에 현주와 현호가 그녀를 돌아봤다. 실종……. 그랬다. 이제는 인정해야 했다.

엄마가 실종됐다.


세 남매는 경찰서 휴게실에 앉아 있었다. 종철이 타다 준 밍밍한 믹스 커피가 차갑게 식어가고 있었다. 잠시 뒤 종철이 서류 몇 장을 팔랑이며 돌아왔다. 세 사람은 종철을 보고 허리를 곧추세웠다. 종철은 현호에게 서류를 건넸다.

"이틀 전 13시 23분에 용산역에서 KTX 열차표 구입한 게 마지막 카드 사용 내역이야. 휴대전화도 거기서 꺼졌고. 술집 주인장 말로는 고향에 가봐야 한다고 하셨다지?"

현호는 그렇다고 대답했다.

"우영이가 용산역 가서 CCTV 확인해보니까 부산 가는 열차를 타셨더라고. 그다음부터는…… 부산 가서 확인할 수밖에 없어."

"CCTV에는 엄마 혼자 찍혔대요? 누구랑 같이 있진 않았고요? 쫓기는 듯한 기색은요?"

"혼자 계셨어. 쫓기거나 누군가의 눈치를 보는 기색도 없었고. 좀 서두르는 거 같아 보이긴 했지만. 사실상 실종보다는 가출…… 이라고 봐야지. 부산에 왜 가셨는지 짐작 가는 건 없어? 누님들은요?"

세 사람은 모두 고개를 저었다.

"어머니 친척이나 고향 친구는? 연락해볼 만한 데 없어?"

"……외가 쪽 친척은 없고요. 고향 친구도 전혀……."

현호는 말끝을 흐렸다. 솔직히 말하자면 부끄러웠다. 희례가 실종되자 엄마에 대해 알고 있는 게 아무것도 없다는 사실이 명명백백하게 드러났다. 현호가 아는 거라곤 그녀의 고향이 부산 대연동이라는 것뿐이었다. 그 외에 희례는 좀처럼 자신의 과거에 대해 말하려 들지 않았다. 물어도 어설프게 말을 돌리곤 했다. 아니, 더 솔직해지자면 엄마의 과거 따윈 관심도 없었다. 자신이 아는 엄마는 그저 엄마로서의 모습뿐이었다.

"어머니가 졸업한 학교는?"

"동아대······."

"어머니 고향이 부산 대연동이라는 거 말고 아는 건?"

세 남매의 옹송그린 어깨가 점차 움츠러들었다. 그때 노크 소리가 나더니 우영이 휴게실로 들어왔다. 우영은 서류를 쳐다보며 아리송한 표정을 지었다.

"저기, 백 형사님. 이게 혹시 관련이 있을지 몰라서 그러는데요."

우영의 말에 현호가 시선을 주었다.

"어머님 함자가 오 희 자, 례 자. 1960년생. 부산 대연4동이 본적지 맞으시죠?"

"어, 맞아."

"······이상한데."

우영은 더더욱 알쏭달쏭한 얼굴을 했다.

"왜? 무슨 일인데?"

현호가 우영의 뒷말을 재촉했다.

"별 관련 없을지도 모르는데······."

"괜찮아, 뭐든 얘기해봐."

"오희례, 60년생, 부산 대연동이 본적지인 사람은 한 명뿐인데, 1980년 12월에 실종 신고가 되어 있더라고요. 주민등록번호가 다르긴 한데 혹시 관련이 있지 않을까 해서……."

"뭐?"

잠자코 있던 진주와 현주도 현호와 함께 목소리를 높였다. 우영은 떠듬거리면서 나머지 말을 덧붙였다.

"그, 그리고 이틀 전에 사망신고가 됐고요."


* * *


1980년 9월.

말자는 지지직 잡음을 내는 라디오를 툭 쳤다. 안테나를 돌려 전파를 맞추자 라디오는 그제야 디제이의 목소리를 잡아냈다.

새벽 1시. 말자는 2층 자신의 방 앉은뱅이책상 앞에 앉아 있었다. 라디오를 들으며 일기를 쓰는 시간. 말자는 이 순간을 퍽이나 좋아했다. 창 너머로는 둥근 달이 자태를 뽐내고 있었다. 무더운 여름도 물러가고 선선한 바람이 불어오는 계절. 말자는 이상하게도 쉽사리 잠에 들 수가 없었다. 가슴이 울렁거리고 마음이 싱숭생숭했다.

또다시 고물 라디오가 말썽을 부렸다. 날카로운 잡음이 고막을 찌르자 말자는 라디오의 볼륨을 낮췄다.

"야가 진짜 와 이라노?"

말자가 라디오를 흔드는데 문밖으로 마룻바닥이 삐걱거리는 소리가 들렸다. 말자는 귀를 세웠다. 지금 이 시간, 2층에 올라올 사람은 아무도 없었다. 아저씨, 아주머니의 방과 치형의 방은 1층에 있었다. 희

614

례의 방은 같은 2층에 있지만 그녀는 밤 11시면 잠자리에 들곤 했다.

누구지? 말자의 심장이 불안하게 고동쳤다. 요즘 들어 부쩍 이런 일이 잦았다. 늦은 밤 2층 복도 마룻바닥이 자주 삐걱거리는 소리를 냈다. 처음 며칠간은 착각인 줄 알았건만 착각이 아니었다. 2층 복도 끝에는 바깥 계단으로 향하는 문이 있었다. 이 집 2층을 세주었을 때 만들어놓은 출입문과 계단이었다. 문은 잠겨 있으나 잠금장치는 허술하기 짝이 없었다.

도둑인가. 말자는 슬그머니 바닥에서 일어났다. 방 안을 둘러보다 앉은뱅이책상 다리를 접었다. 힘껏 내리치면 도둑 정도는 때려잡을 수 있을 것 같았다. 말자는 발걸음 소리를 죽이며 방문으로 걸어갔다. 마룻바닥이 삐걱거리는 소리가 점차 가까워졌다. 문고리를 잡고 소리 나지 않게 돌렸다. 덩달아 삐걱거리는 소리도 방문 앞에서 딱 멈췄다. 말자는 문을 홱 열어젖히며 책상을 힘껏 들어 올렸다.

책상을 내리치려는 순간, 말자는 침입자와 눈이 마주쳤다. 말자의 입이 떡하니 벌어졌다. 침입자는 다름 아닌 희례였다.

"언……."

"쉿."

희례는 말자의 입을 틀어막고 방 안으로 끌고 들어왔다. 말자는 황당해하며 희례를 머리부터 발끝까지 훑어봤다. 밤마실이라도 다녀왔는지 그녀는 외출복 차림이었다.

"뭐고? 언니야 어데 댕기 왔나?"

"쉿. 말자야, 제발 목소리 좀 낮춰라."

"자는 줄 알았드만."

희례는 조바심을 내며 말자의 입을 또 틀어막았다. 그러고는 방문

밖으로 귀를 기울였다. 1층에서 누군가 화장실을 다녀가는지 방문 닫히는 소리가 들렸다. 그제야 희례는 손을 떼고 안도의 한숨을 내쉬었다.

"이 야밤에 어데 댕기 왔는데?"

말자가 새초롬한 눈길로 추궁했다.

"어데 댕기 왔기는……."

"통금도 지났는데 간뎅이도 크다. 성준 오빠야 만나고 왔나."

희례의 얼굴이 발긋하게 물들었다. 정곡을 찔린 듯했다.

"잠깐 얼굴만 보고 온 기다."

말자는 배시시 웃는 희례를 보며 혀를 찼다. 아무리 사랑에 눈이 멀었기로서니 좀처럼 희례답지 않은 일이었다. 희례는 기본적으로 정이 많고 착실하지만 새침하고 깍쟁이 같은 면모도 있었다.

"그래 좋나?"

희례는 고개를 끄덕였다. 감출 수 없는 마음이 고스란히 느껴졌다. 아직 첫사랑조차 경험하지 못한 말자는 희례의 마음을 짐작조차 할수 없었다. 이해가 되지 않으면서도 궁금하고 부러웠다.

"참 나, 사랑이 뭐라꼬. 이래 깍쟁이 같은 언니야를 밤마다 밖으로 나돌게 만드는 기노."

"밤마다는. 내 오늘 처음 나갔다 온 기다."

"내한테까지 거짓말할 필요는 없데이. 내 다 안다."

"무신 소리고? 진짜다. 내 처음 나갔다 온 기다. 성준이 오늘 요 앞태수 집서 잔다 캐서. 안 그람 통금도 있는데 내가 우째 나가겠노?"

말자는 정색하는 희례를 보며 고개를 갸우뚱거렸다. '그람 며칠간 야밤에 마룻바닥 삐걱거리는 소리는 뭐고.' 하지만 이곳은 뒤틀린 나무들이 이런저런 소리를 낼 법도 한 오래된 목조 주택이었다. 신경이 과민하던 차에 괜스레 불길한 상상력을 키운 건지도 몰랐다.

"근데 말자야, 내 부탁 하나만 해도 되나?"

말자의 방에 찾아온 목적이 있었던 희례가 슬그머니 속에 든 말을 꺼냈다.

"와 이라노. 우리가 언제 그런 거 물어보는 사이였나."

말자의 말에 희례는 머쓱해하며 뜸을 들였다.

"니 우리 오빠야가 자꾸 내더러 누구 만나보라 카는 거 알재?"

"치형이 오빠야?"

얼마 전부터 치형은 희례더러 누군가를 한번 만나보라 성화였다. 상대는 부산대 의대생으로 치형의 건너 건너 친구와 함께 학교 합창단에서 활동하고 있는 남자였다.

"별일이네. 치형이 오빠야가 그런 말을 다 하고."

치형과 희례는 남매지만 살가운 사이는 아니었다. 치형은 희례와 달리 말이 없고 성정이 차가웠다. 키가 크고 호리호리한 체형에 인상마저 날카로웠다. 말자가 이 집에 머문 지 5년이 넘었지만, 이 집 아저씨보다도 치형을 대하기가 더 어려웠다.

"아무래도 내랑 성준이랑 만나는 거 눈치챈 거 아인가 싶다."

"그람 우야노. 설마 아저씨도 알고 있는 건 아니겠재?"

"모르지. 알면 또 어떻노. 반대하면 내 확 야반도주해삘 기다."

말자는 픽 웃음을 터뜨렸다. 사람이 사랑 때문에 어떻게 이렇게까지 변할 수 있는 건지. 희례가 부럽기도 하고, 어떤 마음인지 궁금하기도 했다.

희례는 말자의 눈치를 보더니 원래 하려던 말을 꺼냈다.

"그래서 말인데…… 말자 니 이번 주 토요일 날 시간 되나?"

"이번 주 토요일? 별일은 없는데, 와?"

"니가 내 대신 그 자리에 좀 나가라."

"무신 자리?"

"오치형이가 내한테 물어보지도 않고 덜컥 약속 잡았다 안 하나."

"뭐?"

"가서 니가 오희례라 캐라. 그라고 거절하고 온나. 뭐 마음에 들면 만나봐도 상관없고."

"언니 진짜 니 미쳤나. 언니 니가 나가서 거절하믄 되잖아."

"안 된다. 내 그런 자리 나간 거 알면 성준이가 서운할 기다. 내한 테 아무 의미 없는 사람 때문에 성준이 맘 상하게 하고 싶지 않다."

"의미 없는 사람일지 아닐지 우째 아노? 혹시 아나? 나중에 언니야 가 그 사람하고 결혼할지."

"웃기지 마라. 내는 결혼을 해도 성준이랑 할 기다. 하여간 니 해줄 거재, 어?"

말자는 말도 안 되는 일이라 생각했지만 희례의 간곡한 눈동자를 보니 차마 거절의 말이 나오지 않았다. 희례는 말자의 팔을 붙들고는 처연하게 눈썹을 아래로 늘어뜨렸다. 강아지처럼 낑낑대는 소리를 내기도 했다. 결국 말자는 백기를 들고 말았다.

"고맙다. 내한테는 말자 니뿐이다! 니가 좋다 캤던 치마, 니 주께."

희례가 말자의 목을 껴안았다. 희례와 말자는 키도, 체형도 비슷했 다. 아는 사람들도 뒷모습만으로는 둘을 종종 헷갈려 하기도 했다.

"됐다. 내 그런 거 바라고 한다 칸 거 아이다."

"그 남자 부산 사람 아이라 카던데, 바다 구경도 시키주고 맛난 것도 얻어묵고 그래라."

"알았다, 알았어."

"토요일 남포동 윤경 다방에서 1시다."

"그 사람 이름은 뭔데?"

"백승광."

희례가 대답했다.


시간이 쏜살같이 흘렀다. 어느덧 토요일 아침이었다. 그사이 마룻
바닥이 삐걱거리는 소리는 더 이상 들리지 않았다. 말자는 역시 자신
이 잘못 들은 거라 생각했다.

희례는 아침 댓바람부터 옷을 한가득 안고 말자의 방문을 두드렸
다. 말자는 희례의 지시대로 몇 차례 스커트와 블라우스를 갈아입어
야 했다. 최종적으로 선택된 체크 치마에 하얀 블라우스를 입고 고데
로 머리를 말자 거울 속 자신의 모습이 부쩍 달라 보였다.

"우리 말자 피부 한번 억수로 곱네."

희례는 말자의 뺨에 파우더를 두드리곤 루주까지 발라줬다.

"내 진짜 괘안나?"

"예쁘기만 하다. 왠지 그 남자가 니한테 반할 거 같다."

희례는 즐거워했지만, 막중한 임무를 떠맡은 말자는 마음이 불편
했다.

"진짜 딱 커피 한잔 묵고, 거절하고 올 기다."

"그라믄 내도 좋고."

"들키면 우짜지? 내 진짜 대학생 같아 보이나?"

"어, 걱정 마라. 딱 대학생 같아 보인다."

"언니야는 이게 재밌어 죽겠재? 내는 지금 마 심장이 떨리는구마."

"뭐 대단한 거 한다고 심장까지 떨리노. 가서 오희례라 카고 말없이 커피만 한잔 묵고 온나."

"언니야는 오늘 뭐 하는데?"

"성준이가 바다 보고 싶다 캐서. 부산 어데가 제일 보고 싶냐 카니까 바다 보고 싶다 카대. 그것도 하필 제일 먼 태종대. 동명 극장서 영화 보고 바다 보러 가기로 했다."

희례는 모처럼의 시내 데이트에 한껏 들떠 있었다.

외출 준비를 마친 두 사람은 함께 집을 나왔다. 교회로 향하는 희례와 헤어진 뒤 말자는 버스를 탔다. 평소 오가는 길이지만 오늘따라 새로워 보였다. 비단 예쁜 옷을 차려입고 곱게 꾸몄기 때문만이 아니었다. 내색하진 않았지만 남자를 만난다는 사실이 말자에게 묘한 설렘으로 다가왔다.

남자, 교회 성도들이 아닌 그냥 남자. 언젠가부터 백승광이라는 남자에 대한 궁금증이 무럭무럭 커갔다. 희례 대신 희례의 이름을 달고 나가는 자리라는 걸 알면서도 그랬다.

어떻게 생긴 사람일까. 이런저런 생각을 하는 사이 버스는 남포동에 도착했다. 말자는 버스에서 내려 자갈치 시장 쪽으로 향했다. 집을 나서기 전 희례가 불어넣어 준 자신감 때문일까. 말자는 평소와 달리 어깨를 당당하게 펴고 시원시원한 걸음걸이로 길을 걸었다. 어쩐지 마주 오는 사람들이 자신을 흘낏 쳐다보는 것 같기도 했다.

약속 장소에 도착한 말자는 윤경 다방으로 들어갔다. 담배 연기가 자욱한 다방 안에서 팝송이 흘러나오고 있었다. 말자는 시계를 확인했다. 희례의 조언대로 약속 시간보다 조금 늦게 도착했기에 시곗바늘은 1시를 조금 지나 있었다. 약속 상대는 이미 다방 안에 있을 터였다.

말자의 시선이 창가 자리에 머물렀다. 덥수룩한 장발에 커다란 뿔테 안경, 호리호리하다 못해 빼빼 마른 남자가 연신 물을 들이켜고 있었다. 저 사람이구나, 확신이 드는 동시에 가슴에 실망감이 번졌다. 말자는 승광에게로 걸어갔다. 매부리코에 각진 턱, 뺨이 움푹 팰 정도로 쾡한 얼굴. 좋은 말로도 잘생겼다고 할 수 없는 생김새였다. 말자는 승광 앞에 섰다.

"안녕하쎄요."

승광이 고개를 들어 말자를 쳐다봤다. 승광의 입이 점차 커다랗게 벌어졌다. 두꺼운 뿔테 안경 속에 숨어 있던 눈도 크게 떴다. 승광은 한참 동안 말자를 바라보더니 자신의 무례함을 깨닫곤 벌떡 일어났다.

"아, 저, 제, 제가 실수를……. 아, 안녕하세요."

승광은 허리를 반으로 접어 말자에게 인사했다. 허둥지둥하는 모습이 당황한 듯 보였다. 말자는 희례를 흉내 내며 새초롬하게 맞은편에 앉았다. 시선을 마주치지 못하며 물을 연거푸 들이켜던 승광이 말자를 곁눈질했다. 두 사람의 시선이 마주쳤다.

'아…… 눈이 예쁘네.' 볼품없는 외모지만 뿔테 안경 속 눈만큼은 그럭저럭 봐줄 만했다. 눈망울이 영롱했다. 안경을 벗으면 보통 크기는 될 것 같았다.

"배, 백승광입니다."

승광이 탁자에 머리를 찧을 듯 또 한번 고개를 숙였다. 그 모습이 조금은 귀여워 말자는 풋, 웃음을 터뜨렸다. 남자는 제 행동이 민망한

지 뒷머리를 긁적거렸다. 승광이 소개를 마쳤으니 자신도 이름을 밝혀야 할 차례였다. 말자는 승광의 눈을 마주하며 입을 열었다.

"제 이름은……."

* * *

사천의 한 선산에서 시신이 발견됐다.

유례없는 폭우로 지반이 약해지는 바람에 산이 무너져 엄청난 양의 토사가 길가로 쏟아져 나왔다. 나무 잔해와 흙더미 속에서 발견된 건 백골 시신이었다. 경찰의 부검 결과 시신은 부산시 대연4동에 거주하던 1960년생 오희례로 밝혀졌다. 경추와 늑골의 골절이 관찰되고 시신이 암매장된 것으로 보아 타살의 가능성이 제기되었으나, 이미 시효가 만료된 변사 사건이라 더 이상의 조사는 이루어지지 않았다.

오희례의 부모는 15년 전, 3년 전 각각 교통사고와 노환으로 사망했고, 오빠 오치형은 20년 전 캐나다로 이민 간 터라 연락이 어려웠다. 경찰은 오희례가 실종된 1980년, 그녀의 집에 거주하던 오말자를 수소문하여 연락처를 알아냈다.

말자는 한달음에 사천중앙 병원 영안실로 달려와 시신을 인계받았다. 캐나다에 있던 치형과는 어렵게 연락이 닿아 함께 오희례의 시신을 부모님이 안치된 묘 옆에 안장했다.

"말자요?"
"마알자아?"

"오말자라고요?"

사천 경찰서에서 진주, 현주, 현호가 차례대로 목소리를 높였다. 세 사람은 엄마의 동선을 따라 부산으로 향했다가 사천으로 넘어온 참이었다. 꼬박 하루 동안 장거리를 이동한지라 셋 다 몰골이 꾀죄죄했다.

"네, 오말자 씨요. 얘길 들어보이 사망한 오희례 씨하고는 먼 친척이라 카든데. 오희례 씨 실종 당시에는 그 집서 식모살이하면서 친자매맨키로 지냈고. 우째 자기 어무이 본명도 모른다 캅니꺼."

경찰은 이래서 자식새끼 키워봐야 소용없다며 혀를 찼다.

세 남매는 황당한 사실에 어안이 벙벙할 뿐이었다. 엄마의 이름이 오희례가 아니란다. 40년 전 오말자에서 오희례로 개명을 했단다. 고향도 부산이 아닌 사천이었다. 엄마의 과거에 대해 아무것도 모르고 있었을 뿐 아니라, 그나마 알고 있던 것들마저 모두 거짓이었다.

그럼 대체 엄마는 누구란 말인가. 그리고 오래전에 살해당한 이 오희례라는 여인은. 왜 오희례라는 여인의 시신이 발견되고 엄마는 연락을 끊은 채 사라져야 했을까.

"혹시 저희 엄마가 이후에 어디로 간다든가 하는 얘긴 없었어요?"

현호의 질문에 경찰은 당시 상황을 자세하게 설명했다.

말자는 시신을 안장하고 경찰서로 찾아왔다. 그녀의 얼굴은 풀무불에 단련된 쇳덩이 같았다. 꽉 다문 입술에서 단호한 결심이 엿보였다.

"타살이라고 하셨죠."

말자가 묻자 경찰은 그렇다고 했다. 시효가 이미 지난 사건이었다. 단서도 없거니와 범인을 찾은들 단죄할 방법조차 없었다.

"네, 맞습니더. 털실로 짠 목도리에 목이 졸렸다 카더라고예. 오말자 씨, 내도 안타깝지만 이번 사건은 시효가…….."

"얼마나 원통하면 별로 썩지도 않았을까요. 후에 증거라도 찾아달라는 듯이. 똑똑히 기억해요. 40년 전 사라졌던 날 언니 옷차림 그대로예요. 그날, 1980년 12월 25일 실종 당일. 언니는…… 살해당한 거라고요."

"말자 씨."

"경찰한테 잡아달라는 소리 안 해요. 내가 잡을 거니까."

말자는 종주먹을 말아쥐고 경찰서를 빠져나갔다.

"그라고는 부산 간다 캤는데."

경찰은 이야기를 마치며 말을 덧붙였다.

"부산 어디요?"

"그건 내도 모르지. 범인 잡는다 캤으니 단서 찾으러 안 갔겠소? 말 들어보이 오희례 씨가 25일 성탄절 새벽 송 나간 다음에 사라졌다 카이 교회로 가겠지예."

경찰은 마지막으로 당시 오희례가 다니던 교회 이름을 가르쳐줬다.

실종이 아닌 가출 상황임이 명백해졌다. 휴대전화를 꺼놓은 이유가 있을 것이나 안위가 확인됐으니 걱정할 일은 없었다.

세 남매는 경찰서를 빠져나와 도로변에 우두커니 섰다. 현호는 주소가 적힌 메모지를 들고 있었다. 사천 시외버스 터미널로 향하는 발걸음이 처량했다. 벤치에 앉자 허탈함과 자괴감이 몰려들었다.

"오희례…… 아니, 오말자 여사께서 이렇게 우리 뒤통수를 칠 줄은 몰랐다."

대형 버스들이 속속들이 들어오고 나가는 광경을 바라보며 진주가 말했다.

"그러게. 어떻게 자식들한테까지 이름하고 출신을 감쪽같이 속일 수 있냐고."

현호도 심경이 복잡했다. 이래서야 종철에게 농담조로 말했던 콩가루 가족이라는 말을 제대로 인증하게 생겼다.

"무슨…… 사정이 있겠지."

하지만 웬일인지 현주만큼은 엄마를 두둔하고 나섰다.

"무슨 사정? 무슨 사정이기에 자식들까지 속여야 하는 건데?"

현호가 언성을 높였다. 속은 게 분하기보다는 엄마에 대해 이토록 아무것도 모른다는 사실에 화가 났다.

"엄마도 사람이잖아. 비밀 하나, 사연 하나 없겠냐? 엄마 이름이 오희례가 아니면 어때? 오말자면 좀 어떻고, 동아대생이 아니라 식모였으면 어떻냐고. 넌 설마 그게 화가 나는 거야? 뭐가 달라지는데? 엄마는…… 그냥 우리 엄마야."

현주의 말에 진주와 현호는 숙연해졌다.

구박하고 험한 소리를 해도 엄마는 10년 동안 꼬박 진주를 뒷바라지했다. 엄마가 대준 고시원비, 생활비가 없었다면 글 쓰는 일은 생각조차 못 했을 것이다. 현호도 마찬가지였다. 행여나 눈먼 칼이라도 맞을까, 엄마는 형사 생활을 하는 아들의 안위를 밤낮으로 걱정했다.

콩가루 집안, 콩가루 가족. 말로는 제 가족을 무시하고 깎아내렸지만 그래도 우리는 제법 애정으로 엮인 가족이었다. 그리고 그 중심에는 늘 엄마가 있었다.

세 사람 모두 괜스레 콧잔등이 시큰했다. 이런 일이 아니었다면 엄마의 과거에 대해, 아니 엄마에 대해 생각조차 하지 못했을 것이다.

"가보자, 부산."

진주가 벤치에서 일어나며 말했다.

"가서는 어쩌게."

현주가 물었다.

"엄마 도와서 오희례를 죽인 범인 찾아야지. 이 일…… 엄마한테는 무지하게 중요한 일일 거야. 엄마가 같은 이름으로 개명하고 출신까지 감춘 거 보고도 모르겠어? 어쩌면 엄마한테 이 일은 일평생 한처럼 남아서 언젠간 풀어야 할 일인지도 몰라."

"40년 전 범인을 찾자고? 어떻게?"

"일단 엄마부터 만나야지. 40년 전 무슨 일이 있었는지 얘길 들어야 해. 엄마 혼자 알고 있는 정보가 분명 있을 거야. 이상하고 의심되고 그런 거. 짐작되는 게 있으니까 경찰한테도 범인 잡겠다고 자신 있게 말한 걸 거야. 그 시절 엄마도, 오희례 씨도 갓 스물 넘은 나이였어. 있어봐야 치정 문제 아니겠어? 게다가 범인은 엄마가 의심할 만한 주위 사람일 거야."

40년 전, 그 시절 속에 엄마는 자신의 아주 중요한 무언가를 놓고 온 것일 테다. 오희례 살인 사건 속에 엄마의 인생을 이해할 단서가 숨겨져 있는지도 몰랐다. 엄마가 아닌 엄마는 어떤 모습이었을까. 갓 스물을 넘긴 나이, 그 시절의 엄마는 어떤 삶을 살고 어떤 미래를 꿈꿨을까.

진주는 엄마를 만나 이야기가 듣고 싶어졌다.

\* \* \*

1980년 12월 24일.

말자는 아침부터 들떴다. 성탄절 전야, 연중 통금이 해제되는 두 번의 날 중 하나. 교회에서 밤샘을 하고 새벽 송을 빙자해 새벽 거리를 거닐 수 있는 날. 말자는 기대감에 밤잠을 이루지 못할 정도였다.

일정이 빡빡했다. 먼저 종일토록 성극 연습을 해야 했다. 저녁 7시에 성탄 발표회가 있었다. 밤 10시경에는 교회 식당에서 다 같이 떡국을 먹는다. 이후 새벽 늦도록 다락방에서 청년회 모임을 가질 계획이었다. 새벽 송은 새벽 4시에 시작하니 그전까지 다락방에서 놀 시간은 충분했다. 다만 한 가지, 승광을 만날 수 없다는 점이 아쉬웠다.

저번 만남에서 승광은 성탄절 전야에 약속이 있느냐고 넌지시 물었다. 성탄절 전야에 만나자는 말이나 다름없었다. 하지만 말자는 승광을 교회로 초대할 수 없었다. 승광은 자신을 동아대 영문과 재학생, 오희례로 알고 있다. 희례 또한 말자가 승광을 계속 만나고 있는 줄은 꿈에도 몰랐다. 이 모든 상황을 들킬 수 없는 노릇이었다.

자신은 이토록 거짓투성이인데, 승광은 되레 미안해했다. *"괜찮아요, 교회 일이 먼저였는데요. 희례 씨를 볼 수 없다는 게 아쉽지만."* 승광은 괜찮다고 말하면서도 아쉬운 마음을 숨기지 못했다. 대신 목소리라도 들을 수 있느냐며 교회 사무실 전화번호를 물었다.

말자는 집을 나섰다. 칼날 같은 12월의 바람이 뺨을 스쳤다. 말자는 버스를 타고 우안동에 도착해 높은 지대로 이어진 계단 길을 바지런히 올랐다. 멀리 교회 십자가가 보였다. 미로 같은 골목길을 따라 방향을 꺾으려는 순간, 말자는 멈춰 서고 말았다.

저 멀리 담벼락 아래 젊은 남녀가 부둥켜안고 있었다. 옷차림 때문에 여자가 희례라는 사실은 금세 알아차렸다. 남자는 희례와 안고 있으니 성준이라 생각했다. 하지만 달랐다. 성준이 아니었다.

"태수 오빠야랑 와······."

말자는 모퉁이에 몸을 숨겼다. 이 광경을 목격하면 안 된다는 본능적인 생각이 들었다. 희례는 태수에게 안겨 있었고, 태수는 희례의 등을 야릇하게 쓸어내리고 있었다.

"이제 우짜노. 니는 내가 우짜믄 좋겠노."

희례가 울먹였다.

"니가 할 수 있는 건 없다."

태수의 말에 희례는 입을 앙다물고 그의 어깨를 때렸다. 주먹질에는 힘이 하나도 없었다. 입술 사이로 흘러나오는 흐느낌이 커지며 희례의 주먹질도 느려졌다. 종내 희례는 그의 품에 얼굴을 묻고 울음을 터뜨렸다. 두 사람의 밀회를 훔쳐보던 말자는 심장이 바닥으로 곤두박질치는 것 같았다.

희례와 태수는 어린 시절부터 함께 자란 소꿉친구였다. 중키에 평범한 얼굴, 온화하고 다정한 성격. 태수는 어느 곳에서나 흔히 볼 수 있는 평범한 남자였다. 학벌, 성격, 가정환경 등 모든 면이 무난했기에 희례의 아버지는 은근히 그를 희례와 짝지어주고 싶어 했다.

아무리 그래도 그는 성준의 친구이자, 성준을 이곳에 데려온 장본인이 아닌가. 배신감이 들불처럼 솟구쳤다. 말자는 늘 희례와 성준의 사랑을 동경해왔다. 희례가 성준뿐 아니라, 그 사랑을 응원하고 지지한 자신마저 배반한 느낌이었다. '다른 사람은 몰라도 언니야가 이카면 안 되지. 우째 사람이 이럴 수 있노.'

잠시 후 희례와 태수는 떨어져 교회 골목으로 걸어갔다. 말자는 사라지는 두 사람의 모습을 코가 시릴 때까지 쳐다봤다. 가슴을 진정시키고 충격을 갈무리하는 데까지 제법 긴 시간이 걸렸다. 말자는 한참이 지나서야 교회로 들어갔다.

성탄절 전야를 맞이하여 교회는 발표회 준비로 부산스러웠다.

성준은 예배당 뒤에서 성극 준비에 열성인 희례를 지켜보았다. 희례는 고등부 성탄 성극을 맡아 한 달 전부터 아이들과 연습을 하느라 여념이 없었다. 성가복을 입은 아이 세 명이 동방박사를 연기하며 커다란 별을 가리켰다. 마리아를 연기하는 아이는 스카프를 머리에 두른 채 강보에 싸인 인형을 조심스럽게 안아 들었다. 경애의 동생이자 초등부인 경주는 천사 분장을 하고 무대를 폴폴 뛰어다니고 있었다. 무대도, 연기도 어설펐지만 모두 진지하게 연습에 임했다.

성준은 연기를 지도하는 희례를 눈길로 좇았다. 이따금 눈이 마주친 희례는 환한 미소를 지으며 손을 흔들었다. 그럴 때면 성준은 주위의 모든 사람과 사물이 사라지는 듯한 느낌이었다. 오로지 희례의 모습만이 또렷하게 눈동자에 각인됐다.

얼마 전, 성준은 그녀에게 프러포즈를 했다. 퀴퀴한 기도실에서 건넨 건 고작 가느다란 실반지뿐이었다. 그럼에도 희례는 실반지를 낀 손을 소중하게 끌어안으며 눈물을 흘렸다. 진심으로 행복해했다. 성준도 일평생 이런 감정은 처음이었다. 희례만 곁에 있어준다면 세상 그 무엇도 두렵지 않았다.

그때 치형이 예배당으로 절뚝이며 들어왔다. 9월경 다리를 다쳤던 그는 일주일 전, 빙판길을 구르는 바람에 같은 부위를 또 다쳤다.

"갑갑하시죠?"

성준이 희례에게서 시선을 끊어내며 물었다.

"아이다. 그보다도 니 내 땜에 요셉 역할 하기로 했다매."

치형은 내성적이고 성정이 차가운 사람이었다. 필요한 말 외에는 거의 하지 않는 편이기도 했다. 그러나 어떤 이유에서인지 성준에게만은 종종 친밀함을 드러내곤 했다. 함께 자라다시피 한 교회 친구들보다 성준을 더 편히 대했다.

"갑자기 하는 바람에 대사도 대폭 줄었어요. 마리아 옆에 서 있기만 하면 되는 수준이라."

성준도 딱히 치형이 싫진 않았다. 무엇보다 희례의 오빠였기에 이왕이면 잘 지내보고 싶었다.

"고생 많다."

"아뇨, 뭘."

"인자 집에 가봐야겠다. 다리가 이래가꼬 성탄절 행사, 새벽 송 참석할 수나 있겠나."

"혼자 가실 수 있겠어요? 오늘내일 장로님하고 권사님도 집에 안 계시다면서요?"

"괜안타. 약 먹고 자믄 내일 아침이겠재."

치형이 돌아서서 나가려는 순간, 정병근 전도사가 태수, 경애, 말자와 함께 예배당으로 들어왔다. 네 사람은 간식거리를 한 아름 안고 있었다. 치형은 일행에게 인사를 하고 엇갈려 지나갔다. 정병근 전도사는 치형의 어깨를 친근하게 두드렸다. 태수는 고개를 쭉 내밀어 성극 지도 중인 희례를 쳐다봤다. 경애는 봉지를 양손에 든 채 치형을 뒤쫓아갔다. 말자는 성준을 쳐다봤다.

'어…….' 성준은 자신의 눈을 의심했다. 성극 연습 중이던 희례가 이상한 눈길로 저들을 쳐다보고 있었다. 왜 저런 얼굴일까. 누굴 보고 저런 표정을 짓는 걸까. 희례의 얼굴에 깃든 감정은 분노 같기도 하고 경멸이나 짙은 혐오 같기도 했다.

성준은 희례의 시선을 따라 같은 곳을 바라봤다. 치형과 경애는 예배당을 빠져나가고 있었고, 정병근 전도사와 태수, 말자는 반대로 예배당으로 들어오고 있었다. 그들 모두가 한데 뭉쳐 있었기에 희례의 시선이 정확히 누구를 향한 것인지 판단하기 어려웠다.

이내 희례가 눈길을 거두곤 성준에게 다가왔다. 언제 그런 얼굴을 했느냐는 듯 평소처럼 사랑스러운 표정을 되찾았다.

"준비 다 됐나?"

희례가 성준의 성가복을 매만져주며 물었다.

"대사는 다 외웠어."

성준은 조금 전의 섬뜩한 기분을 떨쳐내며 대답했다.

"대사 외우는 건 아무나 다 한다. 진심으로 요셉 역할을 맡을 준비가 됐냐 말이다."

"음, 그건 잘 모르겠어. 난 그냥 네가 하라니까 하는 거지, 뭐."

"내가 하라는 건 다 할 기가?"

"당연한 걸 뭘 물어."

희례가 웃음을 참으며 입을 쌜쭉거렸다. 학생 하나가 손짓하자 희례는 성준에게서 떨어져 연습 공간으로 향했다. 성준은 그 모습을 잠시 지켜보다 예배당을 나왔다.

어느덧 해가 저물고 있었다. 교회 앞마당과 골목길에도 어둠이 스며들었다. 한층 쌀쌀해진 바람이 불었다. 스웨터 위에 얇은 성가복만을 걸친 성준은 변소로 빠른 발걸음을 옮겼다. 그런데 문득 교회 대문 밖에서 말소리가 들렸다. 성준은 걸음을 멈췄다.

몇 계단을 내려가야 골목으로 이어지는 대문이 있었다. 담장 너머로 대화를 나누는 두 사람의 정수리가 보였다.

"내가 이걸 왜 받노."

치형이 쌀쌀맞게 말했다.

"받아라. 오빠야 줄라고 뜬 기다."

경애가 선물을 내밀었다.

경애가 치형을? 두 사람의 관계에 흥미를 느낀 성준은 담장 아래에서 몸을 낮췄다.

성준과 경애는 희례를 매개로 아는 것일 뿐, 대화도 몇 마디 나누지 않은 사이였다. 성준이 경애에 대해 아는 거라곤 희례, 태수와 어릴 적부터 같은 교회 친구로 자랐다는 것, 교회 근처에 살며 미용 일을 배우고 있다는 것, 열 살 어린 여동생이 있다는 것뿐이었다. 손끝이 야무지며 당차고 야심 많은 성격이라는 것도 짐작만 했다.

"됐다, 이런 거 부담시럽다."

치형은 선물을 거절하곤 뒤돌아섰다. 경애는 입술을 깨문 채 치형이 절뚝거리며 멀어지는 모습을 쏘아봤다. 경애의 눈빛에는 거절에 대한 치욕이나 슬픔 같은 감정은 없었다. 분한 감정만이 남아 있었다.

같은 교회에서 자랐지만 희례, 태수와는 사는 형편이 달랐던 경애. 그녀는 치형을 정말 좋아하는 것일까, 그를 통해 다른 무언가를 꿈꾸는 것일까. '생각지도 못한 걸 봐버렸네.' 성준이 담장 아래에서 몸을 일으킬 때였다.

"성준이 오빠야."

누군가가 부르는 소리에 성준은 화들짝 놀랐다. 바로 뒤에 말자가 서 있었다. 같은 장면을 목격한 듯했다.

"어, 말자야."

훔쳐보는 모습을 들킨 터라 성준은 민망해하며 뒷머리를 긁적였다. 그런데 말자의 표정이 심상치 않았다. 그녀는 방금 목격한 경애와 치형의 모습은 안중에 없는 듯했다.

"내 오빠야한테 할 말 있는데……."

말자는 한동안 손가락만 꼼지락거렸다. 몇 번이나 입술을 뗐다가 다물어버리기도 했다. 매서운 바람이 불었다. 말자의 코끝이 빨개지고, 성준의 성가복 자락 사이로 얼음장 같은 공기가 밀려들었다.

"어우, 춥다. 넌 안 춥냐? 무슨 말이기에 그렇게 뜸 들이는 건데?"

성준이 장난스럽게 말을 재촉했다.

"오빠야, 있잖아……."

말자가 입을 열었다.

\* \* \*

진주, 현주, 현호는 화물열차가 다니는 기찻길과 재래시장을 지나 골목 어귀로 들어섰다. 시멘트 벽을 휜히 드러낸 집들이 다닥다닥 붙어 있었다. 공중에서 엉킨 전선줄도 고스란히 드러나 있는 동네였다.

세 사람은 산동네의 가파른 계단 길을 올랐다. 좁고 구불구불한 길을 따라 걷자 교회 십자가가 보였다. 전화상으로 흔쾌히 방문을 허락했던 사찰 집사가 골목에 나와 있었다. 그는 숭숭 빠진 앞니를 드러낸 채 웃어 보이며 세 사람을 반겼다.

"여까지 오니라 수고 많았소."

사찰 집사는 세 사람을 교회 사무실로 안내한 뒤 시원한 냉커피를 대령해 왔다. 등이 척척해지도록 땀을 흘렸던 세 사람은 냉커피를 단숨에 들이켰다. 사찰 집사는 허리가 구부정한 80대 노파였다.

"이제 우리 아들이 사찰 허고 내는 몬 허재. 이래 늙어가 우째 하겠노. 하모, 말자 기억하재. 한의원 집 살던 아. 말자 아들이라고? 옴마, 그라고 보이 얼굴이 뵌다, 봬. 즈그 엄마 똑 닮았다. 참들 이쁘네."

사찰 집사는 세 사람의 손을 잡으며 반가워했다. 진주는 찾아온 목적을 진실과 거짓을 반쯤 섞어가며 얘기했다. 오희례의 시신이 발견됐으며, 그 소식을 전해 들은 엄마가 부산에서 자취를 감췄다고 털어놨다. 사찰 집사는 그 시절, 교회 청년회 사람들을 똑똑히 기억했다.

"나이 들믄 어제 일은 가물가물해도 옛날 일은 눈앞에 뵈듯이 선한 기라. 세상에……. 희례 가가 참말로 죽었다꼬?"

"네, 저희 어머니가 사천 경찰서에서 전화받고 시신 수습하러 가셨어요."

진주가 대답했다.

"진짜가? 진짜 희례 가가 죽었다 카드나? 야반도주가 아이라?"

"야반도주라니요? 경찰에서는 오희례 씨가 실종 당일에 사망한 것 같다고 하던데요."

"옴마야, 우리는…… 이때까정 성준이하고 야반도주한 줄 알았재. 어데서 잘 살고 있을 줄 알았드만……."

사찰 집사의 말에서 오희례를 향한 애정이 느껴졌다. 사찰 집사는 오희례가 아주 어렸을 때부터 그녀를 봐왔다며 주름진 손으로 눈물을 훔쳤다.

"난리도 그런 난리가 없었재. 성탄절 날 새벽 송 갔다 오니께 희례 허고 성준이허고 같이 마 사라진 기라. 희례 즈그 아부지는 둘 잡는다꼬 서울 올라가고, 희례 어무이는 마 드러눕고. 이 잡듯이 샅샅이 뒤잤는데 결국 둘 다 몬 찾았재. 둘이 야반도주했다고 동네가 발칵 뒤집어졌었다."

오희례가 성준이라는 사람과 한날 동시에 사라졌다고? 새로운 정보에 진주는 현주, 현호와 시선을 주고받았다. 진주는 오희례의 죽음이 치정과 관련 있으리라 추측했다. 성준에 대해 더 알아볼 필요성이 있었다.

"성준이라는 사람은 누군데요?"

"서울서 시위하다 여까지 숨으러 온 대학생인데 희례하고 마, 둘이 눈이 맞았재. 결혼도 한다 카고. 둘이 쉬쉬하면서 연애했는데, 성준이가 기도실에 있었은께 내는 모를 수가 없었재."

사찰 집사는 박성준에 대해 알려주며 두 사람을 둘러싼 청년회 사람들의 관계까지 상세히 설명해주었다. 이야기 말미에 사찰 집사는 또 한번 자글자글 주름진 눈가를 닦았다.

"내 희례가 죽은지는 참말로 몰랐데이. 알았으믄…… 알았으믄 사람들이 이러쿵저러쿵 주둥이 몬 놀리게 하는 긴데. 죽은 것도 억울한데 그런 험한 소문까정 돌고. 우리 희례 불쌍해서 우짜노."

험한 소문? 진주는 사찰 집사의 말을 그냥 듣고 넘기지 않았다.

"야반도주 말고 또 다른 소문이라도 있었나요?"

사찰 집사는 뜨끔해하더니 한숨을 길게 내쉬었다. 소문의 당사자도 죽고 무려 40년이나 지난 일인데 새삼 숨길 것도 없었다. 사찰 집사가 털어놓은 그날 오희례의 행적과 험한 소문은 이러했다.


1980년 12월 25일.

새벽 송을 다녀오겠다며 성도들과 교회를 나섰던 오희례가 감쪽같이 사라졌다. 새벽 송 행렬의 제일 끄트머리에 있던 그녀가 어느 순간 사라진 것이다. 성도들은 오희례가 교회로 되돌아갔거나 집으로 간 거라 추측했다. 그러나 교회도 텅 비어 있었다. 기도실에서 숙식하던 박성준도 함께 사라진 것이다.

다음날, 오희례의 부모는 새파랗게 질린 얼굴로 교회에 찾아왔다. 성탄절 전일과 당일에 여행을 다녀온 두 사람은 집에 돌아와 보니 딸이 없어졌다 말했다. 오희례의 오빠 오치형도 25일에 오희례가 돌아오지 않았다고 주장했다. 오희례의 부모가 백방으로 그녀를 찾아다녔지만 머리카락 한 올도 발견할 수 없었다. 경찰은 오희례와 박성준이 나란히 사라졌다는 이유로 둘이 야반도주한 거라 판단했다. 실제 오희례는 박성준과의 교제 문제로 아버지와 갈등을 빚고 있었다.

소문은 삽시간에 우안동 일대로 퍼져나갔다. 오희례가 박성준의 아이를 뱄다더라, 오희례와 박성준, 배태수가 삼각관계라더라, 오희례의 마음이 배태수에게로 옮겨가자 박성준이 오희례를 납치해간 거라더라, 오희례는 원래 행실에 문제가 많은 여자였다더라. 갖가지 소문들이 뭉게뭉게 부풀려졌다.


"잠깐만요, 오희례 씨하고 배태수 씨하고요?"

사찰 집사가 한창 이야기를 이어나가는데 진주가 말허리를 자르고 질문을 던졌다. 배태수라면 박성준의 친구이면서 오희례, 조경애와 한동네에서 친동기처럼 지내온 사이였다.

"희례 아부지가 태수를 사위 삼고 싶어 했재. 그라고 어서 난 소문인지는 모르지만, 누가 희례허고 태수허고 부둥키안고 있는 걸 봤다카고."

막연하게 생각하던 치정 관계가 서서히 전면으로 드러나기 시작했다.

"배태수라는 분은 아직도 이 교회에 다니시나요?"

진주가 조심스레 물었다. 배태수를 만난다면 좀 더 정확한 정황을 알 수 있을 것 같았다. 그러나 사찰 집사의 얼굴이 급격하게 어두워졌다.

"태수는…… 몇 년 전에 죽었재. 다 늙은 내도 이래 살아 있구마. 여즉 펄펄한 나이에 암으로 고마……."

배태수는 대학 동문과 결혼해 두 자녀를 두었다. 죽기 전까지 이 교회를 지켰다고 한다. 사찰 집사의 눈가에 눈물이 맺히자 세 사람은 숙연해졌다. 자꾸 안 좋은 기억을 들추는 것 같아 미안하기도 했다.

이후 세 사람은 사찰 집사로부터 당시 청년회를 담당했던 정병근 전도사와 오희례의 친구 조경애의 연락처를 받았다. 사찰 집사는 구부정한 허리로 골목 어귀까지 따라 나와 세 사람을 배웅했다.

"들었지? 핵심은 치정 관계야. 오희례, 박성준, 배태수. 이 세 사람 사이에 애정 문제로 갈등이 있었던 거 같아."

사찰 집사의 모습이 사라지자 진주가 확신하며 말했다.

"그럼 누나는 박성준이나 배태수가 오희례를 죽였다고 생각하는 거야?"

"응, 그중에서도 더 의심되는 건 박성준. 오희례가 배태수와 부둥켜안고 있는 걸 누군가 목격했다잖아. 그런 소문이 파다하게 퍼질 정도였으면, 과연 박성준 귀에는 안 들어갔을까? 박성준한테 부산은 연고가 없는 곳이야. 그 시절에 시위하다 도망쳤으니 수배도 된 상황이었겠지. 시내 곳곳마다 검문을 했으니 자유롭게 나다니지도 못했을 거야. 믿을 거라곤 연인인 오희례와 친구 배태수뿐이었을 텐데. 그런 상황에서 두 사람이 자신을 배신했다는 걸 알게 된다면?"

뒷부분은 상상에 맡기겠다는 듯 진주는 동생들의 얼굴을 차례대로 쳐다봤다.

"하긴 큰누나 말이 맞을지도 몰라. 박성준도 12월 25일에 같이 사라졌잖아. 오희례를 죽이고 도망친 게 아닐까? 결혼까지 약속했던 두 사람이 같이 사라졌으니 사람들이 야반도주라고 생각할 걸 미리 안 거지."

"근데 말이야. 오희례의 마음이 배태수에게로 옮겨 갔다는 건 소문일 뿐이잖아. 오희례와 배태수가 부둥켜안고 있는 걸 누가 봤다지만 오해일 수도 있고. 난 오히려 배태수가 의심스러운데? 배태수가 남몰래 오희례를 짝사랑했을 수도 있어."

하지만 현주만은 반대되는 의견을 내세웠다.

"그럼 넌 배태수가 오희례뿐 아니라 박성준도 죽였다는 거야?"

"그럴 가능성도 있어. 같은 날 사라진 두 사람 중 한 명이 죽었어. 나머지 한 명이 범인이 아니라면, 똑같이 희생자일 가능성이 높지."

"배태수가 범인이라기엔…… 친구와 사랑했던 여자를 죽인 사람 치곤 이후 인생이 너무 평범했다고 생각하지 않아? 대학 동문과 결혼해서 아이까지 낳았잖아. 게다가 몇 년 전 암으로 죽었다며. 만약 최소한의 양심이 남아 있었다면, 죽기 전 오희례와 박성준이 묻힌 곳을 털어놨을 거야."

진주가 배태수 범인설을 반박하자, 현주는 입을 다물었다. 치정 관계의 당사자인 오희례와 배태수는 사망했고, 박성준은 생사와 행방을 알 길이 없었다. 이대로라면 변죽만 울리다 그칠 가능성이 높았다.

대체 엄마는 어디에 있는 걸까. 40년 전 사건을 파헤치기 위해 뭘 하고 있는 걸까.

그때 현주의 휴대전화가 울렸다.

"잠깐만, 나 민호 오빠한테 전화 왔다."

현주는 은우와 지우를 민호에게 맡기고 온 상황이었다. 영상통화를 하느라 지우의 칭얼거리는 소리가 휴대전화 너머로 울려 퍼졌다.

진주는 사찰 집사가 건네준 종이를 펼쳤다. 정병근 전도사와 조경애의 연락처가 적힌 쪽지였다. 아쉬운 대로 내일은 이 두 사람을 찾아가 봐야 할 듯싶었다.

어느새 해가 뉘엿뉘엿 저물고 있었다. 오밀조밀한 산동네에도 어슴푸레 빛이 사그라졌다. 세 사람은 행여나 이 동네에서 엄마를 마주칠까 기대했지만 그런 일은 없었다. 온종일 장거리를 이동한 터라 배도 고프고 피곤했다.

"당 충전이나 하자."

현호가 은하 슈퍼를 가리키며 말했다. 낡은 슬레이트 지붕을 인 슈퍼는 빛바랜 간판만큼이나 오래돼 보였다. 진주와 현주는 현호의 말을 따라 비척비척 슈퍼로 들어갔다. 계산대에는 생각보다 젊은 여자가 앉아 있었다.

이 낡은 가게와 간판은 콘셉트였나. 현호는 음료를 계산대에 올려놓곤 지갑을 꺼냈다. 그때 슈퍼 안쪽 방에서 할머니가 나왔다.

"할매. 나오지 말라카니까."

젊은 여자가 소리쳤다.

"됐다, 마. 니는 니 일 봐라. 내사 알아서 할 끼다."

"허리 아프다는 양반이 와 자꾸 나와쌌노."

현호는 계산을 하려다 말고 할머니를 쳐다봤다. 허리가 구부정하고 하얗게 센 머리를 쪽 찌고 있었다. 나이는 사찰 집사와 비슷해 보였다.

"뭐 해? 계산 안 하고."

"저기 할머니, 이 동네에서 장사 오래 하셨어요?"

현호는 현주의 재촉을 무시하며 할머니에게 물었다.

"뭐라꼬?"

가는귀가 먹었는지 할머니가 목소리를 높였다.

"이 동네에서 장사 오래 하셨냐고요?"

"하모! 40년은 벌써로 넘었재!"

현호는 회심의 미소를 지었다. 진주와 현주도 금세 현호의 의도를 알아차렸다. 세 사람은 계산을 하고 할머니를 따라나섰다. 자신을 황금분이라 소개한 할머니는 운동을 하려는지 느릿한 움직임으로 가게 앞을 왔다 갔다 했다.

"가가 참말로 죽었다 카더나?"

황금분도 오희례를 알고 있었다.

"여 자주 왔지. 까자도 사고 음료수도 사고. 거 교회 청년들 마이 왔다. 가 없어지고 동네가 발칵 디집혔다 안 하나. 새벽에 나가 갖구로 없어졌은께. 당시 동네 억수로 흉흉했다."

"그랬군요."

현호가 추임새를 넣었다.

"가 참말로 이뻤는데. 다방 레지 안 같구로 참하게 생기가. 우리 아들놈도 가 때매 정 다방에서 수시로 커피 시키 묵었재."

황금분의 이야기를 경청하던 세 사람은 '다방 레지'라는 부분에서 고개를 갸웃거렸다.

"다방 레지라니요?"

"다방 레지 말하는 거 아이가? 없어졌다 카던."

"아닌데요?"

"이름이 뭐꼬. 아, 맞다. 효숙이! 김효숙이!"

"아닌데요……."

"그라믄 누구 말하는 긴데? 피아노 선생 하던 아 말하는 기가?"

진주와 현주는 씁쓸해하며 음료수병을 쓰레기통에 버렸다. 시간 낭비 말고 그만 가자는 무언의 소리였다.

"우리 할매한테 물어봐도 소용없을 긴데. 정신 오락가락하는 양반 붙들고 뭐 하는교?"

젊은 여자가 나와 한심하다는 듯 현호를 쳐다봤다. 세 사람은 멋쩍게 인사를 하고 돌아섰다. 첫날, 부산에서 얻은 소득은 미미하기 짝이 없었다.


다음날, 현호는 종철에게 전화를 걸었다. 엄마의 실종과 관련된 일이라며 박성준의 현재 거취를 조사해달라고 부탁했다.

이후 정병근에게 전화를 걸었지만 통화가 연결되지 않았다. 연락 달라는 문자를 남길 수밖에 없었다. 반면 조경애와는 쉽게 연락이 닿았다. 그녀는 현재 연산동에 거주하고 있었다.

[희례가 죽었다고요?]

처음 조경애는 미온적인 태도를 보였다. 현호가 자신을 오말자의 아들이라 밝혀도 경계심을 풀지 않았다. 하지만 오희례의 사망 소식을 밝히자 조경애는 말을 잇지 못할 만큼 충격에 빠졌다. 만나서 얘기했으면 좋겠다는 말에 냉큼 가게 주소를 불러주기도 했다.

세 남매는 조경애의 가게로 향했다. 대로변 목 좋은 곳에 '레인보우 플라워 숍'이라는 세련된 디자인의 간판이 보였다. 원데이 클래스도 병행하고 예약 주문 위주로 운영하는 큰 규모의 꽃 가게였다. 사찰 집사의 말에 따르면 당시 조경애는 미용 일을 배웠다. 언제 직종을 변경한 건지, 어떻게 이렇게 큰 가게로 일궈온 것인지 진주는 의문이 들었다.

세 사람은 가게 안으로 들어갔다. 조경애는 키가 크고 이목구비가 시원시원한 중년 여성이었다. 진주는 그녀의 얼굴이 묘하게 낯이 익다 생각했지만 누구와 닮은 건지는 기억해내지 못했다.

조경애는 차를 내오지 않은 채 서서 세 사람을 맞이했다. 표준어를 사용했지만 말투에 부산 사투리가 배어 있었다.

"말자가…… 아니, 어머니가 수고해주셨네요. 시신 수습하고 안장하고. 비용도 꽤 들었을 텐데. 그럴 형편이 됐으려나 모르겠네요."

진주는 엄마가 중도 해약한 정기예금이 오희례의 시신을 안장하는 데 쓰였을 거라 생각했다.

"혹시 저희 엄마가 여길 찾아오진 않으셨나요?"

"아니요. 그런데 좀 아쉽긴 하네요. 나한테도 알려주지, 희례 시신 발견된 거. 같이…… 할 수도 있었을 텐데."

조경애의 말에 섭섭함이 묻어났다.

"그런데 말자가 사라졌다고요?"

"네. 사천으로 가서 시신 수습한 다음 안장하고 부산으로 온 것까진 확인했는데, 그 이후 행적을 알 수가 없어서요. 오희례 씨 사망 사건과 연관이 있지 않을까 싶어 이렇게 찾아오게 됐고요."

"저런. 걱정되겠네요. 가능하면 발 벗고 나서서 도와주고 싶은데 보다시피 가게를 운영하는 입장이라 상황이 여의치가 않네요."

"괜찮습니다. 몇 가지 질문만 드려도 될까요?"

조경애는 친절하고 상냥했으나 묘하게 벽을 치는 태도였다. 대화를 나눌수록 진주는 그녀가 불편했다.

"물어보세요."

진주는 40년 전 일에 대해 몇 가지 질문을 했다. 주로 청년회 사람들 간의 관계에 대한 것이었다. 조경애는 예의 그 정중한 말투로 질문에 성심껏 답해주었다. 하지만 대답은 모두 피상적이었다.

다들 사이가 좋았어요, 모두 다 희례를 좋아했지요, 희례와 성준이는 좋은 커플이었어요. 이것이 조경애가 한 말의 전부였다. 오희례, 박성준, 배태수 세 사람 간의 관계에 대해 물어도 마찬가지였다.

진주는 이 가게에 들어선 순간부터 조경애가 자신들을 탐탁지 않아 하는 걸 느꼈다. 정중하고 고상한 말투 속에 숨길 수 없는 냉소와 적의가 깃들어 있었다. 그런 그녀가 자신들을 가게로 초청한 이유는 한 가지뿐이었다. 계속 귀찮게 굴지도 모르니 대충 장단을 맞춰주다 좋은 말로 내쫓을 심산이었던 것이다.

진주는 그녀의 이런 태도를 모른 체할 수 없었다.

"그런데 오희례 씨가 어떻게 사망했는지 궁금하진 않으세요?"

"……네?"

"오희례 씨가 사망했다는 말에, 아무것도 묻질 않으셔서요."

진주의 말에 조경애의 눈빛이 차가워졌다. 한순간 행방불명된 친구, 40년 만에 시신으로 돌아온 친구. 불편함의 정체는 바로 이것이었다. 조경애가 정말 오희례의 죽음을 몰랐다면 사망의 원인부터 물었어야 했다.

"그래요. 사실 희례가 죽은 건 알고 있었어요. 타살이라죠? 몰랐던 척 거짓말해서 미안해요."

조경애가 싸늘하게 대꾸했다. 그녀는 이제 적의를 감추려는 노력조차 하지 않았다.

"누구한테 들으신 건가요?"

"그건 왜요?"

"저희 엄마한테 들으셨나 해서요."

"아니요. 말자하고는 희례가 사라진 뒤로 한 번도 연락한 적 없어요."

조경애의 적의는 세 남매의 얼굴 너머로 보이는 말자를 향한 것이었다.

"별로 좋아하지 않으셨나 봐요, 저희 엄마."

"원래 친한 사이도 아니었어요. 걔는 그때도 희례 뒤만 졸졸 쫓아다녔으니까. 희례 사라지고 난 뒤에는 아주 미친년처럼…… 아니, 아주 이상한 헛소리를 해서 교회를 쑥대밭으로 만들었거든요."

"무슨 이상한 헛소리요?"

"희례가 죽었고, 범인이 이 교회 안에 있다고요."

진주는 퍼뜩 고개를 들었다. 설마 엄마는 40년 전부터 범인을 짐작하고 있었던 걸까. 그렇다면 어떤 이유에서?

"그때는 완전히 미친 거라 생각했는데. 하나는 맞았네, 희례가 죽었단 거."

"엄마는 그 사실을 어떻게 안 거예요?"

"그야 나도 모르죠. 그때는 정신이 완전히 돌아버린 거라 생각했으니까. 말자가 하는 말들을 주의 깊게 듣지도 않았고요."

조경애는 진실을 말하고 있는 듯 보였다. 미루어 짐작건대, 그 당시 그녀는 엄마를 무시하고 적대적으로 대했을 것이다. 엄마가 하는 말들을 귀담아들었을 턱이 없었다.

조경애는 가만히 서서 세 남매를 쳐다보기만 했다. 고요하게 바라보는 눈길은 축객령이나 다를 바 없었다. 진주는 가게를 나오기 전 조경애에게 물었다.

"마지막으로 한 가지만 더 물을게요. 오희례 씨가 죽었다는 사실, 누구한테 들으신 거예요? 저희 엄마 아니면 아는 사람도 없을 텐데."

"한 사람 더 있어요."

"누구요?"

"대답할 의무는 없을 것 같은데. 잘 생각해봐요."

조경애는 야멸차게 가게 문을 닫았다. 세 사람은 내쫓기듯 가게를 나왔다.

"왜 저래? 우리가 뭘 잘못했다고?"

현주는 대로변에 서서 성질을 냈다.

"뭔가가 있어. 찔리는 게 있으니까 저러는 거지."

진주가 대답했다. 분명한 건 그 당시에도 그리고 지금도 조경애는 엄마를 좋아하지 않는다는 사실이었다. 왜일까. 이 역시 치정과 관련이 있을까.

"아무튼 조경애 씨한테서 오희례, 박성준, 배태수 세 사람의 얘길 듣는 건 무리인 거 같아. 캐묻는다고 입을 열 거 같지도 않고."

"그런데 언니, 조경애 씨는 어디서 들은 걸까? 오희례가 죽었다는 사실. 그 사실은 우리 엄마밖에 모르잖아."

"조경애 씨가 그랬잖아. 알고 있는 사람이 한 명 더 있다고."

"그런 사람이 어딨겠어. 거짓말한 걸 수도 있지. 그래서 말인데 …… 혹시 엄마가 여기 찾아왔던 거 아냐?"

진주는 생각을 정리했다. 일리가 있는 말이었다. 조경애의 태도는 시종일관 수상하기만 했다. 지금으로서는 그녀의 어떤 말도 믿어주기 어려웠다. 현주의 말대로 조경애는 숨기고 있는 것이 있다. 무얼 숨기고 있는지 알아내야만 40년 전 수수께끼도 실마리가 보일 것 같았다.

진주는 주위를 살펴 옆 건물 1층에 자리한 카페를 발견했다. 대로변 테라스 자리에 앉는다면 조경애의 가게를 충분히 관찰할 수 있었다.

세 사람은 카페에 자리를 잡고 조경애의 가게에서 시선을 떼지 않았다. 그동안 꼭대기에서 쨍쨍 내리쬐던 해도 서쪽으로 반쯤 기울었다. 텅 빈 잔이 몇 번이나 새롭게 채워질 동안에도 엄마는 나타나지 않았다. 수상해 보이는 사람도 없었다. 손님으로 짐작되는 사람들이 빈손으로 들어갔다 한 아름 꽃을 안고 나올 뿐이었다.

"이러다 오늘도 아무 소득 없이 공치는 거 아냐?"

현주가 허망하게 말한 순간, 젊은 여자가 가게 밖으로 나왔다. 조경애와 무척 닮은 얼굴이었다.

"나연아, 오나연!"

조경애가 젊은 여자의 이름을 부르며 뒤쫓아 나왔다. 진주, 현주, 현호는 행여나 들킬까 봐 허겁지겁 고개를 숙였다. 조경애는 세 사람 쪽으로는 시선 한번 주지 않고 오나연과 대화를 나눴다.

"딸인가 보네."

메뉴판 너머로 상황을 주시하며 현주가 말했다.

"그러게. 그런데 이 동네엔 오 씨가 왜 이렇게 많아? 오희례, 오치형, 오말자에다가 오나연까지. 우리 엄마는 오 씨 남매랑 먼 친척뻘이라지만, 오나연은 좀 수상쩍은데."

현호가 턱을 매만지며 현주의 의견에 동의했다. 몹시 수상한 냄새가 났다. 오나연은 조경애의 딸이면서 또한 누구의 딸인 걸까.

조경애는 오나연과 헤어진 뒤 가게로 들어갔다. 현호는 가게 문이 확실히 닫힌 걸 확인하고 오나연을 불러 세웠다. 그리고 그간의 사정을 설명했다.

"그래서 말인데, 저희 엄마를 찾는 데 단서가 될까 싶어서……. 혹시 아버지 연락처를 알 수 있을까요? 아버지 성함이 오 치 자, 형 자 맞으시죠?"

"맞긴 한데, 제가 함부로 연락처를 드리긴 좀 그렇고. 현호 씨 연락처를 저한테 주시겠어요? 아버지한테 물어보고 제가 연락드릴게요. 지금 잠깐 한국에 들어와 있거든요."

오나연의 대답에 현호는 속으로 빙고를 외쳤다. 넘겨짚었을 뿐인데 오나연은 덥석 미끼를 물었다. 예상대로 오나연의 아버지는 오치형이었다. 조경애에게 희례의 사망 소식을 전해준 사람도 그였다.

현호는 사천 경찰서에서 경찰이 일러준 이야기를 기억하고 있었다. 오치형은 20년 전 캐나다로 이민을 갔고, 오희례의 시신이 발견된 뒤 안장하기 위해 아주 오랜만에 한국에 들어왔다. 하지만 조경애는 계속 한국에 살았던 것처럼 보였다. 왜 조경애와 오나연은 오치형과 따로 살고 있는 걸까.

"그래 주시면 감사하죠."

현호는 여러 가지 의문을 떠올리며 오나연에게 연락처를 건넸다. 오나연이 사라지자 진주와 현주가 냉큼 다가왔다.

"조경애랑 오치형? 그 좁아터진 교회 청년회에서 애정 관계가 한둘이 아니었네."

현주가 구시렁거렸다.

"그 시대에는 이성을 만날 데가 별로 없었으니까."

진주가 대답했다.

"그런데 조경애와 오치형의 관계가 오희례 사망 사건이나 우리 엄마랑 무슨 관련이 있을까?"

"모르지. 어쨌든 난 이 사건의 핵심은 치정 관계라고 생각해. 치정이 파국으로 치달은 거지. 오희례, 박성준, 배태수 외에 다른 사람이 또 어떻게 얽혀 있을지 몰라. 일단 조경애와 오치형이 부부라는 사실도 참고해두자고."

현재 세 남매에게 주어진 건 흩어진 퍼즐 조각뿐이었다. 그 조각들을 맞춰 그림을 완성하는 건 향후에 할 일이었다. 지금으로서는 최대한 많은 퍼즐 조각을 모으는 수밖에 없었다.

"이제 우리 뭐 해?"

"정병근 전도사한테는 연락 안 왔어?"

자매가 동시에 입을 연 찰나, 현호의 휴대전화가 울렸다. 교회 사찰 집사로부터 걸려온 전화였다. 현호는 전화를 받았다. 사찰 집사는 인사를 생략한 채 다짜고짜 말을 내뱉었다.

[내 사찰 집산데. 여 느그 엄마, 말자 와 있다.]

"저희 엄마라니요? 오말자 씨가 지금 교회에 와 있다는 소린가요?"

현호는 만약의 가능성을 염두에 두고 교회를 나서기 전 사찰 집사에게 휴대전화 번호를 남겼다. 엄마가 찾아오면 연락해달라고 신신당부도 했다. 사찰 집사는 현호의 부탁을 잊지 않은 것이다.

[내한테 뭐 물어본다꼬 여까정 왔다든데. 화장실 간 사이에 내가 전화한 기다.]

"감사합니다, 어르신. 그런데 저희 엄마 한 30분만 붙잡고 있어주시면 안 될까요?"

[30분? 내랑 가랑 30분이나 할 말이 뭐 있다고?]

"부탁드릴게요."

사찰 집사는 서둘러 오라는 말을 남기곤 전화를 끊었다.

세 남매는 잽싸게 택시를 잡아탔다. 부산 택시의 명성을 증명하듯 시내를 종횡무진 활보한 택시는 금세 우안동에 도착했다. 세 사람은 산동네 계단 길과 구불구불한 미로 길을 정신없이 달렸다. 그때 현호의 휴대전화가 재차 울렸다.

[와 아직도 안 오노? 말자 간다 칸다.]

"어르신, 안 돼요! 저희 거의 다 왔어요. 교회 십자가가 보인다니까요. 조금만 더 잡아주시면 안 돼요?"

현호의 간곡한 부탁 너머로 사찰 집사가 떠나는 말자에게 인사하는 소리가 들렸다.

[그래, 바쁘믄 드가 봐야재. 죽기 전에 얼굴 함 보니께 참말로 좋네. 그래, 드가 봐라. 건강 챙기고. 여보시오. 말자 갔다, 마.]

현호는 휴대전화를 주머니에 집어넣고 있는 힘껏 발을 굴렸다. 이미 오래전에 뒤처진 진주는 모습조차 보이지 않았다. 현주의 가쁜 숨소리만이 멀찍이서 들려왔다.

좁은 길이 거미줄처럼 사방팔방 뻗어 있었다. 엇갈릴 가능성은 무한했다. 말자가 어느 방향에서 내려올지 짐작조차 할 수 없었다. 현호는 길모퉁이를 홱 돌아 교회 방향으로 발 빠르게 올라갔다. 그 순간 일직선 앞에 익숙한 얼굴의 중년 여성이 터덜터덜 걸어오는 모습이 보였다. 눈이 마주쳤다.

"엄마!"

현호가 버럭 소리를 지른 동시에 희례, 아니 말자가 뒤돌아 도망치기 시작했다.

* * *

1980년 12월 24일.

날이 저물었다. 산동네에 교회 종소리가 울려 퍼졌다. 동네 사람들은 성탄 행사에 참여하기 위해 교회로 모여들었다. 1층과 2층 예배당이 사람들로 꽉 들어찼다. 성탄절과 부활절만큼 교회가 붐비는 날도 없었다.

성탄 행사는 저녁 7시에 시작했다. 아동부와 유치부가 먼저 성경 구절을 암송하고 율동을 선보였다. 부모들은 제 아이의 재롱을 지켜보려 무대 앞으로 몰려들었다. 뒤이어 중등부가 성탄 찬양 메들리를, 고등부와 청년회가 성극과 마술을 공연했다. 행사의 마지막을 장식한 건 성가대의 칸타타였다.

사람들은 교회에서 나눠준 과자를 안고 발길을 돌렸다. 그새 눈이 내렸는지 골목길에는 싸라기눈이 흙 알갱이처럼 굴러다녔다.

고요한 밤, 거룩한 밤, 어둠에 묻힌 밤. 성탄 찬양의 가사처럼 평안이 이 땅 위에 내려앉은 밤이었다. 일부 성도들만이 교회에 남아 성공적인 성탄 행사를 자축했다. 다음날 새벽 송 준비를 위해 교회에서의 밤샘을 자청한 이들이었다.

밤 10시가 되자 집사들은 솥에 떡국을 끓였다. 교회에 남은 성도들은 식당으로 몰려가 허기진 배를 채웠다. 이후 사람들은 기도실, 사무실, 예배당 곳곳에 삼삼오오 모여 게임을 하고 수다를 떨었다. 샛별이 뜰 때까지 교회에서 밤을 지새울 수 있는 유일한 날. 교회 청년이면 누구나 손꼽아 기다리던 밤이 깊어가고 있었다.

말자는 교회 부엌에서 집사들과 설거지를 하면서도 심란한 마음을 달랠 길이 없었다. 구정물 같은 마음도 함께 씻어내고 싶었건만 기분이 끝없이 가라앉았다.

"말자야. 됐다, 마. 니도 아들하고 가서 놀아라. 아들이 니 찾겠다."

집사들이 말자의 등을 떠밀었다. 청년들은 기도실 아랫목에 자리를 잡고 윷놀이를 하는 중이었다.

"지금 다들 노느라고 정신없을 겁니더. 이거 다 하고 갈게예."

말자는 산더미처럼 쌓인 그릇을 힘주어 닦기만 했다. 성탄 행사 전 말자는 성준에게 자신이 목격한 바를 털어놓았다. 희례와 태수가 부둥켜안고 있던 장면을 그냥 보아넘길 수 없었다. 결혼을 약속한 희례와 성준. 말자는 성준에게 이 사실을 알아야 할 자격이 있다고 생각했다.

처음 성준은 헛웃음만 터뜨렸다. 말자의 말을 믿으려 하지 않았다.

"아닐 거야. 말자 네가 착각한 걸 거야."

그는 창백한 얼굴로 희례를 두둔했다. 그러나 시간이 지날수록 성준은 심경이 변하는 것 같았다. 눈에 띄게 말이 없어지고 태도도 싸늘해졌다. 희례는 일순 돌변한 성준과 말자의 태도에 당황했다.

말자는 자신이 저질러놓은 일들이 점점 버거워졌다. 이제 와 했던 말을 물릴 수도 없는 노릇이었다. 엉뚱한 오해로 두 사람을 이간질한 건 아닐까 싶은 생각도 들었다.

쓰레기를 버리러 뒷마당으로 나오자 매서운 바람이 옷자락을 파고들었다. 말자는 쓰레기봉투를 던져놓고 종종걸음으로 뒷문으로 들어갔다. 찬기를 털어내며 사무실을 지나치는데 전화가 울렸다.

태수는 오늘 교회 사무실로 몇 번이나 이상한 전화가 걸려왔다고 말했다. 전화를 받으면 아무 말 없이 숨소리만 내다 끊어버린다는 것이었다. 태수뿐 아니라 그런 전화를 받은 청년이 여럿이었다.

또 장난 전화인가. 말자는 사무실로 들어가 전화를 받았다.

"여보세요."

[말자가?]

다행히 치형의 전화였다.

"어, 내다."

[니 새벽 송 갔다가 집에 언제 올 기고?]

매년 말자와 희례, 치형은 새벽 송을 다녀왔다가 다음날까지 교회에서 쪽잠을 잤다. 성탄절 당일 오전 9시 예배를 드리기에 그사이 집에 다녀오는 건 번거로운 일이었다.

"내일 성탄 예배 드리고 오전 10시 넘어서 집에 가겠재."

[그라믄 니 새벽 송 할 때 잠깐 집에 와줄 수 있겠나. 엄마가 새벽 송 하는 사람들 줄라고 어묵 끓여놨는데 내 혼자 대접하긴 힘들 거 같아서.]

아저씨와 아주머니는 성탄절 전날과 당일, 1박 2일로 여행을 떠났다. 집에는 거동이 불편한 치형뿐이었다. 한두 사람도 아니고 혼자서 그 많은 인원을 대접하기는 무리였다.

"맞나. 알았다. 새벽 송 하기 전에 내 가께."

치형은 고맙다 인사하고 전화를 끊었다. 통화를 종료하고 나서야 말자는 아차 싶은 마음이 들었다. 먼저 도와준다고 했어야 하는데. 성탄절 전야와 당일을 홀로 보내야 하는 치형이 안쓰러웠다. '지금 집에 함 가보까. 혼자 우짜고 있을란지.' 안 그래도 희례와 성준의 일로 교회에 있기 불편하던 참이었다. 그토록 고대하던 성탄절 전야의 밤샘이었지만 불편한 마음을 이기진 못했다. 그렇게 망설이던 때, 또 한 번 전화가 울렸다. 말자는 치형인가 싶어 얼른 수화기를 들었다.

"오빠야가?"

상대는 대답이 없었다. 미약한 숨소리만 흘러나왔다. 서늘한 기운이 말자의 뒷덜미를 스쳤다. 시계를 확인했다. 밤 11시 30분. 교회 성도가 아닌 사람이 전화를 걸기에는 늦은 시간이었다.

"대답 없으면 끊습니더."

말자가 전화를 끊으려는데 조심스러운 말소리가 들렸다.

[희례 씨, 맞아요?]

말자는 목소리의 주인을 대번에 알아챘다. 승광이었다. 그가 어쩐 일로 전화를 걸었을까. 그제야 승광에게 교회 사무실 전화번호를 알려준 사실이 생각났다. 그럼 이제껏 아무 말 없이 전화를 끊은 사람은 승광이었나.

"아, 네. 저예요."

말자는 반가운 한편 안도감에 가슴을 쓸어내렸다. 이 전화를 자신이 아닌 다른 누군가가 받았다면, 그리고 진짜 희례를 바꿔줬더라면. 상상만으로도 가슴이 선득해졌다.

[다름이 아니라, 제가 어쩌다 보니 이 동네 근처에 오게 돼서요. 시간이 너무 늦은 건 아는데, 그래도 혹시 희례 씨 시간이 되시면…… 저랑…… 아, 아니 오해는 마세요! 이, 이상한 의도는 없습니다. 진짜로요. 저는 그냥 희례 씨 얼굴만 잠깐…….]

승광은 더듬거리면서도 제 할 말을 쏟아냈다.

[시, 싫으시면 안 나오셔도 됩니다. 하긴 지금…… 너무 늦은 시간이죠? 제, 제가 실례가 많았습니다.]

듣기만 하던 말자는 '픽' 소리 내어 웃었다. 그의 고요한 음성, 조심스러운 말투를 듣는 것만으로도 불편했던 감정들이 눈 녹듯 사라졌다.

[그럼 희례 씨, 즐거운 크리스마스 보내세…….]

"만나요, 우리."

[네?]

"만나자고요. 지금 우리 동네 근처라면서요."

[그래도 너무 늦었는데…….]

"저 만나러 오신 거 아니에요?"

[맞긴 하지만…….]

이 늦은 시간 대담하게 만남을 청한 주제에 이제 와 발을 빼려 든다. 의도치 않게 밀고 당기는 솜씨가 보통이 아니었다. '알고 보면 늑대 아이가?' 희례는 승광의 위치를 물어보곤 전화를 끊었다.

실은 그가 좋은 사람이라는 걸 알고 있었다. 비록 멸치처럼 비쩍 마른 체형에 잘난 얼굴은 아니지만 상대를 존중할 줄 알았다. 선량한 마음씨, 신중한 태도, 근면 성실함. 이런 남자라면 결혼해도 좋지 않을까 하는 생각마저 들었다.

말자는 결심을 굳혔다. 승광과 시간을 보내다 새벽 4시 언저리에 집으로 돌아가 치형을 도우면 될 일이었다. 지금 시내는 쏟아져 나온 사람들로 인산인해를 이룰 것이다. 승광과 내내 밤거리를 걸어 다니기만 해도 시간은 훌쩍 흐를 터였다.

곧 승광과 만난다 생각하자 설레면서도 아쉬운 마음이 들었다. 하필이면 교회 밤샘을 작정하고 온 터라, 차림새가 후줄근하다 못해 처참할 지경이었다. 말자가 괜스레 들러붙은 머리를 매만지고 있으려니 희례가 사무실로 들어왔다.

"말자야."

오늘 오전만 하더라도 두 사람 사이는 여느 때와 다름없었다. 얼굴만 마주쳐도 키득대곤 했다. 그런데 불과 몇 시간 만에 꺼림칙한 사이가 되고 말았다.

"와."

어색하고 불편한 마음이 퉁명스러운 말투가 되어 튀어나왔다.

"니 내한테 화난 거 있나?"

"없는데."

"근데 와 이라는데?"

"내가 뭐?"

"몰라서 묻나?"

희례의 목소리는 고요했다. 슬프게 들리기도 했다. 말자는 심장이 덜컥 주저앉았다. 그녀에 대한 배신감은 여전했지만 희례가 슬퍼하는 모습을 보자 정신이 번쩍 들었다. 어떤 행동을 한들 그녀는 자신의 가장 친한 친구이자 친동기 같은 사람이었다.

"아이다. 그냥…… 내 쫌 피곤해서 그란다."

말자는 날 선 말투를 누그러뜨리곤 시선을 피했다.

"맞나. 내는 니 내한테 화난 줄 알았다."

"화날 게 뭐 있노."

"근데 니 어데 나가나?"

"어, 요 아래 친구가 왔다 캐서."

"그래 갈 기가?"

희례는 말자를 위아래로 훑었다. 말자도 민망한 표정을 지었다. 통금이 해제된 밤, 시내를 가득 메운 사람들은 저마다 한껏 치장한 모습일 것이다. 말자는 제 솜 재킷과 솜바지가 부끄럽게 느껴졌다.

"내랑 바꿔 입자."

희례가 제 감색 코트를 벗었다. 안에는 체크무늬 모직 원피스를 입고 있었다.

"뭐라꼬?"

"내랑 바꿔 입자고."

"언니 니 미칬나? 와 이라는데?"

"친구 만나는데 그래 갈 순 없재. 뭐 하노? 안 벗고."

희례가 홀러덩 원피스까지 벗자, 말자도 꾸물거리고만 있을 수 없었다. 말자는 희례의 원피스를 입고 감색 코트를 걸쳤다. 화장을 하고 머리까지 만지자 눈 깜짝할 새 그럴듯한 모습으로 변신했다. 말자도 이제 제법 머리가 길어 어깨까지 머리카락을 늘어뜨리고 있었다. 희례는 빨간 털목도리를 벗어주려다 멈칫했다.

"됐다, 마. 그건 언니 니가 하고 있어라."

옷을 바꿔 입은 두 사람은 교회를 나왔다. 가로등 하나 없는 산동네 골목길에는 스산한 정적이 흘렀다. 세찬 바람이 바닥을 쓸어대는 소리만이 들려왔다.

"새벽 송 전에는 올 기다."

말자가 희례를 돌아보며 말했다.

"와? 더 놀다 와도 되는데."

"치형이 오빠야가 내한테 부탁한 게 있다."

말자는 치형이 제게 부탁했던 일을 털어놓았다.

"내가 가서 도와주믄 된다. 와 오빠야는 니한테 그런 걸 부탁했노. 내가 하께. 니는 신경 쓰지 말고 놀다 온나."

"그래도……."

"말자야, 니 오늘 다시 돌아오믄 안 된다. 알겠재?"

"무신 소리고?"

"아침 해 뜰 때까지 돌아오믄 안 된다고. 내 말 알아들었나?"

왜일까. 일순 희례는 표정을 달리하고 단호하게 말했다. 허투루 하는 소리가 아니었다. 말자는 한 번도 본 적 없는 희례의 모습이 섬뜩했다. 새까만 밤을 배경으로 하얗게 동동 뜬 얼굴이 이질적이었다.

오랜 시간이 흐르고, 말자는 이 순간을 가슴 치며 후회했다. 한 번이라도 물어볼걸. 무슨 일을 하려는 건지 물어볼걸.

"언니 니 오늘 진짜 이상타. 뭐 그런 말이 다 있노."

"복잡시럽게 생각할 거 읎따. 시간 구애받덜 말고 맘껏 데이트하다 오란 얘기다."

데이트라는 말에 말자는 몸을 굳혔다.

"백승광이라는 사람 맞재?"

희례가 쐐기를 박았다. 부끄러움과 민망함, 자괴감으로 말자의 얼굴이 벌겋게 달아올랐다. 언제부터 알았을까, 어떻게 안 걸까. 내가

자신의 이름을 도용하고 흉내 내고 있다는 걸 아는 걸까. 그동안 속
으로 얼마나 비웃었을까. 생각은 급물살을 탔다.

"니 알고 있었나?"

말자의 목소리가 떨렸다. 형편없이 일그러진 표정을 보고 그제야
희례는 무언가 잘못 전달됐다는 걸 깨달았다.

"그, 그게 아이라."

"재밌었나?"

"말자야!"

"니 이름 팔고 댕기는 거 보면서 재밌었냐고."

"아이다. 그래서 말 안 한 기 아이라……."

"내는 연생은 같지만 1월에 태어난 니를 꼬박 언니라 부르면서 언
니 삼았다. 그런데 니가 내를 얼마나 우습게 보믄, 얼마나 비웃고 싶
었으믄 이제까지 아는 척을 안 했나."

"그게 아이라고!"

"아이라는 말만 하지 말고 제대로 된 변명을 해봐라."

"내, 내는 니가 감추고 싶어 하는가 싶어서."

"그라믄 내가 말할 때까정 끝까지 모르는 체해야재."

말자는 싸늘하게 말을 내뱉었다. 붙드는 희례의 손도 야멸차게 떨
쳐냈다. 상처받은 희례의 눈빛을 뒤로하고 돌아섰다. 훌쩍이는 소리
가 들려왔다. 말자는 골목길을 내려갔다. 말자야…… 말자야…… 부
르는 소리가 등 뒤에서 들려왔지만 한 번도 돌아보지 않았다.

"그래도…… 니는 오늘 절대 돌아오믄 안 된다. 내는 미워도, 내한
테 화났어도 절대 돌아오믄 안 된다."

희례의 말소리가 점점 멀어졌다. 구불구불 산 아래로 이어진 길을

따라가며, 말자는 쉬이 화를 풀지 않을 거라 다짐했다.

나는 어찌 너에게 그리 모질었을까. 그깟 일이 뭐라고 너에게 그리 화를 냈을까. 너는 내게 일평생 가슴을 짓누르는 돌덩이가 되었다.

누군가 그것이 희례와의 마지막이라는 걸 알려줬다면 얼마나 좋았을까. 그랬다면 그렇게 모진 말을 쏟아내지 않았을 텐데, 다정하게 손을 맞잡고 너는 내 가장 친한 친구라 말해줬을 텐데.

말자는 승광과 시간을 보내다 아침 해가 뜨고서야 교회로 돌아왔다. 성탄 예배가 끝나가도록 희례도, 성준도 모습을 드러내지 않았다. 그 길로 두 사람은 영영 자취를 감췄다.

* * *

눈이 마주쳤다.

"엄마!"

현호의 목소리가 좁은 골목길에 쩌렁쩌렁 메아리쳤다. 현호는 사냥감을 발견한 포식자처럼 돌진해왔다. 주춤거리던 말자는 홱 돌아섰다.

"엄마, 엄마! 좀 서보라고!"

골목길에 바닥을 치는 뜀박질 소리가 울려 퍼졌다. 말자는 젖 먹던 힘까지 끌어모아 맹렬하게 달렸다. 그간의 인생에서 이토록 힘을 내어 도망쳐본 적이 없었다.

속력과 근력의 확연한 차이에도 불구하고 두 사람의 간격은 일정했다. 평지였다면 이 술래잡기의 승자는 진작 가려졌을 터. 그러나 말자는 사방팔방 거미줄처럼 뻗고 복잡하게 엉킨 산동네 길을 현호보다 잘 알고 있었다.

말자는 몇 번이나 골목을 돌았다. 급하게 몸을 트는 바람에 발바닥에 불이 날 것 같았다. 쫓고 쫓기는 두 사람의 발소리가 동네를 뒤흔들었다.

"엄마!"

현호는 목청껏 말자를 외쳐 불렀다. 너무 속력을 내는 바람에 말자가 들어간 골목을 지나치거나 넘어지면서 거리가 좀처럼 좁혀지지 않았다. 예순도 넘은 양반이 어찌나 힘이 넘치는지 쫓아가기가 버거울 정도였다.

말자의 뒷모습이 골목 모퉁이로 휙 사라졌다. 또 한번 사잇길을 못 보고 지나칠 뻔한, 눈보다 발이 빠른 현호는 왔던 길을 되돌아가 말자를 쫓아갔다.

한동안 높은 지대로 올라가기만 하던 말자는 오랫동안 잠들어 있던 옛 기억을 일깨우며 숨은 길을 찾아 방향을 아래로 틀었다. 숨이 턱 끝까지 차오르고 허파가 찔린 듯이 아팠다. 자식들을 따돌리려면 어쨌든 이 동네를 벗어나야 했다.

타닥타닥. 현란한 발소리가 엇박자를 만들어냈다. 말자는 유연하게 방향을 틀어 가며 좁은 거리를 누볐다. 이제 골목 어귀가 코앞이었다. 또 한번 모퉁이를 돌아 큰길로 접어든 순간, 말자는 '악' 비명을 지르며 벌렁 넘어지고 말았다. 큰길을 지키고 있던 누군가의 가슴에 코를 부딪힌 것이다.

말자는 코를 잡고 바닥에 나뒹굴었다. 가속도가 붙은 상태에서 충돌한 터라, 상대도 벌러덩 나동그라졌다.

"내가 엄마 때문에 못 살아!"

현주는 가슴을 부여잡고 끙끙거렸다. 그사이 진주와 현호가 두 사람에게로 다가왔다.

"엄마 도대체 왜 이러는 건데?"

"진짜 미쳤어?"

제각기 다른 목소리가 엄마를 외쳤다. 처참한 패배에 말자는 망연자실했다. 결국 잡히고야 말았다. 이제 꼼짝없이 덫에 걸린 쥐 신세였다.


나지막한 산 너머로 해가 붉은 띠를 두르며 저물고 있었다.

한층 선선해진 바람이 뺨을 스쳤다. 말자와 세 남매는 미지근한 캔커피를 들고 은하 슈퍼 평상에 앉았다. 세 남매가 윽박지르고 호소하는 소리가 한참이나 이어졌다. 그럼에도 한일자로 꾹 다문 말자의 입술은 좀처럼 열릴 줄을 몰랐다.

"진짜 얘기 안 할 거야? 휴대전화 꺼버리고 훌쩍 사라지면 다야? 우리가 안 찾을 거 같았어? 자식들 개고생시키고 싶었냔 말이야!"

진주와 현호는 어르고 타이르자는 쪽이었지만, 현주는 화부터 쏟아냈다.

"왜 대답이 없어? 평소에는 제발 그만하라고 빌어도 계속하더니!"

"그만해. 언제는 엄마도 엄마만의 사정이 있을 거라며?"

급기야 진주가 현주를 말리고 나섰다.

"얼굴 보니까 열 받아서 그래. 우리가 빚쟁이야? 아니면 원수야? 우리가 쫓아가는 걸 알면서도 어떻게 그렇게 기를 쓰고 도망갈 수 있는 건데!"

현주는 억울했다. 행여나 나쁜 사람들에게 쫓기는 건 아닌지, 안 좋은 일에 휘말린 건 아닌지. 하루하루 시간이 지날수록 걱정과 염려로 가슴이 까맣게 타들어갔다. 그런데 은우와 지우마저 민호에게 맡기고 부산까지 온 결과가 이것이었다.

멀쩡한 말자를 보자 안도감이 드는 한편 그보다 더 큰 분노가 들끓었다. 이러한 상황 속에서 자신들을 보고 도망가려 한 말자의 시도는 드럼통으로 기름을 들이붓는 격이나 다름없었다.

한사코 대답을 거부하던 말자는 억울한지 바락 소리를 질렀다.

"쪽팔려서 그랬다, 왜! 자식새끼들한테 제 엄마가 이름이고, 학력이고, 출신이고 다 속인 거 죄다 까발려져서. 쪽팔려서 그런 거라고!"

"얼씨구! 그렇게 섬세하셨어요? 나는 몰랐네. 언제부터 쪽팔린 걸 아는 양반이었대?"

"너는 내 낯짝이 곰 발바닥인 줄 알아? 그러게 가만 내버려두지 왜 여기까지 쫓아와 사람을 쪽팔리게 만들어?"

"지금 말 다 했어? 뚫린 입이라고 그따위로 지껄이면 되는 줄 알아? 자식까지 팽개치고 온 사람한테 할 소리야? 몰라서 물어? 엄마 걱정돼서 왔잖아! 무슨 일 생겼을까 봐, 나쁜 일이라도 당할까 봐!"

그동안의 마음고생을 대변하듯 말자와 현주의 눈에 눈물이 맺혔다. 불같은 성격도, 솔직하지 못한 성격도 거푸집으로 찍어낸 듯 똑같았다.

"왜 또 눈물이 나. 짜증 나게."

현주가 소매로 거칠게 눈물을 닦아냈다. 말자는 그제야 자식들의 몰골이 눈에 들어왔다. 퀭한 눈가, 홀쭉한 뺨, 파리한 안색, 꾀죄죄한 차림새. 현주에게 선수를 뺏긴 진주와 현호는 입을 다물고 있었지만 그들 역시 같은 심정임을 모를 수가 없었다.

말자는 울컥 감정이 치밀어 올랐다. 더 이상 위악을 떨 순 없었다. 변변찮은 엄마를 만나 고생하는 금쪽같은 내 새끼들. 실은 고마웠다. 걱정해주는 사람이 있고 돌아갈 곳이 있어 안심이 됐다.

"미안하다. 다 내가 부족한 탓이지."

말자는 차마 자식들의 얼굴을 볼 수가 없었다.

"뭐래? 또 갑자기 왜 미안하대? 그딴 얘긴 하지도 말라고!"

현주는 빽 소리를 지르더니 말자를 끌어안고 울기 시작했다. 진주와 현호도 어색하게 서로를 부둥켜안았다.

목 놓아 우는 소리가 잠잠해지자 말자는 그간의 일들을 전부 털어놓았다. 길고 긴 이야기였다. 해가 서산으로 기울 때까지 세 남매는 엄마의 이야기를 잠자코 경청했다.

"희례 언니랑 성준 오빠랑 그러고 사라졌으니. 사람들이 죄다 그랬지, 둘이 야반도주했다고. 그런데 난 믿을 수가 있어야지. 희례 언니는 절대 그럴 사람 아니야."

말자는 둘의 동반 실종이, 자신이 희례와 태수가 껴안고 있었던 걸 성준에게 털어놓은 사실과 연관이 있을 거라 생각했다.

혹시 질투에 눈이 먼 성준이 희례를 살해하고 도망친 건 아닐까. 나 때문이다, 내가 성준에게 그런 얘길 흘려서 성준이 희례를 살해한 거다. 말자는 오랫동안 이 생각을 떨쳐낼 수 없었다. 자신 때문에 희례가 죽고 두 사람의 관계가 파국에 이르렀다고 자책하고 또 자책했다. 일평생 가슴에 짐채만 한 바윗덩이를 얹고 살았다.

"엄마 가설도 일리는 있는데……. 그럼 오희례 씨는 왜 그날 엄마한테 아침 해가 뜰 때까지 절대 돌아오지 말라고 한 걸까?"

긴 이야기를 듣고만 있던 진주가 의문을 제기했다.

"그러게. 그리고 이상한 게…… 오희례 씨 말에는 '어디로'가 없어. 어디로 돌아오지 말라는 거지?"

현호도 진주의 의견에 말을 보탰다.

"그 말을 주고받았을 때 엄마도, 오희례 씨도 교회에 있었으니 아침 해가 뜰 때까지 교회로 절대 돌아오면 안 된다는 뜻 아니겠어?"

자식들의 말을 들으며 말자는 기억을 더듬었다. 자신의 가설에 의하면 희례는 아무것도 모르는 희생자다. 성준이 희례 자신과 태수 사이를 의심하는 줄도 모르는 상태여야 했다.

그런데 왜 그런 의미심장한 말을 한 걸까. 마치 무언가를 알고 있는 것처럼. 설마 희례는 자신이 살해당할 줄 알고 있었던 걸까. 아니면 다른 중요한 사실을 숨기고 있었던 걸까.

"게다가 그 장난 전화. 그것도 무시할 순 없어. 그날 교회 사무실로 장난 전화가 계속 걸려왔다며. 받으면 숨소리만 내다 끊어버리는."

나중에 말자는 승광에게 자신이 전화를 받기 전 교회 사무실로 전화한 적이 있느냐고 물었다. 승광은 맹세코 전화한 적은 단 한 번뿐이라고 못 박았다. 승광의 성정을 생각했을 때 그의 말은 진실이라고 생각할 수밖에 없었다. 승광이 거짓말할 이유도 없었다.

"이제 와 누가 장난 전화를 걸었는지 어떻게 알아내겠어? 40년 전 일인데. 관련된 사람들도 대부분 죽거나 연락이 두절됐으니……."

말자는 답답한 마음에 넋두리를 늘어놓았다.

"그래도 살아 있는 사람은 다 만나봐야지. 엄마는 정병근 전도사하고 연락됐어?"

현호의 말에 말자는 고개를 저었다. 또 한번 답답한 침묵이 흘렀다. 이제 와 사건을 파헤치기에는 너무도 긴 시간이 흘렀다. 물적 증거는 당연히 남아 있지 않거니와, 관련인들의 기억 또한 변질된 지 오래였다.

모두가 허탈한 한숨을 내쉰 그때, 은하 슈퍼의 미닫이문이 열렸다. 네 사람의 시선이 구부정하게 지팡이를 짚은 황금분에게로 향했다. 말자는 캔 커피를 내려놓으며 눈을 둥그렇게 떴다.

"세상에, 혹시나 싶었는데……. 어르신, 저 말자예요, 오말자. 기억하세요? 40년 전 이명조 목사님 계실 때 교회 다니던 말자요! 이 슈퍼 진짜 자주 왔었는데. 어르신이 아직도 계실 줄은 생각도 못 했어요."

"오말자? ……그래, 그래. 내 기억난다. 머리 단발해가 그, 그 한의원 집 딸내미랑 매 같이 댕기던."

"네, 저 오말자예요! 에구, 어떻게 또 기억을 해주셨대. 아직도 쌩쌩하시네요."

세 남매는 말자와 황금분의 해후를 감흥 없이 지켜봤다. 치매인 줄 알았건만 오늘 할머니의 정신은 말짱해 보였다. 말자와 황금분은 손을 잡고 반가워하며 이야기를 나눴다. 대부분 이 동네 사람들과 교회 사람들의 근황에 관한 소식이었다.

"내도 기억난다. 그 한의원 집 딸내미 없어지고, 그 엄마 정신 놓아뿔고 이 동네 미친년처럼 돌아댕깄재. 이상쿠로 그때 한동안 여자아들 몇이 없어졌다 안 하나."

말자는 황금분의 마지막 말에 귀를 쫑긋 세웠다.

"여자애들이 없어졌다니요?"

"니는 모르나? 정 다방에서 레지 하던 효숙이도 없어짓고, 피아노 선상 하던 아도 고마 없어짓재. 사람들이 효숙이는 빚 때매 도망갔다 캤는데, 가가 아픈 어매 두고 도망갈 아는 아이다."

현호는 황금분의 말을 주의 깊게 들었다. 처음 그 말을 들었을 때, 현호는 치매 할머니가 사람을 헷갈린 거라 생각했다. 하지만 오늘 황금분은 정신이 또렷해 보였다. 말자보다 과거 일을 더 세세하게 기억했다.

황금분이 슈퍼로 도로 들어가자, 현호는 말자를 붙들고 득달같이 물었다.

"엄마, 진짜 그런 일이 있었어? 왜 진작 말 안 했어?"

"그러고 보니 그런 일이 있었던 거 같아. 맞아, 죄다 1980년 여름에서 겨울 사이의 일이었어. 당연히 희례 언니 일하고는 관련 없을 줄 알았지. 사람들이 효숙 언니는 빚 때문에 도망갔다 그랬고. 피아노 선생은……. 맞다, 고향으로 갔다 그랬어."

현호는 말자에게 그 외에 더 실종된 사람이 있었는지를 캐물었다. 말자는 즙을 짜듯 기억을 짜내려 했지만 도무지 생각나지 않았다. 아무리 40년 전이라도 한동네에서 여자 여럿이 사라지면 말이 나도는 법이다.

일종의 연쇄실종 사건. 그런데 왜 자신뿐 아니라 이 동네 사람들은 일련의 사건들을 인지조차 못 했던 것일까.

그때 현호의 휴대전화가 울렸다. 발신자를 확인한 현호는 자리에서 펄쩍 뛰어올랐다. 정병근으로부터 걸려온 전화였다. 말자는 현호에게서 잽싸게 휴대전화를 가로챘다.

[네, 정병근입니다.]

"전도사님, 저 말자예요!"

[네? 말자? 설마 오말자?]

말자의 눈에 눈물이 맺혔다. 그의 목소리가 수면 아래 파묻혀 있던 오랜 기억을 끄집어냈다. 세 남매도 기대감으로 마음이 부풀었다.

이제 정병근을 만나러 갈 시간이었다.

작은 키에 동글동글한 얼굴, 푸근하고 선한 인상.

40년 전 청년회를 담당했던 정병근 전도사는 갓 서른을 넘긴 나이였다. 청년들은 형 같고, 오빠 같기도 한 그를 진심으로 따랐다. 그는 말은 없지만 신중하고 진실된 사람이었다.

말자는 아파트 단지 출입구로 마중 나온 정병근을 보고 눈물을 쏟았다. 백발이 성성하고 자글자글 주름진 얼굴에 40년 전 얼굴이 겹쳐 보였다. 정병근의 눈가도 촉촉하게 젖어갔다.

"말자야, 니 못 보고 죽을 줄 알았는데, 이래 보이 좋네. 참말로 좋네."

"전도사님, 아니 목사님요. 와 이래 늙었소. 뭐 했다고 이래 늙었소."

"우리 말자, 아직도 이쁘네. 니는 한개도 안 변했다. 옛날허고 똑같다. 아직도 꽃 겉다."

"안 변하긴요. 내도 인자 다 시들어 빠진 꽃이라예."

주름진 손이 주름진 손을 잡고 다독였다. 살면서 누구나 가슴에 맺힌 사람 하나는 있는 법이다. 죽기 전 한 번쯤은 보고 싶은 얼굴이 있는 법이다. 말자에게 정병근은, 정병근에게 말자는 그런 사람이었다.

정병근은 말자와 세 남매를 집으로 데려왔다. 그는 평생 섬기던 교회에서 은퇴하고 원로 목사가 되어 유유자적한 생활을 보내던 와중이었다. 좁은 아파트 거실에는 그가 살아온 인생이 액자 속에 진열되어 있었다. 소박하지만 의미가 있는 인생이었다.

한동안 소회를 풀던 말자는 이윽고 부산에 온 이유를 털어놨다. 희례의 시신이 발견되었으며 실종 당일 살해당한 걸로 추정된다는 말도 곁들였다.

"그날 희례 언니하고 전 옷을 바꿔 입었어요. 언니 시신에 입혀져 있던 옷이 바로 제 옷이에요. 언니가 어떤 사람인 줄 아시잖아요. 죽지 않았더라면 분명 옷을 갈아입었을 거예요."

"그라믄 말자 니는 희례를 죽인⋯⋯ 거 같은, 의심되는 사람이라도 있는 기가?"

말자는 40년 전 희례와 태수가 안고 있는 모습을 목격했다고 털어놓았다. 그리고 이를 성준에게 일러바친 사실도 얘기했다.

"전 그래서 혹시 성준 오빠가 언니를⋯⋯."

"성준이? 아이다. 무신 소리고? 성준이가 희례를 을마나 찾아쌌는데. 미친 사람맨쿠로 부산 바닥 다 휘젓고 다녔을 기다."

말자는 놀라 턱이 크게 벌어졌다.

"성준 오빠가 살아 있었어요?"

"하모, 살아 있었재. 몇 해 전, 요양원 드갔다는 소식까정 들었는데. 지금은 살았는지 죽었는지⋯⋯."

정병근은 그 시절, 아픈 손가락 같은 이야기를 들려주었다.

1980년 12월 25일 새벽 4시경. 낯선 남자들이 교회로 들이닥쳤다. 그들은 기도실에 홀로 있던 성준을 막무가내로 끌어냈다. 그 길로 성준은 서울 경찰서로 넘겨졌고, 강제징집을 당해 군대에 입영했다. 부산에 자신의 소식을 전해달라 얘기할 기회조차 얻지 못했다.

말자는 희례의 실종 뒤 부산을 떠나 영영 소식을 끊고 살았기에

이 사실을 알 수가 없었다. 최전방에 배치된 성준은 보안사의 감시와 탄압에 시달려야 했다. 제대 후 망가진 몸으로 부산에 온 성준은 제일 먼저 교회를 찾았다. 그러고는 희례가 사라졌다는 소식을 들은 것이다.

"그 건장하고 또릿또릿하던 아가 군대에서 을매나 고생했는지. 홀쭉해져가 처음 내는 알아보덜 못했다 아이가. 다리 한짝도 절고, 정신이 반쯤 나가가……."

성준은 기함했다. 동네 일대에는 자신과 희례가 야반도주했다는 소문이 파다하게 퍼져 있었다. 희례를 다시 만나겠다는 일념만으로 지옥 같은 3년을 버텼건만, 모든 희망이 무너져내렸다.

성준은 희례의 집을 찾아갔다. 성준을 본 희례의 부모님은 희례를 돌려달라고 오열했다. 생때같은 딸을 한순간에 잃은 집은 폭격에 무너진 것 같았다. 성준은 희례를 꼭 찾아오겠다는 말을 남기고 돌아섰다. 사방팔방 희례를 찾아 헤맸지만 머리카락 한 올 발견할 수 없었다.

"그 후로 안부 인사모냥 한 번씩 내한테 전화가 왔재. 희례 소식 들은 거 있냐 캄서. 시간이 마이 지나고 '니도 인자 잊고 니 인생 살그라' 했드니만 '우예 잊겠습니꺼' 그라더라. 댕기던 학교서도 제적당하고 결혼도 안 허고 하루 벌어 하루 먹고사는 거 같드니만. 몇 해 전 후유증인지 요양원 드간다 카고 연락이 끊기 뿟재."

말자는 가슴이 먹먹해 견딜 수가 없었다. 그 시절 성준의 모습이 떠올랐다. 큰 키에 건장한 체격, 부리부리한 눈매에 또랑또랑한 눈동자. 넘치는 활기와 생명력으로 단단하게 무장한 사람이었다.

누가 그에게서 그걸 앗아갔는지. 그를 망가뜨린 건 그 시절이었는지, 희례를 죽인 범인이었는지. 아니면 그 모든 것이었는지. 말자는 송곳에 찔린 듯 가슴이 아팠다.

"그러면 혹시 목사님은 오희례 씨의 실종과 관련해 짐작되는 부분이 없으신가요? 당시 이 동네에서 젊은 여자들 몇 명이 사라진 일이 있었다던데."

그냥 두면 한없이 성준에 대한 이야기만 할 것 같아, 현호가 끼어들어 화제를 전환했다. 현호는 연쇄실종에 관한 이야기를 듣는 순간부터 성준이 희례를 죽인 범인일지도 모른다는 가설을 버렸다. 희례의 실종 역시 연쇄실종과 같은 맥락에서 바라봐야 했다.

"기억하재. 당시에는 몰랐는데, 나중 시간 지나고 가만 생각해보이 이상했은께. 그 당시에는 연쇄실종, 연쇄살인 겉은 말이 없었다 아이가."

정병근의 말에 의하면 당시 실종자들은 이러했다. 가장 먼저 실종된 사람은 정 다방 레지 김효숙. 늦은 밤, 커피 배달을 다녀오는 길에 사라졌다. 그녀에게는 얼마간 빚이 있었기에 동네 사람들은 그녀가 아픈 엄마도 팽개치고 도망간 거라 생각했다.

두 번째 실종자는 주리 피아노 학원 선생이던 홍정자. 그녀는 학원 수업을 마치고 귀가하다가 사라졌다. 원장은 홍정자가 부산 생활을 힘들어했다며 고향으로 돌아간 것이라 추측했다.

세 번째 실종자는 모찌 아줌마. 동네 거지인 그녀의 이름을 아는 사람은 없었다. 동네 아이들은 무슨 이유에서인지 그녀를 모찌 아줌마라 불렀다. 교회에서 밥을 얻어먹던 그녀는 어느 순간 모습을 드러내지 않았다. 그녀의 실종을 알아차린 건 정병근 외에 몇 명뿐이었다. 그리고 희례의 실종을 끝으로 더 이상 동네에서 여성들이 사라지는 일은 없었다.

정병근은 오랜 시간이 흐른 뒤에 이상함을 알아차렸다. 그러나 그가 할 수 있는 일은 없었다. 희례를 제외한 나머지 여인들은 사라진다 한들 찾는 이 하나 없는 사람들이었다.

"그라고 희례가 사라진 그날, 내한테 와서 쪼매 이상한 소리를 했재."

연쇄실종 사건의 여파가 가시지도 않은 상태에서 정병근은 또 새로운 단서를 입에 올렸다.

"무슨 소리요?"

"그러니께…… 아마 24일 성탄 행사 끝나고 나서일 기다. 희례가 내한테 와가 '전도사님예, 말자를 노리는 사람이 있습니더' 이래 말했다."

세 남매가 일시에 말자를 돌아봤다. 모래주머니로 언어맞은 것 같은 충격에 말자는 잠시 말을 잃었다.

"엄마, 진짜야?"

현주가 물었다. 넋이 나간 채 눈만 부릅뜨고 있던 말자는 황급히 고개를 흔들었다. 날 노리는 사람이 있었다니. 정병근은 말자가 험한 일을 당한 줄 알고 조심스럽게 꺼낸 말이었으나, 말자는 기가 막힐 노릇이었다. 자신은 추호도 그런 일을 당한 적 없었다.

"난 전혀 몰랐어. 누가 날 노리다니. 대체 누가? 그런 낌새조차 못 느꼈어."

정병근은 추측이 어긋나자 당황했다. 나머지 말을 해야 할지 고민됐지만 끝내 모두 털어놓기로 작정했다. 오희례 실종 사건은 그에게도 가슴 깊이 박힌 대못이었다. 평생 끌어안고 살았던 미안함과 부채

감, 상처를 어떤 방식으로든 해소하고 싶었다.

"그라고는 내한테 고발 편지 하나를 보냈다 카던데, 내는 편지 못 받았다. 사무실 책상에 올리났다 캤는데 드가니까 없었다."

말자는 정병근을 똑바로 쳐다봤다. 잠시간의 눈빛 교환만으로 그의 다음 말을 알아차렸다.

"목사님은 누가 중간에서 편지를 가로챘는지 아시는 거죠?"

정병근은 고개를 끄덕였다. 희례의 실종 이후 편지를 가져간 당사자에게 물었지만 그는 화를 내며 아니라 부정했다. 희례가 사라지기 전 마지막으로 남긴 편지였다. 어떻게든 찾고 싶었지만 당사자의 완강한 부정 앞에서 정병근은 다그치기를 포기했다. 그저 그 사실을 오래도록 잊지 않은 것 외에는.

"알재. 우째 잊겠노. 희례 마지막 편지 가로챈 사람인데."

"누군데요?"

정병근이 대답했다.

"경애, 조경애다."


말자와 세 남매는 정병근의 배웅을 받으며 집을 나왔다. 말자는 정병근과 다시 만나자 약속했지만, 실현되지 않으리라는 걸 알았다. 아마 다시 만나는 날에는, 영정 속 사진으로 얼굴을 보게 되지 않을까. '말자야, 우리 천국에서 만나자.' 정병근은 젖은 눈빛으로 말자를 떠나보냈다.

네 사람은 버스 정류장으로 걸어가며 이제까지 알아낸 내용들을 정리했다.

"지금 다들 같은 생각 하는 거 맞지?"

말자가 세 사람을 차례대로 쳐다보며 말했다.

말자를 노리는 사람이 있다던 희례의 말, 데이트를 빙자해 옷을 바꿔 입게 했던 희례의 행동, 아침 해가 뜰 때까지 절대 돌아오지 말라고 했던 희례의 당부. 희례는 알고 있었던 것이다. 말자가 연쇄실종 사건을 일으켰던 범인의 타깃임을.

현호가 입을 열었다.

"오희례 씨는 범인이 그날 엄마를 해치려 한 것도, 범인의 정체도 알고 있었어. 아마…… 아주 가까운 인물, 바로 주위에 있는 인물이기 때문에 알아챌 수 있었을 거야."

말자도 동의했다. 당시 희례는 범죄와 관련된 일에 특별히 사리가 밝은 사람이 아니었다. 새침한 성격이었지만 눈치가 둔한 면도 있었다. 그런 희례가 알아차릴 정도라면 범인은 그녀 주위의 인물임이 틀림없었다.

말자의 머릿속에 의심스러운 얼굴 하나가 떠올랐다. 그 사람이 범인이라 생각하자 많은 것들이 하나하나 맞아떨어지기 시작했다. 흩어진 퍼즐 조각들이 제자리를 찾은 것처럼 사건 전체의 윤곽이 드러났다.

동시에 슬픔이 거대한 해일처럼 몰려왔다. 누군가 쥐어짜는 것처럼 심장에 통증이 느껴졌다. 감당할 수 없는 진실에 목이 멨다. 그 사람이 범인이 아니길, 자신이 떠올린 것이 사건의 진상이 아니길 간절히 바랐다.

"이 사건은 연쇄실종 사건이 아니라 연쇄살인 사건일 거야. 아마 사라진 여자들은…… 살아남지 못했을 거야. 사라져도 누구도 신경 쓰지 않을 여자들이었으니 실종 사건으로 남은 거고."

진주는 제 입으로 말을 내뱉으면서도 가슴이 먹먹했다. 그 시절, 이 여자들 외에 얼마나 많은 사람들이 사라지고 아무도 모르게 죽음을 맞이했을까. 진주는 추측한 내용에 대해 계속 말을 이어갔다.

"진짜 교활한 거지. 이 동네를 잘 알고 오랫동안 여자들을 관찰해 온 사람일 거야. 하지만 오희례 씨를 죽인 건 범인도 예상치 못한 거라고 봐야 해. 범인이 노렸던, 감쪽같이 사라져도 누구도 신경 쓰지 않을 여자가 아니었으니까."

당시 말자와 희례는 키와 체구가 흡사했다. 더욱이 단발이던 말자가 머리를 기르면서 둘의 뒷모습을 헷갈려 하는 사람도 많았다.

하지만 이 모든 건 말자의 추측일 뿐 증거는 없었다. 무려 40년 전 발생했던 연쇄살인 사건이다. 시효도 지난 지 오래. 증거가 남아 있더라도 범인을 단죄할 방법이 없었다.

아니…… 그 순간 말자는 번뜩 어떤 생각이 떠올랐다. 어쩌면, 만약, 이 가능성이 사실이라면, 그의 죄를 증명할 수 있을지도 모른다. 하지만 말자는 자신이 떠올린 가능성이 사실이 아니길 간절히 바랐다. 사실이라면 너무도 슬픈 오해와 비극이었다. 사라진 수많은 여자들에게도 끔찍한 일이었다.

연산동행 버스가 정류장에 도착했다. 말자는 버스에 올라타려던 현주와 현호를 불러 세웠다. 그리고 앞으로의 계획을 털어놨다.

"우리더러…… 그걸 직접 하라고? 경찰에 신고하면 안 돼?"

현주가 인상을 찌푸렸다.

"시효가 진작 지난 일이야. 경찰은 웬만한 일에는 꿈쩍도 안 할 거야. 그 사람을 잡을 수 있는 건 지금뿐이야. 그리고 할 수 있는 건 너희뿐이고. 그러니까 현주, 현호는 사천으로 가."

고민하던 현주와 현호는 알겠다고 대답했다. 두 사람도 범인이 잡히길 간절히 바랐다.

현주와 현호를 택시에 태워 보낸 뒤, 말자와 진주는 연산동으로 향하는 버스에 탔다. 진주는 옆자리에 앉은 말자를 힐끗 쳐다봤다. 말자의 눈빛이 이토록 단단하게 여문 적은 없었다.

"어땠어? 40년 전 엄마랑 조경애 씨."

"난 좋지도 나쁘지도 않았다고 생각하는데. 경애 언니는 어떻게 생각하려나 모르겠네."

"안 좋았으면서, 뭘."

진주는 경애에게 문전 박대를 당한 이야기를 털어놨다.

"그래, 솔직히 말하자면 경애 언니가 날 싫어했어. 어렸을 적부터 자기랑 희례 언니랑 둘이 친하게 지내왔는데, 내가 끼어들어 희례 언니를 졸졸 쫓아다닌다 생각했거든. 근데 내가 보기에 경애 언니는 희례 언니를 엄청 질투했어. 희례 언니가 대학에 다니는 거, 성준 오빠랑 연애하는 거, 사는 형편 전부 다."

그래서일까. 말자는 경애와 치형이 결혼했다는 얘길 듣고도 놀라지 않았다. 경애라면 원하는 것을 쟁취하기 위해 수단과 방법을 가리지 않았을 것이다. 어떤 수단과 방법이었을지도 짐작이 갔다. 이제는 그것을 확인하는 일만이 남아 있었다.

버스가 연산동에 도착했다. 말자와 진주는 레인보우 플라워 숍 앞에 섰다. 가게로 들어가기 전 말자는 단단하게 마음을 무장했다. 진주가 준비됐느냐는 눈빛을 보내자, 말자는 문을 열고 적진으로 발을 내디뎠다.

"어서 오……."

서비스용 미소를 짓던 경애의 얼굴이 단숨에 싸늘해졌다.

"말자구나."

40년 만의 인사가 고작 이것이었다. 경애는 말자에게 앉으란 소리조차 하지 않았다. 그저 마땅찮음을, 적대감을 온몸으로 표출했다.

"언니, 잘 지냈어? 신수가 훤하네."

"너도, 뭐……."

"물어볼 게 있어서 왔어. 이쪽은 내 첫째 딸 진주. 알고 있지?"

"너랑 많이 닮았네, 생긴 게……. 물어볼 게 뭔데? 나 오늘 바빠서 시간 많이는 못 내주는데."

"괜찮아. 나도 바빠서 시간 별로 못 내니까."

경애는 탁자에 널린 신문지를 치우며 잡상인을 대하듯 했다. 말자는 노골적인 적대에 굴하지 않았다.

"경애 언니."

그제야 경애가 시선을 들었다. 어쩌면 경애는 모든 걸 알고 있었는지도 모른다.

"왜."

"언니가 중간에서 가로챈 거 맞지? 희례 언니가 정병근 전도사님한테 보낸 편지."

"아니."

칼날같이 단호한 대답에도 말자는 확신했다.

"언니는 아마 그 편지 읽어봤을 거야. 왜냐면 희례 언니가 언니한테 치형 오빠가 의심된다는 말을 진작 털어놨을 테니까."

그랬다. 말자는 이 연쇄살인 사건의 진범이 치형이라 생각했다. 아침 해가 뜰 때까지 돌아오면 안 된다는 희례의 말에는 '집으로'라는 말이 생략되어 있었다.


　1980년 12월 25일 새벽, 모두가 집을 비운 날.

　치형은 말자를 집으로 몰래 불러들여 살해하려 했다. 그는 24일 성탄절 행사가 끝나고 교회 사무실로 전화를 걸었다. 새벽 송 하는 사람들에게 어묵 대접하는 걸 도와달라는 핑계로 새벽 송 전에 말자를 집으로 불러들일 심산이었다. 그러나 계속 다른 사람들이 전화를 받는 바람에 말자가 전화를 받을 때까지는 장난 전화인 것처럼 숨소리만 내다 끊을 수밖에 없었다.

　말자는 그날 치형이 통화 마지막 무렵에 했던 말을 기억했다. "고맙다. *근데 다른 사람들한테는 말하지 말고 오그라. 깜짝 선물이니까.*" 치형이 부탁한 일을 희례에게 털어놓았을 때, 희례의 얼굴에 번지던 절망도 똑똑히 기억했다. 희례는 치형이 말자를 노린다는 사실을 알고 있었던 것이다.

　의심의 시작은 아마도 그해 여름일 것이다. 말자의 방문 앞을 서성이던 치형, 2층 복도의 마룻바닥이 삐걱거리던 소리. 희례는 어쩌면 몇 번이나 치형의 수상쩍은 행동을 목격했는지도 모른다.

　옷을 바꿔 입었던 건 우연이었을까. 그날 희례는 치형을 설득하기 위해 집으로 갔다가 그에게 살해당한 것이다. 희례를 말자로 착각한 치형에게.


　"무슨 소리 하는지 모르겠는데."

　경애는 말자의 시선을 피했다.

　"아니, 언니는 알고 있었어."

당시 희례는 고작 20대 초반, 아직 어린 나이였다. 엄청난 비밀을 홀로 감당하기 버거웠을 것이다. 말자는 희례가 경애와 태수에게 비밀을 털어놨으리라 추측했다. 성탄절 당일, 희례가 태수에게 안겨 울던 이유는 이 일을 의논했기 때문이었을 것이다. 태수가 알고 있던 사실을, 경애가 몰랐을 리 없었다.

　　"언니 치형 오빠 좋아했잖아. 그래서 편지 읽어보고 훔친 거지? 뭐라고 적혀 있었어? 치형 오빠가 날 해칠 거라고 적혀 있었어? 아니면 오빠 일로 상담하고 싶다고 적혀 있었어?"

　　당시 치형을 마음에 품었던 경애는 고발 편지를 가로챘다. 그 일이 계기가 되어 치형과 결혼까지 이르렀을 것이다.

　　"편지 하나로 결혼도 했으면서 이혼은 왜 한 건데? 언니 뭘 더 아는 거지? 봤어? 증거가 남아 있어?"

　　"그만!"

　　창백한 얼굴로 몸을 떨던 경애는 풀썩 무릎을 꺾고 주저앉았다.

　　"말해, 말하라고! 언니가 뭘 알고 있는지 말해!"

　　말자는 그녀의 어깨를 붙들고 흔들었다.

　　"나, 난 몰라. 정말 아무것도 몰라."

　　"거짓말하지 마. 여자들이 넷이나 죽었어. 어쩌면 더 죽었을지도 몰라. 그중 하나는 언니의 가장 친한 친구였던 희례 언니야."

　　"몰라, 정말 모른다니까!"

　　"말해! 지금 당장!"

　　"난……."

　　그때 가게 문이 열렸다. 경애의 딸 나연이 가게로 황급히 들어왔다.

　　"지금 뭐 하시는 거예요?"

나연은 경애를 붙든 말자의 손을 떼어냈다.

"나가세요!"

"그게 아니라……."

"나가라니까요!"

항변할 새도 없이 나연은 말자와 진주를 밖으로 쫓아냈다. 팽팽하게 잡아당겼던 실이 끊어진 것처럼 삽시간에 긴장감이 사라졌다. 말자는 떠밀려 나오면서도 경애에게서 눈길을 떼지 않았다.


현호는 제 인생에서 이토록 제대로 삽질을 해본 적이 없었다. 비유로서의 삽질을 말하는 게 아니었다. 말 그대로 진짜 삽질을 말하는 거였다. 삽으로 흙을 퍼내는 바로 그 행위.

사천 서포면 외구리, 산 아래 위치한 어느 빈집의 뒷마당. 해가 비스듬히 기운 시각. 현호와 현주는 흙벽이 슬레이트 지붕을 떠받치고 있는 농가 주택에 있었다.

집 맞은편에는 벽이 반쯤 허물어진 창고가 있고 앞마당과 뒷마당은 쓰레기와 잔해들로 어지러웠다. 최근 보수한 듯한 단단한 시멘트 담장만이 관리의 흔적을 드러냈다. 폐가는 아니었지만 방치된 지 오래인 듯한 빈집이었다.

현호는 산어귀와 맞닿은 이 빈집의 뒷마당에서 구슬땀을 흘리며 삽질을 하는 중이었다.

"아, 진짜. 누나는 안 해?"

수건으로 땀을 닦아내며 현호가 소리쳤다. 현주는 엎어진 항아리에 앉아 하늘을 올려다보고 있었다.

"진짜 딱이네."

"뭐가?"

"그렇잖아. 뒷마당은 산어귀랑 맞닿아 있고, 동네로 들어오는 길목에는 CCTV 하나 없고, 집들 간의 간격도 넓어서 무슨 짓을 하는지 들킬 염려도 없고, 폐가도 많고."

현주는 현호도 알고 있는 사실을 새삼스럽게 읊어댔다.

"그래서 뭐?"

"시체 숨기기 좋은 장소라 이거지."

정병근을 만나고 오는 길, 말자는 현주와 현호에게 사천 오씨 일가 선산 아래 위치한 집으로 가보라고 지시했다. 사천에 살던 어린 시절, 말자도 여러 번 방문했던 친척 어른의 집이었다. 나중에는 선산을 관리하던 친척 어른이 거주했던 집이라 들었다.

'진주가 그랬잖아. 연쇄살인범은 살인 충동을 멈추기가 힘들다며? 희례 언니를 죽인 건 실수였을 거야. 그 충격으로 한동안 살인을 멈췄겠지? 하지만 영원히 멈췄을까? 네 사람이 끝이었을까? 오치형이 20년 전 캐나다로 떠나기 전까지 더 이상 살인을 저지르지 않은 걸까.'

말자는 아니라고 판단했다. 여동생인 희례를 죽인 것은 명백한 실수였다. 그랬기에 치형은 희례를 선산에 매장했다. 그 후로 얼마 동안 치형은 살인을 멈췄으나 끝내 살인 충동을 참지 못했을 터였다.

사라져도 누구도 신경 쓰지 않을 여자만 골라 살해한 교활한 살인마. 그는 그 많은 시신을 어떻게 처리했을까. 말자는 선산 아래, 외딴곳에 위치한 이 집을 떠올렸다.

현주와 현호는 이 집에 들어선 순간부터 수상함을 느꼈다. 다 쓰러져가는, 폐가에 가까운 농가 주택이 시멘트 담장으로 둘러싸여 있었다. 더욱이 최근에 보수한 듯했다. 외부의 시선과 출입을 차단하려는 의도로 보였다. 담을 넘어 빈집으로 들어가자 앞마당에 시멘트 바닥이 깔려 있었다. 무엇이 묻혀 있기에 시멘트를 부어놓은 것일까. 현주와 현호의 의심은 커져만 갔다.

다행히 뒷마당에는 흙이 깔려 있었다. 괜한 의심을 사지 않기 위해 그대로 둔 것으로 보였다. 현주와 현호는 이 뒷마당에서 시신 한 구라도 발견하기 위해 기꺼이 삽질을 시작했다. 그래야 앞마당의 시멘트 바닥을 부술 이유가 생기니까.

이미 사위는 깊은 어둠 속에 잠겨 있었다. 시골의 밤은 도시의 밤과 사뭇 달랐다. 드문드문 늘어선 가로등 불빛을 제외하면 완벽한 암흑천지였다. 풀숲이 바람에 이는 소리, 산이 숨 쉬는 소리, 풀벌레가 우는 소리만이 고즈넉한 밤을 채웠다.

현호는 현주가 비춰주는 휴대전화 플래시에 의지해 땅을 팠다. 뒷마당에는 현호가 파놓은 구멍이 군데군데 뚫려 있었다. 파낸 흙으로 만든 봉우리도 여기저기 쌓여 있었다. 구덩이 하나당 적어도 1~1.5미터는 파내야 했기에 현호는 어깨와 팔이 빠질 듯이 아팠다.

그때 현주의 휴대전화가 울렸다.

"엄마?"

현주가 불빛을 거두자 현호는 감각에만 의지해 땅을 팠다. 팍팍한 흙 속으로 삽을 꽂아 넣는데 문득 딱딱한 게 걸리는 느낌이 들었다. 장갑 낀 손으로 흙을 헤집었다. 이번에도 돌덩이였다. 현호는 돌을 집어던지고는 다시 삽질을 했다.

"뭐야, 왜 이렇게 안 와? 어딘데?"

현주가 투덜댔다. 자신들만 육체노동에 동원됐다는 게 억울했다.

[다 왔어. 기사님, 저기 세워주세요.]

수화기 너머로 말자와 택시 기사의 대화 소리가 들렸다.

"엄마, 삽은 사 왔지?"

[뭔 삽?]

말자에게 보일 리 없건만 현주는 미간을 와락 찌푸렸다. 말자와 진주가 내렸는지 차가 출발하는 소리가 들렸다.

"우리 여기 땅 파러 왔잖아. 내가 못 살아."

[내 정신 좀 봐. 진주야, 저 아래 슈퍼에서 삽 두 개만 사 와.]

진주가 찡찡거렸다. 현주가 알기로는 슈퍼에 가려면 집들이 옹기종기 모여 있는 버스 정류장까지 내려가야 했다. 이 야밤에 홀로 시골길을 걸어가야 하니 불만인 모양이었다.

이내 두 사람은 합의에 이르렀는지 수화기 너머로 알겠다고 대답하는 진주의 목소리가 들렸다.

[다 왔다. 뒷마당에 있다 그랬지?]

현주가 전화를 끊자 빈집에 들어온 말자가 뒷마당으로 들어섰다. 현주가 사용하던 삽이 덩그러니 놓여 있었지만 말자는 본체만체하곤 현주처럼 엎어놓은 항아리에 엉덩이를 붙였다.

"찾은 거라도 있어?"

말자의 태평한 소리에 현호는 삽을 팽개치고 싶었다. 뒷마당에 숭숭 뚫어놓은 구덩이는 죄다 현호 혼자만의 작품이었다. 현호와 함께 몇 번 삽질하던 현주는 어깨가 아프다며 금세 삽을 집어던졌다. 그러고는 여기 파라, 저기 파라 하면서 종알대기만 했다. 그런데 말자에다 진주까지 올 예정이라니. 원군이 아니라 잔소리꾼만 추가된 거나 다름없었다.

그렇게 현호가 짜증을 내며 구덩이에 삽을 꽂은 순간이었다. 딱딱한 무언가가 삽날에 걸렸다.

"누나, 여기 플래시 좀 비춰봐."

현주가 불빛을 비췄다. 흙에 파묻힌 회색의 무언가가 보였다. 현호는 삽을 팽개치고 얼굴을 가까이 가져다 댔다. 뼈다, 뼈. 분명 뼈였다.

"엄마, 누나! 이거 봐봐. 뼈야! 사람 뼈라고!"

현호는 환희에 찬 음성으로 소리쳤다. 그러나 이상하게도 되돌아오는 대답이 없었다. 원래의 말자와 현주라면 호들갑을 떨며 방방 뛰었을 터. 평소와 다른 두 사람의 반응이 불안했다.

현호는 고개를 들어 뒤를 돌아봤다. 말자는 두 손을 번쩍 들고 있었고, 현주는 그 자리에 얼어붙어 있었다. 그리고 어둠 속에 휩싸인 또 다른 누군가. 그는 현주 뒤에서 그녀의 목에 칼을 들이대고 있었다.

"나와, 거기서."

남자의 목소리가 서늘한 바람을 타고 들려왔다. 현호는 구덩이에서 걸어 나오며 유심히 그를 쳐다봤다.

오치형. 이제껏 수도 없이 이름을 말하고 들었지만 그를 보는 건 처음이었다. 큰 키에 날렵한 체형. 지긋한 나이에 비해 자세도 올곧고 체격이 탄탄해 보였다. 바지 위로 드러난 허벅지의 윤곽을 보건대 쉽게 대항할 수 있는 인물은 아니었다.

"40년 만이네."

치형의 시선이 몇 발자국 떨어져 있는 말자에게 내다 꽂혔다.

"그대로네. 오말자."

목소리에서 적대감이 느껴졌다. 당연했다. 40년 전, 치형은 말자를 노리다 실수로 자신의 동생인 희례를 살해하고 말았다. 자신의 손으로 직접 목 졸라 죽인 동생의 시신을 끌어안고 얼마나 피눈물을 흘렸을까. 말자를 떠올리며 얼마나 버린 칼을 갈았을까.

말자는 그의 눈빛만으로도 오금이 저렸다. 하지만 치형을 용서할 수 없기로는 말자도 매한가지였다. 그는 무고한 여성들을 무수히 살해했다. 살해의 동기는 알 수 없으나 성적 욕구나 단순 유희에서 크게 벗어나지 않을 것이다. 그리고 이유야 어쨌든 그 과정에서 희례가 목숨을 잃었다.

처음 부산에 도착해서 희례를 만났던 날이 떠올랐다. 주눅 든 자신에게 먼저 손을 내밀던 소녀. 식모살이하는 저를 친자매, 친한 친구처럼 대해주던 그녀. 새침하고 얄미운 구석도 있지만 정이 많고 마음 여리던 그녀. "결혼해도 우리는 한동네에 살자." 자매를 원하던 그녀는 입버릇처럼 그런 말을 했다. 삶의 중요한 순간마다, 힘든 일이나 기쁜 일이 있을 때마다 곁에 있어주길 원했다. 늘그막에 저무는 해를 함께 바라봐주길 바랐다.

자신은 이렇게 나이를 먹어버렸는데, 기억 속 희례는 언제나 푸르디푸른 청춘의 모습으로 남아 있었다. 그녀에게서 그런 삶의 기회를 빼앗은 치형을 말자는 용서할 수 없었다.

"지금이라도 자수해요."

말자가 더듬거리며 입을 열었다. 치형은 '픽' 소리 내어 조소했다.

"40년 전 일이야. 공소시효 지난 지 오랜 거 몰라?"

말자도 알고 있지만 따로 기대하는 바가 있었다.

치형이 캐나다로 향한 건 20년 전. 만약 마지막 살인이 20년 전이라면, 그 당시 살인죄 공소시효는 15년이었다. 하지만 2007년 12월 형사소송법 개정 이후로 25년까지 시효가 연장됐고, 2015년 태완이

684

법 이후 살인죄 공소시효는 소멸됐다. 태완이법은 만료되지 않은 사건을 대상으로 하기에 20년 전 마지막 살인은 처벌 가능한 범죄였다. 40년 전 네 여성에 대한 살인은 처벌할 수 없지만, 그 이후에 저지른 살인 중에는 처벌 가능한 살인이 있다는 말이었다.

말자는 이 빈집으로 한달음에 달려온 치형을 보며 자신의 추측이 옳다는 걸 깨달았다. 만약 그 이후로 살해된 여성이 없다면 치형이 이곳에 올 이유가 없었다. 치형은 북풍같이 서늘한 눈빛으로 말자를 쏘아봤다.

"앞장서."

그는 현주의 목에 칼날을 깊이 들이밀며 현호를 걸어찼다. 구부정하게 자세를 낮추고 있던 현호는 구덩이로 떨어졌다. 흙벽에 부딪히는 소리와 함께 신음 소리가 이어졌다. 현호는 구덩이를 기어 나와 말자와 함께 앞에 섰다.

삽을 집어든 치형이 현호의 등을 찔렀다. 현호는 말자의 손을 잡고 천천히 걸어갔다. 치형이 두 사람을 앞세워 데려간 곳은 잡목이 우거진 산어귀였다.

"계속 가."

말자는 눈물을 터뜨렸다. 현주도 눈물범벅이 된 얼굴로 조금씩 발걸음을 내디뎠다. 걸을 때마다 칼날이 살갗을 파고들었다.

네 사람은 묵묵히 산길을 걸었다. 높다란 수목과 풀숲이 우거져 산속은 지독하게 어두웠다. 치형이 삽으로 현호의 등을 찔러가며 앞세운 방향은 일반적인 산길이 아니었다. 그는 아무도 다니지 않는 잡풀이 무성한 곳으로 일행을 이끌었다. 가장 앞에 선 현호는 면바지 차림으로 까끌까끌한 수풀을 헤쳐나가야 했다.

문득 수풀이 흔들리는 소리가 들렸다. 현호는 귀를 세웠다. 산이 만들어내는 소리가 아니었다. 신경을 앞쪽으로만 곤두세운 치형은 알아차리지 못했지만 분명 사람의 발걸음 소리였다.

"빨리 안 가고 뭐 해?"

치형이 삽으로 현호의 등을 가격했다. 말자와 현주는 비명을 삼켰다. 현호는 꼬꾸라졌다 몸을 일으키곤 다시 산을 올랐다.

얼마나 올랐을까. 빽빽하게 밀집한 수목들 사이로 평지 같은 공간이 나타났다. 우거진 나무들이 시야를 완벽하게 차단해 산 아래가 굽어보이지도 않았다. 치형은 삽으로 현호의 등을 찔러 멈추라는 신호를 보냈다.

"마저 파, 구덩이."

치형이 현호에게 삽을 던졌다. 1미터 정도 파다 만 넓은 구덩이가 보였다. 그가 예전에 파둔 구덩이 같았다.

"이걸 또 이렇게 쓰네."

치형은 멀찍이 떨어진 채 현주의 목에 칼날을 깊숙이 가져다 댔다.

"안 해?"

현호가 움직이지 않자 치형은 보란 듯이 현주의 목을 그었다. 맑은 공기 속에 비릿한 피 냄새가 풍겼다. 현주는 비명과 고통을 참으며 소리 없이 눈물을 떨궜다. 현호는 입술을 짓이기며 삽을 들고 구덩이로 들어갔다.

"어쩌려고. 우리 셋 다 죽이게? 죽여서 이 구덩이에 파묻게?"

말자가 앙칼지게 소리쳤다.

"그것도 괜찮네."

"들통 안 날 거 같아? 계획된 일도 아니잖아! 아무도 모를 것 같아?"

마지막 발악이었다. 말자는 말로써 그의 심경을 뒤흔들고 싶었다. 그러나 치형은 지나치게 고요했다. 그는 이제껏 목소리 한번 높인 적 없었다. 섬뜩할 만큼 이성적이었다. 현주의 목에 칼을 들이대던 순간 부터 지금까지 그는 하달받은 업무를 수행하는 사람처럼 침착했다.

"모, 목격자도 한둘이 아니라고요. 여기까지 우릴 데려다준 택시 기사도 있고요. 시외버스 터미널 CCTV에도 찍혔을 거고요. 또, 또 ······."

"말자야."

차분한 목소리가 말자의 말을 잘랐다.

"그러니까 들킬 거라고요. 우리 아무 말 안 할······."

"살인이라는 건 말이야. 시신이 있어야 성립되는 거야. 시신도 없 는데 누가 살인이라 그래?"

"······."

"내가 왜 선산 관리하던 할배까지 치우고, 이 집에 시신을 파묻었 는지 알아? 절대 발견될 일 없으니까. 여기도 마찬가지야. 우리 허락 없이는 아무도 손 못 대."

"······."

"그러니까 입 닥쳐. 눈앞에서 네 딸 목 따이는 꼴 보기 싫으면."

말자는 까무러칠 듯이 몸을 떨었다.

달이 기울도록 현호는 비지땀을 흘리며 구덩이를 팠다. 반나절가 량 삽질을 한 어깨와 팔이 시큰거렸다. 마비가 온 것처럼 움직임이 무뎠다. 흘러내린 땀이 발밑으로 뚝뚝 떨어졌다. 구덩이 속에서 현호 는 깊이를 가늠해봤다. 제 키를 훌쩍 넘을 만한 깊이였다.

"던져, 삽."

현호는 구덩이 속에서 위를 올려다봤다. 그의 모습이 보이지 않았다. 아마도 제법 떨어져 있을 터. 삽을 던져주는 척하면서 그를 공격할 기회조차 없었다.

현호가 삽을 던지자 치형은 현주를 인질로 잡은 채 발로 삽을 제게로 끌고 왔다. 그러고는 말자의 등을 냅다 걷어찼다. 악, 비명소리를 내며 말자가 구덩이로 굴러떨어졌다. 가까스로 현호가 받아주지 않았다면 크게 다쳤을 터였다.

이후 구덩이에 가까이 다가온 치형은 현주마저 구덩이로 밀어 넣었다. 그 틈을 노려 펄쩍 뛰어오른 현호가 그의 발목을 잡아채려 했지만, 치형은 삽을 휘둘러 현호의 머리를 내리쳤다.

머리를 얻어맞은 현호는 구덩이 속으로 꼬꾸라져 처박혔다. 얻어맞은 부위가 시큰거리고 눈앞이 흐릿했다. 온종일 육체노동에 시달린 터라 팔다리에 힘이 빠져 움직임이 굼떴다.

"이렇게 피 보는 건 내 취향이 아닌데. 할 수 없지. 지금은 취향 같은 거 신경 쓸 시간 없으니."

치형은 중얼거리더니 삽을 내려놓고 커다란 돌덩이를 가지고 왔다. 구덩이 속에 있던 세 사람의 눈이 일시에 커졌다. 내심 치형이 자신들을 살려줄지도 모른다는 기대감이 있었던 걸까. 그제야 죽음에 대한 공포가 물밀 듯이 몰려왔다. 치형은 자신들을 돌로 내리친 다음 생매장할 셈이었다.

"잠깐! 미, 미쳤어? 오빠, 치형 오빠!"

"제발, 제발 좀 살려주세요! 저 이제 갓 돌 지난 딸이 있어요."

말자와 현주가 악을 쓰며 절규했다. 고요한 숲에 비명소리가 메아리쳤지만 들어줄 이는 아무도 없었다.

아득한 공포에 사로잡힌 말자와 현주의 머릿속으로 수만 가지 생각이 지나쳐갔다. 눈물과 콧물이 얼굴을 엉망으로 적셨다. 죽음을 목전에 두자 생각나는 건 오로지 아이들뿐이었다. 반면 현호는 돌덩이를 치켜든 치형의 뒤로 검은 인영 하나가 조심스레 다가오는 장면을 주시했다. 제발. 간절한 바람이 만들어낸 환영이 아니길.

"사이좋게 한날한시에 보내줄게."

치형이 돌을 구덩이로 던지려는 순간, 현호는 말자와 현주를 끌어안고 감쌌다. 동시에 날카로운 타격음과 함께 치형이 구덩이 속으로 미끄러져 떨어졌다.

"큰누나!"

현호는 번쩍 고개를 들었다. 삽을 움켜쥔 진주가 구덩이 속을 내려다보고 있었다. 돌과 함께 추락한 치형은 정신을 잃은 듯 보였다.

"빨리! 잡고 올라와!"

진주는 삽을 구덩이 아래로 내밀었다. 말자가 삽 손잡이를 잡고 현호의 등을 밟으며 땅으로 올라섰다. 현주 역시 같은 행동을 했다. 그리고 마지막으로 현호가 삽 손잡이를 잡고 구덩이를 빠져나가려 했다.

"으악!"

현호는 비명을 지르며 손잡이를 놓쳤다. 치형이 돌로 현호의 등을 내리친 것이었다. 현호가 바닥에 엎어지자 치형은 그의 머리 쪽으로 돌을 내리쳤다. 현호는 한 바퀴 굴러 아슬아슬하게 공격을 피했다. 이를 지켜보던 말자, 진주, 현주는 새된 비명을 터뜨렸다.

좁은 구덩이 안에서 치형과 현호가 대치하듯 마주 보고 섰다. 두 사람 다 흙투성이에 붓고 터진 몰골이었다. 치형은 주머니에서 칼을 꺼냈다. 현주의 목을 겨냥했던 칼이었다.

"으아!"

치형은 칼을 세우고 달려들었다. 현호는 그의 손목을 붙들곤 팔을 꺾었다. 손목을 쥐어틀자 치형이 괴성을 지르며 칼을 떨어뜨렸다. 우드득 소리가 나더니 팔이 괴이한 방향으로 뒤틀렸다.

"개새끼! 죽여버릴 거야, 죽여버릴 거라고!"

현호는 그의 무릎을 쳐 주저앉힌 다음 주먹을 날렸다. 치형이 짚인형처럼 풀썩 쓰러졌다. 현호는 쓰러진 치형의 멱살을 쥐고 주먹질을 했다. 퍽퍽, 얼굴뼈를 강타하는 소리가 길게 울려 퍼졌다.

"현호야! 그만하고 빨리 올라와! 빨리!"

구덩이 위에서 말자와 진주, 현주가 애타게 삽을 내밀었다. 현호는 치형을 내팽개치고 손잡이를 잡고 구덩이를 빠져나왔다.

말자는 구덩이를 빠져나온 현호를 끌어안았다. 진주와 현주도 꼬질꼬질 눈물 자국이 가득한 얼굴로 현호의 허리를 안았다. 모두 서로의 몸을 더듬으며 상한 곳이 없는지 확인했다.

무사했다. 모두가 무사했다.

"현호야!"

"흑…… 우리 살았어, 우리 살았다고."

안도의 눈물이 터져 나왔다. 죽을 위기를 넘긴 세 여자의 울음소리가 고요한 산속에 길게 메아리쳤다. 현호는 세 여자의 등을 토닥이다 빼곡한 나뭇잎 사이로 하늘을 올려다봤다.

황금빛 햇살이 내리쬐고 있었다. 산새들의 지저귐이 맑게 울려 퍼졌다.

아…… 살았구나. 이렇게 좋은 거구나.

어느새 날이 밝아오고 있었다.


\* \* \*


1980년 12월 25일.

새벽 3시가 훌쩍 넘은 시각. 교회 앞마당으로 성탄 찬양이 나지막이 흘러나왔다. 예배당 한구석에서는 새벽 송 연습을, 다른 한구석에서는 촛불 밝힌 등을 준비하느라 분주했다.

고요한 밤, 거룩한 밤, 어둠에 묻힌 밤. 성탄 찬양의 가사처럼 어둠과 고요가 내려앉은 시간. 모처럼의 통금 해제로 번화가뿐 아니라 구석진 동네에도 설레고 들뜬 분위기가 가득했다.

희례는 예배당 목문 앞에 서서 추위로 오그라든 발을 동동거렸다. 앞마당에 성준이 있다는 걸 알면서도 발걸음이 쉬이 떨어지지 않았다. 성극 연습 때까지만 하더라도 평소와 다름없었다. 그러나 성탄절 행사를 앞두고 성준의 태도가 돌변했다. 눈을 제대로 마주치지 못했다. 말을 걸어도 답변조차 하지 않았다. 가끔씩 경멸과 의심이 뒤섞인 눈초리로 쳐다보다 말없이 시선을 돌리곤 했다.

내가 지겨워진 걸까. 무슨 일이라도 있는 걸까. 희례는 가슴에 서늘한 바람이 드는 것 같았다. 안 그래도 오늘 치형이 말자에게 하려는 짓을 눈치채고 마음이 무너지던 와중이었다. 초가을 무렵 말자는 한밤중에 마룻바닥이 삐걱이는 소리를 낸다고 말했다. 가장 먼저 떠오른 사람은 치형이었다.

어느 날 밤, 자다 깬 희례는 화장실에 가려다 말자의 방문 앞에 선

치형을 목격했다. 그는 한참 동안 문손잡이를 쳐다보더니 조심스럽게 1층으로 내려갔다. 설마 말자를 겁간이라도 하려던 걸까. 이후 희례는 치형의 행동을 눈여겨봤다. 그러다 말자를 향한 치형의 시선에 이상한 욕망이 서려 있다는 걸 눈치챘다.

혹시 치형이 말자를 좋아하는 건 아닐까. 희례는 말자에 대한 치형의 마음이 무엇인지 분간해낼 수 없었다. 그러다가 치형이 다리를 다쳐 깁스를 하게 됐다. 더 이상 그가 말자의 방문 앞을 서성거리는 일도 없었다. 희례는 안심했다.

그리고 얼마 전, 치형은 다 나아가던 발목을 또 한번 다쳤다. 걷기 힘든 모양인지 목발도 다시 꺼냈다. 하지만 희례는 치형의 부상이 거짓이라는 걸 알아차렸다. 왜 다리를 다친 척했을까. 불길하고 의심스러웠지만 두려운 마음에 차마 이유를 확인할 수 없었다. 그런데 오늘 밤, 성탄절 행사를 마친 뒤 말자는 이런 소리를 했다. "*치형이 오빠야가 내한테 부탁한 게 있다. 새벽 송 가기 전에 잠깐 집에 오란다.*"

희례는 가슴이 무너졌다. 심장이 아득한 나락 속으로 추락하는 기분이었다. 그제야 치형이 다리를 다친 척한 연유를 알 것 같았다. 말자를 유인하기 위해서였다.

치형이 말자에게 몹쓸 짓을 하도록 내버려둘 순 없었다. 자신이 말자 대신 집으로 돌아가 치형이 하려는 짓을 막아볼 요량이었다. "*내가 가서 도와주믄 된다. 와 오빠야는 니한테 그런 걸 부탁했노. 내가 하께. 니는 신경 쓰지 말고 놀다 온나.*" 그러고도 안심이 되지 않아, 말자에게 신신당부했다. "*말자야, 니 오늘 다시 돌아오믄 안 된다. 알겠제? 아침 해 뜰 때까지 돌아오믄 안 된다고.*"

구불구불 아래로 이어진 길을 따라, 말자가 모습을 감췄다. 희례는 지옥 같은 마음을 다스리며 새벽 4시, 집에 갈 시간을 기다렸다. 청년들과 웃고 떠드는 와중에도 마음은 망연한 어둠 속을 헤맸다. 이토록 괴로운 와중에 성준만이라도 위안이 되어주길 바랐다.

"뭔데?"

희례는 짐짓 퉁명한 말투를 꾸며내며 성준에게 다가갔다. 그는 교회 앞마당 변소 건물에 기대 말간 밤하늘만 쳐다보고 있었다. 스웨터에 털목도리만 두른 차림새라 추워 보였다. 성준은 희례를 흘낏 쳐다본 뒤 시선을 돌렸다.

"저녁부터 와 이러는데. 말을 해야 알 거 아이가?"

"별일 아니야."

성준은 곱지 않은 한마디를 던지고 돌아섰다.

"진짜 이럴 기가?"

희례가 성준의 팔을 잡아챘다.

사실은 그에게 호소하고 싶었다. 전부 다 털어놓고 싶었다. 치형이 말자에게 흉한 마음을 품은 것 같은데 어떡하느냐고. 태수와 경애에게 털어놓은 말도 고작 '치형이 말자를 건드릴 것 같다'였다. 하지만 제 가족의 치부를 가장 사랑하는 사람한테 알게 하고 싶지 않았다. 알량한 자존심이었다. 성준이 자신을 다른 눈으로 볼까 봐 두렵기도 했다.

"그러면 한 가지만 물어보자."

성준의 눈빛이 차가웠다. 이제껏 한 번도 본 적 없는 눈빛에 희례는 가슴이 서늘해졌다. 제게서 마음이라도 떠난 걸까. 두려움이 엄습했다.

"너 나한테 감추고 있는 거 없어?"

성준은 엉뚱한 소리를 했다.

"뭐?"

"나한테 숨기는 거 없냐고 물었잖아."

"없는데?"

한 치의 망설임도 없이 희례는 부정했다. 실은 치형, 말자와 관련된 일이 무심코 입 밖으로 튀어나올까 봐 긴장했기 때문이었다. 성준은 하, 하고 짧은 한숨을 내쉬었다. 그는 입가를 비죽 올리더니 비릿하게 웃었다. 경멸과 혐오가 뒤섞인 시선이 희례에게로 쏟아졌다.

"너라는 여자…… 진짜 대단하다."

"니 아까부터 먼 소리 하는 긴데? 그래 말하면 내 우예 알아듣나? 똑바로 말을 해야 알아들을 거 아이가!"

희례는 그가 무슨 말을 하는지 도통 알아들을 수가 없었다. 그저 성준의 눈빛에 마음이 아팠다. 심장이 찢기는 듯한 통증이 일었다.

"숨기는 거 없어? 정말 나한테 감추는 거 없냐고!"

"없다, 없다고! 몇 번이나 말해야 하는데!"

"갑자기 연고도 없는 부산에 뚝 떨어져서…… 믿을 건 너 하나였어……. 그래서 그렇게 쉽게 눈이 뒤집혔나 보다, 너라는 여자한테……. 너한텐 내가 너무 쉬워 보였겠지. 서울에서 수배당해 여기까지 도망쳐온 범법자로 보였을 테니까."

"내는 진짜 니 무슨 말 하는지 한개도 몬 알아듣겠다."

"심심했어? 다른 남자랑 결혼하기 전에 한번 데리고 놀고 싶었어?"

왜 이렇게 지독한 말을 하는 건데. 심장이 너덜너덜해졌다. 성준의 말이 뾰족한 가시가 되어 가슴에 박혔다. 그가 무언가를 오해하고 있다는 걸 깨달았지만 지금은 그 오해를 풀어주고 싶단 생각조차 들지 않았다. 의심하는 그가 원망스러웠다. 야속하고 미웠다. 이제 희례의 머릿속에도 분노밖에 남지 않았다.

희례는 입술을 깨물고는 손가락에서 실반지를 모질게 뺀 다음 바닥에 내동댕이쳤다. 얼어붙은 바닥에서 튀어 오른 반지가 변소 쪽으로 굴러갔다. 성준은 반지가 바닥 틈 사이로 사라지는 걸 지켜보면서도 미동조차 하지 않았다. 끔찍했다. 단 한 순간에 모든 것이 산산조각 나버렸다.

성준도 실반지를 빼냈다. 보란 듯이 반지를 집어던졌다. 차가운 쇳소리와 함께 반지는 이내 어둠 속으로 사라졌다.

"개새끼."

희례의 차디찬 음성이 밤공기를 흔들었다. 성준은 대꾸하지 않았다.

"없었던 걸로 하자, 우리 결혼."

진심도 아닌 말이 희례의 입 밖으로 튀어나왔다. 그만큼 화가 났다는 반증에 불과한 말이었다.

"너…… 진심이야?"

"안 한다, 니랑. 결혼 같은 거."

그때 예배당에서 사람들이 한꺼번에 몰려나왔다. 새벽 송 행렬이었다. 저마다 촛불을 밝힌 등을 들고 있었다.

"이 야밤에 뭣들 하노?"

"뭐 하기는 뭐 했겠나? 둘이서 찐하게 연애했겠지."

사람들은 키득거리며 대문으로 향했다. 희례는 성준에게 눈길 한 번 주지 않은 채 대열에 합류했다. 성준은 교회 대문가에 서서 멀어지는 새벽 송 무리를 쳐다보고 있었다. 희례는 발걸음을 멈추고 성준을 돌아봤다.

새카만 밤을 배경으로 스웨터에 빨간 목도리를 한 그의 모습이 춥고 시려 보였다. 눈을 감았다 뜨면 사라질 듯 아련해 보였다. 그러고 보니 처음 봤던 날에 비해 살이 부쩍 내린 것 같았다. 고기반찬도 꼬박 해 먹이는데 어찌 됐건 그에게는 타지 생활이니 여러모로 고단할 터였다.

그래, 타지 생활. 어쩌면 자신은 그의 외로움을 틈타 곁을 차지한 걸지도 몰랐다. 서울로 돌아가면 잊힐, 그저 스쳐 지나갈 사랑은 아닐까. 희례는 반지 자국만 남은 손가락을 쳐다봤다.

나는 아닌데. 평생 함께하고 싶은 마음인데. 실은 지금이라도 모든 걸 털어놓고 싶었다. 그의 너른 어깨에 기대 울고 싶었다.

아니야, 다음에. 치형과 결판을 낸 뒤에. 그다음에.

희례는 나중에 반지를 찾아봐야겠다 생각하며 아래로 기우는 등을 곧추세웠다. 찬 바람이 뺨과 귀를 아프게 그어댔다. 골목을 돌 때까지도 성준은 그 자리에서 떠날 줄 몰랐다. 성준의 모습이 점점 새까만 어둠 속으로 빨려 들어갔다. 이내 암흑이 그의 모습을 완전히 집어삼켰다. 희례가 생각한 그다음은 영영 찾아오지 않았다.

길거리는 쏟아져 나온 사람들로 인산인해를 이뤘다. 다방이며 술집들은 새벽 4시라는 시간이 무색하게 대낮처럼 훤히 불을 밝히고 있었다. 희례는 새벽 송 대열에서 이탈해 집으로 향했다. 대문은 열려 있었고, 집 안에서는 불빛 하나 새어 나오지 않았다.

희례는 마당을 가로질러 현관으로 걸어갔다. 현관문을 열고 차가운 마룻바닥에 발을 내디뎠다.

"오빠야……."

낮은 목소리로 속삭이듯 치형을 불렀다. 그러고는 2층 계단으로 향하는 순간 누군가 뒤에서 목을 잡아챘다. 치형은 망설임 없이 희례의 목도리를 양쪽에서 잡아당겼다. 일시에 목이 졸리며 숨이 막혔다.

희례는 발버둥을 치고 캑캑거렸다. 치형은 한번 더 목도리를 꼬아 말아 쥐곤 팽팽하게 힘을 가했다. 희례가 손톱으로 치형의 손등을 긁었지만 치형은 힘을 풀지 않았다.

공포가 전율처럼 전신에 퍼져나갔다. 숨이 막혔다. 숨을 쉴 수가 없었다. 정신이 흐려지는 동안 성준의 얼굴만이 또렷하게 떠올랐다. 미안하다는 말도 못 했는데⋯⋯. 절대 찾아오지 않을 그와의 미래가 머릿속에 스쳐 지나갔다.

어떤 삶을 살았을까. 너와 결혼하고, 널 닮은 아이를 낳고, 한 푼 두 푼 모아 마련한 소박한 집에서 단란한 가정을 꾸리고, 때때로 사소한 싸움을 하면서, 때때로는 심각한 싸움을 하면서. 언젠가 늙고 주름진 손을 서로 쓰다듬으며, 서로로 가득한 추억을 곱씹었을까. 그렇게 살았을까.

희례는 신기루처럼 사라질 짧은 꿈을 꾸며 눈을 감았다.

* * *

대대적인 경찰 인력이 출동했다. 빈집 마당에서 열한 구의 시신이 발견되었다. 희례를 합친다면 총 열두 명. 치형이 40년 동안 해친 여성들의 숫자였다.

치형은 폭행, 상해, 살인미수 등의 혐의로 체포됐다. 시신에 대한 정밀 부검이 이루어진다면 다수의 살인 혐의까지 추가될 것이다.

경애는 경찰 조사에서 입을 열었다. 그녀는 20여 년 전, 치형의 잠긴 책상 서랍에서 여자들의 머리카락에 번호가 매겨진 스크랩북을 발견했다. 40년 전, 경애는 정병근에게 보내는 희례의 편지를 가로챘다. 희례는 편지 속에서 오빠가 말자를 겁간하려는 것 같다고 고발했다. 사랑에, 아니 야망에 눈이 멀었던 경애는 희례가 치형을 모함한다 생각했다. 편지는 경애의 손에서 갈가리 찢겨 사라졌다.

경애는 스크랩북을 보며 그 일을 기억해냈다. 동네에서 사라졌던 여자들의 이름이 하나하나 떠올랐다. 그녀는 곧바로 스크랩북이 무엇을 의미하는지 알아차렸다. 애정의 대상이 공포의 대상으로 바뀌는 건 순식간이었다.

경애는 이혼을 요구했다. 둘은 아무 말 하지 않았지만 치형은 경애가 자신의 비밀을 알아차렸다는 걸 눈치챘다. 그러나 경애가 발설하지 않을 거라 믿어 의심치 않았다. 그 여자는 인생의 오점을 용납하지 않을 것이다. 제 딸에게 살인자의 딸이라는 꼬리표를 달게 하고 싶지 않을 것이다. 치형의 예상은 옳았다. 경애는 그렇게 20년이 넘도록 입을 닫고 살았다.

말자, 진주, 현주, 현호는 병원에 입원했다가 이틀 만에 퇴원했다. 온몸에 타박상을 입고 군데군데 찰과상과 자상을 입었지만 위중한 상처는 없었다. 오히려 그간 쌓였던 피로가 더 큰 문제였던지라, 하루 동안 꼬박 숙면을 취하니 말끔하게 회복됐다.

네 사람은 종철로부터 성준이 머물렀던 요양원의 위치를 알아냈다.

경기도 외곽, 어느 한적한 동네. 산 중턱에 위치한 건물 앞에 택시한 대가 멈춰 섰다. 꽃향기가 나부끼고 푸르른 수목들이 더운 기운을 흩뿌리던 날이었다. 말자와 세 남매가 입구로 들어가자 요양 보호사가 네 사람을 알은체했다. 그녀는 네 사람을 성준이 노상 머물던 벤치로 안내했다.

"부산 태종대에 뿌렸어요. 추억이 깃든 곳이라고 하시더라고요."

요양 보호사는 성준의 생전 모습이 떠올랐는지 눈물을 훔쳤다.

성준은 1년 전 이곳 요양원에서 굴곡진 생을 마감했다. 사인은 병사, 병명은 파킨슨병이었다. 군대에서 지독한 구타에 시달렸던 그는 목과 허리의 신경을 크게 다쳤다. 제대로 치료조차 받지 못해 일평생 병마가 깃든 몸과 싸워야 했다. 쇠약해질 대로 쇠약해진 그였지만 부산에서 보낸 시절을 얘기할 때면 두 눈이 반짝이곤 했다.

"말씀이 많지 않은 분이셨어요. 뭘 물어도 그저 고개만 끄덕끄덕. 춥다, 덥다, 불편하다 이런 말조차 없으셨죠. 그래도 많이 후회하고 계시다는 건 알았어요. 40년이 지나도 잊지 못한다는 것도요."

바람이 찬 날이든, 무더운 날이든 성준은 벤치에 앉아 하염없이 허공만 응시했다. 마치 그 속에 누군가를 두고 온 듯 헤아려보는 눈길이었다. 그 모진 세월을 하나도 잊지 않고, 끌어안고 살아왔다. 누군가에게는 평생 가슴에 안고 살아가야 하는 기억이었다.

성준이 남긴 건 가느다란 실반지 두 개였다. 요양 보호사는 때가 타고 반들반들해진 실반지를 말자에게 건넸다.

"죽었는지, 살았는지 그것만이라도 알고 싶다고……. 그렇게 입버릇처럼 말하셨는데. 결국 생사조차 알지 못하고 가셨네요."

어쩌면 어디선가 잘 살고 있을지도 모른다고, 성준은 생각했다. 새로운 사람과 사랑에 빠지고, 그와 결혼하고, 그를 닮은 아이를 낳고, 한 푼 두 푼 모아 마련한 소박한 집에서 단란한 가정을 꾸리고, 때로는 사소한 싸움을, 때로는 심각한 싸움을 하면서. 지금은 늙고 주름진 손을 서로 쓰다듬으며, 서로로 가득한 추억을 곱씹고 있을 거라고. 그렇게 닿지도 않을 소원을 빌었다.

말자는 성준의 유품을 가지고 요양원을 나왔다. 그러고는 사천으로 향한 다음 희례의 묘에 실반지를 묻었다.

"엄마는 왜 오희례란 이름으로 개명했어?"

희례의 묘를 쓰다듬는 말자를 보며 진주가 물었다. 말자는 머쓱해하더니 입을 열었다.

"희례 언니 대신 나갔던 자리에서 만난 게 너희 아버지였어. 나를 동아대 다니는 대학생 오희례로 알고 있었지. 희례 언니가 사라지고 나서 난 갈 데가 없었어. 부모님은 돌아가시고 날 거둬줄 친척들도 없었거든. 그때 너희 아버지가 같이 서울에 가자 그러데? 내가 출신이고 이름이고 속인 걸 알면 나한테 실망할까 봐…… 결혼 전에 개명했어."

"아빠 진짜 아무것도 몰랐을까?"

"글쎄. 여기 술집에서 경주를 만나기 전까진 서울에서 그 교회 사람들을 우연히 마주친 적은 없었거든. 아, 경주는 그때 나랑 희례 언니랑 싸우는 걸 목격하고 내가 언니를 죽였을지도 모른다고 생각했대. 그러고 나서 40년 만에 우연히 만났는데 내가 희례 언니의 이름을 쓰고 있으니 얼마나 놀랐겠어. 내가 희례 언니를 죽이고 신분을 갈취했다 생각한 거지. 너희 아버지는 알면서도 모른 척한 건지, 진짜 몰랐던 건지……. 원체 그런 사람이잖아."

진주는 애잔한 말자의 얼굴을 보며, 승광은 말자의 정체를 알았을 거라고 생각했다.

20년 전, 아빠가 슬픈 얼굴로 쳐다봤던 사진은 엄마와 희례의 사진이 아니었을까. 엄마를 찾아왔었다는 옛날 친구는 성준이 아니었을까. 아빠가 죽은 그날, 성준으로부터 엄마의 과거 이야기를 들었던 게 아닐까. 아빠는 무슨 생각을 했을까. 엄마가 자신을 이용했다 생각했을까.

진주는 고개를 흔들었다. 아빠는 그들이 함께한 20년의 세월을 믿었을 것이다. 그 세월 동안 나누었던 감정이 진실 됨을 알고 있었을 것이다.

진주는 희례의 묘를 찬찬히 쓰다듬는 말자를 바라봤다. 녹음을 스치는 바람을 느끼며 말자는 오래전 떠나보낸 이름을 입에 올렸다.

"언니…… 희례 언니."

40년 만에 불러본 이름에 목이 멨다.

"언니, 40년 동안 몰래 갖다 쓴 이름 돌려주러 왔수다. 못된 마음으로 훔친 이름인데, 언니는 다르게 생각해줄래? 언니 대신 이 말자가 언니 이름으로 살아준 거다, 그렇게 생각해줄래? 언니, 언니…… 미안해. 내가 정말 미안해. 그리고 고마워……."

가장 친한 친구였던 언니. 지난 40년은 희례가 선물해준 생이나 다름없었다. 그 시절 동안 나는 언니 대신 사랑하는 사람을 만나고, 아이를 낳고, 그럭저럭 행복한 삶을 살았다. 어쩌면 그 시간 내내 희례가 곁에서 지켜보고 있지 않았을까 하는 생각이 들었다.

말자는 희례의 무덤에 이름을 돌려주고 돌아섰다.

푸르디푸르렀던 그 시절. 우리도…… 불꽃같던 청춘이었다.

\* \* \*


언론은 연일 40여 년 전 처음 발생한 연쇄살인 사건에 대해 속보를 내보냈다. 특히 수십 년 동안 아무도 찾지 않았던 여자들에 대한 애도의 목소리가 높아져갔다. 대부분의 시신은 연고조차 찾지 못했다. 경찰은 '몇몇 시민의 도움이 결정적이었다'고 밝혔지만, 누구도 그들의 정체를 알아내진 못했다.

사건 해결에 지대한 공헌을 한 말자, 진주, 현주, 현호는 솔마루 언덕 무지개 빌라에서 밀린 잠을 보충하고 있었다. 몇 날 며칠 부산 일대를 돌아다니고, 시신 묻힌 집 뒷마당을 파헤치고, 치형과 격투까지 벌인지라 자도 자도 잠은 부족했다.

아침 8시. 말자는 눈을 떴다. 쑤시고 결리고 아프지 않은 데가 없었다.

"엄마, 배고파."

먼저 일어난 진주가 눈을 비비며 텅 빈 배를 움켜쥐었다. 수면욕을 해소하자 식욕이 물밀 듯이 몰려왔다. 진주뿐 아니라 다른 식구들도 잠을 자느라 먹은 게 없었다.

"부산 가기 전에 곰국 끓여놓은 게 있을 텐데."

말자가 거실로 나가자, 진주도 쫄래쫄래 말자의 뒤를 따랐다. 배 속에서 꼬르륵 밥 달라고 외치는 소리가 들렸다. 말자도 뜨끈한 곰국에 칼칼한 총각김치가 절실했다. 생각을 떠올린 것만으로도 침이 고였다.

그렇게 곰국과 총각김치를 떠올리며 말자는 부엌에 발을 들여놓았다. 말자의 두 눈에 식탁에 오른 곰국 냄비와 김치 통이 보였다. 잠만 자던 현주와 현호가 냄비와 김치 통을 꺼내놓았을 리 없는 노릇. 말자는 다급하게 달려가 냄비와 김치 통의 뚜껑을 열었다. 쉰내가 풀풀 진동했다.

"너, 이, 이, 이거 냉장고에 안 집어넣었어?"

말자가 시뻘겋게 달아오른 얼굴로 소리를 질렀다. 물론 대답을 듣기 위해서가 아니었다. 코를 찌르는 쉰내가 이미 세 남매의 만행을 대변하고 있었다.

"어……. 그때 먹고 안 집어넣었나 보다."

진주가 머쓱하게 대답했다.

"아이고, 이걸 아까워서 어떻게 해. 이걸 왜 안 집어넣어! 깜빡할게 따로 있지. 이러니 내가 속이 안 터져?"

말자는 제 가슴을 텅텅 두드리던 솥뚜껑만 한 손으로 진주의 등짝을 후려갈겼다. 쩍 하고 들러붙는 소리가 차지기 그지없었다.

"아우, 아파! 나만 그랬어? 현주랑 현호도 같이 깜빡했단 말이야."

"지금이 누가 잘못했는지 따질 때야? 내가 못 살아, 정말! 어쩜 이렇게 변하는 게 없어, 어? 아니, 까먹을 게 따로 있지. 지금 이 날씨에 이런 걸 바깥에 두면 쉰다는 걸 왜 몰라!"

"엄마 때문이잖아! 엄마 찾으러 간다고!"

"이거 냉장고에 넣는 데 한 시간이 걸리니, 두 시간이 걸리니! 어디서 내 핑계를 대?"

짝짝. 차지게 들러붙는 소리가 연달아 이어졌다. 진주는 아파 죽겠다고 호들갑을 떨었으나, 말자는 봐주지 않았다. 아까운 곰국과 김치를 보자 분노가 사그라지지 않았다.

거실에 누운 현호는 맨정신으로 말자의 악다구니를 들으며 눈을 뜨지 않았다. 지금 이 순간 눈을 떴다간 괜한 화살받이가 될지도 몰랐다.

그때 현주가 비척거리며 안방에서 나왔다. 말자의 고함소리를 듣고 잠에서 깬 것이다. 새로운 타깃을 찾던 말자는 눈에 불을 켜며 현주에게 달려들었다.

"현주 너 이리로 안 와?"

현주의 등짝으로 솥뚜껑이 날아든 순간 벨이 울렸다. 세 여자는 동시에 현관문을 쳐다봤다. 상황을 벗어날 구실이 생긴 현주는 날름 현관문을 열었다.

하여간 운도 좋은 년. 진주가 현주를 흘겨봤다.

"누구세……."

문틈 사이로 고개를 내밀던 현주는 냉큼 현관문을 도로 닫았다. 사색이 된 얼굴이었다.

"왜? 누군데?"

"아 씨. 왜 연락도 없이!"

진주가 물었지만 현주는 대답도 않고 화장실로 달려갔다. 곧이어 샤워를 하는지 물소리가 들렸다.

다시 벨 소리가 들리자 이번에는 말자가 현관문을 열었다. 문밖에 오도카니 선 민호와 은우, 지우를 보고 말자는 대번에 입이 귀까지 찢어졌다.

"오구오구, 내 새끼들. 아침 일찍 여긴 웬일이야?"

말자는 지우를 안아 들고 둥개둥개 어르며 은우의 궁둥이를 두들겼다. 지우는 방싯거리며 반가워했고, 은우는 오랜만에 만나는 할머니에게 안기며 애교를 부렸다. 곰국과 총각김치에 대한 생각은 말자의 머릿속에서 완전히 사라졌다. 손주들의 재롱에 강퍅했던 마음이 사르르 녹았다.

"너무 이른 시간에 왔죠. 애들이 아침부터 엄마 보고 싶다고 난리를 부려서……."

민호는 이른 아침 방문을 미안해했다. 그러나 말자는 두 팔 벌려 그를 환영했다. 앞으로 말자의 최고 관심사는 현주와 민호의 관계가 될 터였다.

"무슨 소리야? 이른 시간이라니. 이 시간에도 안 일어나면 그게 사람 새긴가? 안 들어오고 뭐 해, 차 서방. 얼른 들어와."

말자가 민호의 팔을 잡아끌었다. 민호는 끌려 들어오며 머쓱하게 보자기로 싼 상자를 내밀었다.

"이게 뭔가?"

말자가 보자기를 끌렀다. 백화점 한우 세트가 자태를 뽐내고 있었다.

"아, 아니, 왜 이런 걸 다 사 오고 그래? 식구끼리."

한동안 말자는 민호와 인사치레의 말을 주고받았다.

현호는 거실에서 이불을 끌어안으며 콧방귀를 뀌었다. 애들이 엄마가 보고 싶다고 해서 온 거라며, 한우 세트 살 시간은 언제 있었을까. 가당찮은 변명에 비웃음이 흘러나왔지만 현호는 혼신의 힘을 다해 자는 척을 연기했다.

지금 깼다간 그대로……. 그 순간 마룻바닥을 힘차게 딛는 소리가 나더니 은우가 현호에게로 달려왔다. 은우는 그대로 현호에게 점프했다. 억, 하는 신음과 함께 허리가 아작 나는 느낌이 몰려왔다.

"삼촌! 놀자, 놀자!"

은우는 현호의 허리 위에 앉아 엉덩이를 들썩거렸다. 그래도 현호가 일어날 생각을 않자 현호의 눈꺼풀을 까뒤집었다.

"일어나. 삼촌! 지금까지 자면 어떻게 해?"

은우가 허리에서 방방 뛰자 더 이상 자는 체하는 건 불가능했다. 현호는 일어나며 냅다 은우를 잡아채 간지럼을 피웠다.

"이놈, 누가 자는 삼촌을 건드려? 맛 좀 볼래?"

은우가 까르르 웃음을 터뜨리며 자지러졌다. 현호는 몇 번이나 은우를 높이 들어 비행기를 태워주었다.

말자가 바지런히 아침밥을 준비하는 사이, 현주가 화장실에서 나왔다. 진주는 머리와 피부를 촉촉하게 적시고 나온 현주를 보며 얼굴을 찌푸렸다. 5년을 같이 살았으면서 이제 와 내숭을 떨고 싶을까.

현주는 진주를 쏘아보곤 괜스레 머리를 쓸어 넘겼다. 의도가 묻어난 손길에 진주는 콧방귀를 뀌었으나, 다른 누군가는 심장을 얻어맞은 듯 큼큼 목을 가다듬었다.

"진주야, 상 좀 펴. 현호 넌 고기 좀 굽고. 차 서방, 수저 좀 갖다 놓게."

말자의 지시에 따라 거실에 커다란 상이 펼쳐졌다. 곧 말자가 뚝딱 만들어낸 음식들이 한 상 차려졌다. 고기 굽는 냄새가 집 안 가득 진동했다.


달라진 건 없었다. 달라질 것도 없었다.

진주는 곧 한울 출판사에서 그토록 소망하던 데뷔작을 출간한다. 작품이 성공할지, 실패할지는 알 수 없다. 그럼에도 여전히 밤낮이 뒤바뀐 생활을 하며, 말자로부터 구박을 받으며 두 번째, 세 번째 작품을 집필할 것이다.

현주는 민호와 지금과 같은 관계로도 충분하다 생각했다. 현재로서는 계약직 전환이 가장 큰 인생 목표였다. 단, 주말마다 민호, 은우,

지우와 함께하는 시간을 늘려볼 생각이다.

현호는 곧 복직을 한다. 경찰 간부를 향한 길은 영영 요원해졌으나 후회하지 않았다. 강력팀 일도 적성에 잘 맞았다.

말자는 장미, 고경숙과 함께 여행을 계획하고 있었다. 승광이 죽고 난 뒤 처음으로 친구들과 떠나는 여행이라 기대가 컸다.

달라진 건 없었다. 달라질 것도 없었다.

그래도 충분했다. 가족이 곁에 있는 것만으로도.

끝

# 콩가루 수사단

**초판 1쇄 발행** 2020년 6월 30일
**초판 4쇄 발행** 2020년 7월 31일

**지은이** 주영하

**펴낸이** 황현수
**기획** 이수현 황예인
**출판기획** 김성현
**펴낸곳** 스윙테일
**출판신고** 2010년 8월 16일 제2015-000037호

**제작투자** ㈜타인의취향
**책임편집** 최지연
**마케팅** 김재선
**디자인** 데시그
**표지일러스트** 코끼리씨
**주소** 서울시 마포구 큰우물로75 성지빌딩 711호
**전화** 02-6949-6014 **팩스** 02-6919-9058
▶ youtube.com/c/타인의취향

**ISBN** 979-11-6509-329-7 03810

이 책은 모바일 콘텐츠 플랫폼 카카오페이지와 CJ ENM이 공동 주최한 제3회 추미스 소설 공모전 수상작을 종이책으로 편집해 출간한 것입니다. ㈜타인의취향과 카카오페이지의 계약에 의해 출판된 것이므로 무단 전재 및 유포, 공유를 금지합니다. 이 책의 연재 버전은 카카오페이지 앱에서 감상하실 수 있습니다.

이 도서의 국립중앙도서관 출판예정도서목록(CIP)은 서지정보유통지원시스템 홈페이지(http://seoji.nl.go.kr)와 국가자료종합목록 구축시스템(http://kolis-net.nl.go.kr)에서 이용하실 수 있습니다. (CIP제어번호 : CIP2020023157)

- 스윙테일은 ㈜카카오페이지의 출판 브랜드입니다.(인스타그램 @Swing_tale)
- 책값은 뒤표지에 있습니다.
- 잘못된 책은 구입하신 곳에서 바꾸어 드립니다